MANUELA INUSA

Der fabelhafte Geschenkeladen

Die kleine Straße der großen Herzen

Autorin

Manuela Inusa wurde 1981 in Hamburg geboren und wollte schon als Kind Autorin werden. Kurz vor ihrem dreißigsten Geburtstag sagte die gelernte Fremdsprachenkorrespondentin sich: »Jetzt oder nie!« Nach einigen Erfolgen im Selfpublishing erscheinen ihre aktuellen Romane bei Random House. Nach der »Valerie Lane«-Reihe lassen nun die »Kalifornischen Träume« die Leserherzen schmelzen und erobern nebenbei die Bestsellerlisten. Die Autorin lebt mit ihrem Ehemann und ihren beiden Kindern in ihrer Heimatstadt. In ihrer Freizeit liest und reist sie gern, außerdem hat sie eine Vorliebe für Duftkerzen, Tee und Schokolade.

Von Manuela Inusa bereits erschienen

Jane Austen bleibt zum Frühstück

Auch donnerstags geschehen Wunder

Die Valerie Lane

1 Der kleine Teeladen zum Glück

2 Die Chocolaterie der Träume

3 Der zauberhafte Trödelladen

4 Das wunderbare Wollparadies

5 Der fabelhafte Geschenkeladen

6 Die kleine Straße der großen Herzen

Die Kalifornischen Träume

1 Wintervanille

2 Orangenträume

3 Mandelglück

4 Erdbeerversprechen

Der fabelhafte Geschenkeladen

MANUELA INUSA

Die kleine Straße der großen Herzen

Zwei Romane in einem Band

blanvalet

Die beiden Romane wurden bereits 2019 in Einzelbänden veröffentlicht.

Dieses Buch ist auch als E-Book erhältlich.

MIX
Papier aus verantwortungsvollen Quellen
FSC® C014496

Penguin Random House Verlagsgruppe FSC® N001967

1. Auflage

Redaktion: Angela Kuepper
Umschlaggestaltung und -motiv: © Johannes Wiebel | punchdesign,
unter Verwendung von Motiven von Shutterstock.com
(Helen Hotson; Min C. Chiu; satit sewtiw; Yana Fefelova;
photo5963_shutter; Del Boy; piixypeach; Albert Pego; spiv;
Nomad_Soul; Andrekart Photography; freesoulproduction;
LiliGraphie; Maglara; Fedir Shulenok)
LH • Herstellung: sam
Satz: KompetenzCenter, Mönchengladbach
Druck und Bindung: GGP Media GmbH, Pößneck
Printed in Germany
ISBN: 978-3-7341-1022-1

www.blanvalet.de

VORWORT

Liebe Leser*innen,

ein letztes Mal darf ich Sie in die Valerie Lane mitnehmen.

Diesmal werden Sie nicht nur dabei sein, wenn Orchid die schwere Entscheidung trifft, ob sie beim Altbewährten bleiben oder dem Neuen und Aufregenden eine Chance geben soll, Sie werden sich auch von einem liebgewonnenen Charakter verabschieden müssen. Und ich weiß, es wird Ihnen genauso im Herzen wehtun wie mir. Doch leider hat (fast) alles irgendwann ein Ende, und so traurig es ist, besteht ja, wenigstens was die Valerie Lane betrifft, die Möglichkeit, immer wieder einen Abstecher dorthin zu machen, wenn einem das Vertraute fehlt. Wenn man mal wieder einen Abend unter Freuden in Laurie's Tea Corner verbringen und Ruby dabei zuhören möchte, wie sie aus Valeries Tagebüchern vorliest. Wenn man einen guten Tee empfohlen bekommen oder dabei zusehen möchte, wie Susan und Terry die kleine kopfsteingepflasterte Straße entlangspazieren. Wenn man Mrs. Witherspoon mit ihrem Humphrey auf der Bank unter dem Kirschbaum sitzen und die gute alte Dame lächeln sehen möchte …

Die Valerie Lane lebt weiter, hier sind Sie immer herzlich willkommen. Hier finden Sie Geborgenheit, zu jeder Tageszeit, bei Regen, Sonne oder Schnee, Frühling, Sommer, Herbst und Winter – die romantischste Straße der Welt und ihre Bewohner werden für Sie da sein.

Auch in diesem Band erwartet Sie nun neben einer Playlist und zwei neuen Rezepten ein exklusives Bonuskapitel. Ich hoffe, es gefällt Ihnen. Ich hoffe, wir sehen uns wieder – in der Valerie Lane.

Herzlich ♥
Manuela Inusa

ORCHIDS FRAUENPOWER-GUTE-LAUNE-SONGS

Brighter Than the Sun – Colbie Caillat
I'm Like a Bird – Nelly Furtado
Valerie – Mark Ronson feat. Amy Winehouse
Born This Way – Lady Gaga
Love Song – Sara Barailles
Daddy Lessons – Beyoncé
Just a Girl – No Doubt
Girls Just Wanna Have Fun – Cindy Lauper
So What – P!NK
Don't Put Dirt On My Grave Yet – Hayden Panettiere

MANUELA INUSA

Der fabelhafte Geschenkeladen

Roman

blanvalet

PROLOG

An einem sonnigen Frühlingstag kurz vor Feierabend holte eine junge Frau in ihrem Laden einen Karton hervor, der ihr am Morgen geliefert worden war. Er beinhaltete wunderbare neue Badeöle, die sie auspackte und sorgsam ins Regal stellte – immer schön nach Farbe und Größe sortiert. Als sie damit fertig war, betrachtete sie die hübschen kleinen Flaschen, die Namen trugen wie »Himbeerschaumtraum« oder »Apfelküsschenblubberbad«, und lächelte zufrieden. Dann suchte sie ihre Sachen zusammen, sah sich noch einmal in ihrem Geschenkeladen um und öffnete die Tür. Obwohl es bereits kurz nach sechs war, stand die Sonne noch immer strahlend am Himmel und durchflutete mit ihrem Licht den Raum, in dem man nicht nur Präsente aller Art fand, sondern auch immer ein offenes Ohr, wenn man Rat suchte oder Sorgen hatte.

Die schlanke Frau Ende zwanzig mit dem langen blonden Pferdeschwanz drehte den Schlüssel zweimal herum und setzte sich noch eine Weile auf die Stufen vor ihrem Laden, wie sie es so oft tat. Er befand sich am Ende der kleinen Gasse namens Valerie Lane, und von hier aus hatte man den besten Ausblick auf alle Geschäfte, ihre Inhaber und die liebenswerten Menschen, die diesen Ort belebten.

Sie sah sich um, blickte die kopfsteingepflasterte Straße hinunter bis zur Ecke, wo eine ihrer Freundinnen einen heimeligen Teeladen führte, der Liebhaber klassischer wie auch exotischer Mischungen aus ganz Oxford anlockte. Nebenan schloss die Inhaberin der Chocolaterie gerade ihren Laden ab und winkte ihr zu, als sie sie entdeckte. Die junge Frau winkte zurück, und ihr Blick wanderte weiter zum früheren Antiquitätengeschäft, das seit knapp einem Jahr ein zauberhafter Buchladen war. Vor langer Zeit hatte er der ersten Ladeninhaberin und Namensgeberin dieser Straße gehört, Valerie Bonham, die ihnen allen noch heute ein Vorbild war, da sie so eine großherzige Seele gewesen war.

Die junge Inhaberin der Buchhandlung wurde gerade von ihrem Freund und ihrem Vater abgeholt. Letzterer trug eine knallorangefarbene Mütze, die ein wenig an eine Karotte erinnerte. Auch diese Freundin winkte ihr zu, als sie sie sah.

Die letzte der fünf Ladeninhaberinnen trat mit ihrem Cockerspaniel aus ihrem Wollparadies und bog um die Ecke. Und dann erblickte die blonde Frau auf den Stufen nebenan einen jungen Mann – den einzigen männlichen Ladenbesitzer unter ihnen – und biss sich auf die Lippe. Sie beobachtete ihn dabei, wie er seine Blumen herein holte. Als er sie bemerkte, schenkte er ihr ein Lächeln, so strahlend wie die Sonne, und ihr Herz pochte schneller und machte Sprünge, die es überhaupt nicht machen sollte …

KAPITEL 1

»Hast du Lust, heute Abend ins Kino zu gehen?«, fragte Orchid ihren Freund Patrick einige Tage später am Telefon und spielte dabei mit einer Haarsträhne, die sie sich mehrmals um den Finger wickelte.

»Wenn du willst«, antwortete Patrick gefügig.

Das war wieder einmal so eine typische Antwort. Orchid wusste nicht wirklich, was sie davon halten sollte.

»Wenn ich nicht wollte, hätte ich dich ja nicht extra angerufen und gefragt«, erwiderte sie und bemühte sich, guter Stimmung zu bleiben. »Also? Hast du auch Lust?«

»Klar. Was gibt es denn?«

»Wollen wir *Shape of Water* gucken? Der hat mehrere Oscars bekommen, und ich will ihn mir schon seit Wochen ansehen.«

»Okay. Wenn du das gern möchtest, bin ich dabei.«

»Andererseits bist du diesmal dran mit Aussuchen«, sagte Orchid, denn sie wollte nicht immer für Patrick mit entscheiden. »Du kannst ja schon mal googeln, was sonst noch läuft. Am besten hole ich dich von der Arbeit ab, das Kino ist näher an deinem Laden.«

»Es ist nicht mein Laden.«

»Du weißt doch, wie ich es meine.«

Patrick hatte im Gegensatz zu ihr nicht das Glück, ein eigenes Geschäft zu besitzen, sie glaubte aber auch nicht, dass er das unbedingt wollte. Patrick war mit dem zufrieden, was er hatte: einem Job als Handyverkäufer Schrägstrich Handyreparateur. Er bekam einfach jedes Mobiltelefon wieder hin, sogar wenn es in die Toilette gefallen war oder Ähnliches.

»Dann sehen wir uns gegen Viertel nach sechs?«, fragte sie.

»Klar. Ich hab Kundschaft und muss auflegen. Bis später.«

»Bis später. Ich freu mich.«

»Ich mich auch.« Er legte auf, und Orchid hörte nur noch einen langgezogenen Piepton.

Sie überlegte gerade, ob sie rüber zu Laurie huschen und sich einen Tee holen sollte, als ihre Ladenglocke erklang. Es war einer dieser elektrischen Bewegungsmelder, der zwanzig Sekunden lang den Refrain von *Here Comes the Sun* von den Beatles spielte. Auch nach knapp drei Jahren zauberte er ihr noch immer ein Lächeln ins Gesicht, denn dieser Song bedeutete Kundschaft – Menschen, die sich extra in die Valerie Lane und in ihren kleinen Laden begaben, um hier etwas zu kaufen, womit sie ihren Lieben eine Freude machen konnten. Diese Kunden hätten natürlich auch in eines der großen Geschäfte in der Cornmarket Street gehen können; dass sie dennoch zu ihr kamen, bedeutete für Orchid die Welt.

Zwei Jahre und zehn Monate lang durfte sie ihren Traum nun schon leben. So lange besaß sie ihren Gift Shop, nachdem sie jahrelang hier und da gejobbt und sich nirgends wirklich wohlgefühlt hatte. Überhaupt war sie damals ein ziemlich ruheloser Mensch gewesen. Deshalb hatte ihre Schwester Phoebe sie auch mit in den tollen Teeladen an der Ecke geschleppt, den sie kurz zuvor entdeckt hatte. Dieser führte eine Auswahl an Beruhigungstees, die Phoebe ihr andrehen wollte. Doch auch wenn sie Laurie's Tea Corner gleich total niedlich und gemütlich fand und die Inhaberin ihr unglaublich nett vorkam, waren irgendwelche Kräutertees nicht das, was sie brauchte, um zur Ruhe zu kommen. Das, was ihr dann wirklich half, war der Bummel durch die Läden der hübschen kleinen Einkaufsstraße, den sie und ihre Schwester unternahmen. Sie sahen sich im Antiquitätenladen um und kauften sich Schokolade bei Keira und ein Eis in Donna's Ice Cream Parlour. Als Orchid Donna gegenüber erwähnte, wie schön sie es hier in der Valerie Lane fand, erzählte diese ihr, dass der leere Laden nebenan noch zu haben sei.

»Ehrlich? Er ist noch nicht vergeben? Bei dieser Lage?«, staunte Orchid.

»Bisher noch nicht, soweit ich weiß.«

Sofort kamen Orchid eine Million Ideen, was man mit einem Laden in so einer tollen Gegend alles machen könnte.

»Wie genau kann man sich denn um die Räume bewerben?«, erkundigte sie sich.

»Da sollten Sie am besten unseren Verwalter Mr. Spacey fragen, falls Sie ernstes Interesse haben.«

Phoebe sah ihre Schwester überrascht an. Kein Wunder, bisher hatte Orchid ja auch noch nie über einen eigenen Laden nachgedacht. Richtig Spaß machte ihr der Job als Verkäuferin in einer Kinderboutique aber nicht gerade.

»Ich bin mir nicht sicher ... Die Miete hier ist doch sicher nicht günstig, oder?«

»Nun, Millionärin wird man mit einem Laden in der Valerie Lane bestimmt nicht, aber man macht schon so viel Umsatz, dass man die Miete wieder reinbekommt und genug zum Leben hat. Zumindest ist es bei mir und meinen Freundinnen so. Woran haben Sie gedacht? Was würden Sie gerne anbieten?«

»Auch darüber habe ich mir noch keine Gedanken gemacht.« Orchid überlegte, bedachte, was für Läden es schon gab, und hatte dann einen Geistesblitz. Patrick hatte ihr zum ersten Jahrestag ein paar Tage zuvor ein kuscheliges Kissen in Herzform geschenkt, über das sie sich riesig gefreut hatte. »Also, wenn ich wirklich mein eigenes Geschäft eröffnen würde, würde ich gerne Geschenke verkaufen.«

»Oh mein Gott, das ist perfekt!«, sagte Phoebe. »Geschenke werden doch immer benötigt: zu Geburtstagen, an Weihnachten, Hochzeitstagen und zum Muttertag. Du würdest sicher immer Kundschaft haben. Ruf da doch einfach mal an und sprich mit dem Verwalter. Wie hieß er noch?«

»Mr. Spacey«, wiederholte Donna.

»Ich schreibe mir die Nummer gleich von dem Schild ab«, sagte Orchid auf einmal ganz begeistert.

»Das brauchen Sie nicht, ich gebe sie Ihnen.« Donna holte einen Zettel und ihr Handy hervor und notierte

Namen und Nummer. »Ich wünsche Ihnen viel Glück. Vielleicht sind wir ja schon bald Nachbarn.«

»Das wäre super, oder?« Orchid strahlte und steckte sich den kleinen Plastiklöffel mit einem Berg voll Erdbeereis in den Mund.

Donna lächelte ebenfalls und wünschte noch einen schönen Tag.

»Ihnen auch. Ihr Eis ist übrigens das beste, das ich seit Langem gegessen habe.«

»Vielen Dank.«

Orchid dachte an ihren ersten Besuch in der Valerie Lane zurück und bedauerte ein wenig, dass Donna die Eisdiele geschlossen hatte, um nach Holland zu ziehen. Andererseits wäre dann kein Blumengeschäft daraus geworden … Sie rüttelte sich wach und schenkte Susan, die soeben den Laden betrat, ein Lächeln. Susan war mit sechsunddreißig die älteste der Ladeninhaberinnen. Bis vor Kurzem war sie eine richtige graue Maus gewesen, doch seit Neujahr war sie mit einem total lieben Typen namens Stuart zusammen, der sie richtig aufblühen ließ. Sie trug zwar noch immer ihre schlichten Jeanshosen, aber ab und zu tauschte sie ihre dunklen Schlabberpullis gegen etwas Fröhliches, Farbenfrohes aus, so wie auch heute. Das himmelblaue Oberteil sah super aus zu den schwarzen Haaren, die Susan neuerdings in Locken und offen trug.

»Hi, Süße. Wie geht's dir?«, begrüßte Orchid sie.

»Sehr gut, danke. Und dir?«

»Fantastisch. Ich habe heute schon mindestens fünf

Herzkissen verkauft und etliche Kaffeetassen. Total irre. Ist im April irgendein Feiertag, von dem ich nichts weiß?«

»Ich denke nicht.« Susan zuckte die Achseln. »Aber ich brauche ebenfalls ein Geschenk.«

»Ein Herzkissen?« Orchid grinste.

»Nein, nein. Etwas Nettes für Charlotte, sie hat morgen Geburtstag.« Charlotte war Susans Mitarbeiterin und gleichzeitig Stuarts kleine Schwester. Durch sie hatten sich die beiden kennengelernt, nachdem Susan Charlotte Ende letzten Jahres in ihrem Laden eingestellt hatte, um sie in dem Vorhaben zu unterstützen, endlich unabhängig zu werden. Nach einer schlimmen Ehe hatte sie mit ihren Kindern bei Stuart gewohnt. Ob sie das immer noch tat, wusste Orchid gar nicht.

»Oh, sie hat Geburtstag? Gut, dass du es mir sagst, natürlich schenke ich ihr auch was Kleines.«

»Da wird sie sich aber freuen.«

»Wie geht es Charlotte? Lässt ihr Ex sie inzwischen in Ruhe?«

Susan nickte. »Er hat wohl endlich eingesehen, dass es aus und vorbei ist. Er trifft die Kinder zweimal in der Woche unter Aufsicht, das ist aber auch alles.«

»Zum Glück.«

»Ja. Sie spart fleißig, damit sie sich demnächst endlich eine eigene Wohnung suchen kann.«

Ah, da hatte Orchid ihre Antwort.

»Oooh. Und wenn bei Stuart dann mehr Platz ist, könntest du ja …«

»Pfff!«, unterbrach Susan sie. »Du glaubst doch nicht,

dass ich aus der Valerie Lane wegziehe! Ich lebe in der schönsten Straße der Welt, meine Wohnung werde ich nie und nimmer aufgeben.«

Susan war die Einzige von ihnen, die auch in der Valerie Lane wohnte, direkt über ihrem Laden. Und sie hatte die Straße nicht von ungefähr die »schönste Straße der Welt« genannt, es hatten schon mehrere Online-Portale, Blogs und sogar Zeitungen sie als genau das bezeichnet.

»Na gut. Aber falls du es dir doch anders überlegst, sag mir Bescheid. Ich nehm die Wohnung sofort.«

Susan lachte. »Da kannst du lange drauf warten.«

»Also, womit kann ich dienen? Woran hattest du für Charlotte gedacht?«

»Das weiß ich ehrlich gesagt selbst noch nicht. Vielleicht würde ihr ein kleiner Korb mit verschiedenen Sachen zum Baden gefallen.«

»Eine gute Idee! Welche Frau freut sich nicht über ein Wellnesspaket? Guck mal, ich hab gerade vor ein paar Tagen neue Badeöle reinbekommen. Dann habe ich noch Badeperlen im Angebot und coole Schwämme.« Sie holte eine Reihe von bunten Schwämmen hervor. Susan schnappte sich sogleich den rosafarbenen in Form eines Flamingos.

»Der ist ja toll. Den nehme ich. Und warte mal, was hast du denn für Badeöle zur Auswahl?«

»›Himbeerschaumtraum‹ ist sehr beliebt.« Orchid reichte ihr eine Flasche. Sie hatte eine glitzernde Plastikhimbeere um den Hals gebunden.

»Perfekt. Was passt noch dazu?«

»Rosa Badeperlen? Und vielleicht noch ein Shampoo? Eins, das auch nach Beeren riecht?«

»Ich vertraue dir voll und ganz. Machst du mir einen Korb für ungefähr fünfundzwanzig Pfund zurecht? Ich hole ihn nach der Arbeit ab.«

»Mach ich.«

Susan gab ihr das Geld und verabschiedete sich, dann blieb sie aber doch stehen und zeigte ihr ein seliges Lächeln. »Wusstest du, dass Michael nächste Woche zurückkommt?«

»Ehrlich? Aus Australien? Ist das Jahr schon um?«

Susan nickte euphorisch. Jeder wusste, wie sehr sie ihren Bruder Michael liebte, der für ein Jahr nach Sydney gegangen war, um irgendwas in der IT-Branche zu arbeiten. Da Susan die Valerie Lane nie verließ, vor allem wegen ihres Ladens und ihres Hundes, hatte sie ihn die ganze Zeit nicht gesehen und freute sich nun riesig auf seine Rückkehr. Orchid kannte Michael nicht persönlich, da er auch vor Australien ständig beruflich unterwegs gewesen war, in Kanada und sonst wo, deshalb war er ihr immer mehr wie eine Legende vorgekommen als wie ein richtiger Mensch. Fast so wie Valerie, über die man sich jede Menge Geschichten erzählte, die aber doch immer irgendwie unreal war.

»Das freut mich so für dich, Susan. Du hast ihn sicher sehr vermisst.«

»Du kannst dir gar nicht vorstellen, wie sehr.«

»Bring ihn doch mal an einem Mittwochabend mit.« Da trafen sie sich nämlich immer in Laurie's Tea Corner und führten somit eine Tradition der guten Valerie fort, die zu ihren Lebzeiten vor über einhundert Jahren an jedem Mittwoch nach Ladenschluss ihre Türen geöffnet hatte, um den Menschen eine heiße Tasse Tee, ein offenes Ohr oder eine Schulter zum Anlehnen zu geben.

»Ich werde ihn mitzerren, ob er will oder nicht.« Susan zwinkerte vergnügt.

»Na dann … Bis später.«

»Bis später.«

Susan wandte sich zum Gehen und ließ Orchid mit ihren Gedanken zurück. Sie holte die beiden Kartons mit den neuen Glückwunschkarten hervor, die am Tag zuvor geliefert worden waren. Als sie sie in den Ständer einsortierte, stieß sie auf eine pinke Karte mit der Aufschrift *DANKE!* Sie erinnerte sich an eine ähnliche Karte, die Patrick ihr geschenkt hatte, kurz nachdem sie sich kennengelernt hatten. Sie waren sich auf einer Party von Freunden begegnet und hatten sich sofort zueinander hingezogen gefühlt, was Orchid überrascht hatte, denn sie hatte sonst eher auf Männer gestanden, die wie sie gesprächig, lustig und offen für alles waren. Patrick dagegen war eher still, fast schon unnahbar gewesen. Er hatte kaum mehr als drei Sätze gesprochen und auch keine Witze erzählt, obwohl er schon einige Biere intus gehabt hatte, doch er hatte diesen schwermütigen Ausdruck in den Augen gehabt, der sie in seinen Bann gezogen hatte und den sie unbedingt hatte ergründen wollen. Patrick war ein Vogel mit einem gebrochenen Flügel, um den sie sich kümmern wollte … Leider war es ihr bis zum heutigen Tag nicht gelungen, zu ihm durchzudringen.

Die Karte hatte sie noch immer. Er hatte etwas hineingeschrieben. *Danke, dass es dich gibt. Ich liebe dich. Dein Patrick.* Das hatte sie damals total süß gefunden. Solche Geschenke hatte er ihr schon lange nicht mehr gemacht.

Sie seufzte und stellte die leeren Kartons beiseite. Vielleicht würde sie heute Abend mal wieder einen Versuch wagen, endlich die Tiefe seiner Seele zu erforschen. Vielleicht machte sie sich aber auch nur etwas vor und sollte sich endlich eingestehen, dass sie das niemals schaffen würde. Denn wer sich nicht in seine Seele blicken lassen wollte, hatte höchstwahrscheinlich Gründe dafür. Und wenn Patrick Geheimnisse vor ihr hatte, hatte sie viel größere Probleme als nur, dass er ihr keine Dankeskarten oder Herzkissen mehr schenkte.

KAPITEL 2

Am Nachmittag kam eine Touristin zu Orchid in den Laden. Sie erzählte, dass sie aus Brighton stamme und Arwyn heiße.

»Sind Sie die Inhaberin dieses Geschäfts?«, fragte sie.

»Die bin ich«, antwortete Orchid fröhlich. »Was kann ich für Sie tun?«

Arwyn, um die dreißig, mit einer Kamera um den Hals ausgestattet, kam gleich zum Punkt. »Ich wollte mal fragen, ob ich eventuell Ihr Schaufenster fotografieren darf beziehungsweise die ganze Ladenfassade. Ich bin durch Zufall auf diese süße Straße gestoßen und stelle immer gerne Bilder von neuen tollen Orten bei Instagram rein.« Weil Orchid nicht gleich antwortete, fügte die junge Frau schnell noch hinzu: »Ich habe bereits über zwanzigtausend Follower.«

Orchid lächelte. »Na klar, machen Sie ruhig. Fotografieren Sie drauflos. Wie heißen Sie auf Instagram? Ich hinterlasse Ihnen gerne ein Like.«

»Oh, das ist aber nett.« Arwyn nannte Orchid ihren Instagram-Namen, lief mit ihrer Kamera herum, und bald hörte man nur noch »klick, klick, klick«.

Nachdem sie fertig fotografiert und sich noch mal bedankt hatte, verabschiedete Arwyn sich, und Orchid freute sich auf den Feierabend und einen hoffentlich romantischen Kinobesuch mit Patrick. Ein bisschen Romantik konnten sie gut brauchen.

Um Punkt sechs schloss sie den Laden ab und brachte Susan Charlottes Geschenk vorbei, da sie wusste, dass diese nur bis zwei Uhr nachmittags aushalf und es daher keinesfalls schon vor ihrem Geburtstag sehen würde.

»Danke, dass du es mir extra rüberbringst«, sagte Susan. »Das wäre aber nicht nötig gewesen.«

»Kein Problem. Ich will heute nicht so spät loskommen, weil ich mich nämlich gleich mit Patrick treffe. Wir wollen ins Kino.«

»Was guckt ihr euch an?«

»Keine Ahnung. Diesmal ist er dran mit Aussuchen, es dürfte also irgendein amerikanischer Actionfilm sein.«

Patrick kam aus den USA, genauer gesagt aus West Virginia. Er war erst seit seinem achtzehnten Lebensjahr in England und stand noch immer auf alles Amerikanische.

»Na, dann wünsche ich euch viel Spaß.«

»Danke.«

»Ach, übrigens ... Da wir doch vorhin darüber geredet haben, dass die Valerie Lane die schönste Straße der Welt ist. Heute kam eine junge Frau in meinen Laden und hat gefragt, ob sie unsere Straße und mein Schaufenster fotografieren darf. Sie meinte, sie habe noch nie so eine hübsche kleine Straße gesehen und sie sei schon viel gereist.«

»Ah, diese Touristin? Arwyn? Die war auch bei mir und hat gefragt.«

»Ja, genau die. Hach, ist es nicht schön, wie berühmt unsere Straße wird? Wenn du bei Instagram den Hashtag *valerielane* eingibst, erscheinen unglaublich viele Beiträge, und es werden jeden Tag mehr.«

»Ja, ich denke, das haben wir hauptsächlich Ruby zu verdanken. Seit sie Valeries Tagebuch ausgestellt hat, kommen die Leute in Scharen in unsere Straße. Sie pilgern regelrecht her, als wäre die Valerie Lane eine Art Wallfahrtsort.« Orchid lachte.

»Ja, so kommt es mir auch vor.«

Ruby, die Besitzerin von Ruby's Antiques & Books, hatte schon als Kind Valeries Tagebücher unter einer alten Holzdiele im Laden ihrer Mutter entdeckt. Damals hatte es dort lediglich staubige Antiquitäten gegeben, und genauso alt und antik, jedoch ganz besonders waren diese Tagebücher, die Ruby ihnen allen viele Jahre vorenthalten hatte. Ruby war mit achtzehn zum Studieren nach London gegangen und erst wieder zurückgekommen, als ihre Mutter Meryl bereits im Sterben lag; das war ein Jahr, bevor Orchid in die Valerie Lane fand. Ruby übernahm dann den Antiquitätenladen, war bei den Mittwochstreffen dabei und war Orchid und den anderen eine richtig gute Freundin geworden. Erst im letzten Jahr hatte Ruby dann an einem Mittwochabend eines von Valeries Tagebüchern mitgebracht und ihnen davon erzählt. Obwohl Orchid es ihr anfangs übel genommen hatte, dass sie ihren wertvollen Fund so lange vor ihnen verheimlicht hatte, konnte sie ihr doch nicht wirklich böse sein. Und seit Ruby ihnen aus den Büchern vorlas, war sowieso alles vergeben und vergessen, und sie alle freuten sich einfach nur, jedes Mal ein bisschen mehr über ihr großes Vorbild zu erfahren.

Valerie Bonham war eine ganz besondere Frau gewesen. Orchid war sich sicher, dass die Welt nie wieder so eine gutherzige Person gekannt hatte, jemanden, der so selbstlos war und immer erst an andere dachte, bevor er auch nur einen Gedanken an sich selbst verschwendete. Valerie hatte niemals Kinder bekommen, obwohl es ihr größter Wunsch gewesen war, und deshalb hatte sie ihre Liebe und Fürsorge anderweitig verteilt. Orchid musste oft an sie denken, und sie fragte sich in gewissen Situationen, was Valerie wohl getan hätte. Vielleicht hielt sie ja ihretwegen so an der Beziehung zu Patrick fest, weil auch sie ein guter Mensch sein und Patrick helfen wollte, weil sie nicht aufgeben und kein Verlierer sein wollte. Womöglich war das der wirkliche Grund, warum sie ihren Freundinnen gegenüber so tat, als wäre alles in bester Ordnung.

»Na, vielen Dank auf jeden Fall«, sagte Susan. »Der Korb sieht toll aus, Charlotte wird sich bestimmt riesig freuen.«

»Das hoffe ich. Ich komm morgen mal vorbei, um ihr zu gratulieren.«

»Alles klar. Dann habt viel Spaß im Kino, du und Patrick.«

»Werden wir garantiert haben. Was machst du heute noch Schönes?«

»Ach, das Übliche. Ich werde gleich noch einen kleinen Spaziergang mit Terry machen, und später kommt dann Stuart vorbei. Er bringt seine Gitarre mit, er sagt, er will mir ein paar neue Songs vorspielen.«

Orchid seufzte innerlich. Sie fand es so süß, wie Susan Stuart zu inspirieren schien. Stuart war Gitarrenlehrer und brachte nebenbei den Leuten im Gemeindezentrum kostenlos das Spielen bei. Seit er mit Susan zusammen war, hatte er schon mehrere Songs nur für sie geschrieben, wunderschöne Liebeslieder, ein paar davon hatte er auf Susans Geburtstagsparty vergangene Woche zum Besten gegeben. Vor allen Leuten! Manchmal wünschte Orchid sich auch so einen romantischen Freund wie Stuart. Oder wie Barry, das war Lauries Mann, der vor versammelter Mannschaft auf die Knie gegangen war und ihr einen Antrag gemacht hatte. Aber sie wollte sich nicht beklagen, Patrick hatte auch seine guten Seiten. Er war ihr treu, hörte ihr zu, war für sie da. Nur würde sie sich wünschen, dass er sie endlich mal für ihn da sein ließe. Dass er ihr nur einmal sein Herz ausschütten würde.

Sie machte sich auf zu dem Handyladen, in dem er arbeitete. Als sie die Cornmarket Street entlangging, kam sie an einem Straßenkünstler vorbei, der riesige Seifenblasen zauberte. Sie waren größer als er selbst und zerplatzten mit einem Plopp auf dem Boden, dass es spritzte. Orchid beobachtete die Blasen fasziniert. Das liebte sie an Oxford, es gab immer irgendwas Cooles zu bestaunen, und obwohl es nur ein Städtchen war, wurde einem nie langweilig.

Nachdem sie sich endlich von dem Seifenblasenzauber gelöst hatte, weil sie Patrick nicht warten lassen wollte, eilte sie um die Ecke George Street und kam ein wenig japsend bei ihm an. Er lächelte ihr zu, als er sie durch die Tür kommen sah. Da er in einer der Hauptverkaufsstraßen arbeitete, wo die Geschäfte teilweise bis sieben oder sogar acht geöffnet hatten, war er noch beschäftigt, obwohl er offiziell ebenfalls um sechs Uhr Feierabend hatte.

»Ich brauche noch einen Moment, muss nur schnell herausfinden, warum der Akku hier ständig ausgeht«, sagte er und wirkte sofort wieder schwer konzentriert.

»Kein Problem, lass dir Zeit. Die Filme beginnen erst um acht, ich dachte aber, wir könnten vorher vielleicht noch was essen gehen.«

»Klar, warum nicht. Worauf hast du Appetit?«

Wieder dieses Spiel ...

Da sie keine Lust auf ein langes Hin und Her hatte, erwiderte sie: »Mir ist heute nach einem Burger. Und Süßkartoffelpommes.« Ihre Freundinnen waren neidisch auf sie, weil sie essen konnte, was sie wollte, ohne zuzunehmen. Aber so war es schon immer gewesen. Sie konnte riesige Mengen in sich hineinschaufeln, sie war einfach mit einem guten Stoffwechsel gesegnet.

»Burger und Pommes hören sich super an.« Patrick lächelte wieder, und sie dachte, wie sehr sie sein Lächeln doch liebte. Es hatte etwas Warmes, Zuversichtliches, etwas, das Patrick in Worten nur selten ausdrückte.

Zehn Minuten später hatte er das Problem behoben und das Handy wieder zusammengebaut. Er sagte seinem Kollegen, dass er jetzt Schluss für heute machte, zog seine schwarze Lederjacke über, in der er ihrer Meinung nach mehr nach Paul Walker aussah denn je, und kam auf Orchid zu. Er gab ihr einen Kuss und nahm ihre Hand. So gingen sie zwei Straßen weiter zum Burger-Restaurant, wo Patrick für sie beide bestellte. Er wusste genau, was sie wollte, und das war richtig schön. Dass er sie so gut kannte, dass sie so vertraut miteinander waren … Oder war es schlicht die Gewohnheit, die so schön war? So bequem? Waren sie dabei, zu einem von diesen Paaren zu werden, bei denen alles nur noch gewohnt und langweilig und überhaupt nicht mehr aufregend war?

Sie aßen überwiegend schweigend, erzählten sich in knappen Worten von ihrem Tag und begaben sich dann zum Kino. Dort kaufte Orchid das Popcorn, während sie Patrick den Film aussuchen und die Karten besorgen ließ. Während des Films kuschelte sie sich an ihn und bat ihn schweigend um Entschuldigung, dass sie diese Gefühle hatte, die sie nicht mehr ausblenden konnte.

»Wie fandest du den Film?«, fragte Patrick, als der Abspann lief.

»Spannend.« Das war er wirklich gewesen. Sie hätte ja lieber *Shape of Water – Das Flüstern des Wassers* gesehen, aber Patrick hatte sich für *Death Wish* mit Bruce Willis entschieden. Der Film handelte von einem Vater, der nach der Ermordung seiner Familie das Gesetz selbst in die Hand nahm und auf Rache gesinnt war.

Das brachte Orchid auf den Gedanken, wieder einmal das Thema Familie anzusprechen. Sie sah Patrick aus den Augenwinkeln an und überlegte, wie sie es am besten anstellen sollte, ohne dass er gleich dichtmachte.

Wie war denn dein Vater so? Hatte er Ähnlichkeit mit Bruce Willis?

Verflixt und zugenäht – sie hatte absolut keinen

Schimmer, wie sie beginnen sollte. So ging ihr das seit Jahren! Und selbst wenn sie Patrick mal etwas hatte entlocken können, war sie danach auch nicht wirklich schlauer als vorher gewesen.

Sobald sie draußen waren, fragte Patrick: »Wollen wir den Bus nehmen oder laufen?«

Sie hatten es vom Kino nicht weit nach Hause, es waren keine zwanzig Minuten zu Fuß.

»Lass uns ruhig laufen, ein bisschen frische Luft tut sicher gut.« Vielleicht würde ihr dabei ja etwas Geniales einfallen.

Patrick nickte und hielt ihr den Arm hin, in den sie sich einhakte.

»Du, Patrick …«, begann sie vorsichtig. »Dieser Film … Es muss wirklich hart sein, wenn man auf einen Schlag seine gesamte Familie verliert … Vermisst du deine Eltern sehr?«

Sein Vater und seine Mutter waren bei einem Autounfall gestorben, als er vierzehn gewesen war, das hatte er ihr anvertraut. Viel mehr hatte er aber nicht darüber erzählt.

Patrick nahm sogleich wieder diesen Gesichtsausdruck an, der irgendwie versteinert wirkte und auch ein wenig genervt. So, als wollte er ihr wortlos mitteilen, dass er ihr doch schon mehr als einmal gesagt habe, er wolle nicht darüber reden.

»Klar tue ich das«, antwortete er. »Ich werde aber nicht zum blutrünstigen Killer mutieren, keine Sorge.« Er lachte, wollte wohl, dass es wie ein Witz rüberkam, doch es wirkte einfach nur verkrampft.

»Das musst du auch nicht, deine Eltern wurden ja nicht getötet. Oder hat der andere Autofahrer etwa mit Absicht diesen Unfall gebaut?«

Keine Antwort von Patrick.

»Es war doch ein anderer Fahrer beteiligt, oder sind sie etwa gegen einen Baum gefahren oder von einer Klippe gestürzt oder so was?« Sie konnte nicht glauben, dass sie nicht einmal das wusste. Nach vier gemeinsamen Jahren.

Patrick warf ihr einen unmissverständlichen Seitenblick zu. Noch immer schwieg er beharrlich.

»Patrick, ich weiß nicht, warum du mir immer noch nicht erzählen willst, was damals passiert ist. Ich meine, wir sind schon so lange zusammen. Denkst du nicht, ich habe ein Recht darauf, ein bisschen was von deiner Vergangenheit zu erfahren?« So langsam wurde sie sauer, wenn auch ungewollt.

»Das hast du wohl«, sagte er und blieb stehen. »Es ist nur nicht leicht für mich, darüber zu reden.«

»Das hab ich auch schon mitbekommen«, sagte sie und versuchte mühevoll, es nicht sarkastisch klingen zu lassen. Sie war halt ein sehr direkter Mensch, deshalb machte es sie ja auch wahnsinnig, dass Patrick sich so extrem verschloss, vor allem vor ihr, der er wirklich alles sagen konnte.

»Ich kann nicht darüber reden, weil … weil ich dabei war.« Patrick fiel praktisch in sich zusammen, er kam ihr auf einmal unglaublich klein und zerbrechlich vor.

»Oh mein Gott! Das wusste ich ja nicht, Patrick. Warum hast du nie …«

»Weil ich wie gesagt nicht drüber reden kann. Würdest du das einfach mal akzeptieren? Bitte?« Seine Augen flehten sie an.

»Okay. Tut mir leid, dass ich immer wieder darin rumstochere.«

Patrick nickte und ging weiter.

»Ich würde nur so gerne ein wenig mehr über dich erfahren. Selbst wenn du nicht über den Unfall reden willst, was ich absolut verstehe, sprichst du auch nie über irgendwas anderes. Gib mir doch wenigstens ein bisschen was. Erzähl mir, wie es war, in West Virginia aufzuwachsen. Erzähl mir von deinen Freunden. Oder von deinen Hobbys als kleiner Junge. Irgendwas!«

Patrick seufzte. Ohne sie anzusehen, sagte er: »Ich hab dir doch schon erzählt, dass meine Kindheit in Union eben war, wie eine Kindheit in einem kleinen Kaff auf dem Land so ist. Ich bin mit meinen Freunden Fahrrad gefahren, auf Bäume geklettert, und wir haben uns eine Schleuder gebastelt, mit der wir Murmeln auf Briefkästen geschossen haben. Ich hatte einen Hund, Buster, mit dem ich den ganzen Tag draußen im Garten herumgetollt bin.«

»Ja, von Buster hast du mir erzählt. Was war das noch gleich für ein Hund? Ein Rottweiler?«

»Genau. Ich habe ihn bekommen, als ich acht war. Zum Geburtstag. Er war mein bester Freund.«

Orchid hörte Patrick zu, und es beschlich sie wie jedes Mal ein merkwürdiges Gefühl. Denn irgendwie hörte es sich einstudiert an, als wäre Patrick ein Roboter, dessen Knopf man gedrückt hatte und der einem das aufsagte, was er auswendig gelernt hatte.

»Danke, dass du mich teilhaben lässt«, sagte sie dennoch und sah hinauf zu den Sternen, als könnten die ihr mehr Antworten geben als ihr Freund.

Zu Hause gingen sie sofort ins Bett und liebten sich. Das war zwischen ihnen nie ein Problem gewesen; was körperliche Intimitäten anging, verstanden sie sich, denn da brauchte man keine Worte. Sie verstanden sich sogar erstaunlich gut. Manchmal, fand Orchid, war es, als würden ihre Körper miteinander verschmelzen. Und dann wusste sie wieder, dass sie zueinander gehörten. Wer brauchte denn Worte, wenn er Liebe und Leidenschaft hatte?

»Kommst du am Samstag mit zu meinen Eltern?«, fragte sie, als sie danach aneinandergekuschelt unter den Decken lagen.

»Am Samstag? Ich glaube nicht, dass das was wird. Da muss ich arbeiten.«

»Ich doch auch. Aber André übernimmt nachmittags.« André war ihre Aushilfe, ein französischer Austauschstudent. »Es wäre echt nett, wenn wir alle mal wieder zusammenkämen. Phoebe, Lance und das Baby werden auch da sein.«

»Ich denke nicht, dass ich früher von der Arbeit wegkomme.«

»Dann nach der Arbeit.«

»Hm … Ich wollte mich eigentlich mit Dave treffen. Hab ihm versprochen, ihm seinen DVD-Player zu reparieren.«

Warum sagst du nicht einfach, dass du keine Lust hast?, dachte Orchid ein wenig genervt. Manchmal fragte sie sich aber auch, ob es einfach zu schwer für ihn war, an einem heilen Familienleben teilzunehmen, nachdem er selbst niemanden mehr hatte. Mit seinen Eltern hatte er jeden noch lebenden Verwandten verloren, hatte er ihr erzählt. Sie fand es so schade, dass er ihre Familie nicht als das ansah, was sie für ihn sein könnte: neue Verwandte – Menschen, die sich um ihn sorgten.

»Okay, dann geh halt zu Dave.«

»Bist du sauer?«, fragte er.

»Nein, schon gut.« Sauer war sie nicht, enttäuscht aber schon. Denn Patrick kam so gut wie nie irgendwohin mit. Nicht mit zu ihren Eltern, nicht auf Susans Geburtstagsfeier und nie in Laurie's Tea Corner an einem Mittwochabend. Dabei waren doch diese Stunden die schönsten der Woche für sie. Sie hätte es einfach nett gefunden, wenn er – wenigstens ab und zu – mal dabei gewesen wäre. Denn guter Sex war nun mal nicht alles, was eine Beziehung ausmachte …

Andererseits war Patrick schon seit Längerem nicht mehr die Person, die sie bei den Treffen vermisste … Das war jemand ganz anderes.

KAPITEL 3

Auf dem Weg zu Laurie's Tea Corner lugte Orchid in den Blumenladen. Emily's Flowers. Tobin hatte ihn, um ihn den anderen Läden der Valerie Lane anzupassen, nach seiner Grandma benannt, die stille Teilhaberin war. Orchid hatte die alte Dame seit der Eröffnung im Februar letzten Jahres ein paarmal gesehen und fand sie trotz ihrer Strenge und ihres schnippischen Verhaltens großartig. Sie stand mit beiden Beinen im Leben und hatte viel erreicht – das wollte Orchid auch sagen können, wenn sie eines Tages achtzig wäre. Zumindest schätzte sie die gute Dame vom Alter her so ein, sie konnte sich aber auch täuschen, denn das ständige Stirnrunzeln, das Emily Sutherland begleitete, machte sie faltiger und älter, als sie vielleicht war. Tobin schien sie trotz ihrer immer tadelnden Worte sehr zu schätzen.

Bei Tobin war zwar noch Licht an, sie konnte aber durchs Fenster keinen Blick auf ihn erhaschen, also überquerte sie die Straße und betrat den Teeladen.

Noch bevor sie das zauberhafte kleine Geschöpf entdeckte, wusste sie, was los war. Das entnahm sie der Sprache, die ihre Freundinnen plötzlich angenommen hatten. Man hörte nur noch »Gutschigutschigu« und »Dutzidutzidu« und hätte denken können, dass die Erde von einer außernatürlichen Intelligenz erobert und eine neue Sprache eingeführt worden wäre. Doch natürlich galten diese komischen Laute nur der zuckersüßen Clara, die Laurie heute Abend mit dabeihatte.

Laurie hatte Clara ein paar Tage vor Neujahr zur Welt gebracht, an einem Mittwoch – wie sollte es anders sein? Orchid zerfraß es noch immer, dass sie, die eigentlich als Geburtsbegleiterin hätte dabei sein sollen, ausgerechnet in der Woche krank gewesen war. Sie hatte mit Grippe flachgelegen, und Susan hatte ihren Part übernommen. Orchid war eigentlich kein Babymensch, zumindest dachte sie nicht im Mindesten darüber nach, in absehbarer Zeit eigene Kinder in die Welt zu setzen. Doch sie war auch schon bei Emilys Geburt dabei gewesen – bei Baby-Emily, nicht bei Schnippische-alte-Dame-Emily. Ihre Schwester Phoebe hatte ihre Tochter übrigens exakt nach dieser benannt, oder besser nach Tobins Laden, nachdem sie das Schild gesehen und einen Narren an dem Namen gefressen hatte. Orchid wäre wirklich gerne auch in Lauries schwerster Stunde da gewesen und hätte ihr beigestanden, Atemübungen mit ihr gemacht und ihr lustige Geschichten erzählt, um sie von den Schmerzen abzulenken. Andererseits, wenn sie sich Laurie und Barry und ihr junges Familienglück so ansah, war sie sich ziemlich sicher, dass da bald wieder Nachwuchs angesagt war. Dann könnte sie vielleicht doch noch die Freundin sein, der Laurie die Hand während der unerträglichen Wehen zerquetschte, von denen Orchid sich fragte, wie nur irgendeine Frau auf der Welt sie freiwillig auf sich nehmen konnte.

Orchid vermied jede Art von Schmerz. Früher einmal hatte sie sich vorgenommen, sich den ganzen Unterarm tätowieren zu lassen, mit wunderhübschen bunten Blumen, Schmetterlingen, einer Sonne und einer Biene. Doch schon nachdem sie sich die erste Blume hatte stechen lassen, hatte sie genug gehabt und beschlossen, es bei dem einen Tattoo zu belassen. Auch putzte sie sich ihre Zähne dreimal am Tag, um dem Zahnarztbohrer vorzubeugen. Sie trug nur flache, bequeme Schuhe, weil sie sich keine engen High Heels antun wollte, und natürlich vermied sie jede Art von Streit, weil seelische Schmerzen die schlimmsten waren. Orchid Hurley war ein harmoniebedürftiger, fröhlicher Mensch, einer, für den das Leben wirklich eitel Sonnenschein war, und selbst wenn es mal regnete, schloss sie einfach die Augen und zauberte sich in ihrer Fantasie die Sonne herbei. So war sie schon immer gewesen, das war ihre Natur, und ihre Freundinnen sagten ihr, dass sie sie genau deshalb so schätzten. Wenn der Haus- oder der Ladensegen nämlich mal schiefhing, brauchte man einfach nur Orchid herbeizuholen, die wusste schon Rat. Die hellte mit ihrer Fröhlichkeit, mit ihrem Elan, mit ihrer heiteren Art alles wieder auf.

Ja, so war Orchid, zumindest war sie immer so gewesen. Nur in letzter Zeit, ziemlich genau seit Februar letzten Jahres, war irgendetwas mit ihr geschehen, und ihr eigener Haussegen war es, der seither schiefhing. Ihr Herzsegen hatte einen verschleierten Vorhang vor die Sonne gehängt und ließ diese nur noch teilweise hindurch. Mehr und mehr verdüsterte sich ihr Gemüt, besonders wenn sie an eine bestimmte Person dachte, an die sie gar nicht so viel denken sollte. Denn es war nicht derjenige, den sie vor vier Jahren in ihr Herz gelassen hatte, nicht der, mit dem sie Heim und Bett teilte.

Patrick hatte sie damals runtergeholt von ihrer Ich-date-mal-hier-und-mal-da-Einstellung. Er war es gewesen, der ihr Geborgenheit geschenkt hatte. Und damals hatte sie es schön gefunden, dass er so ein guter Zuhörer war, dass er sie nie unterbrach, wenn sie ihm stundenlang unbedeutendes Zeug erzählte. Sie hatte ihn für aufmerksam gehalten, nicht ahnend, dass er ihr nur einfach nichts über sich erzählen wollte. Das brachte sie inzwischen fast um den Verstand. Es fehlte ihr so sehr, dieses Gefühl, gebraucht zu werden. Sie sehnte sich nach innigen Gesprächen, nach Vertrautheit, nach peinlichen Geständnissen, nach lustigen Geschichten und traurigen Erlebnissen und wunderschönen Erinnerungen, die man nur mit seinem Herzensmenschen teilen mochte.

Tobin war da anders. Tobin erzählte viel und gerne. Er war lustig und offen, und bei ihm hatte man nicht das Gefühl, gegen Windmühlen anzukämpfen. Tobin verdeutlichte ihr mehr und mehr, was sie sich in einer Beziehung eigentlich wünschte. Doch an Tobin durfte sie jetzt gar nicht denken …

»Hi, Orchid, schön, dass du da bist«, begrüßte Laurie sie.

»Hi, Laurie. Wie ich sehe und höre, hast du heute Clara dabei.«

»Ja, ich dachte, ich bringe sie mal wieder mit. Barry trainiert heute seine Jungenmannschaft.«

»Sie ist wirklich jedes Mal, wenn ich sie sehe, noch ein bisschen niedlicher geworden.« Orchid beugte sich zu dem Maxi-Cosi hinunter, in dem Clara mit großen Augen lag. Sie blickte in die Gegend, als wollte sie die ganze Welt auf einmal erkunden. Ein neugierigeres Kind hatte Orchid nie gesehen.

Laurie hatte der Kleinen, die das rote Haar von ihr geerbt hatte, ein typisches rosa Outfit angezogen und ein hübsches weißes Mützchen aufgesetzt. Falls Orchid doch jemals eine Tochter hätte, würde sie ihr ganz provokativ blaue Sachen und Baseballkappen aufsetzen, um die Leute zu irritieren. Sie musste schmunzeln.

Statt Gutschigutschigu fragte sie Clara: »Na, meine Kleine, wie geht's dir? Darfst du schon ekligen Karottenbrei essen?«

Laurie lachte. »Sie ist gerade mal dreieinhalb Monate alt. Mit Brei werden wir frühestens mit sechs Monaten anfangen.«

»Klappt es gut mit dem Stillen?«, fragte Keira.

Orchid verzog das Gesicht, denn das war nun ein Thema, über das sie sich nicht unbedingt die nächste halbe Stunde unterhalten wollte.

»Es klappt immer noch super. Am liebsten würde ich sie stillen, bis sie acht ist.«

»Urgs«, machte Orchid und sah zu Thomas, den Keira, die Besitzerin der Chocolaterie, heute mitgebracht hatte. Er lächelte fröhlich vor sich hin. Wahrscheinlich hatten die beiden ihr zukünftiges Familienleben auch schon haargenau geplant. Bei Thomas konnte sie sich gut vorstellen, dass er in Elternzeit gehen und Keira weiterarbeiten würde. Laurie hatte die ersten drei Monate nach Claras Geburt nur ab und zu mal im Laden geholfen, seit Anfang April stand sie wieder drei Tage die Woche in der Tea Corner. Dann passte Barrys Mutter auf die Kleine auf. »Können wir bitte über was anderes reden?«, bat Orchid nun.

»Habe ich euch schon erzählt, dass Michael nächste Woche aus Australien zurückkommt?«, fragte Susan ganz aufgeregt.

»Mir hast du es erzählt«, erwiderte Orchid.

»Mir auch«, sagte Ruby.

»Ich glaube, du hast uns allen schon ausführlich davon berichtet«, lachte Laurie.

»Na, wie auch immer. Er hat ein Angebot für eine feste Anstellung aus London bekommen, über das er ernsthaft nachdenkt. Ich bete, dass er es annimmt, dann wäre er nämlich immer ganz in meiner Nähe.«

Orchid sah Susan an. Manchmal vergaß sie, wie wenig Menschen Susan um sich herum hatte. Sie hatte zwar ihren Hund Terry und seit Kurzem auch Stuart an ihrer Seite, doch ihre Mutter war bereits verstorben, ihr Vater, zu dem sie kein sehr gutes Verhältnis hatte, lebte in einem Seniorenheim, und Geschwister hatte sie außer Michael keine. Sie musste wirklich überglücklich sein, dass er bald wieder da sein würde. Orchid konnte sich ein Leben ohne Phoebe überhaupt nicht vorstellen, sie war nämlich nicht nur ihre Schwester, sondern auch ihre beste Freundin, ihr vertraute sie alle Sorgen an und hatte so viele schöne Momente mit ihr zusammen erlebt. Seit ihrer Kindheit waren sie unzertrennlich. Wäre Phoebe nicht zwei Jahre älter und früher immer einen Kopf größer gewesen, hätte man sie fast für Zwillinge halten können. Inzwischen waren sie in etwa gleich groß, hatten beide langes blondes Haar, und man sah ihnen auf hundert Meter Entfernung an, dass sie Schwestern waren. Sie dachten gleich, sie hatten die gleichen Vorlieben und Abneigungen; einzig, dass Phoebe sich immer schon eine eigene Familie gewünscht hatte, unterschied sie voneinander.

»Wann genau kommt er an?«, erkundigte sich Keira.

»Am Montag, den dreiundzwanzigsten. Ich hole ihn natürlich vom Flughafen ab. Und ich bringe ihn mit in die Valerie Lane, denn er wird fürs Erste bei mir wohnen. Bis er sich wegen London entschieden hat.«

»Ooooh, noch ein heißer Typ in unserer Straße!«, sagte Laurie.

»Noch einer? Was meinst du damit, wer ist denn hier noch heiß?«, fragte Orchid und lachte, Tobin gekonnt ausblendend. »Mr. Monroe etwa oder Mr. Spacey?«

Mr. Monroe war Ende fünfzig und lebte über ihrem Gift Shop; Mr. Spacey, der Verwalter der Valerie Lane, war ungefähr genauso alt. Beide waren eher klein, gedrungen und hatten eine Vorliebe für Hüte.

Apropos Hüte. In diesem Augenblick betraten ihre liebe Freundin Mrs. Witherspoon und deren Göttergatte Humphrey, der wie immer seine alte Pilotenmütze trug, die Tea Corner.

»Guten Abend, alle miteinander«, sagte die alte Dame und zeigte ihnen ihr herzallerliebstes Lächeln.

Mrs. Witherspoon war seit Jahren eine Stammkundin

in der Valerie Lane. Sie war ihnen sehr ans Herz gewachsen, sie alle waren sogar dabei gewesen, als sie im vergangenen Jahr ihrem Humphrey das Jawort gegeben hatte. Wenn Orchid sie jetzt betrachtete, konnte sie nur denken, dass dieser Mann das Beste war, das Mrs. Witherspoon auf ihre alten Tage hatte passieren können. Die beiden waren so süß miteinander.

»Guten Abend, Mrs. Witherspoon!«, grüßten sie zurück. Die Gute hatte ihnen schon so oft angeboten, sie beim Vornamen anzureden, doch für Orchid und ihre Freundinnen war und blieb sie einfach Mrs. Witherspoon, obwohl sie seit bald einem Jahr eigentlich Mrs. Graham hieß. »Und guten Abend, Humphrey«, fügten sie hinzu.

»Guten Abend, Ladys«, grüßte Humphrey, hob die Pilotenmütze und verbeugte sich, ganz Gentleman.

»Da ist ja die kleine Clara«, sagte Mrs. Witherspoon ganz begeistert. Sie war früher einmal Hebamme gewesen und vergötterte Babys. Leider hatte sie, wie die gute Valerie, nicht das Glück gehabt, selbst Mutter zu werden, doch mit Humphrey hatte sie gleich vier Enkelkinder bekommen, was Orchid riesig für sie freute. Wenn es einen Menschen gab, der unbedingt eine Grandma sein sollte, dann Mrs. Witherspoon.

Die alte Dame mit den vom Wind verwüsteten weißen Haaren beugte sich über das Baby und staunte. Auch sie machte diese Laute wie alle anderen, dann bot Laurie ihr einen Stuhl an, und sie setzte sich. Humphrey tat es ihr gleich.

»Darf ich Ihnen einen Tee anbieten? Heute trinken

wir eine Zitrusmischung, weil es draußen schon so schön frühlingshaft ist.«

»Habt ihr die Krokusse überall gesehen? Sie sehen so hübsch aus«, sagte Mrs. Witherspoon.

Orchid nickte lächelnd. Die Krokusse waren ihr am Morgen auf dem Weg zur Arbeit tatsächlich auch aufgefallen. Sie schienen wie aus dem Nichts aus der Erde geschossen zu sein, blühten nun in Lila und Gelb und verbreiteten Freude und Frühlingsgefühle.

»Was meine Frau eigentlich sagen möchte«, meldete sich Humphrey zu Wort. »Wir hätten liebend gern einen Zitrustee. Nicht, mein Schatz?«

Mrs. Witherspoon griff nach Humphreys Hand, nickte und lächelte. Orchid überkam ein Gefühl, das sie nicht richtig einordnen konnte, da sie es bisher überhaupt nicht gekannt hatte. War das etwa der Wunsch nach dem hier? Nach einer Beziehung, die so war wie die der beiden wunderbaren Alten? War es der Wunsch nach ewigem Glück? Nach Heirat sogar? Nach einer Familie?

Sie schüttelte den Kopf. Nein, das war nicht das, was sie im Leben wollte. Zumindest noch nicht jetzt. Erst mal wollte sie leben – was natürlich nicht bedeuten sollte, dass man das mit einer Familie nicht tun konnte. Es wäre aber ein anderes Leben, eines, das einem einiges abverlangte. Da steckte so viel Verantwortung drin, denn sich um ein Kind zu kümmern, war doch etwas ganz anderes als um einen Partner, das sah sie bei Phoebe. Vor allem aber benötigte es absolute Hingabe und Aufrichtigkeit, und ehrlich gesagt war sie sich nicht sicher, ob Patrick der Richtige für den Job als Familienvater wäre. Dass sie diesen Gedanken hatte, erschreckte sie selbst ein wenig, denn so richtig hatte sie darüber noch nie nachgedacht. Sähen ihre Gefühle, ihre Einstellung zu einer eigenen Familie anders aus, wenn sie mit einem anderen Mann zusammen wäre?

Während Laurie Tee einschenkte, machte Clara sich lauthals bemerkbar.

»Oje, ich glaube, sie hat Hunger.« Laurie füllte alle Becher, stellte die Kanne ab, nahm Clara auf den Schoß und machte Anstalten, die Strickjacke aufzuknöpfen.

Orchid sah, wie Thomas unbehaglich wurde. Sie musste schmunzeln.

»Thomas, hattest du nicht vor einer Weile mal vorgeschlagen, uns eine private Stadtführung zu geben?«, lenkte sie ihn von den Brüsten ab.

Er schien dankbar und nickte überschwänglich. »Genau! Das sollten wir auf jeden Fall mal machen.«

»Ja, das finde ich auch«, sagte Susan. »Schließlich bist du Geschichtslehrer und weißt so viel mehr über unsere Stadt als wir.«

»Das tut er«, sagte Keira, noch immer ganz verliebt, und legte Thomas eine Hand auf den Oberschenkel.

Keira hatte ihnen allen erzählt, dass Thomas sie einmal nach oben auf die Aussichtsplattform der St. Mary's Church gebracht und ihr dabei auch noch die Geschichte der »Bloody Mary« erzählt hatte, die im sechzehnten Jahrhundert England regiert und wohl das Hobby gehabt hatte, Männer auf den Scheiterhaufen zu schicken. Irgendwie gefiel sie Orchid.

»Und bitte keine blutigen Details weglassen«, forderte sie.

»Na gut, wenn das euer Wunsch ist.«

»Ich wäre auch sehr gern dabei«, meinte Ruby, die bisher noch gar nichts gesagt hatte. Was nichts Außergewöhnliches war, weil sie von der stillen Sorte war. Dass sie mitkommen wollte, überraschte Orchid nicht, da Geschichte zu ihren großen Leidenschaften zählte.

»Wollen wir gleich was ausmachen?«, fragte Keira. »Damit wir nicht wieder davon abkommen?«

»Klar.« Thomas überlegte. »Wann könnt ihr denn überhaupt alle mal? Ihr steht doch sieben Tage die Woche in euren Läden.«

»Ein Feiertag wäre gut. Dann sind unsere Geschäfte geschlossen«, sagte Susan.

»Welcher ist der nächste Feiertag?«, grübelte Orchid.

»May Day!«, kam Ruby als Erste drauf.

»Stimmt.« Laurie nickte. »Der fällt dieses Jahr, glaube ich, auf den … Siebten.«

Orchid rief die Daten der nächsten Montage im Kopf auf. Der erste Montag im Mai, der May Day, der in Großbritannien ein offizieller Feiertag war, fiel tatsächlich auf den Siebten.

»Jap! Laurie hat recht.«

»Perfekt. Wer ist dabei?« Thomas sah in die Runde. Alle hoben eifrig die Hand, sogar Mrs. Witherspoon und Humphrey. »Dann ist das ein Plan!«

Orchid würde Patrick fragen, ob er auch Lust auf die private Sightseeingtour hatte. Sie waren im letzten Jahr zur Weihnachtszeit zusammen mit Laurie, Barry, Keira und Thomas nach London gefahren, um das Winter Wonderland, einen coolen weihnachtlichen Jahrmarkt, zu besuchen. Es hatte richtig Spaß gemacht, und sogar Patrick war ausgelassen gewesen. So war er nur selten. Vielleicht würde diese Tour auch wieder einen Funken Unbeschwertheit in ihm auslösen, die sie so vermisste.

Hmmm, überlegte sie im nächsten Augenblick, kann man etwas vermissen, das nie wirklich da gewesen ist?

Es waren nicht alle so wie sie, das war ihr klar. Trotzdem gab es sie, diese Menschen ... diese Männer, die einfach das Gute im Leben sahen, die immer ein Lächeln auf den Lippen hatten, die offen waren und fröhlich, die einem das Gefühl gaben, sie freuten sich, einen zu sehen ...

Wie auf Knopfdruck kam Tobin aus seinem Laden und ging die Straße hinunter. Orchid beobachtete ihn unauffällig durchs Fenster und hoffte, keiner ihrer Freundinnen würde es auffallen. Die nervten sie schon genug mit ihren Anspielungen, sie empfinde etwas für Tobin – wieso kannten die sie nur so gut?

Tobin sah zur Tea Corner, und beinahe hatte sie das Gefühl, er entdeckte sie und hielt ihrem Blick stand. Schnell sah sie weg, zu Clara, die nun müde und zufrieden vor sich hin schlummerte.

»Oh, da ist ja Tobin«, sagte Susan, die ihn ebenfalls bemerkt hatte. »Ich finde es so schade, dass er nicht öfter an unseren Treffen teilnimmt. Er ist doch einer von uns.«

»Ja, das finde ich auch sehr schade«, stimmte Laurie zu und sah vorwurfsvoll zu Orchid. Innerhalb von Sekunden hatten alle ihre Blicke auf sie gerichtet.

»Wieso gebt ihr denn mir die Schuld daran? Ich hab gar nichts getan.«

»Ja, genau. Seit über einem Jahr tust du *gar nichts*«, erwiderte Susan sarkastisch.

»Vielleicht ist es an der Zeit, endlich mal was zu tun«, fand Keira.

»Ihr spinnt doch. Ich bin glücklich mit Patrick, das wisst ihr.«

»Ob du dir da nicht nur was vormachst …«, nuschelte Susan.

Orchid verschränkte die Arme vor der Brust. »Ihr spinnt doch«, wiederholte sie.

Verdammt! Ihre Freundinnen kannten sie *zu* gut, und sie hatten ja recht. Nicht nur, was ihre Gefühle betraf, sondern auch damit, dass Tobin an den Mittwochabenden einfach fehlte. Das empfand sie genauso, und sie beschloss, ganz dringend mal mit ihm darüber zu reden. Auch wenn sie es kaum mehr ertrug, in seiner Nähe zu sein, war es ja fast noch schwerer auszuhalten, dass ihre Freundinnen sie für seine Abwesenheit verantwortlich machten.

Ja, sie würde mit ihm reden, gleich morgen, und sie hoffte, dabei würde ihr Herz nicht davonhüpfen.

KAPITEL 4

Orchid saß wie so oft auf den Stufen ihres Geschenkeladens und beobachtete die Straße, die Leute, wartete auf Kundschaft, wartete auf ihn.

Wieder einmal erfreute sie sich an dem Anblick der bunt gestrichenen Geschäfte, die die Valerie Lane wirklich noch einmal mehr zu etwas ganz Besonderem machten. Ihr eigener Laden war natürlich gelb, was auch sonst? Lauries Teeladen an der Ecke Cornmarket Street hatte eine blaue Fassade, Keira hatte ihre Chocolaterie in ihrer Lieblingsfarbe Magenta gestrichen, während Ruby's Antiques & Books direkt gegenüber dunkelgrün war wie schon zu Valeries Zeiten. Auf Orchids Seite der Straße erstrahlten Susan's Wool Paradise in einem marmornen Grau-Weiß und Emily's Flowers in einem wunderschönen Türkis.

Als Tobin jetzt aus seinem Blumenladen kam, um zwei Pflanzen nach draußen zu bringen und an die leeren Plätze zu stellen, von denen sich Kundschaft Ware mit reingenommen hatte, pfiff er fröhlich vor sich hin. Unwillkürlich musste sie lächeln.

»Ist das *Perfect* von Ed Sheeran?«, rief sie zu ihm rüber.

Erst jetzt entdeckte er sie und lächelte breit. Fast wünschte sie sich, er würde so etwas Schnulziges sagen wie: »*Du* bist perfekt!« Doch er fragte nur: »Wie läuft dein Tag, Orchid?«

»Der läuft super, danke.«

Sie schenkte ihm ihrerseits ihr schönstes Lächeln, denn sie war niemand, der schüchtern war oder unbeholfen wie etwa Laurie oder Ruby. Die beiden hatten ewig gebraucht, um mit ihren Liebsten zusammenzukommen. Wäre Orchid nicht mit Patrick liiert, wäre sie Tobin schon längst um den Hals gefallen und hätte ihm ihre Gefühle gestanden. Aber sie war eben mit Patrick liiert, und das wurde zu einem immer größeren Problem.

Sie wusste selbst nicht, was sie eigentlich davon abhielt, einfach mit ihrem Freund Schluss zu machen. Nun ja, es war, wie es war: Sie liebte ihn. Trotz allem. Sie mochte es, mit ihm zusammen zu sein. Sie hielt an den wenigen Momenten fest, in denen er sich öffnete, und hoffte immer noch, dass er sich ändern würde. Dass *sie* ihn ändern konnte. Sie wollte ja gar nicht seinen Charakter oder sein Äußeres verändern, nein, sie hielt überhaupt nichts davon, wenn Menschen sich für ihren Partner einer Totalerneuerung unterzogen. Sie wollte ihn doch einfach nur zu einem fröhlicheren, zugänglicheren Menschen machen. Das Leben könnte so schön sein, wenn er es endlich zulassen würde. Und dann gab es da noch einen Grund, weshalb sie nach wie vor mit Patrick zusammen war, und der war, dass er ihr leidtat. Sie war doch alles, was er hatte. Er war ganz allein auf dieser großen, weiten Welt. Und sie hatte ein gutes Herz. Das es ihr zugegebenermaßen zurzeit ziemlich schwer machte, denn sie hatte auch ein Gewissen, und das litt gewaltig unter dem Zwiespalt, in dem sie sich befand.

»Das freut mich«, erwiderte Tobin nun.

»Und wie ist dein Tag so? Hast du viel Kundschaft?« Sie vermied es, mit Tobin über irgendetwas anderes zu reden als ihre Läden, die gemeinsamen Freunde oder die Valerie Lane ganz allgemein.

»Ich kann mich nicht beklagen.« Er kam auf sie zu und schmunzelte. Oh, wie sie das verzauberte. Er blieb vor ihr stehen und senkte die Stimme. »Soll ich dir den neuesten Klatsch erzählen?«

Das mochte sie an Tobin so. Er war wirklich einer von ihnen, tratschte gern und war für jeden Spaß zu haben. Sie erinnerte sich noch gut an den kalten Februarabend im letzten Jahr, an dem sie ihn alle zum ersten Mal gesehen hatten. Damals war er an der Seite von Mr. Spacey die Valerie Lane entlanggekommen, um den leeren Blumenladen zu besichtigen. Nur wenig später hatte er ihn bezogen, und jede Einzelne der bereits ansässigen Ladenbesitzerinnen hatte angenommen, dass Tobin schwul sei, weil es erstens doch sehr ungewöhnlich war, dass ein junger Mann solch eine Leidenschaft für Blumen hegte, weil er zweitens eine Menge vom Dekorieren verstand, und vor allem, weil er viel zu gepflegt aussah, sich zu bedacht ausdrückte und zu viel Stilbewusstsein besaß für einen Heterosexuellen. Alle dachten es – außer Orchid. Sie hatte ihn sofort wahrgenommen als den hinreißenden Mann, der er war. Sein blondes Haar, die blauen Augen und diese niedlichen Grübchen hatten sie schon damals verzaubert und schafften es bis heute, sie um den

Verstand zu bringen, jedes Mal, wenn er in ihre Nähe kam.

»Na klar. Erzähl!« Sie war ganz Ohr.

Er sah sich noch einmal nach allen Seiten um, ob auch wirklich niemand mithörte. »Also gut … Barbara war heute total fröhlich, und ich hab sie gefragt, was denn los sei. Sie wollte mir nichts verraten, aber später hat sie telefoniert, und da habe ich ganz zufällig mitbekommen, wie sie irgendwas von Verlobung sagte.«

»Ooooh! Hat sie sich etwa verlobt?« Barbara war Tobins Aushilfe, eine Mittvierzigerin, die mit ihrer Tochter Agnes über Laurie's Tea Corner wohnte. Sie war seit einer ganzen Weile mit Mr. Spacey zusammen.

»Das weiß ich nicht. Es könnte auch sein, dass Agnes sich verlobt hat, oder? Auf jeden Fall macht sie ein Riesengeheimnis daraus.«

»Wenn Agnes sich verlobt hätte, hätte die es schon lauthals hinausposaunt.« Agnes war ein sehr offener junger Mensch, Anfang zwanzig und Studentin der Psychologie. Sie hatte in den letzten Jahren die Haarfarbe öfter gewechselt als Orchid ihre Schaufensterdekoration. Seit letztem Winter ging sie allerdings mit einem jungen Banker namens Steven, der ziemlich bodenständig war, und seitdem trug sie ihr Haar wieder natürlich braun. Ein wenig erinnerte sie Orchid an sich selbst, daran, wie sie früher gewesen war und wie Patrick sie von ihrem Partyross heruntergeholt hatte. »Außerdem sind Agnes und Steven erst seit ein paar Monaten zusammen«, erinnerte sie Tobin.

»Ja, und? Wahre Liebe kennt keine Zeit, kein Alter und keine Grenzen.«

Oh, wie er sie ansah …

Schnell kam sie wieder auf Barbara zu sprechen. »Also, ich würde mich freuen, wenn es dabei um Barbara und Mr. Spacey ginge. Das wäre sooo cool, ich würde es ihnen von Herzen gönnen.«

»Ja, ich auch. Dann wäre das schon die dritte Hochzeit, auf die wir zusammen gehen.«

Da hatte er recht. Sie waren beide auf Lauries und Barrys Hochzeit gewesen und auch auf der von Mrs. Witherspoon und Humphrey. Auf Letzterer war Tobin zusammen mit Tandy erschienen, seiner damaligen Freundin. Orchid hatte Tandy nicht ausstehen können, die hatte sich nämlich viel zu sexy angezogen, hatte viel zu viel gekichert und sich viel zu oft in den Vordergrund gestellt. Orchid war richtig froh gewesen, als Schluss mit den beiden gewesen war. Sie hatte bis heute nicht in Erfahrung bringen können, wer sich von wem getrennt hatte.

Sie sah zu Tobin hoch und überlegte, ob sie ihm anbieten sollte, sich zu ihr zu setzen. Doch dann wären sie sich wirklich sehr nah, und das wollte sie doch vermeiden. Also stand sie auf und nahm etwa einen Meter Abstand.

»Du, Tobin, wir haben uns gestern Abend über dich unterhalten, die Mädels und ich. Bei unserem Mittwochstreffen.«

»Oh, ehrlich? Was habt ihr denn gelästert?« Er kniff ein Auge zu.

»Wir würden niemals über dich lästern. Nicht hinter deinem Rücken.« Sie zwinkerte zurück. »Dass ich deinen grünen Pullover grottenhässlich finde, habe ich dir ins Gesicht gesagt, oder etwa nicht?«

»Oh ja, das hast du, und es nimmt mich immer noch mit. Es ist nämlich mein Lieblingspulli, er hat meinem Grandpa gehört.«

»Dann hatte halt der einen grottigen Geschmack.« Sie verzog das Gesicht, musste dann aber lachen. »Sorry, war nicht so gemeint. Zieh ihn ruhig weiterhin an.«

»Das werde ich machen. Du lässt dich ja auch nicht von Dingen abhalten, die ich nicht gut finde.«

Oh, Shit! Er spielte auf Patrick an. Es wurde zu heiß, das durfte es nicht.

»Lenk nicht vom Thema ab. Also, wir haben über dich gesprochen, weil wir dich mittwochs vermissen.« Sie versuchte, es so neutral wie möglich auszusprechen und nur ja nicht zu erröten. »Du bist schließlich einer von uns, ein Ladeninhaber in der Valerie Lane. Wenn einer mittwochabends in Laurie's Tea Corner gehört, dann du.«

Er sah sie ernst an. »Denkst du wirklich, das ist eine gute Idee?«

»Das weiß ich nicht. Ich hab aber ehrlich gesagt keine Lust mehr darauf, dass die anderen mich dafür verantwortlich machen, dass du nicht kommst.«

»Warum sollten sie dich dafür verantwortlich machen?«

»Das weißt du genau«, sagte sie patzig. Natürlich wusste er das.

»Hat etwa eine von ihnen herausgefunden …?«

Sie trat noch einen Schritt nach hinten. »Nein, natürlich nicht. Sie geben einfach ganz allgemein mir die Schuld, weil wir beide doch immer streiten.« Ja, sie zickten sich gerne mal an, vor allem, um ihre wahren Gefühle nicht zu zeigen.

»Das tun wir nicht mal mehr. Nicht seit …«

»Sag kein Wort, Tobin!«, warnte sie ihn. Dann musste sie lachen. »Du findest echt, wir streiten nicht mehr? Was machen wir denn dann gerade?«

Nun musste auch er lachen, jedoch war es ein trauriges Lachen.

»Was versäume ich denn, wenn ich weiterhin fernbleibe?«, fragte er und lenkte das Gespräch wieder auf die Mittwochstreffen.

»Na, so einiges. Leckeren Tee, den neuesten Klatsch und Tratsch, die tollen Geschichten, die Mrs. Witherspoon zum Besten gibt, Laurie, die ihr Baby stillt …« Sie zog wieder eine Grimasse.

»Oh, ich glaube, darauf kann ich verzichten.«

»Die Mädels wollen aber nicht mehr auf dich verzichten, Tobin.«

»Und du? Was willst du?«, fragte er und sah ihr ganz tief in die Augen.

»Frag mich nicht so was, das ist nicht fair.«

»Nein, es ist nicht fair«, fand auch er und machte ihr damit ein schlechtes Gewissen. »Orchid, ich kann nicht an den Treffen teilnehmen, solange du das auch tust. Das weißt du genau.«

»Doch, das könntest du. Natürlich könntest du das.«

»Wir würden es doch niemals stundenlang in einem Raum miteinander aushalten. Du kannst ja nicht mal hier und jetzt meine Nähe ertragen. Sieh nur, du nimmst im Laufe unseres Gesprächs immer mehr Abstand. Gleich hast du das Ende der Sackgasse erreicht. Schade, dass der Baum noch keine Kirschen trägt, sonst könntest du dir ein paar pflücken.«

»Tobin ... Es tut mir leid«, sagte sie.

»Es liegt alles in deiner Hand. Du weißt, wie es um mich steht. Solange sich die Situation nicht ändert, kann ich mittwochs nicht kommen, sorry.« Er drehte sich um und ging zurück in seinen Laden.

Orchid blieb mit gemischten Gefühlen zurück. Einerseits hatte er ja recht, es lag allein an ihr. Es war ihre Schuld, dass die Dinge so waren, wie sie waren. Doch er hatte auch Schuld, dachte sie trotzig, denn wäre er nicht so umwerfend und hätte er ihr nicht seine Gefühle gestanden an jenem Dezembertag, dann wären sie überhaupt nicht in dieser Lage.

»Hat eine von euch Patrick gesehen?«, fragte sie Laurie, Keira und Barbara, die am Büfett beieinanderstanden und über irgendetwas lachten.

»Nein, tut mir leid, ich hab ihn nicht gesehen«, erwiderte die hochschwangere Laurie. Es war ihre Party, sie befanden sich im Haus, oder besser gesagt, in der Villa ihrer Eltern. Ihre Familie war nämlich stinkreich, ihrem Vater gehörten mehrere Wellnesscenter, und das sah man diesem prachtvollen Anwesen und der Inneneinrichtung auch an. Alles war in Weiß gehalten, überall hingen Kristallleuchter, und allein die Eingangshalle war größer als Orchids komplette Wohnung.

Sie ging Patrick suchen, vermutete, dass er sich irgendwohin zurückgezogen hatte, um den Fragen der ganzen Leute auszuweichen, die er natürlich mal wieder nicht beantworten wollte. Er mochte keine Partys, hatte ihr sogar erzählt, dass er damals fast schon gezwungen worden war, auf die Party zu gehen, auf der sie sich kennengelernt hatten. Es war der Geburtstag seines besten Freundes Dave gewesen, und der hatte den Abend nicht zu Hause auf der Couch verbringen wollen.

Jetzt lief sie in der ganzen unteren Etage herum, konnte Patrick aber nirgends finden. Sie fragte sich sogar schon, ob er sich vor ihr versteckte oder sich aus dem Haus geschlichen hatte. Da sie aber mit seinem Wagen hier waren, musste sie ihn früher oder später finden. Sie glaubte nicht, dass er sich nach oben in die Schlafräume begeben hatte, also versuchte sie es im Garten. Dieser war ebenso imposant wie der Rest des Anwesens. Als sie hinter ein paar Hecken blickte, weil sie glaubte, dort eine Stimme zu hören, und annahm, dass Patrick mit irgendwem telefonierte, entdeckte sie statt ihres Freundes Tobin.

»Oh, entschuldige bitte, ich wollte nicht stören«, sagte sie und wollte schon wieder verschwinden.

»Kein Problem, ich hatte nur meine Grandma am Telefon.«

»Oh«, sagte sie wieder. »Um diese Uhrzeit?«

»Sie hat sich nach dem Laden und den Umsätzen erkundigt. Und eine Emily Sutherland drückt man nicht weg.« Er hielt sein Handy in die Höhe, zuckte die Achseln und steckte es dann in die Innentasche seines Sakkos.

Sie alle hatten sich herausgeputzt, Orchid selbst trug ein roséfarbenes Kleid, in dem sie jetzt schon fror. Immerhin waren es bloß ein paar Grad über null, und auch wenn sie wohl keine weißen Weihnachten erleben würden, lagen hier und da ein paar Häufchen Schnee.

»Wollen wir nicht wieder reingehen? Es ist kalt«, schlug sie vor.

»Ja, gleich. Eigentlich … bin ich ganz froh, dass wir mal allein sind.«

Orchid erwiderte gar nichts, weil sie sich so auf ihr Herz konzentrierte, das heftiger pochte als je zuvor. Sie versuchte vergeblich, es zur Ruhe zu bringen.

Tobin trat näher zu ihr, griff nach ihren Händen und nahm sie in seine.

»Du zitterst ja«, sagte er.

»Mir ist ja auch eiskalt«, ließ sie ihn wissen, obwohl es nicht nur die Kälte war, die sie zum Zittern brachte. Die Situation war ihr nicht geheuer, sie war unerwartet, und irgendwo ganz in ihrer Nähe befand sich Patrick, wenn sie auch nicht wusste, wo, und das machte es sogar noch schlimmer. Und gleichzeitig auch ein ganzes Stück aufregender.

»Hier, nimm meine Jacke«, sagte Tobin, zog sein Sakko aus und legte es ihr über die Schultern. Er sah ihr tief in die Augen, was sie fast um den Verstand brachte. »Orchid, ich will dir schon lange etwas sagen …«

»Bitte tu es nicht«, flehte sie. Sie nahm sein Sakko ab und reichte es ihm zurück.

Tobin sah sie enttäuscht an.

»Ich bin mit Patrick hier«, erinnerte sie ihn, wünschte sich aber nichts mehr, als dass er wieder ihre Hände in seine nahm.

»Patrick«, sagte er abschätzig. »Ja, ich weiß. Und weißt du, was ich noch weiß? Dass du eigentlich mit mir zusammen sein solltest statt mit ihm. Du solltest an meiner Seite aufwachen, dir meine Sorgen anhören und mir deine erzählen, *du solltest verdammt noch mal jeden Tag deines Lebens mit mir verbringen.«*

Er hatte es herausgebracht, ohne einmal Luft zu holen, als wäre es das Schwerste gewesen, das er jemals zu jemandem gesagt hatte.

Orchid hielt den Atem an, starrte diesen Mann an, der ihr gerade sein Herz ausgeschüttet hatte. Wie gerne würde sie ihm sagen, dass sie dasselbe fühlte. Dass es doch das war, was sie eigentlich wollte, das, was sie immer von Patrick hatte hören wollen.

»Aber wir sind wie Katz und Maus, Tobin.« Sie lachte verzweifelt, weil sie die Ernsthaftigkeit dieses Augenblicks nicht zulassen wollte.

»Ja, und? Ich hätte nichts dagegen, mich den Rest meines Lebens mit dir zu zanken.«

»Oh, Tobin …« Sie sah ihm in die Augen, sah darin so viel. Alles, was sie sich immer gewünscht hatte. Aufrichtigkeit und Ehrlichkeit und …

»Ich liebe dich, Orchid.«

Sie machte einen schnellen Schritt nach vorn und küsste ihn. Ihn traf es scheinbar ebenso unerwartet wie sie selbst. Aber sie konnte ihre Gefühle nicht länger zurückhalten. Sie küsste ihn, als wäre es nicht nur ihr erster, sondern auch ihr einziger Kuss, was es ja höchstwahrscheinlich war. Sie legte all ihre Empfindungen hinein, all das Verlangen, das sie seit einem Dreivierteljahr begleitete. Und Tobin erwiderte den Kuss mit all seiner Liebe.

Nach kurzer Zeit hingen sie in der Hecke und knutschten so wild, dass nicht nur ihre Frisuren völlig ruiniert waren, sondern auch ihre Kleidung. Als Orchid sich endlich von

Tobin löste, sah sie, dass sich überall in ihrem Spitzenkleid kleine feuchte Zweige verfangen hatten. Wie verrückt zupfte sie daran herum und war den Tränen nahe.

»Ich kann nicht, Tobin. Es tut mir leid«, sagte sie mit feuchten Augen. Sie sah ihn noch einmal entschuldigend an, dann stürmte sie davon.

Sie fand Patrick im Salon, wo er sich einen Punsch holte.

»Ich hab schon nach dir gesucht, Orchid.«

»Ich auch nach dir. Können wir nach Hause fahren? Mir geht's nicht so gut.«

»Du siehst auch gar nicht gut aus. Was ist passiert?«

»Ich hab zu viel getrunken und mich draußen übergeben. Können wir einfach fahren, bitte?«

Sie sah die Erleichterung in Patricks Gesicht, verabschiedete sich schnell von Laurie und wollte diesem Abend einfach nur noch entfliehen.

Den Vorfall hatte keiner von ihnen je wieder erwähnt. Als wäre er nie geschehen. Doch manchmal erwischte Orchid sich bei Tagträumen, in denen sie ebendiese Momente noch einmal erlebte, und dann musste sie sich schnell daraus herausreißen, weil es doch niemals geschehen war. Niemals, niemals.

Aber heute, heute hatte Tobin es erwähnt. Warum hatte er das nur getan?

KAPITEL 5

Orchid stand vor der Wand mit den Postern von den Sugababes, All Saints und Girls Aloud. Sie wusste nicht, wie lange sie schon dieses Zimmer zierten, wahrscheinlich seit sie zwölf Jahre alt gewesen war und sie und Phoebe sich vorgestellt hatten, eines Tages auch Mitglieder erfolgreicher Girlgroups zu werden. Sie musste lächeln, als sie sich daran erinnerte, wie ihre Schwester und sie zusammen dastanden, in Möchtegern-sexy-Outfits und mit Bürsten als Mikrofone. Sie hatten so laut und so schief gesungen, dass ihre Mutter nur noch genervt alle Türen geschlossen hatte.

»Was machst du da, Sis?«, hörte sie eine Stimme und drehte sich zur Tür.

Phoebe stand an den Rahmen gelehnt da und lächelte ebenfalls.

»Ich erinnere mich an die guten alten Zeiten.« Orchid wurde fast ein bisschen wehmütig.

Auch Phoebes Gesicht nahm einen nostalgischen Ausdruck an. »Ja, das war schön damals, oder? Was wir alles vorgehabt haben.«

»Wir wollten so viel erreichen. Berühmt werden. Von allen begehrt werden und die Welt erobern. Wieso haben wir das nicht geschafft?«

Sie ließ sich auf ihr altes Bett sinken. Ihre Mutter hatte das Zimmer, das die beiden Schwestern sich ihre ganze Kindheit über geteilt hatten, auch nach deren Auszug nicht verändert. Alles war an Ort und Stelle geblieben. Orchid starrte weiter auf die Poster.

Phoebe setzte sich zu ihr und sah sie an. »Ich würde mal sagen, der Hauptgrund dafür war, dass keine von uns auch nur ansatzweise gut singen konnte.« Sie lachte, und Orchid stimmte mit ein. Dann ließ sie sich in die Kissen sinken und blickte zur Zimmerdecke hoch, an der ein Poster der Pussycat Dolls hing. Sie konnte sich an den Tag erinnern, an dem sie sich fast das Genick gebrochen hatten bei dem Versuch, es aufzuhängen. Dafür hatten sie einen extrem wackeligen Stuhl auf das Bett gestellt, der dann auch noch ein Bein verloren hatte. Am Ende hatten sie beide am Boden gelegen und Tränen gelacht. Manchmal vermisste sie diese Zeiten sehr.

»Du musst aber zugeben, dass wir ein ziemlich gutes Leben haben, kleine Schwester. Wir sind zwar keine erfolgreichen Popstars geworden, doch wir haben ganz schön viel erreicht. Gute Dinge. Oder was meinst du?«

»Ja ... Du hast es wirklich prima getroffen mit deinem Lance. Und Emily ist einfach Zucker.«

»Du hast aber auch Glück gehabt.« Phoebe legte sich an ihre Seite, so, wie sie damals oft die Abende verbracht hatten: redend, lästernd, tratschend, schwärmend, träumend ... Bis sie irgendwann nebeneinander eingeschlafen waren in dem schmalen Bett, obwohl es auf der anderen Seite des Zimmers ein zweites gab.

»Ja ...«

»Es ist doch alles in Ordnung?« Phoebe nahm ihren Blick von Nicole Scherzinger und Co. und wendete ihr den Kopf zu.

»Ja. Na ja, nicht so richtig. Aber das wird schon wieder.«

Phoebe legte ihren Arm so, dass Orchid sich an sie schmiegen konnte.

»Magst du drüber reden?«

»Ach, es ist eigentlich nichts. Es ist nur ... Patrick.« Sie seufzte schwer.

»Wieder dasselbe alte Thema? Ist er dir zu schweigsam?«

Ach, wenn es doch nur das wäre ...

»Du bist immer noch in Tobin verliebt, oder?«

Orchid blieb fast das Herz stehen.

Als Tobin mit seinem Blumenladen in die Valerie Lane gezogen war, war ihrer Schwester nicht entgangen, wie sie auf ihn reagiert hatte. Orchid musste zugeben, dass sie nicht sehr gut darin gewesen war, ihre Gefühle zu verbergen. Ihre Freundinnen machten sie ständig darauf aufmerksam, dass sie komisch wurde und die Arme vor der Brust verschränkte, wenn Tobin in der Nähe war oder wenn von ihm überhaupt nur die Rede war. Auch Phoebe hatte sie gleich darauf angesprochen, dass sie sich seltsam aufführe, fast so, als wäre sie verknallt und versuche, sich gegen ihre Gefühle zu wehren. Und Phoebe war die Einzige, der sie gestanden hatte, dass sie tatsächlich etwas für Tobin empfand.

Da Orchid jedoch keinesfalls zulassen wollte, dass ein Kerl wie Tobin daherkam und ihre schöne Beziehung kaputtmachte, hatte sie versucht, dieses Verhalten abzustellen. Und nachdem beim Frühlingsfest im letzten Jahr auch noch Patrick sie darauf angesprochen und eine Erklärung verlangt hatte, hatte sie alle Vorwürfe abgewehrt und nur noch versucht, Tobin zu ignorieren. Eine Weile war es ihr ganz gut gelungen. Aber Tobin war halt Tobin, und es war ihr unmöglich, ihn aus ihrem Herzen auszusperren.

Und deshalb vertraute sie sich auch jetzt ihrer Schwester an. Sie wusste, dass Phoebe ihr Geheimnis für sich behalten würde.

»Ich weiß einfach nicht, was ich machen soll«, sagte sie verzweifelt.

Phoebe setzte sich auf und starrte sie mit großen Augen an. »Du liebst ihn tatsächlich? Ich dachte, das wären nur ein paar Schmetterlinge im Bauch gewesen. Ich sehe dir aber an, dass es weit mehr ist.«

»Liebe … Liebe … Das ist so ein starkes Wort. Ich würde nicht sagen, dass ich ihn liebe, nur …«

»Mir kannst du nichts vormachen. Hast du etwa vergessen, dass ich dich besser kenne als sonst irgendwer?«

Nein, das hatte sie natürlich nicht vergessen.

»Phoebe, bitte mach es nicht schwerer, als es sowieso schon ist. Was du aber tun könntest, wäre, mir einen Ratschlag zu geben. Sind große Schwestern nicht dazu da?«

Phoebe biss auf ihrer Unterlippe herum. Das war eine Angewohnheit, die sie seit ihrer frühen Kindheit begleitete.

»Sag es Patrick.«

»Das kann ich nicht tun.«

»Du musst aber. Er ist ein guter Kerl, du solltest ihn nicht länger belügen.«

»Das tue ich doch gar nicht.«

»Und ob du das tust. Du hast starke Gefühle für einen anderen. Jedes Mal, wenn du Patrick sagst, dass du ihn liebst, ist es eine Lüge.«

»Nein, ist es nicht«, sagte Orchid trotzig. »Wenn ich ihm sage, dass ich ihn liebe, ist es die volle Wahrheit. Ich liebe ihn nämlich wirklich.«

»Man kann aber nicht zwei Männer gleichzeitig lieben.«

Doch, konnte man. Irgendwie schon. Dass das nicht richtig war und erst recht keine Lösung, wusste Orchid natürlich selbst.

Sie vergrub ihr Gesicht im pinken *Gilmore-Girls*-Kissen.

»Ach, Orchid. Du musst dich entscheiden. Denk in Ruhe drüber nach und tu das, was dein Herz dir sagt.«

»Glaubst du nicht, dass ich das schon die ganze Zeit versuche? Ich denke seit über einem Jahr darüber nach.«

»Und du bist bis jetzt zu keinem Entschluss gekommen?« Phoebe legte ihr eine Hand auf den Rücken und strich ihr sanft darüber. »Ich hatte ja keine Ahnung, wie es um dich steht. Warum bist du denn mit deinem Problem nicht schon vorher zu mir gekommen?«

»Weil du ja so tolle Antworten parat hast?« Orchid lächelte schief. »Ich bin nicht zu dir gekommen, weil du mit deinem Baby schon genug um die Ohren hast. Und weil es außerdem dumm ist, einfach nur dumm. Ich bin dumm. Was ist nur mit mir los?«

»Warum machst du nicht einfach mit Patrick Schluss?«, fragte Phoebe sie die alles entscheidende Frage, die sie sich selbst Tag für Tag stellte.

Orchid überlegte eine Weile, bevor sie antwortete. »Weil ich ihn wie gesagt noch immer liebe und mir ein Leben ohne ihn nicht vorstellen kann. Weil ich ihm nicht wehtun will. Und weil er mir leidtut. Er hat doch niemanden außer mir.«

»Das verstehe ich. Was nützt ihm aber eine Freundin, die ihr Herz schon längst jemand anderem geschenkt hat?«

Orchid seufzte tief. »Ach, Phoebe … Warum ist das Erwachsenenleben nur so kompliziert? Können wir nicht wieder zwölf und vierzehn sein und in unsere Bürsten singen?«

»Nein, das geht nicht, kleine Sis. Denn dieses Leben hier, das ist real, und wir müssen das Beste daraus machen.«

»Ja, da hast du wohl recht.«

In dem Moment hörten sie ihre Mutter die Treppe herauf rufen, dass der Kaffee fertig sei.

»Dann wollen wir mal runtergehen«, sagte Phoebe und erhob sich. »Mum hat den leckeren Mandarinen-Käsekuchen gebacken.«

»Der ist echt lecker.« Sie stand ebenfalls auf und zupfte sich das Kleid zurecht.

»Emily freut sich schon, ihre Tante zu sehen.« Emily war dreizehn Monate alt, und Phoebe und Lance warteten sehnsüchtig darauf, dass sie endlich ihre ersten Schritte machte. Vor allem, weil ihre Mutter ständig sagte, dass Phoebe bereits mit zehn Monaten laufen konnte und Orchid mit elf. Aber Emily war wohl ein kleiner Spätzünder.

Als sie die Treppe runterkamen, schnitt Lisa Hurley gerade ihren berühmten Mandarinen-Käse-Kuchen an. Ihr Mann Joe schenkte den Kaffee ein. Lance saß mit Emily auf dem Schoß am Tisch und versuchte, die Kleine davon abzuhalten, sich mit den Patschhändchen an dem Kuchen zu bedienen.

»Hallo, ihr Süßen«, begrüßte Orchid die beiden wichtigsten Menschen im Leben ihrer Schwester.

»Hi, Orchid. Wie geht's dir?« Lance schenkte ihr ein Lächeln.

»Sehr gut, danke.« Sie warf Phoebe einen Blick zu, wusste aber, dass sie nichts verraten würde.

»Hast du Patrick gar nicht mitgebracht?« Lance sagte das so, als ob der sonst immer an ihrer Seite wäre, dabei war es bestimmt sechs Wochen her, dass er an einem Samstag mit zu ihren Eltern gekommen war. Ja, meistens musste er tatsächlich arbeiten, doch manchmal beschlich Orchid das Gefühl, als wäre da noch etwas anderes. Als würde er allen aus dem Weg gehen, die zu viel in seiner Vergangenheit herumstochern könnten. Einmal hatte ihr Vater ihn etwas über seine Schulzeit gefragt, und Patrick hatte sich entschuldigt und war auf die Toilette gegangen, wo er eine halbe Ewigkeit geblieben war.

»Er muss leider arbeiten«, erklärte sie. »Ich soll liebe Grüße ausrichten.«

»Danke, grüß zurück«, sagte der attraktive dunkelhäutige Mann, der Susans Meinung nach wie ein junger Denzel Washington aussah. Orchid fand, er hatte eher Ähnlichkeit mit Will Smith. Lance und Patrick verstanden sich übrigens ziemlich gut, sie waren beide nicht von der redseligen Sorte.

»Mache ich, danke. Du solltest aufpassen, dass Emily sich nicht das ganze Kuchenstück schnappt.« Sie lachte.

Lance zog Emily schnell zurück.

»Und? Hat sie endlich ihre ersten Schritte gemacht?«, erkundigte sich Lisa auch schon, sobald alle Platz genommen hatten.

Orchid schenkte sich Milch in den Kaffee und beobachtete ihre Schwester, die höchstwahrscheinlich innerlich am Explodieren war. Jedes Mal die gleiche Leier.

»Mum … Sie wird schon anfangen zu laufen, wenn sie so weit ist. Könntest du bitte aufhören, sie zu drängen?«

»Das tue ich doch gar nicht. Ich finde nur, dass es langsam mal an der Zeit ist.«

»Ja, das hast du uns allen deutlich gemacht. Emily findet das aber anscheinend nicht.«

»Warst du mit ihr beim Arzt?«

»Nicht in letzter Zeit, wieso?«

»Vielleicht solltest du sie mal untersuchen lassen … Checken lassen, ob mit ihr alles in Ordnung ist.«

»Mum! Sie entwickelt sich prächtig, das sagt auch der Arzt bei den regelmäßigen Untersuchungen. Kannst du endlich damit aufhören, uns alle verrückt zu machen?«

»Ich meine ja nur …«

Phoebe stöhnte, und Lance rettete seine Frau.

»Der Kuchen ist superlecker wie immer. Den hast du prima hinbekommen, Lisa.«

»Danke, Lance.«

»Phoebe und ich haben gerade oben in unserem alten Zimmer darüber gesprochen, wie wir früher immer in unsere Bürsten gesungen haben«, lachte Orchid, um die Stimmung ein bisschen aufzulockern.

»Oh Gott, ihr habt mich fast um den Verstand gebracht. Ihr habt den ganzen Tag lang gesungen. Ihr wolltet euch sogar bei *The X Factor* bewerben.«

»Zum Glück sind wir da wieder von abgekommen.« Phoebe schüttelte lachend den Kopf. »Wir hätten uns so was von blamiert.«

»Ich fand euren Gesang ganz hinreißend«, meldete sich Joe zu Wort.

»Ich glaube auch immer noch, wenn wir da mitgemacht hätten, hätten wir Leona Lewis haushoch geschlagen«, meinte Orchid.

Nun war Lance es, der lachte. »Sorry, Mädels, aber ich weiß, wie ihr singt. Ihr wärt garantiert schon in der ersten Runde ausgeschieden.«

»Hey!«, sagte Phoebe. »Sei mal nicht so frech, sonst machen wir kein zweites Baby.«

Das ließ ihre Mutter aufhorchen. »Ihr plant noch ein Kind?« Ihre Augen weiteten sich vor Freude.

»Das sind ja wunderbare Neuigkeiten«, fand ihr Vater. »Wer möchte noch mehr Kaffee?«

»Ich hoffe nur, dass Emily bis zur Geburt ihres Geschwisterchens ihre ersten Schritte gemacht hat«, konnte ihre Mutter es sich nicht verkneifen zu sagen.

Phoebe stöhnte erneut. Und Emily patschte mit voller Wucht in den Kuchen, sodass es in alle Richtungen spritzte.

Orchid konnte nur lachen und freute sich, Teil dieser verrückten, vielleicht aber auch völlig normalen Familie zu sein.

KAPITEL 6

Da die Geschäfte in der Valerie Lane sonntags erst um elf öffneten, nutzte Orchid die Gelegenheit, ihrem Liebsten mal wieder ein Frühstück im Bett zuzubereiten. Sie betrachtete Patrick, dessen dunkle Haare ihm in die Stirn hingen. Seine Lider zuckten nervös, als träumte er etwas nicht allzu Schönes.

Dann weckte sie ihn mit dem Duft von frisch aufgebackenen Croissants und dem leckeren Cappuccino, den er so gerne trank, und einem Kuss auf die Wange. »Guten Morgen, Honey. Aufwachen! Frühstück ist fertig.«

Patrick öffnete verschlafen die Augen und streckte sich. Dann lächelte er sie an und setzte sich im Bett auf.

»Wow, womit hab ich das denn verdient?«

»Ich dachte, das haben wir schon lange nicht mehr gemacht. Ich hab sogar noch ein Glas von Rubys Kirschmarmelade hinten im Schrank gefunden.« Die hatte ihre Freundin an ihrem Stand auf dem jährlichen Weihnachtsmarkt in der Valerie Lane verkauft. Das Rezept für die Marmelade stammte von der guten Valerie.

»Oh, lecker.. Ich danke dir, mein Schatz.«

Patrick gab ihr einen Kuss, während sie das Tablett auf seinem Schoß abstellte. Dann schlüpfte sie selbst wieder ins Bett.

»Gerne.« Sie lächelte zurück und überlegte, wie sie anfangen sollte. Am besten ließ sie Patrick erst mal einen Schluck Cappuccino trinken und sein Croissant mit Marmelade bestreichen. Fünf Minuten später, als sie es nicht länger aushielt, holte sie tief Luft.

»Du, Patrick? Ich fand es sehr schön, dass du mir neulich ein bisschen was aus deiner Kindheit erzählt hast.«

»Mhm.«

»Ich würde gern noch mehr erfahren, zum Beispiel, was ihr denn früher in den Staaten so gefrühstückt habt.«

Das war gut. Das war ganz unverfänglich, nicht zu persönlich. Doch Patricks Lächeln fror wieder einmal ein.

Oh nein, hatte sie jetzt etwa Kindheitserinnerungen geweckt? Es schien ihn jedes Mal schwer zu belasten, an früher zu denken. Aber er konnte die Erinnerungen an seine Eltern ja nicht für immer ausblenden! Das machte einen doch krank, die Vergangenheit aus seinem Gehirn zu löschen, vor allem, weil es garantiert auch schöne Erinnerungen gab.

»Na, was die Amis so essen. Du kennst das doch aus Filmen«, lautete seine unpersönliche Antwort.

»Also so etwas wie Pancakes mit Ahornsirup und Bacon?«, fragte sie.

»Ja, genau.« Patrick nickte. Dann wechselte er das Thema, als hätte sie nie gefragt. »Willst du nicht mal wieder Kerzen herstellen?«

»Oh. Ja … das müsste ich tatsächlich mal machen, meine im Laden gehen nämlich weg wie warme Croissants.« Sie starrte auf das letzte Blätterteighörnchen, das noch in der Schüssel lag.

Das tat Patrick ständig! Dieses geschickte Umleiten, wenn sie doch eigentlich über etwas ganz anderes reden wollte. Es ging nicht nur darum, dass er ganz allgemein nichts von sich preisgab … Manchmal, besonders in letzter Zeit, hatte sie das unterschwellige Gefühl, als würde er ihr etwas Bedeutsames verschweigen.

»Das ist doch schön. Wie wäre es mit heute Abend?«, meinte er.

Eigentlich hatte sie ihn fragen wollen, ob sie nach der Arbeit noch etwas unternehmen würden. Anscheinend hatte Patrick aber vor, sie anderweitig zu beschäftigen, damit er … Ja, was denn eigentlich?

»Vielleicht. Hast du später was vor?«

»Ich dachte, ich schaue nach Feierabend noch bei Milo vorbei. Wir wollen an seinem Motorrad herumschrauben.«

Dave, Milo … Dafür, dass er so menschenscheu war, hing Patrick wirklich gerne mit seinen Kumpels ab. Wahrscheinlich stellten sie ihm keine Fragen. Wahrscheinlich konnten sie es problemlos hinnehmen, dass er nichts von sich preisgab. Im Gegensatz zu ihr.

»Oh. Okay, dann will ich dich nicht davon abhalten«, sagte sie ein wenig enttäuscht. »Mal sehen, ob eine meiner Freundinnen Lust hat, mal wieder was mit mir zu machen. Cocktails trinken oder so.«

»Na, dann viel Spaß.« Patrick sah zufrieden aus, er war wieder ganz der Alte. Als wäre nichts gewesen.

Orchid hatte keine Lust mehr, einen weiteren Versuch

zu starten. So lief es immer zwischen ihnen. Sie wollte so gerne mehr über Patrick in Erfahrung bringen; sie selbst hatte ihm wahrscheinlich jedes noch so kleine Detail ihres Lebens erzählt – sogar, dass sie sich mit fünfzehn die Haare rosa gefärbt hatte oder dass sie eine Zeit lang in Robbie Williams verknallt gewesen war. Er empfand es wohl aber nicht als seine Pflicht, sie an seinen Erinnerungen teilhaben zu lassen.

Auch gut. Dann eben nicht!

Sie stand auf und stieg unter die Dusche.

»Hab einen schönen Tag!«, sagte sie wenig später und verließ das Haus – mit einem echt miesen Gefühl. Der Gedanke, dass Patrick schwerwiegende Geheimnisse vor ihr haben könnte, setzte sich nämlich mehr und mehr bei ihr fest.

Eine halbe Stunde später erreichte sie die Valerie Lane und kam an Emily's Flowers vorbei, wo Tobin gerade mehrere Eimer mit wunderhübschen Tulpen in allen möglichen Farben aufstellte.

»Hi, Tobin«, sagte sie.

»Hi, Orchid.« Tobin blickte auf und strahlte.

Sofort hob sich ihre Stimmung. Ihrem Herzen ging es wieder gut. Ja, es machte sogar einen Salto.

»Darf ich dich was fragen?«

»Klar.«

»Was hast du als Kind gerne gefrühstückt?«

Tobin sah sie stirnrunzelnd an. »Ist das eine ernst gemeinte Frage?«

»So ernst wie nichts sonst.«

»Hm … okay, lass mich überlegen. Wenn meine Mum Zeit und Lust hatte, uns frische Waffeln zu machen, habe ich die geliebt. Ich mochte auch immer gerne Nutella-Toast. Meistens hab ich aber morgens vor der Schule einfach nur eine Schüssel Froot Loops gegessen.«

»Froot Loops, die hab ich geliebt! Phoebe hat immer die rosafarbenen rausgesucht und mir keine übrig gelassen. Dabei ist doch Rosa meine Lieblingsfarbe.«

»Ach, wirklich? Da wäre ich nie drauf gekommen.« Tobin sah schmunzelnd auf ihre rosafarbenen Chucks.

»Ich hatte sogar mal rosa Haare.«

»Ehrlich?« Tobin grinste.

»Ja, ehrlich. Mit fünfzehn. Für ungefähr vier Wochen. Dann hat sich die Farbe rausgewaschen, und meine Mum hat mich gewarnt, wenn ich noch mal unerlaubt meine Haare färben würde, würde ich bis zu meinem achtzehnten Lebensjahr Hausarrest bekommen.«

Tobin lachte. »Damit hat meine Mum mir auch gedroht. Als ich mir ein Augenbrauenpiercing habe stechen lassen.«

»Ist nicht dein Ernst!« Sie machte große Augen.

»Oh doch. Damals war ich ein riesiger Fan der Black Eyed Peas.«

Orchid runzelte die Stirn und grübelte. »Welcher der Typen von den Black Eyed Peas hatte denn ein Augenbrauenpiercing?«

»Fergie«, antwortete Tobin, und sie konnte ihm ansehen, dass es ihm ein wenig peinlich war.

Sie lachte laut los. »Das Mädchen der Gruppe?«

»Ich fand's cool!«, verteidigte er sich.

Orchid kriegte sich kaum ein vor Lachen. Das war das Schöne mit Tobin. Mit ihm war alles so locker und unbeschwert.

»Wenn meine Mum es mir nicht quasi rausgezogen hätte, hätte ich das Piercing sicher immer noch.«

»Ach ja? Sieht man das Loch denn noch, oder ist es komplett zugewachsen?«

»Da es schon vierzehn Jahre her ist, würde ich mal sagen, da ist nicht mehr viel zu sehen. Aber du kannst dich ja selbst überzeugen.« Er kam näher und hielt ihr sein Auge direkt vors Gesicht.

In ihr kribbelte alles. Sie starrte auf die Augenbraue, konnte aber nichts erkennen.

»Nein, ich sehe nichts.«

Tobin wich vor ihr zurück, aber nur ein paar Zentimeter. Sie waren sich immer noch viel zu nah. Orchid konnte seinen Atem auf ihrer Stirn spüren. Sie konnte sein After Shave riechen, das eine zitronige Note hatte. Oder waren es irgendwelche Blumen, nach denen er duftete?

Am liebsten hätte sie an seinem Hals geschnuppert, sie kam noch ein wenig näher. Tobin sah ihr direkt in die Augen. Die Funken sprühten, es knisterte so sehr, dass Orchid nichts und niemanden mehr wahrnahm. Und dann … dann hörten sie Mrs. Kingstons schrille Stimme hinter sich.

»Aber hallo, ihr beiden. Störe ich euch etwa?«

Tobin sprang einen Schritt zurück. »Nein, wie kommen Sie denn darauf?«

»Hallo, Mrs. Kingston«, rief Orchid viel zu laut, als wäre sie bei etwas ertappt worden.

»Was kann ich für Sie tun, Mrs. Kingston?«, fragte Tobin nun, und sie beide versuchten, so unschuldig wie möglich auszusehen.

Die Dame Mitte sechzig lachte und schüttelte den dauergewellten Kopf. »Ihr beide seid mir vielleicht ein Paar.«

»Wir sind kein Paar«, korrigierte Orchid sie schnell.

»Ihr solltet aber eins sein«, fand Mrs. Kingston.

»Ich muss in meinen Laden. Schönen Tag noch!«, sagte Orchid schnell und drehte sich um hundertachtzig Grad.

»Glaube nicht, dass du mir entkommen kannst, mein Kind. Bei dir werde ich gleich auch noch vorbeischauen.«

Oje … Orchid hatte wirklich keine Lust auf das Getratsche von Mrs. Kingston, vor allem weil sie selbst höchstwahrscheinlich das Klatschthema sein würde. Umso froher war sie, als André wenige Minuten später in den Laden schneite.

»Entschuldige die Verspätung«, sagte er mit seinem französischen Akzent.

»Kein Problem. Du musst mich retten.«

»Was soll ich tun?«

Mrs. Kingston ging schon an ihrem Fenster entlang.

»Sag Mrs. Kingston, ich bin nicht da.« Und schon war sie ins Hinterzimmer verschwunden.

Sie hörte, wie der gute André die alte Klatschtante abwimmelte, und versprach ihm telepathisch, dass sie heute das Mittagessen ausgeben würde. Plus Getränk und Dessert, das hatte er sich verdient.

»Was war das denn eben? Wieso hast du dich verstreckt?«, fragte er, als Mrs. Kingston gegangen war und Orchid wieder hervorkam.

»Versteckt«, verbesserte sie ihn.

André war dreiundzwanzig Jahre alt und kam aus Marseille. Er war groß und dünn und ein richtiger Nerd, weshalb er ein Stipendium für ein Austauschjahr an einer der hiesigen Unis erhalten hatte. Orchid hatte ihn durch Phoebe kennengelernt, da er ein paarmal den Babysitter für Emily gespielt hatte. Er hatte zig Geschwister und Nichten und Neffen und mehr Erfahrung mit Babys, als Orchid je haben würde. Er hatte auch eine Freundin in Frankreich, Chantal, von der er ständig sprach. Es war richtig herzzerreißend, wie sehr er sie vermisste, fand Orchid.

»Lange Geschichte. Du weißt doch, wie Mrs. Kingston ist. Ich hatte einfach keine Lust, mit ihr zu reden.«

»Was weiß sie über dich, was nicht die ganze Nachbarschaft verfahren soll?«

»Erfahren. Und das geht dich überhaupt nichts an, mein Lieber. Du darfst dir aber schon mal überlegen, worauf du zum Mittagessen Lust hättest, ich lade dich nämlich ein. Nur bitte keine Froschschenkel oder irgendwas anderes Ekliges.«

»Ich habe in meinem ganzen Leben noch nie Froschschenkel gegessen. So ein Klischee. Als ob ihr Engländer jeden Tag gebackene Bohnen essen würdet.«

»Oh, da kennst du Rubys Vater noch nicht.«

»Tut der das etwa?«

»Morgens, mittags und abends. Aber nur, wenn er Gebackene-Bohnen-Woche hat.«

»Du verkokst mich.« Das mit den Verben hatte er echt noch nicht drauf.

»Verkohlst.« Jetzt musste sie lachen. »Nein, tue ich nicht, ich schwöre es. Wir sollten Ruby mal fragen, was er in dieser Woche isst.« Mit Hugh Riley war das nämlich tatsächlich so, dass er stets eine Woche lang – von Montag bis Sonntag – dasselbe Nahrungsmittel zu sich nahm, wobei er in letzter Zeit wenigstens ein bisschen variierte, wie Ruby ihr erzählt hatte. Der Arme war seit dem Tod seiner Frau ziemlich verwirrt. Orchid bewunderte Ruby sehr, wie sie das alles mitmachte und sich so gut um ihn kümmerte. Er lebte sogar bei ihr. Seit knapp einem Jahr wohnte nun auch Gary bei ihnen. Gary war der ehemalige Obdachlose, der vier Jahre lang an der Ecke vor Susan's Wool Paradise gesessen hatte, bevor Ruby sich seiner angenommen hatte. Sie hatte ihm nicht nur ein Dach über dem Kopf geschenkt, sondern dazu auch noch ihr Herz.

Hach … Es gab so schöne Liebesgeschichten, die hier in der Valerie Lane entstanden waren. Wie sehr wünschte sie sich auch eine für sich …

Nach dem Mittagessen schauten Julie und Herman – zwei liebe Stammkunden – vorbei und kauften eine Kerze in Form einer Pyramide. Orchid beschloss, am Abend wirklich neue Kerzen herzustellen. Sie hatte kaum noch welche vorrätig.

Während sie das in verschiedenen Blautönen gehaltene Stück hübsch als Geschenk verpackte, erkundigte sie sich bei Herman: »Wie läuft es denn mit der Jobsuche?«

Sie wusste, dass er seine Stelle als Busfahrer verloren

hatte. Mit Mitte fünfzig war es natürlich nicht so leicht, etwas Neues zu finden.

Doch Herman lächelte bis über beide Ohren.

»Ach, wissen Sie das noch gar nicht? Ich habe jetzt eine neue Stelle.«

»Als Taxifahrer«, ergänzte Julie.

»Oooh, das ist ja super! Ich freu mich für Sie.«

»Ich freue mich auch für meinen Herman. Es war ihm schon ganz langweilig, den ganzen Tag zu Hause zu verbringen und mir beim Stricken, Kochen und Putzen zuzusehen.«

Ja, Orchid wusste nur zu genau, wie sehr die Situation Julie belastet hatte. Mehr als einmal war sie zu ihr gekommen und hatte geklagt, dass es so doch nicht weitergehen konnte. Natürlich erwähnte sie Herman gegenüber nichts davon.

»Das muss schrecklich langweilig gewesen sein, nichts zu tun zu haben. Ich muss auch immer was um die Ohren haben.«

»Ich habe mir ein paar neue Hobbys angeeignet. Puzzeln zum Beispiel. Aber ich habe meine Puzzles schon so oft gelegt, dass ich fast auswendig weiß, wo welches Teil hinkommt.«

Orchid grinste schief. »Na, jetzt haben Sie ja zum Glück wieder was zu tun. Und wenn ich mal ein Taxi brauche, rufe ich auf jeden Fall Sie an.«

»Achtundzwanzig, achtundzwanzig, neunundzwanzig«, sagte Herman.

»Werde ich mir merken.« Sie speicherte die Nummer gedanklich ab.

»Wir müssen dann auch weiter. Unsere Enkelin will heute mit uns auf einen Bauernhof fahren und Hühner füttern.«

»Na, dann viel Spaß!«

»Im Moment ist sie ganz verrückt nach Hühnern. Ich hoffe nur, sie will keins mit nach Hause nehmen.« Julie lachte, nahm Hermans Hand und zog ihn mit sich aus dem Laden.

Orchid seufzte.

»Süß, die beiden, oder?«, fragte sie André, der auf einem Stuhl stand und oben auf dem hohen weißen Regal nach einem Geschenkkorb suchte.

»Oui. Sag mal, Orchid, hast du irgendwelche Sorgen?«

»Nur das Übliche«, antwortete sie. Ein schweigender Freund und ein umwerfender Blumenverkäufer. »Ich glaub, ich geh mal rüber zu Keira und hol mir was Süßes. Soll ich dir was mitbringen?«

»Wenn sie diese köstlichen Champagnerkugeln dahat …«

Orchid überquerte die Straße und vermied es, zum Blumenladen zu sehen. Sie betrat Keira's Chocolates und wurde gleich freundlich von deren Aushilfe Kimberly begrüßt.

»Hallo, Orchid. Wie geht es dir heute? Möchtest du unsere neueste Trüffelsorte kosten?« Die Achtzehnjährige hielt ihr mit der Zange eine igelige weiße Kugel hin.

Orchid nahm sie und steckte sie sich komplett in den Mund. Sie schmeckte nach Zitrone.

»Mmmm, lecker.«

»Keira probiert gerade ein paar sommerliche Sorten aus.«

»Ich stehe jederzeit als Versuchskaninchen zur Verfügung. Wo ist Keira denn? Hat sie heute frei?«

»Nein, sie ist hinten in der Küche. Du kannst gerne durchgehen.« Kimberly, die ihr blondes Haar neuerdings noch ein wenig kürzer als sowieso schon trug, machte eine einladende Geste.

»Danke.«

Orchid ging nach hinten und klopfte an die halb offene Tür zur Küche. »Keira? Ich bin's.«

»Orchid! Komm rein!«

»Wie ich höre, probierst du neue Sommersorten aus?«

Keira nickte euphorisch. »Hier, versuch die mal!« Ihre Freundin steckte ihr eine Praline in den Mund, bevor sie wusste, wie ihr geschah.

»Wow, ist die lecker! Aber auch … scharf. Huuuh … Ich brauch Wasser!« Orchid wedelte mit der Hand vor ihrem Mund herum, als hätte der Feuer gefangen.

»Ach herrje, zu viel Chili?« Keira hielt schnell ein Glas unter den Wasserhahn.

Orchid trank es in einem Zug aus. »Du tust Chili in deine Trüffeln?«, fragte sie wenig begeistert. Sie hatte es schon merkwürdig gefunden, dass Laurie Pfeffer in den Tee gab.

»Nur eine Prise – eigentlich. Chili und Orange harmonieren einfach fantastisch.«

»Ein gut gemeinter Rat von mir: Lass den Chili weg.«

Keira verzog das Gesicht und lachte dann. »Okay, ich

werde ihn auf ein Minimum reduzieren. Was machst du eigentlich hier? Wolltest du was Bestimmtes von mir?«

»Eigentlich wollte ich mir nur Schokolade holen. Doch gerade kam mir die Idee, dich zu fragen, ob du heute Abend mit mir essen gehen möchtest.«

»Chinesisch?« Keira liebte chinesisches Essen.

»Gerne.«

»Wer kommt noch mit?«

»Bisher nur du und ich.«

»Wollen wir die anderen Mädels auch fragen, oder möchtest du mit mir allein gehen? Willst du vielleicht reden oder so?«

Reden? Nein, nur das nicht. Sie wollte einfach mal einen Abend nicht an Patrick oder Tobin denken.

»Wir können die anderen gerne auch einladen.«

»Laurie, Susan und Ruby?«

Orchid nickte.

»Und Tobin?«

»Bitte nicht.«

»Warum denn nicht?« Keira grinste.

»Weil es dann kein Mädelsabend mehr wäre«, dachte Orchid sich schnell aus.

»Na gut. Dann bis heute Abend. Treffen wir uns draußen in der Valerie Lane? Gleich nach Ladenschluss?«

»Klar.« Sie sagte Tschüss, kaufte noch die Pralinen, derentwegen sie eigentlich hergekommen war, vergaß auch Andrés Champagnerkugeln nicht und ging zurück zu ihrem Laden. Doch diesmal konnte sie nicht weggucken, denn Tobin stand in seiner Ladentür und hielt ihr eine rosa Orchidee hin. Eine einzelne Blüte, die wahrscheinlich irgendwo abgeknickt war. Er streckte sie ihr entgegen, und sie nahm sie an, steckte sie sich hinters Ohr und versuchte, dabei nicht allzu sehr zu strahlen.

KAPITEL 7

»Und dann hat er ihr versprochen, dass er nie wieder anderen Frauen hinterhersieht«, erzählte Keira, die von ihrer Friseurin Tara berichtete, deren Mann ständig fremdflirtete.

»So ein Bullshit!«, sagte Orchid, die schon an ihrem vierten Cocktail schlürfte.

Nach dem Chinesen hatten Keira, Susan und sie beschlossen, den Abend in einer Cocktailbar ausklingen zu lassen. Laurie hatte sich verabschiedet und war nach Hause zu ihrem Baby gegangen, während Ruby an diesem Abend überhaupt keine Zeit gehabt hatte, da Gary aufwendig für sie gekocht hatte.

»Was ist Bullshit?«, wollte Keira wissen.

»Na, dass er einfach damit aufhören will. Einmal Betrüger, immer Betrüger.« Orchid nahm die Ananasspalte ihres *Sex on the Beach* vom Glasrand und biss hinein.

»Es steht ja noch gar nicht fest, dass er sie betrogen hat. Soweit ich das verstanden habe, sieht er sich nur gerne nach anderen Frauen um, richtig?«, fragte Susan Keira, die ja Bescheid wusste.

»Das glaubt Tara jedenfalls. Einen Seitensprung hat er ihr zumindest noch nicht gestanden. Aber man weiß ja nie …«

»Man weiß ja nie …«, stimmte Orchid ihrer Freundin zu und nickte rechthaberisch. »Man kann einfach nicht sagen, was sie einem alles verheimlichen, diese … diese … blöden Kerle!«

Susan sah sie mit gerunzelter Stirn an. »Alles okay bei dir?«

»Klar, alles bestens. Natürlich. Bei mir ist immer alles bestens. So ist das doch, oder? Immer alles eitel Sonnenschein.«

Jetzt sah auch Keira sie besorgt an. »Du solltest vielleicht nichts mehr trinken, Süße.«

»Ach, warum denn nicht? Der Cocktail macht mich glücklich, der ist wenigstens nicht so schweigsam wie gewisse andere … Typen.«

Keira und Susan wechselten einen beunruhigten Blick.

»Der Cocktail spricht zu dir?«, fragte Keira. »Was sagt er denn?«

»Es geht hier doch gar nicht um den Cocktail«, meinte Susan. »Na los, Orchid, sag schon, was dir auf der Seele lastet.«

Orchid sah Susan an, die ihr so herzlich entgegenblickte. Sie wusste, dass sie ihr, genau wie Keira, alles anvertrauen konnte, und doch … Sie ließ den Kopf auf die verschränkten Arme sinken, die sie auf den Tisch gelegt hatte. »Oh Gott, ich weiß auch nicht, was mit mir los ist«, jammerte sie.

»Wir sind immer für dich da, wenn du dich aussprechen möchtest«, erinnerte Keira sie.

Orchid hob den Kopf. Sie sollte wirklich nichts mehr trinken, ihr wurde langsam duselig.

»Das weiß ich doch, Keira. Es ist aber nicht so leicht, darüber zu sprechen.«

»Versuch's einfach mal«, redete Susan ihr gut zu.

Sie atmete einmal ganz tief ein. »Es geht um Patrick.«

Verwunderte Blicke von ihren Freundinnen. Die hatten anscheinend angenommen, dass es um Tobin ginge.

»Was ist mit Patrick?«, fragte Keira.

»Er ist so verdammt undurchschaubar. Im Grunde weiß ich nicht mal, mit wem ich da überhaupt zusammen bin.«

»Was sagst du da, Orchid? Du erzählst doch ständig von ihm. Sogar wir kennen ihn inzwischen ziemlich gut.«

»Nun ja, in letzter Zeit erzählt sie eigentlich nicht mehr so viel von ihm«, merkte Keira an.

Orchid stützte den Kopf auf die Hand und sah ihre Freundinnen an. »Ja, ich erzähle euch Sachen wie: Patrick und ich gehen ins Kino. Patrick bekommt einfach jedes Handy wieder hin. Patrick und ich waren Burger essen. Patrick hat sich über das neue Hemd gefreut, das ich ihm zum Geburtstag geschenkt habe. Aber das sind doch nur Äußerlichkeiten. Wie es in seinem Innern aussieht, lässt er nämlich niemanden wissen, nicht einmal mich. Er lässt mich nie teilhaben an seinen Gedanken und Erinnerungen, an seinen Träumen und Wünschen … Das macht mich langsam wahnsinnig!«

»Ich fand Patrick ja auch schon immer ein wenig mysteriös«, musste Keira zugeben. »Nett, aber äußerst schweigsam. Wenn ich ihn was gefragt habe, bei den seltenen Gelegenheiten, die wir mal hatten, ist er mir immer ausgewichen.«

Orchid nickte. »Genau das meine ich! Das macht er bei mir auch! So kann man sich doch nicht austauschen! So kann man sich doch nicht über seine Lieblingsfrühstücksflocken unterhalten.« Sie seufzte und nahm noch einen Schluck von ihrem Cocktail. »Oh, wie schade. Schon wieder alle. Kellnerin!«, rief sie in die Gegend.

»Hat er das etwa von Anfang an so gemacht?«, wollte Susan wissen.

Orchid nickte erneut.

»Hast du schon versucht, ganz behutsam an die Sache ranzugehen? Ihm etwas von dir zu erzählen und ihn wie nebenbei zu fragen, wie es denn bei ihm aussieht?«

»Keira, ich rede doch in einer Tour! Ich habe echt alles versucht, um ihm ein bisschen was zu entlocken, aber er will mir nichts erzählen. Weder von seiner Kindheit noch vom Tod seiner Eltern, er mag mir nicht mal sagen, ob er je eine Therapie gemacht hat und ob es ihm wirklich gut geht. Ich bezweifle das nämlich.«

»Wieso bist du denn dann noch mit ihm zusammen, wenn dich das alles so sehr stört?«, fragte Keira.

»Weil er mir doch so leidtut. Weil er niemanden hat außer mir.«

»Das ist wirklich nobel von dir, aber kein guter Grund, oder?«

»Wenn es dich so unglücklich macht, solltest du vielleicht wirklich mal über eine Trennung nachdenken«, fand auch Susan.

»Und wenn ich das mal nebenbei bemerken darf – ich glaube, es gibt da noch einen anderen Grund für eine Trennung«, sagte Keira ganz behutsam.

»Und der wäre?«

»Ach Orchid …« Keira griff über den Tisch und nahm ihre Hand. »Als ich dich gefragt habe, warum du noch mit Patrick zusammen bist, hätte deine Antwort sein sollen, dass du es bist, weil du ihn liebst und nicht ohne ihn leben kannst.«

Susan nickte. »Du solltest dir darüber klar werden, wen du wirklich liebst, Süße.«

Orchid legte den Kopf wieder auf den Tisch und stöhnte. Die beiden hatten ja so recht. Warum waren sie nur so schlau und sie so dumm? Und warum hatte sie nur so viel getrunken? Sie würde nie wieder einen *Sex on the Beach* anrühren. Und sie würde gründlich darüber nachdenken, was ihre Freundinnen ihr geraten hatten – falls sie sich morgen noch daran erinnern konnte.

Am Montag war Orchid megaverkatert. Ihr Kopf dröhnte, ihre Augen waren geschwollen, und sie konnte sich zwar noch an das erinnern, was Keira und Susan ihr gesagt hatten, doch es erschien ihr alles gar nicht mehr so logisch wie noch am Abend zuvor. Ganz im Gegenteil. Mit Patrick Schluss machen? Einfach so? Ohne ihm seinen gebrochenen Flügel geflickt zu haben? Eine Trennung würde ihn schwer mitnehmen, da war sie sich sicher. So selten er über seine Gefühle sprach, hatte er ihr eines doch schon oft gesagt, nämlich, dass sie das Beste war, was ihm je passiert war. Dass er gar nicht wüsste, was er ohne sie tun sollte.

Sie seufzte schwer, als sie von ihrem Lieblingsplatz – den Stufen vor ihrem Laden – einem Vogel dabei zusah, wie er davonflog. Manchmal wünschte sie sogar, Patrick würde sich in eine andere verlieben, würde sie verlassen, damit sie es nicht tun musste.

Susan kam mit einem jungen Mann um die Ecke gebogen, und sie sah glücklicher aus, als Orchid sie je gesehen hatte. Das musste Michael sein, den sie vom Flughafen abgeholt hatte. Orchid staunte nicht schlecht, denn er war groß gewachsen, war im Gegensatz zu Susan, die schwarzes Haar und blasse Haut hatte, blond und braun gebrannt. Ja, er sah so aus, als hätte er sein ganzes Leben in Australien unter Palmen verbracht.

Susan winkte ihr zu, und sie ging die Valerie Lane hinunter.

»Hallo, Susan. Hi, Michael«, sagte sie lächelnd und ignorierte dabei die hämmernden Kopfschmerzen.

»Hallo, Orchid. Wie geht es dir heute? Hast du einen schlimmen Kater?«, fragte Susan grinsend.

»Haha. Könntest du den letzten Abend bitte nicht erwähnen?«

»Hi«, erwiderte Michael nun. »Kennen wir uns?«

»Es kommt mir so vor, ja. Denn Susan redet von nichts anderem als von dir.« Sie zwinkerte Michael zu.

»Ist das so, Sis?«, fragte er Susan. »Du bist Orchid, richtig?«, wandte er sich nun wieder ihr zu. »Meine Schwester hat dich auch schon öfter mal erwähnt, wobei sie mir aber verschwiegen hat, was für eine Augenweide du bist.« Michael strahlte sie an.

»Nein, nein, nein«, ging Susan sofort dazwischen. »Orchid hat schon genug Probleme mit den Männern, halte du dich lieber von ihr fern, Michael.«

»Wie schade …«, sagte er grinsend und trug seine Koffer durch die Tür, die Susan ihm aufhielt. »Trotzdem einen schönen Tag, Orchid. Ich hoffe, wir sehen uns bald wieder.«

Orchid musste trotz Kopfschmerzen auch grinsen. »Das hoffe ich ebenso.«

»Hörst du wohl sofort auf damit!«, tadelte Susan Orchid, als Michael die Treppe hoch zu ihrer Wohnung ging.

»Sorry. Dein Bruder ist echt heiß, das hattest du uns verheimlicht.«

»Hast du nicht schon genug damit zu tun, dich zwischen zwei Männern zu entscheiden?«

Das hatte gesessen!

Orchid sah zu Boden und nickte wie ein gescholtenes Kind.

»Ich geh mal wieder in meinen Laden«, sagte sie.

»Sei mir nicht böse, dass ich so streng sein musste, ja? Hab einen schönen Tag. Und trink ein paar rohe Eier gegen deinen Kater oder so.«

Orchid verzog das Gesicht. So verlockend rohe Eier auch waren, im Grunde wollte sie gar nicht, dass die Schmerzen nachließen, denn sie war der Meinung, dass sie sie verdient hatte. Sie spielte mit den Gefühlen von gleich zwei Männern – so konnte das doch nicht weitergehen!

Sie seufzte erneut und ging zurück zu ihrem Gift Shop, wo sie sich wieder auf den Stufen niederließ. In dem Moment kam der Vogel von vorhin – eine wunderschöne Schwalbe – herbeigeflogen und landete direkt zu ihren Füßen. Er sah sie an, als wüsste er alle Antworten.

»Nun sag mir schon, was ich tun soll. Sag es mir doch bitte«, flehte sie ihn an.

Doch er pickte nur eine Brotkrume auf und hob wieder ab. Und Orchid blieb allein zurück, keinen Deut schlauer als vorher.

KAPITEL 8

Zwei Tage später saß Orchid im Schneidersitz auf einem der metallenen weißen Stühle in Laurie's Tea Corner und hörte Mr. Spacey zu, wie er davon erzählte, dass er einen Bogen an dem Eingang der kleinen Gasse anbringen wollte.

»Was für einen Bogen meinst du?«, fragte Barbara, die neben ihm saß.

Orchid trank einen Schluck von ihrem Himbeertee und fragte sich, während sie die beiden betrachtete, was wohl an diesem ganzen Verlobungsding dran war, von dem Tobin ihr berichtet hatte.

»Er könnte aus Metall sein, ein wenig verschnörkelt wie im neunzehnten Jahrhundert, und es könnte Efeu daran hochwachsen. Was haltet ihr alle davon?«

»Ich finde die Idee super«, sagte Laurie.

»Das hätte Valerie gefallen«, war Ruby sich sicher.

»Da hattest du einen richtig schönen Einfall, Leo«, lobte Barbara ihren Freund.

Orchid lächelte nur. Ihr war heute nicht so sehr nach Reden. Vielmehr sah sie immer wieder zur Tür hin und hoffte, dass Tobin vielleicht doch noch auftauchen würde, auch wenn er ihr gesagt hatte, dass er das nicht tue. Würde er es aber zulassen, dass alle weiterhin sie für seine

Abwesenheit verantwortlich machten? Würde er ihr das antun?

»Wann wollen Sie den Bogen denn aufstellen?«, fragte Keira.

»Irgendwann im Herbst, hatte ich mir gedacht.«

»Wie toll! Dann könnte man ihn zu Weihnachten mit Lichterketten dekorieren«, freute sich Laurie.

Weihnachten … Allein das Wort weckte Erinnerungen an den Kuss, an den einen Kuss, der ihr ganzes Leben auf den Kopf gestellt hatte …

Als die Türglocke erklang, sah Orchid hoffnungsvoll auf. Doch es waren nur Susan und Terry, die die Tea Corner betraten. Michael und Charlotte waren auch dabei. Terry ging gleich zu seiner Kuscheldecke hin, die Laurie ihm wie immer in die Ecke gelegt hatte.

»Hallo, hallo, kommt rein, ihr Lieben!«, rief Laurie, begrüßte Michael gleich mit einem freundlichen Lächeln und schüttelte ihm die Hand. »Endlich dürfen wir dich ein bisschen besser kennenlernen. Susan erzählt sooo viel von dir, es kommt uns fast so vor, als würden wir dich bereits persönlich kennen.«

Michael lächelte warm zurück und sah dann liebevoll seine Schwester an. »Ich freue mich auch, euch alle kennenzulernen. Die Menschen, die immer für Susan da sind und die ihr geholfen haben, über …«

Susan haute Michael mit dem Ellbogen in die Seite. Oh, gab es da etwa ein Geheimnis, das er nicht ausplaudern sollte? Susan war ja schon immer ein wenig mysteriös gewesen, im Grunde wusste Orchid von ihrer Vergangenheit nicht viel mehr als von Patricks.

Mann! Warum mussten die Leute denn nur so verschlossen sein? Sie selbst war ein offenes Buch, in dem ruhig jeder lesen konnte. Warum taten denn alle anderen so geheimnisvoll? Fanden sie es etwa gut, nichts von sich preiszugeben? Sollte man vielleicht raten, was sie gemacht hatten, bevor man sie kannte? Okay, dann wollte sie mal ... Susan war eine Stripperin, die sich einen achtundachtzigjährigen Millionär geangelt hatte, der ihr leider keinen Penny vermacht hatte, als er starb. Und Patrick ... Patrick war ein Geheimagent, der für die CIA arbeitete und britische Terroristen aufdecken sollte. Eigentlich war er gar nicht achtundzwanzig, sondern bereits sechsundfünfzig, er hatte sich aber einigen Gesichtsoperationen unterzogen, um jünger zu wirken. Und in Wirklichkeit war sein Name auch gar nicht Patrick, sondern Brad Depp (eine Mischung ihrer beiden Lieblingsschauspieler Brad Pitt und Johnny Depp) – oder war eigentlich nur sie der Depp? So fühlte sie sich zumindest in letzter Zeit ständig. Patrick könnte sonst was vor ihr verbergen, er könnte früher in seinem Leben eine Frau gewesen sein oder ein Krimineller, der bereits fünf Jahre Jugendgefängnis hinter sich hatte. Was wusste sie schon?

»Orchid?«

Sie sah auf. Alle hatten ihre Blicke auf sie gerichtet.

»Ja?«

»Alles okay?«, fragte Keira. »Du siehst so aus, als ob du gerade gerne jemandem den Hals umdrehen wolltest.«

»Oh. Hm. Nein, alles gut.« Nichts war gut.

»Okay. Wer will noch Tee?« Laurie ging herum und füllte allen nach, die ihr den Becher entgegenhielten.

»Wie geht es Clara?«, erkundigte sich Susan. »Clara ist Lauries entzückende viermonatige Tochter«, erklärte sie Michael kurz.

»Oh, ihr geht es prima. Sie hat jetzt schon drei Nächte hintereinander durchgeschlafen. Ich glaube, wir sind über den Berg«, sagte Laurie erleichtert.

»Das kann sich leider auch wieder ändern«, warf Charlotte ein.

»Oh, Charlotte, bitte nimm mir nicht meine Hoffnungen. Ich habe seit Monaten keinen richtigen Schlaf bekommen.«

»Tut mir leid. Ich sag dir nur, wie es bei meinen Kindern war.« Sie hatte einen dreizehnjährigen Sohn und eine achtjährige Tochter. »Das kann aber bei Clara ganz anders sein.«

»Ich hoffe es sehr. Wisst ihr, meine Kleine ist für mich das Wichtigste auf der Welt, ich hatte mir aber ehrlich gesagt nicht einmal annähernd vorgestellt, wie schwer das Leben mit einem Neugeborenen sein kann. Ich freue mich immer so auf den Mittwochabend, wenn ich einfach nur mal wieder zwei, drei Stunden ich selbst sein kann und nicht Milchmaschine oder Windelwechsler. Habt ihr überhaupt eine Idee, wie oft wir am Tag die Windeln wechseln müssen?«

»Drei, vier Mal?«, riet Susan.

»Ha! Eher acht bis zehn Mal! Barry und ich haben neulich ausgerechnet, wie viele wir im Monat verbrauchen. Es sind fast dreihundert Stück! Im Jahr kommen da dreitausendsechshundert zusammen!«

Orchid runzelte die Nase. Wann hatten sie angefangen, nur noch übers Stillen und über Windeln zu reden? Sie hatte die Mittwochstreffen immer so geliebt, weil sie sich da über ihre Sorgen und Probleme austauschten – hauptsächlich, was ihre Läden und die Männer betraf. Das hatte sie immer so wundervoll gefunden, dass sie hier ganz sie selbst sein konnten und ein offenes Ohr fanden, ohne verurteilt zu werden und ohne sich dumme Reden anhören zu müssen. Das Einzige, was man stets erhielt, waren gut gemeinte Ratschläge und angebotene Hilfe. Aber was sollte sie bei diesem Thema schon beisteuern?

»Wo ist Clara jetzt?«, fragte Keira. »Passt Barry auf sie auf?«

Laurie nickte. »Er hat sie mit zu seiner Mutter genommen. Die ist absolut vernarrt in unsere Kleine. Sie kauft ihr ständig neue Klamotten, Minnie-Mouse-T-Shirts und Winnie-Puuh-Jäckchen und andere niedliche Sachen. Ich glaube, Clara hat genug, bis sie drei ist.« Sie lachte.

»Was macht eigentlich Emily?«, wandte Susan sich an Orchid. »Hat sie endlich ihre ersten Schritte gemacht?«

»Nein, immer noch nicht«, erzählte Orchid. »Alle warten schon sehnsüchtig darauf. Besonders meine Mutter. Sie macht Phoebe ganz verrückt.«

»Phoebe ist Orchids ältere Schwester und Emily ihre süße kleine Tochter«, informierte Susan Michael, der ein wenig verloren aussah bei so vielen neuen Informationen.

Der Arme tat Orchid richtig leid. Sein erstes Mittwochstreffen in Laurie's Tea Corner, und es wurde nur von Babys geredet. Sie sah es beinahe als ihre Pflicht an, ihn zu erlösen. Und sich selbst ebenso.

»Michael, erzähl doch mal ein bisschen was von Australien«, forderte sie ihn deshalb auf. »Wie ist es da so? Laufen einem da wirklich ständig Kängurus und Koalabären über den Weg?«

Michael lachte. »Ich muss gestehen, dass ich in dem ganzen Jahr kein einziges Känguru gesehen habe. Ich habe ja in Sydney gelebt, wo nicht unbedingt wilde Tiere auf der Straße herumlaufen. Aber bei einem meiner Chefs, der ein wenig außerhalb der Stadt wohnt, habe ich tatsächlich einen Koalabären im Eukalyptusbaum entdeckt, der bei ihm im Garten steht.«

»Oh, du hast deinen Chef zu Hause besucht?«, fragte Susan imponiert. »Du scheinst ja mächtig Eindruck gemacht zu haben.«

»Nein, nein, das war nur eine Gartenparty, zu der er alle Mitarbeiter eingeladen hatte. Er ist ein richtig netter Kerl.«

»Vermissen Sie Australien sehr?«, wollte Barbara wissen.

»Schon, ja. Es hat mir dort sehr gefallen.«

»Ich muss zugeben, ich bin erleichtert, dass es weder mit Holly noch mit Mindy geklappt hat«, sagte Susan. »Wenn du nämlich dort geblieben wärst, wäre ich zu Tode betrübt gewesen.«

»Ach, keine von beiden hätte mich zum Bleiben überreden können. Der Koalabär hätte es aber tatsächlich fast geschafft.« Er schmunzelte.

»Haha«, machte Susan und stupste ihren Bruder an.

»Meine Vanessa ist ganz verrückt nach Koalabären«, ließ Charlotte Michael wissen. »Vor allem nach Koalababys.«

»Die sind aber auch unglaublich niedlich. Wie alt ist deine Tochter?«, fragte Michael sie und lächelte sie dabei an.

»Sie wird im Juni neun.«

»Charlottes Kinder sind großartig«, erzählte Susan. »Vor allem Vanessa ist ein richtiger Engel. Sie ist jetzt schon ein paarmal mit Terry Gassi gegangen und macht das richtig toll.« Bei der Erwähnung seines Namens hob Terry kurz den Kopf, ließ ihn aber gleich wieder sinken und schlummerte weiter vor sich hin.

Während Orchid noch zu dem Hund hinsah, wurde die Tür geöffnet. Leider war es wieder nicht Tobin. Es waren zwei Obdachlose aus der Gegend, die sich einen Tee holen wollten. Laurie begrüßte die beiden herzlich und fragte, auf welche Sorte sie Lust hätten. Dann wurde die Tür wieder geöffnet, und die Glocke bimmelte. Und Tobin stand im Laden und sah sich ein wenig zögerlich um.

Orchid blieb das Herz stehen.

»Guten Abend, alle miteinander«, sagte er.

»Tobin! Wie schön, dass du gekommen bist!«, rief Susan und zog ihm gleich einen Stuhl heran, sodass er sich zwischen sie und Charlotte setzen konnte.

»Hi«, sagte er zu Charlotte, die ein wenig errötete.

Was? Wie bitte? Was zum Teufel sollte das denn?

Orchid starrte die beiden an. War da etwa was am Laufen zwischen Tobin und Charlotte, von dem sie nichts mitbekommen hatte?

Eifersucht machte sich in ihr breit. So gern sie Charlotte auch hatte, durfte sie ihr doch nicht einfach Tobin wegschnappen!

»Wir freuen uns, dass du endlich mal wieder dabei bist«, sagte Laurie, als die beiden Obdachlosen wieder gegangen waren. »Möchtest du auch einen Tee, Tobin? Wir trinken leckeren Himbeertee, ich mache dir aber auch gerne etwas anderes.«

»Himbeertee klingt gut, danke.« Er nahm die Tasse entgegen, die Laurie ihm kurz darauf hinhielt.

»Wie schön, dass wir heute so eine große Runde sind. Und besonders freue ich mich über die neuen Gesichter. Kennst du Susans Bruder Michael schon?«, fragte Laurie.

»Ja, klar. Susan hat ihn mir bereits vorgestellt. Freitagabend gehen wir ins Kino, Susan, Stuart, Michael, Charlotte und ich.«

Orchids Herz pochte schneller. Na toll, jetzt hatten sie auch noch ein Doppeldate.

Moment mal! Susan und Stuart, Tobin und Charlotte, Michael und …?

»Was wollt ihr denn gucken?«, erkundigte Orchid sich interessiert.

»*Shape of Water*«, erwiderte Susan.

»Den will ich schon so lange sehen. Wenn ich darf, würde ich gerne mitkommen.«

»Klar, schließ dich uns gerne an«, sagte Michael.

»Ist das auch für euch andere okay?«, fragte Orchid und blickte von Susan zu Tobin zu Charlotte.

Tobin sah sie merkwürdig an, Susan und Charlotte nickten jedoch.

»Ja, na klar, Süße. Bring Patrick ruhig auch mit.«

»Der hat am Freitag schon was vor, aber danke.«

»Na, super, dann ist das also abgemacht. Möchte sonst

noch jemand mitkommen?« Susan sah in die Runde, doch keiner der Übrigen hatte Zeit oder Lust, es würde also bei den drei »Pärchen« bleiben.

Die nächste halbe Stunde beobachtete Orchid Tobin und Charlotte ganz genau. Tobin war extrem aufmerksam, reichte ihr den Zucker zu ihrem Tee, lachte über jeden ihrer Witze und lächelte sie ein paarmal an, so, wie allein Orchid von ihm angelächelt werden wollte.

Charlotte, pah! Nicht dass sie hässlich wäre, aber sie war doch ziemlich unscheinbar mit ihren rotblonden Haaren und ihrer viel zu großen Nase. Außerdem hatte sie zwei Kinder im Schlepptau – wollte sich Tobin auf so was einlassen?

Ihr Handy piepte, und sie sah aufs Display. Eine Nachricht von Patrick. Er wollte sich Spaghetti kochen und fragte, ob sie nachher, wenn sie nach Hause kam, auch welche essen wollte. Sie antwortete mit Ja und steckte das Telefon wieder weg. Sie hatte jetzt keine Zeit, Patrick nach seinem Tag zu fragen, es gab Wichtigeres zu tun. Sie musste die Zeichen deuten.

»Charlotte, wie läuft es denn mit deiner Scheidung?«, fragte sie spontan.

Charlotte war ein wenig perplex. »Es … äh … läuft gut. Wie eine Scheidung halt so läuft. Es wird sich noch ein wenig hinziehen, bis alles geregelt ist.« Charlotte hatte sich vor über einem Jahr von ihrem gewalttätigen Mann getrennt, der ihr aber erst letztes Jahr zu Weihnachten die unterzeichneten Scheidungspapiere zum Geschenk gemacht hatte.

»Na, das freut mich für dich. Muss wirklich schwer sein, so eine Scheidung durchzustehen, nach allem, was du mitgemacht hast. Bestimmt hast du erst mal die Nase voll von Männern, was?« Sie wusste, dass sie sich gerade total dämlich benahm, konnte aber nichts dagegen tun.

»Nun ja, eigentlich würde ich irgendwann gerne wieder eine Beziehung führen. Es sind ja nicht alle Männer so wie Rick, es gibt auch gute da draußen.«

»Oder hier drinnen«, sagte Susan und sah zu Michael.

Charlotte hingegen sah zu Tobin, dann zu Michael, und beide Männer sahen Charlotte an, als wollten sie ihr gleich die Welt zu Füßen legen.

Oh Gott, Orchid hielt es nicht mehr aus.

»Ja, und manche Frauen haben es schwer, sich zwischen all den guten Männern zu entscheiden«, sagte Tobin plötzlich.

Autsch. Das hatte gesessen.

»Manchmal ist es aber auch schwer«, entgegnete sie. »Vor allem, wenn irgendwer daherkommt und es einem schwer macht.« Sie funkelte Tobin an.

Er funkelte zurück, stand dann abrupt auf und sagte: »Tut mir leid, aber ich muss jetzt gehen. Ich muss früh aufstehen und zum Blumengroßmarkt fahren.«

»Oh, wie schade. Schön aber, dass du vorbeigeschaut hast. Du bist jederzeit willkommen«, ließ Laurie ihn wissen.

Er nickte nur und lächelte verkrampft, dann warf er ein Tschüss in die Runde und verschwand aus dem Laden.

Orchid überlegte nicht lange und stand ebenfalls auf.

»Ich muss auch los. Patrick hat mir gerade geschrieben, dass er Spaghetti für uns kocht. Ich will ihn nicht warten lassen.«

Sie verabschiedete sich und lief Tobin hinterher. Er ging gerade die Cornmarket Street in Richtung Norden entlang. Die Geschäfte hatten bereits geschlossen, die Straße wirkte wie ausgestorben.

»Tobin!«, rief sie.

Er drehte sich um. »Orchid«, sagte er nüchtern und wartete, bis sie ihn eingeholt hatte.

Sie blieb neben ihm stehen.

»Ich hatte dir gesagt, dass es keine gute Idee ist, wenn ich auch komme«, meinte er.

»Ja, da hattest du wohl recht.«

»Wir beide am selben Ort … ist nie eine gute Idee. Warum hast du dich für Freitag selbst eingeladen?«

»Ich? Nur so. Ich hab Freitag noch nichts vor.«

Er sah ihr in die Augen. »Zwischen mir und Charlotte ist nichts. Wir sind nur Freunde.«

»Ach wirklich? Das sah mir aber anders aus.«

»Willst du jetzt echt die Eifersüchtige spielen? Ausgerechnet du?«

Verdammt! Er hatte ja recht. Gerade ihr stand es nicht zu, sich so aufzuführen. Allerdings …

»Ich mag dich nicht mit einer anderen sehen, Tobin. Das tut weh«, gestand sie.

»Dann weißt du ja, wie ich mich seit gut einem Jahr fühle«, sagte er und setzte seinen Weg fort.

Sie blieb stehen, ihr Herz klopfte. Sollte sie ihm erneut nachlaufen? Nein, das durfte sie nicht. Denn würde sie es tun, würde sie ihn in ihre Arme schließen und ihn küssen wollen.

Sie wartete also, bis er nicht mehr zu sehen war, und lief dann langsam los, machte halt in einer Bar, wo sie sich einen Whiskey on the Rocks bestellte und ihn auf ex runterkippte. Dann ging sie nach Hause, aß um Viertel vor zehn eine Riesenportion Spaghetti mit Basilikum-Pesto und machte sich dann daran, neue Kerzen herzustellen.

Sie schmolz das Wachs, füllte es in herzförmige Schalen und steckte jeweils einen Docht in die Mitte. Während sie auf die Herzen starrte und dem Wachs dabei zusah, wie es hart wurde, dachte sie an Tobin. Geistesabwesend steckte sie den Finger in das noch warme Wachs und zog ihn wieder heraus. Es bildete sich eine Hülle um ihren Zeigefinger, die sie abzog und zerdrückte wie Knete.

»Orchid, kommst du bald ins Bett?«, hörte sie Patrick rufen.

Sie schaltete das Licht aus, zog sich auf dem Weg ins Schlafzimmer ihre Kleidung aus und stieg nackig unter die Bettdecke. Und während sie ihren Freund liebte, versuchte sie verzweifelt, die Stimme des anderen zum Schweigen zu bringen.

KAPITEL 9

»Was für einen Mann willst du später mal heiraten?«, fragte die neunjährige Orchid ihre elfjährige Schwester Phoebe.

Es war Juli, und die beiden Mädchen lagen inmitten einer Wiese, die übersät war mit Wildblumen. Sie waren für zwei Wochen nach Somerset gefahren, wo ihre Großeltern in einem winzigen Dorf lebten, in dem es weder ein Kino noch eine Eisdiele noch einen Spielplatz gab, auf dem sie sich ihre Zeit hätten vertreiben können. Die Großeltern besaßen zwar einen Fernseher, Grandma Florence hatte die Mädchen aber aus dem Haus gescheucht und gesagt, sie sollten das schöne Wetter genießen. Und hier waren sie nun und bastelten sich Haarkronen aus Gänseblümchen.

Orchid riss den Stiel einer weiteren Blume ab, schnitt mit ihrem Fingernagel ein Loch genau in die Mitte des dünnen Stängels und steckte die Blüte eines weiteren Blümchens hindurch. Ihre Ranke war bereits einen guten Meter lang, sie hätte damit die Krone für einen Riesen mit einem gewaltigen Kopf machen können. Gespannt sah sie Phoebe an.

»Ich möchte mal einen Piloten heiraten. Dann kann der mich überall hinfliegen. Ich werde die ganze Welt sehen. Wenn du lieb bist, nehmen wir dich vielleicht mal mit.«

»Ich will die Welt gar nicht sehen«, erwiderte Orchid. »Na ja, nach Amerika will ich schon gerne mal.«

»Dann suchst du dir am besten auch einen Piloten«, schlug Phoebe vor.

»Nein, nein. Ich will lieber einen Floristen.« Das sagte sie ganz stolz, da sie das neue Wort erst kürzlich bei ihrer Grandma aufgeschnappt hatte.

Phoebe kicherte, dann begann sie, lauthals zu lachen. »Einen Blumenverkäufer? Es gibt doch gar keine männlichen Blumenverkäufer, zumindest hab ich noch nie einen gesehen.«

»Die muss es einfach geben, da bin ich mir ganz sicher.« Sie nickte, um ihre Worte zu bekräftigen. »Und wenn ich einen finde, dann werde ich ihn auch heiraten.«

»Also, wenn es einen gibt, dann musst du bestimmt lange nach ihm suchen.«

»Das macht mir nichts. Und wenn ich dafür jede Stadt in ganz England abklappern muss.« Das Wort war auch neu. Ihr Grandpa hatte erst am Tag zuvor zu ihrer Grandma gesagt, er wolle zum Abendbrot geräuchertes Kabeljaufilet essen, und wenn er dafür jeden Lebensmittelladen in der Umgebung abklappern müsste.

»Was hast du nur mit deinen Blumen? Warum willst du unbedingt einen Blumenverkäufer heiraten?«, fragte Phoebe verständnislos.

Vielleicht wollte ihre Schwester lieber um die Welt fliegen, statt jeden Tag Blumen geschenkt zu bekommen. Orchid aber war da anders. Allein dass sie nach einer Blume benannt war, machte, dass sie schon ihr ganzes Leben lang Blumen über alles liebte. Orchideen hatten es ihr besonders angetan. Und eines Tages würde sie einen Mann finden, der Blumen genauso sehr liebte wie sie. Sie würde ihn finden, das wusste sie mit Bestimmtheit. Und dann würden sie in einem Rosengarten *heiraten, genauso wie Dornröschen und der Prinz es im Film taten. Oder in einem Orchideengarten.*

»Es gibt doch nichts Schöneres auf der Welt als Blumen«, sagte sie nun zu Phoebe. »Wie kannst du Blumen nicht lieben?«

Phoebe schüttelte abschätzig den Kopf und lachte sie aus. »Wenn ich dann in Indien oder Brasilien bin und am Strand liege, kannst du ja an deinen Blumen schnuppern.«

Orchid lächelte in sich hinein. Oh ja, genau das würde sie tun. Und sie nahm sich vor, dass der erste Mann, der ihr eine Orchidee schenkte, ihr Herz für immer haben durfte.

Sie schlang sich die Blumenkette um den Hals, als wäre sie eine elegante Stola, und legte sich ins Gras. So sah sie den Wolken dabei zu, wie sie über sie hinwegzogen, und sie stellte sich ihre Zukunft vor, die noch viel schöner sein würde als Phoebes.

»Wollen wir Grandma Florence fragen, ob wir ein Eis bekommen?«, fragte Phoebe.

Orchid stand auf und lief hinter ihrer Schwester her. Einen Eisverkäufer würde sie vielleicht auch nehmen, überlegte sie, während sie sich auf das leckere selbst gemachte Eis freute, das sie am Morgen im Gefrierfach entdeckt hatten.

Orchid öffnete die Augen. Vor ihr stand, in einem mit Wasser befüllten Schnapsglas, die rosa Orchideenblüte, die Tobin ihr geschenkt hatte.

Sie stöhnte laut und lang. Warum hatte nur der blöde Wecker klingeln müssen? Gerade hatte sie so schön von ihrer Kindheit geträumt. Damals war das Leben noch so einfach gewesen.

Patrick trat ins Zimmer. Er trocknete sich das nasse Haar mit einem Handtuch ab. »Du kannst in die Dusche, wenn du willst.«

Sie stöhnte erneut.

»Alles okay?«

»Nein.«

Er warf das Handtuch über den Stuhl und trat, nur in Boxershorts, ans Bett. »Hey, was ist denn los, Süße?«

»Mir geht es nicht gut.«

»Hast du wieder zu viel getrunken?«

»Nein. Ich bin einfach …« Unentschlossen. Eifersüchtig. Genervt. Sauer auf Tobin. Sauer auf mich selbst. »… müde.«

»Mach doch einfach mal einen Vormittag blau. Ist André nicht donnerstags immer im Gift Shop und hilft dir? Vielleicht übernimmt er ja heute mal für ein paar Stunden komplett, dann kannst du noch ein bisschen schlafen.«

Warum musste Patrick denn ausgerechnet jetzt so lieb sein? Während der erste Gedanke, den sie nach dem Aufwachen gehabt hatte, Tobin gegolten hatte!

Sie zog sich die Decke übers Gesicht und versuchte angestrengt, sich selbst unter Kontrolle zu kriegen.

Als sie wieder hervorkam, stand Patrick noch immer da und sah sichtlich besorgt aus. Er setzte sich zu ihr aufs Bett.

»Kann ich irgendwas für dich tun?«, fragte er.

Ja, dachte sie. Schenk mir nur einmal eine Orchidee. Du weißt doch, wie sehr ich die liebe.

»Nein, schon gut. Ich stehe auf.« Mühevoll erhob sie

sich und schlurfte ins Bad. An der Tür blickte sie sich noch einmal um und lächelte Patrick traurig an.

»Bist du sicher, dass alles okay ist?«

Sie nickte, warf ihm eine Kusshand zu und sagte: »Danke, Patrick.«

»Wofür?«

»Dass du so gut zu mir bist.«

Er lächelte und warf auch ihr eine Kusshand zu.

Sie ging ins Bad, schloss die Tür hinter sich, stellte sich unter die Dusche und begann zu weinen.

So konnte es, so durfte es nicht weitergehen. Phoebe hatte recht, sie verletzte die Gefühle von gleich zwei Männern – und ihre eigenen noch dazu. Das musste endlich ein Ende haben. Sie musste sich entscheiden – jetzt!

Aber für wen?

Da war Patrick, der groß und gut aussehend war mit seinem durchtrainierten Körper, seinen dunklen Haaren und den warmen braunen Augen. Patrick, der so wundervoll zuhören konnte, der sie niemals betrügen würde, sie so gut wie noch nie angeschrien hatte, immer versuchte, Streitigkeiten aus dem Weg zu gehen. Er schenkte ihr zwar keine Orchideen, aber Herzkissen und Dankeskarten – es war zwar schon lange her, aber vielleicht würde er, wenn sie ihm nur wieder ihr ganzes Herz überlassen würde, auch wieder romantischer werden. Auf jeden Fall war er für sie da, wenn sie ihn brauchte, und das war es doch, was zählte.

Und dann war da Tobin. Tobin, der ebenfalls gut aussah, wenn auch auf eine andere Art: blond, nicht viel größer als sie selbst, mit ganz weichen Gesichtszügen, süßen Grübchen um den Mund und Lachfalten um die Augen. Tobin, der so umwerfend war. Der ihr immer ein Lächeln aufs Gesicht zauberte, sogar wenn sie sich zankten. Tobin, der ihr Blumen schenkte. Tobin, der … nun mal nicht ihr Freund war.

Patrick war das aber schon.

Sie stieg aus der Dusche und ging in die Küche, in der er gerade zwei Becher Kaffee und zwei Schüsseln mit Frühstücksflocken auf den Tisch stellte. Cornflakes für sich selbst und Froot Loops für sie in ihrer pinken Lieblingsschüssel.

Ihr wurde warm ums Herz.

»Ich wusste nicht, dass wir Froot Loops haben.«

»Ich habe gestern welche aus dem Supermarkt mitgebracht. Die isst du doch gerne, oder?«

Sie nickte und fühlte Tränen aufsteigen.

Sanft umarmte sie Patrick. »Danke.«

Er lachte. »Wow, ich hätte nicht gedacht, dass du dich so über Froot Loops freust.«

Sie setzte sich und nahm den Löffel in die Hand, pickte die rosafarbenen Kringel als Erstes heraus.

»Du, Patrick, wollen wir morgen Abend was zusammen machen?«

»Klar, da hab ich noch nichts vor. Worauf hast du denn Lust?«

Wie konnte sie nur jemals genervt davon gewesen sein, dass er sie entscheiden ließ, was sie machten? Das war doch nichts Schlechtes. Er wollte halt, dass es ihr gut ging, dass ihr Spaß machte, was sie zusammen unternahmen.

»Wie wäre es mit einem Ausflug? Vielleicht nicht gleich morgen … Musst du die nächsten Samstage immer arbeiten?«

»Eigentlich schon, ja.«

»Glaubst du, du könntest dir vielleicht mal freinehmen? Nur einmal? Ich frage André, ob er den Laden für ein Wochenende schmeißt, und wir machen was richtig Tolles. Ich hab da eine Idee.«

Patrick hatte sonntags sowieso immer frei, und ihr war ihr Laden gerade beinahe egal. Es gab eine Beziehung zu retten.

»Eine Überraschung?«, fragte Patrick. »Ich kann bestimmt ein paar Überstunden abbummeln.«

Sie nickte begeistert. Denn sie hatte gerade die Idee ihres Lebens. Eigentlich hatte sie denselben Gedanken bereits im Dezember gehabt. Da hatte sie, weil der Weihnachtsmarkt so gut gelaufen war und sie ein bisschen Extrageld übrig hatte, einen Kurztrip nach Paris gebucht. Für das Silvesterwochenende. Dann aber hatten sie und Tobin sich an Weihnachten geküsst, und sie hatte Patrick sein besonderes Geschenk überhaupt nicht überreicht. Wie hätte sie nach diesem Ereignis ein romantisches Wochenende mit Patrick verbringen können? Sie hatte die Flugtickets zerrissen und das Hotel storniert. Und Silvester hatten sie getrennt gefeiert, weil sie sich kurz zuvor gestritten hatten. Ein Streit, den Orchid provoziert hatte, um Silvester in der Valerie Lane verbringen zu können. Um Mitternacht hatte sie statt Patrick Tobin umarmt und im selben Moment gewusst, dass es falsch war.

Oh, sie hatte so vieles falsch gemacht.

Aber jetzt würde sie alles wiedergutmachen. Sie versprach Patrick wortlos, dass sie Tobin für immer vergessen würde. Sie beide würden endlich nachholen, was sie so dringend brauchten: ein Wochenende in der Stadt der Liebe. Am besten blieben sie für immer da, weit weg von Tobin, den sie ganz schnell aus ihrem Herzen verbannen musste. Und wenn sie herausgefunden hatte, wie das ging, würde sie es auch tun. Ja, das würde sie. Versprochen.

»Es tut mir so leid, dass ich in letzter Zeit so eine schlechte Freundin war«, sagte sie.

»Ach, wir haben doch alle mal Phasen, in denen wir nicht ganz wir selbst sind«, erwiderte Patrick verständnisvoll.

Sie wanderte mit der Hand über den Tisch und legte sie auf Patricks. »Ich liebe dich«, sagte sie.

»Ich liebe dich auch.«

Sie lächelte. Was brauchte man denn schon mehr als die Liebe? Sie nahm noch einen Löffel Froot Loops, die gerade so viel mehr bedeuteten, als Patrick jemals wissen konnte.

»Weißt du, als Kind hab ich immer gern Cap'n Crunch gegessen. Die gibt es hier in England aber leider nicht«, sagte er.

Orchid blickte erstaunt auf. »Cap'n Crunch?«

»Ja.« Er lachte. »Einmal hab ich sogar eine Schachtel als Geschenk verpackt und sie meiner Mutter zum Geburtstag überreicht, weil ich der Meinung war, es gäbe nichts auf der Welt, über das man sich mehr freuen könnte.«

Nun war es wirklich um Orchid geschehen. Hatte das Universum etwa endlich ihre Gebete erhört?

»Das ist echt schön«, sagte sie mit feuchten Augen.

»Bist du sicher, dass alles in Ordnung ist?«

»Oh ja. Alles ist in bester Ordnung«, erwiderte sie und nahm sich vor, Patrick seine Cap'n Crunch zu besorgen, und wenn sie dafür einen Piloten heiraten und einmal um die ganze Welt fliegen musste.

KAPITEL 10

Guter Laune machte Orchid sich an diesem Donnerstagmorgen auf in die Valerie Lane. Die Sonne schien, die Vögel zwitscherten, die Welt war wieder in Ordnung. Zumindest ihre Welt. Sie war mit sich selbst im Einklang.

An Emily's Flowers ging sie vorbei, ohne auch nur hineinzusehen. Tobin war Vergangenheit. Tobin war einfach jemand, der dagewesen war, als es mit Patrick nicht so rundlief. Im Grunde empfand sie nicht mehr für ihn als für ihre weiblichen Freundinnen aus der Valerie Lane. Sein Pech, dass er ein Mann war.

Sie verbrachte den Vormittag damit, immer wieder auf ihrem Handy nach Reiseangeboten zu googeln. So kurzfristig war es gar nicht so einfach, Flüge nach Paris zu finden, die sie sich auch leisten konnte. Geschweige denn ein Hotel, das ihrer Preisklasse entsprach und nicht schon ausgebucht war. Natürlich gab es immer eine Möglichkeit, irgendwo unterzukommen, doch sie hatte eigentlich nicht vor, ihre romantischen Tage in irgendeiner billigen Absteige zu verbringen.

Dass sie nicht auf Anhieb etwas fand, konnte ihr die gute Stimmung aber nicht verderben. Sie wollte diese Reise mit Patrick machen, und wenn sie eine Weile nach dem perfekten Angebot suchen musste, machte ihr das überhaupt nichts aus. Statt des Flugzeugs würden sie dann eben den Zug nehmen, auch wenn sie gerne mal wieder geflogen wäre, da sie sich über den Wolken so wunderbar frei fühlte. Und ein Hotelzimmer würde sie auch noch finden.

Gegen Mittag hatte sie eine Idee. Wenn sie noch ein wenig mehr Bares auftreiben könnte, wäre die Sache einfacher. Und schnell kam sie darauf, wie sie das anstellen könnte. Sie hatte erst neulich wieder festgestellt, dass ihre Eltern etliche Sachen aus ihrer Jugend aufbewahrt hatten, die sie nie und nimmer mehr brauchen würde. Und gestern beim Kerzenmachen hatte sie, als sie in der Kammer nach Dochten gesucht hatte, gesehen, dass diese schon wieder voll mit altem Gerümpel war. Und deshalb hängte sie jetzt das »Geschlossen«-Schild in ihre Ladentür und ging rüber zu Susan.

»Hi, ihr beiden«, sagte sie zu Susan und Charlotte, die hinter dem Ladentisch auf Stühlen saßen und strickten. Denn Susan bot in ihrem Wool Paradise nicht nur Wolle an, sondern auch allerlei Selbstgestricktes und -gehäkeltes. Sie selbst hatte zu Hause einige Schals, Handschuhe, Mützen, Socken und Stulpen, die Susan ihr im Laufe der Jahre zum Geburtstag, zu Weihnachten und einfach nur so geschenkt hatte. Natürlich würde sie davon nichts ausmisten, da die Teile mit viel Liebe gemacht waren.

»Hallo, Orchid. Wie geht es dir?«, fragte Susan und lächelte sie herzlich an.

»Mir geht's bestens, danke der Nachfrage.«

»Bist du sicher? Gestern Abend schienst du ein wenig

verärgert zu sein, und dann bist du so schnell verschwunden.«

»Ach. Gestern hatte ich einfach einen schlechten Tag. Das lag aber nicht an euch, ehrlich nicht.« Nicht einmal an Charlotte. Es war ihr doch nicht zu verdenken, dass sie einen netten Mann in ihrem Leben wollte, der für sie und ihre Kinder da war, und Tobin war da halt ein passender Kandidat.

Orchid sah Charlotte nun direkt ins Gesicht und lächelte sie an, dabei hoffte sie, Charlotte würde verstehen, dass sie nicht im Mindesten sauer auf sie war. Warum auch?

Charlotte lächelte zurück, und Orchid war erleichtert.

»Na, dann ist ja gut«, sagte Susan. »Kommst du einfach nur so vorbei, oder kann ich irgendwas für dich tun?«

»Ich bin tatsächlich aus einem speziellen Grund hier. Ich hatte nämlich gerade eine richtig coole Idee.« Sie machte eine Pause und hoffte, damit die Spannung zu steigern. Dann fuhr sie fort: »Was haltet ihr von einem Flohmarkt? In der Valerie Lane.«

»Ooooh«, machte Susan. »Einen Flohmarkt haben wir noch nie veranstaltet. Bei dem tollen Wetter würde das aber bestimmt Spaß machen.«

»Ich habe ganz viele Kindersachen, die Jason und Vanessa zu klein sind. Und altes Spielzeug. Das habe ich alles in Stuarts Keller verstaut, und der quillt langsam über«, sagte Charlotte.

»Na, perfekt. Dann kannst du neben dem Spaß sogar noch ein bisschen was verdienen. Und du, Susan? Hast du auch alte Dinge, die du nicht mehr brauchst?«

Susan fasste sich ans Kinn und überlegte. »Mir fällt gerade nichts ein, aber ich finde bestimmt was.«

»Super. Also seid ihr dabei?«

»Klar«, antwortete Susan, und Charlotte nickte.

»Wollen wir gleich dieses Wochenende ins Auge fassen? Sonntag?« Paris konnte schon noch eine Woche warten.

»Das hört sich gut an. Sagst du den anderen Bescheid?«

»Mache ich.« Sie lächelte noch einmal, und schon war sie wieder weg.

Wie ein Wirbelwind, der einmal durch die Straße fegte, erzählte Orchid Laurie, Keira und Ruby, was sie geplant hatte. Die drei waren sofort dabei. Laurie hatte ebenfalls jede Menge Baby- und Umstandskleidung, die sie nicht mehr brauchte. Auf Orchids Frage, ob sie die Sachen denn nicht für ihre nächste Schwangerschaft und ihr nächstes Baby brauchen würde, lachte sie nur und sagte, dass so viel weder sie noch ein weiteres Baby jemals anziehen könnten. Keira hatte noch Mobiliar aus ihrer alten Wohnung, das sie bei ihrer Mutter untergebracht hatte und das sie in ihrer hübschen neuen Wohnung nicht haben wollte. Sie hatte nach einer schrecklichen Beziehung einen kompletten Neuanfang gewagt und war – nun mit Thomas – glücklicher denn je. Ja, und Ruby war von allen am meisten begeistert, was wohl daran lag, dass sie eine Vorliebe für alte Dinge hatte. Sie war ja praktisch in einem Antiquitätenladen aufgewachsen. Und auch Ruby's Antiques & Books war, wie der Name schon verriet, keine gewöhnliche Buchhandlung. Vielmehr bekam man hier einzigartige und alte Bücher, Erstausgaben und spezielle Editionen. Dazu bot Ruby alle möglichen buchbezogenen Dinge an wie Kaffeebecher, T-Shirts, Postkarten und Lesezeichen mit den Covern erfolgreicher Buchverfilmungen. Auf einigen waren auch Zitate abgedruckt. An den Wänden hingen außerdem wunderschöne Bilder, die Ruby selbst gemalt hatte und zum Verkauf anbot. Eines zeigte Jules Verne dabei, wie er seinen Klassiker *Die Reise zum Mittelpunkt der Erde* schrieb. Im Hintergrund hatte Ruby eine Weltkugel gemalt, die dem Bild noch ein bisschen mehr Atmosphäre verlieh. Auf einem anderen Bild war Jane Austen abgebildet, die mit einer Feder in der Hand nachdenklich an ihrem Schreibtisch saß, im Hintergrund war eine Gedankenblase mit Mr. Darcy aus *Stolz und Vorurteil* zu sehen. Ruby hatte etwas ganz Besonderes auf die Beine gestellt, nachdem sie im letzten Jahr ihren Laden ausgemistet hatte. Es musste befreiend wie nichts sonst gewesen sein, einfach alles Alte wegzugeben und nur das zu behalten, was einem wirklich etwas bedeutet. In Rubys Fall war das zum Beispiel eine Spieluhr mit einem lesenden alten Mann gewesen, der in seinem Stuhl saß und sich zu einem Walzer von Chopin drehte.

In Orchids Fall sollte Tobin die nutzlose Altlast sein, die sie abwarf, und Patrick war ihre Spieluhr, die gewohnte Klänge spielte, die sie auf keinen Fall missen wollte.

»Und der Flohmarkt soll schon diesen Sonntag stattfinden?«, fragte Ruby noch einmal nach.

Orchid nickte. »So hatte ich mir das gedacht. Ich

muss nämlich unbedingt ein wenig Extrageld einnehmen, weil ich eine Überraschung für Patrick plane.« Und damit die Sache Hand und Fuß hatte, erzählte sie Ruby: »Ein romantisches Wochenende in Paris.«

»Oh«, machte Ruby. »Hattest du das nicht schon im letzten Jahr geplant?«

»Ja. Aber da ist dann was dazwischengekommen.« Oder besser gesagt jemand. Das würde dieses Mal aber nicht passieren. »Deshalb will ich es unbedingt nachholen.«

»Eine schöne Idee. Da wird Patrick sich sicher freuen«, sagte Ruby und lächelte ihr süßes, kleines Lächeln.

»Das hoffe ich sehr. Du, ich hab da noch eine Frage. Als du letzten Juni deine Neueröffnung hattest, da hat Gary dir doch so tolle Flyer gezeichnet. Denkst du, er könnte auch einen für unseren Flohmarkt entwerfen? Für den Druck komme natürlich ich auf, oder wir teilen uns die Kosten.«

»Ich frag ihn gerne mal. Er will nachmittags mit meinem Dad vorbeischauen. Sie sind Schach spielen im Park.«

»Das wäre super, ich dank dir. Rufst du mich dann an und sagst mir Bescheid?«

»Natürlich.«

Zufrieden verließ Orchid auch Rubys Laden. Dann ging sie die Valerie Lane entlang und bog in die Cornmarket Street ein, um sich bei Pret A Manger ein Sandwich und einen Obstsalat zu kaufen. Und auch als sie zurück in ihre Straße kam, ließ sie einen Laden aus. Falls Tobin ebenfalls mitmachen wollte, würde er sicher von einer der anderen Ladeninhaberinnen von dem Flohmarkt erfahren. Er musste es nicht unbedingt von ihr hören.

Als sie ihren eigenen Laden betrat, ertönte die Ladenglocke. *Here comes the sun, doodoodoodoo, here comes the sun … It's alright …*

Ja, es war in Ordnung. Alles war wieder in Ordnung. Denn das Gute am Leben war ja immer noch, dass man es selbst in der Hand hatte. Und wenn man wollte, dass alles gut war, dann war es das auch.

»Ach du liebe Güte, was machst du denn da?«, fragte Patrick, der nach der Arbeit noch bei seinem Kumpel Milo gewesen war und jetzt, als er nach Hause kam, Orchid in einem Riesenberg altem Kram vorfand.

»Ich miste aus«, ließ sie ihn mit einem Lächeln wissen.

»Du mistest aus? Was soll das bedeuten? Willst du all das etwa wegschmeißen?« Er deutete erst auf einen Haufen Klamotten, dann auf den Krimskrams, der sich um sie herum stapelte.

»Nein, natürlich nicht. Ich sammle Sachen für unseren Flohmarkt zusammen.«

»Ich wusste nicht, dass wir einen Flohmarkt geplant haben.«

»Nicht *unseren* Flohmarkt, sondern den Flohmarkt, den ich zusammen mit den Mädels in der Valerie Lane veranstalten will. Am Sonntag.«

»Diesen Sonntag schon?«

Sie nickte. »Jap. Ist das nicht eine fantastische Idee?«

»Klar, wenn es euch Spaß macht.« Er stellte seinen Rucksack ab, schob ein paar alte Jeanshosen beiseite und setzte sich dann auf den Sessel.

»Es ist nicht nur das. Auf diese Weise kann man Altlasten loswerden, das ist manchmal einfach nötig, verstehst du?«

»Hm ... Jeanshosen sind also Altlasten? Und Hello-Kitty-Taschen?« Er nahm eine rosa Handtasche mit dem bekannten Katzengesicht in die Hand und runzelte die Nase.

Die Tasche war nur eins der Dinge, die sie ganz hinten im Schrank gefunden und seit Jahren nicht benutzt hatte. Wozu sollte sie die also behalten? Es war ja nicht so, dass sie plante, selbst bald eine kleine Clara in die Welt zu setzen, der sie sie vererben konnte. Sie könnte sie Emily geben ... oder ihr, wenn sie in zehn Jahren alt genug für eine Handtasche war, einfach eine hübsche neue kaufen. Nein, sie wollte nichts aufbewahren, was ihr nichts einbrachte. Sie würde ihr Leben ganz neu ordnen.

»Ja«, antwortete sie Patrick. »Im Grunde schon. Ich will mich von allem trennen, was ich nicht mehr brauche.«

Einen Moment lang sah er sie so an, als wollte er sie fragen: »Auch von mir?« Er sagte aber nichts, und der Augenblick verflog.

»Du hast aber eine ganze Menge Zeug, das du nicht mehr brauchst«, sagte er schließlich. »Kann ich irgendwie helfen?«

»Du könntest die Bücher da hinten in eine Kiste tun, das wäre lieb. Und die T-Shirts da in eine andere.« Sie zeigte zur Couch.

»Kein Problem.« Er stapelte die Bücher in die zusammenklappbare Plastikbox. Dann nahm er sich der Shirts an. »Das willst du weggeben? Das haben wir mal in London gekauft, nicht?« Er hielt ein weißes Oberteil mit der Aufschrift *I'm with Mr. Perfect* hoch, das mit einem Pfeil auf seinen Nebenmann zeigte.

»Oh«, sagte sie und biss sich auf die Lippe. »Das sollte da eigentlich nicht hin. Das behalte ich.«

»Das musst du nicht, wenn es dir nicht mehr gefällt.«

Sie dachte an das Wochenende in London zurück. Damals hatte sie ihren Laden noch nicht gehabt und deshalb viel mehr Freizeit. Patrick hatte sie nach Notting Hill gebracht, wo sie an einem Stand auf dem Portobello Road Market dieses T-Shirt entdeckt hatte. Mehr aus Spaß hatte er es ihr gekauft, und sie hatte es den ganzen nächsten Tag getragen. Wenn Leute den Spruch gelesen und geschmunzelt hatten, hatten Patrick und sie sich jedes Mal fast kaputtgelacht. Das waren wirklich schöne Zeiten gewesen.

»Nein, natürlich bewahre ich es auf. Es ist zwar schon ein bisschen ausgeleiert, aber ich kann es ja nachts tragen. Da bist du ja auch neben mir.« Sie grinste.

Patrick strahlte sie an. Dann entdeckte er ein Halstuch, das er ihr mal zum Geburtstag geschenkt hatte. Er hielt es in die Höhe.

»Oh. Das ist da wohl auch nur reingerutscht. Selbstverständlich behalte ich es.«

Patrick sah zufrieden aus und legte es zu dem Shirt auf den Tisch.

Hm, also irgendwie schien hier etwas nicht richtig zu

laufen. Sie wollte doch ausmisten! Wenn Patrick aber jedes Mal so ein enttäuschtes Gesicht machte, wenn er etwas Aussortiertes entdeckte, das er ihr geschenkt hatte, das sie zusammen gekauft hatten oder das sie an einen gemeinsamen Ausflug erinnerte, dann konnte sie diese Aktion gleich vergessen.

»Danke für deine Hilfe, den Rest mache ich allein«, sagte sie ihm deshalb.

»Ich kann gerne weiterhelfen, ich hab sonst nichts zu tun.«

»Hast du schon gegessen?«

»Milo und ich haben eine Pizza bestellt.«

»Wie war es bei Milo?«

»Gut. Wir kommen voran. Der alte Vergaser funktioniert wieder einwandfrei.«

»Das freut mich. Hmmm, also ich hab noch überhaupt nichts gegessen, und ich sterbe gleich vor Hunger. Könntest du vielleicht auf die Schnelle irgendwas zaubern?«

»Klar. Worauf hast du Lust? Ich glaube, wir haben noch Minipizzas im Gefrierfach.«

»Oh ja, das hört sich gut an. Falls da auch noch Mozzarellasticks sind, kannst du die gerne mit in den Ofen schmeißen.«

»Okay.« Patrick ging in die Küche, und Orchid machte, dass sie fertig wurde. Schnell faltete sie alle Klamotten zusammen und verstaute sie in Kisten und Tüten, bevor er zurückkam und sie wieder davon abhalten würde.

Als er zwanzig Minuten später das Essen auftischte, hatte Orchid alles Alte neben der Badezimmertür im

Flur gestapelt. Da weder Patrick noch sie mehr ein eigenes Auto hatten, würde sie am besten Ruby fragen, ob sie die Sachen in ihrem Wagen in die Valerie Lane bringen konnte. Dort würde sie sie im Hinterzimmer des Gift Shops verstauen. Der Flohmarkt war ja schon Sonntag. Da fiel ihr ein, dass Ruby sich noch gar nicht wegen des Flyers gemeldet hatte. Schnell griff sie zum Telefon, um sie anzurufen. Da sah sie, dass sie eine SMS von Ruby bekommen hatte, in der sie ihr mitteilte, dass Gary schon an dem Entwurf für den Flyer saß.

»Super!«, rief sie aus.

Patrick, der es sich auf dem Sofa bequem gemacht hatte – Minipizzas, Mozzarellasticks und zwei Gläser Rotwein vor sich auf dem kleinen Couchtisch –, sah sie fragend an.

»Ruby hat mir geschrieben, dass Gary einen Flyer für den Flohmarkt macht. Den kopieren wir ein paar Hundert Mal und hängen ihn überall in der Gegend auf. Am besten verteilen wir ihn auch in der Cornmarket Street. Damit unser Flohmarkt ein voller Erfolg wird.«

»Das wird er garantiert. All eure Events werden doch ein Erfolg, oder etwa nicht?«

Patrick hatte recht. Das Frühlingsfest, der Weihnachtsmarkt, die Silvesterparty … alles waren ganz wunderbare, fröhliche Events gewesen, die jede Menge Besucher angelockt hatten.

»Na, dann hoffen wir mal, dass ganz viele Leute kommen und wir all unsere Sachen loswerden«, sagte sie und warf sich zu Patrick auf die Couch. »Ich hab sooo Hunger!« Sie griff nach einer Minipizza und biss ab.

»Danke für das Gourmetmenü.« Sie grinste ihren Chefkoch an.

»Gern geschehen.« Er nahm sich einen Mozzarellastick.

»Sag mal, wie ist das eigentlich mit den Flohmärkten in Amerika? Gibt es da auch solche wie hier bei uns? Im Film sieht man immer nur diese Garagenverkäufe, bei denen die Leute ihr altes Gerümpel in den Vorgarten stellen und an die Nachbarn verkaufen. Ist das in echt auch so?«

»Klar. Aber neben den *Garage Sales* gibt es natürlich auch ganz ordinäre Flohmärkte.«

»Hast du jemals einen *Garage Sale* veranstaltet? Mit deiner Familie, meine ich?«

Patrick seufzte kaum hörbar. »Nein, wir hatten ja kein eigenes Haus oder einen Vorgarten«, sagte er.

»Nicht?« Sie drehte sich zu ihm, zog ein Bein an und legte es unter das andere. »Ich dachte, Union wäre so eine richtige Kleinstadt und ihr hättet in einem eigenen Haus gewohnt. Hattest du das nicht mal erwähnt?«

Patrick sah plötzlich ganz blass aus, und Orchid hatte das Gefühl, als wäre sie gerade auf etwas gestoßen. Eine Unstimmigkeit in seiner angeblichen Vergangenheit.

»Richtig, das habe ich gesagt«, korrigierte er sich schnell. »Natürlich hatten wir ein eigenes Haus. Wir haben aber nie einen *Garage Sale* veranstaltet.«

Sie versuchte, Patricks Gesicht zu ergründen. Seine Miene wirkte verschlossen, und er war immer noch blass.

»Wieso hast du dann gerade gesagt, dass ihr kein eigenes Haus gehabt hättet?«, hakte sie nach und wusste jetzt schon, dass sie alles nur noch schlimmer machte. Dass Patrick gleich ganz zumachen und wahrscheinlich sogar sauer werden würde.

»Keine Ahnung, Orchid. Sagst du nie etwas, das du nicht so meinst?«

»Nicht so was, nein.«

»Klar, weil du ja so perfekt bist.«

»Das bin ich nicht«, erwiderte sie und fühlte sich plötzlich ganz schrecklich. Wenn Patrick wüsste, was sie getan hatte. Sie war alles andere als perfekt.

Hastig nahm sie einen Schluck Wein, trank das ganze Glas aus und ging in die Küche, um sich nachzufüllen.

Als sie zurück ins Wohnzimmer kam, war Patrick weg. Sie hörte ihn im Badezimmer und vernahm kurz darauf, dass er ins Bett ging. Sie folgte ihm nicht, sie konnte sich jetzt nicht neben ihn legen und so tun, als ob alles okay wäre.

Was passierte nur mit ihr? In einer Minute wollte sie unbedingt mit Patrick zusammen sein und ihrer Beziehung eine Chance geben, in der nächsten Minute konnte sie Patrick nicht mehr ertragen. Und was sie gerade richtig stutzig machte, war das Gefühl, ihm auf die Schliche gekommen zu sein. Es war nur eine Nichtigkeit gewesen, diese Sache mit dem eigenen Haus. Was aber, wenn Patrick tatsächlich nicht in einem eigenen Haus aufgewachsen war? Was, wenn er sie auch in anderen Dingen belogen hatte? Hatte er tatsächlich so eine Bilderbuchkindheit gehabt? Waren seine Eltern wirklich gestorben, als er vierzehn war? Was verheimlichte er ihr? Und was war mit seiner Tante in Maryland? War er bei ihr aufgewachsen? War er wirklich mit achtzehn nach Oxford gekommen? Sie hatte nie den Grund erfahren, warum er nach England ausgewandert war, ganz allein, ohne hier auch nur eine Menschenseele zu kennen. Es gab so viele Fragen, auf die sie gern eine Antwort hätte. Würde sie die je bekommen?

Sie griff nach dem Teller mit den Minipizzas und stellte ihn sich auf den Bauch, während sie sich in die Kissen sacken ließ. Sie schaltete mit der Fernbedienung den Flatscreen an und zappte hin und her, bis sie auf *The Big Bang Theory* stieß. Sheldon Cooper hatte sie schon immer zum Lachen gebracht. Heute konnte aber nicht mal er ihre Stimmung heben. Deshalb rief sie Phoebe an.

Verschlafen ging ihre Schwester ans Telefon.

»Hey.«

Erst jetzt sah Orchid auf die Uhr und erkannte, dass es bereits nach elf war.

»Oh, sorry, ich wollte dich nicht wecken.«

»Zu spät. Was gibt es denn so Wichtiges?«

Ohne es zu wollen, begann sie zu weinen.

»Orchid? Alles in Ordnung?«

»Nein«, sagte sie. »Ich kann einfach nicht mehr.«

»Patrick wieder?«

Sie nickte. Dann wurde ihr bewusst, dass Phoebe das ja gar nicht sehen konnte. »Ja«, schluchzte sie.

»Ich glaube, es wird Zeit für eine Veränderung«, sagte ihre Schwester.

»Aber …«

»Wenn du derart unglücklich bist, dann kannst du einfach nicht so weitermachen, Orchid. Vielleicht brauchst du ein bisschen Abstand? Komm für ein paar Tage zu uns, wenn du magst. Hier kannst du dir darüber klar werden, was du tun solltest.«

Was sie tun sollte? Das wusste sie doch längst. Sie musste Altlasten loswerden. Vermutlich würde ein Flohmarktverkauf aber nicht ausreichen, um ihre Probleme zu regeln.

»Ich lass es mir durch den Kopf gehen, danke auf jeden Fall für das Angebot.«

»Ich bin immer für dich da, das weißt du, oder?«

»Das weiß ich. Entschuldige bitte, dass ich dich so spät noch gestört habe. Ich hoffe, ich habe Emily nicht geweckt?«

»Die schläft wie ein Murmeltier.«

»Dann bin ich beruhigt. Gute Nacht.«

»Gute Nacht. Und – Orchid?«

»Ja?«

»Ruf mich ruhig jederzeit an. Tag und Nacht.«

»Danke. Ich hab dich lieb.«

»Ich hab dich auch lieb.«

Sie legten auf, und Orchid ging ein weiteres Mal in die Küche, um sich ihr Glas aufzufüllen. Diesmal nahm sie gleich die ganze Flasche Rotwein mit ins Wohnzimmer und kuschelte sich wieder auf das Sofa. Sie wollte, dass dieses Chaos in ihrem Kopf aufhörte. Wollte nicht mehr über Patrick nachdenken und erst recht nicht über Tobin, der schon wieder in ihrem Herzen war. So langsam wusste sie wirklich nicht mehr, ob er immer nur da war, wenn es mit Patrick gerade schlecht lief, oder ob sie … ihn wirklich liebte.

Bevor ihr eine passende Antwort in den Sinn kam, fielen ihr die Augen zu, und sie konnte wenigstens für ein paar Stunden aufhören, an die beiden Männer zu denken, die ihr das Leben so schwer machten. Wie viel leichter wäre es doch, wenn sie niemals einen männlichen Blumenverkäufer gefunden hätte, dachte sie noch. Dann sank sie in einen unruhigen Schlaf und träumte von einem Meer aus Froot Loops, in dem sie schwamm. Als sie daraus auftauchte, streckte ihr jemand die Hand entgegen, um sie herauszuziehen, nur konnte sie sein Gesicht nicht erkennen. Sie wünschte sich so, es wäre Patrick, doch dann war es nur Nicole Scherzinger von den Pussycat Dolls, die *Happily Never After* sang.

Orchid schrak hoch.

»Was zum Teufel willst du mir denn damit sagen, Nicole?«, fragte sie in die Dunkelheit. Sie stand auf und tapste zum Bett, wo Patrick genauso ruhelos zu schlafen schien.

»Nein! Nein!«, murmelte er. »Mom! Dad! Nein! Hilfe!«

Sie rüttelte ihn ein wenig, damit er aus seinem Albtraum erwachte. Es schien aber, als wäre er gefangen in einer anderen Welt, die so viel schlimmer war, als sie jemals erahnen konnte.

Was war ihm wirklich passiert?

»Huuh!« Patrick schrak hoch und setzte sich panisch auf.

»Alles gut, alles gut«, versuchte sie ihn zu beruhigen. »Du hast geträumt.«

Obwohl nur der Mond das Zimmer ein klein wenig erhellte, erkannte sie die Schweißperlen auf seiner Stirn.

»Geht es dir gut?«

Er sah sie an, wie er sie noch nie angesehen hatte. Ängstlich, unglaublich ängstlich. Dann nahm er sie in den Arm und schmiegte sich an sie, hielt sich an ihr fest, als rettete sie ihn vor dem Ertrinken.

»Verlass mich nicht, Orchid. Lass mich nicht allein.«

»Ich lass dich nicht allein. Ich bleibe bei dir, ich verspreche es.«

Sie meinte ihre Worte ernst. Denn sie hatte das Gefühl, als würde Patrick sich ihr zum ersten Mal wirklich öffnen. Auch wenn sie so langsam die Ahnung beschlich, dass sie beide die letzten vier Jahre eine Lüge gelebt hatten und es eine Menge Geheimnisse gab, von denen sie nicht einmal gewusst hatte, dass sie existierten. Doch Geheimnisse waren dazu da, um sie aufzudecken, oder? Und das würde sie versuchen, das nahm sie sich fest vor. Wenn Patrick ihr nicht sagen konnte oder wollte, was wirklich in seiner Vergangenheit geschehen war, würde sie es eben auf eigene Faust herausfinden. Vielleicht würde sie ihn dann endlich besser verstehen. Vielleicht würde ihr Herz dann Klarheit und Frieden finden.

KAPITEL 11

Am Freitagmorgen taten Orchid und Patrick beide so, als wäre nie etwas geschehen, als hätte Patrick sich gestern nicht versprochen, als hätten sie sich nicht gestritten und als wäre er nachts nicht panisch hochgeschreckt. Sie frühstückten zusammen, nahmen dann gemeinsam den Bus und verabschiedeten sich in der High Street mit einem Kuss.

Als Orchid die Cornmarket Street entlangging, fühlte sie sich seltsam, ja, regelrecht verloren. Ihr ganzes Leben lang hatte sie vor Selbstbewusstsein, vor Mut und Zuversicht nur so gestrotzt, doch jetzt war ihr, als wäre überhaupt nichts mehr sicher. Als wüsste sie nicht, was das Morgen brachte.

Bevor sie Patrick getroffen hatte, hatte sie diese Gefühle nicht gekannt, hatte sie die Liebe nicht gekannt. Erst er hatte ihr gezeigt, was es bedeutete, voll und ganz für einen anderen Menschen da zu sein, ihm sein Herz zu schenken, die eigene Zerbrechlichkeit in seine Hände zu legen. Jetzt aber hatte sie das Gefühl, als wäre sie kurz davor, zerdrückt zu werden, und sie musste gut aufpassen, dass es nicht so weit kam.

Oh, wie sie sich ihre Zuversicht zurückwünschte.

Kurz bevor sie in die Valerie Lane einbog, fiel ihr Blick

auf eine junge Frau, die auf dem Gehweg saß. Sie hatte den Kopf an die harte Wand des Gebäudes hinter ihr gelehnt, ihre Lippen waren aufgesprungen, die Augen wie tot. Sie trug zwei unterschiedliche Schuhe, doch das schien ihr überhaupt nichts auszumachen. Orchid betrachtete sie unauffällig, und sie konnte sich nicht erinnern, jemals für einen anderen Menschen so viel Mitleid empfunden zu haben. Auch wenn sie keine Ahnung hatte, was mit dieser Frau geschehen war, so wusste sie doch, dass auch sie irgendwann einmal ein glücklicher, zuversichtlicher Mensch gewesen sein musste, ein Mensch voller Hoffnungen und Träume. Wer oder was hatte ihr diese genommen?

Sie ging auf die junge Frau zu.

»Entschuldigen Sie bitte, möchten Sie nicht mit in die Valerie Lane kommen?«, fragte sie sie. »Gleich hier um die Ecke. Wollen Sie einen leckeren Tee in Laurie's Tea Corner mit mir trinken?«

Die Frau sah auf, als hätte Orchid sie bei etwas Wichtigem gestört. Dann schüttelte sie den Kopf. »Nein, danke.«

»Wirklich nicht? Kann ich Ihnen dann vielleicht etwas zu essen kaufen? Haben Sie Hunger?«

Wieder schüttelte die Frau den Kopf, und Orchid fühlte sich noch miserabler. Sie wollte doch nur helfen! Warum verdammt noch mal ließ sich niemand von ihr helfen?

»Okay, dann … passen Sie auf sich auf«, sagte sie mit einem Kloß im Hals und ging weiter zu ihrem Laden.

Doch auch dort ließen ihr die Frau und ihre Reaktion

keine Ruhe. Und deshalb steckte sie ein paar Sachen – Duschgel, ein Kissen und ein paar mit Herzchen bedruckte Packungen Taschentücher – in einen Stoffbeutel. Sie ging rüber zu Keira und erzählte ihr von ihrem Anliegen. Sofort steuerte ihre Freundin zwei Schachteln Kekse bei. Und Laurie überließ ihr natürlich einen Pappbecher mit Tee. Als Orchid wenig später wieder um die Ecke bog, war die Frau weg. Der Platz am Boden, an dem sie vor einer halben Stunde noch gesessen hatte, war leer.

Orchid fühlte sich hundeelend. Mit hängenden Schultern ging sie zurück zu ihrem Gift Shop. Susan stand in ihrer Ladentür und sah sie besorgt an.

»Hey, Süße, alles gut bei dir?«

»Nicht wirklich, nein«, gab sie zu.

»Kann ich irgendwie helfen?«

»Nein, nein, schon gut. Danke«, sagte sie im Weitergehen.

»Okay. Du kommst doch aber heute Abend trotzdem mit ins Kino, oder?«, rief Susan ihr hinterher.

Das Kino! Oh Shit, das hatte sie ganz vergessen. Sie konnte unmöglich mit ihren Freunden ins Kino gehen, nicht, wenn Tobin dabei war. Nicht jetzt, wo sie ihn doch aus ihren Gedanken verbannen wollte. Wie sollte das funktionieren, wenn sie einen ganzen Abend mit ihm verbrachte? Und dann auch noch an Charlottes Seite. Er konnte ihr erzählen, was er wollte – da war mehr zwischen den beiden! Sie hatte mitbekommen, wie sie einander angesehen hatten, sie war doch nicht blind!

»Oh, Susan, entschuldige bitte, ich kann leider doch nicht«, sagte sie schnell.

»Nein? Wieso nicht?«

»Ich muss … babysitten, sorry.« Orchid fragte sich im Stillen, ob Susan ihr die Ausrede abnahm.

»Oh, schade. Dann ein anderes Mal, ja?«

»Klar.« Sie lächelte Susan an, drehte sich um und ging die letzten Schritte bis zu ihrem Gift Shop. Dabei sah sie Tobin in seinem Laden stehen, wie er einen Strauß Rosen band.

Schnell eilte sie davon und verkroch sich in den sicheren vier Wänden ihres Geschäfts.

So konnte das alles nicht weitergehen! Es reichte! Sie musste, ja, sie würde auf der Stelle etwas ändern. Und anfangen würde sie damit, indem sie etwas über Patricks Vergangenheit herausfand. Das konnte doch nicht so schwer sein.

Gegen Mittag hatte Orchid die Internet-Suchmaschine so beansprucht, dass sie Angst hatte, sie könnte jeden Moment zusammenbrechen. Sie hatte den Namen Patrick Montgomery gegoogelt und natürlich einige davon auf der Welt gefunden. Sie hatte es in Verbindung mit West Virginia, mit Union, mit Autounfall, Autounfall 2004, Autounfall Junge überlebt, Autounfall Eltern gestorben, Autounfall einziger Überlebender und tausend anderen Stichwörtern probiert. Doch die Suche hatte rein gar nichts ergeben. Dann war sie alle möglichen Patrick Montgomerys durchgegangen, ebenfalls ohne Ergebnis. Er hatte ihr erzählt, dass er nach dem tragischen Unfall bei seiner Tante Dana in Maryland gelebt hatte. Also hatte sie es auf ein Neues versucht. Irgendwann hatte sie frustriert das Handy auf den Tresen geworfen und beschlossen, erst einmal an die frische Luft zu gehen und sich Sushi zu holen.

Als sie nun mit ihrem Essen zurückkam, wartete Hannah vor ihrer verschlossenen Ladentür. Heute war André leider nicht da, um zu übernehmen.

»Hannah, sorry, ich hab mir schnell was zu essen geholt. Was kann ich für dich tun?«

»Woah!«, machte Hannah.

»Wie bitte?«

»Also, eigentlich wollte ich mich bei dir erkundigen, ob du auch Räucherstäbchen anbietest, ich schaffe es nämlich heute nicht mehr in meinen Lieblings-Esoterikladen, und meine sind mir leider ausgegangen. Aber nun …«

»Ich verstehe nicht.«

»Deine Aura schreit ja förmlich nach Hilfe.«

»Tatsächlich?« Mit gerunzelter Stirn sah Orchid Hannah an, die heute ihre langen Dreadlocks zu einem Knoten gebunden hatte. Sie trug ein langes, wallendes braunes Kleid.

»Oooh ja. Komm, Orchid, wir setzen uns mal hin, und dann sprichst du dich aus. So kann ich dich unmöglich weiterarbeiten lassen, du gibst ja all deine negativen Schwingungen an deine Kundschaft ab.«

»Sorry, das geht nicht, ich muss ehrlich wieder zurück in meinen Laden. Außerdem hab ich mir Sushi gekauft.«

»Ich hoffe, keins mit rohem Fisch?«

»Äh, doch. Ich dachte, darum geht es bei Sushi?«

Hannah lachte. »Ach, du ahnungsloses Wesen. Sushi ist auch ganz lecker mit Avocado oder Algensalat.«

Algensalat? Orchid schüttelte sich. »Wenn du meinst.«

»Dein Sushi kannst du auch draußen essen«, beschloss Hannah und nahm ihr die Tüte weg. Sie ging hinüber zur Bank, die Mr. Spacey Anfang des Jahres am Ende der Gasse aufgestellt hatte, gleich neben Valeries altem Kirschbaum.

»Hey!«, rief Orchid, folgte ihr aber und setzte sich. Sie nahm ihr Mittagessen wieder an sich, öffnete die Plastikbox, brach die Holzstäbchen auseinander und angelte sich ein Maki-Röllchen mit Lachs.

»Also?« Hannah sah sie fragend an.

»Hm … Ich weiß nicht so genau, was du von mir willst«, gestand sie.

»Ich kann es echt nicht länger mit ansehen, wie du leidest. Sag mir, was du auf dem Herzen hast.«

»Ich … leide? Wie kommst du denn darauf?«

»Mir kannst du nichts vormachen«, sagte Hannah.

Orchid nahm eine California Roll mit Thunfisch und Gurke und aß extra langsam. Was sollte sie Hannah sagen? Eigentlich wollte sie ihr gar nichts erzählen, sie war ja nicht einmal eine Freundin. Eine Bekannte, ja, eine sehr skurrile Bekannte – doch wollte man so jemandem seine Probleme anvertrauen? Nachher würde sie ihr noch die bösen Geister austreiben wollen oder so. Andererseits sollte sie sich vielleicht wirklich mal aussprechen, und bei wem könnte sie das sonst schon tun? Laurie hatte mit dem Baby genug um die Ohren, Ruby war nicht gerade die beste Ansprechpartnerin in Sachen Beziehungen, und Keira und Susan machten einen auf Best Buddy mit Tobin, die würde sie ganz bestimmt nicht zu Rate ziehen.

»Okay … also … Hast du schon mal eine dieser Talkshows gesehen, in denen eine Frau behauptet, sie würde zwei Männer gleichzeitig lieben?«

Hannah runzelte die Stirn.

»Na, ich hab da auf jeden Fall mal eine gesehen. Eine Frau war zu Gast, und sie musste einen Lügendetektortest machen, weil ihr Mann vermutete, dass sie ihn hinterging. Ja, das tat sie dann auch, wie herauskam. Sie betrog ihn schon seit Jahren. Auf die Frage, warum sie das tat, statt ihn einfach zu verlassen, wenn sie doch einen anderen liebte, antwortete sie, dass sie beide liebe und keinen von beiden verlieren wolle. Und …«

»Hast du Patrick betrogen, Liebes?« Hannah sah überhaupt nicht überrascht aus, als sie das fragte, und das irritierte Orchid sehr.

»Nein, natürlich nicht. Ich liebe Patrick.«

»Aber du liebst auch einen anderen?«

»Nein!«, stellte sie schnell klar.

»Und was willst du mir dann mit dieser absurden Story aus dem Nachmittags-Trash-TV sagen?«

»Dass ich … vielleicht doch auch Gefühle für einen anderen habe«, gestand sie nun doch. Auf ihr Sushi hatte sie plötzlich gar keinen Appetit mehr, weshalb sie den Deckel wieder schloss.

»Für Tobin.« Es war mehr eine Feststellung als eine Frage.

»Woher … ich meine, wie …«

»Na, ich bin doch nicht blind, Liebes.« Hannah lächelte sie an. »Und? Was gedenkst du nun zu tun?«

»Ich weiß es nicht.« Sie senkte den Blick. »Das ist ja das Dilemma.«

»Ach, Orchid.« Hannah legte einen Arm um sie. So nah war Orchid ihr noch nie gewesen, und sie fragte sich unwillkürlich, wie alt die Künstlerin wohl sein mochte. Laurie hatte es ihnen nie erzählt. Vielleicht Ende vierzig, Anfang fünfzig? »Du solltest ganz dringend versuchen, wieder Zugang zu deiner Seele zu bekommen. Die Verbindung ist nämlich zurzeit ein wenig wackelig, wie es mir scheint.«

»Da könntest du recht haben.«

»Deine Mitte ist nicht ausgeglichen, es ist dringend nötig, dass du wieder zu dir selbst findest. Nur dann kannst du entscheiden, was das Richtige für dich ist.«

»Ja, aber wie mache ich das denn?«, fragte Orchid verzweifelt.

»Vielleicht magst du mal mit zum Yoga kommen?«

»Ich weiß nicht, ob das was für mich ist.«

»Versuch es doch einfach mal, schaden kann es dir nicht.«

Da hatte sie wohl recht. Im Moment würde Orchid fast alles ausprobieren, was ihr irgendwie weiterhelfen könnte. Ob Yoga da aber irgendwas brachte?

»Okay, vielleicht komm ich mal mit.«

»Sehr gut. Was du außerdem tun solltest, ist Meditieren. Hast du das schon mal ausprobiert?«

Sie schüttelte den Kopf.

»Such dir einen ruhigen Ort, setze dich im Lotussitz

oder auch im Schneidersitz auf den Boden und konzentriere dich ganz auf dich selbst. Höre auf, dich zu sorgen und zu grübeln. Widme dich einfach der Stille und höre genau hin, was deine Seele dir sagt.«

»Sollte ich nicht lieber auf mein Herz hören?«

Hannah lachte erneut. »Ach, Orchid. Deine Seele steht weit über deinem Herzen. Du musst mit deiner Seele im Einklang sein, sie weiß, was du brauchst, um glücklich zu sein.«

»Okay, dann werde ich das wohl mal ausprobieren«, sagte sie und entdeckte Gott sei Dank Kundschaft vor ihrer verschlossenen Ladentür. »Sorry, Hannah, ich muss dann … Ich hab Kundschaft.«

»Kein Problem. Und Orchid! Denk dran, höre auf deine Seele!«

Sie nickte. Auf ihre Seele sollte sie hören? Als ob es nicht schon schwer genug wäre zu erkennen, was ihr Herz wollte.

»Hallo, Sophie«, sagte sie, als sie bei der jungen Frau angekommen war, die eine ihrer Stammkundinnen war.

»Hi, Orchid.«

Sie schloss die Tür auf und hielt sie Sophie auf. »Du hast mich gerade gerettet.«

Sophie sah zu Hannah und musste schmunzeln. »Will sie dich auch mit zum Yoga schleppen? Das schlägt sie mir jedes Mal vor, wenn ich mir einen Tee aus der Tea Corner hole.«

Orchid lachte. »Du hast es erfasst.« Sie betrat nun auch den Laden und ließ die Tür hinter sich zufallen. »Was kann ich dir heute Gutes tun?«

Als sie am Abend ihren Gift Shop zusperrte, sah sie Tobin aus dem Blumenladen kommen und ein paar Schritte weiter zu Susan gehen. Orchid ging die drei Stufen wieder hoch und versteckte sich. Sie lugte um die Ecke und konnte erkennen, wie Susan wenig später aus dem Wool Paradise kam und Tobin herzlich umarmte. Susan brachte Terry hoch in ihre Wohnung, während Tobin unten wartete. Er sah sich nach Orchid um, blickte zu ihrem Laden her. Wusste er noch nicht, dass sie nicht mitkam?

Schnell verschwand sie ganz hinter der Ecke und lehnte sich mit laut pochendem Herzen an die Wand des roten Backsteingebäudes. Am liebsten wäre sie jetzt zu Tobin gegangen und hätte ihm gesagt, dass er sie endlich in Ruhe lassen sollte. Stattdessen tat sie gar nichts und wartete einfach nur ab, bis Susan mit Michael zurückkehrte und die drei fröhlich davongingen.

Sie atmete aus.

Himmel, hilf mir, dachte sie.

Dann sah sie Ruby aus ihrem Laden kommen, löste sich aus ihrem Versteck und ging auf sie zu. »Hallo, Ruby.«

»Hi, Orchid. Ich wünsche dir viel Spaß im Kino.«

»Oh. Ich gehe nicht mit. Frag bitte nicht, warum.«

»Werde ich nicht.«

Das war das Gute an Ruby. Laurie oder Susan hätten jetzt nachgebohrt, sie aber akzeptierte einfach, dass Orchid nicht darüber reden wollte.

»Was machst du jetzt?«, erkundigte sie sich bei Ruby.

»Ich gehe nach Hause. Gary, mein Dad und ich wollen heute Scrabble spielen.«

Scrabble. Das hörte sich in ihren Ohren geradezu perfekt an. Viel besser, als einen Abend mit Tobin und Charlotte zu verbringen, und eine Million Mal besser, als einen Abend lang Patrick beim Schweigen zuzuhören. Oder beim Lügengeschichtenerzählen.

»Dürfte ich vielleicht … Wäre es okay, wenn ich mitkäme?«

»Aber natürlich.« Ruby lächelte sie an. Ruby sagte auch nie viel, sie tat es aber auf eine angenehme Art, auf eine Art, die nicht immer noch Fragen offenließ.

»Ich danke dir.« Sie drückte Ruby fest.

Auf dem Weg schickte sie Patrick eine kurze SMS, in der sie ihm mitteilte, dass sie heute Abend leider doch nicht konnte, und dann schaltete sie tatsächlich mal ab.

Gary hatte Chili sin Carne gekocht, weil Hugh Kidneybohnen-Woche hatte. Sie erzählten sich ausgelassen, was sie heute erlebt hatten, und Orchid musste laut lachen, als Gary berichtete, dass die Supermarktkassiererin mit Hugh geflirtet hatte.

»Sie wollte ihn gar nicht gehen lassen«, sagte er schmunzelnd.

Hugh schüttelte den Kopf. »So ein Quatsch.«

»Es stimmt. Sie hat dir sogar extra viele Rabattcoupons geschenkt.«

»Das ist wahr.« Hugh errötete leicht.

»Und du, Gary? Was hast du heute gemacht? Bist du dazu gekommen, ein bisschen zu schreiben?«, erkundigte sich Ruby.

Gary war früher, bevor er sich für ein Leben auf der

Straße entschieden hatte, Schriftsteller gewesen, das hatte Ruby ihr und den anderen Mädels erzählt. Er hatte richtige Romane geschrieben und veröffentlicht. Ruby hatte ihm zu seinem Geburtstag einen gebrauchten Laptop geschenkt, damit er seine Gedanken und Geschichten aufschreiben konnte, wenn er das wollte.

»Zwei Seiten nur, aber immerhin«, erwiderte er.

»Das ist doch toll.« Ruby gab ihm einen Kuss auf die Wange.

Orchid fand die beiden einfach süß. Sie freute sich so für sie, dass sie zueinandergefunden hatten. Sie waren sich gegenseitig eine große Stütze.

»Ich hab übrigens den Flyer fertig«, sagte Gary dann.

»Echt? Lass sehen!«, forderte Orchid ihn auf.

Er erhob sich und holte ein Blatt Papier aus der Schublade, auf das er die Valerie Lane gezeichnet hatte. In großen Lettern hatte er das Wort FLOHMARKT geschrieben, darunter *Sonntag, 29. April, 11:00–17:00 Uhr.*

»Wow, der ist ja toll! Wie du all unsere Läden dargestellt hast, einfach unglaublich! Du hast sogar das Kopfsteinpflaster und die Blumenkästen mit eingebaut.«

»So viel Aufwand wäre aber gar nicht nötig gewesen, Schatz«, meinte Ruby.

»Wenn ihr mir schon solch eine Aufgabe übertragt, wollte ich mir auch Mühe geben.«

»Also, wenn das die Leute nicht anlockt, dann weiß ich auch nicht. Kann ich den Flyer mitnehmen? Dann gehe ich gleich morgen früh in den Copyshop und lasse ihn … was meint ihr, hundertmal kopieren?«

»Das können Hugh und ich doch übernehmen«, bot

Gary an. »Dann können wir die Flyer auch gleich in der Gegend aufhängen.«

»Wenn ihr das tun könntet, wäre das fantastisch«, freute sich Orchid. Hugh war auch mit dabei, und sie waren sich einig. Der Flohmarkt konnte kommen!

Der Abend verlief wirklich nett. Stundenlang spielten sie Scrabble und Schiffe versenken, und dabei dachte Orchid nicht ein Mal an Patrick oder Tobin. Dieser Spieleabend war ihre Art der Meditation.

Als es Zeit wurde zu gehen, dankte und umarmte sie Ruby noch einmal. »Wir sehen uns morgen?«

Ruby nickte, und Orchid hatte das Gefühl, als wollte sie ihr zu verstehen geben, dass sie immer für sie da war, wenn sie reden wollte. Doch sie sagte nichts, und das war gar nicht nötig. Orchid wusste es auch so.

»Ach, Ruby, ich hätte da noch eine Bitte. Könntest du mich vielleicht morgen zusammen mit meinen ganzen Flohmarktsachen bei mir zu Hause abholen und in die Valerie Lane fahren?«

»Du kannst dir meinen Wagen jederzeit ausleihen. Gleich jetzt, wenn du willst, und morgen stellst du ihn dann irgendwo in der Nähe ab, dann fahre ich ihn wieder nach Hause.«

Orchid schnitt eine Grimasse. »Das geht leider nicht. Mir wurde der Führerschein entzogen.«

»Wie bitte? Davon hast du ja gar nichts erzählt.«

»Ja. Ich hab da vor einer Weile ein bisschen zu tief ins Glas geschaut und bin anschließend noch gefahren. Was denkst du, warum ich meinen Wagen verkauft habe?«

»Du machst Sachen. Okay, ich kann dich abholen. Aber morgen geht das leider nicht, da will ich schon ganz früh auf einen Antiquitätenmarkt. Ginge es auch Sonntag?«

»Ja, na klar«, sagte Orchid. »Hauptsache, ich bekomme den Kram irgendwie in die Valerie Lane. Ich hab wirklich eine Menge zusammengesammelt.«

»Ich auch.«

»Unser Flohmarkt wird super, das weiß ich jetzt schon.«

»Da bin ich mir ganz sicher«, sagte Ruby und lächelte.

Als Orchid nach Hause kam, war Patrick noch nicht da. Wahrscheinlich war er, nachdem sie ihm abgesagt hatte, zu Dave oder Milo gegangen, um wieder an irgendetwas rumzuschrauben. Und da entdeckte sie auch seine SMS, in der er ihr mitteilte, dass er tatsächlich bei Milo war und sie nicht auf ihn zu warten brauche.

Das war die Gelegenheit!

Sie machte es nicht gerne, aber sie öffnete seine Schublade und durchsuchte seine Sachen. Sie fand seinen Reisepass, der ein altes Foto von ihm zeigte sowie seinen Namen: Patrick Anthony Montgomery. Geboren am 18.10.1989 in Union, West Virginia. Genau wie er gesagt hatte. Warum hatte Orchid dann nur dieses Gefühl, als wenn irgendwas daran nicht stimmte?

Sie suchte weiter und stieß schließlich auf einen Umschlag in einem seiner Winterstiefel. Sie hatte es fast schon verrückt gefunden, dort nachzusehen, aber sie war fündig geworden.

Der Umschlag enthielt einige Fotos. Eines davon zeigte eine Familie: Vater, Mutter, Kind. Der etwa zehnjährige Junge war hundertprozentig Patrick, das war nicht zu übersehen. Und die beiden Erwachsenen mussten der Ähnlichkeit nach seine Eltern sein. Warum versteckte er sie nur in seinem Schuh? Orchid konnte es einfach nicht verstehen. Er musste seine Mutter und seinen Vater doch schmerzlich vermissen. Warum rahmte er das Bild nicht ein, warum ehrte er sie nicht mehr?

Ein weiteres Foto zeigte einen viel älteren Patrick, einen Teenager mit Pickeln im Gesicht, der neben einer Frau stand, die den Arm um seine Schulter gelegt hatte. Ob das seine Tante war? Er hatte ihr erzählt, dass er nach dem Tod seiner Eltern bei ihr aufgewachsen war, sie wusste aber nicht, was aus ihr geworden war. Wäre sie am Leben, würden die beiden doch sicher mal telefonieren, aber davon hatte Orchid noch nie etwas mitbekommen. Und würde der eine den anderen nicht auch mal besuchen wollen? Nach zehn Jahren, die sie getrennt waren?

Es gab so vieles, was Orchid seltsam erschien. Neben den Fotos befanden sich zwei kleine Zettel im Umschlag, Orchid nahm sie heraus. Auf dem einen stand etwas in einer unleserlichen Schrift geschrieben, die nach Patricks aussah. Es schien fast so, als hätte er extra so gekritzelt, damit niemand es entziffern konnte, auch sie nicht. Auf dem anderen Zettel war eine Telefonnummer notiert, eine aus Amerika, das erkannte sie an der Vorwahl.

Leider war es jetzt zu spät, um dort anzurufen … Oh, Moment! Es war fünf Stunden früher an der amerikanischen Ostküste. Ohne weiter darüber nachzudenken, nahm sie das Telefon in die Hand und tippte die Zahlen ein, auch wenn sie beim besten Willen nicht wusste, was sie sagen sollte, falls jemand den Anruf entgegennahm. Eigentlich wollte sie doch auch nur wissen, *wer* ranging. Dann würde ihr schon etwas einfallen.

Sie wartete. Ring. Ring. Ring. Und dann knackte es …

»FBI, Sie sprechen mit Agent Coolidge, wie kann ich Ihnen helfen?«

Vor lauter Schock drückte sie schnell auf den roten Knopf, um das Gespräch zu beenden.

FBI? What the f…!

Sie musste sich verhört haben. Denn das war einfach zu verrückt, selbst für Patrick, der ja Geheimnisse haben mochte, aber doch nicht solche!

Sie wählte die Nummer noch einmal. Wieder meldete sich Agent Coolidge und fragte nun, ob sie sich in einer Notsituation befinde. Erneut legte sie auf. Ungläubig starrte sie auf das Telefon in ihrer Hand und den Zettel mit der Telefonnummer des FBI in der anderen.

Das konnte doch nur ein schlimmer Traum sein!

Was hatte Patrick mit dem FBI zu schaffen? Wer war der Mann, mit dem sie seit vier Jahren zusammen war?

KAPITEL 12

»Kommst du heute auch zu den Eltern?«, fragte Orchid am nächsten Tag Phoebe, kaum dass sie sich an der Ecke High Street und Cornmarket Street von Patrick getrennt hatte. Bisher hatte sie mit keinem Wort erwähnt, was sie entdeckt hatte, natürlich nicht. Patrick wäre superwütend gewesen und hätte sich nur wieder irgendetwas ausgedacht, das sie nicht weitergebracht hätte. Sie musste auf eigene Faust herausfinden, was Sache war.

»Eigentlich wollte ich nicht kommen. Emily kränkelt ein bisschen.«

»Du *musst* kommen! Bitte!«

»Oh, was ist denn passiert?«

»Das kann ich dir nicht einfach so am Telefon erzählen. Ich muss es dir unter vier Augen sagen. Und du wirst mir sicher nicht glauben.«

»Okay, du hast mich überzeugt. Dann sehen wir uns bei Mum und Dad. Wenn Mum aber wieder damit anfängt, dass Emily noch immer keine ersten Schritte gemacht hat, kann ich für nichts garantieren.«

»Dann rette ich dich, ich verspreche es. Lass mich nur nicht allein mit … mit dem, was ich rausgefunden habe. Ich muss es unbedingt loswerden, und außer dir kann ich es niemandem anvertrauen.«

»Jetzt machst du mich richtig neugierig.«

»Dazu hast du auch allen Grund.« Sie platzte fast vor Anspannung. Am liebsten hätte sie Phoebe alles sofort haarklein berichtet, doch für diese Neuigkeit brauchte sie Ruhe und Konzentration. Sie hoffte, gemeinsam könnten sie überlegen, was das alles zu bedeuten hatte. Sie selbst war nach einer schlaflosen Nacht, in der sie sich die verrücktesten Szenarien ausgemalt hatte, jedenfalls kein bisschen weiter. Irgendwann war Patrick nach Hause gekommen und hatte sich neben sie gelegt, doch sie hatte so getan, als würde sie schon schlafen. Dabei hatte sie sich die ganze Zeit gefragt, wer Patrick eigentlich war. Mit wem lebte sie zusammen? Was verheimlichte er nur vor ihr? Und wie zum Teufel sollte sie weiter an seiner Seite sein und so tun, als ob nichts wäre?

»Bis später!«, sagte sie zu Phoebe und holte sich bei Laurie einen Beruhigungstee. Den brauchte sie heute mehr denn je.

»Alles okay?«, fragte Laurie.

»Ja, natürlich. Alles bestens. Warum auch nicht?«

»Du siehst aus wie einer dieser Flummis, die immer auf und ab hüpfen und nie zum Stillstand kommen.«

Oh, das traf es gut. Genauso fühlte sie sich heute auch.

»Ich freu mich nur auf einen Samstag in der Valerie Lane«, entgegnete sie und setzte ein Strahlen auf. »Ich liebe die Samstage, da sind die Leute alle so guter Laune.«

»Klar, die meisten haben ja auch frei, im Gegensatz zu uns.«

»Ach komm, du liebst es doch, in deinem Laden zu stehen.«

Laurie lächelte. »Hast recht.«

Orchid nahm den Becher mit, überquerte die Straße – und musste grinsen. Denn Tobins Grandma – Schnippische-alte-Dame-Emily – bog soeben in die Valerie Lane ein und marschierte schnurstracks auf den Blumenladen zu.

»Einen schönen guten Tag, Mrs. Sutherland«, begrüßte Orchid sie.

»Na, wenn Sie meinen«, lautete ihre abschätzige Antwort.

Orchids Grinsen wurde breiter. »Finden Sie nicht, dass es ein schöner Tag ist?«

»Es ist ein gewöhnlicher Samstag. Ich weiß nicht, was daran so schön sein soll«, erwiderte Emily. Ihr strenges dunkles Kostüm und der schwarze Hut mit der steifen Feder untermalten ihre Worte.

»Na, so einiges. Die Sonne scheint, es kommen viele Besucher in unsere hübsche kleine Straße …«

»Ich hoffe nur, die kaufen auch alle etwas.« Emily blieb jetzt stehen und musterte Orchid von oben bis unten. »Sagen Sie, trägt man das jetzt so? Schneidet man sich die guten Hosen ab, oder ist Ihnen ein Malheur passiert, und die Hose war nicht mehr zu retten? Steht es finanziell so schlecht um Sie, dass Sie alte, abgeschnittene Hosen tragen müssen, anstatt sie einfach zu entsorgen?«

Orchid musste lachen. »Das sind Shorts, die trägt man so. Ich hab sie nicht mal selbst abgeschnitten, sondern so gekauft.«

»Ach herrje. Na, dann gebe ich Ihnen einen Rat: Entsorgen Sie sie so schnell wie möglich.«

»Danke für den Rat.« Auf den sie sicher nicht hören

würde. Sie liebte ihre Jeansshorts, sogar im kalten April, da zog sie einfach eine Strumpfhose drunter.

»Nun gut, dann will ich mal sehen, was mein Enkel macht. Ich hoffe, er hat diese schrecklichen blau gefärbten Rosen aus seinem Sortiment genommen. Blau gefärbt! Wer kauft denn so was?«

»Leute, deren Lieblingsfarbe Blau ist?«, scherzte Orchid.

Emily sah sie entgeistert an. »Sie sollten damit aufhören. Männer schätzen keine albernen Frauen.«

Wenn sie wüsste, wie gerne Orchid und Tobin herumalberten.

»Okay, ich werde nie wieder einen Witz machen«, erwiderte sie.

»War das Sarkasmus?« Emily streckte ihren Gehstock vor, und Orchid glaubte schon, sie wollte sie damit schlagen. Schnell wich sie einen Schritt zurück.

»Ich würde es nie wagen. Ich wünsche Ihnen noch einen schönen Tag.«

Emily schüttelte nur den Kopf. Ach ja, richtig, sie wusste nicht, was an diesem Tag schön sein sollte.

Orchid drehte sich um, ging in ihren Laden und machte sich an die Arbeit. Sie nahm ein bestelltes Paket an, räumte die neuen Backmischungen im Glas ins Regal, stellte ein paar der neuen Kerzen auf, ordnete die Postkarten und packte einen Präsentkorb. Dabei dachte sie immer wieder darüber nach, was Patrick mit dem FBI zu tun haben könnte. Ob er in eine Straftat verwickelt war? Oder als Zeuge fungiert hatte? Hatte er womöglich selbst etwas Schlimmes angestellt?

Sie erinnerte sich, dass sie sich noch vor Kurzem spaßeshalber ausgemalt hatte, er könnte ein Geheimagent sein. Das würde zumindest erklären, warum er ihr seine Vergangenheit vorenthielt und so wenig von sich preisgab. War er in Wirklichkeit ein amerikanischer James Bond? Ein verdeckter Ermittler, der in England stationiert war? War er, immer wenn er sagte, er gehe zu Milo oder Dave, eigentlich im Einsatz und schnappte irgendwelche Schurken? War der Job als Handyreparateur nur Tarnung? War die Beziehung zu ihr es auch?

Als André gegen Mittag erschien, ging Orchid sich etwas zu essen kaufen, und um Punkt halb drei sagte sie ihrem Mitarbeiter, dass sie jetzt losmüsse. Sie stieg in den Bus und fuhr direkt zu ihren Eltern.

Phoebe war schon da, diesmal mit Emily allein. Lance war auf einen Junggesellenabschied eingeladen, erzählte sie.

»Oh. Emily sieht aber heute cool aus. Wie eine Rockerin. Ist dieser Bad-hair-day-Look gewollt?«

»Nein, eigentlich nicht. Sie lässt sich zurzeit nur absolut nicht die Haare kämmen. Und jetzt wird sie auch noch krank, habe ich das Gefühl. Seit gestern hat sie erhöhte Temperatur, und einen Schnupfen hat sie auch.«

»Oh, du armer kleiner Schatz.« Orchid nahm ihre Nichte auf den Arm und befühlte ihre filzigen Haare. Der Afro-Anteil, den sie von ihrem Daddy geerbt hatte, war schon immer schwer zu bändigen gewesen.

»Jetzt erzähl mir aber endlich, was es so spannendes Neues gibt.« Phoebe sah sie euphorisch an.

Orchid blickte sich um. Der Tisch war bereits gedeckt.

»Mum wird jeden Moment mit der Kaffeekanne hereinkommen.«

»Ein paar Minuten haben wir bestimmt noch. Nun spann mich doch nicht länger auf die Folter, das ist echt gemein.«

»Okay. Du wirst mir aber garantiert kein Wort glauben.« Sie sah Phoebe direkt in die Augen.

»Erzähl schon!«

»Also gut. Okay, du kennst Patrick …«

»Ja, natürlich kenne ich ihn.«

»Jetzt lass mich doch ausreden! Also, Patrick. Du denkst, du kennst ihn, das tust du aber nicht. Überhaupt nicht. Und ich auch nicht.«

»Ich versteh kein Wort.«

»Frag mal mich.«

»Orchid. Du könntest auch Portugiesisch sprechen, und ich würde nicht mehr kapieren.«

»Jaja. Also, es geht um Patrick.«

»Das habe ich mir inzwischen auch schon gedacht.«

»Jetzt halt doch endlich mal die Klappe.« Orchid lachte und legte sich sofort die Hand auf den Mund, als Phoebe sie böse ansah. Ach, stimmte ja, vor Emily durfte sie nicht so reden. »Sorry. Du musst mich aber wirklich endlich mal ausreden lassen, das ist schon alles kompliziert genug.«

»Okay, ich bin ganz still.« Phoebe zog sich einen imaginären Reißverschluss über dem Mund zu.

»Gut. Also … Patrick … ist nicht der, der er zu sein scheint. Er ist ja schon ein verschlossenes Buch, seit ich ihn kenne, und hat noch nie viel über sich erzählt oder besser gesagt so gut wie gar nichts. Aber eins hat er doch mehrmals erwähnt. Nämlich, dass er in Union, West Virginia, aufgewachsen ist, einem langweiligen kleinen Kaff, wo er mit seinem Vater und seiner Mutter in einem hübschen Haus gewohnt hat.« Phoebe sah sie interessiert an. »Neulich hat er aber plötzlich was ganz anderes erzählt. Er meinte, dass sie in gar keinem Haus gelebt hätten. Dann hat er es schnell zurückgenommen, als hätte er sich aus Versehen verplappert. Das war total unheimlich.«

»Hmmm … Darf ich was sagen?«

»Klar.«

»Ich würde da nicht zu viel hineininterpretieren. Vielleicht hat er sich wirklich nur versprochen und meinte es gar nicht so. Das passiert uns doch allen mal.«

»Das war noch nicht alles.«

»Okay. Erzähl weiter.«

»Gestern hab ich seine Sachen durchsucht …«

»Du hast was?«

»Seine Sachen durchsucht. Ich weiß, das ist nicht korrekt, aber ich wusste einfach nicht, was ich sonst machen sollte. Nachdem ich nämlich gegoogelt habe, was das Zeug hält, und …«

»Kaffee ist fertig!«, rief ihre Mutter und betrat das Wohnzimmer. Sie stellte eine Kanne dampfenden Kaffees auf den Tisch und ging noch einmal zurück, um den Kuchen zu holen. Ihr Vater kam mit der Schlagsahne und setzte sich.

Phoebe sah Orchid an. Dann sagte sie laut: »Oje, ausgerechnet jetzt muss Emily in die Windel machen. Ich muss sie schnell wechseln gehen. Orchid, kommst du bitte mit?«

Orchid nahm das Stirnrunzeln ihres Vaters wahr, war aber schon auf den Beinen und folgte Phoebe nach oben in ihr altes Zimmer.

»Hat sie wirklich in die Windel gemacht?«

»Nein, ich will aber unbedingt wissen, wie es weitergeht.«

»Okay. Dann versuche ich, schnell zu machen.« Sie sah Phoebe dabei zu, wie sie Emily auf ihr altes Bett legte und ihr tatsächlich die Windel wechselte. Man musste ja den Schein wahren. »Ich habe Patrick gegoogelt, habe alles eingegeben, das ich irgendwie mit ihm in Verbindung bringen konnte, und doch hat es keinen einzigen Treffer ergeben. Ist das nicht seltsam? Ich meine, da hat ein Junge bei einem Autounfall seine Eltern verloren und hat als Einziger überlebt, und es steht nirgends in den Nachrichten?«

»Er war bei dem Unfall dabei? Das wusste ich ja gar nicht.«

»Ich wusste es bis vor Kurzem auch nicht. Er hat es erwähnt, als ich nachgestochert habe.«

»Ach, Orchid. Warum lässt du ihn nicht einfach in Ruhe? Er will nicht drüber reden, das kann man doch verstehen.«

»Ich kann einfach nicht. Vor allem nicht, nachdem ich das absolut Heftigste rausgefunden habe.«

»Und was ist das?«

»Ich hab etwas in seinem Schuh entdeckt.«

»In seinem Schuh?«

»Jap. Genauer gesagt in einem seiner Winterstiefel, ganz hinten im Schrank. Es war ein Umschlag, in dem Fotos steckten. Von ihm und seiner Familie.«

»Das ist aber wirklich seltsam. Warum versteckt er die denn in seinem Schuh?«

»Das habe ich mich auch gefragt. Das ist aber noch nicht das Seltsamste. In dem Umschlag waren nämlich auch noch zwei lose Zettel. Auf einem stand eine Nummer.«

»Und wie ich dich kenne, hast du die angerufen?« Phoebe hatte Emily wieder fertig angezogen und gab ihr einen Nasenstupser.

»Ja, das hab ich. Es war eine Nummer in den USA. Und jetzt rate mal, wer rangegangen ist! Das errätst du nie!«

»Soll ich raten oder nicht?«

»Klar, wag ruhig einen Versuch.«

»Seine Tante?«

»Nein.«

»Doch nicht etwa seine Eltern?« Phoebe war jetzt total hibbelig, so, als guckte sie eine Folge *Twilight Zone*.

»Noch viel verrückter.«

»Meine Güte, du willst wohl, dass ich vor Neugier platze, oder wie?«

»Es war … das FBI!«

»Das FBI?« Jetzt runzelte Phoebe die Stirn.

»Ja, wirklich! Das FBI. Unglaublich, oder?«

»Und du bist dir sicher, dass du es richtig verstanden und dich auch nicht verwählt hast?«

»Daran dachte ich zuerst auch. Deshalb hab ich noch

mal angerufen. Wieder ging ein Agent Coolidge ran. Was hat Patrick nur mit dem FBI zu schaffen?«

»Da bin ich echt überfragt.«

»Das ist doch mehr als seltsam, oder? Das FBI. Die kenne ich nur aus Fernsehserien.«

»Wofür sind die denn zuständig?«, erkundigte sich Phoebe. »Für Terroristen?«

»Auch. Und für Spionage, Drogenhandel, Gewaltverbrechen und Wirtschaftsverbrechen. Das hab ich heute gegoogelt. Ich frag mich nur, was Patrick mit Terrorismus oder Spionage zu tun haben soll.« Sie schüttelte den Kopf.

»Das frage ich mich auch.«

Ihre Mutter erschien in der Tür. »Wo bleibt ihr denn so lange? Der Kaffee wird ja kalt.«

Verschwörerisch sahen die Schwestern sich an.

»Wir kommen schon«, sagte Phoebe und nahm die alte Windel mit. »Ich werf die nur noch schnell weg.«

Orchid nahm ihr Emily ab und folgte ihrer Mutter nach unten. »Was gibt es heute für Kuchen?«

»Marmorkuchen. Selbst gemacht.« Ihre Mutter lächelte.

»Das hört sich aber lecker an. Danke, Mum, dass du uns immer so gut mit allem versorgst.«

»Na, dafür bin ich doch da, oder?« Sie kniff ein Auge zu.

»Nein, ich meine es ernst. Du bist eine wunderbare Mutter, genau wie Dad ein toller Vater ist. Wir können uns wirklich glücklich schätzen, euch zu haben.«

Bildete sie es sich nur ein, oder hatte ihre Mutter feuchte Augen?

»Das ist lieb, dass du das sagst.« Sie schien ehrlich gerührt und gab Orchid eine kleine Umarmung.

»Es ist nur die Wahrheit. Nicht jeder hat das Glück, solche Eltern zu haben.«

»Du sprichst von Patrick?«

»Zum Beispiel, ja. Und, Mum? Würdest du mir einen Gefallen tun?«

»Kommt drauf an, was für einen«, erwiderte ihre Mutter schmunzelnd. Sie schien heute richtig guter Laune zu sein. Ob es an dem Kompliment lag, das Orchid ihr gemacht hatte? Das sollte sie viel öfter tun.

»Frag Phoebe bitte nicht wieder, ob Emily schon ihre ersten Schritte gemacht hat.«

»Aber ich bin ihre Grandma. So was muss ich doch erfahren.«

»Und das wirst du. Denkst du nicht, Phoebe wird dir als Allererstes davon erzählen, wenn es endlich so weit ist?«

Ihre Mutter blieb stehen und sah sie an. »In Ordnung, ich verspreche, sie heute nicht zu fragen.«

»Danke.«

Phoebe hatte sie eingeholt und nahm Emily wieder auf den Arm. Die quietschte vergnügt.

»Ich glaube, Emily freut sich auf den Kuchen«, sagte Phoebe. »Kein Wunder, Granny macht ja auch den leckersten Kuchen der Welt, nicht wahr, meine Süße?«

»Wisst ihr, dass ihr die besten Töchter seid, die sich eine Mutter nur vorstellen kann?«

»Awww«, machte Orchid. Das schrie nach einer Gruppenumarmung. Danach setzten sie sich endlich an den Tisch und aßen Kuchen. Heute hielt sich ihre Mutter tatsächlich im Zaum und erkundigte sich nicht nach Emilys Gehversuchen. Und als hätte die kleine Emily genau darauf gewartet, setzte sie an diesem Nachmittag einen Fuß vor den anderen. Alle applaudierten, die stolze Granny war den Tränen nah, Phoebe und Orchid jubelten, und die Kleine fiel vor Schreck hin und weinte. Doch sie hatte es geschafft. Sie hatte einen ganz entscheidenden Schritt getan, und Orchid nahm sich vor, es ihr in jedem Fall nachzutun.

KAPITEL 13

Am Abend, als Orchid nach Hause kam, stand Patrick in der Küche und bereitete Pancakes zu. Echte amerikanische Pancakes. Er hatte sogar eine Flasche Ahornsirup neben sich stehen.

Orchid war mehr als verwundert. Sie starrte Patrick an, fragte sich, ob er etwas ahnte. Ob er wusste, dass sie ihm auf die Schliche gekommen war und alles hinterfragte, was er ihr je erzählt hatte.

»Hi« war alles, was er sagte. Er lächelte sie kurz an und wendete dann das runde Ding in der Pfanne.

»Hi«, erwiderte sie. »Du machst Pancakes?«

»Ich dachte, das würde dir vielleicht gefallen. Du sagst doch immer, ich soll dich mehr an meiner Vergangenheit teilhaben lassen. Pancakes sind etwas, das ich auf jeden Fall mit meiner Kindheit verbinde.«

»Isst man die nicht eher zum Frühstück?«, fragte sie.

»Ach, Pancakes kann man immer essen. Magst du auch welche?«

»Klar.« Sie hatte eigentlich keinen Appetit, aber wenn er sich schon die Mühe gab …

Patrick stapelte ihr vier der dicken runden Pfannkuchen auf einen Teller. »Ahornsirup?«

»Okay.«

Er goss die hellbraune Flüssigkeit über den Pfannkuchenberg und reichte ihr den Teller.

»Danke«, sagte sie und setzte sich damit an den Küchentisch.

Als Patrick den letzten Teig verbraucht hatte, setzte er sich zu ihr und machte sich an seine Portion.

»Mmmm«, sagte er. »Ganz wie damals zu Hause.«

Sie probierte ebenfalls und musste zugeben, dass die Pancakes köstlich waren. Sie fragte sich, warum Patrick die in den vergangenen vier Jahren noch nie gemacht hatte, er hatte es nämlich echt drauf.

»Sind echt lecker«, sagte sie.

»Freut mich.«

Schweigend aßen sie, bis Orchid die Stille durchbrach. »Warum gerade jetzt, Patrick?«

Fragend sah er sie an. »Was?«

»Warum machst du ausgerechnet heute Pancakes?«

Er zuckte die Schultern. »Mir war danach.«

»Weißt du, anstatt dich in die Küche zu stellen und zu kochen, hättest du auch bei meinen Eltern vorbeikommen können. Darüber hätte ich mich ehrlich gesagt viel mehr gefreut.«

Patrick stöhnte. »Orchid … Du weißt auch nicht, was du willst, oder?«

»Doch, das weiß ich ganz genau. Ich will, dass du mir die Wahrheit sagst.«

»Was meinst du denn jetzt schon wieder?«

»Ich meine, dass du mich belügst, wahrscheinlich schon, seit wir uns kennen. Zumindest aber verheimlichst du was vor mir.«

»Und wie kommst du bitte darauf?«

Sollte sie mit der Sprache herausrücken? Dann wäre das schöne Pancake-Essen sicher in einer Millisekunde zerstört. War sie schon bereit, ihn mit dem zu konfrontieren, was sie entdeckt hatte? Wenn es erst mal raus war, war es nicht mehr rückgängig zu machen.

»Ich habe nur so ein Gefühl, das ist alles.«

»Was willst du denn wissen, Herrgott noch mal?« Patrick wurde nicht einmal richtig laut, wenn er fluchte. Es hörte sich eher nach Verzweiflung an.

Orchid schüttelte den Kopf. »Gar nichts. Vergiss es.«

Und wieder schwiegen sie sich an.

»Emily hat heute ihren ersten Schritt gemacht«, informierte sie ihn, nur um irgendwas zu sagen.

»Oh. Tut mir leid, dass ich nicht dabei war.« Er sah sie auf eine Weise an, die sie gut kannte. Sie sagte aus, dass er keinen Streit wollte. Dass er einfach nur wollte, dass zwischen ihnen alles wieder gut war.

»Tja …«

»Willst du noch mehr?«

»Nein, danke.«

Er stand auf und stellte das Geschirr in die Spüle. »Hast du Lust, einen Film zu gucken?«

»Nicht wirklich.«

Mit verschränkten Armen stand er da, an den Küchentresen gelehnt. »Was willst du dann, Orchid?«

»Wer ist Agent Coolidge?«, platzte es aus ihr heraus, ehe sie ihre Worte zurückhalten konnte.

Sie konnte mit ansehen, wie alle Farbe aus Patricks Gesicht wich, wie er schwankte, wie er sich an der

Arbeitsplatte festhielt und so zu tun versuchte, als ob er nicht bis ins Mark getroffen wäre.

Er gab ihr keine Antwort, natürlich nicht.

Orchid stand auf. »Ich hab keine Lust mehr auf all die Lügen. Es wird Zeit, mir die Wahrheit zu sagen, Patrick, oder …«

»Oder?«, brachte er mühevoll heraus.

Sie sah ihn an, es waren keine Worte nötig.

Als er nach zwei langen Minuten noch immer nichts gesagt hatte und nur blasser und blasser geworden war, ging Orchid kopfschüttelnd aus der Küche und ins Bett. Patrick kam an diesem Abend nicht zu ihr, er schlief auf der Couch oder sonst wo – es war ihr egal.

Am Sonntagmorgen klingelte es an der Tür. Orchid erwachte und fühlte sich wie erschlagen. Wer konnte das denn so früh am Morgen sein? Als sie zur Uhr sah, musste sie mit Schrecken feststellen, dass es bereits kurz nach neun war, und da erinnerte sie sich daran, was sie mit Ruby abgemacht hatte.

Sie sprang aus dem Bett und lief zur Tür, um ihre Freundin reinzulassen.

»Oh Gott, Ruby, tut mir so leid, aber ich hab verschlafen.« Man durfte nur bis zehn Uhr Waren in die Haupteinkaufsstraßen liefern, danach waren sie Fußgängerzonen.

»Kein Problem, wir haben mehr als genug Zeit. Soll ich schon mal ein paar der Sachen runtertragen, während du dich fertig machst?«

»Das wäre superlieb. Nimm aber nur die leichten.« Ruby war, auch wenn sie groß war, so dünn und zierlich, dass Orchid Angst hatte, sie könnte von einer der schweren Kisten erschlagen werden.

»Ach, ich bin es doch gewohnt, schwere Bücherkisten zu schleppen«, winkte Ruby ab und machte sich an die Arbeit.

Orchid sah sich kurz nach Patrick um, konnte ihn aber nirgends entdecken. Dann eilte sie ins Bad, kämmte sich schnell die Haare und band sich einen Pferdeschwanz, putzte sich die Zähne und legte lediglich Mascara und Lipgloss auf. Dann zog sie sich eine Jeans, ein frisches T-Shirt und eine Sweatjacke an, und schon war sie bereit.

Sie half Ruby mit den Sachen, und zehn Minuten später saßen beide im Auto und fuhren in die Valerie Lane. Dort angekommen, entdeckten sie, dass die anderen bereits ihre Stände aufgebaut hatten. Auch Rubys Stand war schon fertig, denn Gary hatte sich um alles gekümmert. Hugh war ebenfalls da, er saß auf der Bank neben dem Kirschbaum und hatte sein Radio in der Hand, dem er interessiert lauschte. Er liebte Sportübertragungen und Berichte über Bienen und andere Naturthemen.

»Ich danke dir eine Million Mal«, sagte Orchid, als sie alle Sachen entladen hatten.

»Das hab ich doch gerne gemacht. Wozu sind Freunde denn da? Jetzt muss ich mich aber sputen, damit ich meinen Wagen noch rechtzeitig wegfahren kann.« Ruby stieg wieder ein und fuhr los.

Derweil kam Laurie rüber zu Orchid, sie hatte sich Clara umgebunden. Zufrieden trug sie sie vor sich her, während die Kleine neugierig alles in sich aufnahm.

»Guten Morgen, Orchid. Kann ich dir behilflich sein? Barry, Hannah und ich sind schon fertig mit meinem Stand.«

»Und ich hab noch nicht mal angefangen. Oje …«

»Der Flohmarkt beginnt doch erst in einer Stunde, das schaffst du locker. Sag mir, was ich machen soll.«

»Ich bin mir ja nicht sicher, ob du das mit Clara zusammen hinbekommst, du Känguru.« Sie grinste Laurie an und fühlte sich gleich besser. Hier in der Valerie Lane waren ihre Sorgen beinahe vergessen.

»Das schaffen wir schon, kein Problem.«

»Dann könntest du vielleicht die Sachen auf dem Tisch ausbreiten, die ich dir reiche. Dazu muss ich ihn aber erst mal holen.« Orchid lief in den Laden und schnappte sich den zusammenklappbaren Tisch aus dem Hinterzimmer. Im Nu war er aufgebaut, und sie ging in die Hocke, um den ersten Karton zu öffnen.

Laurie und Orchid – und natürlich Clara – waren ein super Team. Orchid reichte ihrer Freundin ein Teil nach dem anderen, und diese legte es hübsch auf den Holztisch, der auch schon mehrere Weihnachtsmärkte und ein Frühlingsfest mitgemacht hatte. Während Orchid die Sachen auspackte, sah sie aus den Augenwinkeln Tobin dabei zu, wie er ebenfalls in aller Eile seinen Stand aufbaute. Er schien auch spät dran zu sein. Ob er wohl verschlafen hatte, so wie sie? Was war wohl sein Grund dafür gewesen? Hatte er eine heiße Nacht mit irgendwem verbracht? Mit Charlotte etwa?

Sie sah hinüber zu Charlotte, die schon an ihrem und Susans Stand bereitstand und wie immer fröhlich vor sich hin lächelte. Ja, so fröhlich war Orchid auch mal gewesen, bevor diese blöden Männer dahergekommen waren und alles kaputt gemacht hatten.

Susan trat aus der Tea Corner und brachte zwei Becher Tee mit, von denen sie Charlotte einen reichte.

»Möchtest du auch, Tobin?«, hörte Orchid sie fragen.

»Später vielleicht, ich muss hier erst mal fertig werden. Aber danke.«

»Kann ich dir helfen?«

Tobin nahm Susans Angebot gerne an, und in Nullkommanichts hatten sie den Stand fertig aufgebaut.

Und dann war es elf Uhr, und die ersten Besucher kamen.

Der Flohmarkt war eine wirklich gute Idee gewesen, fand Orchid und lobte sich von Zeit zu Zeit selbst. Sie liebte diese besonderen Events in der Valerie Lane, denn sie brachten nicht nur ganz viele Menschen hierher, sondern auch ein wenig Abwechslung in den Alltag.

»Na, wie läuft's?«, fragte Tobin sie nach einer Weile. Sein Stand war keine zwei Meter von ihrem entfernt.

Sie sah ihn an und konnte nicht anders, als zu lächeln. »Nicht schlecht, danke. Und wie läuft's bei dir?«

»Wunderbar. Ich bin schon all meine alten CDs losgeworden.«

»Wer kauft denn noch CDs? Ich dachte, die Leute hätten heute nur noch MP3-Player.«

»Tja, sie sind fast alle weg. Nur noch zwei sind übrig. Justin Timberlake und Britney Spears. Hast du Interesse?«

Orchid musste lachen. »Also, bei Justin Bieber hätte ich sofort zugegriffen, aber Justin Timberlake … nein, ich passe.«

Auch Tobin schmunzelte. »Wusstest du, dass die beiden mal zusammen waren?«

Natürlich wusste sie das. Gab es irgendjemanden auf der Welt, der das nicht wusste?

»Wer?«, fragte sie trotzdem ganz naiv.

»Na, Justin und Britney, in ganz jungen Jahren.«

»Nein, das glaub ich nicht.«

»Ist wirklich so, kannst du googeln.«

»Woher weißt du denn so viel darüber? Stehst du etwa auf Klatsch und Tratsch? Verfolgst du begeistert die Promi-News? Wahrscheinlich siehst du dir auch jedes Jahr live die Oscars und die Grammys und die Goldene Himbeere und was es sonst noch so gibt, an.«

»Du hast mich ertappt.«

Sie grinsten sich an. »Okay, lass mal sehen, was du sonst noch so übrig hast.« Orchid trat näher an Tobins Tisch und sah sich um. Sie entdeckte einen Schmuckständer in Form einer Hand. »Der ist cool. Ich will ja nicht wissen, wozu du so was benötigst …«

»Haha. Den hat meine Mutter mir mitgegeben, als sie gehört hat, dass wir einen Flohmarkt veranstalten.«

»Jaja, das kann jeder behaupten.« Sie kniff ein Auge zu.

»Du musst mir nicht glauben.«

»Tue ich auch nicht. Das Teil gefällt mir aber immer besser. Was willst du dafür haben?«

»Von dir kann ich doch kein Geld nehmen!«

»Dann machen wir einen Tausch. Such du dir was von mir aus.«

Tobin blickte sich kurz bei ihr um. »Also, sorry, aber Hello-Kitty-Taschen und pinke Shirts sind eher nicht so mein Ding.«

In dem Moment fragte sie sich, warum Patrick eigentlich nichts beigesteuert hatte. Er hatte es nicht einmal angeboten.

»Oh, warte, was ist das?« Tobin griff rüber und nahm eine Brotdose in die Hand. Darauf war eine Giraffe abgebildet. »So eine hab ich mir schon immer gewünscht.«

»Ach, ehrlich?« Orchid konnte ihr Grinsen gar nicht mehr abstellen.

»Klar, wer denn nicht? Also, Deal? Tauschen wir?«

»Abgemacht.« Sie besiegelten den Deal mit einem Händeschütteln, doch Orchid zog ihre Hand schnell wieder weg, weil es sich absolut merkwürdig anfühlte, Tobin zu berühren.

Sie nahm einen Schritt Abstand.

»Denkst du, du kannst je wieder ganz normal mit mir umgehen?«, fragte Tobin und sah sie nun ernst an.

Sie starrte auf ihre gelben Chucks, dann sah sie Tobin an und lächelte. »Als ob wir je normal miteinander umgegangen wären.«

Er lächelte auch. »Ach, Orchid …«

»Wie viel wollen Sie dafür haben?«, fragte ein Mann Mitte vierzig mit einer total verrückten Dauerwelle. Orchid hätte zu gerne gewusst, welcher Friseur ihm dazu geraten hatte oder besser gesagt warum der ihm nicht davon abgeraten hatte. Er nahm die Justin-Timberlake-CD in die Hand.

»Ein Pfund«, meinte Tobin.

»Hat sie auch keine Kratzer?«

»Nein, sie ist kaum benutzt. Sie können sie sich gerne genauer ansehen.«

Das tat der Mann, dann handelte er Tobin auf fünfzig Pence herunter und ging zufrieden mit seiner CD davon.

Orchid starrte auf die übrig gebliebene Britney-Spears-CD. Irgendwie sah die Arme ganz einsam aus. Ob sie glücklich ohne Justin war? Was, wenn die zwei füreinander bestimmt waren? Orchid wusste aus der Klatschpresse, dass beide inzwischen längst andere Partner, Kinder und ein neues Leben ohne den anderen hatten. Aber waren sie wirklich glücklich? Wer konnte denn überhaupt wissen, wie es nach einer Trennung ausgehen würde? Ob man sich vermissen würde? Ob man diesen Schritt für immer bereuen oder ihn als die beste Entscheidung seines Lebens ansehen würde?

Ach, Britney, dachte Orchid. Ich hoffe, du hast dein Glück gefunden.

»Wie teuer ist die Hello-Kitty-Tasche?«, hörte sie eine Kinderstimme und blickte auf. Ein etwa siebenjähriges Mädchen stand vor ihr und starrte die Tasche an, als wäre sie das Schönste auf der Welt. Orchid sah, dass die Kleine gerade mal fünfzig Pence in der Hand hielt.

»Fünfzig Pence«, antwortete sie also.

»Echt?« Das Mädchen strahlte.

»Na klar.« Orchid reichte ihr die Tasche und sah dabei zu, wie die Kleine freudig zu ihrer Mutter lief, die bei

Keira stand und sich für ein Set nagelneuer Schneidebretter interessierte. Ruby reichte gerade jemandem ein Buch, und Hugh, der noch immer mit seinem Radio dasaß, schrie begeistert auf, als irgendeine Fußballmannschaft ein Tor schoss. Mr. Monroe kam mit seinem Leierkasten herbei und begann zu spielen, Laurie trug immer noch Clara herum und brachte Orchid einen Tee vorbei, Susan küsste Stuart, der mit seinem Neffen und seiner Nichte vorbeigekommen war, André blickte immer mal wieder aus dem Gift Shop, um sie in seinem entzückenden falschen Englisch etwas zu fragen, und Barbara verkündete lautstark, dass sie und Mr. Spacey sich verlobt hätten.

Orchid und Tobin wechselten einen Blick und machten im Einklang: »Aaaah.« Dann sahen sie einander traurig an und wünschten sich wohl beide, die Dinge wären anders und auch sie könnten einfach nur zusammen und glücklich sein.

KAPITEL 14

»Das war ein wirklich schöner Tag, findet ihr nicht auch?«, fragte Susan und sah in die Runde.

Sie hatten sich alle noch bei Laurie in der Tea Corner eingefunden und ließen den Sonntag mit einer guten Tasse Tee ausklingen. Keira hatte eine Schachtel Pfefferminzplätzchen mitgebracht, Barry hatte Clara schon mit nach Hause genommen, und Gary war ebenfalls mit Hugh gegangen, um das Abendessen zuzubereiten. Ihre Männer wussten, wie wichtig ihnen die gemeinsamen Stunden mit den Freundinnen waren. Orchid war ebenfalls noch mit zu Laurie gekommen, obwohl der Drang, endlich mit Patrick zu reden, sie ganz vereinnahmte.

»Das war er«, stimmte Laurie Susan zu. »Das war eine ganz tolle Idee von dir, Orchid. Wir sollten öfter einen Flohmarkt veranstalten. Es sammelt sich immer so viel altes Zeug an, das man nicht mehr braucht und über das andere sich freuen.«

»Oh, die Leute haben sich ganz sicher gefreut, ihr habt die Sachen ja zu echten Schnäppchenpreisen angeboten«, sagte Barbara und nahm sich ein Plätzchen.

»Wir wollten ja auch nicht das große Geld machen.« Keira lachte. »So ein Flohmarkt macht einfach Spaß, und das ist doch das Einzige, was zählt.«

Orchid hatte ziemlich viel Gewinn gemacht. Aber das Geld war jetzt nicht mehr wichtig, Paris fiel sowieso ins Wasser.

»Da geb ich dir recht«, sagte Ruby und umfasste ihre blaue Tasse mit beiden Händen. Sie führte sie an den Mund, pustete hinein und nahm dann einen kleinen Schluck. Ihr Mund verzog sich zu einem glücklichen Lächeln.

»Der Tee ist unglaublich lecker«, fand auch Orchid. »Was ist da alles drin?«

»Du wirst es nicht glauben – Ingwer.« Laurie schmunzelte, denn sie wusste genau, dass Orchid Ingwer eigentlich nicht ausstehen konnte und sich immer davor drückte, etwas zu probieren, wo er beigemischt war.

»Ha! Du bist mir ja eine. Jetzt hast du es also doch geschafft, ihn mir unterzujubeln. Und ich mag ihn auch noch, das darf doch gar nicht sein.«

»Nun gib es schon zu, in der richtigen Kombination kann Ingwer wirklich köstlich sein.«

»Ja, okay. Ich geb's zu.«

»Und was enthält die Mischung neben Ingwer noch?«, wollte Barbara wissen.

»Orange, Apfel und Brombeerblätter. Das ist jetzt aber gar nicht so wichtig. Ich glaube, uns alle interessiert viel mehr deine Verlobung. Du musst uns alles ganz genau erzählen. Hat Mr. Spacey dir einen Antrag gemacht, so richtig schön kitschig und romantisch?«

Barbara lachte. »Nein, darauf hätte ich wohl lange warten können. Leopold ist ein Schatz, aber von Romantik versteht er rein gar nichts.«

»Nun sag nicht, dass du …«

»Oh doch. Warum auch nicht? Wir waren letzte Woche im Theater. Der Abend war wunderbar, und es hätte gar keinen perfekteren Zeitpunkt für einen Antrag geben können.«

»Und er hat gleich Ja gesagt?«, wollte Keira wissen.

»Aber natürlich. Ich bin doch das Beste, was ihm je passiert ist. Das sagt er zumindest.«

»Wie süß. Wenn er so was sagt, dann ist er ja irgendwie doch romantisch«, meinte Orchid.

»Ja, das ist er wohl. Ein kleines bisschen.«

»Warte mal … Letzte Woche habt ihr euch verlobt?«, fragte Laurie. »Und du erzählst uns erst heute davon?«

Orchid wunderte sich auch. Vor allem, weil Barbara die Tratschtante schlechthin war.

»Leo hat mich gebeten, es noch für mich zu behalten, zumindest bis er es seiner Mutter gesagt hat. Die war verreist, mit einer Seniorengruppe in Prag. Agnes wusste es natürlich schon.«

»Und wann soll die Hochzeit stattfinden?«, fragte Ruby.

»So genau haben wir noch nichts geplant, aber ich fände es schön, wenn es eine Herbsthochzeit werden würde. Ich mag es, wenn das Laub von den Bäumen fällt.«

»Ich mag den Herbst auch sehr«, ließ Ruby sie wissen.

»Ich hoffe, wir sind dann alle eingeladen?«, fragte Orchid.

»Aber sicher. Was wäre denn eine Hochzeit ohne euch? Ich wäre schwer beleidigt, wenn ihr nicht kämet.«

Sie alle versprachen, mit dabei zu sein.

Orchid dachte über Barbara und Mr. Spacey nach, die beschlossen hatten zu heiraten. Ob die beiden wohl alles voneinander wussten? Und dann stellte sie ihren Freundinnen eine entscheidene Frage.

»Was würdet ihr tun, wenn ihr herausfinden würdet, dass die Person, mit der ihr seit Jahren zusammen seid, euch belogen hat? Und ihr sie im Grunde überhaupt nicht kennt?«

»Oh-oh. Geht es etwa um Patrick?«, fragte Susan.

Orchid nickte nur.

»Nun, es kommt natürlich darauf an, um was für eine Lüge es sich handelt«, meinte Keira.

»Ist es eine schlimme Lüge?«, erkundigte sich Laurie.

»Das weiß ich selbst noch nicht genau. Es scheint aber ein Riesending zu sein. Und ich weiß nicht, ob ich noch mit ihm zusammen sein will. Nicht nur wegen dem, was er mir verheimlicht hat, sondern einfach weil er das überhaupt getan hat. Wenn man mit jemandem zusammen ist, ja, sogar zusammenwohnt, dann sollte man doch absolute Ehrlichkeit erwarten können, oder?«

»Nun, wir alle haben Patrick schon immer für mehr als nur ein bisschen mysteriös gehalten«, gestand Laurie.

»Was meinst du damit? Weil er so still ist?«

»Das auch. Vor allem aber, weil er unseren Fragen immer ausgewichen ist. Und in letzter Zeit ist er überhaupt nicht mehr dabei, egal bei welchem Event.« Laurie zuckte die Achseln.

»Er war bei unserem Ausflug nach London mit dabei«,

erinnerte Orchid sie. »Und auf der Weihnachtsfeier im Haus deiner Eltern.«

»Ja, stimmt. Aber das ist auch schon wieder vier Monate her.«

»Da hast du recht …«

»Und du bist dir sicher, dass er dich belogen hat?«, fragte Keira. »Womöglich handelt es sich nur um ein Missverständnis.«

»Nein, das ist kein Missverständnis. Das ist etwas … etwas so Gewaltiges …«

»Ich finde ja sowieso, du passt viel besser mit Tobin zusammen«, sagte Susan.

»Susan! Können wir bitte beim Thema bleiben?«

»Ist das denn nicht das Thema?«

»Tobin?« Stirnrunzelnd sah Orchid ihre Freundin an.

»Na ja, die Liebe. Patrick, Tobin, sich entscheiden müssen …«

»Nein, Susan. Hier geht es gerade allein um Patrick.«

»Ich muss zugeben, dass ich auch finde, du würdest viel besser mit Tobin zusammenpassen«, ließ Laurie sie wissen.

»Ach, ehrlich? Und warum?«

»Ich kann nicht leugnen, dass ich mit Patrick nie warm geworden bin. Ich bin einfach der Meinung, dass jemand wie Tobin dir ein besserer Freund sein könnte. Ich mag ihn lieber, das ist kein Geheimnis.«

Sprachlos sah Orchid erst Laurie und dann die anderen an. Sie konnte es nicht fassen.

»Seid ihr anderen etwa derselben Meinung? Mag keine von euch Patrick?«

Achselzucken, Blicke zu Boden, Räuspern …

»Ich mag ihn«, meldete sich das Küken unter ihnen zu Wort. »Ich finde, man sollte einen Menschen nicht danach beurteilen, was er *nicht* sagt. Keine von uns weiß, warum Patrick sich nicht öffnen will oder kann.« Natürlich war es Ruby, die so etwas sagte, sie war ja selbst ein stilles Wasser.

»Genau darum geht es aber, Ruby«, warf Barbara ein. »Dass nicht einmal Orchid es weiß. Mir ist er auch immer schon komisch vorgekommen. So abweisend.«

Orchid hatte das Gefühl, Patrick verteidigen zu müssen – sofort!

»Das ist aber echt nicht fair, ihr Lieben. Denn Patrick hat auch seine guten Seiten. Er hat mich lange Zeit sehr glücklich gemacht, falls ihr das nicht mehr wisst.«

»Doch, das wissen wir natürlich«, entgegnete Keira.

»Aber warum habt ihr denn nie was gesagt?« Hatten plötzlich alle Geheimnisse vor ihr?

»Weil du uns nicht gefragt hast. Es ist ja auch ganz allein deine Entscheidung«, sagte Barbara.

»Patrick ist einer von den Guten«, verteidigte sie ihren Freund und wusste eigentlich gar nicht so genau, warum. Denn eigentlich war sie doch sauer auf ihn, oder? Und enttäuscht. Und verletzt. Deshalb sprang sie jetzt abrupt auf.

»Wisst ihr was? Es ist Zeit für ein Ultimatum!«

»Endlich hat sie es verstanden«, sagte Laurie zu den anderen.

Was diese darauf antworteten, hörte Orchid nicht mehr, denn sie war schon zur Tür raus und auf dem Weg zu Patrick, der sich endlich entscheiden musste. So konnte er sie nämlich nicht länger behandeln, sonst würde sie sofort einen auf Britney Spears machen, und er stünde ganz allein da. Und dann konnte er zusehen, ob ihn überhaupt noch irgendwer haben wollte. Vielleicht würde sich ein crazy Freak mit Dauerwelle seiner erbarmen, aber für sie beide wäre der Zug dann abgefahren – für immer.

Wild entschlossen lief sie nach Hause. Die frische Luft tat gut. Als sie oben vor ihrer Wohnungstür stand und den Schlüssel in der Hand hielt, zitterten ihre Finger. Ihr Herz pochte wie verrückt, denn irgendwie hatte sie das Gefühl, als würde dieser Abend noch einiges an Überraschungen mit sich bringen, und positiv würden die bestimmt nicht ausfallen.

Patrick war zu Hause. Er saß mit einer Fachzeitschrift auf der Couch und blickte auf, als sie das Zimmer betrat.

»Hey.«

»Hey.«

»Wie ist der Flohmarkt gelaufen?«

»Gut. Du hättest ja vorbeikommen und dich selbst überzeugen können.«

»Hätte ich.«

»Und warum hast du es nicht getan?«

»Mal davon abgesehen, dass wir schon seit Tagen streiten? Weil deine Freunde mich nicht mögen.«

Oh, da hatte er sogar recht.

»Patrick, wir müssen reden.«

»Das hatte ich mir schon gedacht.«

»Ah ja?« Orchid steckte die Daumen in die Jeanstaschen. »Willst du denn nicht reden? Findest du nicht, wir sollten einiges klären?«

»Wahrscheinlich kommen wir nicht mehr drum herum.«

Seufzend setzte sie sich in den Sessel ihm gegenüber.

»Patrick, warum bist du nur immer so? Findest du denn nicht, ich habe ein Anrecht darauf zu erfahren, was los ist?«

»Soll ich ehrlich sein? Nein.«

»Nein?« Sie konnte nicht glauben, was sie da hörte.

»Genau. Nein. Weil es Dinge gibt, die nicht für dich bestimmt sind, die du nicht erfahren darfst. Auch wenn du das vielleicht nicht verstehen willst.«

»Ich verstehe es wirklich nicht. Könntest du das bitte ein bisschen genauer erläutern?«

»Auch das kann ich nicht.«

»Okay. So langsam reicht's mir. Sag mir endlich, wer dieser Agent Coolidge ist!«

»Sag du mir lieber, woher du den Namen hast!«

»Ich habe seine Nummer in deinem Schuh gefunden und ihn angerufen.«

»Ist das dein Ernst? Du durchsuchst meine Sachen?«

»Ich wünschte, ich hätte es nicht tun müssen. Aber mit reden komme ich ja nicht weiter. Egal was ich versuche, du bist so unglaublich verschlossen und erzählst mir nie was.«

»Ich hab dir doch neulich was erzählt, als du mich darum gebeten hast.«

»Ja, und das hat sich ziemlich auswendig gelernt angehört, als würde es gar nicht wirklich stimmen. Dann diese Sache mit dem Haus. Hattet ihr nun eins oder nicht? Ich meine, was von dem, was du mir erzählt hast, ist denn überhaupt wahr?«

»Orchid, bitte tu das nicht. Zwinge nichts aus mir heraus, das geht nach hinten los.«

Sie legte das Gesicht in ihre Hände. Verstand er denn nicht, dass es um Vertrauen ging? Ja, er mochte seine Gründe haben, sie nicht mit einzubeziehen, die konnten doch aber gar nicht so schwerwiegend sein, oder? War ihm ihre Beziehung denn nicht wichtiger?

»Ich kann nicht mehr, Patrick. Entweder du erzählst mir jetzt alles, und damit meine ich wirklich alles, oder es ist aus. Ich kann einfach nicht länger mit jemandem zusammen sein, der mich außen vor lässt. Der mir Dinge verschweigt, ich meine, das ist ja nichts Irrelevantes. Du hast anscheinend mit dem FBI zu tun, verdammt noch mal!« Jetzt war sie richtig aufgebracht.

Patrick starrte sie an. »Meinst du das ernst? Wenn ich dir nicht alles erzähle, ist es aus mit uns?«

»Ja.«

Er erhob sich, schüttelte ungläubig den Kopf.

»Okay, wenn du es so willst.«

Er sah sie noch einmal an, voller Enttäuschung, und ging in Richtung Flur. Wenig später hörte sie die Tür zufallen.

Einen Moment überlegte sie, ob sie ihm nachlaufen sollte, doch sie mussten sich wahrscheinlich erst mal beide darüber klar werden, was sie wollten. Der entscheidende Schritt war getan, jetzt lag es an Patrick, wie es weitergehen sollte.

Müde und erschöpft ging sie ins Bett und wartete darauf, dass Patrick zurückkam, doch das tat er nicht.

KAPITEL 15

Patrick tauchte zwei Tage lang nicht wieder auf. Orchid wusste nicht, wo er war, und sie rief ihn auch nicht an, um ihn danach zu fragen. Es fühlte sich verdammt nach Schlussmachen an, und sie fragte sich, ob dies tatsächlich das Ende ihrer Beziehung bedeutete.

Am Montag hatte sie sich den ganzen Tag wie in Trance gefühlt, am Dienstag sagte sie sich, dass es vielleicht das Beste war. Für alle Beteiligten. Jetzt konnte sie endlich weitermachen mit ihrem Leben, konnte sich anderen Dingen widmen, konnte vielleicht sogar mit Tobin zusammen sein, nicht sofort, aber doch irgendwann. Es war der 1. Mai, und es fühlte sich nach Frühling, nach Neuanfang an, als würde alles von Neuem erblühen und als gäbe es unglaublich viele Chancen, die nur darauf warteten, dass Orchid sie ergriff.

Patricks Sachen, die sie jedes Mal sah, wenn sie sich in der Wohnung aufhielt, und die sie immer an ihre letzten Worte erinnerten und an seinen traurigen Ausdruck in den Augen, als er gegangen war, machten es ihr allerdings nicht gerade leicht. Am liebsten hätte sie alles gepackt und es ihm hinterhergeschickt, allerdings hatte sie ja nicht mal eine Ahnung, wo er sich aufhielt. Sicher bei einem seiner Kumpels, Dave oder Milo, sie wollte es nicht so genau wissen. Was sie aber doch gerne gewusst hätte und was sie ziemlich fertigmachte, war all das, was Patrick ihr selbst in der schlimmsten Stunde nicht gesagt hatte. Er hatte lieber das Ende ihrer Beziehung hingenommen, als ihr endlich die Wahrheit zu erzählen. Was machte das aus ihrer Beziehung, was machte das aus ihr? War sie vier Jahre lang blind gewesen? Hatte sie ein zu gutes Herz? War sie einfach nur dumm gewesen? Oder hatte sie so sehr gewollt, dass es funktionierte, dass sie über alles hinweggesehen hatte?

Sie hatte Patricks gebrochenen Flügel nicht heilen können, und das beschäftigte sie am allermeisten. Und sie konnte nicht aufhören, sich zu fragen, was denn nun wirklich der Grund für seinen Schmerz gewesen war. Sie hatte immer angenommen, dass es der Verlust seiner Eltern gewesen war, was aber, wenn es ganz andere Dinge gab, die ihn belasteten? Er verheimlichte ganz offensichtlich etwas – nur was konnte das sein? Wieder dichtete sie sich alle möglichen Geschichten zusammen, wie etwa die, in der Patrick überhaupt nie in einem Haus gewohnt hatte, vielleicht sogar nie Eltern gehabt hatte. Vielleicht war er als Baby irgendwo anonym abgegeben worden und bei irgendwelchen Fremden aufgewachsen … Aber wie würde das die Sache mit dem FBI erklären? Es musste mehr dahinterstecken. Orchid erinnerte sich an einen Film, *Codename: Nina*, in dem die Hauptfigur einen Mord begangen hatte. Statt die Todesstrafe zu bekommen, wurde sie von irgendeinem amerikanischen Geheimdienst rekrutiert, bekam eine neue Identität und wurde auf Verbrecher angesetzt. Was, wenn es mit

Patricks mysteriösem Verhalten und seiner scheinbar nicht existierenden Vergangenheit Ähnliches auf sich hatte? Das würde all die Widersprüche erklären, die wie auswendig aufgesagten Details, die er ihr erzählt hatte, wenn sie nicht lockergelassen hatte. Aber konnte sie sich Patrick wirklich als Kriminellen vorstellen? Oder als Geheimagenten? Das war doch alles sehr weit hergeholt. Viel wahrscheinlicher gab es eine ganz einfache Erklärung für alles. Nur dann machte es absolut keinen Sinn, warum er ihr nicht reinen Wein eingeschenkt hatte. Es war zum Haareausreißen. Würde sie jemals die ganze Wahrheit erfahren? Und war sie jetzt überhaupt noch von Bedeutung?

Am Mittwoch ließ sie die Teestunde in der Tea Corner ausfallen, ihr war einfach nicht danach, Fragen von den anderen zu beantworten. Viel lieber wollte sie allein sein und sich ein bisschen in ihrem Elend suhlen, überlegen, was sie nun tun sollte. Am Donnerstag kam Tobin in ihren Laden und kaufte ein Parfum für seine Grandma, die am kommenden Sonntag Geburtstag hatte. Er erzählte ihr, dass er sie ausführen wollte.

»Da wird sie sich aber bestimmt freuen. Und über das Parfum auch.« Sie lächelte Tobin an. Ihr Herz spielte noch mehr verrückt als sonst. Jetzt schienen plötzlich alle Möglichkeiten offen.

»Geht es dir gut, Orchid?«

»Klar, wieso fragst du?«

»Ich weiß nicht, ich habe irgendwie das Gefühl, als ob was wäre.«

»Patrick und ich haben Schluss gemacht«, ließ sie ihn

wissen, und alles in ihr kribbelte. »Zumindest so was in der Art.«

»So was in der Art? Ihr seid nicht mehr zusammen?«

Sie sah Tobin an, dass auch sein Bauch voller Schmetterlinge war. Jedoch wollte sie nichts überstürzen.

Sie nickte also nur, ohne weitere Einzelheiten preiszugeben.

»Oh. Das ist …« Er errötete stark. »Das ist … ähm … Klingt das total doof, wenn ich sage, dass mich das freut?«

Sie musste lächeln. »Nein, das klingt nicht doof.«

»Okay. Also dann, ich freu mich drüber. Für dich tut es mir natürlich leid und für ihn auch. Aber … ich … nun ja … äh …«, stotterte er vor sich hin.

Mrs. Kingston betrat den Laden und machte den Moment zunichte.

»Hallo, ihr beiden. Barbara sagte mir, dass ich dich hier finde, Tobin. Du musst mir unbedingt weiterhelfen. Meine Orchideen gehen mir alle ein.«

Tobin starrte noch immer Orchid an, räusperte sich und sah dabei ein wenig verlegen aus. Dann wandte er sich an Mrs. Kingston. »Haben Sie sie zu viel gegossen? Mehr als ein Schnapsglas Wasser pro Woche vertragen sie nämlich nicht.«

»Und das halte ich immer ein, genau wie Sie es mir gesagt haben. Die schönen Blüten fallen aber alle ab.« Mrs. Kingston sah ganz betrübt aus.

»Nach einer gewissen Zeit tun sie das leider.«

»Das weiß ich doch. Die eine Pflanze habe ich aber erst vor drei Wochen von meiner Schwester geschenkt bekommen. So schnell dürfte das doch nicht passieren, oder?«

»Nein, da haben Sie ganz recht. Ich bin mir gerade auch nicht sicher, was es sein könnte. Ich habe aber ein Düngespray, das die Pflanzen wunderbar pflegt. Möchten Sie es damit mal versuchen?«

»Ja, bitte. Ich komme gleich mit rüber.« Sie hielt die Tür erwartungsvoll auf, und Tobin seufzte kaum hörbar und folgte ihr. Dabei warf er Orchid noch einen Blick zu, der sie schwach werden ließ.

Als die beiden weg waren, ließ Orchid sich an den Ladentisch sacken. Sie musste sich daran festklammern, so weiche Knie hatte sie. Und dann musste sie trotzdem gleich an Patrick denken. Warum fühlte es sich nur so sehr nach Betrug an? Selbst jetzt noch, wo es doch aus war?

Am frühen Nachmittag kam Keira vorbei und brachte ihre neueste Kreation, eine Weiße-Schokolade-Nougat-Trüffel. Er zerschmolz Orchid auf der Zunge, und sie hätte noch zwanzig davon essen können.

»Boah, Keira, wie machst du das nur immer? Du schaffst es wirklich jedes Mal, mich aufs Neue zu überraschen.«

Keira strahlte sie stolz an. »Danke, Orchid. Ich deute das jetzt mal so, als ob dir meine Trüffel schmecken?«

»Die sind der Oberhammer! Du darfst mir gerne hundert Gramm zurücklegen, ich hole sie gleich nach Ladenschluss ab.«

»Das mache ich. Du hast übrigens gestern Abend einiges verpasst.«

»Ja? Was denn?«

»Ruby hat erzählt, dass Gary ein Angebot für sein Buch bekommen hat.«

»Nein, ehrlich?« Wie sie das freute.

»Ja, unfassbar, oder? Was er alles durchgemacht hat … Wer hätte gedacht, dass er einfach da weitermachen kann, wo er damals aufgehört hat?«

»Was wird es denn für ein Buch, hat Ruby das erzählt? Und wann kommt es raus? Ich werde es mir sofort kaufen.«

Keira lachte. »Genau das haben wir sie auch gleich gefragt. Anscheinend ist es aber so, dass es eine halbe Ewigkeit braucht, bis ein Buch auf den Markt kommt. Ruby hat uns das erklärt, es muss erst mal durch mehrere Überarbeitungsdurchgänge, ins Lektorat und so weiter. Es kommt also erst 2020.«

»Oh Mann, das ist ja echt noch ewig hin.«

»Ja. Es ist auch noch nicht mal fertig. Die Leseprobe hat den Verlag aber anscheinend so überzeugt, dass man Gary sofort einen Vertrag angeboten hat.«

»Toll, das ist wirklich cool. Ich hab vorher noch nie einen Schriftsteller persönlich gekannt.«

»Ich auch nicht. Doch, mir fällt ein, dass mal eine Autorin für mehrere Wochen zu Recherchezwecken in Oxford war und beinahe jeden Tag in meine Chocolaterie gekommen ist, um sich mit Pralinen einzudecken. Sie hat fast immer Orangentrüffeln gekauft.«

»Wann war das?«

»Im Herbst 2014.«

»Was du dir alles merkst.«

»Ich merke mir alles, was mit Schokolade zu tun hat.« Keira grinste. »Ach, und um auf deine andere Frage zurückzukommen. Garys Buch wird diesmal kein Schicksalsroman, sondern eine romantische Komödie.«

»Wow! Hätte ich nicht erwartet. Ruby scheint ihm echt gutzutun.«

»Allerdings. Stell dir mal vor, er schreibt etwas, das dann auch noch verfilmt würde. Wäre das nicht großartig?«

»Klar. So was wie *Ein ganzes halbes Jahr* oder *Love, Rosie?*«

»Oder etwas wie *Bridget Jones – Schokolade zum Frühstück.*«

Orchid lachte. War ja klar, dass Keira wieder nur Schokolade im Kopf hatte.

»Und? Hab ich sonst noch irgendwas verpasst?«, erkundigte sie sich.

Keira fasste sich ans Kinn und überlegte. »Ruby hat einen Eintrag aus Valeries Tagebuch vorgelesen.«

Darüber war Orchid ein bisschen traurig, sie hätte ihn gerne gehört.

»Und Hugh hat meine Erdbeerschokolade verputzt, obwohl er doch Tomatenwoche hat.« Sie schmunzelte. »Hat uns alle ganz schön überrascht.«

»Erdbeerschokolade? Wie kann ich mir die vorstellen?«

»Oh, die ist unglaublich. Weiße Schokolade mit getrockneten Erdbeerstückchen.« Keira schien im Moment auf weiße Schokolade abzufahren.

»Mmmm, du schaffst es jedes Mal, dass ich total

Appetit auf Süßes bekomme. Ich hab eh Hunger ohne Ende. Ich glaub, ich geh mir jetzt mal mein Mittagessen holen. Soll ich dir was mitbringen?«

»Weißt du was? Ich komm einfach mit, Kimberly ist im Laden und übernimmt.«

Orchid nahm den Schlüssel, der an einem Bund mit einem New-York-Anhänger hing, den Phoebe und Lance ihr einmal aus dem Urlaub mitgebracht hatten. Sie selbst hatte es leider noch nie in die USA geschafft, obwohl das immer schon ihr großer Traum gewesen war. Vielleicht hatte sie es deswegen so faszinierend gefunden, mit einem Amerikaner zusammenzukommen. Natürlich hatte sie sich gemeinsame Urlaube in den Staaten vorgestellt, damals hatte sie ja noch nicht wissen können, dass Patrick nicht das Verlangen hatte, seiner Heimat mal einen Besuch abzustatten.

Sie schloss ab, und Keira und sie gingen die Valerie Lane entlang in Richtung Cornmarket Street.

»Worauf hast du Lust?«, fragte Keira.

»Vielleicht auf was vom Inder?«

»Oh, danach ist mir auch. Ich mag den Curryreis so gerne.«

»Und ich die Tempura.«

Keine Viertelstunde später saßen sie auf der Treppe eines der Universitätsgebäude und aßen ihre indischen Köstlichkeiten. Orchid hatte beschlossen, heute mal eine etwas längere Mittagspause zu machen. Die gönnte sie sich nur selten, ihre Kunden würden es ihr sicher verzeihen. Gedankenverloren starrte sie auf einen Hydranten.

»Magst du mir erzählen, was aus deinem Ultimatum geworden ist? Hast du dich mit Patrick ausgesprochen?«, fragte Keira wie nebenbei.

»Ach, weißt du … Manchmal verläuft das Leben einfach nicht so wie erwartet.«

»Das stimmt. Manchmal können diese unerwarteten Begebenheiten aber auch ganz wundervoll sein. Denk nur an Thomas und mich! Wer hätte gedacht, dass wir beide einmal zusammenkommen würden?«

Thomas war ewig lang Keiras Kunde gewesen und hatte jeden Montag Pralinen für seine Mutter bei ihr gekauft – und irgendwann war es dann um sie geschehen.

»Ach, Keira. So sehr ich mich für dich freue, gibt es bei mir leider zurzeit gar keinen Grund für Luftsprünge.«

»Wieso? Du und Patrick, habt ihr euch etwa …?« Besorgt sah ihre Freundin sie an. Sie hatte sich ihr schulterlanges braunes Haar locker hochgesteckt, und nun hing ihr eine breite Strähne ins Gesicht.

Orchid strich sie ihr hinters Ohr und lächelte mit Tränen in den Augen.

»Mach dir keine Sorgen, ich bin okay. Ich muss nur überlegen, wie es jetzt weitergehen soll. Es wird schon alles wieder gut werden.«

»Wenn du drüber reden magst …«

»Das ist lieb, danke. Wir sollten aber so langsam zurück in unsere Läden gehen. Die Kunden warten sicher schon.«

Orchid war gerade einfach nicht nach Reden. Was sie viel lieber wollte, war, zu Tobin zu gehen und ihn zu küssen. Und genau das würde sie jetzt machen, es hielt sie doch nichts mehr davon ab. Es war schließlich aus mit Patrick.

Sie ging auf ihren Laden zu, wartete ab, bis Keira in ihrer Chocolaterie verschwunden war, und machte eine Hundertachtzig-Grad-Wendung. Schnurstracks ging sie auf die Tür des Blumenladens zu und betrat ihn, erleichtert, dass keine Kundschaft da war. Es war kurz nach zwei, Barbara hatte also ebenfalls schon Feierabend.

»Einen Moment, bitte, ich bin gleich bei Ihnen«, hörte sie Tobin von hinten rufen. Kurz darauf kam er mit einem frisch gebundenen Strauß Gerbera, Rosen und Lilien nach vorne.

Als er sie sah, erschrak er ein wenig, was an ihrem Blick liegen musste. Sie ahnte, was der ausdrückte: Verlangen!

Er legte den Strauß auf den Tresen und trat einen Schritt auf sie zu, ohne ein Wort zu sagen.

Orchid kam ihm ebenfalls entgegen, und als sie sich in der Mitte trafen, war die Spannung nicht mehr auszuhalten. Alles in ihr vibrierte, sie zitterte am ganzen Körper vor Aufregung und vor zurückgehaltener Leidenschaft, die nun endlich herausbrach. Sie legte Tobin beide Arme um den Hals und ließ es einfach geschehen, ohne weiter darüber nachzudenken, denn es fühlte sich so verdammt richtig an.

Als sich ihre Lippen berührten, wurde ihr innerlich ganz heiß. Am liebsten hätte sie Tobin gleich hier und jetzt vernascht. Es war kaum auszuhalten. Der Kuss wollte nicht enden, und selbst die Ladenglocke hielt sie nicht davon ab, weiter aneinander festzuhalten.

Erst das Räuspern weckte sie beide aus ihrer Trance. Verlegen sahen sie sich um und entdeckten Barbara in der Tür, die sie erstaunt anblickte.

»Aber hallo! Störe ich etwa?«

»Du … äh … nein, äh …«, stotterte Tobin, während Orchid knallrot anlief.

»Lasst euch nicht unterbrechen, ich habe nur meine Brille liegen lassen.« Sie griff neben die Kasse und nahm sie an sich. »Macht ruhig weiter«, sagte sie dann und ging schmunzelnd aus dem Laden.

»Oje. Schon morgen wird die ganze Valerie Lane Bescheid wissen«, sagte Orchid.

»Machst du Witze? Barbara wird es in spätestens einer Stunde überall herumerzählt haben.«

»Macht uns das etwas aus?«, fragte sie und sah Tobin an.

Er grinste. »Mir nicht. Dir?«

Sie schüttelte den Kopf. »Nicht das Mindeste.«

»Sollen wir dann Barbaras Rat befolgen und weitermachen?«

»Ich halte das für eine sehr gute Idee«, erwiderte sie, schloss die Augen und genoss den Moment, der perfekter nicht hätte sein können.

KAPITEL 16

Orchid stand wieder in ihrem Laden und war noch immer total beflügelt von den Küssen und all den Möglichkeiten, die sich ihr auftaten. Sie bediente ihre Kunden, hängte die neuen Socken an den Ständer und musste grinsen. Einhörner. Die passten perfekt zu ihrem heutigen Tag, der ihr nämlich wie ein absolutes Märchen vorkam.

Die Ladenglocke ertönte, und sie drehte sich strahlend um. Und dann erstarrte ihre Miene, und ihr Lächeln verschwand in Millisekundenschnelle. Denn Patrick stand vor ihr und sah sie an wie ein Welpe, der Ball spielen wollte. Nur hatte sie doch gar keinen Ball für ihn, den hatte sie längst für einen anderen Welpen geworfen. Obwohl, war Tobin ein Welpe? Er war eher ein Schmetterling inmitten all der bunten Blumen, oder? Voller Leben, voller Farben, voller Glück.

»Patrick«, sagte sie, als sie endlich ein Wort herausbekam.

»Können wir reden?«, fragte er.

»Ich muss arbeiten.«

»Es ist gleich sechs.«

Sie sah auf die Uhr über dem Verkaufstresen und staunte. Es war wirklich schon gleich Zeit, den Laden zu schließen. Eigentlich hatte sie geplant, den Abend mit Tobin zu verbringen.

»Bitte, Orchid«, sagte Patrick. »Ich denke wirklich, es gibt einige unausgesprochene Dinge.«

»Ach, auf einmal willst du reden?«, fuhr sie ihn an, ohne dass sie es beabsichtigt hatte. Doch sie war auf einmal stinksauer. All die Jahre hatte sie reden wollen. Und nun, als die letzte Chance vertan und es doch eigentlich schon aus war und sie endlich mit Tobin zusammen sein konnte, wollte Patrick plötzlich *reden?* War das sein Ernst?

Sie spürte immer mehr Wut in sich aufsteigen, innerlich kochte sie richtig und fragte sich, warum eigentlich? Weil sie genau wusste, dass sie weich werden würde? Weil sie nicht zulassen wollte, dass Patrick ihr diese Chance auf etwas Großartiges mit Tobin zerstörte?

»Bitte, Orchid«, sagte er erneut. Es klang fast wie ein Flehen.

Sie seufzte und gab nach. Weil sie immer noch mehr Gefühle für ihn hatte, als sie eigentlich wollte.

»Okay. Ich schließ gleich ab, dann können wir irgendwo was trinken gehen und reden.«

»Okay. Obwohl, es wäre mir lieber, wenn wir irgendwo hingehen könnten, wo uns sonst niemand hört.«

Na, das klang ja sehr geheimnisumwoben. Und sie hatte ihre Zweifel, ob Patrick wirklich mit der vollen Wahrheit herausrücken würde. Dennoch nahm sie ihre leichte Wolljacke vom Haken, sperrte den Laden ab und atmete einmal tief durch.

Sie gingen nebeneinanderher, auf Abstand bedacht,

und Orchid war trotz allem gespannt darauf, was Patrick nun bereit war ihr zu erzählen. Was sie wenig später aber zu hören bekam, war so viel heftiger als alles, was sie erwartet hatte …

»Du willst die Geschichte wirklich hören?«, fragte er vorsichtshalber, bevor er begann. Sie hatten sich auf die Wiese im Park gesetzt, Patrick hatte sich mit dem Rücken an eine große Kastanie gelehnt, während Orchid im Schneidersitz vor ihm saß.

»Deine Geschichte, meinst du? Ja, die würde ich wirklich gerne hören.« Obwohl sie nicht wusste, ob es überhaupt noch einen Unterschied machte.

»Ich muss dich aber warnen. Der Hauptgrund, weshalb ich dir niemals mehr erzählt habe als nötig, ist nämlich, dass du in großer Gefahr schweben könntest, wenn du zu viel weißt.«

Sie konnte nicht anders, als zu lachen. »Meinst du das etwa ernst?«

Patrick sah zur Seite, er schien mit sich zu hadern, ob er das Richtige tat.

»Es tut mir leid, okay? Bitte fang einfach an zu erzählen«, forderte Orchid ihn ein wenig behutsamer auf.

»Na gut. Aber wirst du mir auch glauben?«

»Kommt drauf an, was du mir erzählst.«

»Orchid …« Er sah ihr in die Augen, und dieser Blick bewirkte immer noch, dass ihr warm ums Herz wurde.

»Ich werde dir glauben«, versprach sie.

Patrick kreiste mit den Daumen und starrte dabei auf seine Hände. Er wirkte auf einmal abwesend, als würde er sich gedanklich ganz weit wegbegeben und währenddessen nach den richtigen Worten suchen.

»Es stimmt, dass meine Eltern starben, als ich vierzehn war«, begann er.

Orchid horchte auf. Das war eine merkwürdige Art, seine Geschichte zu beginnen. Ja, sie hatte kurz mal überlegt, ob irgendwas an dieser Tatsache faul sein könnte, wirkliche Zweifel hatte sie aber dennoch nie daran gehabt.

Patrick atmete einmal tief ein und wieder aus und wieder ein und wieder aus, er schüttelte den Kopf, und Orchid war sich nicht sicher, ob er das tat, weil er eigentlich gar nicht darüber reden oder überhaupt nicht daran denken wollte. Woran auch immer er sich gerade zu erinnern schien.

Sie konnte sehen, wie er sich quälte, konnte spüren, wie ihn die Situation belastete. Und mit einem Mal erkannte sie, dass er das hier nur für sie tun wollte ... Das musste er aber nicht, denn er schuldete ihr nichts mehr. Es war vorbei, und sie wollte ihn von seiner Qual erlösen.

»Du musst mir nichts erzählen, Patrick«, sagte sie sanft und berührte seinen Arm. »Jetzt nicht mehr.«

Er sah sie an, als hätte er gerade erst von ihrer Trennung erfahren.

»Nein!«, sagte er. »Ich muss es tun. Ich will nicht, dass das weiter zwischen uns steht.«

»Okay.«

Er fasste sich ein Herz. »Meine Eltern starben nicht bei einem Autounfall.«

»Nicht?« Orchid spürte nun doch einen Stich im Herzen. Patrick hatte sie vier Jahre lang belogen? Bei einer Sache, die von solcher Bedeutung war?

Er schüttelte wieder den Kopf. »Sie wurden ermordet.«

Ermordet? Ihr wurde heiß und kalt gleichzeitig, sie wusste nicht, was das bedeuten sollte. Es hörte sich so unwirklich an. Doch sie konnte ihm ansehen, dass er diesmal nicht log.

»Oh mein Gott« war alles, was sie sagen konnte.

»Ich war vierzehn, und wir lebten zu der Zeit in Chicago …«

Chicago? Die Riesenstadt mit den Wolkenkratzern? Das genaue Gegenteil von einer idyllischen Kleinstadt, einem Haus, einem Hund, Fahrrad fahren in den Wäldern mit den Freunden …

»Mein Dad war Buchhalter – das war zumindest das, was ich wusste, was ich meine ganze Kindheit lang glaubte.«

»Er war gar kein Buchhalter?«, schloss sie daraus.

»Oh doch, das war er. Er kümmerte sich um die Finanzen eines Gangsterbosses namens Vince Burke. Deshalb konnten wir in einem luxuriösen Penthouse leben, direkt am Ufer des Lake Michigan. Wir hatten einen unglaublichen Ausblick.«

Wie gerne hätte sie Patrick jetzt unterbrochen, hundert Fragen lagen ihr auf der Zunge. Doch erstens wollte sie ihn nicht aus seiner Erinnerung rauszerren, und zweitens wollte sie unbedingt wissen, wie es weiterging, auch wenn das, was Patrick ihr erzählte, wirklich schwer zu glauben war.

Er starrte in die Ferne. Wie klein musste einem Oxford vorkommen, wenn man zuvor in der Millionenstadt Chicago gelebt hatte. Nannte man Chicago nicht die *Windy City?* Sie hätte Patrick gerne gefragt, warum, doch dann fragte sie sich selbst, wie sie nur an so etwas Dummes denken konnte in solch einem Moment.

»Anscheinend war mein Dad kein sehr schlauer Mann. Er hat nämlich nicht genug bekommen können und anscheinend vergessen, für was für einen mächtigen Mann er arbeitete. Er steckte sich Gelder in die eigene Tasche. Als Burke das herausbekam, schickte er einen seiner Auftragskiller, um meinen Dad und seine ganze Familie kaltzumachen.«

»Patrick … Das hört sich alles total nach einem Hollywood-Thriller an. Bist du sicher, dass du dir das nicht nur zusammengereimt hast? Als Kind, meine ich. Um deinen Schmerz zu verarbeiten oder so?«

Er sah ihr wieder direkt ins Gesicht »Ich wünschte, es wäre so. Leider ist es die Wahrheit. Der Killer kam, um meinen Dad, meine Mom und mich zu töten. Ich musste dabei zusehen, wie er erst meine Mom erschoss und dann nach mir suchend durch das Apartment ging. Er wollte anscheinend, dass mein Dad mit ansah, wie seine Familie starb, bevor er selbst dran war. Ich war damals sehr klein für mein Alter und hatte mich in einem Schrank versteckt, durch dessen Schlüsselloch ich alles beobachten konnte. Auch wie mein Dad von hinten mit einem Messer auf den Kerl zuging und versuchte, ihn zu überwältigen. Wie er dabei einen Schuss in die Hand kassierte. Wie der Typ weiter nach mir suchte und mein Dad aus dem Zimmer lief.« Patricks Stimme brach. Er atmete einmal tief durch und fuhr fort. »Der Killer folgte meinem Dad. Ich hörte Dad ihn anflehen, dann zwei weitere Schüsse und zum Schluss die Tür.«

Orchid starrte Patrick an, der total bleich dasaß und zitterte. Was für eine Story! Sie hatte mit allem gerechnet, aber doch nicht mit so was! Und all das hatte Patrick die letzten Jahre mit sich herumgeschleppt? Für sich behalten? Was für eine enorme Last das gewesen sein musste.

Sie berührte seine Hand. »Oh, Patrick, und du musstest das alles miterleben? Wie schrecklich.« Sie hatte in ihrem ganzen Leben noch kein solches Mitleid empfunden. Armer, armer Patrick.

»Ja. Es war so grausam. Meine Mutter lag am anderen Ende des Zimmers auf dem Boden, mein Dad war ebenfalls tot, das wusste ich mit Gewissheit. Und ich traute mich nicht aus meinem Schränklein, weil ich Angst hatte, er könnte immer noch da sein oder zurückkommen. Ich verbrachte Stunden darin, ehe ich mich hinauswagte.«

»Aber hat denn niemand die Polizei gerufen? Es muss doch jemand die Schüsse gehört haben.«

»Schalldämpfer« war alles, was Patrick sagte.

»Das ist ja grausam, Patrick. Nie und nimmer hätte ich damit gerechnet, dass du mir so eine unglaubliche Story erzählen würdest. Ich hatte ja keine Ahnung.«

»Natürlich nicht. So etwas erzählt man ja auch keinem, vor allem nicht, wenn man im Zeugenschutzprogramm ist.«

Sie nickte nur und ließ ihn weiterreden.

»Ich kam dann irgendwann herausgekrochen. Völlig unter Schock schaffte ich es, die 911 zu wählen. Was dann passierte, daran kann ich mich kaum noch erinnern. Ich weiß nur noch, dass die Polizei wenig später eintraf, dass es von Beamten nur so wimmelte in unserem Apartment, dass da Forensiker waren und eine Frau vom Jugendamt, die mich zum Polizeirevier begleitete. Mich wegschaffte von meinen toten Eltern. Im Normalfall hätte ich es cool gefunden, mal in einem Streifenwagen zu fahren, damals war es aber einfach nur die Hölle. Sie haben dann versucht, alles aus mir herauszubekommen, was ich wusste, was ich gesehen hatte. Ich konnte den Killer ziemlich gut beschreiben, deshalb und weil sie befürchteten, er könnte noch einmal zurückkommen und beenden, was er begonnen hatte, kam ich in Schutzhaft. Zusammen mit meiner Tante Cynthia, der Schwester meines Vaters, die meine einzige lebende Verwandte war und die sich bereit erklärte, mich von nun an aufzuziehen. Der Fall wurde dann ziemlich schnell an das FBI weitergereicht. Burke war eine große Nummer in der Gangsterszene, sie wussten, mit ihm war nicht zu spaßen. Leider konnten sie ihm aber nichts nachweisen, und während sie nach dem Killer suchten – sie hatten mit meiner Hilfe eine Phantomzeichnung erstellt –, verging eine Ewigkeit. Tante Cynthia und ich verbrachten Monate in einem Motelzimmer außerhalb der Stadt, das rund um die Uhr von Polizisten bewacht wurde. Irgendwann schnappten sie dann den Killer, der übrigens Burkes Vetter Mario war, fanden die Mordwaffe bei ihm und nahmen ihn fest. Allerdings konnten sie nicht beweisen, dass Burke die Morde in Auftrag gegeben hatte, und Mario haute seinen Vetter natürlich nicht in die Pfanne. Der war noch immer auf freiem Fuß und wir in diesem Motel. Es war schrecklich. Diese Angst, die uns vierundzwanzig Stunden am Tag begleitete … Du kannst dir gar nicht vorstellen, wie einen das fertigmacht. Irgendwann wünscht man sich fast, sie würden einen endlich finden.«

»Haben sie diesen Vince Burke denn irgendwann festnageln können?«

»Als der Prozess schließlich begann, wurde er vorgeladen und musste in den Zeugenstand. Als Vorsichtsmaßnahme haben sie mich dann doch keine Aussage machen, mich nicht einmal ins Gericht bringen lassen. Mario wurde verurteilt und bekam lebenslänglich. Da Burke jetzt natürlich richtig wütend und sicherlich noch immer hinter mir her war, bewirkte das FBI, dass Tante Cynthia und ich neue Identitäten bekamen, und brachten uns nach Portland, Maine.«

»Patrick, das hört sich alles total heftig an. Ich kann mir gar nicht vorstellen, dass dir das wirklich passiert ist.«

»Tja, Orchid, das ist die reale Welt. Es ist halt nicht überall so wie in der Valerie Lane«, sagte Patrick.

Orchid sah über Patricks scharfen Tonfall hinweg. »Ich weiß. Und es tut mir schrecklich, schrecklich leid, dass du deine Eltern auf diese Weise verloren hast.« Sie drückte seine Hand. »Konnten du und deine Tante wenigstens danach in Frieden leben?«

»Nicht so richtig. Wir waren in ständiger Angst, wie

du dir denken kannst. Immer wenn uns irgendwer auf der Straße komisch anguckte, wenn ein gruseliger Typ vor meiner Schule herumlungerte, wenn jemand an der Tür klingelte, und waren es nur die Zeugen Jehovas, pochten unsere Herzen schneller. Irgendwann hielten wir es nicht mehr aus und entschlossen uns, nach England auszuwandern.«

»Warum ausgerechnet England?«, wollte sie wissen.

Patrick zuckte die Achseln. »Vielleicht weil ihr hier unsere Sprache sprecht?« Er spielte mit einem Grashalm. »Sobald ich achtzehn wurde und meinen Highschool-Abschluss in der Tasche hatte, zogen wir nach London.«

»London?« Sie konnte gar nicht glauben, was er ihr alles vorenthalten hatte. Natürlich verstand sie, dass jemand, der im Zeugenschutzprogramm war, nicht über seine Vergangenheit sprechen konnte. Aber was wäre so schlimm daran gewesen, ihr zu erzählen, dass er mal in London gelebt hatte?

»Ja. Für zwei Jahre. Cynthia, die nun Dana hieß, mochte England nicht. Sie ist zurück in die Staaten gegangen. Irgendwo anders hin, wo sie niemand kennt.«

»Und da lebt sie immer noch?«

Patrick nickte. »Ja, irgendwo an der Westküste. Wir haben uns darauf geeinigt, dass es besser ist, wenn wir beide nicht allzu genau wissen, wo wir uns aufhalten. Falls Burke einen von uns findet. Sie hat auch keine Ahnung davon, dass ich kurz nach ihrem Weggang nach Oxford gezogen bin.«

»Also habt ihr überhaupt keinen Kontakt? Sie ist doch deine einzige lebende Verwandte!« Die mit ihm im

Zeugenschutzprogramm war … In Orchids Kopf schwirrten all die neuen Informationen umher, die er ihr gerade geliefert hatte. Es war wirklich viel auf einmal. Um das alles zu verdauen, würde sie Zeit brauchen, das wusste sie mit Sicherheit.

»Wir haben seit knapp acht Jahren keinen Kontakt, richtig.«

»Das ist wirklich traurig … Du, Patrick, darf ich dich etwas fragen?« Sie sah ihn an und wartete auf sein Nicken. »Wie genau sieht so ein Zeugenschutzprogramm aus? Natürlich kenne ich das aus all diesen Filmen, aber ist das in echt auch so? Bekommt man eine komplett neue Identität, einen neuen Pass und alles?«

»Ja, genau so ist es. Man bekommt einen neuen Namen, eine neue Herkunft, eine neue Vergangenheit. Man muss alles, wirklich alles hinter sich lassen. Freunde, Bekannte, jeden Beweis, der auf dein früheres Leben hinweisen könnte. Erinnerungen … Fotos …« Er sah ganz traurig aus.

»Ich habe auch zwei Fotos in deinem Stiefel gefunden«, sagte sie leise, schuldbewusst.

»Das sind meine Eltern und meine Tante. Ich hätte mächtig Ärger bekommen, wenn die vom FBI das mitgekriegt hätten. Es hätte jeden sofort zu mir und meinen Eltern zurückführen können. Ich konnte aber nicht einfach gehen, ohne wenigstens ein Bild mitzunehmen.«

»Kann ich verstehen. Und dieser Agent Coolidge ist also der zuständige Beamte beim FBI?«

»Ja.«

»Habt ihr denn noch Kontakt?«

»Ich hab seine Nummer für Notfälle. Alle paar Jahre rufe ich mal an und frage nach, ob sich was getan hat.«

»Ob sich was getan hat … Was meinst du damit?«

»Na ja … Ob es Dana auch gut geht. Ob Burke nach wie vor hinter mir her ist, ob er noch lebt, ob er vielleicht im Knast ist, obwohl das keinen Unterschied machen würde, da er seinen Männern sicher auch von da aus seine Befehle erteilen könnte.«

»Und du glaubst wirklich, nach all den Jahren ist er immer noch auf der Suche nach dir? Ich meine, es ist vierzehn Jahre her, oder?«

»Schon. Aber ich glaube nicht, dass er jemals aufgeben wird. Dank mir hat sein Vetter lebenslänglich bekommen, und im Grunde hatte er es ja von Anfang an auch auf mich abgesehen. Vor gut einem Jahr haben Agent Coolidge und ich das letzte Mal telefoniert. Damals hat er mir erzählt, dass Mario im Knast umgekommen ist, und das machte die Sache natürlich noch schlimmer. Er sagte mir, dass Burke noch immer sein Unwesen treibt und dass ich nicht aus meiner Tarnung auftauchen kann. Ich habe ihn gefragt, ob ich denn nicht wenigstens dir etwas von meiner Vergangenheit erzählen darf, weil du mich damals mehr und mehr ausgefragt hast und ich Angst hatte, dich zu verlieren.« Traurig und doch liebevoll sah Patrick sie an. »Er sagte mir, dass ich das nicht tun darf, nicht, solange Burke am Leben ist. Ich war in einem echten Zwiespalt, das hat mich wirklich fertiggemacht, Orchid.«

»Das habe ich gemerkt. Zumindest, dass du dich noch mehr verschlossen hast als sowieso schon.«

»Es tut mir leid« war alles, was Patrick sagte.

Eine Weile schwiegen sie, beide in Gedanken versunken.

Irgendwann blickte Orchid auf. »Darf ich dich noch eine Sache fragen?« Sie biss nervös auf ihrer Lippe herum.

»Klar.«

»Wie ist dein richtiger Name?«

»Cole.«

Cole. Seinen Nachnamen sagte er ihr natürlich nicht, das konnte sie verstehen. Cole. Sie sah ihn an, diesen Cole, der für sie vier Jahre lang Patrick gewesen war. Und dann konnte sie seine Nähe nicht mehr ertragen. So gern sie ihn einfach nur in die Arme geschlossen und ihm gesagt hätte, dass alles gut werden würde, hatte sie nämlich eines gerade verstanden. Patrick war kein Vogel mit einem leicht angebrochenen Flügel, den man vielleicht hätte heilen können. Er war ein riesiger Adler mit so vielen Brüchen in seinen Flügeln, dass man sie überhaupt nicht mehr kitten konnte. Vielleicht konnte irgendjemand anders das, doch sie war nicht diejenige, die weiterhin um das Leben dieses Vogels kämpfen würde.

Sie stand auf und lief weinend davon.

KAPITEL 17

Orchid stand am Küchenfenster und sah hinaus, Tränen liefen ihr über die Wangen. Wie war nur alles so weit gekommen?

Sie hatte nichts gegessen, nichts schien mehr wichtig, nicht einmal der Kuss von Tobin. Alles wirkte total surreal, und sie konnte noch immer nicht richtig begreifen, was Patrick ihr Stunden zuvor erzählt hatte.

Es war bereits dunkel, und er war wieder nicht nach Hause gekommen. Sie hatte vergessen zu fragen, wo er die letzten Nächte verbracht hatte. Auch wusste sie nicht, ob er diese Wohnung überhaupt noch als sein Zuhause betrachtete.

Irgendwann hörte sie tatsächlich einen Schlüssel in der Tür und kurz darauf Patrick, der leise nach ihr rief.

»Orchid?«

»In der Küche«, rief sie zurück und wischte sich die Tränen mit dem Ärmel weg.

Er erschien in der Tür und lehnte sich gegen den Rahmen. Er sah so verletzlich aus, so schwach, als würde er jeden Moment den Halt verlieren.

»Es tut mir leid«, sagte er wieder nur.

»Du hast mir vier Jahre lang ins Gesicht gelogen«, erwiderte sie und versuchte dabei, so ruhig wie möglich zu bleiben.

»Ich weiß.«

»Und du findest das völlig okay?«

»Ich hatte Angst. Nicht nur um mein eigenes Leben, auch und besonders um deins.«

»Nach all den Jahren? Patrick, überleg doch mal! Klar ist dieser Burke ein übler Kerl, er ist aber einen ganzen Ozean weit weg, außerdem sind vierzehn verdammte Jahre vergangen. Du kannst doch nicht wirklich immer noch befürchten, dass er dir was antun könnte.«

»Tue ich aber. Du warst nicht dabei, Orchid. Du weißt nicht, wie das war.« Patrick versuchte ebenfalls, ruhig zu bleiben.

Es gelang keinem von ihnen besonders gut.

»Trotzdem ... egal was war, egal was Agent Coolidge dir gesagt hat, du hättest es mir erzählen können. Was denkst du denn, was geschehen wäre, wenn ich es gewusst hätte?«

»Weiß ich nicht. Mir wurde nur eingebläut, niemandem ein Sterbenswort zu verraten, und ich habe mich daran gehalten.« Er sah sie eindringlich an. »Du hast es doch keinem weitererzählt? Phoebe? Deinen Freundinnen aus der Valerie Lane?«

»Nein, natürlich nicht! Was denkst du denn von mir?« Jetzt sah sie ihn vorwurfsvoll an. Sie war enttäuscht, einfach nur enttäuscht. »Patrick, ich war deine Freundin. Du konntest mir vertrauen, ich dachte, das wusstest du.«

»Du sprichst in der Vergangenheit. Es ist also wirklich aus, ja? Endgültig?«

»Ich glaube nicht, dass ich noch mit dir zusammen sein könnte, nachdem … nachdem ich das jetzt alles weiß. Nachdem ich weiß, dass du mich belogen und so bedeutende Dinge vor mir verheimlicht hast. Ich kann es gar nicht fassen, Patrick!«

»Verstehst du mich denn gar nicht? Nicht mal ein kleines bisschen?« Er stand noch immer im Türrahmen, seine Sweatjacke hatte Schweißflecken unter den Achseln. So, als wäre er gerannt. Hatte er seinen Kummer auf diese Weise rausgelassen?

»Doch. Natürlich verstehe ich dich. Sehr gut sogar. Ich verstehe, wie traumatisch das alles gewesen sein muss. Ich verstehe auch endlich, warum du nie etwas über deine Vergangenheit erzählen wolltest, warum du dich immer davor gedrückt hast, zu Feiern mitzukommen und samstagnachmittags zu meinen Eltern. Ich verstehe, dass du versuchst, unsichtbar zu sein. Was ich nicht verstehe …« Sie zog die Nase hoch, da sie kurz davor war, wieder zu weinen. »… ist, dass du nicht mit *mir* darüber reden wolltest.«

»Ich habe jetzt mit dir darüber geredet.« Er hob beide Schultern und sah sie entschuldigend an.

»Es ist zu spät, denke ich.«

»Warum, Orchid? Wir könnten … doch einfach noch mal von vorn anfangen. Ich meine, das ginge doch, oder? Ich verspreche auch, dass ich mehr reden, dich mehr einbeziehen werde, ich …« Er ließ die Schultern sacken und blickte sie hoffnungsvoll an.

»Ich habe Tobin geküsst«, gestand sie.

Patricks Augen wurden so dunkel, dass sie beinahe

schwarz wirkten. Er richtete sich kerzengerade auf und versteifte sich.

»Hast du mit ihm geschlafen?«, fragte er.

Sie schüttelte den Kopf. »Nein.«

»Wie lange läuft das schon?«

»Patrick … es ist nichts weiter pa…«

»Ich wusste es! Ich hab's die ganze Zeit gewusst, dass da mehr zwischen euch ist. Und du hast immer gesagt, ich bilde mir das ein. Wie konntest du nur, Orchid?« Richtig böse blickte er sie an.

»Ist das dein Ernst?« Nun war sie ebenfalls angriffsbereit. »*Du* machst *mir* Vorwürfe? Du, der mich vier Jahre lang von vorne bis hinten verarscht hat? Du findest echt, ein Kuss ist schlimmer als all das? *Cole?*« Aufgebracht funkelte sie ihn an.

Er schnaubte laut, dann starrten sie sich gegenseitig an, als wären sie die Teilnehmer eines Stierkampfes.

»Dann geh doch zu deinem Tobin«, sagte Patrick schließlich. »Werde glücklich mit ihm.«

»Weißt du, eigentlich habe ich immer nur eines gewollt: mit dir glücklich zu werden. Ich habe so lange an unserer Beziehung festgehalten, selbst als sie eigentlich schon längst kaputt war.«

»Wovon redest du denn da?«

»Es sind nicht nur die Lügen, Patrick. Oder Cole oder wie auch immer du genannt werden willst. Ist dir bewusst, dass du mir seit Ewigkeiten keine romantischen Geschenke mehr gemacht hast? In unserer Anfangszeit hast du mir Herzkissen und Plüschtiere und Blumen geschenkt, du warst aufmerksam und …«

»Das ist echt nicht fair, Orchid! Überleg doch mal! Was hast du zu deinem letzten Geburtstag von mir bekommen?«

Sie biss sich auf die Lippe. »Eine Tasse mit der Aufschrift *Best girlfriend in the world.*«

»Und zum Valentinstag hab ich dich nach London ausgeführt, in ein romantisches Restaurant. Oder etwa nicht?«

»Das war letztes Jahr«, erinnerte sie ihn.

»Stimmt. Dieses Jahr hab ich dir Rosen geschenkt und hab dich in ein romantisches Restaurant hier in Oxford ausgeführt.«

»Scheiße«, sagte sie, weil sie realisierte, dass sie im Unrecht war. Sie konnte Patrick wirklich nicht vorwerfen, dass er nicht mehr sein Bestes gab. Vielleicht schenkte er ihr nicht mehr wöchentlich irgendwelche kleinen Aufmerksamkeiten, aber das war nach vier gemeinsamen Jahren doch ganz normal, oder?

»Ja, das trifft es ganz richtig: Scheiße. Wenn du wirklich denkst, Tobin kann dir mehr geben als ich, dann geh zu ihm. Los, ich werde dich nicht aufhalten.«

Er machte ihr Platz, damit sie durch den Türrahmen gehen konnte, doch sie rührte sich nicht vom Fleck.

»Oh Gott«, sagte Patrick plötzlich. »Ist die Blume, die neben deinem Bett steht, etwa von ihm?« Er zog ein angewidertes Gesicht.

»Es ist eine Orchidee, meine Lieblingsblume. Das scheinst *du* ja vergessen zu haben.« Sie wusste, dass sie sich absolut danebenbenahm, und doch konnte sie sich gerade nicht bremsen. Sie wollte, dass Patrick litt, weil er sie so sehr verletzt hatte.

Er schüttelte den Kopf. »Werdet glücklich miteinander«, murmelte er und verließ die Wohnung.

Orchid blieb völlig verwirrt zurück. Hatte Patrick recht mit dem, was er gesagt hatte? Mit allem? Hatte er sie nur schützen wollen und deshalb die Wahrheit vor ihr verheimlicht? Hatte er sie die letzten Jahre gar nicht vernachlässigt? Hatte sie nur nicht mehr gesehen, was sie eigentlich an ihm hatte?

Oder wollte er sich jetzt selbst als Opfer darstellen und sie als die Böse? Gut, sie hatte Tobin geküsst, aber … *Sie hatte Tobin geküsst!*

Hätte sie Patrick so etwas je verziehen? Ganz bestimmt nicht. Was hatte sie nur getan? Auf einmal kam sie sich vor wie die totale Verräterin. Sie hatte Patrick betrogen! Wie hatte sie das nur tun, wie hatte sie nur so die Kontrolle über ihre Gefühle verlieren können? Sie fühlte sich schrecklich, erbärmlich, verabscheuenswert. Sie konnte sich selbst nicht verzeihen, wie sollte Patrick es je können?

Sie hockte sich auf den Boden, sackte in sich zusammen und legte die Hände vors Gesicht. Noch lange saß sie da und weinte bittere Tränen, verfluchte sich selbst für ihr Handeln. Sie hatte Patrick nicht nur einmal, sondern gleich zweimal hintergangen – und sie war diejenige, die ihm Vorwürfe machte?

Wie konnte sie Patrick je wieder vor die Augen treten? Wie konnte sie Tobin je wieder küssen, ohne sich dabei selbst zu hassen? Wie sollte sie nur je wieder einen klaren Gedanken fassen?

Wann war das Leben nur so kompliziert geworden?

Wann hatte es seine Leichtigkeit verloren? Würde alles je wieder so werden, wie es mal war – sorglos, schön und fröhlich? Im Moment konnte sie es sich nicht vorstellen. Aber hey, sie war doch niemand, der im Selbstmitleid zerfloss. Also stand sie auf, atmete tief durch und wusch sich das Gesicht. Und dann setzte sie sich auf den Küchenstuhl, trank einen großen Schluck Cola und überlegte, was sie machen sollte.

KAPITEL 18

Die halbe Nacht lag Orchid wach und dachte über Patrick nach. Sie fragte sich, wie es wohl war, eine ganz neue Identität anzunehmen, ein komplett neues Leben zu leben.

Sie konnte es ganz leicht herausfinden. Nicht das mit der neuen Identität, nein, sie mochte ihren Namen, ihr Umfeld und die Menschen, die sie tagtäglich begleiteten. Aber ein neues Leben – wie sich das wohl anfühlen musste? Einfach alles zu vergessen, was war, und noch mal ganz neu anzufangen?

Irgendwann schlief sie für ein paar Stunden ein, nur um gegen fünf Uhr morgens wieder aufzuwachen. Sie starrte eine Weile an die Decke, fühlte sich merkwürdig, so ganz allein in ihrem Bett, in ihrer Wohnung. Dabei wollte sie doch gar nicht allein sein!

Wagemutig sprang sie auf, ging schnell unter die Dusche, zog sich eine Jeans und ein T-Shirt über und schlüpfte in ihre rosa Chucks. Mit noch nassen Haaren lief sie aus der Wohnung, die Treppen hinunter, die Straße entlang. Im Licht der Morgendämmerung erreichte sie die Haltestelle, nahm den gerade ankommenden Bus und blieb stehen, weil sie viel zu hibbelig war, um sich hinzusetzen.

Als sie ausstieg, hielt sie einen Moment inne, um in sich hineinzufühlen und herauszufinden, ob sie auch das Richtige tat.

Oh ja, es fühlte sich so was von richtig an!

Sie lief los, lief, bis sie seine Wohnung erreicht hatte, die sie noch nie zuvor betreten hatte. Sie klingelte und hoffte, dass er überhaupt schon wach war. Nach vielleicht einer Minute hörte sie eine verschlafene Stimme durch die Gegensprechanlage. »Ja? Wer ist denn da?«

»Ich bin's!«, sagte sie. »Orchid«, fügte sie hinzu, falls er sie nicht erkannt haben sollte.

Sie hörte ein Summen und drückte gegen die Tür, nahm immer zwei Stufen auf einmal und hielt inne, als sie ihn sah. Tobin. Er stand in der Tür seiner Wohnung im zweiten Stock, und er schien mehr als überrascht. Und in diesem Moment war sie selbst überrascht. Denn diese Situation hätte sie sich in einer Million Jahren nicht vorgestellt.

»Hab ich dich geweckt?«, fragte sie und grinste.

Tobin grinste ebenfalls.

»Allerdings. Ich hatte gerade so einen schönen Traum.«

»Ich hoffe, nichts Unanständiges?«

»Eigentlich ging es darin um Pizza.«

Sie musste lachen. »Träumst du oft von Pizza?«

»Ständig. Du etwa nicht?«

»Nee. Ich träume eher von Ryan Reynolds oder Channing Tatum.« Brad Pitt und Johnny Depp waren zwar ihre Lieblingsschauspieler, aber die waren ihr dann doch ein bisschen zu alt.

»Wow! Ryan Reynolds und Channing Tatum? Da kann ich wohl nicht mithalten.«

Sie kam ein paar Schritte näher. »Stell dein Licht nicht unter den Scheffel, mein Guter.«

Er errötete ein bisschen.

»Darf ich fragen, was du eigentlich hier machst um sechs Uhr morgens?«, fragte er.

»Ich wollte dich mal im Pyjama sehen.«

»Das hast du ja jetzt. Dann mach's mal gut. Bis später in der Valerie Lane.« Er machte ihr die Tür vor der Nase zu.

Verdutzt stand sie da.

Dann aber öffnete er die Tür wieder und strahlte sie an. »Willst du reinkommen?«

Sie nickte, verpasste ihm einen neckischen Schulterhieb und betrat seine Wohnung. Sie war anders, als sie es sich vorgestellt hatte. Orchid wusste auch nicht, warum, aber sie hatte gedacht, Tobin hätte sich sein Heim femininer eingerichtet, mit mehr Blumen und Farben und kitschiger Deko. Doch die Möbel waren schlicht, die Deko in Maßen gehalten, hier und da stand ein Bilderrahmen, ein paar Pflanzen auf der Fensterbank ein Bild, das den Big Ben zeigte, hing an der Wand. Ein Foto, das alle Ladenbesitzer der Valerie Lane zeigte – es war auf dem Frühlingsfest im letzten Jahr aufgenommen worden –, hatte er eingerahmt und neben dem Fernseher aufgehängt. Auch sie war natürlich auf dem Foto drauf. Der Gedanke, dass Tobin sie jederzeit im Blick hatte, wenn er auf seiner Couch saß, verursachte ein Kribbeln in ihrem Bauch.

»Tut mir noch mal leid, dass ich dich geweckt habe«, sagte sie. »Ich dachte, Blumenverkäufer wären immer früh wach.«

»Das bin ich meistens auch. Heute muss ich aber nicht auf den Großmarkt, also dachte ich, ich schlaf mal aus.« Er sah sie intensiv an. »Von dir würde ich aber gerne öfter geweckt werden.«

Sie merkte, wie ihre Wangen erröteten. Vor Patrick war sie zwar kein Kind von Traurigkeit gewesen, aber die letzten vier Jahre war sie immerhin nur mit einem Mann zusammen gewesen. Der Gedanke, einem anderen nahe zu sein, fühlte sich seltsam an.

»Schöne Wohnung«, sagte sie, weil ihr das einigermaßen harmlos erschien.

»Danke«, erwiderte Tobin. »Kann ich dir etwas anbieten? Ein Frühstück vielleicht?«

»Was hast du denn da?«

»Toast und … Toast, würde ich sagen.« Er fuhr sich mit der Hand durchs zerzauste Haar und verwuschelte es nur noch mehr.

Orchid lachte. »Dann nehme ich Toast.«

»Ich hab sogar noch was von Rubys Weihnachtsmarmelade da«, verkündete er stolz.

»Wir haben Mai«, erinnerte sie ihn.

»Das ist mir wohl bewusst, ich finde aber, Apfel-Zimt-Marmelade geht immer.« Die leckere Marmelade hatte Ruby an ihrem Weihnachtsmarktstand im letzten Jahr zusammen mit Valeries Kirschmarmelade verkauft. Allerdings stammte das Rezept dafür von ihrer Mutter Meryl. Meryl war eine unglaublich gute Seele gewesen, die viel zu früh von dieser Welt gegangen war, das sagten Laurie und die anderen immer wieder. Orchid und Tobin hatten sie leider nicht gekannt. Meryl war gestorben, bevor sie in die Valerie Lane gekommen waren. Und doch schwebte ihr Geist irgendwie immer noch über der kleinen Straße.

Orchid sah noch einmal auf das Bild mit den Ladenbesitzerinnen. Ruby war natürlich auch darauf zu sehen. Und Keira ebenfalls, die ihr beinahe dieselben Worte gesagt hatte, als es um Pralinen gegangen war: Apfel-Zimt geht immer. Orchid sah jetzt also Tobin an und stimmte ihm zu: »Da hast du vollkommen recht. Na, dann lass uns frühstücken.«

Tobin lächelte und ging dann vor. Orchid folgte ihm, betrachtete ihn dabei von hinten. Seine Pyjamahose war ein bisschen zu groß und rutschte ihm fast über den Po, er zog sie sich hoch. Sein T-Shirt mit dem *Guns N'Roses*-Logo schien noch aus seiner Jugend zu stammen, zumindest sah es so alt aus. Er war barfuß, und sein Haar war völlig außer Kontrolle. Am liebsten hätte sie es ihm glatt gestrichen, andererseits sah er einfach nur hinreißend aus.

»Setz dich doch«, sagte er und deutete auf einen der Barhocker, die an der Theke standen, welche das Wohnzimmer von der Küche trennte.

»Oh, wie cool. Ich hab mir auch immer eine Wohnküche gewünscht, so richtig mit Barhockern und allem Drum und Dran. Ich beneide dich gerade hemmungslos.«

»Du bist jederzeit willkommen, in meiner Küche zu kochen. Oder dich bekochen zu lassen.«

»Gut zu wissen, danke schön.«

Er nahm die Kaffeekanne von der Maschine und hielt sie unter den Wasserhahn.

»Du hast echt noch eine altmodische Kaffeemaschine?«, fragte sie. »Ich dachte, heute hat jeder eine mit Pads. Außer natürlich Laurie und Barry, denn die trinken nur Tee. Und Hannah hat auch keine, die sagt, Kaffee sei nicht gut für ihre Chakren oder so.« Sie verzog das Gesicht.

Tobin lachte. »Hannah.« Er schüttelte den Kopf. »Sag mal, ist Hannah eigentlich … lesbisch? Ich hab mich das schon immer gefragt, hab mich aber nicht getraut, eine von euch darauf anzusprechen.«

»Wieso denn nicht?«

»Na, wäre doch sehr peinlich, wenn sie es nicht wäre, oder?«

»Ach, das wäre wirklich nicht schlimm. Immerhin hat am Anfang, als du mit deinem Laden in die Valerie Lane gezogen bist, auch die Hälfte von uns gedacht, du wärst schwul.«

Tobin fiel die Kinnlade herunter. »Du verarschst mich.«

»Nein, ehrlich. Keira hat es gedacht und Ruby auch. Und Susan, glaub ich, auch.«

»Oh mein Gott, das ist ja schrecklich.«

»Wieso? Ist doch nicht schlimm, schwul zu sein.«

»Nein, natürlich nicht. Aber ich bin es nicht. Wirklich nicht.«

»Na, das weiß ich doch. Das wissen inzwischen alle. Immerhin warst du mit Tandy zusammen.« Allein wenn sie an diese Ziege in ihrem superengen Catsuit dachte, bekam sie das Kotzen. »Und du hattest einige Dates seither, zum Beispiel mit Christine.« Christine, die Krankenschwester, wohnte über Rubys Laden und war ganz aufgeregt gewesen, als Tobin sich mit ihr verabredet hatte. Als dann nichts daraus geworden war, hatte sie sich bei Orchid ausgeweint, doch glücklicherweise hatte sie kurz darauf den Richtigen gefunden, einen Mann, der wegen einer Tetanusspritze zu ihr in die Praxis kam. An dem Tag hatte er mehr gekriegt als nur eine Impfung.

»Ich hoffe, *du* hast nie geglaubt, dass ich … nicht auf Frauen stehen würde«, sagte Tobin und wirkte dabei mehr als nur ein wenig verlegen.

»Nein, nein, das war mir von Anfang an klar.«

»Darf ich dich etwas fragen? Was hast du von mir gedacht, als du mich zum ersten Mal gesehen hast?«

»Ganz ehrlich?«

Tobin nickte. Er steckte zwei Scheiben Weißbrot in den Toaster und drückte den Schalter runter.

»Ich konnte dich nicht ausstehen.«

»Haha. Ging mir genauso.«

»Ehrlich? Was hattest du denn gegen mich?«

»Du hast dich so arrogant aufgeführt und warst unglaublich zickig. Und am meisten hat mich gestört, dass du dabei so bezaubernd warst.«

Nun war es Orchid, die errötete. Sie räusperte sich. »Ist der Toast gleich fertig?«

Sie starrten beide auf den Toaster und sahen dann dabei zu, wie der Kaffee in die Glaskanne plätscherte.

»Du hast meine Frage noch nicht beantwortet«, sagte er.

»Welche Frage war das gleich noch mal?«

»Hannah. Ist Hannah …?«

»Ach so, ja. Ja, ich glaube, das ist sie. Ich weiß es nicht genau, aber ich hab so das Gefühl, vor allem, weil sie absolut immun gegen den Charme von Lance oder Barry ist.«

»Hey! Und was ist mit meinem Charme?«, wollte Tobin wissen.

»Du hast einen ganz besonderen Charme. Keinen Oh-mein-Gott-ist-der-Typ-heiß-ich-brauch-eine-Abkühlung-Charme. Eher einen Oh-ist-der-kleine-Welpe-aber-niedlich-ich-will-ihn-knuddeln-Charme.« Ja, hatte sie soeben beschlossen, Tobin war doch ein Welpe, irgendwie.

»Ich weiß nicht, ob ich das als Kompliment oder als Beleidigung auffassen soll.«

Sie musste lachen. »Ach, Tobin. Du bist einfach nur herzallerliebst, da kannst du machen, was du willst.«

»Ich will aber viel lieber auch ein heißblütiger Kerl sein.«

Orchid lachte. »Sorry, Tobin, aber daraus wird wirklich nichts. Und das macht auch gar nichts. Ich finde dich nämlich super so, wie du bist.«

Tobin fuhr sich wieder durchs Haar. »Danke für das Kompliment.«

»Ich sag nur die Wahrheit.«

Der Toast ploppte hoch, doch keiner von ihnen beachtete ihn. Tobin stützte sich ihr gegenüber mit beiden

Armen auf die Theke und sah ihr direkt in die Augen. In Orchid loderte es.

»Ich bin froh, dass du da bist. Eigentlich hatte ich gehofft, dich gestern nach Ladenschluss noch zu sehen …«

»Da ist mir was dazwischengekommen«, sagte sie ehrlich.

Tobins Gesicht veränderte sich, es wurde härter, wenn auch nur ein kleines bisschen. »Patrick?«, fragte er.

Dieses eine Wort aus seinem Mund zu hören, versetzte Orchid einen Stich ins Herz. Alles, was sie tun konnte, war nicken.

»Orchid, ich muss wissen, woran ich bei dir bin. Ich meine, du küsst mich auf der Weihnachtsparty im Schnee. Und dann tust du so, als wäre nie etwas geschehen. Das nehme ich hin, weil ich will, dass du das tust, was das Beste für dich ist. Weil ich will, dass du glücklich bist. Dann stürmst du vier Monate später in meinen Laden und küsst mich wieder. Und jetzt stehst du hier um sechs Uhr morgens in meiner Küche. Ich würde nur gerne wissen, was das alles zu bedeuten hat.«

Sie konnte nichts erwidern, weil sie die Antworten selbst nicht kannte.

»Könntest du mir ein bisschen Zeit geben, um herauszufinden, was es zu bedeuten hat?«, bat sie ihn.

»Ich geb dir alle Zeit der Welt, Orchid.«

»Danke.« Sie lächelte ihn an und hoffte, mit diesem Lächeln das auszudrücken, was sie fühlte. Und das war Dankbarkeit, und das war Glück. Es war Vertrauen in die Zukunft und Hoffnung auf eine gemeinsame.

»Willst du einen Kaffee?«, fragte Tobin.

»Ich hätte unglaublich gerne einen Kaffee. Und wo bleibt denn eigentlich mein Toast?«

Tobin drehte sich um, nahm die beiden knusprigen Scheiben heraus und legte sie ihr auf einen Teller.

»Willst du denn keinen?«, fragte sie.

»Ich bin wunschlos glücklich, danke.« Sein Lächeln war unbezahlbar, es war so umwerfend, dass ihr ganz warm wurde, und sie wusste, in diesem Augenblick hier bei ihm zu sein, war das einzig Richtige.

KAPITEL 19

»Erzähl mir sofort alles!«, rief Susan aus, nachdem sie aufgeregt in Orchid's Gift Shop gestürmt war.

Orchid sah ihre Freundin an und lachte. »Was ist denn in dich gefahren?«

»Na, was denkst du denn? Barbara hat berichtet, dass sie dich und Tobin knutschen gesehen hat. Ist das wahr?«

Mit einem Nicken bestätigte sie das Gerücht und musste grinsen, weil Susan noch immer so aussah, als hätte sie gerade den Osterhasen vorbeihoppeln gesehen: absolut ungläubig und doch fasziniert.

»Ja, das, was Barbara, die Plappertasche, gleich überall herumerzählt hat, stimmt. Tobin und ich haben uns geküsst.«

»Ooooh!« Sie kam auf Orchid zu und umarmte sie herzlich. »Wie mich das für euch freut. Ich hab ja schon immer gefunden, dass ihr das perfekte Traumpaar wärt.«

»Ach, ehrlich?«

»Oh ja. Und ich bin so froh, dass ihr das endlich auch kapiert zu haben scheint.« Sie lächelte sie an. »Und nun erzähl mir endlich mehr! Seid ihr jetzt fest zusammen? Wie hat das alles begonnen? Und habt du und Patrick Schluss gemacht? Oh Gott, es ist doch aus mit Patrick, oder?«

Orchid verspürte einen kleinen Stich im Herzen und konnte trotzdem nur weiter schmunzeln über ihre neugierige Freundin. »Ja, es ist aus mit Patrick. Wir haben uns getrennt.«

»Gott sei Dank, da bin ich aber erleichtert.«

»Warum? Konntest du Patrick so wenig leiden?« Ein bisschen verletzte es sie schon, der Arme hatte es gerade wirklich nicht leicht. Und er war trotz allem ein lieber Kerl.

»Nein, nein, so meinte ich das doch nicht. Ich bin einfach nur erleichtert, dass ihr das nicht hinter Patricks Rücken gemacht habt, dass du ihn nicht betrogen hast.«

Orchid seufzte. Sie hatte einfach genug von all den Lügen und Geheimnissen. »Wenn ich ehrlich sein soll, haben wir uns vorher schon mal geküsst. Auf Lauries Weihnachtsfeier.«

»Na, das weiß ich doch.« Susan winkte ab und sah sie wieder erwartungsvoll an. »Erzähl mir lieber, was ihr jetzt vorhabt. Wollt ihr …«

»Wie jetzt, du weißt das schon?«, fragte Orchid schockiert.

»Ich hab's gesehen. Das wusstest du nicht, oder?«

Sie schüttelte den Kopf.

»An dem Abend auf der Party, da stand ich auf der Veranda, um der Menge mal kurz zu entfliehen und frische Luft zu schnappen. Und da hab ich erst dich hinter der Hecke herauskommen sehen und dann Tobin. Ihr beide saht ein wenig … zerwühlt aus. Und da habe ich halt eins und eins zusammengezählt.«

»Ich hab dich echt nicht bemerkt.«

»Das ist mir schon klar.« Susan schmunzelte.

»Warum hast du denn nie etwas gesagt?«

»Ich wollte dich nicht in Verlegenheit bringen.«

»Da ist wirklich nicht mehr passiert, als dass wir uns geküsst haben, nicht dass du jetzt sonst was denkst.«

»Ist doch eure Sache, Orchid. Außerdem ist das jetzt alles egal. Die Hauptsache ist, dass ihr endlich zueinandergefunden habt und dass ihr dazu steht. Ich finde das ganz wundervoll.«

»Ähm … Susan, ich weiß ehrlich gesagt noch nicht, ob und wie wir dazu stehen. Ich hab gerade erst mit Patrick Schluss gemacht. Das ist alles noch ganz frisch, und ich muss mir erst mal klar werden, wie es jetzt weitergehen soll. Wärst du so lieb und würdest es noch nicht überall herumposaunen?«

»Natürlich, wenn du es so willst.«

»Danke.«

»Heißt das aber, dass Tobin jetzt öfter mal an unseren Mittwochstreffen teilnehmen wird? Das fände ich wirklich schön.«

»Das könnte durchaus sein«, erwiderte Orchid und freute sich ebenfalls darauf. Ja, alles würde sich zum Guten wenden. Und die Valerie Lane würde noch ein ganzes Stück harmonischer werden – wenn das überhaupt möglich war.

Orchid sah Susan an, die bis über beide Ohren lächelte. Dann umarmte ihre Freundin sie ein weiteres Mal und sagte: »Ich muss sofort zu Tobin und ihm zu dieser großartigen Neuigkeit gratulieren.«

»Na gut. Grüß ihn von mir.«

»Das werde ich machen«, sagte Susan und verschwand.

Orchids Lächeln hielt an, auch als Susan längst weg war, und es begleitete sie den Tag über wie ein neuer bester Freund.

Gegen zwei Uhr rief Tobin sie an.

»Ich muss immer an unser gemeinsames Frühstück denken«, sagte er.

»Ich fand es auch sehr schön. Danke noch mal für all den Aufwand«, neckte sie ihn.

»Ja, die meisten Leute unterschätzen, wie schwer es ist, Toast richtig hinzubekommen.« Am Ende hatte Tobin natürlich selbst auch noch zwei Scheiben gegessen. Zusammen hatten sie Rubys Weihnachtsmarmelade genossen und dabei wahrscheinlich beide an dieses eine ganz besondere Weihnachten gedacht, das noch gar nicht so lange zurücklag.

»Was machst du heute nach der Arbeit?«, fragte Orchid.

»Hm … entweder treffe ich mich mit Amy oder mit Shelly. Es sei denn, Tiffany hat Zeit …«

»Haha, du Spinner«, sagte Orchid. »Also, falls dir all deine Dates absagen, hättest du dann vielleicht Lust, was mit mir zu unternehmen?«

»Was denkst du, warum ich anrufe?«

»Um mit deinem weltbesten Toast anzugeben?«

»Hey, sag das nicht so sarkastisch! Niemand kriegt den so gut hin wie ich.«

»Schon klar.«

»Wie würdest du einen Kinoabend finden?«

Orchid war seit Ewigkeiten mit keinem anderen Mann als Patrick ins Kino gegangen, und sie konnte sich einfach nicht vorstellen, mit einem anderen hinten in der letzten Reihe zu knutschen.

»Wollen wir nicht lieber was essen gehen und danach bei dir einen Film gucken?«, schlug sie stattdessen vor.

»Das hört sich sogar noch viel besser an. Nur du und ich und Hugh Grant.«

»Hugh Grant?«

»Na, ihr Frauen wollt doch immer irgendwelche Filme mit Hugh Grant gucken.«

Sie musste lachen. »Mit Frauen welcher Generation bist du denn zuletzt ausgegangen, wenn ich fragen darf?«

»Na, das weißt du doch. Da war Tandy, und dann war da Christine. Und das war's.«

»Ehrlich?« Das mit Christine war Monate her.

»Ehrlich. Eigentlich hatte ich dabei auch eher an Susan gedacht. Sie ist nämlich die einzige Frau, mit der ich in letzter Zeit Filmabende veranstaltet habe. Und bei ihr muss immer mindestens ein Film mit Hugh Grant dabei sein. *Tatsächlich … Liebe*, *Notting Hill*, *Mitten ins Herz*, *Vier Hochzeiten und ein Todesfall*«, zählte er auf. »Ich kann mich kaum erinnern, überhaupt mal etwas anderes angesehen zu haben.«

»Susan, ja, bei ihr braucht man auch mit nichts anderem als Liebesfilmen zu kommen. Mit mir kann man sich aber sogar blutrünstige Zombiefilme ansehen.«

»Gut zu wissen. Dann entscheiden wir uns spontan für einen Film?«

»Gerne. Soll ich nach Ladenschluss bei dir vorbeikommen?«

»Um Himmels willen, nein! Ich bin doch der Mann – als Gentleman hole ich natürlich dich ab.«

»Awww, dass du den weiten Weg auf dich nehmen willst«, scherzte sie.

»Für dich tue ich doch alles.«

Das war wirklich süß. Vor allem aber war die Stimmung zwischen ihnen so wunderbar locker, dass es ein wahres Vergnügen war. Sie freute sich sehr auf den Abend mit Tobin.

»Bis später dann, du Gentleman. Du weißt aber, dass ich jetzt hohe Erwartungen habe?«

»Ah ja?«

»Jap. Ich erwarte mindestens zehntausend rote Rosen.«

»Ich werde sehen, was sich machen lässt.«

Zehntausend rote Rosen hatte Tobin zwar nicht dabei, als er sie um kurz nach sechs abholte, aber eine einzelne, wunderschöne, lange rote Rose.

»Wie lieb«, sagte Orchid, als sie sie entgegennahm.

»So eine bekommst du von nun an jeden Tag. Irgendwann sind es dann zehntausend.« Tobin sah sie auf eine Weise an, die ihr zeigte, dass er sie wirklich verstand und wusste, was sie brauchte. Er sah sie mit dem Herzen.

»Ich nehme dich beim Wort.« Sie schenkte ihm ihr schönstes Lächeln. »Gehen wir?«

Am liebsten hätte sie ihm ihre Hand hingehalten, doch es sollte keiner sehen, dass zwischen ihnen etwas lief. Dafür war es viel zu früh. Aber sie hatte ja die Rose, an die sie sich klammern konnte. Nun, die sagte eigentlich auch schon ganz schön viel aus, und Hannah, die vor Laurie's Tea Corner stand, lächelte ihr wissend zu.

»Wo wollen wir essen gehen? Worauf hast du Lust?«, fragte Tobin. Es war lieb gemeint, dennoch erinnerte es sie so stark an Patrick, dass ihr ganz schwindlig wurde.

»Kannst du bitte einfach entscheiden?«, antwortete sie deshalb. »Such doch was Nettes für uns aus, ja?«

Tobin sah sie ein wenig zweifelnd an, dann aber nickte er. »Alles klar. Dann gehen wir doch zu dem neuen Thailänder, da war ich neulich mit Keira, und wir fanden ihn beide fantastisch.«

»Super, das klingt gut. Du, Tobin, machst du eigentlich oft was mit Susan oder Keira? Mir war gar nicht bewusst, dass ihr so dicke miteinander seid.«

»Ja, schon. Ich bin mit beiden sehr gut befreundet. Vielleicht erzählen sie dir nur nicht von jeder Verabredung, weil sie doch wissen, dass da zwischen uns eine gewisse Spannung ist. War.«

»Ja, das kann sein.« Sie überlegte. Und sie überlegte noch etwas anderes. Konnte es sein, dass Patrick immer sie entscheiden ließ, wo sie hingingen, was sie tun oder essen sollten, weil es ihm einfach nicht so wichtig war, nach all dem, was er in seiner Vergangenheit hatte durchstehen müssen? Oder war er so, weil er es ihr immer hatte recht machen wollen? Weil er sie nicht hatte verlieren wollen?

Und nun hatte er sie doch verloren.

Das, was am meisten an ihr knabberte, war die Tatsache, dass er sie verloren hatte, nachdem er sich endlich geöffnet hatte. Ob er wohl bereute, dass er sie eingeweiht hatte?

»Alles okay?«, fragte Tobin und sah sie ein wenig besorgt an.

»Ja. Nein. Ich weiß nicht. In meinem Kopf schwirren zurzeit einfach sehr viele Gedanken herum.«

»Ist bestimmt nicht leicht.«

»Nein, das ist es, ehrlich gesagt, nicht. Aber ich werde schon damit klarkommen, mach dir also keine Sorgen, ja?« Nun griff sie doch nach seiner Hand, was sich aber in der Öffentlichkeit wirklich komisch anfühlte. Deshalb ließ sie sie schnell wieder los. »Ich hab einen Riesenhunger, sind wir bald da?«

»Es ist gleich um die Ecke.«

Sie erreichten das Restaurant, und Tobin hielt ihr die Tür auf und schob ihr dann den Stuhl zurecht. Er war wirklich ein Gentleman. Sie legte die Rose auf den Tisch und warf einen Blick auf die Speisekarte.

»Das hört sich aber alles lecker an. Ich glaube, ich nehme den Bratreis mit Huhn und Cashewnüssen.«

Das Essen hielt, was es versprach, sie unterhielten sich angeregt über dies und das, und Tobin bezahlte die Rechnung. Anschließend gingen sie wie geplant noch zu ihm, was Orchid ganz recht war, da sie heute auf keinen Fall nach Hause in die leere Wohnung wollte, wo der gestrige Streit und die traurige Trennung noch in der Luft lagen. Allerdings hoffte sie, dass Tobin sich für heute Nacht nicht zu viel versprach, denn so gern sie ihn auch hatte, konnte sie einfach noch nicht so schnell mit ihren Gefühlen für Patrick abschließen und sich einer neuen

Beziehung hingeben. Das alles brauchte Zeit – *sie* brauchte Zeit. Und sie hoffte sehr, dass Tobin das verstand.

Sie entschieden sich nicht für einen Hugh-Grant-Film, sondern sahen sich *Stiefbrüder* an, eine wirklich lustige Komödie mit Will Ferrell, der wie immer zum Schießen war.

Irgendwann fielen Orchid die Augen zu. Die letzten paar Nächte hatte sie viel zu wenig Schlaf bekommen, jetzt war es einfach erleichternd abzuschalten. Sie lehnte den Kopf an Tobins Schulter und schlummerte vor sich hin. Ehe sie sichs versah, war der Film zu Ende, und Tobin rüttelte sie sachte.

»Orchid. Soll ich dir ein Taxi rufen, oder willst du hier übernachten?«

»Ich will nicht nach Hause«, erwiderte sie im Halbschlaf.

»Dann nimm mein Bett, ich kann auf dem Sofa schlafen.«

»Nein, ich will dich nicht aus deinem Bett verscheuchen. Wir können doch beide dort schlafen.« Sie erhob sich und hielt Tobin ihre Hand hin. Überrascht ergriff er sie und folgte ihr.

»Warte, ich geb dir einen Pyjama von mir. Der ist vielleicht ein bisschen groß, aber das macht nichts, oder?«

Sie nahm den blau-weiß gestreiften Pyjama entgegen und zog sich im Bad um. Dann stieg sie zu Tobin ins Bett und ließ sich von ihm zudecken.

»Ist es okay, wenn wir nur kuscheln?«, fragte sie ihn.

»Das ist mehr, als ich mir je erhofft habe, Orchid.«

Er nahm sie in den Arm, und sie schmiegte sich an ihn.

»Danke, Tobin. Du bist der Beste.«

»Und du bist einfach unglaublich. Du bist die schönste Frau, die ich je getroffen habe, hab ich dir das schon mal gesagt?«

»Du magst mich also nur wegen meines Aussehens?«, scherzte sie gähnend.

»Na ja, unsere Neckereien finde ich eigentlich auch ziemlich klasse. Du kannst echt gut kontern.«

»Dann magst du mich also wegen meiner Angriffslustigkeit?«

»Sei einfach still und lass dich küssen«, sagte er und gab ihr einen Gutenachtkuss, der ihr den Atem raubte.

Es war gar nicht so leicht, das aufkommende Verlangen unter Kontrolle zu halten. Doch mehr als ein Kuss wäre einfach falsch gewesen, und deshalb kuschelte sie sich jetzt an Tobin, diesen wunderbaren Mann, der so verständnisvoll war, und ließ zu, dass die Müdigkeit gewann.

KAPITEL 20

»Jaaa! Noch ein Schritt! Komm her zu Tante Orchid«, sagte sie ermutigend und hielt die Arme auf.

Orchid hockte auf dem Boden im Wohnzimmer ihrer Eltern, während es nach frisch gebackenem Apfelkuchen duftete. Phoebe kniete neben ihr und rief Emily ebenfalls stolze Worte zu, während Joe und Lance hinter ihnen standen und alles filmten.

Nun betrat auch Lisa den Raum und freute sich mit ihnen – ach was, sie freute sich am meisten von allen, dass die Kleine endlich die lang ersehnten Schritte machte.

»Noch ein kleines Stück, dann hast du es geschafft.« Orchid sah in Emilys strahlendes Gesicht. Sie wirkte so unglaublich stolz auf sich selbst und so fröhlich, als würde ihr die Welt zu Füßen liegen. Ihre weißen Zähnchen blitzten, und ihre dunkelbraunen Augen glänzten. Das Minnie-Mouse-Pflaster auf ihrer Wange, das eine Schramme verdeckte, die sie sich bei einem kleinen Sturz geholt hatte, trug sie wie eine Trophäe. Und dann … dann hatte sie Orchid erreicht und ließ sich in die Arme nehmen.

»Das hast du ganz toll gemacht«, lobte Orchid sie.

»Ganz super, Emily!«, rief Phoebe, und die stolze Grandma hatte wieder einmal Tränen in den Augen.

»Nun werd doch nicht gleich sentimental«, scherzte Joe.

»Lass mich doch«, erwiderte seine Frau. »Wer weiß, ob und wann ich ein weiteres Enkelkind bekomme, auf das ich so stolz sein kann. Orchid ist sich ja noch nicht mal sicher, ob sie überhaupt je Mutter werden möchte.« Sie warf ihr einen enttäuschten Blick zu.

Orchid wurde flattrig. Sie hatte es bisher vermieden, mit ihren Eltern über die Trennung von Patrick zu reden. Und sie hatte auch nicht vor, das heute zu tun. Es herrschte gerade so eine schöne Stimmung, die würde sie bestimmt nicht verderben.

Nachdem sie den köstlichen warmen Apfelkuchen mit Vanilleeis gegessen hatten, nahm Orchid Phoebe zur Seite und fragte sie, ob sie kurz unter vier Augen mit ihr reden könne.

»Habt ihr wieder Geheimnisse?«, fragte Lisa.

»Ja, Mum. Aber vor allem lästern wir hinter deinem Rücken über dich«, entgegnete Orchid grinsend.

»Jaja, mach du nur deine Witze. Wer hilft mir denn jetzt mit dem Abwasch?«

»Das übernehme ich«, sagte Lance und setzte Emily auf Joes Schoß, der sie gleich auf und ab hopsen ließ.

»Was gibt es denn?«, fragte Phoebe, als sie oben in ihrem alten Zimmer waren. »Hat sich was mit Patrick getan?«

Orchid atmete einmal ganz tief durch, bevor sie ihrer Schwester mitteilte: »Wir haben Schluss gemacht.«

»Wie, ihr habt Schluss gemacht? Wann ist das denn passiert, und wieso hast du mir nicht gleich Bescheid gesagt?«

»Weil ich total durcheinander war und mich erst mal sammeln musste«, antwortete sie. »Es ist am Donnerstag passiert. Wir haben uns ausgesprochen, und … du wirst nicht glauben, was Patrick mir erzählt hat.«

»Rück schon raus mit der Sprache, ich will alles wissen.«

Dann fiel Orchid etwas ein. »Ich kann nicht. Patrick möchte nicht, dass ich es weitersage.«

»Und da hältst du dich dran, obwohl Schluss ist?«

»Phoebe!«

»Ja, schon gut, sorry. Ist aber nicht fair, dass du einen auf geheimnisvoll machst, sonst erzählst du mir schließlich auch alles.«

»Da hast du recht, aber das ist einfach zu heftig.«

»Sehr mysteriös. Uh! Hat es was mit diesem FBI-Typen zu tun?«

»Ja, irgendwie schon.«

»Hat Patrick was angestellt? Was Kriminelles?«

»Nein, natürlich nicht. Das Gegenteil ist der Fall. Mehr kann ich aber wirklich nicht erzählen.«

»Okay.« Phoebe sah sie an, studierte ihr Gesicht. »Dann sag mir wenigstens, ob es dir gut geht.«

»Es geht mir gut.«

»Ja, so siehst du auch aus, und das wundert mich am allermeisten. Bist du denn gar nicht traurig, dass es aus ist?«

»Doch, natürlich. Ich vermisse Patrick jetzt schon. Allerdings ist es irgendwie auch gut so, wie es gekommen ist, denn sein Geständnis hat alles verändert und mir in vielerlei Hinsicht die Augen geöffnet.«

»Inwiefern?«

»Ich glaube, ich habe mir ziemlich lange selbst etwas vorgemacht. Ich wollte so sehr, dass diese Beziehung funktioniert, dabei war sie die ganze Zeit eine einzige Lüge. Das ist nicht Patricks Schuld, er kann nichts dafür, was passiert ist und dass er nicht darüber reden konnte. Aber ich hab endlich kapiert, dass ich wahrscheinlich hundert Jahre lang versuchen könnte, ihm zu helfen, und es doch niemals schaffen würde, einfach weil so viel mehr dahintersteckt, als ich je vermutet hätte.«

»Mann, das ist echt gemein, dass du nicht genauer darauf eingehen kannst.«

»Ich weiß. Aber es hat seine Gründe.«

»Na gut, dann muss ich das wohl akzeptieren. Versprich mir aber, dass du mir auf meinem Sterbebett die wahren Hintergründe offenbarst, ja?«

Orchid musste lachen. »Okay, ich verspreche es.«

»Hmmm … ich weiß immer noch nicht, warum du eigentlich so glücklich aussiehst, wenn die Woche doch so schlimm für dich war.«

Auf Orchids Gesicht bildete sich ein breites Lächeln. Sollte sie es Phoebe sagen? Sie hielt doch sonst nichts vor ihr geheim. »Okay … wahrscheinlich sehe ich glücklich aus, weil ich glücklich bin. Ich bin nämlich … mit Tobin zusammen.«

»Waaaas?« Phoebe starrte sie mit weit aufgerissenen Augen an. »Das ist ein Scherz!«

»Nein, ehrlich nicht. Wir haben gestern irgendwie zueinandergefunden, und ich hab sogar die Nacht bei ihm verbracht. Nicht, was du jetzt bestimmt denkst«, stellte sie schnell klar. »Es ist nichts passiert. Na ja, wir haben uns geküsst. Mehr als einmal.«

Phoebe haute ihr gegen den Oberarm. »Und das hast du mir nicht sofort erzählt? Ich bin schwer beleidigt.«

»Tut mir echt leid, aber es war so viel los, und ich dachte, ich sage es dir lieber heute persönlich«, versuchte sie sich rauszureden. Eigentlich war der wahre Grund, weshalb sie ihrer Schwester nicht sofort davon erzählt hatte, der, dass es sich immer noch nicht ganz richtig anfühlte. Wie konnte es auch, wenn sie doch vor wenigen Tagen noch mit Patrick zusammen gewesen war, seine Nähe genossen hatte und jetzt plötzlich mit Tobin knutschte?

»Okay, okay, ich verzeihe dir. Jetzt will ich aber alles hören!«, forderte Phoebe sie auf.

»Okay. Also, am Mittwoch haben Patrick und ich uns gestritten, ziemlich heftig sogar. Eigentlich war an dem Abend schon klar, dass Schluss ist. Donnerstag ist es dann über mich gekommen, ich bin in Tobins Blumenladen gegangen und habe ihn geküsst.«

Phoebe klatschte begeistert in die Hände.

»Nach der Arbeit haben Patrick und ich noch mal geredet, er hat mir sein Geheimnis anvertraut, und ich hab ihm gesagt, dass es endgültig aus ist. In der Nacht von Donnerstag auf Freitag konnte ich nicht schlafen und bin schon ganz früh am Morgen raus, bin zu Tobins Wohnung gefahren und hab bei ihm geklingelt. Er war ziemlich überrascht.« Sie lachte. »Er sah so süß aus in seinem Pyjama und mit den verstrubbelten Haaren.«

»Und dann? Was habt ihr dann gemacht?«

»Gefrühstückt.« Orchid musste lächeln, als sie daran zurückdachte. »Und abends sind wir essen gegangen und haben uns einen Film angesehen.«

»Und du hast die Nacht bei ihm verbracht?«

»Hab ich.«

»Und da ist wirklich nichts passiert? Das kannst du Mum erzählen, aber nicht mir.«

»Ich lüg dich nicht an. Wir haben gekuschelt, mehr nicht.«

»*Du* hast nur gekuschelt? Ich kann das irgendwie nicht richtig glauben.«

»Warum sagst du das Du in solch einem Tonfall?«, fragte Orchid und verschränkte die Arme vor der Brust.

»Na, ich weiß doch, wie du vor Patrick warst. Wenn du einen heißen Typen gesehen hast, konntest du deine Klamotten nicht lange anbehalten. Ist nicht böse gemeint, aber so warst du einfach.«

»Das ist lange her«, sagte sie. »Patrick hat mich verändert. Außerdem ist das mit Tobin nichts rein Körperliches. Da ist was ganz Besonderes zwischen uns, weißt du?«

»Awww, das ist so süß. Und ich freu mich für dich, dass ihr endlich zueinandergefunden habt, kleine Sis. Ich kann das alles noch gar nicht glauben.« Plötzlich veränderte sich ihr Gesichtsausdruck. »Obwohl Patrick mir schon auch leidtut. Der Arme steht jetzt ganz allein da, oder?«

Orchid nickte. Ihr schlechtes Gewissen machte sich sogleich wieder bemerkbar.

»Soll ich dir was sagen?«, fragte Phoebe. »Versteh

mich nicht falsch, ich weiß ja, was du für Tobin empfindest, und das schon seit einer ganzen Weile … und er scheint ja auch echt nett zu sein, und ihr gebt bestimmt ein tolles Paar ab, aber …« Sie biss nervös auf ihrer Lippe herum. »Ehrlich gesagt hab ich immer geglaubt, dass Patrick und du zusammen alt werden würdet.«

Orchid stiegen Tränen in die Augen. Ja, das hatte sie auch einmal geglaubt.

Es klopfte an der Tür, und Orchid war mehr als froh über die Ablenkung.

»Ja?«, riefen die Schwestern gleichzeitig.

Ihre Mutter steckte den Kopf ins Zimmer. »Darf ich auch erfahren, was es Neues gibt?«, fragte sie zaghaft.

Orchid lächelte ihre Mutter an. Sie klopfte nicht oft an ihre Zimmertür, sie musste spüren, dass wichtige Veränderungen anstanden. Weil Orchid diese Geste so lieb fand, deutete sie jetzt auf den Platz neben sich auf dem Bett.

»Komm rein, Mum, und setz dich. Ich hab dir etwas zu erzählen.«

»Oooh, da bin ich aber gespannt.«

Orchid sah ihre Mutter an, die sich aufgeregt neben sie setzte. Die rosa Bluse und der Pferdeschwanz ließen sie gut zehn Jahre jünger aussehen als ihre zweiundfünfzig Jahre.

»Okay, du musst jetzt ganz tapfer sein, Mum, ja?«

Lisa nickte.

»Ich habe mich von Patrick getrennt.«

»Ist das dein Ernst?«, fragte ihre Mutter überrascht.

»Ja, mein voller Ernst.«

»Gott sei Dank, meine Gebete wurden erhört.«

»Was?«, fragte Phoebe schockiert.

»Mum, ich bin verwirrt. Magst du Patrick etwa nicht?«

»Nun, das kann ich eigentlich nicht sagen. Weißt du, mein Schatz, ich war, was Patrick angeht, immer ein wenig ratlos. Du warst vier Jahre mit ihm zusammen, und ich habe in all dieser Zeit keine zehn Sätze mit ihm gesprochen.«

»Jetzt übertreibst du aber. Er ist doch öfter mal mit hergekommen, zu Weihnachten und ab und zu auch so.«

»Ja, das stimmt. Und das macht die Sache nicht besser, oder? Ich habe das Gefühl, dass ich ihn gar nicht richtig kenne. Wir wissen doch so gut wie nichts über ihn, hab ich nicht recht? Ich habe mich immer wieder gefragt, wie du es nur an der Seite von jemandem ausgehalten hast, der so schweigsam ist. Wäre dein Vater so ein stiller Kerl, hätte er wahrlich ein Problem mit mir.«

Orchid erzählte ihrer Mutter nicht, dass Patricks Schweigen nicht von ungefähr kam. Stattdessen sagte sie: »Dafür hat Patrick andere Vorzüge, Mum.«

»Ja? Na, sie scheinen offenbar nicht ausgereicht zu haben, oder?« Sie strich Orchid über die Wange. »Ich bin froh, dass du in so jungen Jahren erkannt hast, dass er nicht der Richtige ist. Eines Tages wirst du jemanden finden, der sich dir ganz hingibt, dir alles anvertraut und der hoffentlich auch deiner Familie gegenüber ein wenig offener ist.«

Phoebe räusperte sich auffällig, und Lisa sah erst zu ihr und dann zu Orchid.

»Sag bloß, es gibt da schon jemanden?«

»Es ist noch ganz frisch, also …«

Lisa strahlte. »Bring ihn gern jederzeit mit und stell ihn uns vor.«

»Das werde ich vielleicht irgendwann mal machen.«

Ihre Mutter nickte zufrieden. »Ich geh dann wieder runter und schaue meiner Enkelin beim Laufen zu. Was ist mit euch?«

Orchid sah Phoebe an, und beide nickten. »Wir kommen mit runter. Vielleicht können wir Dad ja überreden, die Trompete rauszuholen.« Joe hatte sich vor ein paar Monaten eine Trompete zugelegt und spielte bisher eher schlecht als recht.

»Oh, bloß nicht«, schimpfte Lisa. »Wehe, ihr sprecht ihn auf dieses schreckliche Instrument an.«

Die Schwestern lachten und hakten sich, jede auf einer Seite, bei ihrer Mutter ein.

»Sie will dich kennenlernen«, berichtete Orchid Tobin am Telefon.

»Du hast deiner Mutter bereits von uns erzählt?«, fragte er erstaunt.

»Phoebe hat mich sozusagen verraten. Außerdem kannst du ganz beruhigt sein. Meine Mutter scheint überhaupt nicht traurig zu sein, dass mit Patrick Schluss ist, ganz im Gegenteil.«

»Oh.«

»Wie auch immer … Du musst wirklich nicht allzu bald mit zu ihnen kommen.« Sie stieg die Stufen zu ihrer Wohnung hoch und klemmte sich das Handy zwischen Ohr und Schulter, um den Schlüssel aus ihrer Tasche zu kramen. »Irgendwann mal, ja? Und nur, wenn du willst.« Sie schloss auf.

»Ich komme gerne mit. Ich freu mich drauf, sie kennenzulernen.«

Orchid starrte auf die Kommode im Flur. Sie ging ein paar Schritte weiter ins Wohnzimmer, dann ins Schlafzimmer und sah sich ungläubig um.

»Orchid? Bist du noch da?«

»Ja. Ich … Kann ich dich später zurückrufen?«

»Klar.«

Sie beendete das Gespräch und warf das Handy aufs Bett. Starr blieb sie stehen und sah auf die geöffnete Schublade der Schlafzimmerkommode, die völlig leer war. Dann fiel ihr Blick auf die Bilderrahmen, die darauf standen. Es waren vier gewesen – nun fehlten zwei. Alle Fotos hatten Patrick und sie abgebildet. Die beiden übrig gebliebenen zeigten sie einmal zu Halloween, als sie als Bonnie und Clyde gegangen waren – eine der wenigen Partys, zu der sie Patrick vor drei Jahren hatte überreden können. Auf dem anderen versteckte Patrick sich scheinbar scherzhaft hinter ihr, man sah nur seine Haare und ein Auge. Und in diesem Moment wurde ihr etwas bewusst: Es gab eigentlich überhaupt keine Fotos von Patrick, auf denen er sich ganz normal zeigte. Auf allen hatte er sich entweder einen Hut weit ins Gesicht gezogen, oder er war auf irgendeine Weise verkleidet. Eines der Fotos, das fehlte, war auf dem Jahrmarkt geschossen worden, wo sie sich Wildwestkostüme angezogen hatten.

War das alles etwa … eine Vorsichtsmaßnahme? Damit niemand Patrick erkannte?

»Oh Gott, mir wird schlecht«, sagte sie zu sich selbst. Sie schaffte es gerade noch rechtzeitig zur Toilette und hockte die nächste Stunde auf dem Badezimmerboden.

Der Anblick der Wohnung, in der plötzlich so viel fehlte, war zu viel für sie. Sie war wohl doch noch nicht über Patrick hinweg. Aber wie sollte es nun weitergehen?

KAPITEL 21

Montag war May-Day, was bedeutete, dass sie alle ihre Geschäfte geschlossen ließen und endlich die lang ersehnte Stadtführung mit Thomas machten. Der Geschichtslehrer, der sich nicht nur beruflich für Historisches interessierte, hatte eine Route geplant, die jedem von ihnen Dinge näherbringen sollte, die sie garantiert noch nicht kannten, versprach er ihnen zu Beginn der Führung.

Sie waren genau zwanzig Personen und sahen aus wie eine Touristengruppe – und Thomas war ihr Reiseleiter. Neben Keira, Laurie, Barry und dem Baby, das Laurie sich vorne umgeschnallt hatte, Susan und Michael, Stuart, Charlotte und den Kindern, Mrs. Witherspoon und Humphrey, Barbara und Mr. Spacey und Orchid und Tobin hatte sich natürlich auch Ruby eingefunden, die wohl von allen am aufgeregtesten war. Sie hatte nicht nur Gary dabei, sondern sogar ihren Vater, der heute einen knallgrünen Jogginganzug trug – ihn würden sie sicher nicht verlieren.

»Ich habe mir gedacht, als Erstes gehen wir die Cornmarket Street entlang, und ich erzähle euch etwas zu den Gebäuden, die ihr tagtäglich passiert. Danach spazieren wir ein bisschen durch die Stadt und steigen zuletzt hinauf auf die Aussichtsplattform der St. Mary's Church.«

»Warst du da nicht schon mal mit Keira?«, fragte Barbara.

»Ja, da habe ich meine Höhenangst überwunden«, erzählte Keira stolz. »Es ist so schön dort oben. War einer von euch schon mal da?«

Kopfschütteln allerseits. Nur Orchid meldete sich zu Wort: »Ich war mal in der Grundschule mit meiner Klasse da oben. Ich kann mich aber nur daran erinnern, dass ein paar von den Jungs die Weintrauben runtergeschmissen haben, die eine der Mütter zum Lunch eingepackt hatte. Sie haben versucht, die Leute auf der Straße zu treffen.«

»Das kann doch nicht sein!«, sagte Thomas schockiert. »Orchid ist wirklich die Einzige? Na, da haben wir aber einiges vor uns. Auf geht's! Und wer Fragen hat – keine Scheu, immer raus damit!«

Er ging voran und hielt dabei einen geschlossenen blauen Regenschirm in die Luft, damit sie ihn nicht aus den Augen verloren. Sie gingen extra langsam, damit Mrs. Witherspoon und Humphrey auch mitkamen, und Thomas erzählte ihnen wundersame Geschichten zu den Häusern in ihrer Nachbarschaft.

»Darf ich um eure Aufmerksamkeit bitten?«, sagte Thomas an der Ecke Ship Street, wo sich auch die Pret-A-Manger-Filiale befand, in der Orchid sich an mindestens drei Tagen in der Woche ihr Mittagessen holte. »Zu meiner Rechten sehen wir St. Michael.«

»Eine Kirche, die nach dir benannt ist«, sagte Charlotte zu Michael und stupste ihn an.

Er grinste und sah dann wie alle anderen zum rechteckigen Kirchturm hinauf, der an jeder Seite zwei übereinanderliegende Fenster hatte. Das Gebäude wirkte sehr alt, es war aus hellem Stein gebaut, und Orchid erinnerte sich daran, dass ihre Schulfreunde sich immer düstere Geschichten ausgedacht hatten, was da oben in dem Turm wohl alles passiert sein mochte. Von Gefangenen über Folter bis hin zu Mord war alles dabei gewesen.

»Wie einige von euch vielleicht wissen, ist die St. Michael's Church nicht nur die älteste Kirche, sondern sogar das älteste Gebäude Oxfords. Sie wurde um 1000 erbaut, der Saxon Tower ist von 1040.« Er zeigte zu dem eckigen Turm. »Im sechzehnten Jahrhundert wurden in einem Gefängnis in diesem Gebäude englische Märtyrer gefangen gehalten, ehe sie verbrannt wurden. Ich bringe euch gleich auch noch zu dem Platz, an dem damals die Scheiterhaufen errichtet wurden. Nun aber erst mal wieder zurück zu dieser Kirche. Was die Frauen unter euch eventuell interessant finden dürften: Hier hat ein sehr bekanntes Paar geheiratet. Und zwar hat William Morris hier am 25. April 1859 Jane Burden geehelicht.«

»Tut mir leid, aber ich hab keine Ahnung, wer William Morris ist«, sagte Stuart.

»Kann jemand Stuart aufklären?«, fragte Thomas.

»Ich weiß, wer er war!«, rief Susan. »Er war ein berühmter Textildesigner.«

»Oh«, traute Ruby sich. »Ich dachte, der Dichter wäre gemeint. Da lag ich dann aber wohl falsch.«

»Keiner liegt falsch«, korrigierte Thomas Ruby. »Ihr

habt nämlich beide recht! Morris war nicht nur Autor und Poet, sondern auch Textildesigner.«

»Wow. Muss man sich da schämen, dass man ihn nicht kennt?«, fragte Laurie.

»Nein, überhaupt nicht«, meinte Thomas. »Ich habe aber eine Extraaufgabe für dich, Laurie. Du bist doch so ein Filmfan.« Jeder wusste inzwischen, dass Laurie ein riesiges Regal voller DVDs besaß und so gut wie jeden Film gesehen hatte, der je gedreht worden war.

»Oh ja. Ich gebe mein Bestes«, sagte sie begeistert.

»Morris hat in dieser Kirche wie schon erwähnt eine gewisse Jane Burden geheiratet, ein Mädchen aus einfachen Verhältnissen. Es heißt, dass sie George Bernard Shaw als Vorbild für die weibliche Hauptfigur in seinem Theaterstück *Pygmalion* diente. Dieses Theaterstück wurde zu einem Musical, und dieses wurde 1964 verfilmt. Weißt du, liebe Laurie, wie der Film heißt?«

»Hmmm ...«, machte Laurie. »1964, lasst mich überlegen. Hat der Film einen Oscar bekommen?«

»Ich geb dir einen Tipp«, sagte Ruby, die natürlich wusste, worum es ging, da sie wahrscheinlich alles kannte, was Shaw geschrieben hatte. Immerhin führte sie ein Antiquariat und besaß selbst tonnenweise Bücher. »Die Hauptfigur heißt Eliza Doolittle.«

»*My Fair Lady!*«, schrie Laurie hinaus, sodass es wahrscheinlich sogar ihre Eltern auf ihrem Anwesen außerhalb der Stadt hörten.

»Richtig!«, sagte Thomas schmunzelnd.

»Den Film kenn ich«, sagte Hugh und begann sogleich das Lied *On the Street Where You Live* zu singen.

Sie mussten lachen, und die Stimmung war aufgeheitert. Als Thomas voranging, waren alle guter Laune und konnten es kaum erwarten, mehr zu erfahren über die Stadt, in der die meisten von ihnen schon ihr ganzes Leben lang zu Hause waren.

Thomas wusste Geschichten zu allen Sehenswürdigkeiten, die sie passierten. Zum Beispiel erfuhren sie, dass die St. Mary Magdalen's Church zehn Glocken hatte, dass das im siebzehnten Jahrhundert erbaute Ashmolean Museum das weltweit erste Universitätsmuseum war und dass das steinerne Martyrs' Memorial die Ereignisse der drei Märtyrer aufzeigte, die in den 1550er-Jahren für ihre protestantische Religion einstanden, als Queen Mary die Erste – auch die Bloody Mary genannt – sie zwingen wollte, zum Katholizismus überzutreten. Sie endeten auf dem Scheiterhaufen, so wie etwa weitere dreihundert Protestanten, die Mary zum Tode verurteilt hatte.

»Ist das die Mary von den *Tudors?*«, fragte Orchid. Sie hatte erst vor Kurzem ein paar Folgen der Serie gesehen. Zusammen mit Patrick.

Was Patrick wohl macht?, fragte sie sich unwillkürlich. Wie es ihm wohl geht? Ob ihn die Trennung schwer mitnimmt? Am liebsten hätte sie ihn angerufen und sich erkundigt, ob er okay war.

»Ja, ganz richtig. Um exakt die Tudors geht es.«

Ihr Blick fiel auf Tobin, der Thomas interessiert zuhörte.

War Tobin eigentlich gebürtig aus Oxford? Das wusste sie gar nicht. Nun, es war anzunehmen, da ja sogar seine Eltern und seine Grandma in der Stadt wohnten. Später würde sie ihn danach fragen. Sie trat ein wenig näher an ihn heran und berührte seine Hand wie zufällig. Er sah sie an und lächelte.

Sie hatten den anderen noch nichts von ihrer Beziehung gesagt. Beziehung … Das war so ein bedeutendes Wort. Waren sie bereits in einer Beziehung? Sie näherten sich einander an, ja, aber zu einer Beziehung gehörte doch weit mehr, oder?

»Folgt ihr mir in die Broad Street?«, fragte Thomas nun und bog in die Straße ein, in der im Dezember immer ein ganz wundervoller Weihnachtsmarkt stattfand.

»Ruby, das dürfte dich interessieren«, fuhr Thomas fort und deutete mit dem Schirm auf den alten Buchladen mit der blauen Fassade namens Blackwell's. Orchid hatte dort selbst einige Male Bücher gekauft, zuletzt ein Cecelia-Ahern-Buch, das Phoebe sich zum Geburtstag gewünscht hatte.

»Ich bin ganz Ohr«, erwiderte Ruby.

»Dieser Laden ist die älteste noch existierende Buchhandlung Oxfords. Gegründet wurde sie 1879 von Benjamin Blackwell. Wie ihr sicher wisst, gibt es inzwischen über vierzig Filialen in ganz England, aber diese hier war die erste. Hierzu habe ich eine interessante Geschichte. Benjamin Henry Blackwell nämlich war der Sohn von Benjamin Harris Blackwell, dem ersten Stadtbibliothekar Oxfords. Der junge Benjamin Henry schloss seine Schulausbildung bereits im Alter von dreizehn Jahren ab und begann, für einen Schilling die Woche für einen örtlichen Buchhändler zu arbeiten. Er liebte Bücher und widmete ihnen sein Leben. Genau so, wie du, Ruby, es tust.« Thomas lächelte Ruby warm an.

Ruby errötete ein wenig. »Ja, ich liebe Bücher tatsächlich.«

Susan legte dem Nesthäkchen unter den Ladenbesitzerinnen einen Arm um die Schulter und sagte: »Na, wer das nicht weiß, der kennt dich nicht, Süße.«

»Wisst ihr was, ihr Lieben?«, meldete Mrs. Witherspoon sich zu Wort. »In diesem Buchladen habe ich mir 1948 *Stolz und Vorurteil* gekauft. Damals war ich selbst zum ersten Mal verliebt und konnte gar nicht genug von der Romantik bekommen.«

Orchid staunte. 1948? Das war so unglaublich lange her. Neben Mrs. Witherspoon war keiner der hier Anwesenden, mal abgesehen von Humphrey, damals schon am Leben gewesen.

»Tatsächlich?«, fragte Laurie und lächelte. »Erzählen Sie uns doch bitte mehr, Mrs. Witherspoon. Wie sah es damals aus in unserer Stadt?«

Die alte Dame lachte. »Oh, nicht viel anders als heute. Ihr müsst bedenken, dass die meisten Gebäude jahrhundertealt sind. Allerdings kann ich euch sagen, dass die Valerie Lane damals ganz anders aussah. Es gab weder so hübsche Lädchen noch Kübel voller bunter Blumen noch so bezaubernde Menschen wie heute.«

»Awww«, machte Orchid und konnte nicht anders, als Mrs. Witherspoon leicht zu drücken. »Das haben Sie schön gesagt.«

Sie alle standen eine Minute still da und ließen Mrs. Witherspoons Worte wirken.

»Mum, ich hab Hunger«, quengelte Jason, Charlottes dreizehnjähriger Sohn.

»Hier, iss eine Banane«, sagte Charlotte seufzend und fischte eine aus ihrer übergroßen Handtasche.

»Ich will keine Banane. Können wir nicht kurz zu McDonald's?«

»Später vielleicht. Jetzt machen wir diese tolle Sightseeingtour mit.«

»Oh Mann!«

»Iss die Banane!«

»Darf ich auch eine Banane haben?«, fragte Vanessa.

Charlotte lächelte und gab ihr eine, während Jason widerwillig ebenfalls das nahm, was es gab.

»Glaubt ihr, irgendwann gehen unsere Läden auch in die Geschichte ein, und irgendein Reiseleiter erzählt seiner Gruppe von uns?«, fragte Keira.

»Ganz bestimmt sogar«, war Laurie sich sicher. »In hundert Jahren erzählt dieser Reiseleiter dann den Touristen davon, dass es bei Keira's Chocolates seit jeher die beste Schokolade gab und dass inzwischen deine Urenkelin den Laden führt. Natürlich gibt es dann in ganz England Filialen, und die Pralinen werden nach deinen Originalrezepten hergestellt.«

»Oh, wäre das schön«, sagte Keira.

»Und die Leute pilgern auch in hundert Jahren noch zu Ruby's Antiques & Books, nur um Valeries Tagebuch zu sehen«, sagte Susan.

Ruby hatte eines der acht Tagebücher – das allererste – in einer Vitrine mit Panzerglas ausgestellt. Seit sie sich vor knapp einem Jahr dazu entschlossen hatte, kamen unglaublich viele Besucher zu ihr, nur um etwas von ihr über die gute Valerie zu hören. Und Ruby erzählte gerne, was sie wusste, und war dabei ganz in ihrem Element.

Thomas brachte sie noch zu einigen anderen Sehenswürdigkeiten und klärte sie über deren Besonderheiten auf. Barry witzelte, dass Thomas, falls er je seine Arbeit als Lehrer verlieren sollte, schon eine Alternative hatte.

Zwischendurch machten sie eine kleine Pause, weil die beiden älteren Herrschaften, Mrs. Witherspoon und Humphrey, sichtlich erschöpft waren und weil Jason immer noch jammerte, dass er Hunger habe. Sie setzten sich in ein kleines Restaurant, das auch an diesem Tag seine Türen geöffnet hatte, und aßen eine Kleinigkeit, bevor es weiterging. Der Restaurantinhaber freute sich über die Kundschaft an diesem sonst so ruhigen Tag und wünschte ihnen weiterhin viel Spaß in Oxford.

»Ich hoffe, meine Stadt gefällt Ihnen?«, fragte er.

Sie alle mussten lachen.

»Wir sind auch von hier«, klärte Barbara ihn auf. »Umso erschreckender ist es, wie wenig wir über unseren Heimatort wissen. Unser Freund Thomas hier, der Geschichte unterrichtet, lehrt uns gerade ganz viel Neues.«

»Na, das hört sich doch gut an. Fantastisch. Darf ich Sie etwas fragen?«, wandte er sich an Thomas. »Man hört ja dies und das, aber welches ist denn nun wirklich das älteste Gebäude von Oxford?«

»St. Michael!«, riefen alle gleichzeitig aus, und der Mann lachte aus vollem Herzen.

Dann ging es zu ihrem letzten Stopp, der St. Mary's Church in der High Street, die inzwischen eigentlich University Church of St. Mary the Virgin hieß.

Die Truppe bezahlte den Eintritt von vier Pfund pro Person und machte sich auf nach oben zur Aussichtsplattform, die einmal um den Kirchturm herumging. Sie mussten verschiedene Treppen nehmen, hölzerne, eiserne und steinerne, doch nach exakt einhundertsiebenundzwanzig Stufen kamen sie oben an. Natürlich waren Mrs. Witherspoon und Humphrey unten geblieben. Sie hatten sich auf eine der Kirchenbänke gesetzt und passten auf die kleine Clara auf, die Laurie nicht hatte mit nach oben nehmen wollen.

Orchid war seit Jahren, ja, seit Jahrzehnten nicht hier oben gewesen und war ziemlich sprachlos, als sie nun den unglaublichen Ausblick vor sich hatte. Von dieser Plattform aus konnte man Oxford in allen Richtungen bewundern, die hellen gotischen Universitätsgebäude – Thomas hatte sie übrigens darüber informiert, dass die University of Oxford, die bereits im zwölften Jahrhundert gegründet worden war, aus sage und schreibe achtunddreißig Colleges bestand –, die alten kleinen Häuser und der unendliche blaue Horizont. Hier und da war ein grünes Farbtüpfelchen in Form eines Baumes oder eines Parks zu erkennen, doch man sah vor allem die spitzen Türme und verschnörkelten Dächer, die der Stadt ihren gewissen Charme gaben.

Thomas erzählte von Queen Mary, die eine Wut auf den Erzbischof von Canterbury gehabt hatte, denn der hatte ihren Vater dazu ermutigt, ihre Mutter zu verlassen. Daraufhin wurde sie zum königlichen Bastard und hätte beinahe ihre Thronfolge verloren. Orchid blieb währenddessen ein Stück zurück und hoffte, Tobin würde dasselbe tun. Er verstand sofort und hielt ebenfalls inne, lehnte sich an die steinerne Brüstung und sah in die Ferne.

»Wie gefällt dir die Tour?«, fragte er, etwas geistesabwesend.

»Sehr gut. Ich find's total cool, was wir heute alles Neues gelernt haben. Wusstest du, dass Stephen Hawking in Oxford geboren wurde?«

»Ja. Ich hab den Film gesehen.«

»Oh.«

»Orchid … Barbara sieht uns die ganze Zeit so merkwürdig an, so als würde sie sich fragen, ob der Kuss, den sie beobachtet hat, nur eine Halluzination war.«

»Ja, ich weiß. Mit Susan ist es dasselbe.«

»Ich wünschte, wir müssten nicht so verschwiegen sein«, sagte er und seufzte. »Warum können wir nicht einfach allen sagen und zeigen, was wir füreinander empfinden?«

»Ich hab dir das doch erklärt. Es ist zu früh dafür. Irgendwann werden wir das ganz bestimmt tun, aber noch nicht jetzt. Okay?«

Tobin nickte. »Darf ich dich wenigstens heimlich küssen?«

»Ja, natürlich.« Sie trat näher zu ihm und sah sich vorsichtshalber noch einmal um, bevor sie zuließ, dass er sie in seine Arme nahm und seine Lippen ihre berührten.

Als sie ein Geräusch hörten, ließen sie schnell voneinander ab. Die Gruppe war schon einmal um den Kirchturm herum, und Thomas erzählte immer noch von Queen Mary.

»Sie war die erste Königin von England, die nach eigenem Recht auf den Thron kam. Mit ihrer Herrschaft begann aber auch eine harte und brutale Zeit, in der viele um ihr Leben bangen mussten. Wie die drei Märtyrer, von denen ich euch vorhin schon erzählt habe, darunter auch Thomas Cranmer, der Erzbischof von Canterbury. Sie standen für all die Männer, die nicht von ihrem protestantischen Glauben ablassen wollten, um zwangsweise den Katholizismus anzunehmen. Viele gingen ins Exil, doch diese drei wurden vor Gericht gestellt – hier, in dieser Kirche – und endeten auf dem Scheiterhaufen.«

»Cool«, kam es von Jason, der endlich auch mal ganz interessiert bei der Sache war.

»Einfach grauenvoll«, sagte Susan. »Ich mag mir das gar nicht vorstellen.« Sie suchte Stuarts Hand, der ihre sofort ergriff und festhielt.

»Zum Glück sind solche Methoden schon lange abgeschafft worden«, sagte er, um sie zu beruhigen.

»Nicht in allen Ländern der Welt«, erinnerte Michael die anderen. »Es gibt auch heute noch Orte ohne Religionsfreiheit, und wenngleich ich mir nicht sicher bin, ob tatsächlich irgendwo noch Menschen auf Scheiterhaufen umkommen, so gibt es auf jeden Fall nach wie vor Länder, in denen Menschen gesteinigt werden, in denen ihnen Gliedmaßen abgetrennt werden, in denen …«

»Oh nein, Mummy«, jammerte Vanessa, hielt sich die Ohren zu und schmiegte sich an Charlotte.

»Oh, bitte entschuldige«, sagte Michael, der ein ziemlich schlechtes Gewissen zu haben schien, das sah man ihm an. »Ich glaube, ich bin nicht so gut mit Kindern, ich …«

»Alles okay, Michael«, versicherte Charlotte ihm. »Wollen wir wieder runtergehen?«

»Das würde ich auch vorschlagen«, sagte Thomas. »Die beiden lieben Alten haben sicher viel zu tun mit Clara.«

Sie begaben sich wieder nach unten, wobei Susan an Orchid vorbeiging und ihr zuflüsterte: »Sag mal, was ist denn mit euch los? Ihr zwei verhaltet euch wie Fremde.«

»Ich … äh …«, stotterte Orchid, doch dann war Susan schon vorausgegangen.

Ja, ihr war klar, so konnte das nicht weitergehen, vor allem, da einige von ihnen sowieso schon Bescheid wussten. Nur fühlte es sich immer noch so falsch an, vor den anderen zu Tobin zu stehen. In ihrem Kopf war nämlich immer noch Patrick und in ihrem Herzen irgendwie auch. Sie fragte sich, wann er dort endlich verschwinden würde, und immer öfter kam ihr der Gedanke, ob das überhaupt je der Fall sein würde.

Auch wenn die Beziehung mit Patrick nicht optimal gelaufen war, so war sie doch etwas Besonderes gewesen. Patrick war ihre erste große Liebe gewesen, so etwas konnte man nicht einfach abhaken und vergessen und von vorne anfangen. Sie wusste, sie würde noch eine ganze Weile brauchen, und hoffte, Tobin würde das verstehen.

Kurz nahm sie seine Hand und drückte sie, ehe sie wieder zu den anderen stießen.

»Ich danke euch für eure Aufmerksamkeit«, sagte

Thomas nun zum Abschied, als sie alle vor der Kirche in der High Street standen. Auf einmal fielen ein paar Regentropfen vom Himmel, obwohl nur eine einzige Wolke zu sehen war.

Orchid hielt ihre Hand auf, fing einen Tropfen auf und fragte sich, warum der Himmel wohl weinte.

KAPITEL 22

Patrick ging ihr nicht aus dem Kopf. Orchid beschloss, dass sie unbedingt noch einmal mit ihm reden wollte, um sicherzugehen, dass er klarkam. Er war doch jetzt ganz allein auf der Welt, und das machte sie völlig fertig.

Und deshalb ging sie am Dienstag nach der Arbeit zum Handyladen und wartete vor der Tür darauf, dass Patrick Feierabend machte. Als er herauskam, sagte sie: »Hi, Patrick«, und er erstarrte.

»Hi, Orchid«, erwiderte er.

»Wie geht es dir?«, erkundigte sie sich.

»Wie soll es mir denn gehen?«, fragte er patzig. Oder eher verletzt?

Sie sah zu Boden, wagte es nicht, Patrick in die Augen zu sehen, aus Angst, dort unermesslichen Schmerz zu entdecken. Dieser Augenblick war unerträglich. Sie hatte es noch nie ausgehalten, jemanden leiden zu sehen, bei Patrick war es aber noch um ein Vielfaches schlimmer. Am liebsten hätte sie ihn in die Arme geschlossen, sich bei ihm entschuldigt und ihm gesagt, dass alles wieder gut werden würde.

Doch nun gab es da Tobin. Und Orchid war vorangegangen mit ihrem Leben. Oder?

»Es tut mir so leid« war alles, was sie herausbringen konnte.

»Ja. Ich weiß«, erwiderte er, nun ruhiger.

»Können wir reden?«, fragte sie und erwartete schon, dass er ihr die Bitte abschlug.

Überraschenderweise sagte er aber: »Okay. Wollen wir uns an den Fluss setzen?« Das hatten sie früher so oft getan, und dabei hatte Orchid ewig lange erzählt, was sie bewegte, während Patrick einfach nur zugehört hatte.

Eigentlich war es doch gar nicht so schlimm gewesen, einen Freund zu haben, der selbst still war und einem zuhörte, wirklich interessiert zuhörte, auch wenn sie nichts als Unsinn erzählte.

Sie seufzte innerlich, nickte und lief neben Patrick her. Während sie die George Street entlanggingen und in die Worcester Street einbogen, sprach keiner von ihnen ein Wort. Das Schweigen empfand Orchid als qualvoll, es gab so viel, was sie Patrick sagen wollte, und doch kam ihr kein Wort über die Lippen. Sie wünschte sich so sehr, dass er den Anfang machte und ihr sagte, dass er sie verstand, dass er ihr verzieh.

Endlich erreichten sie die kleine Pacey's Bridge und stiegen die Treppe hinunter, die zu dem Weg am Castle Mill Stream führte. Dies war immer ihr Lieblingsort gewesen. Wie oft waren sie nach der Arbeit hier spazieren gegangen oder hatten sich einfach nur hingesetzt und aufs Wasser gestarrt. Jetzt stand der Fluss wie still, die Abendsonne schien auf das Wasser und machte, dass alles um sie herum in warmes, gleißendes Licht getaucht war.

Erst als sie ihre Bank erreicht hatten, durchbrach Patrick die Stille.

»Ich hätte nicht gedacht, dass wir beide je wieder auf dieser Bank sitzen würden.«

Orchid war den Tränen nahe. Es tat einfach alles so verdammt weh. Sie starrte auf die alten hölzernen Bretter zu ihren Füßen, die nicht mehr allzu stabil aussahen; sie saßen wie immer auf der Lehne, doch es fühlte sich irgendwie fremd an.

»Es tut mir so schrecklich leid, Patrick«, ließ sie ihn erneut wissen.

»Dir muss nichts leidtun«, entgegnete er. »Ich bin derjenige, der es versaut hat. Ich hatte Geheimnisse vor dir, und keine unbedeutenden. Das war falsch, das habe ich inzwischen eingesehen. Leider ein wenig zu spät.« Er sah auf das Wasser, auf dem jetzt zwei Enten mit einigen Metern Abstand landeten und aufeinander zuschwammen.

»Ich habe total dumm reagiert. Ich hätte … ich … ich weiß nicht, was ich hätte tun sollen, aber wie ich mich verhalten habe, war auch falsch. Bitte verzeih mir, Patrick. Oder soll ich dich jetzt Cole nennen?«

»Cole existiert schon lange nicht mehr«, sagte er voller Schmerz.

Orchid nickte. »Du hast so viel durchgemacht. Wenn ich eine gute Freundin gewesen wäre, hätte ich mehr Verständnis gehabt. Siehst du, du bist viel besser dran ohne mich.«

»Ha!«, machte Patrick.

Sie schwiegen wieder eine ganze Weile, dann sagte

Orchid: »Du warst noch mal in der Wohnung und hast deine Sachen geholt.«

»Ja, ein paar davon. Ich bin bei Dave untergekommen, der hat nur wenig Platz, du kennst ja seine Bude. Den Rest komme ich die Tage holen, und dann lasse ich dir auch den Schlüssel da.«

Sie hatte einen mächtigen Kloß im Hals. »Okay«, brachte sie mit Mühe hervor. »Lass dir ruhig Zeit.«

»Viel Zeit habe ich leider nicht«, gab er preis. »Ich muss die Sachen bald irgendwo unterbringen, weil ich nämlich schon nächste Woche aus Oxford weggehe. Für eine Weile.«

Orchid hatte das Gefühl, ihr Herz würde stehen bleiben.

Weggehen? Wo wollte Patrick denn hin?

»Was hast du vor?«, wagte sie zu fragen.

»So schlimm das alles auch war, was wir die letzte Woche durchgemacht haben, hat es mich doch auch wachgerüttelt. Ich muss ehrlich gestehen, dass ich die letzten Jahre, ach was, mein halbes Leben in Angst gelebt habe. Ich will das nicht mehr. Ich will mich einfach wieder frei fühlen. Und deshalb habe ich Agent Coolidge angerufen. Er meinte, er habe ebenfalls schon versucht, mich zu erreichen, hatte aber keine aktuelle Nummer von mir.«

»Du hast deine Handynummer ganz schön oft gewechselt in den letzten Jahren.«

»Ja, das stimmt. Agent Coolidge meinte übrigens, es habe ihn kürzlich jemand mit einer Nummer aus Oxford angerufen. Er habe ein paarmal versucht zurückzurufen, es sei aber niemand rangegangen. Das warst du, oder?«

Peinlich berührt nickte sie. »Ich wollte nur wissen, was das alles zu bedeuten hat. Tut mir leid.«

»Ist okay. Ich habe lange mit Agent Coolidge geredet. Er hat mir mitgeteilt, dass es meiner Tante gut geht und dass Burke vor drei Monaten einen tödlichen Herzinfarkt hatte.«

»Echt? Das sind doch gute Neuigkeiten. Oder hat er bereits einen Nachfolger?«

Patrick schüttelte den Kopf und wirkte dabei richtig erleichtert. »Nein. Coolidge sagt, dass mit Vince Burke das letzte hohe Mitglied des Burke-Clans gestorben und er quasi aufgelöst worden sei.«

»Wow, dann hält dich hier wirklich nichts mehr«, sagte sie.

Patrick drehte sich nun zu ihr und sah ihr zum ersten Mal an diesem Tag in die Augen. »Ich hätte mir wirklich gewünscht, es gäbe einen Grund.«

Sie fühlte, wie ihr eine Träne aus dem Augenwinkel trat und über die Wange lief.

»Nicht weinen, Orchid. Es hat wohl einfach nicht sein sollen mit uns«, sagte er und wischte ihr die Träne mit dem Zeigefinger weg.

»Es tut mir so leid«, sagte sie wieder. Vor allem, wie es zum Ende ihrer Beziehung gekommen war und dass sie Patrick nun vielleicht nie wiedersehen würde. Dass sie nicht miterleben würde, ob er sich von seiner schlimmen Vergangenheit erholte und eines Tages vielleicht sogar neu aufblühte.

»Das hast du schon gesagt.« Er sah sie liebevoll an. »Und das weiß ich, wirklich. Du bist ein guter Mensch, und du hast nur das Beste verdient. Einen Partner an deiner Seite, der absolut ehrlich mit dir ist. Es tut mir leid, dass ich dieser Partner nicht sein konnte.«

Sie nickte, und nun konnte sie die Tränen nicht mehr aufhalten. Patrick fischte eine Packung Taschentücher aus seiner Jackentasche und reichte ihr eins, damit sie sich die Nase putzen konnte.

»Bist du jetzt mit ihm zusammen?«, fragte er schließlich.

Sie zog die Schultern hoch. »Irgendwie schon.«

Sie konnte sehen, wie Patrick kurz zusammenzuckte.

»Ich hab aber noch nicht mit ihm … wir haben nicht …«

»Es ist dein Leben, Orchid. Und ich möchte, dass du das tust, was dich glücklich macht.«

»Wenn ich doch nur wüsste, was das ist«, schluchzte sie.

Und dann tat Patrick etwas, was sie niemals erwartet hätte. Er legte einen Arm um sie und zog sie an sich.

»Nicht traurig sein. Wir hatten gute Zeiten, die werden wir immer in Erinnerung behalten. Ich werde dich immer in Erinnerung behalten. Du warst und wirst meine große Liebe bleiben, Orchid.«

Sie konnte nichts tun, als zu weinen. Sie weinte so lange, bis keine Tränen mehr kamen, und schmiegte sich dabei an diesen Mann, der so wundervoll war und ihr zugleich so wehgetan hatte, ohne es zu wollen.

Wie hatte nur alles so schiefgehen können? Wie hatten sie nur zulassen können, dass die Liebe ihnen entschwand?

»Ich hoffe, du findest deine Tante«, sagte sie.

»Das werde ich ganz sicher. Sie lebt in Kalifornien, die genaue Adresse sagt Coolidge mir, wenn ich in Chicago ankomme.«

»Dann wirst du nach langer Zeit deine Heimatstadt wiedersehen. Die Orte, an denen du aufgewachsen bist.«

»Ja, das werde ich. Und weißt du was? Ich freue mich drauf, auch wenn dort viele schreckliche Dinge passiert sind. Die guten überwiegen trotzdem in meiner Erinnerung.« Er sah sie an. »Ich wünschte, ich könnte sie dir zeigen.«

Ja, das wünschte sie sich auch. Das war genau das, was sie sich immer gewünscht hatte. Und wären die Dinge anders, dann hätte sie ihn ganz sicher auf seiner Reise begleitet.

»Chicago, Kalifornien … das ist einfach nur toll. Ich wünsche dir ganz viel Erfolg auf deiner Selbstfindungsreise«, sagte sie aber nur, um ihm keine falschen Hoffnungen zu machen.

»Danke, Orchid. Das bedeutet mir viel.«

Sie nickte und wischte sich die letzten Tränen weg. Dann hüpfte sie von der Bank.

»Wollen wir gehen?«

»Ja, ist wohl das Beste.« Er stand ebenfalls auf und blieb neben ihr stehen. Er nahm ihre Hand, und schweigend sahen sie auf den Fluss, der plötzlich viel schneller vorantrieb, so, als wäre er in Aufruhr wegen der Worte, die sie gesagt, und wegen derer, die sie nicht ausgesprochen hatten und die ihnen wahrscheinlich noch lange auf der Seele liegen und im Herzen brennen würden.

KAPITEL 23

Orchid saß im Laden und starrte aus dem Fenster. Keira und Barbara standen vor der Chocolaterie und lachten über irgendetwas. Orchid war überhaupt nicht nach Lachen zumute. Sie konnte nicht aufhören, an Patrick zu denken. Es nahm sie mehr mit, als sie gedacht hatte, dass er zurück in die Staaten gehen wollte. Wenn er dort seine Tante fand – und das würde er höchstwahrscheinlich – und diese Heimatgefühle sich in ihm ausbreiteten, würde er sicher nie mehr zurückkommen. Sie würde ihn nie wiedersehen …

Sie hatte wirklich gedacht, dass derjenige, den sie wollte, Tobin war. Aber jetzt war sie sich gar nicht mehr so sicher. Vor allem, weil Patrick endlich der war, den sie sich immer gewünscht hatte. So offen wie gestern hatte er noch nie mit ihr geredet, und jetzt gab es für ihn auch keinen Grund mehr für stille Heimlichkeiten.

Verdammt! Es war zum Verrücktwerden!

Auch schwirrte noch eine andere Sache in ihrem Kopf herum. Dabei ging es um Tobin und um das, was er für sie bisher bedeutet hatte. Im Grunde war es dabei doch um dieses aufregende, ja, verbotene Gefühl gegangen, oder? Jetzt wahrhaftig mit ihm zusammen zu sein, war gar nicht mehr so aufregend. Patricks Geschichte und vor allem seine Zukunft dagegen waren es auf einmal schon. Doch bald würde er weg sein, und sie konnte endlich mit Tobin zusammen sein. Mit Tobin, der immer gesprächig war und so wunderbar unbeschwert. Sie empfand wirklich viel für ihn, nach wie vor, doch eine Sache ließ sie einfach nicht los. Und zwar fragte sie sich, ob sie, wenn sie noch mit Patrick zusammen gewesen wäre, mit ihm nach Amerika gegangen wäre. Wenn er ihr schon viel früher alles gestanden und ihre Beziehung noch intakt gewesen wäre, wäre sie ihm dann gefolgt? Hätte sie alles stehen und liegen lassen – ihre Freunde, ihre Familie, ihren Laden, die Valerie Lane?

Sie konnte es nicht mit Gewissheit sagen. Und eigentlich war es auch nicht wichtig. Denn mit Patrick war es nun mal aus. Und dass er jetzt ging, würde es ihnen beiden leichter machen. Vor allem konnte sie dann ohne schlechtes Gewissen endlich ganz mit Tobin zusammen sein. Und das war es doch, was sie wollte – oder?

Die Tür ging auf, und die Beatles sangen. Sie sah auf und musste lächeln.

»Hi, Michael«, sagte sie und betrachtete Susans Bruder. Er war wirklich gut aussehend: groß, muskulös, blond, braun gebrannt, mit einem umwerfenden Lächeln. Wahrscheinlich waren die Frauen scharenweise hinter ihm her.

»Hi, Orchid«, erwiderte er und strahlte wenn möglich noch ein wenig mehr.

»Was kann ich für dich tun?«

»Ich suche ein Geschenk für meine Schwester. Sie tut im Moment so viel für mich, lässt mich bei sich wohnen, bekocht mich und alles. Ich dachte mir, da hat sie eine kleine Aufmerksamkeit verdient.«

»Oh, das finde ich aber süß von dir. Woran hast du gedacht?«

Er zog beide Schultern hoch und lachte. »Ich hab ehrlich gesagt keine Ahnung.«

»Okay, lass uns zusammen überlegen, was Susan gefallen könnte. Ich weiß, dass sie zum Beispiel gerne badet. Und sie liebt dieses eine Parfum mit Zitrusduft. Außerdem ...«

»Parfum hört sich gut an, finde ich.«

»Ja?« Sie holte Susans Lieblingsparfum hervor. »Das ist es.«

»Perfekt. Das nehme ich.«

Orchid grinste. »Du bist aber ein angenehmer Kunde. Entscheidest du dich immer so schnell?«

»Jap. Viel zu schnell meistens. Da kann Susan dir ein Lied von singen. Ich verliebe mich nämlich auch immer viel zu schnell, und sie muss sich dann anhören, wie ich herumjammere, weil es wieder nicht geklappt hat.«

»Ja, sie hat mal so was erwähnt.« Orchid zog an der Geschenkpapierrolle, die neben der Kasse hing, und riss ein kleines Stück ab.

»Ah ja? Hat sie über mich gelästert?«

»Susan würde niemals über irgendjemanden lästern.«

»Ich weiß. Sie ist ja auch ein Engel. Im Gegensatz zu mir.« Er errötete leicht und fasste sich an den Nacken.

»Oho! Bist du also ein Teufel? Was stellst du denn so alles an?«

»Ach, dass ich ein Teufel bin, würde ich nicht behaupten, aber bei so einer Schwester kann man doch gar nicht mithalten.«

»Da hast du wohl recht.« Susan war wirklich ein Engel auf Erden, sie half im Gemeindezentrum, wann immer sie konnte, strickte warme Sachen für die Obdachlosen und hatte Charlotte eingestellt, obwohl sie eigentlich gar keine Mitarbeiterin gebraucht hatte. Orchid sah Michael an und fragte: »Soll ich eine Schleife drummachen?«

»Klar, warum nicht.«

Sie entschied sich für eine weiße Schleife, die passte gut zu dem hellblauen Geschenkpapier.

»Sieht wunderhübsch aus.«

Orchid musste lachen. »Wunderhübsch? Ich glaube, du bist der einzige Mann, den ich das je habe sagen hören.«

»Echt? Was sagen denn die anderen Männer so?«

»Gut? Cool? Krass? Fett?«

Nun musste Michael lachen. »Es kommen wirklich Männer in deinen Laden, sehen dir beim Einwickeln eines Geschenks zu und sagen, das Resultat sieht fett aus?«

»Wenn du wüsstest, was ich hier teilweise für Kundschaft habe.« Sie überreichte ihm das Geschenk und lächelte ihn an. »Das macht neunundzwanzig neunzig.«

»Huch, so teuer? Okay, ich will es doch nicht mehr.«

Orchid sah ihn ungläubig an, und dann lachte er auch schon wieder.

»War natürlich nur ein Scherz.« Er holte seine Geldbörse heraus und bezahlte. »Susan sagt, du bist schon vergeben?«, meinte er dann.

»Oh ja«, antwortete sie. Sogar gleich zweimal, irgendwie.

»Sehr schade. Wir beide würden gut zusammenpassen, finde ich.«

»Sorry, aber mein Leben ist schon kompliziert genug. Du solltest Charlotte um ein Date bitten. Ihr beide habt euch bei unserer Sightseeingtour so gut verstanden.«

»Das stimmt. Charlotte ist toll. Nur …«

Ah, Orchid verstand. »Nur bringt sie eine komplette Familie mit?«

Michael zuckte die Schultern. »Na ja, ich weiß nicht, ob ich dafür bereit bin. Ich möchte niemandem falsche Hoffnungen machen, ich weiß ja noch nicht mal, ob ich überhaupt in England bleibe.«

»Oh. Susan hat erzählt, du hättest ein tolles Jobangebot aus London.«

»Ja. Und gestern habe ich ein weiteres ziemlich cooles Angebot bekommen. Dabei geht es um eine Stelle in Paris.«

»Wow. Du kommst wirklich rum. Aber weißt du, Susan würde sich wirklich freuen, wenn du mal eine Weile in der Nähe bleiben würdest. Sie hat dich sehr vermisst.«

»Ich hab sie auch vermisst. Na, noch ist nichts sicher. Ich muss drüber nachdenken und mir gut überlegen, was ich will.«

»Ja, ich auch.«

Michael sah sie stirnrunzelnd an.

»Bei mir stehen leider auch einige Veränderungen an«, klärte sie ihn auf.

»Leider? Es sind also keine guten Veränderungen?«

»Wenn ich das nur wüsste.«

»Na, ich wünsche dir, dass du dich richtig entscheidest.«

Oh, wie sehr sie sich das auch wünschte.

Eine Kundin, Sophie, betrat den Laden, und Michael verabschiedete sich. »Okay, ich will dann mal … Bis bald, Orchid.«

»Danke, Michael. Grüß Susan bitte von mir.«

»Mach ich.«

»Hallo, Sophie«, begrüßte Orchid die junge Frau, die heute gar nicht fröhlich aussah. In den letzten Jahren war sie immer mal wieder mit ihren Sorgen zu ihr gekommen. Orchid hoffte, dass es heute keinen Grund zum Weinen gab. Doch da stiegen Sophie auch schon Tränen in die Augen. Orchid ging um den Tresen herum und legte ihr einen Arm um die Schulter.

»Ach, Sophie. Hast du wieder Streit mit Archie?«

Sie nickte und schluchzte.

»Komm mal mit nach hinten, da können wir in Ruhe reden.«

Sie würde schon hören, wenn jemand den Laden betrat, die Beatles würden es lauthals verkünden.

Orchid füllte Sophie ein Glas mit Wasser und hörte ihr die nächste halbe Stunde zu, wie sie von ihrem Mann berichtete, der wieder einmal fremdgegangen war.

Orchid wünschte so, Sophie würde den Idioten endlich verlassen, und das sagte sie ihr zum wiederholten Male. Doch Sophie schüttelte den Kopf.

»Ich kann ihn nicht verlassen, Orchid. Ich liebe ihn doch so.«

Orchid sah Sophie an und fragte sich, ob sie jemals einen Mann so lieben würde, dass sie einfach alles mitmachen würde, nur um ihn nicht zu verlieren.

Als Sophie gegangen war, sehnte Orchid sich so sehr nach Nähe, dass sie es kaum erwarten konnte, bis es sechs Uhr war. Dann schloss sie ihre Tür ab und ging rüber zum Blumenladen, vor dem sie warten wollte, bis Tobin herauskam. Von Weitem erblickte sie eine Gestalt, die in der Cornmarket Street am Boden saß, wie schon neulich. Sie schirmte die Abendsonne mit einer Hand über den Augen ab und sah genauer hin. Ja, es war die hoffnungslose Frau, der sie vor einigen Wochen eine Tasche voller nützlicher Dinge gefüllt hatte.

Schnell ging sie zurück in ihren Laden und holte den Beutel, um ihn der Obdachlosen zu bringen. Die sah kurz auf und stellte ihn neben sich, ohne hineinzusehen.

»Falls Sie noch irgendwas brauchen, kommen Sie gerne jederzeit in meinen Laden. Der Geschenkeladen dort hinten.« Sie zeigte mit dem Finger darauf. »Und heute ist Mittwoch. Da ist jeder bei Laurie in der Tea Corner willkommen. Falls Sie also Lust auf einen Tee haben …«

Die Frau nickte nur und sagte nichts.

Aber Orchid lächelte. Nun hatte sie ihr doch noch helfen können. Manchmal bekam man eben eine zweite Chance. Sie drehte sich um, um zurück in die Valerie Lane zu gehen, und da hörte sie ein ganz leises »Danke«.

»Gern geschehen.«

Sie stellte sich wieder vor Tobins Tür und wartete.

»Hey«, sagte sie, als er endlich erschien.

»Hey.« Er lächelte sie glücklich an. »Wie schön, dich zu sehen.«

»Ja, das finde ich auch. Ich will rüber in die Tea Corner. Kommst du mit?«

»Wenn du das möchtest?«

»Ich würde mich sogar sehr darüber freuen. Und die anderen auch, da bin ich mir sicher.«

»Okay, dann begleite ich dich natürlich.«

Sie gingen nebeneinanderher, und beim Überqueren der Straße griff Orchid wie selbstverständlich nach Tobins Hand.

Hand in Hand betraten sie den kleinen Teeladen zum Glück.

Alle klatschten, als sie sie zusammen sahen.

»Na, endlich!«, rief Laurie. »Und ich dachte schon, ihr beiden würdet nie zusammenkommen.«

»Was ist denn mit Patrick?«, fragte Keira, und Susan stieß ihr sogleich in die Seite.

»Schhhh!«

»Ups, sorry.«

»Ist schon gut«, sagte Orchid. »Patrick und ich haben uns getrennt. Er geht zurück in die Staaten.«

Vorsichtig sah sie zu Tobin, der sie überrascht anblickte. Sie hatte ihm noch nichts davon erzählt.

»Oh«, machte Laurie. »Vielleicht ist es besser für alle Beteiligten.«

»Ja, das ist es wohl«, stimmte Susan ihr zu.

»Armer Patrick«, sagte Ruby.

»Wieso?«, wollte Laurie wissen.

»Na, weil er doch ganz allein ist.«

»Er hat seine Tante wiedergefunden«, erzählte Orchid ihren Freundinnen.

»Oh. Er hat eine Tante?«

»Ja, das wusste ich bis vor Kurzem auch nicht. Lange Geschichte«, winkte Orchid ab, setzte sich neben Ruby und deutete auf den noch leeren Stuhl links von ihr, um Tobin zu verstehen zu geben, dass er sich neben sie setzen sollte. »Also, was gibt es heute Leckeres?« Sie schielte in Rubys Becher.

»Holunderblütentee«, sagte Laurie und strahlte.

»Immer her damit.«

Laurie füllte ihr einen Becher. »Darf ich dir auch einen einschenken?«, fragte sie Tobin.

»Gerne.« Er lächelte sie an.

»Wir freuen uns so, dass du da bist. Schon das zweite Mal in so kurzer Zeit. Ich hoffe, wir dürfen uns jetzt öfter an deiner Gesellschaft erfreuen?«

»Ganz bestimmt.« Er sah Orchid an und drückte ihre Hand.

Sie musste zugeben, es fühlte sich komisch an, hier offiziell an Tobins Seite zu sitzen und seine Hand zu halten. Sie musste zwischendurch tief einatmen und sich sagen, dass alles gut war. Dass alles genau so war, wie es sein sollte.

»Also, was gibt es Neues bei euch?«, fragte Laurie in die Runde.

Heute waren sie bloß zu sechst, nur die Ladenbesitzer hatten sich eingefunden. Keine Hannah, keine Mrs. Witherspoon, keine Barbara und keine Charlotte. Es war eine kleine, heimelige Runde, und endlich kamen sie mal dazu, etwas persönlicher zu werden.

»Ich hab Thomas gefragt, ob er bei mir einziehen möchte«, erzählte Keira.

»Was, ehrlich? Das ist ein großer Schritt.«

»Ja, ich weiß.«

»Ihr gehört zusammen, es ist genau der richtige Schritt«, fand Laurie.

»Ich finde das wirklich schön«, kam es von Ruby. »Auch wenn man sich erst mal daran gewöhnen muss, ist es doch sehr erfüllend.«

»Das glaube ich auch«, meinte Keira.

»Und? Was hat er denn gesagt, als du ihn gefragt hast? Wie findet er die Idee?«, wollte Orchid wissen.

»Er hat sofort Ja gesagt.« Keira lächelte breit.

»Yay! Das freut mich so für euch«, rief Orchid. Gleichzeitig wurde ihr bewusst, dass sie von nun an mit keinem Mann mehr zusammenwohnen würde. Um mit Tobin zusammenzuziehen, war es zu früh. Und Patricks Sachen waren ja teilweise sogar noch in der Wohnung. Der Gedanke machte sie traurig. Schnell nahm sie einen Schluck Tee und griff nach einem der Haselnussplätzchen, die auf dem Tisch standen.

»Ich hab auch gute Neuigkeiten!«, sagte Susan.

»Ja? Erzähl!«, forderte Laurie sie auf.

»Stuart hatte in letzter Zeit ein paar örtliche Auftritte mit seiner Band, und da war ein Musikmanager im Publikum, der die Twentyniners auf größeren Bühnen in London auftreten lassen und eventuell sogar ein Album produzieren will.«

»Wie cooool«, freute Orchid sich.

»Ganz fantastisch«, fand Tobin. »Warum nennen sie sich Twentyniners? Hat der Name eine Bedeutung?«

»Stuart und seine beiden Kumpels haben die Band gegründet, als sie alle drei neunundzwanzig waren.«

»Aaah. Ich werde auf jeden Fall mal zu einem Auftritt kommen. Gib mir Bescheid, wenn er wieder spielt.«

»Das werde ich machen. Da wird er sich bestimmt freuen.«

»Ich komme natürlich auch«, sagte Orchid schnell. Sie fand es komisch, dass Tobin nicht gleich gesagt hatte, dass sie zusammen kommen würden. Er musste doch wissen, dass sie auf jeden Fall mit dabei sein würde. Patrick hätte das gewusst, und er hätte es gesagt. Aber Patrick kannte sie halt besser. Tobin musste sie erst noch richtig kennenlernen.

»Und sonst? Hat noch jemand was Spannendes zu erzählen?«

Ruby hob eine Hand, als wären sie in der Schule.

»Gary hat den Buchvertrag für seinen Roman unterzeichnet. Jetzt ist es offiziell.«

»Wow, das ist großartig! Was wird es für ein Buch?«, wollte Tobin wissen.

»Eine Liebesgeschichte. Er sagt, ich sei seine Muse.« Ruby errötete leicht.

»Wie süß! Sicher wird es ein großer Erfolg. Ein Bestseller«, meinte Susan. »Und wir können dann sagen, wir kennen den Autor.«

»Alle werden berühmt. Gary, Stuart … und Thomas wird vielleicht der meistgebuchte Reiseleiter von ganz

Oxford. Das hat er so toll gemacht am Montag.« Susan schwelgte in Erinnerungen. »Die Aussicht von der St. Mary's Church war mein Highlight.«

»Ja, meines auch. Sag Thomas bitte noch mal ganz herzlich Danke von uns allen«, bat Laurie Keira.

»Werde ich ihm ausrichten. Es hat ihm auch riesigen Spaß gemacht, hat er gesagt. Er war danach noch total beschwingt.« Sie lachte. »Wir sollten das wiederholen. Oxford hat bestimmt noch genügend andere Sehenswürdigkeiten zu bieten. Und Thomas würde sich extrem freuen, da bin ich mir sicher.«

»Das fände ich schön«, sagte Ruby.

»Ich bin auch jederzeit dabei«, meinte Orchid.

»Und ich sowieso«, ließ Laurie sie wissen.

Sie alle lächelten und widmeten sich ihrem Tee oder einem Keks.

»Susan, bevor ich vergesse zu fragen. Was ist denn aus Michaels Jobangebot geworden?«, fragte Keira.

»Er hat sich noch immer nicht entschieden.« Susan kräuselte die Nase. »Ich hoffe wirklich, er tut es bald. Ist doch nicht fair, mich so lange im Ungewissen zu lassen.«

Orchid legte den Kopf schief und sah Susan an. Sie erwähnte ja gar nicht das Angebot aus Paris. Ob Michael ihr überhaupt davon erzählt hatte? Sie könnte es verstehen, wenn nicht.

»Ich hoffe für dich, dass er sich bald entscheidet«, sagte Keira.

»Danke.«

»Liest du uns etwas aus Valeries Tagebuch vor, Ruby?«, fragte Laurie dann.

Ruby wirkte ein wenig unentschlossen. Sie blickte zu Tobin, der noch nie dabei gewesen war, wenn sie vorgelesen hatte. Immerhin waren die Tagebücher nur für die fünf Freundinnen bestimmt.

Tobin schien ihr Unbehagen zu spüren, denn er stand sogleich auf und sagte: »Ich lasse euch dann besser allein. Ich muss früh ins Bett, morgen steht ein Besuch auf dem Blumengroßmarkt an.«

»Ach, bleib doch, Tobin«, bat Laurie.

»Ist schon okay, wirklich.«

Nun schüttelte Ruby den Kopf und sagte: »Du solltest wirklich bleiben, Tobin. Du bist doch einer von uns. Valerie hätte es sicher so gewollt.«

»Ich weiß aber gar nicht, was bisher passiert ist.«

»Das musst du auch nicht«, sagte Susan. »Jeder Eintrag ist einzigartig. Wir sind im Jahr 1895 und sind alle schon ganz gespannt, wie es weitergeht. Nicht wahr, Mädels?«

Alle stimmten zu, und Tobin setzte sich wieder.

»Na gut. Wenn das echt okay für euch ist.« Zur Bestätigung sah er noch einmal in die Runde. Als jede genickt hatte, sagte er: »Ich muss ja gestehen, ich bin ziemlich neugierig auf Valeries Geschriebenes.«

»Dann lehn dich zurück und hör gut zu«, empfahl Keira.

Tobin befolgte ihren Rat und schloss sogar die Augen, um Rubys Worte auf sich wirken zu lassen.

17. September 1895

Liebes Tagebuch,
ich habe heute einen Entschluss gefasst. Und zwar habe ich beschlossen, dass ich nicht mehr betrübt sein werde. Denn wenn ich um mich herumblicke und all die wundervollen Dinge sehe, die das Leben mir beschert hat, kann ich doch gar nicht traurig sein, oder?
Ja, ich hatte bereits acht Fehlgeburten. Ja, ich werde niemals eine Mutter sein, keine eigene Familie haben, die Vorstellung, die ich von meinem Leben hatte, muss ich schweren Herzens aufgeben. Doch ich habe meinen Samuel, er ist meine Familie, und dieser wunderbare Mann liebt mich so sehr, trotz dass ich ihm keine Kinder schenken kann. Jedes Mal, wenn ich ihm sage, dass es mir so schrecklich leidtut, dann erwidert er: Mir tut überhaupt nichts leid. Auf diese Weise habe ich dich wenigstens ganz für mich allein, meine Liebste.
Oh, wie ich diesen Mann liebe. Diesen Mann, der zu mir steht, komme, was wolle. Der mir mit meinem eigenen Laden das schönste aller Geschenke gemacht hat. Der an meiner Seite ist am Morgen, wenn ich erwache, und am Abend, wenn mir vor Müdigkeit die Augen zufallen. Wie könnte ich mich auch nur eine Sekunde beklagen? Nein, ich habe beschlossen, die Situation zu akzeptieren und das Glück anzunehmen, mit welchem der Herr mich gesegnet hat. Mehr brauche ich nicht. Und von nun an will ich nach meinem neuen Motto leben, das da lautet:

Die Beschaffenheit deiner Gedanken bestimmt das Glück in deinem Leben.

Daran will ich mich immer erinnern, wenn sich auch nur der Anflug von Betrübtheit einschleicht.
Ich werde das Glück willkommen heißen an jedem Tag meines restlichen Lebens.
Valerie

»Oooh. Ein schönes Motto«, fand Keira.

»Ja, das finde ich auch«, stimmte Laurie ihr zu.

»Eine wunderbare Einstellung, oder?«, sagte Orchid ein wenig geistesabwesend. Sie musste nämlich über etwas nachdenken, das Valerie geschrieben hatte. Für sie war Samuel genug, mehr brauchte sie nicht. Es reichte ihr, wenn sie an seiner Seite aufwachte. Das war echt romantisch, und es war doch wirklich genug, oder? Was brauchte man denn mehr im Leben als einen Partner, der einen bedingungslos liebte und der für einen da war, komme, was wolle.

Patrick war immer für sie da gewesen. Er war da gewesen, egal was war. Selbst wenn sie gejammert oder geplappert hatte wie ein Wasserfall und auch damals, als sie während der Ladeneröffnung so kaputt gewesen war, dass sie abends einfach nur ins Bett gefallen war. Er war an Weihnachten da gewesen, obwohl er sich sonst vor jeder Art von Feiern drückte. Er war da gewesen, wenn sie eine Schulter zum Anlehnen gebraucht hatte. Er war da gewesen, als Phoebe ihr Baby bekommen hatte, mitten in der Nacht hatte er ihnen etwas zu essen ins Krankenhaus gebracht. Er war da gewesen. So oft. Warum hatte sie nur die Male gesehen, die er es nicht gewesen war?

»Hat einer von euch eigentlich auch ein Lebensmotto?«, erkundigte sich Susan.

»Meins ist ein Zitat von George Bernard Shaw«, erzählte Ruby. »Es heißt: ›Im Leben geht es nicht darum, sich selbst zu finden. Im Leben geht es darum, sich selbst zu erschaffen.‹«

»Das passt perfekt zu dir«, sagte Laurie.

Ja, das fand Orchid auch. Was Ruby alles geschafft hatte, wie sie sich selbst ganz neu erfunden und wie sie sich den Traum vom eigenen Antiquariat erfüllt hatte, war wirklich bemerkenswert.

»Und ihr anderen?«, wollte Susan wissen.

»Meins lautet schlicht: Sei immer du selbst«, gab Laurie preis.

»Ich hab gar kein Motto«, sagte Keira. »Hmmm … vielleicht sollte es lauten: Schokolade macht alles besser.« Sie lachte, und die anderen stimmten ein.

»Ein sehr gutes Motto«, fand Susan.

»Möchte noch jemand Tee?«, erkundigte Laurie sich und schenkte nach.

Nach einem richtig gemütlichen Abend verabschiedeten sie sich langsam.

Während Orchid an Tobins Seite durch die Nacht spazierte, fragte sie ihn: »Hast du eigentlich ein Lebensmotto?«

»Ja, aber das ist blöd.«

»Ach, wieso denn? Sag es mir, ja? Dann sag ich dir auch meins.«

Tobin lachte kurz und rückte dann raus mit der Sprache.

»Wenn das Leben dir Zitronen schenkt …«

Sie musste lachen. »… dann mach Limonade draus?«

»Exakt!«

Hmmm … So in der Art hatte sie das Leben bisher auch gesehen. Ihre Lebensweisheit war immer gewesen: Genieße jeden Tag, als wäre er dein letzter. Und daran hatte sie sich gehalten. Oh, sie hatte ihr Leben genossen, sie hatte es voll ausgekostet, früher hatte sie überhaupt nicht an ein Morgen gedacht, doch dann war Patrick dahergekommen … und hatte es auf einen Schlag verändert. Und plötzlich war die Zukunft doch von Bedeutung.

»Kommst du mit zu mir?«, hörte sie Tobin irgendwo in der Ferne sagen.

Sie sah zu den Sternen am Himmel, fragte sich, was wohl Patricks Lebensmotto war. Zu gerne hätte sie ihn danach gefragt, doch nun würde sie es niemals erfahren.

»Orchid? Hast du mich gehört?«

»Was?« Sie sah Tobin an. Stimmt, er hatte irgendwas gesagt.

»Ob du noch mit zu mir kommen möchtest, wollte ich wissen. Du könntest auch über Nacht bleiben.«

»Machst du mir dann wieder deinen Spezial-Toast zum Frühstück?«

Patrick hätte jetzt geantwortet: »Wenn du willst«, und sie hätte erwidert: »Sonst hätte ich ja nicht gefragt.«

Doch Tobin grinste und sagte: »Na klar, was denkst du denn?«

»Okay, dann komme ich mit.«

Sie kam mit, und in dieser Nacht ließ sie die Vergangenheit hinter sich und genoss jeden Augenblick mit Tobin. Und es war wunderschön.

»Wie haben wir das nur so lange ausgehalten?«, fragte sie Tobin, als sie danach aneinandergekuschelt im Bett lagen.

»Um ehrlich zu sein, war es das Schwerste, was ich je tun musste«, gestand er.

Ja, es war auch für sie nicht leicht gewesen, immer in seiner Nähe zu sein und doch niemals körperlichen Kontakt zuzulassen. Doch jetzt war es nach all den sehnsüchtigen Monaten endlich geschehen. Sie hatten es zugelassen. Und es war großartig gewesen. Kein Vergleich zu dem, was sie mit Patrick gehabt hatte, aber … Es war halt anders gewesen. Tobin war eine andere Art Mensch; er war lieb und zärtlich, und nun sagte er ihr etwas, von dem sie beinahe gehofft hatte, es so bald nicht von ihm zu hören, weil sie nicht wusste, was sie darauf erwidern sollte.

»Ich liebe dich, Orchid. Du machst mich zum glücklichsten Mann auf der Welt.«

»Oh, Tobin«, hauchte sie und küsste ihn, und das war alles, was sie ihm in diesem Moment geben konnte.

KAPITEL 24

Die Tage vergingen, und Orchid gewöhnte sich an ihr neues Leben mit Tobin. Sie verbrachten die Feierabende miteinander, gingen spazieren, essen, ins Kino und am Wochenende auf eine Veranstaltung, bei der Stuart mit seiner Band auftrat. Es fühlte sich gut an, es machte Spaß, mit Tobin zusammen zu sein, und sie wusste, dass all ihre Freunde richtig begeistert waren von ihrer Verbindung. Sie würden das Ding schon schaukeln, da war Orchid sich sicher. Manchmal war es halt nicht so leicht, sich an Veränderungen zu gewöhnen.

Sie dachte oft an Patrick, fragte sich, wann er wohl seine restlichen Sachen abholen, wann er nach Amerika fliegen, wann er für immer aus ihrem Leben verschwinden würde. Am Sonntag bekam sie die Antwort auf all ihre Fragen. Als sie nämlich von der Arbeit nach Hause kam, waren auch das letzte Kleidungsstück, das letzte Paar Schuhe, Patricks Lieblingskaffeetasse mit der Aufschrift LOVE OF MY LIFE und sein Kopfkissen verschwunden. Es versetzte ihr einen Stich, und sie wusste, ihr Leben würde nie mehr dasselbe sein. Dann kam sie ins Wohnzimmer – und fasste sich ans Herz.

Sie blickte sich um und konnte gar nicht glauben, was sie vor sich sah. Überall waren Orchideen. Auf dem

Regal stand eine wunderschöne orangefarbene, auf der Fensterbank eine in einem dunklen Lila. Auf der Kommode waren zwei kleinere Pflanzen platziert, beide in hübschen Gelbtönen, und auf dem Couchtisch stand die größte, in wunderschönem Rosa. Ein Umschlag lehnte dagegen.

Mit bebendem Herzen ging sie zum Tisch und berührte eine der Blüten. Dann nahm sie den Brief in die Hand und öffnete ihn. Zum Vorschein kamen zwei Blätter Papier, beide in der Mitte gefaltet. Sie nahm eins und wagte kaum, es zu öffnen, befürchtete, was immer dort stand, könnte sie die Fassung verlieren lassen.

Doch ihre Neugier war zu groß. Also öffnete sie den Zettel und atmete einmal tief durch, bevor sie zu lesen begann. In Handschrift stand geschrieben:

Liebe Orchid,
es tut mir leid. Dass ich dir nicht öfter deine Lieblingsblumen geschenkt habe. Dass ich dich belogen, Dinge vor dir verheimlicht habe. Dass ich nicht der Freund sein konnte, den ein wundervoller, aufrichtiger Mensch wie du verdient hätte. Ich weiß, diese Blumen und meine Zeilen können nicht wiedergutmachen, was ich dir angetan habe. Ich hoffe dennoch, dass du mir eines Tages verzeihen kannst.
Mein Flieger nach Chicago geht Donnerstagnachmittag. Ich weiß, es ist wahnsinnig, überhaupt daran zu denken, dass du vielleicht mitkommen möchtest, aber ich habe dir ebenfalls ein Ticket gekauft – nur für den Fall, dass du diesem dummen Mann verzeihen kannst. Meine Chancen

stehen schlecht, das ist mir klar, denn du hast jetzt Tobin, und er kann dir bestimmt viel mehr bieten, als ich es je konnte. Trotzdem kann ich dich einfach noch nicht aufgeben, nicht, bevor ich nicht meine letzte Chance genutzt habe.

Falls du mich nie wiedersehen willst, kann ich das absolut verstehen, und in dem Fall wünsche ich dir alles Glück der Welt – mit Tobin oder wer auch immer dich glücklich macht. Du hast es verdient! Du bist der beste Mensch, den ich kenne, und alles, was ich möchte, ist, dass es dir gut geht.

Falls du diesem Vollidioten aber doch noch eine letzte Chance geben willst, dann würde ihn das zum glücklichsten Mann auf der ganzen Welt machen.

Wie auch immer du dich entscheidest, ich wünsche dir nur das Beste. Ich werde dich immer lieben.

Dein Patrick

Orchid konnte nicht an sich halten. Sie sackte weinend aufs Sofa und sah immer wieder all die Blumen an. Patrick hatte ihr Orchideen geschenkt. Vielleicht hätte sie ihm viel früher sagen sollen, dass sie sich welche wünschte. Vielleicht hätte sie viele Dinge anders machen sollen. Doch nun war es zu spät – oder doch nicht?

Unter Tränen nahm sie das Handy in die Hand und rief Phoebe an.

»Orchid? Alles okay? Weinst du etwa?«

In Kurzfassung erzählte sie ihrer Schwester, was passiert war.

»Oh mein Gott, ist das süß. Und so romantisch. Ich

hab nicht gewusst, dass Patrick derart romantisch sein kann.«

»Doch, doch, er kann. Früher war er es immer. Aber dann …«

»Lance hat mir früher jeden Abend die Füße massiert. Heute kann ich froh sein, wenn er seinen Teller in die Spüle stellt«, ließ Phoebe sie wissen.

Hm. Was wollte sie damit sagen? Dass die Liebe nicht blieb wie am ersten Tag? Dass die Herzlichkeiten nachließen, was aber nicht bedeutete, dass die Liebe es auch tat?

»Und er hat dir wirklich ein Ticket dagelassen?«, fragte Phoebe.

»Ja, einen PC-Ausdruck.« Sie starrte auf das Flugticket.

Oje, so ein Flug auf den letzten Drücker nach Amerika war sicher nicht billig gewesen. Amerika. Sie seufzte innerlich. Da hatte sie doch schon immer mal hingewollt. Die einzige Reise in ein Land außerhalb Europas hatte sie vor zwei Jahren mit Phoebe gemacht, bevor die geheiratet hatte und schwanger geworden war. Zusammen hatten sie sich eine Woche Dubai gegönnt, wofür sie eine Ewigkeit lang gespart hatten. Das war bisher auch das einzige Mal gewesen, dass sie ihren Laden überhaupt für mehr als nur einen Tag geschlossen hatte. Mit Patrick war sie höchstens mal für einen Kurztrip nach London, Birmingham oder Manchester gefahren. Irgendwie bereute sie jetzt, dass sie die Parisreise nicht angetreten hatten.

Ach, was brachte das alles noch? Wie gesagt, es war jetzt sowieso zu spät.

»Wirst du mit ihm fliegen?«, wollte Phoebe nun wissen.

»Nein«, antwortete Orchid sofort. »Ich bin doch jetzt mit Tobin zusammen.«

»Das weiß ich, Sis. Trotzdem … es ist schon irgendwie süß von Patrick, oder? Ach, was sag ich? Es ist unglaublich, einfach der Hammer, dass er dir trotz allem dieses Flugticket geschenkt hat.«

»Das Geld hätte er lieber sparen sollen. Es wird sicher ziemlich teuer werden, erst nach Chicago und dann auch noch nach Kalifornien zu fliegen, dort für eine Unterkunft zu bezahlen und wer weiß was sonst noch alles. Und er wird sicher eine ganze Weile bleiben. Ehrlich gesagt glaube ich, dass er gar nicht zurückkommen wird.«

»Wie kommst du denn darauf?«

»Ich hab's so im Gefühl. Außerdem hat er so was angedeutet.«

»Oh Mann. Dann ist die Entscheidung ja noch viel heftiger. Ich meine, du siehst ihn vielleicht nie wieder …«

»Und das wäre auch das Beste für alle. Phoebe, es ist aus mit Patrick, und das ist auch gut so. Ist es traurig? Ja. Bin ich fertig deswegen? Ja, natürlich, immerhin waren wir vier Jahre zusammen. Aber lasse ich mir dadurch das Leben vermiesen? Nein. Denn das Leben geht weiter, mit oder ohne Patrick. Ich wünsche ihm wirklich nur das Beste, er wird seinen Weg schon gehen. Ohne mich ist er sowieso viel besser dran.« Sie musste immer wieder daran denken, wie sie zu ihm gewesen war. Wie sie versucht hatte, Dinge aus ihm herauszubekommen, über die er einfach nicht hatte sprechen können. Wie sie nicht lockergelassen hatte.

»Machst du Witze? Wie könnte er ohne dich besser dran sein? Du warst eine tolle Freundin, aufopferungsvoll und immer für ihn da. Du hast ihn geliebt.«

»Ja, das habe ich.« Sie seufzte erneut. »Und ein Teil von mir wird das wohl immer tun. Aber nun ist es an der Zeit, nach vorne zu blicken.«

»Glaubst du wirklich, dass du das kannst?«

»Ich will es. Und was ich mir vornehme, schaffe ich meistens auch. Hast du schon vergessen? Ich bin ein Sonnenschein, das sagt Mum zumindest immer.«

»Ja, das bist du. Ich hab aber leider das Gefühl, als würdest du dir das gerade alles nur einreden.«

Orchid blieb einen Moment lang still, dachte über Phoebes Worte nach. Hatte ihre Schwester recht? Redete sie sich nur ein, dass sie ohne Patrick weiterleben konnte? Dass sie schon über ihn hinwegkommen würde?

Sie seufzte. »Ach, Phoebe, warum muss das nur alles so schwer sein?«

»Das kann ich dir leider auch nicht sagen. Was ich dir aber sagen kann, ist, dass du auf dein Herz hören solltest.«

»Das Problem ist, dass ich das die ganze Zeit schon versuche, dass es mir aber ganz schön wirres Zeug erzählt, das ich nicht richtig entziffern kann.«

»Ach, kleine Sis… Vielleicht musst du nur ein bisschen genauer hinhören. Wie auch immer … Wenn du mich brauchst, sag einfach Bescheid, ja?«

»Werde ich. Höre ich da Emily weinen?«

»Sie quengelt nur ein bisschen. Sie zahnt zurzeit ziemlich stark. Ich muss ihr jetzt auch einen Beißring aus dem Kühlschrank holen.«

»Alles klar, dann kümmere dich mal schön um sie und gib ihr einen Kuss von mir.«

»Das mache ich. Und du halte mich auf dem Laufenden, ja?«

»Okay …«

Orchid drückte Phoebe weg und las den Brief ein weiteres Mal durch. Als ihr schon wieder die Tränen kamen, stand sie auf und legte ihn samt Umschlag und Ticket in die Kommodenschublade. Dann kochte sie sich Spaghetti, weil Spaghetti immer noch die beste Lösung für alles waren. Sie waren Seelentröster, mehr noch als Schokolade in Orchids Augen. Und ein Glas Rotwein dazu würde sie hoffentlich so schläfrig machen, dass sie mal eine Nacht durchschlafen würde, ohne immer wieder aus total wirren Träumen hochzuschrecken, dann ewig wach zu liegen, über ihr Leben nachzudenken und sich zu fragen, ob die Entscheidungen, die sie getroffen hatte, richtig gewesen waren.

KAPITEL 25

Der Donnerstag rückte näher. Am Vormittag kam Susan überglücklich in Orchid's Gift Shop gestürmt und berichtete ihr, dass Michael sich dazu entschlossen habe, den Job in London anzunehmen.

»Oh, das ist ja toll! Ich freu mich riesig für dich, Susan.« Orchid lächelte ihre Freundin an. »Dann werden wir alle Michael hoffentlich noch ein bisschen besser kennenlernen.«

»Ja, das werdet ihr. Und ich werde meinen kleinen Bruder immer in meiner Nähe haben. Nach London ist es ja ein Katzensprung im Gegensatz zu Australien.«

»Ja, das stimmt.« Sie biss auf ihrer Lippe herum. »Wusstest du, dass Patrick heute zurück nach Amerika fliegt?«

»Nein, ehrlich? Heute? Davon hast du gar nichts erzählt.«

»Ja, heute. Schon sehr bald sogar.« Sie sah auf die große Wanduhr. Es war kurz nach eins. Um 17:15 Uhr würde der American-Airlines-Flug gehen.

Ob Patrick sich schon auf den Weg zum Flughafen gemacht hatte? Immerhin sollte man doch bei solchen Langstreckenflügen drei Stunden vor Abflug am Flughafen sein, oder? Und nach London Heathrow brauchte man auch eine gute Stunde, mit dem Zug fast zwei, falls Dave keine Zeit haben würde, Patrick zu fahren.

»Also, ich weiß ja nicht genau, was da überhaupt mit Patrick war, aber ich wünsche ihm auf jeden Fall alles Gute. Wird er denn zurückkommen nach Oxford?«

Oh, wenn sie das wüsste. Darüber hatte sie so oft nachgedacht in den letzten Tagen. Mal war sie zu dem Schluss gekommen, dass, falls er wirklich für immer gehen würde, sie ihn wenigstens noch ein letztes Mal sehen und sich von ihm verabschieden wollte. Ihm sagen wollte, dass sie ihm nicht mehr böse war, damit sie beide im Guten auseinandergehen konnten. Andererseits hatte sie immer wieder daran gedacht, wie sehr ein Abschied, der für immer war, schmerzen würde. Viel lieber wollte sie ihren Spaziergang am Fluss und das Gespräch auf ihrer Bank als letzte Begegnung mit Patrick in Erinnerung behalten.

»Ich weiß es nicht«, gab sie Susan ganz ehrlich zur Antwort. »Er hat einiges aufzuarbeiten, ich denke, das kann eine Weile dauern.«

»Darf ich dich was fragen?«

»Ja, na klar.«

»Wenn ihr noch zusammen wärt, du und Patrick, wärst du dann mit ihm gegangen?«

»Das alles hinter mir lassen?« Orchid machte eine ausschweifende Geste mit dem Arm, die ihren Laden und die ganze Valerie Lane einnahm, mitsamt all ihren Freundinnen. »Ich kann mir nicht vorstellen, dass das einfach wäre. Aber wenn Patrick und ich wirklich noch glücklich miteinander wären, würde ich ihm wahrscheinlich beistehen wollen.«

Susan nickte. »Das kann ich verstehen. Die Liebe ist wohl immer noch das stärkste aller Gefühle.«

»Ja …«

Liebe …

»Wie auch immer. Ich hoffe, Patrick findet sein Glück. Und ich muss mich echt entschuldigen, dass ich neulich so abwertend über ihn gesprochen habe. Er ist wirklich kein schlechter Kerl, ich fand halt nur, dass du und Tobin …«

Orchid hörte gar nicht mehr richtig zu. In diesem Moment erkannte sie nämlich eines: dass sie Patrick noch immer liebte und dass nichts anderes ihr wichtiger war – nicht ihr Laden, ihr Zuhause oder das, was sie mit Tobin hatte … Ihre Freundinnen und vor allem Phoebe würden es sicher verstehen.

»Susan? Kann ich dir meinen Ladenschlüssel geben? André kommt um zwei, er holt ihn bei dir ab, ja?«

»Äh … ja klar.« Susan wirkte verdutzt.

»Und so leid es mir tut, ich muss dich jetzt rausschmeißen, weil ich meinen Laden schließen muss.«

»Was ist denn passiert?«, fragte Susan.

»Ich fliege nach Amerika!«, rief Orchid aufgeregt, huschte durch den Laden, suchte alle wichtigen Sachen zusammen und schubste Susan dann halbwegs zur Tür hinaus. Sie schloss ab und eilte die Valerie Lane entlang. »Danke, Susan, du hast mir gerade die Augen geöffnet.«

»Oh nein, das wollte ich nicht. Ich meine, was ist denn mit Tobin?«

Abrupt blieb Orchid stehen.

Tobin. Er hatte es verdient, dass sie ihm wenigstens eine Erklärung lieferte. Und eine Entschuldigung.

So viel Zeit musste sein.

Sie betrat den Blumenladen, wo Barbara gerade eine Kundin bediente und Tobin ein paar Töpfe ins Regal stellte. Als er sie sah, wusste er anscheinend sofort, was los war. Er lächelte sie traurig an.

»Ich habe es mir schon gedacht.«

»Es tut mir so leid, Tobin.«

»Ach, ich wusste es doch die ganze Zeit. Ich habe eigentlich schon viel früher damit gerechnet – ihr beiden gehört einfach zusammen.«

Sie trat einen Schritt auf Tobin zu. »Ich wollte dir nie wehtun, das schwöre ich dir.«

»Das hast du nicht. Diese paar Tage mit dir waren mehr, als ich je zu hoffen gewagt habe.« Er zuckte resignierend die Achseln. »Es ist okay, wirklich. Und nun geh schon und hol ihn dir zurück, bevor er weg ist.«

»Danke, Tobin. Du wirst mir immer mehr bedeuten, als du dir vorstellen kannst.« Sie umarmte ihn hastig und lief dann aus dem Laden, wo bereits Laurie, Ruby und Keira neben Susan standen. Susan musste sie zusammengetrommelt haben.

»Du wirst uns so fehlen«, sagten sie und: »Pass gut auf dich auf.«

»Ich melde mich, sobald ich kann.« Orchid umarmte eine nach der anderen und lief dann zur George Street, wo zum Glück gerade ein Taxi parkte und jemanden rausließ.

»Fahren Sie mich schnell nach Hause, es geht um

Leben und Tod«, sagte sie zum Fahrer, und der lachte. Während der kurzen Fahrt rief sie von ihrem Handy aus Phoebe an.

»Du bist doch die beste Schwester der Welt, oder? Kannst du mich zum Flughafen fahren? Ich kann nicht zulassen, dass Patrick ohne mich fliegt.«

»Wo bist du?«

»Ich bin in fünf Minuten zu Hause.«

»Ich bin in einer Viertelstunde bei dir.«

Orchid bezahlte den Fahrer und gab ihm den Rest des Zwanzig-Pfund-Scheins als Trinkgeld, jetzt war keine Zeit für lästiges Geldherausgeben.

»Hört sich ja spannend an und romantisch«, sagte er. »Meine Frau wird die Geschichte lieben.«

»Drücken Sie mir die Daumen, dass sie gut ausgeht?«, bat Orchid ihn.

»Aber sicher. Und wenn Ihre Geschichte verfilmt wird, vergessen Sie nicht, einen Taxifahrer zu besetzen. Sein Name muss Earl sein.«

»Alles klar.« Sie zwinkerte ihm zu und rannte hoch in ihre Wohnung, wo sie in Windeseile ihren Koffer hervorholte und einfach alles einpackte, was ihr auf die Schnelle einfiel: Klamotten für jede Wetterlage, Ersatzschuhe, ihr Schminkzeug, Zahnputzsachen, ihr Herzkissen, ihren Pass, alles Geld, was sie finden konnte, die Notfall-Kreditkarte und natürlich das Flugticket. Und dann klingelte auch schon Phoebe Sturm.

Orchid sah noch einmal zu all den schönen Blumen. Tobin und Patrick hatten beide gesagt, dass sie sie zum glücklichsten Mann der Welt machen würde. Aber wer von beiden konnte sie zur glücklichsten Frau der Welt machen? Das hatte sie sich in den letzten Tagen so oft gefragt – nun wusste sie die Antwort.

Sie eilte die Treppen hinunter, schwer bepackt mit dem vollgestopften Koffer und der großen Handtasche.

»Ich stehe auf ewig in deiner Schuld«, sagte sie zu Phoebe, die vor dem geöffneten Kofferraum wartete. Orchid schmiss ihr Gepäck hinein, und sie beide stiegen ins Auto.

»Ich werde dich dran erinnern.« Phoebe nahm sich eine Sekunde, um Orchid intensiv anzusehen und dann zu lächeln. »Ich finde das ganz wundervoll.«

»Ehrlich? Glaubst du, es ist die richtige Entscheidung?«

»Das glaube ich hundertprozentig.«

»Warum hast du denn nicht schon früher was gesagt?«

»Um mich bei dir und deinen Gefühlen einzumischen und dich zu beeinflussen? Neeeiiin, das musstest du schon selbst herausfinden.«

Orchid atmete tief durch. »Kannst du bitte losfahren? Ich will nicht zu spät kommen. Der Flieger geht in weniger als drei Stunden, es wird eh schon knapp wie sonst was. Ich hoffe, wir kommen nicht in einen Stau.«

»Das werden wir nicht. Das Schicksal muss einfach auf unserer Seite sein.«

Sie fuhren los. Orchid nahm nichts um sich herum wahr, nicht die Straßen, nicht die Menschen, die Gebäude oder die Bäume. Alles was sie denken konnte, war, dass sie es hoffentlich noch rechtzeitig schaffte.

Kurz vor London gerieten sie tatsächlich in den Feierabendverkehr, und Orchid bekam leichte Panik.

»Keine Sorge, du wirst das alles noch rechtzeitig schaffen«, versicherte Phoebe ihr.

»Dein Wort in Gottes Ohr.« Sie trommelte auf dem Armaturenbrett herum. »Wie geht es Emily?«, erkundigte sie sich, um sich abzulenken.

»Prima, danke.«

»Oh nein, ich hab mich gar nicht von ihr verabschiedet. Und von Mum und Dad auch nicht.«

»Alles gut, die werden es schon verstehen. Ich erkläre ihnen die Situation am Samstag, wenn ich zum Kaffeetrinken hinfahre.«

»Danke. Grüß sie lieb von mir und gib Emily einen Kuss.«

»Das mache ich. Orchid, du bist doch nicht für immer weg. Mach dir nicht so viele Gedanken. Obwohl … Sag mal, was wird denn jetzt aus Tobin?«

»Ich hab vorhin kurz mit ihm geredet. Er versteht es.«

»Ja, er ist einer von der guten Sorte.«

»Das ist er.«

»Und doch gehört dein Herz Patrick.«

»Ja.« Orchid strahlte vor sich hin. Zum Glück wurde der Verkehr weniger, und schon nahmen sie die Ausfahrt nach Heathrow.

Kurz bevor sie Londons größten Flughafen erreichten, schreckte Orchid hoch. »Verdammte Scheiße! Oh nein, oh nein, oh nein!«

»Was ist?«, fragte Phoebe besorgt.

»Man muss doch, wenn man in die USA fliegt, dieses Einreisedingsbums beantragen.«

»Die Einreisegenehmigung – ESTA. Ja, richtig.«

»Das hab ich nicht gemacht! Die werden mich gar nicht einreisen lassen. Verdammt, verdammt, verdammt!«

»Reg dich wieder ab, das hab ich doch alles schon für dich erledigt.«

Sprachlos sah Orchid ihre Schwester an. »Was hast du erledigt?«

»Na, dieses ESTA-Dings für dich ausgefüllt. Vor drei Tagen schon. Der Ausdruck ist in meiner Handtasche, such ihn dir raus.«

Das tat Orchid. Noch immer verblüfft, fragte sie: »Wie konntest du das?«

»Na, ich hatte deine Reisepassdaten noch von unserer gemeinsamen Reise und …«

»Nein, ich meine, wie konntest du wissen, dass ich mich für Patrick entscheiden würde?«

»Willst du mich beleidigen?« Phoebe drehte sich zu ihr und grinste sie an. »Ich bin deine Schwester. Ich kenne dich besser als sonst irgendwer. Und nach der Sache mit den Orchideen war mir sowieso klar, wie du dich entscheiden würdest. Da du es aber selbst noch nicht wusstest, dachte ich, ich sorge mal vor. Nur für den Fall …«

»Oh mein Gott, Phoebe, ich bin dir ja so dankbar.« Sie umarmte sie fest.

»Nicht während der Fahrt, um Himmels willen, oder willst du, dass wir einen Unfall bauen? Dann kannst du Amerika aber vergessen.«

»Sorry.«

»Ich wusste das Hotel nicht und habe deshalb irgendeins eingetragen. Das müsstest du unterwegs noch aktualisieren.«

Orchid konnte es nicht fassen. Voller Dankbarkeit sah sie ihre Schwester an.

»Welche Airline?«, erkundigte sich Phoebe. Sie sahen die Terminals bereits vor sich.

»American Airlines.«

Phoebe hielt bei Terminal 3 an und ließ Orchid raus. Sie drückten sich noch einmal ganz fest, und Orchid sah ihre weinende Schwester ihr nachwinken. »Hol ihn dir, Süße! Und grüß die *Windy City* von mir.«

»Mach ich. Ich hab dich lieb!« Sie warf Phoebe noch eine Kusshand zu und lief in den Terminal.

Nachdem sie sich orientiert, eingecheckt und ihren Koffer aufgegeben hatte, eilte sie zur Sicherheitskontrolle, wo eine so lange Schlange stand, dass sie bezweifelte, es jemals rechtzeitig zum Gate zu schaffen. Eine Sicherheitsbeamtin sah ihr ihre Nervosität anscheinend an und kam zu ihr – womöglich vermutete sie sonst welche schlimmen Vorhaben, dabei wollte Orchid doch nur ihre große Liebe davon abhalten, ohne sie zu fliegen.

»Ich bin so schrecklich spät dran«, sagte sie und zeigte der Frau das Ticket.

Die Sicherheitsbeamtin führte sie zur Fast Lane, und im Nullkommanichts war Orchid auf der anderen Seite. Sie suchte auf den Anzeigetafeln nach dem richtigen Gate und rannte, was das Zeug hielt. Schon von Weitem erkannte sie, dass die Fluggäste für den American-Airlines-Flug nach Chicago bereits in einer langen Schlange standen, um die Boeing zu betreten.

Sie hatte es geschafft. Das Flugzeug würde nicht ohne sie abfliegen. Jetzt war nur die Frage: Wo steckte Patrick?

Sie entdeckte ihn weiter vorn in der Schlange.

»Patrick!«, rief sie, damit er nicht weiterging, sondern auf sie wartete. Damit er sah, dass sie gekommen war.

Verwirrt drehte er sich in alle Richtungen und blickte sie verdutzt an, als sie näher kam. Er trat aus der Schlange und ging zu ihr.

»Du bist gekommen.« Es klang wie eine Frage, eine ungläubige Feststellung.

»Ich bin gekommen. Ich kann doch nicht zulassen, dass du einfach so gehst.«

»Dann bist du hier, um dich zu verabschieden?«

»Ich bin hier, um mit dir mitzukommen, Patrick.«

Jetzt machte er riesige Augen und stotterte: »Aber … aber … wirklich? Du kommst mit? Ich meine … du willst wirklich … Was ist denn mit deinem Laden?«

»Um den kümmern sich Phoebe und André in meiner Abwesenheit, das ist alles geregelt.«

»Ich weiß aber nicht, wie lange ich brauche und ob ich überhaupt in naher Zukunft nach Oxford zurückkehren werde, Orchid.«

»Das ist mir schon bewusst, Patrick. Wir werden sehen, was die nächsten Wochen bringen. Ich weiß nur, dass ich dich nicht ganz allein gehen lassen kann. Ich hab doch deinen Flügel noch nicht geheilt. Und auch wenn ich jetzt weiß, dass du ihn ganz allein heilen musst, will ich dir wenigstens dabei helfen.«

Er lachte ein wenig. »Ich hab ehrlich gesagt keine Ahnung, wovon du redest.«

Sie trat ganz nah an ihn heran. »Danke für die wundervollen Blumen.«

»Gern geschehen. Ich hoffe, sie halten, bis du wieder zurück bist.«

»Das werden sie bestimmt. Ich habe Phoebe gebeten, sie zu gießen.«

Jetzt sah Patrick doch ein wenig besorgt aus, während die Schlange immer kürzer wurde. »Was ist mit … du weißt schon.«

»Tobin?« Sie sah Patrick in die enttäuschten Augen und fühlte sich fürchterlich. »Oh, Patrick, ich war so dumm. Es tut mir schrecklich, schrecklich leid. Glaubst du, du kannst mir verzeihen?«

»Wenn du mir all die Lügen verzeihen kannst?«

»Ich hab dir schon längst verziehen.«

»Dann verzeihe ich dir auch.« Er lächelte sie glücklich an.

»Danke.« Sie hatte Tränen in den Augen und musste diesen wunderbaren Mann einfach umarmen. »Lass uns noch mal ganz von vorne anfangen, ja?«

Patrick nahm ihre Hand in seine und sagte: »Ich halte das für eine sehr gute Idee.«

Sie stellten sich ans Ende der Schlange und saßen nur wenige Minuten später auf ihren Plätzen.

»Hab ich dir je erzählt, dass ich unter heftiger Flugangst leide?«, fragte Patrick.

Natürlich hatte er das nicht.

»Ich bin bei dir«, sagte Orchid zu ihm. »Keine Angst, ich lass dich nicht noch mal allein.« Sie schmiegte sich an ihn.

»Danke, dass du mich auf meiner Reise in die Vergangenheit begleitest. Ich kann noch immer nicht glauben, dass du hier neben mir sitzt.«

»Ich ehrlich gesagt auch nicht.« Sie sah das Rollfeld an sich vorbeiziehen.

»Ich liebe dich, Orchid.«

»Und ich liebe dich.«

Sie küssten sich zärtlich.

»Was hat dich dazu bewogen, uns noch eine Chance zu geben?«, wollte Patrick dann doch wissen.

»Ich konnte den Gedanken nicht ertragen, dass du ein ganzes Leben ohne mich lebst. Ich will doch dabei sein, wenn dein Flügel heilt.«

»Was meinst du denn nur immer mit Flügel?«

»Irgendwann werde ich es dir erklären.«

»Wir haben acht Stunden Flug vor uns. Ich habe Zeit.« Er lächelte sie an.

»Und wirst du auch mir ein bisschen was erzählen?«

»Ich verspreche, nie wieder so schweigsam zu sein. Ich weiß doch, wie gerne du redest.«

Ja, Patrick kannte sie doch am allerbesten. Und sie freute sich wie verrückt auf eine gemeinsame Zukunft mit ihm. Langweilig würde es bestimmt nicht werden. Amerika wartete auf sie, genauso wie viele Antworten, die sie nur zu gern erfahren wollte.

»Also«, begann sie. »Ich saß neulich auf den Stufen vor meinem Laden, und da kam ein kleiner Vogel angeflogen, der mich an dich erinnerte …«

KAPITEL 26

4 Wochen später …

Orchid stand auf dem Santa Monica Pier und sah in die Ferne. Das Meer war endlos weit, die Wellen gewaltig an diesem heißen Junitag. Patrick stand hinter ihr und hatte die Arme um sie geschlungen. Sie lächelte verzückt, denn sie konnte sich nicht erinnern, jemals in ihrem Leben so glückselig gewesen zu sein.

»Ist das nicht wunderschön?«, fragte sie.

»Einfach nur perfekt. Vor allem, weil du bei mir bist.«

Sie legte den Kopf an seine Schulter und ließ sich von ihm küssen.

Die letzten Wochen waren unglaublich gewesen, eine Achterbahn der Gefühle. Zuerst waren sie nach Chicago geflogen, wo Patrick ihr die Stadt und all die Orte seiner Kindheit gezeigt hatte. Orchid hatte es so wundervoll gefunden, endlich mehr über ihn zu erfahren. Sie hatte nicht nur seine Highschool und sein Wohnhaus am Lake Michigan gesehen, er hatte sie auch zum Navy Pier gebracht, einer Art Vergnügungspark am Wasser, ähnlich dem Pier, auf dem sie sich gerade befanden. Dort war er als Kind so gerne mit dem Riesenrad gefahren, erzählte er ihr. Zusammen hatten sie sich dann auf den Weg zum

Büro von Agent Coolidge gemacht, wobei Orchid sich die ganze Zeit gefühlt hatte, als wäre sie Darstellerin in einer dieser Crime-Serien. Die FBI-Räume sahen nämlich ganz genauso aus wie im Fernsehen. Patrick hatte ungefähr eine Stunde lang mit Coolidge geredet, wobei er Orchid immer an seiner Seite hatte haben wollen. Zum Schluss hatte der Agent ihnen beiden viel Glück gewünscht und die Adresse von Dana aufgeschrieben. Die lebte heute in Santa Monica, ganz in der Nähe von Los Angeles, und deshalb waren sie als Nächstes dorthin geflogen.

L.A. war noch viel cooler, als Orchid es sich vorgestellt hatte. Bevor sie sich auf die Suche nach Dana machten, nahmen sie an einer Sightseeingtour teil und sahen nicht nur Hollywood und das große Hollywood-Sign hoch oben auf dem Berg, sondern auch die Warner Brothers Studios, das Filmstudio, in dem *Friends*, *The Big Bang Theory*, *The Mentalist* und *Gilmore Girls* gedreht wurden – alles Lieblingsserien von Orchid. Sie durfte sogar auf der Couch im Central Perk sitzen, dem Café, in dem sich die Friends immer getroffen hatten.

Und danach suchten sie endlich Tante Dana auf. Von L.A. nach Santa Monica war es ein Katzensprung. Das Städtchen am Pazifik war so hübsch, dass Orchid sich sofort darin verliebte und gut verstehen konnte, warum Dana sich für ein Leben an diesem Ort entschieden hatte. Dana, die sich riesig freute, ihren Neffen nach so vielen Jahren wieder in die Arme zu schließen und auch seine Freundin kennenzulernen, erzählte ihnen allerdings eine andere Geschichte. Sie berichtete ihnen von einem

Traum, den sie acht Jahre zuvor gehabt hatte. Ihre verstorbene Grandma Monica sei ihr im Schlaf erschienen und habe ihr gesagt, sie solle sich auf nach Kalifornien machen, dort würde sie ihr Glück und ihren Frieden finden.

»Und welcher Ort wäre da besser als der, der nach meiner Grandma benannt ist?«, fragte Dana lachend.

Orchid verstand sich auf Anhieb mit der lebensfrohen Person, die inzwischen einen kleinen Laden mit Strandmode in Santa Monica führte. Natürlich hatte auch sie vom Tode Vince Burkes gehört und hatte sogar versucht, Patrick zu erreichen, doch ohne seine aktuelle Nummer und ohne seinen Aufenthaltsort zu kennen, war es unmöglich gewesen.

»Aber jetzt sind wir ja wieder vereint. Wie geht es dir, mein Junge?«, fragte sie und nahm seine Hände in ihre.

»Mir geht es fantastisch«, antwortete er und sah zu Orchid.

Sie beide waren sich näher denn je. Sie unterhielten sich beinahe ununterbrochen und holten alles auf, was sie in den vier Jahren ihrer Beziehung versäumt hatten. Patrick war wie ausgewechselt, er war der Mann, den Orchid sich immer an ihrer Seite gewünscht hatte. Manchmal musste sie noch an Tobin denken. Sie hoffte sehr, dass auch er sein Glück finden würde.

»Und, wie lange habt ihr vor hierzubleiben?«, fragte Dana.

»Das wissen wir noch nicht genau. Wir wollen einfach sehen, was passiert«, erwiderte Patrick.

Und nun standen sie hier am Pier, während vor ihnen das weite Meer lag und hinter ihnen das Lachen der vielen Kinder, sommerliche Klänge von Straßenmusikern und die Schreie der Leute in der Achterbahn zu hören waren.

»Was hältst du von diesem Ort?«, fragte Patrick sie.

»Ich liebe ihn abgöttisch und hätte nichts dagegen, hier den Rest meines Lebens zu verbringen.«

»Aber was ist mit der Valerie Lane? Deinem Laden? Deinen Freundinnen? Deiner Familie? Deinem Zuhause?«

»Ach, Patrick, zu Hause ist da, wo man sich wohlfühlt, oder? Und wo die Liebe ist. Wenn du hierbleiben willst, und ich sehe, dass du das willst, dann bleibe ich auch.«

»Meinst du das wirklich ernst?«

»Ich habe noch nie etwas so ernst gemeint.«

»Hmmm … Könnte schwierig werden, eine Aufenthaltsgenehmigung für dich zu bekommen …«

Oje, da hatte er recht. Darüber hatte sie noch gar nicht nachgedacht.

»Dann«, begann er, »wäre es wohl am besten, wenn wir heiraten würden. Was meinst du?«

Sie drehte sich nun um und sah Patrick an. Er strahlte bis über beide Ohren, sie hatte ihn noch nie so glücklich gesehen.

»Oh mein Gott, du willst mich heiraten?«, schrie sie, völlig überwältigt.

»Wenn man weiß, dass man an jedem Morgen seines restlichen Lebens neben einer bestimmten Person aufwachen will, sollte man sie heiraten, finde ich.«

Sie fiel ihm um den Hals und verteilte eine Million Küsse auf seinem Gesicht.

Er lachte. »Ist das ein Ja?«

»Jaaaa! Natürlich! Ja!«, rief sie.

»Du machst mich zum glücklichsten Mann auf der Welt. Natürlich gibt es ein paar Bedingungen …«

»Und die wären?«

»Du solltest unbedingt lernen, wie man echte amerikanische Pancakes macht.«

Sie lachte, weil sie an die misslungenen Versuche der letzten Tage dachte. »Das werde ich bestimmt nie lernen.«

»Hmmm … Dann solltest du wenigstens dafür sorgen, dass immer Cap'n Crunch im Haus sind.« Die hatte er wohl an jedem einzelnen Tag gegessen, seit sie in Amerika angekommen waren.

»Ich denke, das kriege ich hin«, erwiderte sie.

»Okay. Dann sollte ich dir wohl einen Ring besorgen. Reicht einer aus dem Kaugummiautomaten?« Er grinste schief.

»Gibt es die hier etwa noch?«

»Ich habe keine Ahnung. Wollen wir es herausfinden gehen?«

»Klar. Aber erst mal will ich in diese Achterbahn da. Und danach auf das Riesenrad. Kommst du mit?«

»Ich dachte, es sei klar, dass ich dir nicht mehr von der Seite weiche.«

Er nahm ihre Hand, und sie liefen los – in ihre gemeinsame Zukunft.

ALLES, WAS ORCHID ZUM GLÜCKLICHSEIN BRAUCHT

AMERIKANISCHE PANCAKES

Zutaten für etwa 10 Stück (2 Personen)

- 200 g Mehl
- 3 EL Zucker
- 2 TL Backpulver
- ½ TL Natron
- 1 Prise Salz
- 30 g geschmolzene Butter
- 2 Eier
- 180 ml Milch
  (oder auch Buttermilch)
- Öl zum Ausbacken
- Ahornsirup

Die trockenen Zutaten vermischen. Butter, Eier und Milch schaumig schlagen, die Mehlmischung unter ständigem Rühren hinzufügen. Den Teig 10 Minuten quellen lassen. Portionsweise einen Klecks (etwa zwei Esslöffel) des dickflüssigen Teigs in eine heiße Pfanne mit etwas Öl geben und bei mittlerer Hitze 3–4 Minuten ausbacken. Den Pfannkuchen wenden, sobald sich Bläschen auf der Oberfläche bilden.

Pfannkuchen nach typisch amerikanischer Art auf

einem Teller übereinanderstapeln und mit Ahornsirup übergießen.

Für eine vegane Variante Butter, Eier und Milch durch pflanzliche Margarine, Ei-Ersatz (Reformhaus) und Sojamilch ersetzen.

SEX ON THE BEACH

Zutaten für 1 Cocktail

- Eiswürfel
- 4 cl Wodka
- 2 cl Pfirsichschnaps
- 4 cl Ananassaft
- 4 cl Cranberrysaft
- 4 cl Orangensaft
- ½ Scheibe Ananas zum Garnieren

Ein Longdrink-Glas mit Eiswürfeln füllen. Die Zutaten nacheinander in der obigen Reihenfolge in das Glas geben. Nicht verrühren! Die halbe Ananasscheibe einschneiden und damit den Glasrand garnieren.

SELBST GEMACHTE VINTAGE-KERZEN

Materialien

- Kerzenreste
- Alte gesäuberte Konservendosen
- Großer Kochtopf
- Alte Tassen oder Einweckgläser
- Eine Rolle Docht (Flachdocht aus dem Bastelladen)
- Wäscheklammern

Orchid säubert die Kerzenreste zuerst und trennt das Wachs dann vom alten Docht. Unterschiedliche Farben gibt sie getrennt voneinander in die Metalldosen und stellt diese in ein Wasserbad in den Kochtopf, um die Wachsreste bei niedriger Hitze zu schmelzen. Sie stellt sich die Formen (zum Beispiel alte Lieblingstassen mit Sprung, hübsche Vintagetassen vom Flohmarkt, günstige Einweckgläser oder ausgewaschene Marmeladengläser) zurecht und schneidet ein Stück Docht ab, den sie mit einer Wäscheklammer fixiert (oder alternativ an ein Stück Holz bindet), die sie quer über den Rand des Gefäßes legt. Der Docht sollte so lang sein, dass er den Boden des Gefäßes berührt. Zum Schluss gießt Orchid das geschmolzene Wachs in die Form. Wenn es fest ist, muss sie nur noch den Docht von der Wäscheklammer lösen und etwa zwei Zentimeter über der Kerze abschneiden.

Es sieht auch toll aus, wenn man verschiedene Farben in einem Glas schichtet. Dazu sollte man jeweils abwarten, bis eine Schicht getrocknet ist, bevor man die nächste hineingießt.

Tipp: Es gibt auch Kerzengranulat auf Paraffinbasis und Kerzengießformen im Handel, doch Neues aus alten, nicht mehr benötigten Dingen zu schaffen, macht Orchid noch viel mehr Spaß.

MANUELA INUSA

Die kleine Straße der großen Herzen

Roman

blanvalet

PROLOG

An einem warmen Spätsommertag gingen zwei hochbetagte Menschen die Valerie Lane in Oxford entlang. Sie hatten gerade eine gute Tasse Tee in dem kleinen Laden an der Ecke zu sich genommen, in dem sie seit Jahren Stammkunden waren, und fühlten sich noch immer ganz beseelt von der heimeligen Atmosphäre, die sie dort jedes Mal empfing. Und nicht nur die Besitzerin des Teeladens gab ihnen stets das Gefühl, willkommen zu sein, sondern auch die Inhaberin der benachbarten Chocolaterie, der sie als Nächstes einen Besuch abstatteten.

Die Valerie Lane war für die beiden Alten längst zu einem zweiten Zuhause geworden. Wie viele wunderbare Momente hatten sie hier erlebt, wie viele einzigartige Menschen kennengelernt! Wie oft war ihnen in schwierigen Zeiten Hilfe zuteilgeworden! Und wie warmherzig wurden sie jedes Mal empfangen, wenn sie einen Fuß in diese Straße setzten! Ja, die lieben Ladeninhaber aus der Valerie Lane waren sogar dabei gewesen, als sie sich vor gut vier Jahren das Jawort gegeben hatten – ein Ereignis, das sie beide nicht mehr für möglich gehalten hätten und das diese Menschen noch einmal mehr zu etwas ganz Besonderem gemacht hatten.

Die Frau suchte sich nun ihre Lieblingspralinen aus,

die ihr Gatte ihr wie jede Woche kaufte. Sie hatten solches Glück, einander zu haben. Es war nicht selbstverständlich, in ihrem hohen Alter einen Partner an der Seite zu haben – wie unwahrscheinlich aber war es, mit über achtzig abermals die Liebe zu finden.

Die alte Dame mit den schlohweißen, wirren Haaren lächelte ihren Liebsten dankbar an, steckte die Pralinen in ihre Handtasche und hakte sich wieder ein. Gemeinsam gingen sie bis ans Ende der kleinen Gasse, an der sich ein Kirschbaum befand, der schon im neunzehnten Jahrhundert dort gestanden hatte. Die gute Valerie, nach der die Straße benannt worden war, hatte vor über einhundert Jahren Marmelade aus den Früchten eingemacht.

Valerie Bonham war eine unglaubliche Frau gewesen, immer hilfsbereit, mit dem größten Herzen von allen, so erzählte man sich. Doch für diese beiden Alten war klar: Die heutigen Ladenbesitzer und Anwohner der kleinen Straße standen Valerie in nichts nach. Denn auch sie waren immer für ihre Mitmenschen da, halfen, wo sie nur konnten, hatten ein offenes Ohr für jedes Problem, mit dem man zu ihnen kam, und vor allem nahmen sie es als selbstverständlich, anderen Gutes zu tun, als wäre es das Natürlichste der Welt.

Die alte Frau war müde und bat ihren Gatten, eine Weile auf der Bank neben dem Kirschbaum Rast zu machen. Dort saßen sie und beobachteten das Treiben an diesem wundersamen Ort.

Wie schon so oft sagte die Frau zu ihrem Mann, wie sehr sie die lieben Ladenbesitzer als ihre Familie betrachtete. Und diesmal sagte sie noch etwas anderes, nämlich, dass sie ihr fehlen würden.

Traurig sah der Mann seine Liebste an, die mit ihren zweiundneunzig Jahren noch immer die schönste Frau auf der Welt für ihn war. Er nahm ihre Hand und hielt sie, als wäre es das letzte Mal. Dann lächelte er tapfer und sagte ihr, dass man auch sie ganz bestimmt sehr vermissen würde.

KAPITEL 1

»Ein Kamillentee mit Milch, bitte schön«, sagte Laurie und stellte die hübsche blaue Tasse auf dem metallenen weißen Tisch ab, an dem Mrs. Kingston, eine ihrer Stammkundinnen, Platz genommen hatte. Es war bereits ihre zweite Tasse. In der letzten halben Stunde hatte die Tratschtante der Gegend Laurie auf den neuesten Stand gebracht, was die Valerie Lane und die Umgebung betraf, während sie das Teeregal aufgefüllt hatte.

»Ich habe gehört, Sophie hat endlich ihren Archie verlassen«, berichtete Mrs. Kingston mit großen Augen. »Können Sie sich das vorstellen? Nach all den Jahren der Demütigung ist sie endlich aufgewacht.«

»Ehrlich?«, fragte Laurie. Wenn das stimmte, würde es sie wirklich freuen. Sophie war ebenfalls eine Stammkundin. Ihr Mann war ein notorischer Fremdgänger, und die Gute hatte das viel zu lange mitgemacht.

»Ich hab's gehört.« Mrs. Kingston nickte bekräftigend, sodass ihre gewaltige Dauerwelle auf und ab wippte.

Laurie musste lächeln. Sie fragte lieber nicht nach, woher Mrs. Kingston das wusste. Die Frau hatte ihre Augen und Ohren nämlich überall und belauschte nur zu gerne die Unterhaltungen anderer. Es war schon ein bisschen gruselig, wie viel sie mitbekam, Laurie hatte fast Angst, überhaupt noch irgendwem irgendwas zu erzählen. Am Ende war nämlich sicher, dass auch Mrs. Kingston Wind davon bekommen würde.

»Wie geht es Ihrer Enkelin?«, fragte sie nun nach.

»Oh, Tanya geht es gut, danke. Sie schwärmt jetzt für irgend so einen Sänger, hab seinen Namen vergessen.«

Laurie fiel auf die Schnelle nur Justin Bieber ein, aber der war wahrscheinlich längst Schnee von gestern. Sie war wirklich nicht mehr auf dem Laufenden, was Teenie-Idole anging, und es würde noch eine ganze Weile dauern, bis es wieder so weit sein würde.

»Ich habe damals total für Liam Gallagher von Oasis geschwärmt«, erzählte sie Mrs. Kingston. Sie war fast achtunddreißig, Teenie-Schwärmereien schienen eine Ewigkeit her.

»Kenne ich leider nicht. Sah er gut aus?«

»Oh ja. Das tut er immer noch.«

»Ich für meinen Teil war ja bis über beide Ohren in Paul Anka verknallt.«

»Paul Anka?« Laurie musste lachen. »Das war doch einer dieser amerikanischen Schnulzensänger, oder?«

»Ja, genau. Und der ist auch heute noch ziemlich heiß.« Mrs. Kingston grinste frech, und Laurie legte ihr eine Hand auf die Schulter.

»Sie sind mir ja eine. Passen Sie nur auf, dass ich das Ihrem Willy nicht erzähle.«

»Ach«, winkte sie ab. »Der steht auf Jane Fonda. Da ist nichts dabei, wenn wir ein bisschen für andere schwärmen. Das hält unsere Ehe jung.«

Laurie lächelte vergnügt. Sie fragte sich, ob Barry und

sie in dreißig Jahren auch noch so gut miteinander klarkämen. Doch, eigentlich war sie sich da ziemlich sicher. Sie waren einfach füreinander bestimmt, und seit er in ihr Leben getreten war, war sie so glücklich wie nie zuvor.

»Wie geht es denn Ihrer kleinen Familie?«, erkundigte sich Mrs. Kingston jetzt.

»Der geht es wunderbar«, antwortete Laurie und öffnete eine Kiste mit Hagebuttentee. »Alle sind wohlauf.«

»Das freut mich zu hören.«

In dem Moment klingelte das Telefon. Laurie sah sich nach ihrer Mitarbeiterin Hannah um, die aber anscheinend hinten im Lager war, und ging dann selbst ran.

»Laurie's Tea Corner, was kann ich für Sie tun?«

»Hi, Schatz, ich bin es.«

»Gut, dass du anrufst. Ich hatte vergessen zu fragen, ob du die Mädchen heute bei deinen Eltern abholst oder ob ich das machen soll.«

»Ich mach das schon.«

»Hast du kein Fußballtraining?«

»Die halbe Mannschaft ist doch auf Klassenfahrt, deshalb fällt das Training aus.«

»Ach, stimmt, das hattest du erzählt. Sorry, ich hab so viel um die Ohren, dass ich die Hälfte vergesse. Dass du die Mädchen abholst, ist mir eine große Hilfe, dann kann ich heute ein bisschen länger bleiben und mich um die Buchhaltung kümmern.«

»Sollen wir dich danach abholen und irgendwo was essen gehen? Dann müssen wir später nichts kochen.«

»Perfekt. So gegen sieben?«

»Alles klar. Du, Laurie, hast du eigentlich schon die neuen Gemüsetees angeboten?«

»Oje, ich hatte noch gar keine Zeit, sie auszupacken. Aber du weißt, ich bin da skeptisch, ob Gemüsetees überhaupt ankommen. Am besten brühe ich mal einen auf und lasse meine Freundinnen probieren, bevor ich sie zum Verkauf anbiete.«

»Das ist doch eine gute Idee.« Barry schien zufrieden. Er war nicht nur Lauries Ehemann, sondern auch ihr Teehändler und war der Meinung, dass Gemüsetees der neue Trend sein könnten. Laurie sah die Sache ein wenig anders.

»Ich leg dann auf, ja? Ich hab jede Menge Kundschaft und muss mich auf die Suche nach Hannah machen, die mir irgendwie abhandengekommen ist.«

»Kein Problem. Bis später. Ich liebe dich.«

»Ich liebe dich auch, mein Schatz.«

»Oh, wie süß Sie beide miteinander sind«, fand Mrs. Kingston und nahm noch einen Schluck Tee.

Laurie lächelte. »Haben Sie zufällig gesehen, wo Hannah hin ist?«

»Ja. Die ist vor einer Weile rausgegangen.«

»Raus?«

»Sie hat Ihnen doch Bescheid gesagt.«

»Das hat sie?« Laurie war verwirrt. Sie konnte sich nicht daran erinnern.

»Doch, doch, ich hab's genau gehört. Sie waren wohl mal wieder woanders mit Ihren Gedanken. Sie haben viel zu tun, was? Denken Sie nicht, Sie brauchen mal eine kleine Auszeit? Ein paar Tage Urlaub?«

»Das wäre schön, ja. Aber im Moment ist das unmöglich. Die Tea Corner läuft besser denn je, da kann ich nicht einfach freinehmen.«

Eigentlich war das ja etwas Gutes, dass ihr Geschäft blühte. Eigentlich war es ganz wundervoll, dass so viele Leute in ihre schöne kleine Straße fanden, vor allem seit sich eine Bloggerin die Mühe gemacht hatte, der Valerie Lane eine eigene Seite zu widmen, und sogar eine wöchentliche Kolumne schrieb, um alle Interessierten auf dem Laufenden darüber zu halten, was es hier Neues gab. Doch mit zwei Kindern, einem Ehemann und einer Schar von Freundinnen, denen Laurie natürlich auch ein bisschen ihrer Zeit widmen wollte, war das alles gar nicht mehr so einfach zu meistern.

Aber Laurie wäre nicht Laurie, wenn sie den Kopf hängen ließe. Sie stand jeden Morgen guten Mutes auf und gab ihr Bestes, um allen gerecht zu werden.

Die Ladenglocke bimmelte, und Hannah kam zurück, als Laurie gerade einer Kundin ihren persönlichen neuen Lieblingstee – Schoko-Minze – anpries.

»Sorry«, formte Hannah mit den Lippen und räumte gleich ein paar leere Tassen von den Tischen. Sie hatte sich orangefarbene und bordeauxrote Bänder um die langen Dreadlocks gewickelt – ihre »Septemberfrisur« nannte sie es.

»Du warst ganz schön lange weg«, sagte Laurie in leisem Ton. »Hier ist viel zu tun, Hannah, kannst du Privates bitte beim nächsten Mal auf deine Mittagspause verschieben?«

»Das war doch meine Mittagspause«, entgegnete Hannah.

Laurie sah auf die Uhr. Es war tatsächlich schon kurz nach halb zwei.

»Oje. Ich bin wohl wirklich ganz schön durch den Wind heute. Tut mir leid.«

»Willst du jetzt Pause machen? Du solltest dringend durchatmen«, sagte Hannah und sah Laurie besorgt an. »Deine Aura gefällt mir gar nicht. Setz dich auf die Bank und lass dir ein bisschen Sonne ins Gesicht scheinen. Das wird dir guttun.«

»Okay. Dann kann ich ja auch gleich einen Gemüsetee aufbrühen und verteilen.« Sie entschied sich für den Rote-Bete-Tee und trat wenig später mit zwei Bechern aus der Tür.

Als Erstes ging sie zu Keira nach nebenan, die aber genauso viel Kundschaft hatte, von der Laurie ihre Freundin nicht abhalten wollte. Da sie sowieso schon am Morgen mit ihr telefoniert hatte, um ihr zum Hochzeitstag zu gratulieren, war es nicht schlimm, wenn sie beide jetzt keine Zeit zum Reden fanden. Laurie stellte ihr also nur den Becher hin und winkte ihr zu. Ruby jedoch, zu der sie als Nächstes ging, war weniger beschäftigt. Zwar befanden sich zwei Kunden in ihrer Buchhandlung, die stöberten aber nur in den Regalen und kamen allein zurecht.

»Hallo, Ruby. Wie geht es dir?«

»Sehr gut, danke. Was bringst du mir denn da Schönes?«

Laurie grinste schief. »Ob dieser Tee so schön ist, weiß ich ehrlich gesagt noch nicht. Das musst du beurteilen. Deshalb bin ich auch hier. Barry ist nämlich der Meinung, dass Gemüsetees total im Kommen sind. Ich bringe dir also Rote-Bete-Tee.«

Ruby lachte. »So was gibt es?«

»Oh ja. Bitte sehr.« Laurie reichte ihr den Becher.

Ruby nahm ihn entgegen und probierte. Im nächsten Moment verzog sie das Gesicht und sagte: »Ungewöhnlich.«

»Sei ehrlich, Ruby.«

»Okay, ich finde ihn leider gar nicht lecker.«

»Gut zu wissen.« Laurie lachte. »Schütte ihn einfach weg, ja?«

»Na gut. Tut mir echt leid.«

»Das muss es doch nicht. Geschmäcker sind verschieden, und Rote-Bete-Tee ist ja nun auch wirklich speziell.« Sie sah auf den Becher. »Lass mich mal probieren.«

Laurie nahm nun selbst einen Schluck und hätte diesen am liebsten gleich wieder ausgespuckt.

»Nicht so toll, oder?«, fragte Ruby.

»Du lieber Himmel, nein! Wer hat sich denn das nur ausgedacht? Und wie kommt diese Person darauf, eine solche Brühe Tee zu nennen? Schütte ihn weg, aber ganz schnell.«

Ruby lachte und ging nach hinten, um die rote Flüssigkeit wegzukippen. Sie gab Laurie den leeren Becher zurück. Außerdem hielt sie jetzt noch etwas anderes in der Hand.

»Sieh mal!«, sagte sie ganz aufgeregt.

»Oh mein Gott, ist das etwa Garys neues Buch?«

Rubys Freund Gary hatte, nachdem er vier Jahre lang auf der Straße gelebt hatte, seine frühere Tätigkeit als Romanautor wiederaufgenommen. Im letzten Jahr war sein erstes Werk nach langer Zeit auf den Markt gekommen. Es war ein voller Erfolg und auf Anhieb in die Bestsellerliste eingestiegen. Laurie freute sich so unglaublich für Gary, dass er an Rubys Seite einen Neuanfang gewagt hatte und dass es auch noch so gut für ihn lief.

»Jaaa! Es erscheint zwar offiziell erst nächste Woche, aber Gary hat schon seinen Karton mit Belegexemplaren bekommen.«

»Das ist großartig. Darf ich?«

Ruby nickte und reichte Laurie das Buch, auf dem eine Nachtigall zu sehen war. Der Titel lautete: *Nur noch eine Nacht mit dir*.

»Das sieht so toll aus. Ist es wieder eine romantische Komödie?«

»Schon, irgendwie. Aber diesmal geht es ein wenig tiefer. Es ist einfach traurig-schön.«

»Ich kann es kaum erwarten, das Buch zu lesen.« Sie hatte Garys ersten Roman *Denn du bist meine Welt* mit Begeisterung verschlungen.

»Ich kann Gary mal fragen, er gibt dir bestimmt eins von seinen Belegexemplaren.«

»Nein, nein, das werde ich mir natürlich kaufen. Es ist ab Montag erhältlich?«

Ruby nickte. Heute war Donnerstag, es war also nicht mehr lange hin.

»Sehr schön. Na, dann will ich mal Mittagspause machen. Hannah sagt, meine Aura gefällt ihr gar nicht.«

»Ach, Hannah …« Ruby schüttelte lachend den Kopf.

»Grüß Gary bitte von mir. Ich wünsch ihm ganz viel Erfolg für sein Buch.«

»Das richte ich aus, danke.«

Die nächste halbe Stunde verbrachte Laurie auf der Bank und aß ihr mitgebrachtes Sandwich und die köstlichen Zwetschgen, die Barrys Mutter in ihrem eigenen Garten geerntet und ihr kiloweise mitgegeben hatte. Leider mochten Lauries Töchter die Früchte gar nicht, viel lieber aßen sie Pommes, die sie vor Kurzem für sich entdeckt hatten. Laurie bereute schon, sie jemals in ein Fast-Food-Restaurant mitgenommen zu haben. Aber weil dort so niedliche Puppenservice-Teile als Beigabe zum Kindermenü angepriesen wurden, hatte sie einfach nicht widerstehen können.

Ihre ältere Tochter Clara wurde in wenigen Monaten vier und war ein richtiger Wirbelwind. Sie war schon immer ein sehr wissbegieriges Kind gewesen und entdeckte die Welt jeden Tag aufs Neue. Gerade lernte sie mit Freude alle möglichen Songtexte auswendig und sang mehr schlecht als recht mit, doch für Laurie war es der schönste Gesang überhaupt. Sie war so stolz auf ihre Süße. Clara würde es im Leben bestimmt nie schwer haben, so offen und selbstbewusst, wie sie jetzt schon war. Ganz anders war da ihre jüngere Tochter, Madeleine, die von allen Maddie genannt wurde. Sie war so schüchtern und still und mochte zu niemand anderem auf den Arm als zu Laurie, Barry und den Großeltern. Aber sie war ja erst ein Jahr und drei Monate, bestimmt würde sich das noch ändern.

Laurie musste wie immer lächeln, wenn sie an ihre kleine Familie dachte, die das Beste war, was ihr je passiert war. Dafür nahm sie ein bisschen Müdigkeit und Angeschlagenheit gerne in Kauf. Die Kinder wurden ja auch älter, und die Dinge würden leichter werden. Barry sagte ihr zwar ständig, dass er am liebsten eine ganze Fußballmannschaft Kinder hätte, doch Laurie war zufrieden – mehr noch, sie war wunschlos glücklich.

Als ihre Pause verstrichen war, ging sie zurück in die Tea Corner und arbeitete an Hannahs Seite, bis es sechs war und sie ihre Ladentür schließen konnte. Sie entließ Hannah nach Hause und sortierte die Unterlagen für die Buchhaltung, die sie in den letzten Wochen nur sorglos in eine Schublade gelegt hatte. Ehe sie es sich versah, hörte sie ein Klopfen an der Tür und ging fröhlich aufmachen.

»Hallo, ihr Süßen!«

»Mummy!«, rief Clara und umarmte ihre Beine.

Laurie küsste ihren Mann und ihre beiden Töchter und sagte ihnen, dass sie in einer Minute kommen würde. Doch dann betrat plötzlich ein alter Mann mit gesenktem Kopf den Laden. Er sah unendlich traurig aus.

»Humphrey«, sagte Laurie erschrocken. »Kommen Sie doch herein.«

Humphrey war der Mann von Mrs. Witherspoon, einer ganz lieben Freundin, die aus der Valerie Lane nicht mehr wegzudenken war. Er setzte sich und sah nun noch kleiner und noch trauriger aus.

»Ist etwas passiert?«, fragte sie.

Er sah auf, und sie konnte Tränen in seinen Augen erkennen.

»Ich gehe schon mal mit den Mädchen zum Auto, ja?«, sagte Barry, schnappte sich Clara und Maddie und ließ Laurie mit Humphrey allein.

Laurie nickte nur und setzte sich zu dem alten Mann.

Sie nahm seine Hand und sah ihm direkt in die Augen. Angst beschlich sie, am liebsten würde sie gar nicht hören, was er auf dem Herzen hatte. Doch dann öffnete er den Mund und sagte mit gebrochener Stimme: »Der liebe Gott hat Esther letzte Nacht zu sich geholt.«

Laurie spürte, wie ihr Tränen in die Augen schossen.

»Oh, Humphrey«, schluchzte sie und umarmte den armen Mann, der gerade die Liebe seines Lebens verloren hatte.

KAPITEL 2

Keira verpackte ihre letzte Praline, schickte ihre Aushilfe Kimberly nach Hause und sperrte den Laden ab. Sie trat in die Valerie Lane und atmete tief durch. Heute war so ein wunderbarer Septembertag, es war noch angenehm warm, die Abendsonne schien, und die Luft duftete nach Herbst. Bald würden die Blätter von den Bäumen fallen, und die Stadt würde in eine ganz besondere Atmosphäre gehüllt sein. Der Herbst war schon immer ihre liebste Jahreszeit gewesen, sie war ja auch die gemütlichste von allen. Man konnte die Sommersachen wegräumen und die kuscheligen Pullis hervorholen, man konnte sich mit einer Tasse heißer Schokolade auf die Couch lümmeln, sich mit einer Wolldecke zudecken und ein gutes Buch lesen. Noch dazu kam die Tatsache, dass die wundervollsten Dinge im Herbst geschehen waren. Heute vor zwei Jahren war sie Thomas' Frau geworden, ein Tag, den sie immer als den schönsten in ihrem Leben in Erinnerung behalten würde. Im letzten Herbst dann, und zwar am 28. September, war ihr kleiner Sohn Andy zur Welt gekommen, der Sonnenschein in ihrem Leben, der den heutigen Abend bei seiner Grandma verbringen würde, damit seine Eltern ihren Hochzeitstag feiern konnten.

Keira lächelte bis über beide Ohren und freute sich auf

den romantischen Abend, der dringend mal wieder nötig war. Obwohl sie es kaum erwarten konnte, zu ihrem Liebsten zu kommen, blieb sie einen Augenblick vor ihrem Laden stehen, um all die wundervollen Eindrücke in sich aufzunehmen. In den acht Blumenkästen, die die Straße säumten, hatten sie vor ein paar Tagen zusammen mit Tobin, der Emily's Flowers führte, entzückende Astern in allen nur erdenklichen Herbstfarben gepflanzt. Blumen in einem satten Gelb, einem warmen Orange, einem anmutigen Weinrot und einem helleren, fröhlicheren Rot verströmten eine Note von Lieblichkeit, aber auch von Abschied, denn der Sommer zählte seine letzten Tage, und der Herbst wartete schon auf seinen Einzug.

Im Vorbeigehen sah Keira durchs Schaufenster in den Teeladen ihrer besten Freundin, die bei ihrer Hochzeit Trauzeugin gewesen war, so wie sie bei ihrer. Auch waren Laurie und sie etwa zur gleichen Zeit schwanger gewesen, was einfach nur großartig gewesen war. Zwar hatte Laurie ihre Maddie schon drei Monate früher bekommen als sie ihren Andy, aber zusammen Babysachen shoppen zu gehen, den Schwangerschaftsgymnastik-Kurs gemeinsam zu machen und sich über Sorgen, Ängste und Erwartungen auszutauschen hätte sie nicht missen wollen. Keira ging nichts über die Freundschaft mit Laurie. Sie hatten sich damals, als Keira etwa ein Jahr nach Laurie in die Valerie Lane gekommen war, sofort angefreundet. Zehn Jahre war das nun her. Und nicht nur die gemeinsamen Mittwochabende, an denen sich für gewöhnlich alle Ladeninhaberinnen der kleinen Straße trafen, hatten sie zusammengeschweißt. Wie oft hatte Laurie ihr eine Schulter zum

Anlehnen geboten, wie oft war sie der eine Mensch gewesen, der ihr mit Rat und Tat zur Seite gestanden hatte?

Laurie saß an einem der Tische über irgendwelchen Papieren. Sie sah auf, als spürte sie, dass Keira in der Nähe war. Als sie sie draußen in der Valerie Lane entdeckte, winkte sie ihr lächelnd zu.

Keira winkte zurück. Sie musste Laurie unbedingt mal wieder eine Freude machen, nahm sie sich fest vor und überlegte auf dem Weg zum Auto, wie sie das am besten anstellen könnte.

Als Keira nach einem kleinen Abstecher nach Hause, wo sie sich schnell umzog, um kurz vor sieben ihr Lieblingsrestaurant erreichte, erhaschte sie bereits von draußen einen Blick auf Thomas. Er hatte einen Fensterplatz ausgesucht, vor ihm auf dem Tisch stand ein Strauß roter Rosen.

Sie konnte sich so glücklich schätzen. Noch vor wenigen Jahren hätte sie im Traum nicht daran gedacht, einmal derart gesegnet zu sein. Damals war sie mit einem Zahnarzt namens Jordan zusammen gewesen, der nicht nur ständig etwas an ihrer kurvigen Figur auszusetzen gehabt, sondern auch keine Kinder gewollt hatte. Sie hatte nicht einmal geahnt, dass er bereits ein Kind mit einer anderen hatte, das er ihr ganze acht Jahre lang verheimlicht hatte. Doch Jordan lag so weit in der Vergangenheit, dass sie sich nicht mehr über ihn ärgerte, ja, nicht einmal mehr darüber, dass sie so lange an seiner Seite geblieben war und gehofft hatte, er würde sich ändern. Jetzt hatte sie Thomas, der sie auf Händen trug, und sie konnte sich überhaupt keinen besseren Partner vorstellen.

Thomas und Keira waren der Topf und der Deckel, von dem alle immer sprachen. Wenn zwei Menschen auf dieser großen weiten Welt zusammengehörten, dann sie beide.

Thomas hatte immer gewusst, wie sehr Keira sich eine eigene Familie wünschte, und deshalb hatte er ihr ganz kitschig einen Antrag in dem Chinarestaurant gemacht, in dem sie ihr erstes Date gehabt hatten. Er ließ einen Zettel in einen Glückskeks einbacken, auf dem stand: WILLST DU MICH HEIRATEN? Als Keira ihn entdeckte, weinte sie vor Glück und konnte Thomas kaum antworten, so überwältigt war sie. Ihre Hochzeit vier Monate später war genau so, wie sie es sich immer ausgemalt hatte: im kleinen Rahmen und doch mit all den Menschen, die ihr etwas bedeuteten. Es gab Frühlingsrollen, all ihre anderen Leibspeisen und eine riesige, mit Trüffeln verzierte Schokoladentorte, eine Band spielte ihre Lieblingslieder, und sie trug ein Kleid in ihrer Lieblingsfarbe Pink. Sie und Thomas hatten nicht groß kirchlich geheiratet wie Laurie, sondern nur standesamtlich. Das reichte ihnen, es war ihre Art, ihre Liebe zu besiegeln.

»Hallo, mein Liebling«, sagte sie, als sie an den Tisch trat.

Thomas erhob sich und gab ihr einen Kuss. Dann rückte er ihr den Stuhl zurecht wie ein Gentleman. Er war immer fürsorglich und aufmerksam und wollte, dass sie alles hatte, was sie brauchte.

»Wie schön, dass du da bist. Wie schön, dass wir es geschafft haben, einen Abend nur für uns zu organisieren«, sagte er.

»Ja, das finde ich auch.« Sie lächelte ihn an. Seine warmen braunen Augen mit den unglaublich langen Wimpern zogen sie noch immer in den Bann. Andy hatte diese Wimpern geerbt, er sah Thomas überhaupt sehr ähnlich. »Hat alles geklappt mit meiner Mutter?«

»Ja, klar. Sie sagt, wir sollen uns so viel Zeit lassen, wie wir wollen.«

»Das ist gut. Wollen wir bestellen? Ich hab einen Riesenhunger, heute war so viel los im Laden, ich bin nicht mal dazu gekommen, eine Mittagspause zu machen.«

»Ich habe zur Vorspeise bereits Mini-Frühlingsrollen bestellt, sie sollten gleich da sein.«

»Du weißt wirklich, wie du mich glücklich machen kannst, was?« Sie grinste. Jordan hatte damals immer gemeckert, wenn sie welche bestellen wollte, weil sie ja so fettig und kalorienhaltig waren. Thomas dagegen hatte gleich bei ihrem ersten Date welche mit Keira gegessen – und in dem Moment war ihr klar gewesen, dass er der Richtige war.

»Aber natürlich weiß ich das. Ich habe mir gedacht, dass wir nach dem Essen noch einen kleinen Spaziergang machen könnten, bevor wir nach Hause gehen, wo eine schokoladige Überraschung auf dich wartet.«

»Dann können wir den Spaziergang auch gerne weglassen«, scherzte sie.

Thomas sah sie an, ganz intensiv, als sähe er sie zum ersten Mal und als wäre sie das Schönste, was er je erblickt hatte. Das liebte sie so an ihm, er gab ihr immer das Gefühl, etwas Besonderes zu sein.

»Du siehst so hübsch aus heute Abend. Sind das neue

Ohrringe?« Er deutete auf die pinkfarbenen Schmetterlinge, die von ihren Ohrläppchen hingen.

Sie nickte. »Ja. Orchid hat sie mir geschenkt, zum Hochzeitstag, ist das nicht lieb?«

»Das ist total lieb. Wie geht es Orchid?«

»Ihr geht es fantastisch. Sie wirkt richtig glücklich mit …«

Die Kellnerin kam mit den Frühlingsrollen, und Keira wurde unterbrochen.

»Mmmm, sieht das köstlich aus«, sagte sie. Außer Schokolade kannte sie nichts, was auch nur annähernd an Frühlingsrollen herankam. Sie nahm eines der frittierten Röllchen in die Hand und biss genüsslich ab.

Thomas tat es ihr gleich. »Was wolltest du von Orchid erzählen?«, fragte er dann.

»Ach ja, stimmt. Also, Orchid …«

Sie wurde erneut unterbrochen, da ihr Handy vibrierte. Zwar hatte sie den Klingelton abgestellt, da sie bei ihrem romantischen Dinner nicht gestört werden wollte, aber sie hatte immer im Hinterkopf, dass etwas mit Andy sein könnte.

»Ist es deine Mutter?«, fragte Thomas.

Keira warf einen Blick auf das Display. »Nein, Laurie. Ich rufe sie später zurück.«

»Weiß Laurie, dass wir gerade ein Date haben?«

Keira nickte. Natürlich, sie hatte es Laurie schon vor Tagen erzählt und es am Morgen, als ihre Freundin angerufen hatte, um ihr zu gratulieren, auch noch mal erwähnt.

»Dann wird es sich wohl um etwas Wichtiges handeln. Geh ruhig ran.«

»Aber …« Sie überlegte noch, als das Vibrieren abbrach.

Sie starrte auf ihr Handy. Thomas hatte recht. Laurie würde nicht anrufen, wenn es nicht wichtig wäre. Also nahm sie ihr Telefon, entschuldigte sich und ging vor die Tür, um zu hören, was es Dringendes gab.

»Laurie? Du hast versucht, mich zu erreichen?«, fragte sie, nachdem ihre Freundin sich gemeldet hatte.

»Keira … Sitzt du?«

»Nein, ich stehe. Draußen vor dem Chinarestaurant, ich habe doch gerade meinen romantischen Abend mit Thomas.«

»Ich weiß. Tut mir leid, dass ich euch störe.«

Laurie klang gar nicht wie sie selbst. Sofort war Keira mächtig besorgt.

»Warum rufst du denn an? Ist was passiert?«

Stille. Doch Keira konnte förmlich sehen, wie Laurie nickte.

Dann: »Ich habe eine sehr traurige Nachricht.«

Keira schloss die Augen. Oh nein, dachte sie, bitte nicht …

»Mrs. Witherspoon ist von uns gegangen.«

Keiras Augen wurden feucht. »Oh Gott … Wie geht es Humphrey?«, war das Erste, was ihr einfiel.

»Er ist hier bei mir. Ihm geht es natürlich gar nicht gut. Er bittet uns aber, morgen zusammenzukommen. Er meint, er hat etwas zu verkünden, und möchte, dass ich allen Bescheid sage.«

»Oh. Okay. Ich werde da sein. In der Tea Corner?« Ihre Treffen fanden so gut wie immer in Lauries Laden statt, da er der einzige mit Tischen und Stühlen war.

»Ja. Um sieben.«

»Laurie … Willst du, dass ich zu dir komme? Jetzt? Brauchst du meine Unterstützung, was Humphrey angeht?« Sie mochte sich den armen alten Mann gar nicht vorstellen, der auf einmal ganz allein dastand.

»Nein, nein, ist schon okay. Ich rufe jetzt noch den Rest von uns an und bringe Humphrey dann nach Hause. Danke aber, dass du es anbietest.«

»Das ist doch selbstverständlich.«

»Ich komme aber wirklich klar. Barry kümmert sich um die Mädchen. Und du gehst jetzt schön wieder rein und versuchst, deinen Hochzeitstag trotzdem noch ein wenig zu genießen, ja?«

»Ich versuche es.« Ob es ihr gelingen würde, war eine andere Sache.

»Es tut mir wirklich leid, dass ich dich an deinem besonderen Abend gestört habe. Ich dachte nur, du solltest es gleich erfahren.«

»Ist schon okay, ich hätte es dir übel genommen, wenn du es mir erst morgen erzählt hättest. Laurie?«

»Ja?«

»Das ist so traurig. Sie wird mir schrecklich fehlen.«

»Mir auch.«

»Ich drück dich.«

»Ich drück dich zurück.«

Sie beendeten das Telefonat, und Keira ging wieder hinein zu Thomas. Schon an ihrem Blick sah er, dass etwas Schreckliches passiert sein musste.

Fragend sah er sie an. »Keira?«

»Es ist … Mrs. Witherspoon. Sie ist gestorben.« Nun

konnte sie die Tränen nicht mehr zurückhalten, sie liefen ihr in Sturzbächen über die Wangen.

»Oh nein. Das tut mir ehrlich leid. Sie war eine wunderbare Frau.«

Keira nickte. »Eine Bereicherung für uns alle.«

»Wollen wir lieber nach Hause gehen? Wir könnten uns das Essen einpacken lassen.«

»Wenn es dir nichts ausmacht?« Keira war erleichtert über Thomas' Vorschlag. Sie wusste nämlich gerade weder, wie sie überhaupt einen Bissen runterbekommen, noch, wie sie hier sitzen sollte, ohne in Tränen zu ertrinken. »Danke.«

Sie sagten kurz Bescheid, bezahlten, warteten, bis ihnen die Tüte mit dem eingepackten Essen gereicht wurde, und verließen dann das Restaurant. Es hatte so ein schöner Abend werden sollen. Doch manchmal kam einem das Leben leider dazwischen.

Keira hakte sich bei Thomas ein und erinnerte sich daran, dass Mrs. Witherspoon und Humphrey auch immer so gegangen waren, wenn sie die Valerie Lane besucht hatten.

Oh, Mrs. Witherspoon … Die Valerie Lane würde nicht mehr dieselbe sein ohne sie. Sie alle würden nicht mehr dieselben sein.

KAPITEL 3

»Möchtest du auch etwas von dem Salat?«, fragte Ruby ihren Vater Hugh, der in seinem schlumpfblauen Jogginganzug am Esstisch saß und auf die Lasagne starrte, die Ruby bereits am Morgen vorbereitet und nach der Arbeit nur noch in den Ofen geschoben hatte.

»Ich will Lasagne«, antwortete er.

»Die bekommst du auch, Dad. Aber Salat ist sehr gesund, weißt du?«

»Ich mag keinen Salat.«

»Du magst Gurken. Im Salat sind auch Gurken drin«, versuchte sie es.

»Nö. Ich nehm lieber mehr von der Lasagne. Die ist auch gesund.«

»In Ordnung«, sagte Ruby und gab sich geschlagen. Er hatte ja recht, die Gemüselasagne war wirklich gesund, sie hatte sie vollgepackt mit Auberginen, Zucchini und Tomaten. Und im Grunde war sie froh, dass ihr Vater überhaupt wieder einigermaßen normal aß. In den ersten Jahren nach dem Tod ihrer Mutter hatte er nämlich darauf bestanden, stets eine ganze Woche lang nur ein und dasselbe Nahrungsmittel zu essen. Es war alles andere als leicht gewesen mit ihm, in jeglicher Hinsicht, hatte er sich doch in seiner eigenen Welt verschanzt. Erst als Gary in ihr Leben getreten war, hatte Hugh angefangen, seines wieder zu meistern. Und dabei hatte Gary selbst Schlimmes durchgemacht, seine Frau und sein Sohn waren bei einem Autounfall umgekommen, woraufhin er sich für ein Leben auf der Straße entschieden hatte. Doch irgendwie hatten sie es geschafft, einander Hoffnung zu schenken und Zuversicht und den Mut, in die Zukunft zu blicken. Ganz behutsam kamen sie über ihre vergangenen Tragödien hinweg, gaben einander Halt und taten einen Schritt nach dem anderen.

Und hier saßen sie nun beisammen, wie eine richtige Familie, als wäre all der Schmerz ausgelöscht. Natürlich war die Vergangenheit nicht vergessen, und das wollten sie auch gar nicht, denn sie war ein Teil von ihnen, aber sie bestimmte jetzt nicht mehr tagein, tagaus ihr Denken. Sie hatten gelernt, sie anzunehmen und vor allem die schönen Momente in Erinnerung zu behalten.

»Möchtest du Salat?«, fragte sie Gary, der lächelte und nickte. Er hatte bereits den Rotwein eingeschenkt.

»Sehr gerne, danke. Der sieht lecker aus.«

»Ich wollte etwas Besonderes für dich kochen. Es gibt schließlich was zu feiern.«

Gary strahlte bis über beide Ohren, und das tat er schon den ganzen Tag lang. Er hatte ja auch allen Grund dazu. Schließlich war sein zweiter Roman eingetroffen. Eigentlich war es gar nicht erst sein zweiter, denn er hatte damals, in seinem früheren Leben, auch schon einige Bücher veröffentlicht. Doch dies war nun sein zweiter Roman nach seinem Neuanfang. Ruby hätte glücklicher nicht sein können. Sie füllte ihm Salat und Lasagne –

sein Lieblingsessen – auf den Teller und gab ihm einen Kuss.

»Ich bin sehr stolz auf dich, Gary.«

»Das habe ich alles nur dir zu verdanken.«

»Mir?« Ruby füllte sich selbst auf und setzte sich dann. Überrascht sah sie ihn an.

»Ja, natürlich. Ohne dich hätte ich diese Bücher nie schreiben können.«

»Ach so. Weil ich dir den Laptop zum Geburtstag geschenkt habe?« Als Autor brauchte man doch heutzutage einen, und das war das Mindeste, was sie für Gary tun konnte, fand Ruby, nachdem er ihr immer zur Seite stand. Er hatte sie bei dem Vorhaben unterstützt, aus dem Antiquitätenladen ihrer Mutter eine Buchhandlung zu machen, die sich auf alte und besondere Ausgaben spezialisierte. Er hatte sich so oft um Hugh gekümmert, dass sie es schon gar nicht mehr zählen konnte. Und er half nicht selten im Laden mit, wenn sie ihn brauchte. Für Ruby war Gary der größte Schatz auf Erden, und sie fühlte sich gesegnet, ihn zu haben.

Gary sah sie verblüfft an. »Der Laptop? Nein, Ruby. Weißt du denn nicht, dass du für mich immer die größte Inspiration bist? Ohne dich hätte ich nie wieder auch nur einen Satz zustande gebracht.«

Sie war ehrlich gerührt. Wie Gary sie ansah … mit so viel Zuneigung und Dankbarkeit.

Sie legte eine Hand auf seine. »Ich liebe dich«, sagte sie zu ihm.

»Ich liebe dich auch.«

»Krieg ich noch mehr Lasagne?«, fragte Hugh und zerstörte den wunderbaren Moment. Doch das machte nichts, sie waren seine Art längst gewohnt, und ohne seine ständigen Bemerkungen in den unpassendsten Momenten würde ihnen sogar etwas fehlen.

»Na klar, Dad.« Ruby gab ihm noch eine Portion.

Hugh machte sich gierig über seinen Nachschlag her. Sein graues, viel zu langes Haar war wie immer total außer Kontrolle, es stand nach allen Seiten ab.

»Daddy, wir müssen bald mal wieder deine Haare schneiden, ja?«, wagte Ruby sich an das Thema heran. Er mochte es leider gar nicht, wenn sie die Friseurin spielte.

»Pah! Die müssen nicht geschnitten werden.«

Sie sah zu Gary, der sachte den Kopf schüttelte. Nicht heute, er hatte recht. Dieser Abend war viel zu schön, um ihn mit einem Streit übers Haareschneiden zu ruinieren.

»Ach, übrigens«, sagte sie, trank einen Schluck Wein und wandte sich wieder an Gary. »Ich habe Laurie heute dein Buch gezeigt, und sie war ganz aus dem Häuschen. Sie will es unbedingt lesen, sagt sie, und sie freut sich schon darauf.«

Gary errötete leicht, wie immer, wenn jemand begeistert von seinen Geschichten war.

»Das freut mich.«

»Sie wünscht dir ganz viel Erfolg, lässt sie ausrichten.«

»Danke, das ist wirklich nett.«

Ruby spießte eine Auberginenscheibe auf. Sie passte farblich perfekt zu dem Kleid, das sie heute trug. Es war schmal geschnitten und knielang, im Stil der Vierzigerjahre. Ruby liebte nämlich nicht nur alte Bücher, sondern auch Kleider aus vergangenen Epochen. Die meisten ihrer Kleider und Kostüme hatte sie auf Flohmärkten oder in Secondhandläden ergattert, und sie hatte sie in ihrem Kleiderschrank nach Jahrzehnten sortiert.

»Ich bin mir ganz sicher, dass auch dieses Buch ein großer Erfolg wird«, sagte sie. »So berührend, wie du schreibst, geht das gar nicht anders.«

»Du bist ja süß. Na, warten wir mal ab. Ich will mir lieber keine allzu großen Hoffnungen machen. Wenn die Leser es dann mögen, freue ich mich umso mehr.«

»Das werden sie.« Mögen war überhaupt nicht das passende Wort. Die Leser waren hin und weg gewesen von Garys erstem Roman. Die Kritiker hatten ihn hoch gelobt, und die Bewertungen im Internet ließen keinen Zweifel daran, dass die Leute *Denn du bist meine Welt* absolut liebten.

»Ich bin fertig«, kam es nun von Hugh. »Darf ich mich auf meinen Sessel setzen und Radio hören?«

»Du hast uns noch gar nichts von deinem Tag erzählt, Dad. Was hast du denn heute so gemacht?«

Hugh war wenig begeistert, jetzt noch groß reden zu müssen. Er stöhnte leicht, tat seiner Tochter aber den Gefallen und ließ sie an seinem Tagesablauf teilhaben.

»Ich habe mir im Fernsehen eine Sendung über Eisbären angesehen«, begann er, und Ruby erwartete schon, dass er jetzt sagen würde, er wolle unbedingt einen Eisbären haben oder eine Reise an den Nordpol machen. So war Hugh Riley nämlich. Sah er eine Sendung über Bienen, wollte er plötzlich Imker werden; hörte er im Radio den Song *Let's Go to San Francisco*, wollte er seine Koffer packen und den nächsten Flieger nach Kalifornien nehmen. Doch heute beließ er es dabei, ihnen kurz und knapp von den Eisbären zu erzählen. »Danach war ich mit Gary im Park, Schach spielen.«

»Ach, ehrlich? Wer hat gewonnen?«

Gary lachte. »Du weißt doch, dass ich deinen Dad so gut wie nie schlage.«

»Stimmt. Gary ist einfach zu schlecht«, sagte Hugh und lachte erfreut.

»Eigentlich bin ich gar nicht so schlecht. Gegen dich hat nur kaum jemand eine Chance.«

Hugh strahlte zufrieden.

»Und was hast du noch gemacht?«, wollte Ruby wissen.

»Wir waren bei Burger Queen und haben Cheeseburger gegessen«, erzählte er.

»Du meinst Burger King, oder?«

»Pah! Ich glaube ja, dass eher eine Königin die Cheeseburger erfunden hat und nicht ein König. Frauen können doch viel besser kochen«, stand für Hugh fest.

Sie alle lachten.

»Darf ich jetzt Radio hören gehen?«, quengelte er dann.

»Ja, klar. Geh nur.«

Ruby sah ihrem Vater hinterher, wie er zu seinem Lieblingssessel schlurfte und sich sein Radio auf den Schoß stellte. Er drehte so lange an dem Knopf, bis er die Sportsendung fand, die er suchte.

»Er macht sich wirklich gut«, sagte Gary, der mit seinem Blick ebenfalls Hugh gefolgt war. »Heute im Park hat ein Hund einem kleinen Mädchen den Ball weggeschnappt und ist damit davongelaufen. Hugh ist direkt hinterher und hat richtig mit dem Terrier gekämpft, um dem weinenden Mädchen sein Spielzeug zurückzubringen.«

»Ehrlich? Er hat was für jemand anderen getan?« Ruby war zutiefst bewegt, denn dass ihr Vater überhaupt mal etwas anderes sah als nur sich und seine eigenen Bedürfnisse, war ungewöhnlich. So war er, da konnte man nichts machen, und Ruby hatte ihn trotz allem lieb, doch dieses Ereignis überwältigte sie geradezu.

Gary nickte. »Er hat in letzter Zeit Momente … Da könnte man fast vergessen, dass er … ist, wie er ist.«

Speziell, nannten die Leute es meistens, oder sogar verrückt. Ruby nannte es verwirrt. Die Welt ihres Vaters war nun mal nicht mehr dieselbe, seit seine geliebte Frau gestorben war. Ruby konnte es nachvollziehen, jetzt noch mehr denn je. Denn sie liebte Gary bereits nach so kurzer Zeit so sehr, dass sie sich ein Leben ohne ihn überhaupt nicht mehr vorstellen konnte. Wie musste es sein, wenn der Partner, der wichtigste Mensch im Leben, ganz unerwartet und viel zu früh von einem ging und einen einfach allein ließ, mit all dem Kummer und dem Schmerz, mit einer Tochter und einem Geschäft und einem Leben, das doch ohne den anderen gar nicht mehr funktionieren konnte?

»Ich hatte die Hoffnung fast schon aufgegeben«, sagte sie und schob mit der Gabel die letzten Salatblätter hin und her.

»Übrigens«, meinte Gary und lächelte ein wenig schelmisch, »habe ich mir dich für die Protagonistin meines nächsten Romans zum Vorbild genommen.«

Ruby staunte nicht schlecht. Es war ein Tag voller Überraschungen.

»Mich?«

Gary nickte.

»Das wird dann aber ein ziemlich langweiliges Buch werden.« Sie lachte schüchtern.

»Ich bin doch schon mittendrin, und es ist alles andere als langweilig.«

»Worum geht es denn genau?«, fragte sie interessiert.

»Um eine starke junge Frau, die einiges im Leben durchmachen musste, die aber nie aufgegeben hat. Stattdessen lässt sie mithilfe der Kunst ihren Gefühlen freien Lauf.«

»Sie zeichnet?«

»Oh ja. Genau wie du.«

»Das ist eine wundervolle Idee. Wie heißt sie denn, deine Protagonistin?«

Gary wartete einen Moment, dann sagte er: »Meryl.«

Sofort schossen Ruby Tränen in die Augen. Meryl war der Name ihrer Mutter gewesen.

»Wenn das okay für dich ist«, fügte Gary schnell hinzu. »Ich kann es auch noch ändern.«

»Nein, das ist superschön. Sie hätte sich gefreut, dass du ihren Namen verwendest. Sie hat gerne gelesen.«

»Ich weiß.« Im Wohnzimmer stand noch immer das große Bücherregal mit all ihren Liebesromanen, während in Rubys Zimmer mehrere Regale vollbepackt mit Klassikern waren, sogar Erstausgaben waren darunter.

»Eines Tages wirst du richtig, richtig erfolgreich sein«, war Ruby sich sicher. »Und ich kann sagen, ich kannte dich schon vorher.« Sie gab Gary einen Kuss auf die Wange.

»Du kannst sagen, ich hätte die Hauptfigur in einem meiner Bücher dir nachempfunden. Das können nur wenige von sich behaupten«, scherzte er.

»Du Schuft! Wie viele Freundinnen hast du neben mir noch, denen du ein Buch widmest?«

Gary nahm ihre Hand in seine. »Für mich wird es immer nur dich geben, ich hoffe, das weißt du.«

Sie schmiegte sich an ihn und genoss seine Nähe, genoss das gemeinsame Glück, genoss jeden Moment, denn diese Dinge waren keine Selbstverständlichkeit.

Irgendwann löste Ruby sich von Gary, lächelte ihn noch einmal an und begann dann, den Tisch abzuräumen.

Gary stand auf und half ihr, das Geschirr in die Küche zu bringen. Sie lebten noch immer in der Dreieinhalbzimmerwohnung, in der Ruby schon als Kind mit ihren Eltern gewohnt hatte. Jetzt mit dem Antiquariat, das so gut lief, und dem Geld, das Gary durch seinen Bestseller eingenommen hatte, dem aktuellen Buch und dem neuen Zweibuch-Vertrag, den er erst vor wenigen Wochen unterzeichnet hatte, könnten sie langsam darüber nachdenken, sich etwas Besseres zu suchen, ein Haus vielleicht oder eine Wohnung in einer schöneren Gegend. Doch so waren sie nicht, weder Gary noch Ruby hatten vor, hoch hinaus zu schießen. Sie waren einfach nur froh, sich keine Sorgen mehr um die Miete oder den Laden machen zu müssen. Sie waren froh, dass es ihnen gut ging. Und vor allem Gary war dankbar, ein Dach über dem Kopf, warme Sachen zum Anziehen, etwas im Magen und Menschen um sich zu haben, denen er etwas bedeutete. Sie waren zufrieden mit dem, was sie hatten, mehr noch als das, sie waren selig.

Während Ruby gerade das Geschirrwasser in die Spüle laufen ließ, klingelte ihr Handy.

»Magst du rangehen?«, fragte sie.

Gary nahm das Telefon in die Hand, und gleich darauf sah Ruby Besorgnis in seinen Augen.

»Es ist Laurie. Ich weiß nicht, was los ist, aber sie klingt ziemlich durcheinander.« Er reichte ihr das Handy.

Ruby trocknete sich schnell die Hände am Geschirrtuch ab und nahm es entgegen. »Laurie?«

»Ruby … Etwas sehr Trauriges ist passiert. Mrs. Witherspoon ist letzte Nacht von uns gegangen.«

Rubys Herz setzte aus. Sie konnte nichts erwidern. Langsam ließ sie das Handy sinken, sackte auf den Küchenstuhl und begann, hemmungslos zu weinen.

Gary sagte Laurie, dass Ruby später zurückrufen würde, und stellte sich an ihre Seite. Sie klammerte sich an ihn.

Sie hatte Mrs. Witherspoon so gerngehabt. Die alte Dame war wie eine Grandma für sie gewesen, seit ihre eigene 2013 verstorben war. Ja, sie hatte Mrs. Witherspoon schon als kleines Mädchen gekannt, wie oft hatten ihre Mum und sie bei ihr vorbeigeschaut, um ihr ein Glas selbst gemachter Marmelade oder ein Stück Kuchen zu bringen. Ruby hatte Mrs. Witherspoon bewundert. So arm sie auch war, hatte sie sich doch nie beklagt, sondern an den Dingen festgehalten, die ihr Leben lebenswert machten: Das waren ihre über alles geliebte Löffelsammlung, ein paar hübsche Porzellanfiguren und einige alte

Bücher. Sie hatte die Brontë-Schwestern heiß und innig geliebt und besaß ein paar wunderschöne alte Ausgaben von *Sturmhöhe*, *Jane Eyre* und *Agnes Grey*, aus denen sie Ruby vorgelesen hatte, wenn sie als Babysitter eingesprungen war, weil Meryl so viel im Laden zu tun gehabt oder mal wieder zu einer Haushaltsauflösung gewollt hatte. Vielleicht war nicht nur der Antiquitätenladen, sondern im Besonderen Mrs. Witherspoon der Grund dafür gewesen, dass Ruby angefangen hatte, eine tiefe Leidenschaft für alte Bücher zu entwickeln.

Gary hielt sie fest umschlungen und fragte nicht, was los war. Er wusste, sie würde es ihm sagen, wenn sie so weit war.

Ruby schluchzte herzzerreißend.

»Mrs. Witherspoon …«, war alles, was sie herausbrachte.

»Oh nein, Ruby, es tut mir so leid.« Er setzte sich zu ihr und hielt sie, wenn möglich, noch ein wenig fester. Er wusste, dass es keine Worte gab, die Ruby ihre Traurigkeit hätten nehmen können, also blieb er still und war einfach nur für sie da. Und das war alles, was Ruby in diesem Moment brauchte.

KAPITEL 4

Susan hatte den Kopf schief gelegt und hörte Stuart beim Proben seines Sets zu, das er später am Abend vor einem großen Publikum spielen würde. Seine Bandmitglieder Avery und Gunnar begleiteten ihn dabei auf der E-Gitarre und dem Schlagzeug. Stuart spielte wie immer auf der Gitarre, die sein Vater ihm zu seinem zwanzigsten Geburtstag geschenkt hatte, und sang seine Lieder, noch immer mit Leidenschaft, jedoch nicht mehr mit so viel Liebe wie noch vor wenigen Jahren. Als Susan Stuart zum ersten Mal hatte singen hören, war sie zutiefst bewegt gewesen von dem Gefühl, das er in seine Songs gesteckt hatte. Heute aber ging es nicht mehr um Gefühle, sondern um Kommerz. Die Musik der Twentyniners erzählte nicht länger von Träumen, die in Erfüllung gehen konnten, und von einer Welt, die wunderschön und gut war, sondern hauptsächlich von Autos, Geld und heißen Frauen. Das kam super an beim Publikum. Die Männer fanden die Twentyniners cool und konnten die Texte mitsingen, und die Frauen standen mehr noch auf die einzelnen Bandmitglieder als auf die Musik, die sie machten. So kam es zumindest Susan vor, wenn sie die Fans bei den Konzerten beobachtete. Ja, wenn sie es richtig erkannte, lagen Frauen jeden Alters den Jungs zu Füßen.

»… and then I saw your face and everything was fine … wanna kiss you hard and share a bottle of wine«, beendete Stuart den Song, spielte noch ein paar Akkorde, hielt inne und lächelte sein neues sexy Lächeln, das ihnen in der letzten Zeit so einige Probleme eingebracht hatte.

Susan wollte es nicht, doch sie konnte einfach nicht anders, als eifersüchtig zu sein. Auf all die vielen Frauen, die für ihren Liebsten schwärmten. So hatte sie sich das nicht vorgestellt, als sie sich dazu entschlossen hatte, die Band bei ihrer ersten großen Tour zu begleiten.

Es war gut drei Jahre her, dass der Musikmanager Jeffrey Hamilton die Twentyniners bei einem Benefiz-Konzert zu Hause in Oxford entdeckt hatte. Er war sofort Feuer und Flamme gewesen und hatte Stuart und der Band angeboten, sie von nun an zu vertreten, ihnen Auftritte zu verschaffen, größere, bessere als die, die sie bisher auf winzigen lokalen Bühnen gehabt hatten. Er versprach ihnen große Locations, Ruhm, Geld, kreischende Fans, eine eigene CD und mehr Erfolg, als sie sich überhaupt vorstellen konnten. Die Jungs waren natürlich total euphorisch gewesen und hatten den Vertrag unterzeichnet, nicht, weil sie wirklich von Ruhm und Geld geträumt hatten, sondern weil sie ihre eigenen, selbst komponierten Songs, die ihnen die Welt bedeuteten, bis in alle Ecken des Landes hatten bekannt machen wollen.

Damals spielten die Twentyniners – die so hießen, weil die Band gegründet worden war, als alle drei Mitglieder neunundzwanzig Jahre alt gewesen waren – bereits seit sechs Jahren zusammen. Fortan durften sie tatsächlich auf größeren Events und Festivals auftreten, in London,

Manchester, Liverpool, Brighton, Birmingham oder Leeds. Stuart war immer öfter weg, so oft, dass Susan begann, ihn schrecklich zu vermissen. So oft, dass er kaum noch zu Hause war und seiner Schwester Charlotte, die auch Susans Angestellte im Wollladen war, und ihren Kindern seine Wohnung überließ. Er hatte die drei bei sich aufgenommen, als Charlotte sich von ihrem gewalttätigen Ehemann getrennt hatte. Ja, so war Stuart gewesen, immer für alle da, doch nun war er mehr fort als da, und das machte Susan schwer zu schaffen. So sehr, dass sie, als Stuart ihr vergangenes Jahr freudig berichtet hatte, dass die Twentyniners in diesem Sommer zwei Monate lang durch ganz Großbritannien touren würden, zu grübeln begann. Susan wollte Stuart nicht zwei Monate lang fortgehen lassen und ihn in der ganzen Zeit höchstens ein paarmal sehen, wenn er in der Nähe spielte. Sie wollte bei ihm sein, Tag und Nacht, ihn unterstützen, ihm zuhören und zusehen und ihm zeigen, dass sie ihn liebte. Und deshalb entschloss sie sich schweren Herzens dazu, ihr Wool Paradise für diese Zeit in Charlottes Hände zu übergeben und in einem Tourbus mit drei lieben, aber auch lauten und chaotischen Männern zu hausen.

Zuerst war alles ganz aufregend und einfach nur schön. Tagsüber hörte sie der Band beim Proben der Songs aus dem Repertoire und beim Komponieren von neuen zu. Sie kümmerte sich um ihr leibliches Wohl und zauberte in der kleinen Küche an Bord die köstlichsten Speisen, damit die Jungs sich nicht mehr nur von Burgern oder Fish and Chips ernähren mussten. Abends stand sie direkt neben der Bühne und sah ihrem Schatz dabei zu, wie er seine Fans begeisterte, an Orten wie Glasgow, Edinburgh, Aberdeen oder Dublin. Doch irgendwann fiel Susan auf, dass das Publikum fast nur noch aus weiblichen Fans bestand.

Zuerst dachte sie sich nichts dabei. Natürlich kamen die Jungs bei den Frauen gut an. Schließlich sahen sie alle drei super aus, gaben großartige Songs zum Besten und hatten sogar einen Top-100-Hit, wenn auch nur Platz 97, gelandet. Dann jedoch bekam Susan mit, wie sehr Avery und Gunnar sich verändert hatten, wie sie nicht selten eines dieser Groupies mit in den Bus oder ein Hotelzimmer nahmen. Was Avery anging, war das okay, der war Single, doch Gunnar hatte zu Hause eine schwangere Freundin, und da hörte der Spaß für Susan auf. Als sie Stuart darauf ansprach, sagte er lediglich: »Lass ihn doch, ist schließlich seine Sache«, und das machte Susan noch wütender und ließ sie zum ersten Mal erkennen, was wirklich aus den Jungs geworden war. Und nun begann sie auch zu grübeln und sich zu fragen, ob Stuart während ihrer Abwesenheit dasselbe getan hatte, da er das alles ja gar nicht so schlimm zu finden schien.

Die Sache war die: Stuart wurde als Bandleader nicht weniger angeflirtet, nein, wenn möglich sogar noch mehr. Er hatte sicher Hunderte Chancen gehabt in den letzten drei Jahren. War er ihr wirklich immer treu gewesen, wie sie es angenommen, wie sie es ganz fest geglaubt hatte? Susan hatte nie an ihrer Beziehung oder an Stuarts Loyalität gezweifelt, doch mit jedem Tag wurde sie ein wenig paranoider, und irgendwann setzte sie sich mit ihm zusammen und erzählte ihm von ihren Ängsten. Er versicherte ihr, dass sie sich keine Sorgen zu machen brauche, dass er ihr niemals wehtun würde, dass er nicht so sei wie Gunnar, und doch blieb da ein Zweifel, ein Verdacht, der nicht verschwinden wollte, so sehr Susan sich auch bemühte. Der Gedanke daran, Stuart könnte ein paarmal ausgeblendet haben, dass auch er eine Freundin hatte, nistete sich in ihrem Kopf ein und ließ sie nicht los. Sie hatte von Anfang an Verständnis dafür gehabt, dass ihr Freund mit seinen weiblichen Fans auch ein wenig flirten musste, und obwohl sie die meisten neueren Songs, in denen es um Sex und Alkohol ging, nicht allzu sehr mochte, hatte sie sie nie kritisiert. Doch jetzt, da sie vierundzwanzig Stunden am Tag mit den Jungs verbrachte, fiel ihr erst auf, dass nicht nur ihre Songs, sondern auch sie selbst nicht mehr dieselben waren. Sie waren arrogant, ja fast schon größenwahnsinnig geworden, und das schloss Stuart nicht aus. Sie tranken viel zu viel – Stuart eingeschlossen – und feierten fast mehr, als sie arbeiteten. Manchmal hatte Susan das Gefühl, als hielten die Twentyniners sich schon für die Rockstars des Jahrhunderts, und das tat ihnen nicht gut.

»Musst du diesen Mädchen so schöne Augen machen?«, hatte sie Stuart erst vor ein paar Tagen wieder gefragt, und er hatte erwidert: »Ein bisschen Flirten gehört eben dazu, Susan. Wir wollen, dass unsere Fans unsere Alben kaufen und unsere Konzerte besuchen, da können wir sie doch nicht vor den Kopf stoßen.«

»Das ist mir schon klar, Stuart. Und vor den Kopf stoßen sollst du sie ja auch gar nicht. Ich meine, sieh dir

Avery und Gunnar an, die tun genau das Gegenteil, oder?« Es war wirklich kaum noch zu ertragen, das mit anzusehen.

Stuart zuckte die Achseln. »Dass sie sich ab und an mal mit einem Fan amüsieren, ist deren Sache, aber es heißt nicht, dass ich das auch tue.«

»Bist du dir da sicher? Hast du das wirklich noch nie gemacht?«, fragte sie. »Auch nicht, bevor ich mit dabei war?«

»Wie kannst du mich so was fragen, Susan?«, sagte er enttäuscht, als hätte sie ihm etwas völlig Undenkbares unterstellt. Doch es war nun mal Fakt, dass er jeden Abend gleich mehrere Frauen hätte abschleppen können, wenn er gewollt hätte. Dass er viel zu viel von sich selbst hielt und sich auf seiner Instagram-Seite seit Neuestem *Stuart Ladykiller* nannte. Dass er dort beinahe jeden Abend Selfies mit irgendwelchen heißen Frauen postete. Dass er Susan hingegen nur noch selten sagte, wie viel sie ihm bedeutete. Dass er die Adoption, von der sie noch vor drei Jahren jeden Tag gesprochen hatten, seit einer Ewigkeit nicht mehr erwähnt hatte. Dass er nur noch sich selbst und seine Karriere sah. Dass das letzte gemeinsame Instagram-Foto mit ihr mehr als ein Jahr zurücklag. Und Susan begann mehr und mehr, an der Stabilität ihrer Beziehung zu zweifeln.

An diesem Abend nun stand sie wieder in dem abgesperrten Bereich neben der Bühne und sah und hörte den Twentyniners dabei zu, wie sie von der wahren Liebe sangen. Dabei fragte sie sich, wo denn nur ihre eigene wahre Liebe hin war.

Susan sah, wie Stuart in die Menge lächelte und dann einem etwa zwanzigjährigen Blondchen, das ihm eine Kusshand zuwarf, eine solche erwiderte. Plötzlich hatte sie genug. Sie ging in den Backstagebereich und setzte sich auf einen der schwarzen Klappstühle. Dort starrte sie auf ihre Schuhe, die ganz schmutzig waren von dem sandigen Boden des Festivalplatzes. Und in diesem Moment vermisste sie ihren Cockerspaniel Terry mehr als je zuvor. Sie hatte den Hund schon, seit er ein Welpe gewesen war. Er war all die Jahre immer an ihrer Seite und für sie da gewesen, wenn es ihr schlecht gegangen war. Er hatte es sofort gespürt und war zum Kuscheln zu ihr gekommen, und es war ihr jedes Mal besser gegangen. Hier hatte sie niemanden zum Kuscheln außer Stuart, mit dem sie im Moment überhaupt nicht kuscheln wollte. Terry war derweil bei Charlotte und den Kindern, die sich über seine Gesellschaft freuten, besonders Charlottes zwölfjährige Tochter Vanessa hatte einen Narren an ihm gefressen, ging Gassi mit ihm und verwöhnte ihn, wo sie nur konnte. Wahrscheinlich vermisste Terry Susan überhaupt nicht. Und sie saß hier und fühlte sich so allein.

Aber nicht nur Terry fehlte ihr, sondern auch ihr Laden, die Valerie Lane und vor allem ihre Freunde. Wie gerne würde sie sich bei Tobin aussprechen, bei Laurie Tee trinken, mit Charlotte herumalbern oder mit ihren Kunden über den neuesten Klatsch und Tratsch reden. Vor allem aber vermisste sie die Mittwochabende, an denen sie sich in Laurie's Tea Corner trafen und sich über alles, was in der Valerie Lane passierte, austauschten. An diesen besonderen Abenden ließen sie jeden ein, der ein wenig Gesellschaft wollte, der einen guten Rat oder ein offenes Ohr brauchte oder sich einfach nur einen heißen Becher Tee holen wollte, wie die armen Obdachlosen der Gegend. Und das war noch eine andere Sache, die sie schrecklich vermisste. Zu Hause in Oxford hatte sie viel Wohltätigkeitsarbeit geleistet, hatte im Obdachlosenheim und in der Suppenküche ausgeholfen und ständig irgendetwas für die Bedürftigen gestrickt. Gutes für andere zu tun, denen zu helfen, die es allein nicht schafften – das fehlte ihr unglaublich. Sie war zwar erst seit fünf Wochen aus Oxford weg, doch es kam ihr vor wie eine halbe Ewigkeit, und es würden noch drei weitere Wochen folgen. Sie wusste nicht, ob sie das überhaupt aushalten würde.

Sie dachte an den neuen Artikel, den sie am Morgen auf der Valerie-Lane-Homepage gelesen hatte. Eine liebe Bloggerin namens Mary-Lou hatte es sich zur Aufgabe gemacht, aus der romantischsten Straße der Welt zu berichten. Meist gab es alle paar Tage, mindestens aber einmal die Woche ein Update. Dann lud Mary-Lou neue Fotos hoch und stellte einen kleinen Bericht rein. Susan verfolgte die Neuigkeiten begierig und hatte so das Gefühl, wenigstens nicht allzu viel zu verpassen. An diesem Morgen hatte sie erfahren, dass die Ladeninhaber hübsche Herbstastern gepflanzt hatten und dass Keira eine neue Leckerei in ihrer Chocolaterie anbot: Kirsch-Brownie-Ecken. Außerdem hatte jemand bei Laurie seinen Hut vergessen, und Ruby führte nun nach häufiger Nachfrage auch Harry-Potter-Sammlerzubehör.

Ach, ihr fehlte das alles so sehr …

»Hey, Susan, alles okay?«, hörte sie Howie fragen, einen der Tontechniker, die die Konzerttour begleiteten und achtgaben, dass auf der Bühne alles reibungslos ablief. Er war um die fünfzig und immer nett zu ihr, erzählte ihr oft von seiner Frau und seinen vier Kindern zu Hause in Cambridge. Sie hatte ihn gefragt, ob er sie nicht vermisse, wenn er so lange von zu Hause fort sei, und er hatte mit seiner rauen Stimme geantwortet: »Natürlich vermisse ich sie, was denkst du? Aber ich tu das alles ja für sie. Und außerdem liebe ich meinen Job.«

Ja, Susan liebte ihren Job auch, sie liebte ihren Laden, liebte es, die Kunden in Sache Wolle zu beraten und ihnen auf Wunsch einen Pullover oder einen Schal in ihren Lieblingsfarben zu stricken. Es war Mitte September, eigentlich saß sie zu dieser Jahreszeit immer schon im Wollparadies und fertigte unzählige Paar Handschuhe und Socken an, die sie zu Weihnachten mit ins Gemeindezentrum nahm, um sie an die Bedürftigen zu verteilen. Das war eine Tradition, in diesem Jahr würde sie aber gar nicht so viel schaffen … Sie hatte hier zwar auch Wolle dabei, doch Gunnar und Avery hatten sich bereits mehrmals über sie lustig gemacht, wenn sie im Tourbus gesessen und gestrickt hatte. »Hausmütterchen« hatten sie sie genannt, und Avery hatte gefragt, ob sie das mit dem Rockstar-Dasein irgendwie falsch verstanden habe. Das hatte sie verletzt, danach hatte sie nur ab und zu mal heimlich ihre Wolle herausgeholt und es irgendwann ganz sein lassen.

»Rockstar-Dasein« … Sie fragte sich, wann die Jungs angefangen hatten, ihre wunderbare Aufgabe, der Welt ihre Lieder näherzubringen, so zu sehen. Sie waren wirklich nicht mehr dieselben – und Stuart war es auch nicht.

Nun sah sie Howie an und lächelte traurig. »Alles okay«, sagte sie. »Ich vermisse nur meine Freundinnen zu Hause in Oxford.«

»Das kann ich verstehen. Es ist aber ja kein Zwang, dass du die ganze Zeit dabei bist. Fahr doch für ein paar Tage heim«, schlug er vor.

Darüber hatte Susan auch schon nachgedacht. Es war wirklich zu lang, vor allem für jemanden wie sie, die zuvor nicht einmal für ein Wochenende verreist war. Sie hatte Oxford nie verlassen, war nicht einmal nach Kanada oder Australien gereist, wo ihr Bruder Michael beruflich für längere Zeit gelebt hatte. Michael … Als sie an ihn dachte, musste sie lächeln. Sie konnte noch immer nicht glauben, dass der Sunnyboy, der ständig seine Freundinnen gewechselt hatte, nun in London endlich die Richtige gefunden hatte. Sie hieß Chelsea und war seine Friseurin, in die er sich vor gut einem Jahr verliebt hatte. Er war von da an besonders häufig zum Haareschneiden gegangen und hatte sie schließlich um ein Date gebeten. Inzwischen wohnten sie zusammen und waren einfach ein zauberhaftes Paar. Susan hatte sie besucht, als die Twentyniners für drei Konzerte in London gewesen waren. Das war ganz am Anfang der Tour gewesen, als Susan noch völlig andere Erwartungen gehabt hatte.

Sie sagte Howie, dass sie darüber nachdenken würde, und holte ihr Handy aus der Hosentasche. Sie hatte es wegen der lauten Musik überhaupt nicht gehört und stellte nun erstaunt fest, dass sie neun versäumte Anrufe hatte, sechs von Laurie, zwei von Keira und einen von Ruby. Sie sah auf die Uhr, es war 21:57, ihre Freundinnen versuchten bereits seit Stunden, sie zu erreichen.

Susan checkte schnell, ob sie auch SMS erhalten hatte. Ja, eine, in der Laurie sie bat, so schnell wie möglich zurückzurufen. Und das würde sie auch sofort tun. Sie ging aus dem Backstage-Bereich und verließ das Gelände, um Ruhe zu finden. Dann drückte sie auf »Zurückrufen«.

»Susan? Oh Gott, endlich«, hörte sie Laurie, und sie wusste sofort, dass etwas Schreckliches passiert war. Ihr Herz zog sich zusammen.

»Laurie. Was ist los?« Es war keine Zeit für Höflichkeitsfloskeln.

Ein Moment Stille.

»Laurie?«

»Es tut mir so leid, aber ich habe dir etwas sehr Trauriges mitzuteilen …«

»Nun sag schon, Laurie. Sag es mir!« Bitte nichts mit Lauries Kindern, hoffte sie, sie liebte sie nämlich abgöttisch und war sogar bei Claras Geburt dabei gewesen.

»Es geht um Mrs. Witherspoon.«

»Nein! Oh nein!« Susan ließ sich auf einen Baumstumpf sinken.

»Sie ist letzte Nacht von uns gegangen.«

Susan liefen sofort Tränen, ja, ganze Wasserfälle über die Wangen. Der Song *Every Teardrop Is a Waterfall* von ihrer Lieblingsband Coldplay fiel ihr ein, während ihr etliche Bilder von Mrs. Witherspoon durch den Kopf schossen. Die immer gute, großherzige Mrs. Witherspoon, die sich nie beklagte und immer die tollsten Geschichten auf Lager hatte, war gestorben. Und Susan war nicht zu Hause, um für ihre Freundinnen da zu sein, denen es sicher gerade genauso schlecht ging wie ihr. Oh nein, und Humphrey! Armer Humphrey, was würde er nur ohne seine Liebste machen?

»Ich komme so schnell wie möglich nach Hause«, versprach sie Laurie.

»Das ist nicht nötig, Susan. Bleib ruhig …«

Sie ließ Laurie nicht ausreden. »Natürlich komme ich. Ich nehme den ersten Flieger, den ich kriegen kann.«

»Ehrlich? Wo bist du denn gerade?«

»In Belfast.«

»Okay. Schön, dass du nach Hause kommst.«

»Ich wünschte, es gäbe einen anderen Anlass, aber ich freue mich auf euch.«

»Ach, Susan? Humphrey möchte uns alle morgen Abend in der Tea Corner sehen. Er sagt, er hat uns etwas zu verkünden.«

»Ich werde da sein.« Sie nickte, um ihre Worte zu bestätigen. »Wie hält er sich denn?«

»Er ist tapfer.«

Ja, das konnte sie sich vorstellen. Nach außen hin tapfer sein, das kannte sie nur zu gut. Aber wie es in seinem Innern aussehen musste …

»Ich kümmere mich sofort um einen Flug. Ich schicke dir eine SMS mit meinen Ankunftsdaten.«

»Mach das. Und ich schicke Barry, um dich abzuholen.«

Das ist doch nicht nötig, wollte sie sagen. Aber sie konnte sich gerade nichts Schöneres vorstellen, als ein vertrautes Gesicht zu sehen, also war alles, was sie sagte: »Danke. Das weiß ich zu schätzen.«

Sie beendeten das Gespräch, und Susan eilte in den Bus, schaltete den Laptop an und suchte nach einer Flugverbindung. Innerhalb weniger Minuten hatte sie einen One-Way-Flug nach London Heathrow gebucht und ihren Koffer gepackt. Dann ging sie zurück zum Konzert, um Stuart von Mrs. Witherspoons Tod und ihrem Vorhaben zu erzählen. Sie musste schon um acht am Flughafen sein und wollte bald ins Bett gehen, wusste aber, dass die Jungs oft noch die halbe Nacht feierten. Sie hatten am Mittag schon einen Pub in der Nähe entdeckt, der es ihnen angetan hatte.

Als Susan eintraf, war der letzte Song bereits verklungen. Sie fand Stuart bei zwei jungen Frauen, mal wieder flirtend. Eine von ihnen, eine Blondine mit superlangen Beinen, die in glitzernden Hotpants steckten, zog ihn an sich und drückte ihm einen Schmatzer auf die Wange, während sie ein Selfie schoss. Stuart grinste frech und ließ den Zettel, den Blondie ihm kurz darauf zusteckte, in seiner Hosentasche verschwinden. Susan schüttelte den Kopf und ging auf ihn zu. Sie tippte ihm auf die Schulter.

»Stuart, ich muss dir was Wichtiges sagen.«

Er wirkte ein wenig ertappt. »Susan.«

»Sorry, Mädels, aber ich muss ihn mal kurz entführen«, meinte sie zu Blondie und ihrer Freundin.

Sie nahm Stuart zur Seite. »Was war das denn eben, bitte?« Eigentlich hatte sie gar nichts sagen wollen, im Moment gab es wirklich Wichtigeres, doch diesen Vorfall einfach unkommentiert zu lassen, das schaffte sie einfach nicht.

»Was denn? Die beiden da drüben?« Er drehte sich zu den Frauen um, die immer noch dort standen und auf ihn zu warten schienen, und winkte ihnen zu. Dann sah er wieder Susan an. »Ich hab dir doch erklärt, wie das läuft. Da ist nichts dabei, ehrlich.«

»Nur komisch, dass ich dir das nicht mehr glauben kann, oder? War das da eben eine Telefonnummer? Eine Adresse? Hast du vor, dich mit ihr zu verabreden?«

»Das ist doch Bullshit, und das weißt du. Denkst du echt, ich hintergehe dich, während du in unserem gemeinsamen Bett im Tourbus schläfst?«

»Und was, wenn ich nicht hier wäre? Was wäre dann, hm?«

»Susan … Willst du mir jetzt echt vor allen eine Szene machen?« Stuart wirkte genervt. Sie hatten das Thema schon so oft durch, das wusste Susan ja selbst.

Sie seufzte. »Nein, das will ich nicht. Eigentlich wollte ich nur …« Ihr traten schon wieder Tränen in die Augen. Sie atmete tief durch. »Ich wollte dir etwas sagen.«

»Und was? Weinst du etwa?«

Hatte er denn vorher ihre geschwollenen Augen nicht gesehen? Daran merkte Susan nur wieder einmal mehr, dass er nichts als sich selbst und die Band im Sinn hatte.

»Mrs. Witherspoon ist gestorben.«

»Oh nein, das tut mir sehr leid. Ehrlich. Eine nette alte Dame.«

»Ja. Ich muss sofort nach Hause.«

»Das verstehe ich. Aber die Beerdigung wird sicher erst nächste Woche stattfinden.«

»Ich muss *sofort* nach Hause. Meine Freundinnen brauchen mich. Humphrey braucht mich.«

»Okay«, war alles, was er sagte.

Sie hätte sich gewünscht, dass er angeboten hätte mitzukommen, aber das ging natürlich nicht, da gleich am nächsten Abend wieder ein Konzert anstand.

»Ich hab meinen Koffer schon gepackt und fliege morgen früh um zehn. Ich leg mich jetzt also schlafen.«

Er nickte nur.

»Du kannst jetzt zurück zu deinen Groupies gehen.«

»Susan …«

»Was?«, fragte sie wütender als beabsichtigt.

»Kommst du denn überhaupt zurück?«

Das war eine gute Frage. Sie hatte lediglich ein One-Way-Ticket gebucht, eigentlich eher unbeabsichtigt, doch ihr Unterbewusstsein hatte es vielleicht so eingerichtet, weil es das war, was sie brauchte.

»Ich weiß es nicht.«

»Ich liebe dich«, sagte Stuart und griff nach ihrer Hand.

»Und ich weiß nicht, ob ich es noch tue«, gab sie ehrlich zu.

Einen Moment lang sah Stuart völlig schockiert aus. Sprachlos starrte er sie an, fasste sich jedoch schnell wieder und sagte: »Alles klar. Pass auf dich auf.« Dann ging er zu seinen Fans zurück, die ihn mit Begeisterung wieder in ihrer Runde aufnahmen.

Einen Augenblick stand Susan noch da und sah sich

das an, dann ging sie zum Bus und legte sich ins Bett. Einschlafen konnte sie noch lange nicht, immerzu musste sie an Mrs. Witherspoon denken und daran, dass sie die liebe alte Dame nicht noch ein letztes Mal gesehen hatte, sich nicht von ihr verabschieden und keinen letzten gemeinsamen Mittwochabend mit ihr hatte verbringen können. Stattdessen war sie hier und ließ sich demütigen.

Sie wollte das alles nicht mehr. Bevor sie endlich einschlief, beschloss sie, nicht zu Stuart zurückzukehren. Sie wollte einfach nur nach Hause, und da würde sie auch bleiben. Was für eine dumme Idee, Oxford überhaupt jemals verlassen zu haben. Dort gehörte sie hin, nur dort konnte sie glücklich sein.

KAPITEL 5

»Und wenn Sie hier zu Ihrer Linken blicken, sehen Sie die umwerfende Villa von Robert Downey jr., die einen geschätzten Wert von 13,5 Millionen Dollar hat«, sprach Orchid in ihr Mikrofon. Sie warf sich den langen blonden Pferdeschwanz über die Schulter und lächelte ihre Touristengruppe an.

Alle machten »Oooh!« und »Wow!« und waren ganz begeistert, und Orchid wusste, dass jeder Einzelne von ihnen den Sherlock-Holmes-Star in diesem Moment beneidete und sofort mit ihm getauscht hätte.

Heute waren sie eine kleine Gruppe von nur zwölf Personen und fuhren in einem offenen Kleinbus. Manchmal betreute Orchid auch weit größere Gruppen, meist, wenn es um die Sehenswürdigkeiten in Hollywood ging. An diesem Tag war sie aber für die Homes-of-the-stars-Tour in Malibu eingeteilt, eigentlich ihre liebste Tour, da sie direkt am Meer entlangführte und die ganze Zeit eine frische Brise wehte. In den Hollywood Hills dagegen konnte es manchmal brutal heiß werden, was die begierigen Touris aber nicht davon abhalten ließ, die Villen ihrer Lieblingsschauspieler und -sänger zu entdecken. Entdecken war eigentlich nicht das richtige Wort; die meisten Anwesen der Promis waren nämlich durch hohe

Hecken, Zäune und Mauern vor den Paparazzi und ebendiesen neugierigen Leuten geschützt, die Orchid Tag für Tag herumführte.

Sie liebte ihren Job. Nachdem sie gut drei Jahre zuvor mit Patrick nach Amerika gekommen war, hatte sie zuerst in einem Souvenirladen in Hollywood gearbeitet. Das war für den Anfang okay gewesen, aber es war nicht das, was sie längerfristig machen wollte. Leider konnte sie ohne richtige Arbeitsgenehmigung nichts Anständiges finden. Nicht nur deshalb und damit Orchid endlich ihre Green Card bekam, sondern vor allem aus Liebe wollten Patrick und sie so schnell wie möglich heiraten. Und so fuhren sie im August, drei Monate, nachdem sie in die USA gekommen waren, nach Las Vegas, um sich das Jawort zu geben. Davon erzählten sie ihren Familien nichts, schließlich wollten sie kein großes Spektakel, und sie waren sich sicher, dass, wenn sie auch nur ein Wort gesagt hätten, sich alle – Orchids Eltern samt ihrer Schwester Phoebe mit ihrem Mann Lance und ihrem Töchterchen Emily und wahrscheinlich noch all ihre Freundinnen aus der Valerie Lane – auf den Weg gemacht hätten, um dabei zu sein. Patrick hatte außer seiner Tante Dana niemanden mehr, aber selbst der sagten sie kein Sterbenswort, sondern machten sich schlicht auf, fuhren die dreihundert Meilen mit dem alten Ford Fiesta, den Patrick einem Bekannten für achthundert Dollar abgekauft hatte, und mieteten sich ein Zimmer in einem Casino-Hotel, in dem sie beim Roulette sogar noch zweitausend Dollar gewannen.

Wären alle anderen dabei gewesen, wäre es zwar irgendwie auch schön gewesen, doch es hätte nicht Orchids und

Patricks Stil entsprochen. Sie waren jetzt zwei Abenteurer, waren frei wie der Wind und wollten das Leben voll auskosten.

Nachdem sie sich in einer kleinen Kapelle mit einem Pastor im Elvis-Kostüm für zweihundertfünfzig Dollar hatten trauen lassen, aßen sie am Hotel-Büfett so viele Chicken Wings, wie sie nur konnten, und machten sich dann mit einer Flasche billigem Champagner auf in ihr Zimmer, wo sie sich die ganze Nacht lang liebten.

Als der Morgen anbrach, blickten sie aus dem Fenster im vierundzwanzigsten Stock, versprachen sich ewige Liebe und schliefen dann glücklich aneinandergekuschelt ein.

Später am Tag sahen sie sich noch die weißen Tiger von Siegfried und Roy im Mirage an und bestaunten die Wasserspiele vor dem Hotel Bellagio. Als sie am nächsten Tag zurück nach Kalifornien fuhren, strahlten sie bis über beide Ohren. Sie steckten die zweitausend Dollar in die leere Cappuccino-Dose, die sie als Spartopf benutzten, und schickten ihren Lieben zu Hause eine E-Mail, in der sie die fröhliche Nachricht verkündeten. Sie hängten sogar das Hochzeitsvideo an, das im Paket mit drin gewesen und das ihnen nach der Zeremonie auf einem USB-Stick überreicht worden war. Orchid wusste, für einige Menschen mochte solch eine Art von Hochzeit armselig klingen, für sie jedoch war sie absolut perfekt gewesen.

Und so konnte Orchid endlich auch die unbefristete Aufenthaltsgenehmigung und die Arbeitserlaubnis beantragen. Patricks Tante Dana kannte jemanden, der für ein Reiseunternehmen arbeitete und ihr ein Vorstellungsgespräch verschafft hatte. Natürlich war es Orchid nicht schwergefallen, ihren zukünftigen Arbeitgeber von sich zu überzeugen. Locker, fröhlich und aufgeschlossen, wie sie war, hatte sie den Job sofort in der Tasche gehabt. Anfangs fuhr sie als Begleitperson auf die verschiedensten Touren mit, doch schon bald vertraute man ihr eigene Touristengruppen an. Mittlerweile war Orchid völlig in ihrem Element und konnte sich überhaupt keine bessere Tätigkeit vorstellen. Sie durfte stundenlang reden, den interessierten Leuten Aufregendes über ihre Lieblinge erzählen und ihnen Orte, Dinge und Personen näherbringen. Am Ende einer jeden Tour bekam sie stets ein gutes Trinkgeld, das sie immer in die Cappuccino-Dose steckte, die Patrick und sie hinten im Küchenschrank neben den anderen Lebensmittelverpackungen aufbewahrten. Sie sparten, wo sie konnten, schließlich hatten sie vor, so bald wie möglich in eine bessere und vor allem größere Wohnung zu ziehen. Die verkommene Bude in Koreatown, die sie zu dem Zeitpunkt noch behausten, war kein Dauerzustand.

Dann, im Februar 2019, stießen sie auf ein unglaublich niedliches Häuschen zur Miete in Venice, keine fünf Minuten vom Strand, und dort fanden sie ihr vollkommenes Glück.

»Und hier sehen Sie das Haus von Ellen DeGeneres. Sie hat es keiner anderen als Angelina Jolie abgekauft, und zwar für zwölf Millionen Dollar.«

Orchid brachte die Gruppe zu dem auf einem Hang gelegenen Punkt, von wo aus man exakt den Ausblick hatte, der in der Serie *Two and a Half Men* im Einspieler gezeigt wurde.

»Hat Charlie Sheen denn im wirklichen Leben auch ein Haus in Malibu?«, fragte eine Dame mittleren Alters.

»Das hat er«, bestätigte Orchid. »Genau wie Tom Hanks, Sean Penn, Pierce Brosnan, Halle Berry, Courteney Cox, Dustin Hoffman, Matthew McConaughey, Bob Dylan, Sting und Pink«, zählte sie alle Prominenten auf, die ihr gerade einfielen. »Außerdem haben Jennifer Aniston, Charlize Theron und Pamela Anderson, Robert Redford und sogar Frank Sinatra eine Weile hier gewohnt. Und, Sie werden es nicht glauben, Cher hat in einer imposanten Villa gewohnt, die sie 2013 für satte 45 Millionen Dollar zum Verkauf angeboten hat. Wir fahren gleich noch daran vorbei, halten Sie die Augen offen.«

Staunen von allen Seiten. Orchid musste lächeln. Es war immer wieder unglaublich, wie leicht man die Leute beeindrucken konnte.

Dann kam sie zu einem eher traurigen Thema, nämlich den Bränden, die knapp drei Jahre zuvor hier gewütet hatten. Sie erzählte von Stars wie Miley Cyrus und Gerard Butler, deren Anwesen komplett niedergebrannt waren. Und sie erwähnte natürlich auch die tapferen Feuerwehrmänner, die sich heldenhaft in die Flammen gestürzt und Menschenleben gerettet hatten.

Damit es nicht zu deprimierend wurde, erzählte Orchid dann aber auch gleich wieder ein paar witzige Anekdoten aus dem Privatleben der Stars, stellte den Song *Malibu* von Miley Cyrus an, und als die zweistündige Vormittagstour zu Ende war, verabschiedete sie sich von allen und gab ihnen noch Broschüren zu den anderen Touren mit.

Wie immer bekam sie ein großzügiges Trinkgeld und beschloss, dass sie Patrick am Abend überraschen und ihn zum Essen in das coole Burger-Restaurant einladen würde, das er so mochte. Da würde er sich sicher drüber freuen.

Patrick arbeitete, wie auch schon in Oxford, in einem Handyladen, wo er die verschiedenen Telefone nicht nur verkaufte, sondern auch reparierte. Er war gut in dem, was er tat, und wollte auch gar nichts anderes machen. Seit sie nach Kalifornien gekommen waren, war er wie ausgewechselt – wie neu geboren! Den verschlossenen Mann, der er vier Jahre lang an Orchids Seite gewesen war, kannte sie überhaupt nicht mehr. Inzwischen verstand sie natürlich, dass Patrick nur so in sich gekehrt und wenig mitteilungsfreudig gewesen war, weil er nach dem Tod seiner Eltern im Zeugenschutzprogramm gewesen war. Damals hatten er und seine Familie in Chicago gewohnt, und von einem auf den anderen Tag war das Leben des vierzehnjährigen Patricks, der eigentlich Cole hieß, in tausend Stücke gebrochen. Er hatte mit ansehen müssen, wie der Auftragskiller, den der Gangsterboss Vince Burke geschickt hatte, seine Eltern ermordet hatte, und war ihm selbst nur knapp entkommen. Danach mussten er und seine Tante eine komplett neue Identität annehmen und durften nicht über ihre Vergangenheit sprechen. Mit achtzehn waren er und Dana dann aus ständiger Furcht nach England gekommen, wo es Dana allerdings nicht gefallen hatte. Sie ging zwei Jahre später zurück in die Staaten, zog nach Santa Monica und fand dort ihr

Glück. Patrick blieb in England, lernte Orchid kennen und sah seine Tante acht Jahre lang nicht. Orchid verschwieg er einfach alles und erzählte ihr erst von seiner Vergangenheit, als es schon aus mit ihnen war. Als er kurz darauf erfuhr, dass Burke tot und seine Gangsterbande mit ihm gestorben war, beschloss er, ebenfalls nach Hause zurückzukehren, nach Dana zu suchen und sich auf eine Reise in die Vergangenheit zu begeben. Orchid, die damals bereits mit einem anderen zusammen war, nämlich mit Tobin, der den Blumenladen in der Valerie Lane führte, erkannte, dass sie Patrick nicht einfach gehen lassen konnte. Dass sie ihn noch immer über alles liebte und ihn auf seiner Reise begleiten wollte, wohin auch immer die führen sollte. Sie bat Tobin um Verzeihung und folgte Patrick, und es gefiel ihnen beiden so gut in Kalifornien, dass sie beschlossen zu bleiben.

Anfangs war alles nur unglaublich aufregend, doch mit der Zeit begann Orchid dennoch, die Valerie Lane, ihre Familie und ihre Freundinnen zu vermissen. Sie vermisste die Mittwochabende bei Laurie in der Tea Corner, sie vermisste ihren Geschenkeladen, und am meisten vermisste sie ihre Schwester Phoebe. Sie telefonierten zwar fast täglich, aber es war einfach nicht dasselbe, wie Phoebe an ihrer Seite zu haben.

Seit ihrem Weggang war Orchid bereits zweimal nach Hause geflogen, einmal allein, um sich um die Überschreibung des Ladens zu kümmern, ihre Wohnung aufzulösen und ihre restlichen Sachen zu holen, und letztes Jahr zu Weihnachten mit Patrick zusammen. Es war so schön gewesen, all ihre Lieben wiederzusehen, und sie lud jeden Einzelnen von ihnen ein, sie in Kalifornien besuchen zu kommen.

Bisher war noch keiner da gewesen. Sie konnte es verstehen, sie alle hatten ihre Läden in der Valerie Lane und mussten sich um sie kümmern. Susan war zurzeit sogar mit Stuart auf großer Konzerttour. Sie alle hatten ihre eigenen Aufgaben zu bewältigen. Aber zumindest für Phoebe war es an der Zeit, ihr endlich mal einen Besuch abzustatten. Schließlich war sie nicht nur ihre Schwester, sondern auch ihre beste Freundin, und der kleinen Emily würde es am kalifornischen Strand bestimmt super gefallen. Emily war inzwischen viereinhalb, und Orchid bedauerte es sehr, dass sie all ihre Fortschritte verpasste.

Sie stieg aus dem Bus und legte die Hand auf ihren Bauch, in dem ihr eigenes Kind heranwuchs. Dann sah sie hinauf zum strahlend blauen Himmel und lächelte. Kurzerhand beschloss sie, dass sie genug Zeit haben würde, vor der Nachmittagstour einen Abstecher nach Hause zu machen und sich etwas Gesundes zu essen zu kochen.

Zu Hause angekommen, stieg sie die drei Stufen der weiß gestrichenen hölzernen Veranda hinauf und erfreute sich wieder einmal am Anblick der neuen Hollywoodschaukel, die Patrick ihr zum Geburtstag geschenkt hatte. Sie schloss die Haustür auf und begrüßte ihren Hund Buster, der ihr entgegengesprungen kam.

»Ja, mein Guter, ich geh gleich mit dir Gassi. Ich will nur schnell was essen, okay?«

Sie ließ den Golden Retriever auf die Veranda, begab sich in die Küche, öffnete den Kühlschrank und holte Brokkoli, Zuckererbsenschoten und Karotten heraus. Dabei entdeckte sie ein paar kalte Pancakes vom Frühstück, die Patrick gemacht hatte, und aß einen. Dann nahm sie die Schüssel gekochten Reis vom Vortag, den sie mit dem Gemüse anbraten wollte. Gerade als sie anfangen wollte, die Karotten zu schälen, klingelte ihr Handy. Sie fischte es aus der Bauchtasche, die sie bei ihren Touren immer trug und die sie nun über den Stuhl gehängt hatte, und sah auf das Display.

Laurie, zeigte es an.

Sie rechnete kurz. Hier war es 12:16 Uhr, das bedeutete, dass es in Oxford bereits 20:16 Uhr am Abend war. Sie hatte schon eine Weile nicht mit Laurie gesprochen, ja, sie freute sich richtig über den Anruf.

»Hallo, Laurie«, begrüßte sie sie.

»Hallo, Orchid.«

Sie hörte sofort, dass etwas nicht in Ordnung war, und setzte sich auf den Küchenstuhl.

»Ist alles okay? Du klingst so bedrückt.«

»Ach, Orchid. Ich sitze hier mit Humphrey in der Tea Corner. Wir haben leider schlechte Neuigkeiten. Traurige Neuigkeiten.«

»Etwa Mrs. Witherspoon? Ist sie …?«

»Ja. Leider ist sie letzte Nacht von uns gegangen. Sie ist ganz friedlich eingeschlafen und hat nicht leiden müssen, sagt Humphrey.«

»Oh, wie traurig.« Orchid schloss die Augen für einen Moment und öffnete sie dann wieder. Sie streichelte sich über den Bauch. »Kannst du mir mal Humphrey geben?«

»Na klar.« Laurie reichte sie weiter, und Orchid sprach dem armen alten Mann ihr Beileid aus. Sie sagte ihm, wie gern sie Mrs. Witherspoon gehabt habe und dass sie in Gedanken bei ihm sei. Dann hatte sie wieder Laurie an der Strippe.

»Ich werde versuchen zu kommen. Kannst du mich, sobald du es erfährst, wissen lassen, wann die Beerdigung stattfindet?«

»Aber natürlich, Orchid. Das ist wirklich lieb von dir. Geht es dir denn sonst gut?«

»Mir geht es sogar sehr gut. Nun ja, im Moment bin ich ziemlich traurig, aber …«

»Das sind wir alle.«

Orchid war betroffener, als sie zunächst angenommen hatte. Vielleicht war es, weil sie schwanger war. Vielleicht machten die Hormone, dass sie die nächsten zwei Stunden weinte wie ein Baby und die Nachmittagstour absagen musste. Zum Glück fand sich eine Vertretung, und sie konnte sich ohne schlechtes Gewissen in ihr Bett legen und sich ganz ihrer Trauer hingeben.

Mrs. Witherspoon war tot. Die älteste, liebenswerteste Anwohnerin von Oxford hatte sich lautlos verabschiedet. Sie versuchte, sich an ihr letztes Treffen zu erinnern. Das war vergangenes Jahr auf dem Weihnachtsmarkt gewesen. Mrs. Witherspoon hatte ihr Portemonnaie vergessen gehabt, weshalb Orchid ihr ein Glas Marmelade an Rubys Stand gekauft hatte.

Sie lächelte. Sie waren immer für die alte Dame da gewesen, sie alle. Sie waren da gewesen. Und nun mussten sie in dieser traurigen Stunde füreinander da sein.

KAPITEL 6

Ein Freitag in der Valerie Lane, und doch war er kein Freitag wie jeder andere, denn eine dunkle Wolke hing über der Straße. Jeder sah sie, jeder spürte sie, auch wenn noch nicht jeder von der traurigen Nachricht erfahren hatte.

Um Punkt neun Uhr öffnete Charlotte Susan's Wool Paradise und stellte den Kaffeebecher ab, den sie mitgebracht hatte. Sie machte ein wenig Klarschiff, füllte die Regalfächer mit Wollknäueln auf und hängte einen selbst gestrickten Schal auf den Bügel, von dem gestern kurz vor Ladenschluss noch jemand einen abgenommen und gekauft hatte.

Der Herbst war nah, das spürte man mit jedem Atemzug. Der Duft der herbstlichen Blumen, die langsam herabfallenden Blätter von den Bäumen, die Stimmung der Leute, die nun schon kuschelige Schals im Wollparadies, Gewürztees in der Tea Corner oder zimtige Kreationen in der Chocolaterie verlangten, waren deutliche Vorboten.

Die Ladenglocke erklang, und Charlotte sah sich um. Sofort verzogen sich ihre Lippen zu einem breiten Lächeln, denn Tobin stand vor ihr.

»Hallo, mein Schatz«, sagte er und zog sie an sich.

Sie ließ sich von ihm küssen.

»Na? Hast du schöne herbstliche Blumen ergattert auf dem Großmarkt?«, erkundigte sie sich.

Manchmal fuhren sie zusammen in die Valerie Lane, nachdem sie gefrühstückt hatten. Aber Tobin war nun mal Besitzer eines Blumenladens, und an den meisten Tagen musste er schon früh raus, um frische Ware zu besorgen.

»Oh ja. Hübsche orangefarbene Rosen und Lilien, dunkelrote Strohblumen, und ich dachte mir, ich könnte ein paar Sträuße Efeu mit einbinden. Deshalb hab ich davon auch noch welchen mitgenommen.«

»Hört sich wunderbar herbstlich an.«

»Wenn man es genau nimmt, ist ja noch gar kein Herbst«, sagte er schmunzelnd. Er wusste, dass diese Jahreszeit Charlottes liebste war.

»Ach komm. Offizieller Herbstanfang ist am dreiundzwanzigsten. Das ist in weniger als einer Woche.«

»Na gut, dann will ich mal nicht so sein. Ist dir eigentlich auch bewusst, was für ein Tag nächste Woche Sonntag ist?«

»Was ist das denn für eine Frage?« Empört sah sie ihn an. »Es ist unser zweiter Jahrestag. Schlimm, wenn ich das nicht wüsste.«

»Nun, unser zweiter Jahrestag ist theoretisch erst an Halloween, oder? Am sechsundzwanzigsten September ist der Tag unseres ersten Kusses.«

»Für mich ist an diesem Tag klar gewesen, dass ich den Rest meines Lebens an deiner Seite verbringen möchte. Also ist es für mich auch unser Jahrestag.«

Tobin lächelte sie an und gab ihr einen weiteren Kuss.

Nach Orchids Weggang hatte es eine Weile gedauert, bis Tobin offen für eine neue Beziehung gewesen war. Obwohl er wusste, dass Charlotte schon länger etwas für ihn empfand, brauchte es ein ganzes Jahr, bis sie sich langsam annäherten. Vor zwei Jahren dann hatte Charlotte einfach den ersten Schritt gemacht und Tobin gefragt, ob sie nicht mal zusammen etwas unternehmen wollten, nur sie beide. Er war sofort dabei gewesen, und sie waren am Abend des 26. September Indisch essen gegangen. Danach hatte Tobin ihre Hand genommen, und sie waren noch ein wenig durch die dunklen Straßen spaziert, bis er sie, ganz Gentleman, nach Hause gebracht hatte. Zum Abschied hatte er sie vor ihrer Haustür geküsst. Beide hatten danach nicht einschlafen können und sich noch die halbe Nacht lang gesimst. In den folgenden Wochen ließen sie es langsam angehen, an Halloween besuchten sie zusammen eine Party und verkleideten sich beide als Vampire, und in dieser Nacht ließen sie richtige Nähe zum ersten Mal zu.

Tobin wusste, dass es einiges mit sich brachte, sich auf Charlotte einzulassen. Immerhin hatte sie zwei Kinder und trug somit viel Verantwortung, sie konnte sich nicht jederzeit einen Abend freinehmen, musste für ihre Familie da sein, denn die kam vor allem anderen. Doch ihm machte das nichts aus. Ganz im Gegenteil – er fand es wunderbar, dass sie so eine bodenständige, verantwortungsvolle, zuverlässige Person war. Ganz anders als

Orchid, die immer so sprunghaft gewesen war und scheinbar nie wusste, was sie wollte, bevor sie nach Amerika ging. Mit ihr hatte Tobin einiges erlebt, an das er sich nicht allzu gerne zurückerinnerte. Manchmal musste er an sie denken, manchmal machte es ihn noch immer traurig, dass sie nicht dasselbe gefühlt hatte wie er, manchmal schrieben sie sich eine E-Mail oder eine SMS, als Freunde, nicht mehr. Manchmal fragte er sich, ob er je über Orchid hinwegkommen würde. Er liebte Charlotte, oh, das tat er, doch Orchid war nun mal Orchid, und wer einmal einen Teil von ihr hatte sein dürfen, wenn auch nur für kurze Zeit, konnte sie nicht so einfach wieder vergessen.

Als sie letztes Weihnachten zusammen mit Patrick nach Oxford gekommen war, hatte er sie ein paarmal gesehen, sie hatten sich unterhalten, und Orchid hatte wirklich glücklich gewirkt. Sie hatte die richtige Entscheidung getroffen, war jetzt sogar verheiratet, und Tobin freute sich trotz allem für sie. Er wollte, dass sie glücklich war, damit auch er es endlich sein konnte.

»Ich hoffe, du willst immer noch den Rest deines Lebens an meiner Seite verbringen, wenn ich grau und fett bin«, sagte er nun lachend zu Charlotte.

»Ach, du hast vor, fett zu werden?« Sie lachte ebenfalls.

»Wenn du mich weiterhin so gut bekochst, bleibt das bestimmt nicht aus.«

»Danke für das Kompliment. Und, warte mal … Ist das da etwa ein graues Haar?« Sie deutete auf seinen Kopf und grinste.

»Sei nicht so frech, sonst schenke ich dir keine Blumen mehr.«

»Ich bekomm doch eh immer nur die alten, die du nicht mehr verkaufen kannst, oder etwa nicht?«

»Wie kannst du das nur denken?« Er tat, als wäre er schwer beleidigt.

Die Ladenglocke bimmelte erneut, und beide sahen zur Tür.

Laurie betrat das Wollparadies, und sie hatte richtig geschwollene Augen, sah aus, als ob sie die ganze Nacht geweint hätte. Sofort war Charlotte an ihrer Seite.

»Laurie, ist etwas passiert?«

Laurie nickte. »Ich hab traurige Nachrichten. Unsere liebe Freundin Mrs. Witherspoon ist gestorben.«

Charlotte legte sich eine Hand ans Herz, mit der anderen tätschelte sie Lauries Rücken. Sie selbst hatte Mrs. Witherspoon in den knapp vier Jahren, in denen sie sie kannte, schätzen gelernt, das hatte sie Tobin gegenüber häufig erwähnt. Aber Laurie, Susan und die anderen kannten sie schon eine kleine Ewigkeit, und Charlotte wusste natürlich, wie viel sie ihnen allen bedeutet hatte.

»Oh nein. Wann ist das passiert?«, fragte sie.

Auch Tobin war sofort an Lauries Seite. »Das tut mir so leid. Gute Mrs. Witherspoon.«

Für Tobin hatte Mrs. Witherspoon immer etwas ganz Besonderes dargestellt. Sie war nämlich das genaue Gegenteil von seiner Grandma, die eine schnippische, nie zufriedene alte Dame war. Esther Witherspoon dagegen war die Ruhe und Zufriedenheit in Person, sie hatte nie etwas anderes als absolute Weisheit ausgestrahlt. Sie war so sanftmütig gewesen, so herzensgut – sie würde ihm sehr fehlen.

»Humphrey sagt, sie ist in der Nacht von Mittwoch auf Donnerstag friedlich in ihrem Bett eingeschlafen. Sie hatte keine Schmerzen, Gott sei Dank.«

»Gott sei Dank«, sagte auch Charlotte.

»Tut mir leid, dass ich euch nicht schon früher informiert habe. Ich weiß es selbst erst seit gestern Abend, und es war schon beinahe mehr, als ich ertragen konnte, gleich Keira, Ruby, Susan und Orchid anzurufen. Humphrey hatte mich darum gebeten. Er hat mich auch darum gebeten, euch beide heute Abend in die Tea Corner einzuladen. Dort treffen wir uns alle um sieben. Humphrey hat anscheinend etwas zu verkünden.«

»Oh. Worum es sich dabei wohl handelt?«, überlegte Tobin.

»Ich bin auch gespannt. Humphrey hatte gestern einen Zettel dabei, auf den er einige Namen geschrieben hatte. Diese Personen möchte er heute Abend gerne sehen. Ich muss noch weiter, zu Barbara, Agnes und Phoebe. Ist Barbara im Blumenladen?«, fragte sie Tobin.

Er nickte. Natürlich. Barbara half seit Jahren jeden Tag von neun bis zwei in Emily's Flowers aus. Im Grunde hatte sie es überhaupt nicht nötig, da sie ziemlich vermögend war, doch sie hatte Spaß an der Arbeit, und der Kontakt mit den Kunden bereitete ihr größtes Vergnügen. Sie würde nicht im Traum daran denken, den Job an den Nagel zu hängen.

»Gut, dann will ich mal. Das ist keine leichte Aufgabe, es allen zu verkünden, das sag ich euch.«

»Ich kann es Barbara doch sagen«, schlug Tobin vor. »Ich will eh wieder in meinen Laden.«

»Würdest du das tun?«

»Na klar.«

»Ich danke dir, Tobin.«

»Was ist mit Susan? Hast du sie erreicht?«, fragte Charlotte.

»Ja. Sie ist auf dem Weg hierher.«

»Sie kommt nach Hause?«

Laurie nickte. »Sie wollte unbedingt. Barry holt sie später vom Flughafen ab, sie wird heute Abend auch dabei sein. Gehen wir, Tobin?«

Er wandte sich noch einmal an Charlotte und stellte sicher, dass es ihr auch wirklich gut ging. Sie war traurig, na klar, aber sie würde zurechtkommen – sie hatte weit Schlimmeres durchgemacht.

»Wir sehen uns alle heute Abend nach Ladenschluss drüben bei mir?«, fragte Laurie noch einmal nach.

»Ja, natürlich. Bis später.«

Charlotte sah die beiden den Laden verlassen und überlegte. Wenn sie und auch Tobin heute so lange in der Valerie Lane bleiben mussten, was würde sie dann mit den Kindern machen? Jahrelang hatte sie ihren Bruder als Babysitter eingespannt, doch seit Stuart auf Tour war, ging das nicht mehr. Allerdings waren Vanessa und Jason auch keine kleinen Kinder mehr, sie würden schon einen Abend ohne sie auskommen. Sie würde ihnen einfach sagen, dass sie sich eine Pizza bestellen durften, wahrscheinlich würden sie sich sogar über ein paar Stunden ohne Aufsicht freuen.

Charlotte wusste ja, dass sie überfürsorglich war. Immerhin war Jason sechzehn, hatte sogar schon eine feste Freundin, und Vanessa war zwölf und beinahe ein Teenager. Aber sie alle hatten einiges durchgemacht. In den Jahren mit Rick, in denen Charlotte zu schwach gewesen war, um sich von ihm zu lösen, hatten sie viel Gewalt erfahren. So etwas prägte ein Mutterherz. Na und? Dann war sie halt besorgter als andere Mütter, sie schämte sich nicht dafür. Die Hauptsache war, dass es ihren Kindern gut ging.

Sie überlegte, wie sie Vanessa beibringen konnte, dass Mrs. Witherspoon gestorben war, ohne ihr den Boden unter den Füßen wegzureißen. Vanessa hatte eine ganz besondere Beziehung zu der alten Dame gehabt, erst vor zwei Wochen hatte sie sie an einem Sonntagnachmittag zusammen mit Terry besucht. Während Humphrey bei seiner Tochter gewesen war und Zeit mit seinen Enkeln verbracht hatte, hatte Mrs. Witherspoon Vanessa stundenlang Geschichten aus dem alten Oxford erzählt. Vanessa liebte diese Märchenstunden, wie sie sie nannte, und würde sie sicher sehr vermissen. Es würde sie schwer treffen, Charlotte musste ganz behutsam an die Sache rangehen …

Länger drüber nachgrübeln konnte sie jetzt aber nicht, denn es kamen bereits die ersten Kunden, und sie musste trotz der immensen Traurigkeit, die sie überfiel, ein Lächeln aufsetzen und den Tag überstehen.

KAPITEL 7

Phoebe hängte die neuen Motiv-Socken an den dafür vorgesehenen Ständer und musste dabei wie immer an ihre kleine Schwester denken. Orchid liebte diese Socken, sie hätte früher stundenlang in den Katalogen nach lustigen Motiven suchen können, und Phoebe hatte zu allen möglichen Anlässen welche von ihr bekommen. In ihrer Schublade fanden sich Socken mit Marge Simpson, mit Eiswaffeln, mit Pavianen und mit lachenden Selleriestangen. Sie selbst hatte es sich zum Spaß gemacht, Orchid ebenfalls welche zu schenken. Von ihrer New-York-Reise mit Lance vor einigen Jahren zum Beispiel hatte sie ihr als Souvenir Socken mit der Freiheitsstatue darauf mitgebracht. Sie sah jetzt noch Orchid vor sich, wie sie sich vor Lachen den Bauch hielt.

Orchid … sie vermisste sie so sehr.

Ob sie die New-York-Socken noch besaß? Ob sie sie mit nach Amerika genommen hatte? Als sie vor über drei Jahren ihrer großen Liebe nach Kalifornien gefolgt war, war für Phoebe eine Welt zusammengebrochen. Auch wenn sie sich für Orchid freute und sie sogar ermutigt hatte zu gehen, war das Leben in Oxford seitdem einfach nicht dasselbe.

Phoebe und Orchid waren immer mehr als nur Schwestern gewesen, Seelenverwandte, die gleich dachten, gleich fühlten, die einander alles anvertrauten und die Tag und Nacht füreinander da waren. Ja, sie telefonierten auch jetzt noch beinahe täglich, aber Orchid nur wenige Fahrminuten weit weg zu wissen, war ein Privileg gewesen, das sie manchmal überhaupt nicht richtig zu schätzen gewusst hatte. Jetzt konnte sie nicht einfach mal eben in den Flieger steigen, wenn sie bei Orchid sein und unter vier Augen mit ihr reden wollte. Wenn sie einen Rat benötigte. Wenn sie eine Umarmung brauchte.

Die Frauen in der Valerie Lane waren toll. Wenn sie auch keine Schwestern oder Seelenverwandten waren, so waren sie doch immer füreinander da, Phoebe eingeschlossen. Als sie damals nach Orchids Weggang eingesprungen war und sich zusammen mit André, der Aushilfe, um den Gift Shop gekümmert hatte, hatten die anderen Ladeninhaberinnen geholfen, wo sie nur konnten. Einmal, als Phoebes kleine Tochter Emily krank gewesen war, hatte Laurie ihre eigene Mitarbeiterin Hannah rübergeschickt, um zu übernehmen. Keira hatte ihr Pralinen gebracht, und Tobin hatte ihr Blumen geschenkt. Sofort hatten die anderen sie in ihrer Mitte aufgenommen. Natürlich kannten sie einander schon durch Orchid, doch als wäre Phoebe schon immer eine von ihnen gewesen, luden sie sie von nun an zu ihren Mittwochabendtreffen ein, und sie durfte sogar mit zuhören, wenn Ruby aus den Tagebüchern der guten Valerie las, die sie als Kind gefunden hatte.

Inzwischen waren die acht Bücher längst ausgelesen, und Phoebe war ein fester Bestandteil der Valerie Lane.

Vor Emilys Geburt hatte sie als Friseurin gearbeitet, doch die Tätigkeit in Orchid's Gift Shop gefiel ihr so gut, dass sie Orchid gebeten hatte, den Laden übernehmen zu dürfen. Zwei Monate nach ihrem Weggang kehrte Orchid noch einmal zurück, um ihre Angelegenheiten zu regeln, die Wohnung aufzulösen und Phoebe den Laden zu überschreiben. Danach war Orchid nur noch einmal da gewesen, letztes Jahr zu Weihnachten, und Phoebe hatte sie überhaupt nicht gehen lassen wollen. Das Schlimme war, dass sie Orchid bisher selbst noch kein einziges Mal besuchen konnte. Das lag nicht daran, dass sie jetzt einen Laden hatte, um den sie sich kümmern musste, es lag auch nicht an Emily, die hätte sie problemlos mitnehmen können. Es lag daran, dass sie und Lance absolut pleite waren.

Wie sehr sich das Leben doch von heute auf morgen verändern konnte. Wie naiv man doch war zu denken, das Schicksal für immer auf seiner Seite zu haben …

Sie hatten sich nach der Hochzeit ein Haus gekauft, mit dessen Raten sie sich überschätzt hatten. Der Geschenkeladen lief zwar gut, aber Phoebe wollte nachmittags für Emily da sein und musste deshalb gleich zwei Aushilfen bezahlen. Einmal André, den französischen Astronomie-Studenten, und dann war da noch Barbara, die nachmittags übernahm, wenn André eine Vorlesung oder irgendwas anderes Wichtiges auf dem Plan hatte. Barbara hüpfte dann netterweise direkt vom Blumenladen rüber in den Geschenkeladen, was ihr große Freude zu bereiten schien. Denn Barbara war einfach eine Tratschtante, und ihr gefiel es, den ganzen Tag lang auf Kunden zu treffen, den neuesten Klatsch zu hören und diesen weiterzuerzählen. Außerdem übernahm Barbara sonntags, damit Phoebe sich wenigstens einen Tag in der Woche ganz der Familie widmen konnte.

Die Aushilfen waren Ausgaben, die Phoebe sich eigentlich gar nicht leisten konnte. Und dann hatte auch noch Lance Anfang des Jahres seinen Job verloren. Er war Beamter bei der Hochbahn gewesen und hatte jahrelang im Büro gearbeitet. Seine Stelle war aber gestrichen worden, und es war leider Gottes gar nicht so einfach wie gedacht, etwas Neues zu finden. Etwas Gleichwertiges, bei dem er genug verdiente, um seine Familie zu versorgen und die Rechnungen bezahlen zu können. Seit Monaten schlug er sich nun schon mit Gelegenheitsjobs durch, zurzeit hatte er eine Stelle als Security-Mitarbeiter in einem großen Kaufhaus, aber finanziell war es ein Desaster. Und deshalb konnte Phoebe sich nicht mal eben ein teures Flugticket nach Los Angeles kaufen beziehungsweise gleich zwei, denn sie konnte Emily ja nicht mit Lance allein lassen, der so kurz nach der Neueinstellung natürlich keinen Urlaub nehmen konnte. Wären ihre Eltern noch so fit wie vor wenigen Jahren, hätte Phoebe Emily unbesorgt bei ihnen lassen können, doch ihre Mutter hatte bereits ihren zweiten Bandscheibenvorfall innerhalb von drei Jahren, und ihr Vater hatte genug damit zu tun, sich um seine kranke Frau und den Haushalt zu kümmern.

Es war zum Verrücktwerden. Phoebe hätte im Leben nicht gedacht, dass sie irgendwann von der Hand in den Mund leben würden. Sie hatte sich alles ganz anders vorgestellt. Aber das Leben kam wohl meistens anders, als man dachte. Und sie musste das Beste draus machen. Alles wäre auch gar nicht so schlimm gewesen, wäre ihre Schwester nicht Tausende Kilometer weit weg. Orchid hatte sie noch nicht einmal von ihrer Misere erzählt. Die war gerade so glücklich über ihren tollen Job, die Schwangerschaft und alles andere. Sie wollte sie nicht mit ihren Sorgen belasten. Dafür hatte sie ja die Frauen in der Valerie Lane, die immer ein offenes Ohr hatten. Auch denen hatte sie nicht von ihrer finanziellen Notlage erzählt, doch sie wussten, dass Lance seine Arbeit verloren hatte und dass sie Emily aus dem Privatkindergarten hatten nehmen müssen. Die Einzige, der sie sich in einem verzweifelten Moment anvertraut hatte, war Mrs. Witherspoon gewesen, eine ganz liebe alte Dame, die mindestens zweimal die Woche in ihren Laden schneite, meistens mit ihrem Göttergatten Humphrey zusammen, und sich die hübschen Kerzen ansah, die Phoebe selbst herstellte. Das hatte sie von Orchid gelernt, sie hatten es ein paarmal zusammen gemacht, und es war eine schöne Ablenkung für Phoebe, wenn die Sorgen mal wieder überhandnahmen.

Erst letzte Woche hatte Mrs. Witherspoon die neuen Kerzen in Rosenform bestaunt. Phoebe machte eine mentale Notiz, dass sie Mrs. Witherspoon eine der Kerzen zu Weihnachten schenken würde. Leider war ihr Geburtstag gerade erst im August gewesen, sie alle hatten ihn gebührend gefeiert. Den zweiundneunzigsten Geburtstag musste man doch groß feiern, oder? Zweiundneunzig – damit war Mrs. Witherspoon offiziell die älteste Frau, die Phoebe kannte.

Im Radio erklang ein Song, den Phoebe sehr mochte. Er war schon ein wenig älter, aus dem Jahr, in dem Orchid wegging. *Say Something* von Justin Timberlake und Chris Stapleton. Sie erinnerte sich gut, wie sie damals mit Orchid zusammen shoppen gegangen war. In irgendeinem Klamottenladen war im Hintergrund das Lied erklungen, und sie hatten beide sofort angefangen mitzusingen und hatten auch noch weitergemacht, als die anderen Leute sie alle komisch angesehen hatten. So etwas hatte ihnen nie etwas ausgemacht, sie waren beide schon immer sehr selbstbewusst gewesen und hatten das getan, was sie für richtig hielten. Und einen Lieblingssong mitzusingen konnte doch nur richtig sein.

Phoebe sang auch jetzt mit, während sie den noch halb vollen Sockenkarton zurück nach hinten in den kleinen Lagerraum brachte. Sie holte ein paar Kaffeebecher vom oberen Regalfach und bemerkte dabei, dass ihre dunkelblau lackierten Nägel nicht mehr schön aussahen. Am Abend würde sie ihnen einen neuen Glanz verpassen müssen. Vielleicht würde sie sogar mal Orchids Lieblingsfarbe Rosa ausprobieren.

Warum sie heute besonders viel an Orchid dachte, wusste sie nicht. Es war fast, als läge etwas in der Luft, als hätte Orchid Neuigkeiten. Womöglich war irgendetwas passiert, und sie brauchte Phoebe, um sich mit einem gemeinsamen Lieblingssong aufzuheitern. Als große Schwester spürte sie so etwas immer, und sie nahm sich vor, Orchid gleich mal eine Nachricht zu schreiben. Natürlich schlief die Gute jetzt noch, es war immerhin mitten in der Nacht in L.A.

Ein wunderbarer Duft stieg Phoebe in die Nase, das Potpourri, das sie vor einigen Wochen selbst gemischt und in kleine Tütchen verpackt hatte. Es hatte sich super gut verkauft, nur noch wenige Tütchen waren übrig. Sie nahm sie ebenfalls mit nach vorne. Potpourri war etwas, das Phoebe erst eingeführt hatte, als sie den Geschenkeladen übernommen hatte. Orchid hatte zwar ab und zu auch welches angeboten, jedoch keine selbst zusammengestellten Mischungen. Phoebe war schon immer ein wenig femininer und romantischer veranlagt gewesen. Während Orchid mehr Kampfgeist hatte, direkter und auch tapferer war, war Phoebe immer ein wenig weicher und geerdeter gewesen, sie hatte sich schon in jungen Jahren nach einer eigenen Familie gesehnt, und es gab für sie nichts Wichtigeres als Lance und Emily. Orchid hingegen war viele Jahre lang quasi auf der Suche gewesen. Doch jetzt hatte endlich auch sie das im Leben gefunden, wofür sie bestimmt war.

Phoebe stellte die drei Tütchen mit den wohlduftend, getrockneten roten und pinken Blütenblättern zu den anderen ins Regal. Es war so einfach, Potpourri herzustellen. Dieses hier zum Beispiel hatte sie an einem verregneten Nachmittag zusammen mit Emily gezaubert. Es hatte ihrer Tochter richtig Spaß gemacht, und sie hatten auch gleich Mrs. Witherspoon ein Tütchen vorbeigebracht auf ihrem Spaziergang, den sie noch unternommen hatten, als der Regen nachgelassen hatte. Die alte Dame hatte sich wahnsinnig darüber gefreut, so, wie sie sich über alles freute, was man ihr schenkte. Phoebe war unglaublich froh, dass Emily mit jemandem wie Mrs. Witherspoon aufwuchs. Sie besuchten sie häufig und bekamen immer spannende Geschichten erzählt über Mrs. Witherspoons Zeit als Hebamme oder wie es früher einmal in der Valerie Lane ausgesehen und was sich dort abgespielt hatte, als es neben dem Antiquitätenladen lediglich zwei Geschäfte gab – zwei konkurrierende Schuhläden, deren Besitzer sich einen bösen Kampf geliefert hatten. Einer der Schuhverkäufer war Mrs. Witherspoons erster Mann gewesen, Randolph, der aber schon vor langer Zeit verstorben war. Nun hatte sie ja Humphrey, und der erzählte Emily oft davon, wie er als Pilot um die halbe Welt geflogen war.

Als Kind hatte Phoebe selbst davon geträumt, eines Tages einen Piloten zu heiraten, der ihr alle Länder dieser Welt zeigte. Doch am Ende hatte sie es mit Lance viel besser getroffen, fand sie. Sie hatte sowieso überhaupt keinen Grund, sich zu beklagen, von den finanziellen Sorgen einmal abgesehen, denn sie hatte mit Laurie und Co. nicht nur wunderbare Freundinnen und mit Lance, Emily, Orchid und ihren Eltern die beste Familie, die man sich nur vorstellen konnte – sie hatte mit Mrs. Witherspoon die weiseste Ratgeberin von allen.

Auch an Mrs. Witherspoon musste sie heute besonders häufig denken. Ja, es fühlte sich wirklich so an, als ob irgendetwas in der Luft läge …

Phoebe war schon immer ein wenig sensibler als andere Menschen gewesen. Sie hatte es im Gespür, wenn etwas auf sie zukam. So hatte sie auch vorhergesehen, dass Orchid sich damals gegen Tobin und für Patrick entscheiden würde. Sie hatte ihr sogar das Einreiseformular für die USA ausgefüllt, bevor Orchid überhaupt gewusst hatte, dass sie Patrick folgen würde.

Eine Melodie erklang, *Here Comes The Sun* von den Beatles. Diese Ladenklingel hatte Orchid damals ausgesucht, weil sie fand, dass jeder Kunde Sonnenschein mit sich brachte.

Laurie stand in der Tür. Im allerersten Moment dachte Phoebe, sie wäre gekommen, um zu fragen, ob es dabei blieb, dass sie sich am Abend alle im Gift Shop trafen, um wie geplant zusammen Potpourri herzustellen. Dann aber, noch bevor Laurie überhaupt den Mund geöffnet hatte, um etwas zu sagen, wusste Phoebe es. Sie las es in Lauries Gesicht.

Ihr stiegen Tränen in die Augen. »Mrs. Witherspoon?«, fragte sie.

Und Laurie nickte.

Dann fielen sie einander in die Arme und weinten um ihre liebe alte Freundin, die wohl der bescheidenste, dankbarste und demütigste Mensch gewesen war, den sie beide gekannt hatten.

KAPITEL 8

Susan stand am Flughafen und wartete auf Barry. Laurie hatte ihr gesagt, sie würde ihn schicken, um sie abzuholen. Was für ein trauriger Grund, um nach Hause zu kommen. Sie fragte sich, ob wohl auch Orchid sich auf den Weg machen würde, natürlich müsste sie einige Flugstunden mehr über sich ergehen lassen. Wie lange flog man von Kalifornien nach England?, überlegte Susan. Elf Stunden? Zwölf? Sie wusste es nicht genau, weil sie Orchid noch nie besucht hatte. Ein ziemlich schlechtes Gewissen hatte sie deshalb schon, denn Orchid hatte sie an die hundert Mal eingeladen. Sie könnte bei ihr und Patrick in dem hübschen kleinen Haus in Venice Beach wohnen, hatte sie ihr angeboten. Es lag nicht weit entfernt vom Strand und hörte sich ganz traumhaft an. Aber es gab gleich mehrere Gründe, warum Susan noch nie auf das Angebot eingegangen war. Erstens hatte sie riesige Flugangst, und selbst der kurze Flug von Belfast nach London Heathrow war eine Herausforderung gewesen. Zweitens hatte sie bisher immer gesagt, sie könne ihren Laden nicht einfach so allein lassen, und so war es ja auch gewesen. Und drittens hatte sie sich nicht vorstellen können, auch nur für eine Woche von Stuart getrennt zu sein. Der hatte nicht mitkommen wollen nach Kalifornien wegen seiner Band. Ja, und diese Band hatte nun alles kaputtgemacht, was sie sich in den letzten Jahren aufgebaut hatten.

Für Susan war das nicht so einfach gewesen, sich wieder auf einen Mann einzulassen, nachdem ihr Verlobter sie acht Jahre zuvor vor dem Altar stehen gelassen hatte und nachdem der eine Mann, dem sie danach wieder vertraut hatte, sie verließ, als er erfuhr, dass sie keine Kinder bekommen konnte. Das alles war schwer für sie gewesen, unglaublich schwer sogar, und es hatte ihr viel Mut und Kraft abverlangt, Stuart in ihr Herz zu lassen. Nie und nimmer hätte sie geglaubt, dass auch er es mit Füßen treten würde.

Nun sah sie Barry auf sich zukommen und versuchte, aufrecht zu stehen, zu lächeln und nicht an ihr eigenes Unglück zu denken, während gerade die ganze Valerie Lane in tiefer Trauer war.

»Barry«, sagte sie, als er sie umarmte. »Danke, dass du mich abholen kommst.«

»Gern geschehen. Wie war dein Flug?«

»Der war okay.« Gott sei Dank ohne viele Turbulenzen.

»Traurig, das mit Mrs. Witherspoon, oder?«

Sie nickte. »Sehr traurig.« Sofort stiegen ihr wieder Tränen in die Augen.

»Stuart konnte nicht mitkommen?«, erkundigte er sich.

»Nein, leider. Der hat heute Abend einen Auftritt.« Und selbst, wenn er keinen gehabt hätte, wäre er nicht mitgekommen, da war sie sich sicher.

»Schade.«

»Ja. Schade. Wie schlägt Laurie sich?«

»Sie weint viel, versucht aber trotzdem, tapfer zu sein.«

»Kann ich mir vorstellen. So ist Laurie. Und die anderen? Hat jemand Orchid informiert?«

»Sie sind alle sehr betroffen. Orchid hat Laurie gestern Abend auch noch angerufen. Sie meinte, sie versucht herzukommen. Aber Patrick kann wohl nicht mit wegen seiner Arbeit und weil seine Tante einen gebrochenen Fuß hat. Und ob Orchid wirklich allein kommen mag, jetzt, da sie schwanger ist …«

»Orchid ist schwanger?« Susan war mehr als überrascht. Orchid war schwanger? Ausgerechnet sie, die immer gesagt hatte, sie wisse nicht einmal, ob sie jemals Mutter werden wolle? Und warum hatte sie Susan davon nichts erzählt?

»Oh, sorry, wusstest du das nicht?«

Sie schüttelte den Kopf. »Weißt du, wie weit sie ist?«

»Im fünften Monat, glaub ich.«

»Wow. Ich hatte ja keine Ahnung.«

Es verletzte sie, dass niemand sie darüber informiert hatte. Andererseits hatte sie auch nicht gerade häufig angerufen in den letzten Wochen, sie war zu sehr mit Stuart und ihrer auseinanderfallenden Beziehung beschäftigt gewesen.

»Wollen wir los?«, fragte Barry. »Wir können im Auto weiterreden.«

»Ja, klar.«

Barry nahm ihr den schweren Koffer ab, sodass sie nur noch ihre dunkelblaue Tasche zu tragen hatte. Sie passte farblich zu dem Pullover, den sie zu der schwarzen Jeans trug. Sie dachte, dunkle Sachen wären angebracht, obwohl Barry wie immer eine Jeans und ein Band-T-Shirt anhatte, über dem er ein offenes rotes Holzfällerhemd trug.

»Wie geht es Humphrey?«, fragte Susan, sobald sie in Barrys Lieferwagen saßen und losfuhren.

»Ich habe noch nicht weiter mit ihm gesprochen, aber Laurie meint, er war gestern Abend schwer mitgenommen.«

»Der Arme. Ich frage mich, warum er uns wohl heute alle sehen möchte.«

»Das weiß ich leider auch nicht.«

»Wer soll denn alles kommen?«

»Hm … soweit ich weiß, sämtliche Ladeninhaber mit ihren Partnern. Orchid wird es ja leider nicht schaffen, obwohl sie auch auf der Liste steht.«

»Was für eine Liste ist denn das?«

»Er hat wohl per Hand einige Namen auf einen Zettel geschrieben. Näheres werden wir wahrscheinlich erst heute Abend erfahren.«

»Ich bin mehr als gespannt.«

»Ich denke, das sind wir alle. Eigentlich wollten die Mädels heute bei Phoebe Potpourri machen, das haben sie jetzt aber abgesagt.«

Potpourri machen bei Phoebe. Susan hatte einen dicken Kloß im Hals. Sie konnte in Worten gar nicht ausdrücken, wie sehr sie ihre Freundinnen und die gemeinsamen Treffen vermisste.

»Alles okay, Susan?«, fragte Barry.

Sie war nicht in der Lage, darauf zu antworten, und schüttelte nur den Kopf.

Barry drehte sich kurz zu ihr und sagte: »Oje. Ich hab gleich bemerkt, dass dich etwas bedrückt, hatte aber angenommen, es läge an Mrs. Witherspoon. Magst du mir sagen, was los ist, oder willst du lieber mit Laurie oder einer der anderen reden?«

Natürlich würde sie das gerne tun, aber von ihren Freundinnen war in diesem Moment keine da. Barry war aber da. Und sie konnte es keine Sekunde länger für sich behalten. Es immer nur herunterzuschlucken brachte sie noch um den Verstand.

»Ich würde sehr gerne mit dir reden«, antwortete sie also.

»Okay.« Barry fuhr in die nächste Abfahrt und hielt an einem Schnellrestaurant. Sie bestellten sich einen Kaffee und redeten.

Susan erzählte ihm alles, es kam einfach so aus ihr herausgesprudelt. Sie erzählte ihm von Stuart, der sich so verändert hatte, von Gunnar und Avery, die ständig irgendwelche heißen Groupies mitbrachten. Von Stuarts dummen Bemerkungen, was Gunnars schwangere Freundin zu Hause betraf, von den vielen Selfies mit weiblichen Fans und dem stetig wachsenden Größenwahn der Jungs. Sie berichtete ihm von ihrer Eifersucht und dem Streit mit Stuart. Dann sah sie Barry an und hoffte, dass er Antworten für sie hatte, auf die sie selbst noch nicht gekommen war.

»Oh, wow. Bist du sicher, dass du da von Stuart sprichst?«, fragte er.

Sie nickte, wischte sich ein paar Tränen weg und schnäuzte sich die Nase.

»Von dem Stuart, den ich kenne? Der immer bescheiden ist und der mir gesagt hat, dass er einfach nur Musik machen will? Und dass Groupies, Erfolg und Geld ihm nichts bedeuten?«

Susan zuckte die Schultern. »Erfolg verändert die Menschen, so ist das leider.«

»Ich habe ja auch bemerkt, dass er sich in der Öffentlichkeit anders gibt, bei Interviews einen auf obercool macht, und die Fotos auf seiner Instagram-Seite habe ich auch gesehen. Allerdings dachte ich, das sei alles nur Show. Es muss schwer für dich gewesen sein, das mit anzusehen. Tag für Tag.«

»Das war es.«

»Warum bist du denn nicht schon früher zurück nach Hause gekommen? Verdammt, warum hast du dich nicht längst von dem Idioten getrennt?«

»Er ist dein Freund.« Susan musste trotz ihrer Tränen lachen, weil Barry Stuart einen Idioten nannte.

»Das ist er, ja. Das bedeutet aber nicht, dass ich mit allem einverstanden bin, was er tut. Und das hört sich gerade ziemlich übel an. Ich werde ihn gleich nachher mal anrufen und fragen, was nur in ihn gefahren ist.«

»Tu das bitte nicht. Und falls du es doch tust, sag ihm wenigstens nicht, dass ich dir davon erzählt habe.«

Barry schüttelte den Kopf und sah Susan mitleidig an. Er legte eine Hand auf ihre. »Du hast wirklich viel zu ertragen zurzeit, was?«

Wieder musste sie weinen und war froh, dass Barry da war, um sie zu trösten.

Als ihre Tränen getrocknet waren, sagte sie, sie wolle mal kurz auf die Toilette gehen, um sich frischzumachen.

»Darf ich dir was zu essen bestellen? Manchmal hilft was Ungesundes, mit so etwas besser fertig zu werden.«

»Gerne.« Sie lächelte schon wieder. »Ich nehme einen Cheeseburger mit allem Drum und Dran.«

»Pommes? Cola?«

Sie nickte. »Und ein Eis.«

»Alles klar.«

Sie sah Barry zum Bestelltresen gehen und atmete tief durch. Ja, sie musste leider Gottes schon wieder eine schlimme Zeit durchmachen, aber wenigstens war sie diesmal nicht allein. Diesmal hatte sie jemanden, der ihr zuhörte, der ihr Fast Food bestellte und der sie zurück nach Hause bringen würde. Nach Hause. Sie konnte es kaum erwarten, dort anzukommen.

KAPITEL 9

Humphrey saß an dem kleinen Tisch in der winzigen Küche in dem alten, kaputten Haus, das er mit der Liebe seines Lebens bewohnt hatte. Mit der Liebe, die von ihm gegangen war und ihn allein zurückgelassen hatte.

Erneut wischte er sich mit einem Stofftaschentuch die Tränen ab, die nicht aufhören wollten zu fließen.

»Oh, Esther«, sagte er und sah traurig hinüber zu ihrem Stuhl, der nun leer war. Dann lächelte er jedoch durch seine Tränen, einfach weil er sich ihr liebliches Gesicht vorstellte und weil er so unendlich froh war, sie gekannt zu haben.

Sie hatten nur fünf kurze Jahre miteinander gehabt, und doch waren es die besten seines Lebens gewesen. Die Arthrose, die kaputten Knie, die Ohren, die nicht mehr richtig hören wollten – all das war wie weggeblasen gewesen, und er hatte sich jedes Mal wie ein junger Spund gefühlt, wenn seine Esther ihn angelächelt hatte, wenn sie ihm einen Kuss gegeben oder ihm gesagt hatte, dass sie ihn liebe.

Sie hatten sich in der Suppenküche kennengelernt, zwei arme Spatzen, die sich ein Gratis-Mittagessen holen wollten. Immer wieder begegneten sie einander dort, bis er den ersten Schritt machte und es wagte, die zierliche kleine Dame mit den wirren weißen Haaren anzusprechen, die ein paar Jahre mehr auf dem Buckel hatte als er, doch das machte ihm überhaupt nichts aus. Ja, er fühlte sich fast wie damals in der Schule, wie ein verliebter Teenager, der eines der hübschen Mädchen ansprach und es auf eine Cola einlud. Esther Witherspoon lud er aber nicht auf ein Getränk ein, sondern er reichte ihr seine Scheibe Weißbrot, das sie gerne aß, wie er in den letzten Wochen mitbekommen hatte. Er fragte, ob sie nach dem Essen einen kleinen Verdauungsspaziergang machen wollten, und sie willigte ein. Es war kurz vorm Valentinstag, und da nun mal solch ein romantischer Tag vor der Tür stand, bat er sie um ein richtiges Rendezvous. Er ging mit ihr in ein schickes Fischrestaurant, das er sich eigentlich gar nicht leisten konnte, und zum ersten Mal überhaupt bat er seine Tochter Monica darum, ihm ein wenig Geld zu leihen, wie sie es ihm schon so oft angeboten hatte. Denn es wäre eine Katastrophe gewesen, Esther am Valentinstag in die Suppenküche zu bringen. Wer ein Date mit dem hübschesten Mädchen der Stadt hatte, musste es auch standesgemäß ausführen.

An dem Abend erzählte sie ihm von ihren Freundinnen in der Valerie Lane, von jeder Einzelnen, und wie viel sie ihr bedeuteten. Dass sie die Töchter für sie waren, die sie selbst nicht hatte. Esther hatte keine Kinder bekommen können, was sie oftmals traurig stimmte, doch unterkriegen lassen hatte sie sich davon nie.

Schon an diesem Tag, dem Tag der Liebenden, wusste Humphrey, dass er Esther heiraten wollte. Sie beide waren weiß Gott nicht mehr die Jüngsten, und ihm war klar, dass ihnen die Zeit davonlief. Also machte er ihr wenig später einen Antrag, den sie glücklicherweise annahm und ihn damit zum gesegnetsten Mann von Oxford machte.

Sie verbrachten ein paar wirklich gute Jahre zusammen. Es war schön, morgens nicht mehr allein aufzuwachen und abends nicht mehr allein schlafen zu gehen, es war wundervoll, beim Essen Gesellschaft zu haben, sich unterhalten zu können, wann immer einem danach war, und gemeinsame Spaziergänge zu unternehmen, auch wenn Esther am Ende nur noch langsam vorankam. Es war ein absolutes Glücksgefühl, mit achtzig noch geküsst zu werden und berührt, als wäre man wieder zwanzig. Es war wunderbar, eine Frau zu kennen, die von allen so geschätzt und geliebt wurde. Und es war ein Segen, Tag für Tag – bis zum allerletzten – an ihrer Seite zu sein.

Und nun war sie fort.

Wieder musste Humphrey sein Taschentuch hervorholen. Er war weiß Gott kein Held, auch wenn Esther ihn immer so genannt hatte – »ihren Helden«. Er selbst sah sich eher als alten Trauerkloß, zu schwach, um tapfer zu sein, zu erbärmlich, um das schreckliche Weinen einzustellen. Er war noch nie gut darin gewesen, stark zu sein. Er erzählte immer allen von seiner Zeit als Pilot, doch niemand wusste, dass er lediglich acht Jahre seines Lebens Flugzeuge geflogen hatte. Schon im Alter von siebenunddreißig Jahren hatte er seine Stelle bei einer Fluggesellschaft verloren, weil er einen Fehler begangen hatte. Einen fatalen Fehler. Wäre sein Co-Pilot damals nicht so aufmerksam gewesen, hätte es ganz schlimm enden können. Zu der Zeit gab es noch keinen Autopiloten, der übernahm, so wie heute. Sie kamen aus Kairo, befanden sich über den Alpen, ein Gipfel in unmittelbarer Nähe! Und Humphrey, der für einen kranken Piloten eingesprungen war, obwohl er bereits viel zu viele Stunden geflogen war, hatte seine Augen nicht offen halten können. Er war eingenickt, obwohl er hätte wach sein müssen, da sein Co-Pilot gerade seine Stunde schlafen durfte. Wäre der nicht aufgewacht … wäre der nicht da gewesen …

Humphrey war nie darüber hinweggekommen. Vielleicht hätte er eine Stelle bei einer anderen Gesellschaft bekommen, doch nach diesem Vorfall hatte er sich nirgendwo mehr beworben. Stattdessen war er in tiefe Depressionen verfallen. Jahrelang war er kaum aus dem Haus gegangen, seine damalige Frau Greta hatte die gemeinsame Tochter genommen und war ausgezogen. Und Humphrey war allein, nahm irgendwann eine Arbeit als Gärtner an, um sich mit dem Nötigsten zu versorgen, und er war lange Zeit sehr unglücklich – bis er sich eines Tages, im Alter von fünfundsechzig, sagte, dass es so nicht weitergehen konnte. Er setzte sich seine Pilotenmütze auf, sah in den Spiegel und dachte an all die vielen Flüge, die er gut gemeistert hatte. Es waren Hunderte gewesen. Und er war nur ein Mensch, Menschen machten nun mal Fehler. Doch Menschen hatten auch einen freien Willen, und er wollte endlich wieder positiv in die Zukunft blicken. Das tat er damals, und das würde er auch jetzt tun – Esther hätte es so gewollt.

Er rappelte sich auf und holte den Brief aus der obersten Kommodenschublade im Wohnzimmer. Esther hatte ihn vor einigen Wochen geschrieben, als sie langsam spürte, dass es zu Ende ging. Sie hatten viel darüber gesprochen, Esther hatte ihm gesagt, dass er nicht traurig sein sollte, wenn sie nicht mehr da war, denn eines Tages würden sie sich wiedersehen. Sie hatte ihm auch gedankt, dafür, dass er so gut für sie gesorgt hatte und dass er ihren Lebensabend zu einem wunderbaren Abenteuer gemacht hatte.

Der Brief. Er war auf hellblaues Papier geschrieben, denn Ester hatte in ihren letzten Jahren für sich entschieden, dass Hellblau ihre Lieblingsfarbe war. Hellblau stand für Ruhe, Treue, Harmonie und Zufriedenheit. Sogar in ihren letzten Zeilen hatte sie die Farbe erwähnt, Humphrey kannte inzwischen jedes Wort auswendig, so oft hatte er sie gelesen. Und später an diesem Tag würde er sie Esthers jungen Freunden aus der Valerie Lane vorlesen. Allen, die sie in dem Brief erwähnt hatte. Es war ihr ein großes Anliegen gewesen, natürlich würde er sie nicht enttäuschen.

Um Viertel nach sechs machte er sich auf den Weg. Er brauchte keine fünfundvierzig Minuten bis in die Valerie Lane, aber er war nicht mehr so gut zu Fuß, seine Knie machten ihm zu schaffen, auch wenn er sich nie beklagte. Er hätte den Bus nehmen können, doch er wollte ein wenig frische Luft schnappen, sie würde ihm helfen, einen klaren Kopf zu bewahren, sie würde ihm helfen, das durchzustehen.

Unterwegs betrachtete er die Auslage einer Konditorei. Die gute Marzipantorte hatte Esther immer gerne gegessen. Er hatte ihr an jedem Geburtstag ein Stück gekauft. Für sich selbst hatte er immer ein Stück Kirschkuchen genommen, und er überlegte, ob er sich auch heute eins gönnen sollte. Aber er hatte überhaupt keinen Hunger, wie könnte er auch, wenn seine Kehle doch wie zugeschnürt war?

Er traf einen alten Bekannten, der ihm fröhlich zuwinkte; er hatte wahrscheinlich noch nichts von Esthers Tod gehört. Ein paar Kinder kamen ihm hüpfend entgegen, eine hochschwangere Frau aß ein großes Eis, ein Mann ging mit zwei Hunden Gassi. Humphrey wunderte sich und fragte sich, wie die Welt sich einfach weiterdrehen konnte, jetzt, da Esther nicht mehr da war.

Als er in die Valerie Lane einbog, war die Last auf seinen Schultern schwer. Dies war das erste Mal seit Langem, dass er die kleine Straße ohne Esther betrat. Das war überhaupt erst wenige Male vorgekommen, als er ihr zum Beispiel einen Schal bei Susan oder ihre Lieblingspralinen bei Keira besorgt hatte, als Geschenk zu Weihnachten oder zum Hochzeitstag. Es war das erste Mal, dass er die Valerie Lane als Witwer entlangging, und es fühlte sich einfach nur schlimm an. Gestern war er bei Laurie gewesen, ja, aber die Tea Corner lag direkt an der Ecke, am Anfang der Gasse. Jetzt jedoch das gewohnte Kopfsteinpflaster unter seinen Füßen zu spüren, ohne dass Esther sich bei ihm eingehakt hatte, machte ihn unendlich traurig. Am liebsten wäre er sofort umgekehrt und zurück nach Hause gegangen. Aber er hatte eine Aufgabe. Er hatte ein Versprechen einzulösen. Und deshalb ging er jetzt bis ans Ende der Straße und setzte sich auf die

Bank unter dem Kirschbaum, auf der er noch vor Kurzem zusammen mit seiner Esther gesessen hatte.

Er erinnerte sich an ihre Worte. Sie hatte gesagt, dass sie ihre Freundinnen sehr vermissen würde. Und dann musste er unwillkürlich an seinen letzten Abend mit ihr denken, an dem sie ihm gesagt hatte, dass sie *ihn* sehr vermissen würde.

»Ich liebe dich, Humphrey«, hatte sie gesagt. »Vergiss das nie. Du bist das Beste, was mir in meinem Leben passiert ist, und ich bin dankbar für jede Minute, die ich mit dir hatte. Du darfst nicht allzu traurig sein, wenn ich gehe, das musst du mir versprechen. Bleibe glücklich, bleibe froh, du hast noch immer eine Tochter und Enkelkinder, die ihren Vater und Großvater brauchen, und zwar in guter Laune. Und denke dran, ich werde immer bei dir sein und genau wissen, was du tust, also komm gar nicht erst auf die Idee, ein verbitterter alter Kauz zu werden.« Sie hatte ihm ihr liebliches Lächeln gezeigt und sogar ein wenig gelacht. Dann hatte sie ihm noch einmal gesagt, dass sie ihn liebe, hatte die Augen zugemacht und war eingeschlafen. Und sie war nicht mehr aufgewacht.

Er musste erneut sein Taschentuch hervorholen, und es verging eine Weile, bis er bereit war, wieder aufzustehen. Erst als Phoebe aus dem Gift Shop kam und ihn entdeckte, erhob er sich.

»Humphrey«, sagte sie und kam auf ihn zu. Sie musste ebenfalls weinen und sagte weiter gar nichts, doch sie umarmte ihn fest und zeigte ihm damit, dass er nicht allein war. Ja, er hatte längst verstanden, was die Gemeinschaft in der Valerie Lane bedeutete, und er hoffte, dass die lieben Menschen hier ihn auch ohne Esther weiterhin begrüßen würden.

»Gehen wir zu Laurie?«, fragte Phoebe, nachdem sie sich ein Taschentuch aus der Hosentasche gefischt hatte.

Humphrey nickte und hakte sich bei Phoebe ein, die ihm ihren Arm hinhielt.

KAPITEL 10

Agnes, die schon ihr ganzes Leben lang über Lauries Laden wohnte, saß auf einem der hölzernen Stühle in der Tea Corner und blickte sich um. Sie sah nichts als verweinte Gesichter, jedes voller Trauer um die liebe alte Frau, die von ihnen gegangen war. Sie nahm Stevens Hand, die dieser ihr reichte, und war froh, dass er bei ihr war. All ihre Freundinnen hatten ihre Partner an der Seite, und Agnes dachte nur, wie schön es doch war, dass niemand von ihnen jetzt allein sein musste. Niemand außer Humphrey.

»Er hat doch sieben Uhr gesagt, oder?«, fragte Agnes ihre Mutter Barbara.

Laurie nickte. »Ganz sicher, ja.«

»Hm … wo steckt er dann? Ob mit ihm alles in Ordnung ist?«

»Er verspätet sich bestimmt nur ein wenig«, sagte Keira. »Er hat es nicht leicht, seine Liebste ist von ihm gegangen. Ich weiß nicht, wie er es überhaupt schafft, das Haus zu verlassen. Ich würde wahrscheinlich den ganzen Tag in meinem Bett liegen und weinen.«

»Ja, es muss schlimm sein, den Partner zu verlieren«, stimmte Barry ihr zu. »Und in dem Alter stehen die Chancen, jemand Neues zu finden, auch nicht wirklich gut.«

»Ich glaube, Humphrey ist gar nicht darauf aus, noch jemand Neues zu finden. Was er und Mrs. Witherspoon hatten, war etwas ganz Besonderes«, sagte Laurie zu ihrem Mann.

»Ja, da hast du recht.« Barry nahm ihre Hand und hielt sie fest.

Agnes spürte schon wieder, wie ihr die Augen feucht wurden. Die letzten vierundzwanzig Stunden waren schrecklich gewesen. Sie versuchte zwar, tapfer zu sein, doch immer, wenn sie sich unbeobachtet fühlte, begann sie zu weinen. Steven wusste, wie sehr sie die alte Dame geschätzt hatte. Dankbar nahm sie das Papiertaschentuch an, das er ihr jetzt reichte.

»Susan ist auch noch nicht da«, sagte Keira. »Du hast sie doch heute vom Flughafen abgeholt, Barry, oder?«

Barry nickte. »Ja, hab ich. Sie war ziemlich müde, vielleicht hat sie sich hingelegt und ist eingenickt.«

»Phoebe fehlt ebenfalls«, warf Charlotte ein.

»Also, ich geh jetzt mal raus und gucke, ob ich einen von ihnen sehe«, bot Agnes an und erhob sich. Sie war froh, der bedrückenden Atmosphäre kurz entfliehen zu können.

Sie ging aus der Tür und entdeckte Humphrey, wie er einsam und allein auf der Bank am Ende der Straße saß. Er sah so elendig aus, dass sie das Bedürfnis verspürte, sofort auf ihn zuzugehen und ihn in den Arm zu nehmen. Das tat dann aber schon Phoebe, die soeben aus ihrem Geschenkeladen kam. Agnes überquerte deshalb die Straße und klingelte bei Susan, die ihr Küchenfenster öffnete und hinunterrief, dass sie gleich kommen würde.

Auf ihrem Rückweg stieß Agnes auf Phoebe und Humphrey, die ganz langsam auf die Tea Corner zukamen.

»Humphrey, mein herzliches Beileid«, sagte sie und tätschelte dem alten Mann den Rücken. »Es tut mir so leid. Wenn ich irgendetwas tun kann ...«

»Danke, meine Kleine«, sagte er, obwohl Agnes schon lange kein kleines Mädchen mehr war. Sie hatte ihr Studium der Psychologie abgeschlossen und arbeitete seit letztem Jahr in einem Krankenhaus für psychisch erkrankte Menschen. Außerdem lebte sie schon seit Längerem nicht mehr mit ihrer Mutter zusammen. Die war nach der Hochzeit mit Leopold Spacey, dem Verwalter der Valerie Lane, in ein wunderschönes Haus gezogen, das sie sich gemeinsam gekauft hatten, und Steven hatte es zu Agnes in die Valerie Lane verschlagen. Sie waren nun seit fast vier Jahren zusammen, und sie war wirklich glücklich. Sie beide überlegten sogar, sich eine Katze anzuschaffen.

Nacheinander betraten sie die Tea Corner.

»Humphrey, da sind Sie ja.« Laurie stand sofort auf. »Wir haben uns schon Sorgen gemacht.«

»Das wollte ich nicht, tut mir leid.«

»Oh Gott, das muss Ihnen doch nicht leidtun. Kommen Sie, setzen Sie sich.« Sie deutete auf den Platz neben Ruby, den diese ihm freigehalten hatte.

Humphrey ließ sich auf den Stuhl sinken, und Ruby konnte kaum ihre Tränen zurückhalten.

Nun kam auch Susan mit Terry herein und umarmte alle herzlich. Agnes fand es schön, dass sie zurück war. Gerade in solch schweren Zeiten brauchten sie einander.

Agnes fiel auf, dass Phoebe ohne Lance da war. Wahrscheinlich passte der auf Emily auf. Damit waren Phoebe und Susan neben Humphrey die Einzigen heute Abend ohne einen Partner an ihrer Seite, ohne eine Schulter zum Anlehnen. Nun, ganz allein war Susan nicht, denn sie hatte ihren süßen Vierbeiner dabei, der heute keine Lust auf seine Kuschelecke hatte, sondern sich direkt an ihre Füße legte. Er hatte sie anscheinend ziemlich vermisst.

Als alle sich gesetzt hatten und Laurie jeden mit Tee versorgt hatte, blickte Agnes in die Runde. An diesem Abend war die Tea Corner voll wie schon lange nicht mehr. Alle waren gekommen, weil Humphrey es sich so gewünscht hatte, und nun sahen sie ihn an, um zu erfahren, was er ihnen zu verkünden hatte.

Er räusperte sich.

»Zuerst einmal danke ich euch, dass ihr euch die Zeit genommen habt, heute Abend hier zu erscheinen«, sagte er.

»Das ist doch selbstverständlich«, erwiderte ihre Mutter, und die anderen nickten zustimmend.

Humphrey atmete einmal tief ein. »Ihr fragt euch bestimmt, was das alles auf sich hat. Und ich will nicht länger ein Geheimnis daraus machen. Meine Esther …« Seine Stimme brach, und er musste sich sammeln. »Sie hat einen Brief hinterlassen. Darin hat sie euch alle erwähnt, und sie hat gewollt, dass ich ihn euch vorlese.«

»Ein Brief?«, wurde geflüstert. »Was für ein Brief?«

Humphrey holte einen Umschlag aus der Innentasche seiner Jacke und nahm zwei gefaltete Blätter Papier heraus, die beidseitig beschrieben waren.

Laurie begann schon zu weinen, bevor sie überhaupt

wusste, was drinstand. Und Agnes musste ein paarmal ganz tief durchatmen, als Humphrey jetzt die Augen schloss, sie wieder öffnete und zum Himmel sah. So, als wollte er sichergehen, dass seine Esther jetzt bei ihm war und ihm half, das Folgende durchzustehen. Dann begann er, mit zitternder Stimme zu lesen.

Meine lieben Freunde,
ich weiß, es ist traurig, Abschied zu nehmen, doch wir sind leider nun mal Menschen und können nicht ewig leben. Und was ich euch sagen möchte, ist, dass ein einziger Tag in der Valerie Lane mir mehr bedeutet hätte als die Ewigkeit.
Euch alle zu kennen war das größte Glück, das sich eine alte Frau wie ich nur vorstellen kann. Wie oft ihr mich unterstützt, mir geholfen, mir eine Freude gemacht habt ohne ersichtlichen Grund, kann ich gar nicht zählen. Ich bin dankbar, euch gekannt zu haben, jeden Einzelnen von euch, und möchte nun Auf Wiedersehen sagen. Seid nicht traurig, bitte vergießt keine Tränen. Ich bin doch weiterhin bei euch, wenn fortan auch nur noch in euren Herzen und nicht an einem Tisch bei Laurie mit einer Tasse Tee oder auf der Bank am Ende der Straße, die in meinen letzten Tagen mein Lieblingsplatz geworden ist. Menschen, die zu Lebzeiten geliebt wurden, sind niemals vergessen, und ich kann euch gar nicht sagen, wie glücklich ich bin, solch ein Mensch gewesen zu sein.

Humphrey machte eine Pause, weil er vor lauter Schniefen nicht mehr weiterlesen konnte. Alle, wirklich alle, sogar die anwesenden Männer, hatten mindestens feuchte Augen. Die meisten Frauen waren hemmungslos am Weinen und suchten nach Taschentüchern, um sich die Tränen zu trocknen. Einzig Ruby war tapfer, zog nur einmal die Nase hoch und blinzelte die Tränen in den Augen weg, um zu dem gebrochenen Mann an ihrer Seite zu sagen: »Wenn Sie möchten, kann ich weiterlesen, Humphrey.«

Agnes sah, wie er aufblickte und dankbar nickte. Dann reichte er ihr den Brief, der ganz zerknittert war, weil er schon so oft gelesen worden war.

Ruby wartete, bis alle sich die Nase geputzt hatten und es wieder ruhig war. Dann fuhr sie fort.

Ach, ihr Lieben, ich werde es vermissen, euch in der Valerie Lane zu besuchen. Ich habe keinen Zweifel daran, dass es ein Leben nach dem Tod gibt, in dem ich euch alle eines Tages wiedersehen werde. Vielleicht gibt es ja auch im Himmel eine Valerie Lane – ich werde am Ende der Straße auf der Bank sitzen und auf euch warten. Bis dahin aber möchte ich euch bitten, fröhlich weiterzuleben. Ich möchte auch keine traurige Beerdigung in Schwarz, viel mehr wünsche ich mir eine kleine Feier, auf der ihr alle meine Lieblingsfarbe Hellblau tragt. Und da ich euch gut kenne und mir sicher bin, dass jeder von euch etwas beitragen möchte, bitte ich euch von Herzen, all meine Lieblingsspeisen zuzubereiten: Lauries Nudelsalat, Susans Blätterteigtaschen, Rubys Gemüsefrikadellen, Phoebes Selleriesalat, Keiras Schokoladenkekse und natürlich meine geliebte Stargazy Pie. Ich wünsche mir, dass ihr

zusammenkommt und diese Speisen gemeinsam kocht und dabei eine gute Zeit habt. Des Weiteren wünsche ich mir für meine Trauerfeier bunte Blumen, und am liebsten hätte ich es, wenn sie in der Valerie Lane stattfände, meinem liebsten Ort auf Erden.
Und nun kommen wir zu meinem Nachlass. Wie ihr alle wisst, habe ich kein Geld, das ich euch vermachen könnte, doch es gibt einige Dinge, über die ihr euch hoffentlich freuen werdet. Und deshalb möchte ich jeden von euch noch einmal einzeln ansprechen.
Ruby: Du bist ein gutes Kind, ich kenne dich schon, seit du ein kleines Mädchen warst. Damals haben wir zusammen die Bücher der Brontë-Schwestern gelesen, erinnerst du dich? Ich möchte dir diese Bücher schenken, die mir sehr viel bedeuten. Ich weiß, bei dir sind sie in guten Händen.

Nun musste Ruby abbrechen, weil sie es doch nicht schaffte, ihre Tränen zurückzuhalten. Gary nahm sie in den Arm und wiegte sie, während Laurie ihr den Brief abnahm und weiterlas.

Keira: Du bist wohl die süßeste Bewohnerin der Valerie Lane. Ich habe mich immer gefreut, deinen Laden zu betreten und deine neuesten Kreationen zu testen. Du bekommst mein Rezeptbuch, in das ich seit meiner Jugend all meine Lieblingsrezepte geschrieben habe. Ich hoffe, du freust dich.
Laurie: Bei dir habe ich mich immer ganz besonders willkommen gefühlt. Danke für jede Tasse Tee, es müssen an

die tausend gewesen sein. Erinnerst du dich? Einmal hast du in meiner Küche eine alte metallene Teedose mit Blumen darauf entdeckt, die es dir angetan hatte. Ich habe dir erzählt, dass ich sie zu meinem fünfzigsten Geburtstag von einer Kollegin bekommen habe. Nun möchte ich sie dir schenken. Es tut mir leid, dass es nicht mehr ist.

»Oh mein Gott, das hat sie sich gemerkt«, schluchzte Laurie und tupfte sich die Tränen ab.

Phoebe übernahm das Lesen. Sie legte das erste Blatt Papier beiseite und begann mit dem zweiten.

Charlotte und Tobin: Ihr beiden habt mich in den letzten Jahren besonders glücklich gemacht. Ich freue mich so sehr für euch, dass ihr zueinandergefunden habt. Euch möchte ich gerne einige meiner Hochzeitsbilder vermachen. Seht euch von Zeit zu Zeit Humphrey und mich an und seid dankbar, dass ihr einander habt. Es ist nicht selbstverständlich, der Liebe zu begegnen.
Barbara: Mit dir wurde es mir nie langweilig. Du hast mich immer mit dem neuesten Tratsch versorgt, und deshalb möchte ich dir meine alten Klatschzeitschriften der letzten Jahrzehnte vermachen, damit du auch zukünftig etwas zu berichten hast.

Alle lachten durch ihre Tränen hindurch. Keira fragte Phoebe, ob sie noch weiterlesen mochte, und sie nickte.

Kleine Agnes: Du hast es weit gebracht, ich bin sehr stolz auf dich. Einmal, als du noch ein Kind warst, hast du mir gesagt, wie hübsch du meine Katzenbrosche findest. Jetzt darfst du sie haben, ich brauche sie nicht mehr.

Agnes schmiegte sich traurig lächelnd an Steven, während Phoebe weiterlas.

Susan: Liebe, gute Susan. Ich weiß, du bist weit weg, ich hoffe, du wirst es zu meiner fröhlichen Trauerfeier zurück nach Hause schaffen, es wäre eine Schande, wenn du nicht dabei wärst. Es wollen doch alle deine köstlichen Blätterteigtaschen essen! Für dich habe ich etwas ganz Besonderes: Ich habe mir gedacht, dass dir mein Brautschleier gefallen würde. Denn ich denke, es ist an der Zeit, dass Stuart und du euch endlich das Jawort gebt, und da kannst du ihn sicher gut gebrauchen. Schade, dass ich bei deiner Hochzeit nicht mehr dabei sein kann, aber wie gesagt, ich bin immer bei euch, auch wenn ihr mich nicht seht.

Susan weinte besonders herzzerreißend, und Agnes fragte sich, ob vielleicht noch mehr dahintersteckte als nur Mrs. Witherspoons liebe Geste. Sie sah von Susan zu Phoebe, die auf einmal ganz blass wurde.

Phoebe hatte ihren Namen als Nächstes gesehen, und ihre Augen hatten noch vor ihren Lippen gelesen, welche Worte Mrs. Witherspoon an sie gerichtet hatte. Sie hatte tapfer sein wollen, für Humphrey und die anderen, aber damit hatte sie nun nicht gerechnet. Dennoch las sie den anderen auch diese Zeilen vor.

Phoebe: Ich konnte nicht vergessen, was du mir erzählt hast, als du vor einer Weile bei mir warst, und ich hätte dir schon viel früher helfen sollen, bitte verzeih, dass ich es nicht getan habe. Dir vermache ich meine Löffelsammlung, einige davon sind sogar einiges wert. Du darfst sie verkaufen, keine Sorge, ich habe mich zwar immer sehr an ihnen erfreut, aber im Himmel brauche ich sie nicht mehr. Ich hoffe von Herzen, sie werden dir und Lance weiterhelfen.

Phoebes Herz pochte schneller. Sie atmete schwer und mochte gar nicht aufblicken. Sie musste weinen und überlegte gleichzeitig, was sie den anderen sagen würde, wenn sie nachfragen sollten, was Mrs. Witherspoon gemeint hatte. Sie hatte in ihrem Brief nichts im Detail erwähnt, doch die Katze war aus dem Sack. Und dann begriff Phoebe erst, was das alles bedeutete. Die gute alte Dame hatte ihr gerade ihre komplette Löffelsammlung vermacht! Ob die überhaupt viel Wert hatte, wusste sie nicht, aber allein die Geste war gewaltig. Und wenn die Löffel sogar wirklich ein wenig Geld bringen würden?

»Phoebe, was meinte Mrs. Witherspoon damit?«, fragte Laurie.

»Habt ihr, du und Lance, finanzielle Probleme?«, erkundigte Keira sich mit behutsamer Stimme.

»Du kannst uns alles sagen, Süße«, meinte Charlotte.

Und dann konnte sie es nicht länger zurückhalten. Sie nickte. »Ja, wir haben Probleme. Aber das ist nichts für diesen Abend, der allein Mrs. Witherspoon gehört. Wir reden ein andermal darüber, okay?«

»Du kannst ruhig …«, setzte Laurie an.

»Bitte«, flehte sie.

»Sie hat recht«, sagte Ruby, und Phoebe war ihr dankbar.

»Na gut. Steht da noch was in dem Brief?«, erkundigte sich Laurie.

Phoebe reichte ihn ihr zurück, da sie gerade nicht in der Lage war, selbst weiterzulesen.

»Oh, da steht noch was für Orchid. Die ist ja leider nicht da. Soll ich es trotzdem vorlesen?«

»Nein, mach das doch lieber persönlich. Ruf sie an und lies es ihr vor«, schlug Keira vor.

»Du kannst es ihr auch bald von Angesicht zu Angesicht vorlesen. Sie kommt nämlich am Sonntag«, erzählte Phoebe und war froh, über etwas anderes sprechen zu können.

Sie bemerkte, wie alle in Richtung Tobin sahen. Er versuchte verzweifelt, sich nichts anmerken zu lassen, aber Phoebe wusste ja doch, dass die Neuigkeit gerade sein Innerstes aufwühlte.

»Tatsächlich? Orchid kommt nach Hause?«, fragte Keira erfreut.

»Das sind ja tolle Nachrichten«, fand auch Laurie.

»Eine fröhliche Feier kann es nur mit Orchid geben«, sagte Barbara begeistert.

Phoebe nahm Charlottes besorgten Blick wahr und wie sie zu Tobin schielte. Die Arme tat ihr ganz schön leid.

»Sie kommt Sonntagnachmittag an«, informierte sie ihre Freunde. »Sie hat mir vorhin Bescheid gesagt. Ich hole sie vom Flughafen ab.«

»Wie schön«, meldete sich nun auch Humphrey zu Wort. »Dann seid ihr alle wieder vereint. Das hätte meiner Esther gefallen.«

»Ja, da bin ich mir sicher«, sagte Laurie und drückte Susans Hand.

»Wartet, hier steht noch etwas für uns alle«, verkündete Laurie und las den letzten Absatz.

Das war's, meine lieben Freunde aus der Valerie Lane.
Alles, was ich besitze, hat nun einen neuen Eigentümer gefunden. Das Nichtmaterielle, das, was ich in meinem Herzen hüte, nehme ich mit mir mit.
Ihr Lieben, ich möchte euch noch um ein Letztes bitten: Kümmert euch doch ein wenig um meinen Humphrey. Seid für ihn da, wie ihr es für mich gewesen seid. Dann kann ich unbesorgt von dieser Erde gehen.
Ich danke euch von Herzen und habe euch lieb.
Eure Esther Witherspoon

Kaum einer hatte noch Tränen übrig. Jetzt lächelten alle, dankbar, dass sie diese wunderbare alte Dame gekannt hatten. Es war für Phoebe genauso wie für alle anderen eine Selbstverständlichkeit, sich von nun an noch ein bisschen mehr um Humphrey zu kümmern, und die Feier wollten sie genauso gestalten, wie Mrs. Witherspoon es sich gewünscht hatte, da waren sie sich gleich einig.

»Wissen Sie schon, wann die Beerdigung stattfindet?«, fragte Laurie Humphrey.

»Ja. Meine Tochter war gestern mit mir im Bestattungsinstitut, und heute haben wir schon von ihnen gehört. Die Beerdigung wird am kommenden Freitag stattfinden.«

»Können wir sonst irgendwas tun?«, wollte Susan wissen. »Brauchen Sie Hilfe, was Behörden angeht oder Ähnliches?«

Humphrey schüttelte den Kopf. »Nein, danke. Monica erledigt das alles. Sie war auch heute noch mal da und hat ein Kleid aus Esthers Schrank ausgesucht, um das der Bestatter gebeten hat.« Er machte eine Pause. »Meine Tochter hat mir angeboten, dass ich für eine Weile zu ihr ziehen könnte, doch das habe ich abgelehnt. Ich möchte weiterhin in dem Haus wohnen, in dem ich mit Esther so glücklich war. Ich spüre dort immer noch ihre Anwesenheit, versteht ihr?«

Phoebe nickte, sie wusste genau, was er meinte.

»Schön, dass Monica sich um alles kümmert«, sagte Tobin. »Ich würde übrigens gerne die Blumen übernehmen. Für die Beerdigung und die Feier danach.«

»Danke, das weiß ich zu schätzen«, sagte Humphrey. »Wenn ich euch nicht hätte.« Er erhob sich. »Bitte seid mir nicht böse, aber ich würde mich dann auf den Heimweg machen.«

»Natürlich«, sagte Laurie. »Möchten Sie, dass wir Sie nach Hause bringen?«

»Danke für das Angebot, aber ich muss jetzt ein bisschen allein sein. Frische Luft schnappen.«

»Okay. Wenn Sie irgendwas brauchen, melden Sie sich aber, ja?«

Er nickte, blickte noch einmal dankbar in die Runde und brachte sogar ein Lächeln zustande. Dann verließ er den Teeladen und ging die Valerie Lane entlang. Phoebe stellte sich in die offene Tür und sah ihm nach. Es war seltsam, doch sie hatte das Gefühl, als wenn er überhaupt nicht allein wäre. Als wenn seine Esther noch immer an seiner Seite wäre. Vielleicht hatte Mrs. Witherspoon ja recht gehabt, und ein Teil von ihr weilte noch immer unter ihnen. Es war ein schöner, tröstlicher Gedanke.

KAPITEL 11

»Er tut mir so schrecklich leid«, sagte Laurie, nachdem Humphrey gegangen war. Dieser Abend war ihr wirklich nahegegangen.

»Mir auch. Findet ihr, wir hätten darauf bestehen sollen, ihn nach Hause zu bringen?«, fragte Keira ihre Freunde.

»Nein.« Ruby schüttelte den Kopf. »Ich weiß, wie das ist. Wenn man einen geliebten Menschen verloren hat, will man einfach nur allein sein und an ihn denken.«

Die anderen nickten. Ruby musste es wissen. Außer ihr hatte noch keiner von ihnen einen nahen Angehörigen verloren. Nun, Susan hatte erst ihr ungeborenes Baby verloren und einige Jahre später ihre Mutter, mit der sie zerstritten gewesen war. Aber niemand außer Laurie wusste davon, und so sollte es auch bleiben.

»Unglaublich, was Mrs. Witherspoon uns allen hinterlassen hat, oder?« Charlotte schien sehr bewegt.

»Überhaupt war der ganze Brief total unerwartet. Sie möchte, dass wir eine fröhliche Trauerfeier mit bunten Blumen und ihren Lieblingsspeisen feiern, und sie wünscht sich, dass wir alle Blau tragen auf ihrer Beerdigung«, fasste Laurie noch einmal zusammen.

»Hellblau, wohlbemerkt.« Barbara hob einen Finger in

die Höhe. »Mir war ehrlich gesagt gar nicht bewusst, dass das ihre Lieblingsfarbe war.«

»Doch, doch. Letzten Winter hat sie bei mir mit einem hellblauen Schal geliebäugelt, den ich ihr dann zu Weihnachten geschenkt habe«, erzählte Susan.

»Und Humphrey hat in den letzten Jahren, wenn er ihr Pralinen zum Geburtstag oder zum Hochzeitstag gekauft hat, immer nach einer hellblauen Schleife gefragt«, bestätigte Keira.

»Wir könnten hellblaues Potpourri machen«, schlug Phoebe vor. »Im Gedenken an sie. Falls wir das noch immer vorhaben.«

»Doch, natürlich.« Laurie nickte. »Wir sollten jetzt nicht mit trauernden Mienen herumlaufen und auf alles verzichten, was Spaß macht. Das hätte sie nicht gewollt.«

»Wie wäre es, wenn wir es gleich morgen nachholen?«, schlug Keira vor.

»Da haben wir doch unser Bastel-Date mit den Kindern«, erinnerte Laurie sie. »Clara freut sich schon so.«

»Ach ja, richtig.«

»Oh, ein Bastel-Date. Was bastelt ihr denn da?«, erkundigte sich Barbara.

»Wir haben vor, eine Herbstdekoration zu gestalten. Sachen mit Kastanien. Clara sammelt sie schon seit Tagen vom Boden auf, immer, wenn sie welche sieht.« Sie lachte. »Sie hat schon einen ganzen Sack voll.«

»Ich würde mich auch über eine kleine Herbstdekoration freuen«, gab Barbara Laurie einen kleinen Hinweis und zwinkerte ihr dabei zu.

»Ich werde es Clara ausrichten.« Sie lächelte Barbara an.

»Können wir uns nicht Montag oder Dienstag treffen?«, kam Phoebe wieder auf das Thema Potpourri zu sprechen. »Dann ist Orchid auch da und kann mitmachen.«

»Oh ja, eine gute Idee. Könnt ihr alle am Montag?« Laurie sah in die Runde.

Alle Frauen überlegten kurz und nickten dann. Alle außer Charlotte, die sagte, dass sie niemanden für ihre Kinder hätte. Das mochte stimmen, Laurie konnte sich aber denken, dass es noch einen weiteren Grund gab, weshalb Charlotte nicht bei dem fröhlichen Frauenabend dabei sein wollte, und der hieß Orchid. Laurie verstand das, es war sicher nicht leicht für die Arme, selbst nach all der vergangenen Zeit noch mit Orchid konkurrieren zu müssen.

»Das ist aber schade«, sagte sie deshalb schnell, bevor die anderen sie zu überreden versuchten. »Dann halt beim nächsten Mal, ja?«

Charlotte nickte, und Laurie und die anderen machten etwas für den Montag aus. Gleich nach Ladenschluss wollten sie sich bei Phoebe im Gift Shop treffen und hellblaues Potpourri zaubern.

»So, und nun erzähl mal«, begann Barbara, und Laurie glaubte schon, sie würde Phoebe jetzt zu ihrer finanziellen Situation ausquetschen wollen. Doch sie wandte sich an Susan und sah sie neugierig an. »Wie ist das Leben als Roadie?«

»Oh, es ist ziemlich aufregend«, erzählte Susan. »Aber ehrlich gesagt auch sehr einsam. Ich bin echt froh, wieder bei euch zu sein. Ich habe die Valerie Lane und ihre Bewohner schrecklich vermisst.« Sie streichelte Terry, der sich an ihr Bein schmiegte.

»Wir haben dich auch vermisst«, sagten ihre Freunde ihr.

»Stuart und seine Jungs scheinen ja inzwischen wirklich berühmt zu sein«, sagte Tobin. »Man liest sogar hin und wieder was über sie in der Zeitung.«

»Auf Instagram haben sie sogar schon über fünfzigtausend Follower«, meldete sich Steven zu Wort. Er schien froh, dass sie endlich zu einem neutraleren Thema gewechselt hatten.

Susan nickte. »Ja. Sie sind schwer im Kommen.«

»Apropos soziale Netzwerke!«, rief Laurie. »Hat schon jemand Mary-Lou informiert? Über Mrs. Witherspoons Dahinscheiden? Das muss doch auf der Website verkündet werden, und wir sollten unbedingt alle darüber informieren, wann die Beerdigung stattfindet und dass alle Hellblau tragen sollen.«

Anscheinend hatte noch niemand Mary-Lou Bescheid gesagt, Agnes bot an, das zu übernehmen. »Ich rufe sie nachher an. Ich bin auch der Meinung, dass Mrs. Witherspoon einen eigenen Blogbeitrag verdient hat. Vielleicht kann Mary-Lou ja etwas über ihr Leben und Wirken schreiben?«

»Das fände ich schön«, sagte Ruby.

»Ich bin vollkommen deiner Meinung«, meldete sich nun auch Mr. Spacey zu Wort, der den ganzen Abend über fast noch gar nichts gesagt hatte. »Mrs. Witherspoon hat das und noch viel mehr verdient. Mir kam gerade eine Idee. Was haltet ihr davon, wenn ich an der Bank am Ende der Straße, auf der sie so gern saß, ein Schild mit ihrem Namen befestige? Die Mrs.-Witherspoon-Bank, das hätte ihr gefallen, oder?«

»Sie wäre völlig hin und weg gewesen«, sagte Laurie.

»Ich möchte auch etwas vorschlagen. Ich unterrichte meine Schüler ständig über irgendwelche längst verstorbenen Berühmtheiten. Ich denke, ich werde ihnen morgen mal etwas von der einzigartigen Frau namens Esther Witherspoon erzählen, die zwar keine Kriege gewonnen hat und die auch niemals in den Geschichtsbüchern stehen wird, die aber auf ihre eigene Art und Weise die Menschen bewegt hat – mit ihrer Güte, ihrer Weisheit und ihrem großen Herzen. Es braucht nicht immer nur Heldentaten, um in Erinnerung zu bleiben, und wenn nach ihr auch nur eine Sitzbank benannt wird statt einer Straße oder eines Gebäudes, finde ich doch, dass sie es verdient hat, dass die Menschen von ihr erfahren.«

»Oh, Thomas, das finde ich einfach wundervoll«, sagte Keira und küsste ihren Schatz auf die Wange.

»Das hast du schön gesagt«, meinte auch Charlotte.

Sie redeten noch eine Weile über Mrs. Witherspoon und was sie ihnen bedeutet hatte. Dann verabschiedeten sie sich langsam voneinander.

Laurie blieb noch eine kleine Weile in ihrer Ladentür stehen und sah den anderen nach. Susan ging mit Terry über die Straße in ihre Wohnung, Agnes stieg mit Steven die Treppen hinauf, und Keira und Thomas schlenderten gemütlich nach Hause.

Barry trat an ihre Seite und legte einen Arm um ihre Taille. »Das war ein bewegender Abend, oder?«

Laurie nickte. »Das kannst du laut sagen.« Sie drehte sich um und küsste ihren Mann. »Danke, dass du mitgekommen bist.«

»Das war doch wohl selbstverständlich. Wollen wir los, die Mädchen abholen?«

»Es ist spät geworden, sie schlafen sicher schon. Morgen ist Samstag, lass sie uns doch bei deinen Eltern lassen. Wir könnten ein wenig Zweisamkeit gut gebrauchen, oder?«

»Da hast du recht. Ich kann mich nicht mal an unser letztes Date erinnern.«

Laurie ging es ebenso. Es musste zum Valentinstag gewesen sein. An ihrem Hochzeitstag im August hatte Maddie eine Mittelohrentzündung gehabt.

»Was hältst du von einem romantischen Dinner?«, fragte sie hoffnungsvoll.

»Davon halte ich sehr viel. Du machst hier Klarschiff, und ich rufe meine Mutter an?«

Laurie lächelte und eilte zurück in den Laden, um schnell die Teebecher einzusammeln und die Tische abzuwischen. Innerhalb von zehn Minuten war sie bereit. Sie hielt Barry ihre Hand hin, der sie ergriff. Und dann gingen auch sie die Valerie Lane hinunter, die so viel zu ihrer Liebe beigetragen hatte.

Während in Oxford schon alle schliefen, saß Orchid auf ihrer Hollywood-Schaukel, die Patrick ihr zum Geburtstag geschenkt hatte, und sah der untergehenden Sonne dabei zu, wie sie alles in ein wunderschönes Rot hüllte.

Die Palmen, die die Straße vor ihr säumten, standen still. Das Leben war so schön, und doch wurde es manchmal von traurigen Nachrichten heimgesucht, die die Idylle für ein paar kurze oder auch längere Momente zerstörten.

Orchid war todtraurig. Nicht nur, weil Mrs. Witherspoon gestorben war, sondern auch, weil sie so weit weg von zu Hause war, von ihren Freundinnen und von Phoebe. Zu Hause. Eigentlich sah sie Kalifornien jetzt als ihr Zuhause an, den Ort, an dem sie glücklich war und an dem sie zusammen mit Patrick alt werden wollte. Doch in Zeiten wie diesen fiel ihr wieder ein, dass sie noch ein zweites, früheres Zuhause hatte, das fest in ihrem Herzen verwurzelt war. Und in diesem Augenblick wollte sie nirgendwo anders sein als dort, in Oxford, in der Valerie Lane.

Sie hatte mit Phoebe telefoniert. Nicht gleich, als sie von der traurigen Nachricht erfahren hatte, denn sie war der Meinung gewesen, dass lieber Laurie es ihr sagen sollte. Laurie war da, um sie in den Arm zu nehmen, Orchid hätte Phoebe durch das Telefon wenig Trost schenken können. Doch danach hatten sie ein paarmal miteinander gesprochen. Sobald Orchid einen Flug gebucht hatte, hatte sie ihre Schwester über ihre Ankunftszeit informiert, und diese hatte versprochen, sie von Heathrow abzuholen. Phoebe nahm der Tod der alten Dame wahrscheinlich noch mehr mit als Orchid selbst. Sie war immer schon sensibler gewesen, und selbst die Schwangerschaftshormone konnten aus Orchid nicht den einfühlsamsten aller Menschen machen. Sie gab sich eher cool, zumindest nach außen hin, doch sie war sich sicher, dass Patrick genau wusste, wie es in ihrem Innern aussah.

Er trat jetzt zu ihr und reichte ihr eine Limonade. Es war selbst zu dieser späten Abendstunde noch sehr heiß, und Orchid hatte aufgrund der Schwangerschaft dazu noch ständig Hitzewallungen.

»Wie geht es dir?«, fragte er und setzte sich zu ihr auf die Schaukel.

»Ich bin okay. Ich bin einfach nur froh, nach England zu fliegen. Ich muss jetzt bei Phoebe und den anderen sein.«

»Das verstehe ich total. Tut mir ehrlich leid, dass ich nicht mitkommen kann. Ich mag dich wirklich nicht gern allein fliegen lassen.«

Patricks Tante Dana hatte sich dummerweise eine Woche zuvor den Fuß gebrochen, als sie auf eine Leiter gestiegen war, um Orangen von dem Baum in ihrem Garten zu pflücken. Sie konnte sich zurzeit absolut nicht rühren und war auf Patricks Hilfe angewiesen. Dazu kam, dass Patrick sich nicht einfach spontan Urlaub nehmen konnte. Selbst Orchid hatte es schwer gehabt. Sie hatte behaupten müssen, ihre Grandma sei gestorben und sie müsse zur Beerdigung nach England fliegen, nur so hatte sie frei bekommen.

»Mach dir keine Gedanken. Ich komm schon klar.« Natürlich hätte sie Patrick gerne dabeigehabt, doch sie verstand die Lage, und es war vollkommen in Ordnung für sie.

»Ich könnte allerdings krankmachen auf der Arbeit«, überlegte er.

»Damit du gefeuert wirst, wenn das rauskommt?«

»Für dich würde ich mich gerne feuern lassen.«

»Dann hätten wir aber ein Problem mit der Miete. Und für Dana hätten wir immer noch keine Lösung.«

»Ja, da hast du leider recht.«

»Du brauchst dir wirklich keine Sorgen um mich zu machen, Patrick. Ich muss doch nur den Flug überstehen, zu Hause werden sich meine Eltern und meine Freunde schon gut um mich kümmern.«

»Ha! Das kann ich mir vorstellen. Vor allem deine Mutter wird dich auf Watte betten. Sie wird dir wahrscheinlich lauter Babynamen vorschlagen und dich mit allen möglichen Vitaminen vollstopfen.«

Sie musste lachen. »Kann gut sein. Du, Patrick? Ich habe da einen Vorschlag. Wie findest du Esther für unser Baby, falls es ein Mädchen wird?«

Bisher hatte ihre Ärztin das Geschlecht noch nicht mit Sicherheit benennen können, weil das Baby den eindeutigen Beweis beim Ultraschall immer versteckte.

Patrick schien kurz nachzudenken. »Esther finde ich sehr schön«, sagte er dann.

Orchid lächelte zufrieden und lehnte sich an Patricks Schulter. Er küsste ihr honigblondes Haar. Orchid war sich ganz sicher, dass sie die Reise gut überstehen würden, sie und das Kind, das sie in sich trug. Das Kind, das hoffentlich genauso wundervoll werden würde wie sein Dad. Müde von der Wärme und der Traurigkeit, schloss sie die Augen und war binnen Sekunden eingenickt. In ihrem Traum hielt Mrs. Witherspoon das Baby namens Esther im Arm.

KAPITEL 12

Es war zwölf Uhr mittags am Samstagmorgen in der Valerie Lane. Eine junge Frau stand in der Tür der Chocolaterie und sah hinüber zu dem jungen Mann, der in der Tür des Geschenkeladens stand. Sie lächelten einander an und schienen die Welt um sich herum vergessen zu haben. Bei den beiden handelte es sich um Keiras einundzwanzigjährige Aushilfe Kimberly, die einen feschen blonden Kurzhaarschnitt trug und wie immer ganz in Schwarz gekleidet war, was ihre schlanke Figur nur noch mehr betonte, und um Phoebes Aushilfe André, der mit seiner schwarz umrandeten Brille, den gegelten dunklen Haaren mit dem Seitenscheitel und dem braunen Cord-Sakko wie immer ein wenig nerdig aussah. André stammte aus Marseille und war vor vier Jahren als Austauschstudent nach Oxford gekommen, da er sich für ein einjähriges Stipendium an der hiesigen Uni qualifiziert hatte. Er studierte Astronomie, interessierte sich aber nicht nur für die Sterne. Obwohl er zu Hause eine Freundin hatte, die auf ihn wartete, hatte er sich, ohne es zu beabsichtigen, in Kimberly verguckt. Nachdem er seine Gefühle nicht mehr ignorieren konnte, beschloss er, als das Jahr um war, mit Chantal Schluss zu machen und nicht nach Frankreich zurückzukehren. Er gestand Kimberly, wie gern er sie hatte und dass ihr französischer Chic ihn in den Bann zog, und sie gestand ihm, dass die letzten drei Male, in denen sie Geburtstagsgeschenke für ihre Freundinnen im Gift Shop gekauft hatte, überhaupt keine Geburtstage stattgefunden hatten. Sie war einzig und allein rübergekommen, um ihn zu sehen. André freute sich und bat sie um ein Date, sie gingen Schlittschuhlaufen und küssten sich auf dem Eis, und es war wohl das romantischste Rendezvous aller Zeiten.

Das war nun gut zweieinhalb Jahre her, und die beiden waren verliebt wie am ersten Tag.

Kimberly warf André eine Kusshand zu, er tat so, als finge er den Kuss auf, und warf ihr einen zurück.

»Ach, ihr süßen Turteltauben«, hörte Kimberly eine wohlbekannte Stimme. Die Tratschtante der Stadt, Mrs. Kingston, war im Anmarsch.

Sie errötete ein wenig, weil die Mittsechzigerin mit der riesigen Dauerwelle sie so verschmitzt angrinste. Dann jedoch wurde Mrs. Kingstons Miene gleich ernster, ja, beinahe traurig sah sie aus.

»Schrecklich, das mit Mrs. Witherspoon, oder?«

Sofort wurde auch Kimberly wieder traurig. »Ja, es ist wirklich schade, dass sie nicht mehr da ist. Sie wird uns allen sehr fehlen.«

»Warst du auch bei dem Treffen gestern Abend?«, erkundigte sich Mrs. Kingston neugierig.

Kimberly schüttelte den Kopf. »Nein, da waren nur die Ladenbesitzer und einige Anwohner der Valerie Lane, soviel ich weiß.«

»Hm«, machte die Frau. »Mich würde wirklich interessieren, was bei diesem geheimen Zusammenkommen so besprochen wurde.«

»Da kann ich Ihnen leider auch nicht weiterhelfen. Warum fragen Sie nicht einfach Keira oder Laurie?«

»Eine gute Idee«, sagte Mrs. Kingston und betrat Keira's Chocolates.

Kimberly sah, wie André ihr einen fragenden Blick zuwarf, und zuckte die Achseln. Sie sah Hannah aus der Tea Corner kommen und auf die Haustür neben Ruby's Antiques zugehen. Sie grüßte sie kurz, lächelte André noch ein letztes Mal an, winkte ihm zu und begab sich dann wieder in die Chocolaterie.

Hannah lief die Stufen hoch und klopfte an die Tür der Wohnung, in der bis vor einem halben Jahr noch die Krankenschwester Christine gewohnt hatte. Sie hatte jedoch im Internet einen norwegischen Arzt kennengelernt, in den sie sich verliebt hatte. Als er ihr gesagt hatte, dass in dem Krankenhaus in Stavanger, in dem er arbeitete, noch Personal benötigt würde, hatte sie sich kurzerhand entschlossen, nach Norwegen auszuwandern. Nicht einmal zwei Wochen hatte die Wohnung leer gestanden, als eine neue Frau sie bezog: Marissa, die Hannah bereits aus dem Esoterikladen kannte, den sie mindestens einmal die Woche aufsuchte. Marissa arbeitete dort und hatte sie schon öfter gut beraten, was neue Räucherstäbchen, Glückssteine oder Bücher betraf, die sich mit der Welt der Geister befassten. Allerdings hatte Hannah nicht geahnt, dass Marissa die gleiche Orientierung hatte wie sie, bis sie sie vor etwa sechs Wochen um ein Date gebeten hatte. Hannah war überrascht gewesen, weil sie immer geglaubt hatte, eine Art Sensor zu haben. Umso erfreuter war sie, sich auf eine Art mit Marissa anzufreunden, die sie nie für möglich gehalten hätte, die sie aber vollends erfüllte.

»Hallo, mein Herz«, sagte Marissa, als sie die Tür öffnete. Sie nannte Hannah immer so, überhaupt war sie eine sehr herzliche Person. Im Gegensatz zu Hannah, die, seit Laurie die Kinder hatte, fast täglich in der Tea Corner stand, musste Marissa samstags nicht arbeiten. Dennoch kam Hannahs Arbeit als Künstlerin nicht zu kurz. Sie töpferte sowieso lieber nachts, wenn alles um sie herum still war und sie die Gegenwart der Geister wahrnehmen konnte, die sie inspirierten.

»Hi, Süße. Störe ich?«

»Du störst nie. Komm doch rein.« Marissa trat zur Seite und ließ Hannah eintreten, um sie noch in der offenen Tür an sich zu ziehen und zu küssen.

»Viel Zeit habe ich leider nicht, ich hab nur zwanzig Minuten Pause, heute ist viel los«, sagte Hannah dann.

»Kein Problem. Darf ich dir eine Schüssel Quinoa mit Zuckererbsenschoten und Shitake-Pilzen anbieten?«

Hannah musste lächeln. Das war noch so eine Sache, die sie an Marissa liebte. Sie war, genau wie sie, Veganerin. Hannah hatte in den zehn Jahren, in denen sie sich nun rein pflanzlich ernährte, so einige Frauen gedatet, doch wenn eine von ihnen ein Steak hatte essen wollen, war es für Hannah schon nach der ersten Verabredung vorbei gewesen. Sie hatte nichts gegen Leute, die anders waren als sie, leben und leben lassen war ihre Devise, doch fest zusammen sein mit jemandem, der ihre Ansichten überhaupt nicht teilte, konnte sie auch nicht. Marissa aber war die Erhörung ihrer Gebete, Mutter Erde hatte ihr endlich ihre Seelenschwester geschickt.

»Das hört sich lecker an, da sage ich nicht Nein.« Sie folgte Marissa in die Küche.

»Findest du nicht, wir sollten den anderen langsam von uns erzählen?«, fragte Marissa, während sie eine Schüssel mit Quinoa füllte und Gemüse darübergab.

»Ich weiß nicht recht. Es ist doch schön, so, wie es ist, oder? Ich mag dieses Geheimnisvolle irgendwie.«

»Hannah. Ist es dir etwa unangenehm, dich mit mir zu zeigen? Deine Freunde wissen doch, dass du auf Frauen stehst, oder?«

»Nun … eigentlich habe ich es nie erwähnt. Es ist nicht so, dass ich mich schäme, um Gottes willen. Ich bin, wie ich bin, und das ist gut so. Aber weißt du, die anderen Frauen in der Valerie Lane sind solche Familienmenschen, mit einem Ehemann oder einem langjährigen festen Freund, mit Kindern … Ich habe ein wenig Angst, dass sie mich nicht mehr so schätzen, wie sie es tun, wenn sie erst sehen, dass ich nicht so bin wie sie.«

»Ja, und? Das wäre auch nicht das Ende der Welt, oder?«

»Doch, schon, irgendwie. Sie sind wichtige Bestandteile meines Lebens geworden. Ich hab sie alle total gern.«

»Und wenn sie dich genauso gern haben wie du sie, werden sie dich akzeptieren, wie du bist, Hannah. Mit einem Mann oder mit einer Frau an deiner Seite.«

»Du hast ja recht«, sagte Hannah, war aber noch nicht ganz überzeugt. Andererseits ... wenn man hier in der Valerie Lane nicht so sein konnte, wie man war, mit all seinen Vorlieben und Eigenschaften, mit seiner vielleicht nicht so schönen Vergangenheit, mit seinen Macken und seinen Fehlern, wo dann auf der Welt?

Sie dachte an Gary, der jahrelang als Obdachloser auf der Straße gelebt hatte, in den Ruby sich aber dennoch verliebt hatte. Oder an Laurie, die in einem stinkreichen Elternhaus aufgewachsen war, die aber niemand hier als Snob ansah. Sie dachte an Rubys Vater Hugh mit all seinen Eigenheiten, den trotzdem jeder ins Herz geschlossen hatte, und ihr kam natürlich Mrs. Witherspoon in den Sinn, die so arm gewesen war und oftmals zerrissene Kleider getragen hatte und die dennoch immer willkommen gewesen war, der sogar alle Gratisdinge gegeben hatten, um ihr Leben ein kleines bisschen zu bereichern.

Mrs. Witherspoon ... Sie hatte als Einzige von Hannah und Marissa gewusst. Denn sie hatte einmal mit Humphrey auf der Bank am Ende der Straße gesessen, als sie beide sich oben in Marissas Wohnung ziemlich nahe am Fenster geküsst hatten. Mrs. Witherspoon hatte gen Himmel geblickt und die Wolken beobachtet, als sie sie entdeckte. Danach war Hannah besorgt gewesen, denn gerade ältere Menschen hatten ja oftmals Vorurteile. Nicht aber Mrs. Witherspoon. Als sie das nächste Mal der Tea Corner einen Besuch abgestattet hatte, hatte sie Hannah zugezwinkert und geflüstert: »Dein Geheimnis ist bei mir sicher.«

Das war erst wenige Wochen her. Und nun war diese

wunderbare Frau tot. Doch Hannah war niemand, der um die Verstorbenen weinte, sie wusste ja, dass sie jetzt an einem besseren Ort waren. Traurig darüber, dass sie sie eine ganze Weile nicht mehr sehen würde, war sie dennoch.

Sie nahm die Schüssel entgegen und probierte einen Löffel.

»Das ist lecker«, sagte sie zu Marissa.

»Alles okay?«, fragte diese. »Du siehst irgendwie bedrückt aus.«

»Das bin ich ehrlich gesagt auch. Du hast sicher schon gehört, dass Mrs. Witherspoon gestorben ist, oder?«

»Ja. Ich hab sie kaum gekannt, aber sie war immer sehr freundlich zu mir. Hat mich angelächelt.«

»So war sie. Immer freundlich, immer glücklich mit dem, was sie hatte. Wir sollten uns alle ein Beispiel an ihr nehmen. Du, am Freitag findet ihre Trauerfeier statt, hier in der Valerie Lane, hat Laurie mir vorhin erzählt. Würdest du da zusammen mit mir hingehen?«

»Am Freitag muss ich arbeiten, mein Herz.«

Hannah senkte den Blick. »Ja, natürlich. Dumm von mir.«

»Weißt du was? Ich nehme mir einen halben Tag frei. Wann findet die Trauerfeier statt?«

»Die Beerdigung ist um elf, meint Laurie. Da kann ich auch nicht mitgehen, da ich ja im Teeladen stehen muss. Nicht, dass ich viel von Beerdigungen halten würde.« Da standen doch nur alle stocksteif da und verabschiedeten eine Hülle, deren Seele längst in andere Sphären aufgestiegen war. »Danach wird aber hier in der Straße gefeiert.«

Marissa lachte. »Hört sich ja fast so an, als würde eine Party steigen statt einer traurigen Abschiedsfeier.«

»Ganz genau so ist es auch. Denn Mrs. Witherspoon hat anscheinend darum gebeten, dass nicht viel getrauert wird, sondern dass ein fröhliches Fest gefeiert werden soll. Mit bunten Blumen und leckerem Essen – all ihren Leibspeisen. Ach ja, und alle sollen Hellblau tragen, hat sie sich gewünscht.«

»Sie war wohl wirklich eine ganz besondere Frau«, schloss Marissa aus Hannahs Worten.

»Oh ja, das war sie.«

»Dann hat sie es auch verdient, dass man sie gebührend verabschiedet. Ich begleite dich gerne auf die Feier, Hannah.«

»Danke.« Sie gab Marissa noch einen Kuss und lächelte sie dankbar an. Dann aß sie schnell auf und eilte zurück in den Teeladen. Kurz bevor sie ihn betrat, sah sie noch Charlottes Sohn Jason in die Valerie Lane einbiegen und winkte ihm zu.

Jason winkte zurück. Er musste schmunzeln. Er kannte wirklich niemanden sonst wie Hannah. Er mochte sie, auch wenn er sie für absolut durchgeknallt hielt mit ihrem Gebrabbel über Mutter Erde, auf der sie alle Besucher waren, ihren Tarot-Karten und ihren Räucherstäbchen, die sie allen ständig andrehen wollte. Aber irgendwie fand er sie auch cool, sie war nicht so langweilig und nervig wie die meisten anderen Erwachsenen. Sie war anders. Allein schon ihr Aussehen … diese enormen Dreadlocks, die sich über ihren ganzen Rücken ausbreiteten. Manchmal trug sie sie auch zu einer Art Turban aufgetürmt, heute hatte sie sich ein lilafarbenes Tuch um die Stirn gebunden und die Zöpfe zu einer Art riesigem Knoten gebunden. Und dann die Klamotten … Er hatte Hannah noch nie in normalen Sachen gesehen, in einer Jeans oder Turnschuhen zum Beispiel. Sie trug immer so komische Ökoklamotten, lange Kleider und Gewänder, dazu verrückte bunte Stoffschuhe, die er noch nie im Laden gesehen hatte. Und dann wusste er überhaupt nicht, was sie überhaupt war: schwarz, weiß, irgendwas in der Mitte? Ihre Haut war dunkler als seine, aber auch nicht richtig braun. Milchkaffeebraun vielleicht. Seine Mutter hatte ihm gesagt, dass sie einen jamaikanischen Vater hatte. Von Jamaika hatte er schon viel gehört – war da der Gebrauch von Marihuana nicht legal, ja, sogar ganz normal? Er wollte da unbedingt irgendwann mal hin und sich diese Rastafaris mit ihren Joints aus der Nähe ansehen. Ein gutes Reiseziel, fand er. Vielleicht würde Nathalie ja sogar mitkommen, das fände er cool. Wenn sie dann noch zusammen wären – er hoffte es sehr.

Nathalie. Sie war der Grund, warum er heute in die Valerie Lane gekommen war. Er brauchte die Hilfe seiner Mum, und er musste zugeben, dass er sie nicht gerne um Hilfe bat. Sie würde wieder eine Riesensache aus allem machen, und das nervte echt, aber allein kam er leider auch nicht weiter, also musste er in den sauren Apfel beißen.

Er betrat Susan's Wool Paradise. Susan begrüßte ihn. Ach, stimmt ja, dachte er, Susan ist zurück. Er sagte Hi und unterhielt sich sogar mal ein bisschen länger als sonst mit ihr, weil es ihn wirklich interessierte, wie das Rockstar-Leben so war. Er selbst hatte zwar mit Musik nicht allzu viel am Hut, aber er war Fußballer, und irgendwie war das doch fast dasselbe, oder? Kylian Mbappé hatte bestimmt genauso viele Fans wie Shawn Mendes, wenn nicht noch viel mehr.

Susan erzählte ihm, dass sie beinahe jeden Abend in einer anderen Stadt gewesen waren und dass die Twentyniners auf großen Bühnen aufgetreten seien, dass die Fans sie bejubelt und nach einer Zugabe geschrien hätten. Er war fast ein wenig neidisch. Aber auch nur fast. Denn er hatte dann doch eher eine Karriere als Profi-Fußballer im Sinn.

»Jason, was machst du denn hier?«, fragte seine Mum erstaunt, als sie aus dem Hinterzimmer kam und ihn sah.

»Hi, Mum.«

Sie kam auf ihn zu und war nahe dran, ihm eine Umarmung oder einen Kuss zu geben oder irgendwas ähnlich Ekelhaftes zu tun, doch er schaffte es noch rechtzeitig, ihr auszuweichen, sodass sie ihm nur ein wenig den Rücken tätschelte. Das war gerade noch okay.

»Ich dachte schon, ich halluziniere, als ich deine Stimme hörte«, sagte sie nun und lachte.

Eigentlich musste er zugeben, dass seine Mutter ziemlich cool war, dafür, dass sie schon alt war und so. Na ja, im Gegensatz zu den Müttern seiner Freunde war sie sogar noch echt jung, schließlich hatte sie ihn mit knapp siebzehn bekommen. Es war sicher nicht leicht für sie gewesen damals, weil sein Dad nämlich ein richtiger Arsch gewesen war, der sie angebrüllt und manchmal sogar geschlagen hatte, das hatte er oft mitbekommen. Irgendwie war er sogar froh gewesen, als sie ihn und seine Schwester da rausgeholt hatte und sie bei Stuart, seinem Onkel, dem Rockstar, eingezogen waren. Von da an waren sie endlich frei gewesen, hatten nicht mehr in ständiger Angst leben müssen. Auch danach wollte sein Dad nicht lockerlassen, wollte sie zurückgewinnen, aber seine Mum war standhaft geblieben, und dafür war er echt stolz auf sie. Jason und seine kleine Schwester Vanessa sahen ihren Dad einmal in der Woche. Er liebte seinen Dad trotz allem, er war immerhin sein Dad, aber dass er nicht der beste Mensch auf Erden war, war Jason trotzdem bewusst. Er selbst würde anders werden, wenn er erwachsen war und eine Familie hatte, das wusste er mit Sicherheit. Er hasste Gewalt, er hasste es, wenn Männer Frauen gegenüber grob waren, so etwas würde er nie und nimmer tun.

»Mach keine große Sache draus, Mum«, sagte er nun und stöhnte. Ob es wirklich so eine gute Idee gewesen war herzukommen?

»Okay, okay. Wo ist denn eigentlich Vanessa?«, erkundigte sich Charlotte.

»Die? Zu Hause. Sie heult sich schon den ganzen Tag die Augen aus.«

»Sie weint? Das mit Mrs. Witherspoon hat sie wirklich mitgenommen, hm?«

Jason zuckte die Achseln. »Ich glaub eher, sie heult wegen Terry.« Jetzt, wo Susan zurück war, konnte sie sich natürlich selbst wieder um den kleinen Hund kümmern, und er brauchte nicht mehr bei ihnen zu bleiben.

»Ach, Mensch, arme Kleine. Und da hast du sie einfach allein gelassen?« Seine Mum sah ihn nicht sehr erfreut an.

Ja, er hatte sie allein gelassen. Nicht nur wegen seines Vorhabens, sondern vor allem, weil er das Geheule nicht mehr ausgehalten hatte. Es war ja nicht so, dass er seine Schwester nicht getröstet hätte. Er hatte sie ewig lang im Arm gehalten und dabei die ganze Zeit versucht, seine eigenen Tränen wegzublinzeln. Jungs heulten nicht. Trotzdem ging es ihm nah, dass Mrs. Witherspoon nicht mehr da war. Er hatte sie echt gern gehabt. Natürlich würde er das alles niemals zugeben.

»Ja, sorry. Ich musste halt dringend zu dir. Ich wollte dich um einen Gefallen bitten.« Er hoffte, damit würde seine Mum die Sache mit Vanessa vergessen.

»Mich? Ehrlich?« Und tatsächlich! Wieder sah sie total überrascht aus. Es war ja auch nicht alltäglich, dass er zu ihr kam und sie um etwas bat. Meistens ließ er sie überhaupt nicht an seinen persönlichen Dingen teilhaben, zumindest nicht mehr, als unbedingt nötig war.

Wieder zuckte er die Achseln. Er sah sich nach Susan um, die sich gerade um eine Kundin kümmerte. Das war gut, es musste ja nicht jeder mitkriegen, worum es ging.

»Also … Nathalie und ich sind Montag genau sechs Monate zusammen. Sie spricht seit Tagen von nichts anderem und macht da ein Riesending draus. Ich muss ihr also, denk ich, irgendwas schenken. Keine Ahnung, was.«

»Ooooh! Und da kommst du zu mir, um mich um Rat zu fragen?« Seine Mutter freute sich richtig.

»Nicht wirklich. Eigentlich wollte ich dich bitten, Nathalie irgendwas zu besorgen. Du weißt doch, was Frauen mögen, oder?«

»Nein, nein, mein Lieber. So leicht machst du es dir nicht. Ich kann dir gerne ein paar Dinge vorschlagen, kaufen musst du das Geschenk aber selbst.«

»Oh, Mum, bitte«, jammerte er.

»Wo liegt das Problem?«, fragte sie.

Er wurde ein wenig verlegen. Mann, warum kapierte sie das denn nicht von allein? Nachdem er sich etwas gewunden hatte, rückte er mit der Sprache raus.

»Mir ist das halt unangenehm, so Frauenzeugs zu kaufen. Nathalie steht auf Pink. Wenn ich jetzt in einen Laden gehe und irgend so ein pinkes Etwas hole, wie sieht das denn aus?«

Charlotte musste lachen. »Aaah, jetzt kommen wir der Sache schon näher. Ich verstehe deine Bedenken, aber wieso gehst du nicht einfach rüber zu Phoebe in den Gift Shop? Da findest du sicher was Passendes, und ich verspreche dir, Phoebe wird dich gut beraten, und komisch findet sie das Ganze garantiert auch nicht.«

Er war immer noch nicht überzeugt. »Kannst du dann wenigstens mitkommen?«

In dem Moment betrat Mary-Lou den Raum. Sie führte einen Blog, den sie ganz allein der Valerie Lane gewidmet hatte, und anscheinend hatte auch sie schon von der Tragödie gehört, denn sie sah völlig mitgenommen aus.

»Hallo, ihr Lieben«, sagte sie.

Die Ablenkung kam Jason wie gerufen. Er überlegte sogar, sich unbemerkt aus dem Staub zu machen, aber dann wäre die Angelegenheit mit dem Geschenk immer noch nicht geregelt. Also drückte er seiner Mum den Zehnpfundschein in die Hand und sagte: »Nathalie steht auf Blumen, Schwäne und alles, was pink ist. Bitte sei so cool und hilf mir aus der Patsche.«

Charlotte seufzte und nickte. »Ich sehe, was ich machen kann. Jetzt geh nach Hause zu Vanessa und tröste sie ein bisschen, ja?«

Jason nickte und war aus der Ladentür, bevor sie ihre Meinung ändern konnte.

KAPITEL 13

Phoebe stand hinterm Ladentisch und strahlte. Gleich nach der Arbeit würde sie zusammen mit Lance und Emily Humphrey besuchen gehen und dabei die Löffel abholen, die Mrs. Witherspoon ihnen vermacht hatte. Sie wusste von Ruby, die die Sammlung kannte, dass einige Stücke ziemlich exquisit waren. Wie viel sie am Ende auch wert sein mochten, Phoebe wusste, dass ihnen der Erlös aus der Patsche helfen würde – zumindest ein bisschen. Und einen besonders schönen Löffel würde sie behalten, zur Erinnerung an Mrs. Witherspoon und ihre großzügige Geste.

Sie hoffte, dass die anderen nicht enttäuscht waren, weil sie etwas so Wertvolles bekam, während Keira nur ein paar Rezepte und Laurie eine alte, rostige Teedose erhielten. Aber Mrs. Witherspoon hatte ihnen diese Dinge nicht ohne Grund hinterlassen, sie hatte gewusst, dass sie derjenigen Person etwas bedeuteten. Wahrscheinlich hatte die alte Dame immer viel mehr gewusst, als sie alle angenommen hatten.

Sie sah Charlotte am Fenster vorbeigehen, gleich darauf öffnete sich die Ladentür.

»Hi, Charlotte, wie geht es dir?«

»Besser, danke. Ist es nicht einfach unglaublich, was

Mrs. Witherspoon uns allen hinterlassen hat? Tobin und ich bekommen einige ihrer Hochzeitsbilder. Ich war ja bei der Trauung damals nicht dabei, weil ich sie und Humphrey da noch gar nicht kannte, aber ich finde das so lieb. Es bedeutet mir wirklich viel, dass sie uns auf diese Weise bedacht hat.«

»Ich weiß, was du meinst.« Charlotte sah Phoebe an, und sie dachte schon, sie würde jetzt irgendetwas zu den Löffeln oder womöglich sogar zu ihrer finanziellen Lage fragen, aber sie ließ es sein und lächelte nur.

»Wir können uns wirklich glücklich schätzen, sie gekannt zu haben.«

»Ja, das können wir«, sagte Phoebe. »Was darf ich denn für dich tun?«

Charlotte schmunzelte. »Ich bin hier, weil ein gewisser Sechzehnjähriger sich nicht traut, seiner Freundin selbst ein Geschenk auszusuchen.«

»Jason etwa?« Phoebe grinste, als Charlotte nickte. »Schon ein bisschen armselig, seine Mummy das Geschenk für seine Freundin kaufen zu lassen, oder? Nichts für ungut.«

»Ja, das ist es allerdings, und das habe ich ihm auch gesagt. Es ist ihr sechsmonatiges Jubiläum, und er hat wohl Schiss, ihr wieder was Falsches zu besorgen.«

»Hat er das denn schon mal gemacht?«

»Oh ja. Ich hab's ihm gegenüber nicht erwähnt, aber ich erinnere mich noch gut an Nathalies Geburtstag, an dem er ihr ein Kilo Kirschen gekauft hat.«

»Ein Kilo Kirschen?« Phoebe musste lachen.

»Ja! Sie mag Kirschen wohl sehr gerne, aber als Geburtstagsgeschenk war das wohl nicht gerade der Renner. Ich glaube, sie hatte eher Rosen oder so erwartet.«

»Na ja, sie sind noch zusammen, oder? Sie wird Jason also wohl verziehen haben.«

»Das schon. Aber wenn er jetzt mit einem Kilo Zwetschgen ankommt, bin ich mir nicht sicher, ob sie es noch lange bleiben werden.«

»Okay, ich verstehe das Dilemma. Also, woran hast du gedacht? Wie hoch ist das Budget?«

»Jason hat mir zehn Pfund gegeben.«

»Hmmm ... und was mag Nathalie so? Weißt du das?«

»Er meinte, sie mag alles, was pink ist, außerdem hat sie wohl was für Blumen und Schwäne übrig.«

»Da kommen wir der Sache ja schon näher. Lass mich überlegen ...« Phoebe fasste sich ans Kinn und sah sich im Laden um. Was könnte einer Sechzehnjährigen gefallen? Vor Jahren hatte Orchid mal diese knallpinken Deko-Schwäne geführt, aber die waren längst passé. Oh, Moment! Sie ging zu einem der Regale, griff nach etwas Pinkem und präsentierte es Charlotte. »Was hältst du davon?«

»Ein Schminktäschchen mit Schwänen drauf. Perfekt! Welches Teenie-Mädchen steht nicht auf Schminke?«

»Da sind sogar noch ein Pinsel- und ein Nagel-Set mit drin, siehst du?«

»Na, super! Wie teuer soll es sein?«

»Zwölf fünfundneunzig.«

»Perfekt! Die zwei fünfundneunzig gebe ich gerne dazu. Da wird Nathalie sich sicher freuen. Könntest du es mir noch hübsch verpacken?«

»Na klar. In Pink?«

»Was sonst?«

Sie grinsten beide. Phoebe war sich sicher, dass die Beziehung gerettet war.

Während sie zu Geschenkpapier und Schere griff, erzählte Charlotte von Mary-Lou, die gerade im Wool Paradise gewesen war. Sie hatte vor, für die Valerie-Lane-Website jeden zu interviewen, der Mrs. Witherspoon gekannt hatte.

»Zu dir wird sie sicher heute auch noch kommen.«

»Gerne. Ich habe einiges über Mrs. Witherspoon zu sagen. Hat Mary-Lou vor, eine Art Nachruf zu schreiben?«

»Ja, so was in der Art. Aber frag sie da am besten selbst, wenn sie bei dir ist.«

»Das mache ich. So, bitte, hier ist das Geschenk.« Phoebe reichte es Charlotte und kassierte ab.

»Du, sag mal, wann kommt denn Orchid an?«

»Morgen Nachmittag gegen fünf.«

Charlotte nickte und kaute auf ihrer Lippe herum, wie sie es auch immer tat, wenn sie nervös war. Phoebe konnte Charlottes Sorge so gut nachvollziehen. Bestimmt hatte sie Angst, dass bei Tobin wieder alte Gefühle hochkommen könnten. Als Orchid letzten Winter da gewesen war, war Phoebe natürlich aufgefallen, wie Tobin auf ihre Schwester reagiert hatte und wie ihm eine Last von den Schultern gefallen war, als sie wieder abgereist war.

»Du freust dich sicher, dass du deine Schwester wiedersiehst, oder?«, erkundigte sich Charlotte.

»Und wie. Ich bin ganz außer mir vor Freude. Auch wenn der Anlass ein trauriger ist.«

»Hast du Orchid eigentlich schon mal in Kalifornien besucht? Ich kann mich nicht dran erinnern, dass du fort warst.«

»Nein, bisher noch nicht. Der Laden, weißt du? Und zwölf Stunden Flug sind für Emily einfach noch ein bisschen viel. Ich habe es aber fest vor«, fügte sie hinzu und hatte mal wieder ein schlechtes Gewissen, weil sie schwindeln musste.

»Ich war noch nie irgendwo. Ich stelle mir Kalifornien einfach unglaublich vor. Orchid hat ein Riesenglück, dort leben zu dürfen.«

»Ja, das hat sie.«

»Ich muss dann mal wieder rüber. Susan wartet sicher schon auf mich. Sie will nämlich gleich los, ihren Schleier bei Humphrey abholen.«

»Ja, zu Humphrey will ich nachher auch noch. Mit Lance und Emily.«

»Tobin und ich gehen morgen früh hin. Humphrey freut sich sicher über den vielen Besuch.«

»Das glaube ich auch.«

»Bis bald. Hab noch einen schönen Tag!«

»Danke, du ebenso.« Sie sah Charlotte nach, wie sie den Laden verließ, und fragte sich, ob Tobin wohl tatsächlich noch etwas für ihre Schwester empfand. Wusste Tobin, dass sie schwanger war? Von dem Mann, den sie über alles liebte? Sie hoffte so sehr, dass Tobin über sie hinweg war und Charlotte die Zuneigung geben konnte, die sie verdiente. Nur manchmal machte einem das Herz leider einen Strich durch die Rechnung.

Susan wartete, bis Charlotte aus dem Geschenkeladen zurückkam, und machte sich dann auf zu Humphrey. Sie ging zu Fuß, da für sie das zählte, was der alte Herr am Abend zuvor gesagt hatte: Frische Luft tat gut. Dabei konnte man all die Gedanken, die einem im Kopf umherschwirrten, ein wenig unter Kontrolle bringen.

Susans Kopf platzte fast vor lauter Gedanken, zumindest hatte sie das Gefühl. Sie musste immer wieder an Stuart denken und an ihren letzten Streit. Sie wusste nicht einmal, ob sie noch zusammen waren und was werden würde, wenn er nach der Tour nach Oxford zurückkehrte. Ja, sie wusste nicht einmal, ob sie noch mit ihm zusammen sein wollte. Sie sei sich nicht sicher, ob sie ihn überhaupt noch liebe, hatte sie ihm gesagt, und das stimmte. Wenn sie früher an ihn gedacht hatte, waren Schmetterlinge in ihrem Bach geflattert, und alles, was sie gewollt hatte, war, bei ihm zu sein. Jetzt waren da überhaupt keine Schmetterlinge mehr, sondern nur noch ein übles Gefühl, das Stuart mit seinem Verhalten in ihr hinterlassen hatte. Ein Gefühl von Misstrauen und Unsicherheit, von Verlust und Einsamkeit. Ja, sie fühlte sich fast so schlimm wie damals, als Steven sie schwanger vor dem Altar stehen gelassen hatte. In ihrem Hochzeitskleid hatte sie in der Kirche gestanden, während alle um sie herum getuschelt und sie bemitleidet hatten. Diesmal gab es nur einen Unterschied: Niemand wusste, was los war und dass es ihr so dreckig ging. Niemand außer Barry.

Manchmal fragte sie sich, ob es richtig gewesen war,

ihm von ihren Problemen zu erzählen. Er war einer von Stuarts besten Freunden! Sie hatte Stuart ja auch nicht schlechtreden wollen. Doch sie fühlte sich so schrecklich vernachlässigt und wusste einfach nicht, was sie tun sollte. War da noch Liebe?, fragte sie sich. Konnte da je wieder Liebe sein?

Als sie das Haus erreichte, fühlte Susan sich miserabel. Mrs. Witherspoon war gerade gestorben und hatte Humphrey ganz allein zurückgelassen. Wie musste er sich fühlen? Sicher eine Million Mal schlimmer als sie.

Sie atmete tief ein und klingelte.

Es dauerte eine Weile, bis Humphrey an die Tür kam. Als er sie erkannte, zeigte er ihr ein Lächeln.

»Was für eine nette Überraschung.«

»Ich habe uns Kirschkuchen mitgebracht, von Ihrem Lieblingsbäcker. Haben Sie Appetit?«

»Was würde ich nur ohne euch und eure Fürsorge tun?«, fragte er gerührt und ließ Susan eintreten.

Zehn Minuten später saßen sie im Wohnzimmer und hatten jeder eine Tasse Tee und einen Teller mit einem Stück Kirschkuchen vor sich. Susans Teller hatte einen Sprung, aber was machte das schon.

»Wie geht es Ihnen, Humphrey?«

»Es ist nicht leicht«, antwortete er.

»Das ist es nicht, leider. Ich weiß, was es heißt, einen geliebten Menschen zu verlieren. Es reißt einem den Boden unter den Füßen weg. Es wird aber erträglicher, mit der Zeit«, versprach sie ihm.

»Darf ich fragen, wer von Ihnen gegangen ist?«

»Das dürfen Sie. Meine Mutter, vor ein paar Jahren.

Und mein Vater ist letztes Jahr im August gestorben.« Außer Michael hatte Susan nun überhaupt keine Verwandten mehr. Nicht, dass es einen großen Unterschied machen würde, denn die Beziehung zu ihren Eltern war keine schöne gewesen.

»Das tut mir sehr leid.«

»Danke. So ist das Leben, wissen Sie? Menschen verlassen diese Welt, und andere werden geboren. Das ist der Kreislauf der Dinge.« Sie wollte nicht so zynisch klingen, aber im Moment war sie einfach ein wenig deprimiert.

»Orchid bekommt ein Baby, habe ich vernommen«, sagte Humphrey.

»Ja.« Sie nickte. Ja, alle bekamen Babys. Laurie und Phoebe und Keira und Charlotte hatten Kinder, und bald würde sogar Orchid eins haben. Nur sie selbst war noch immer kinderlos, obwohl sie sich doch von allen am allermeisten eins wünschte. Seit sie damals die Fehlgeburt gehabt und ihre kleine Valerie verloren hatte, konnte sie keine Kinder mehr bekommen. Stuart hatte ihr von Anfang an gesagt, dass ihm das nichts ausmachen würde und dass man ja auch adoptieren könne. Dass es genügend elternlose Kinder auf der Welt gebe, die ein Zuhause suchten.

Ha! Da würden sich diese elternlosen Kinder aber noch gedulden müssen, bis Stuart endlich fertig mit seinem Ego-Trip und dem vielen Geflirte war.

»Geht es Ihnen gut, Susan?«, fragte Humphrey, der wohl spürte, dass etwas nicht in Ordnung war.

»Darf ich Sie etwas fragen?«

»Aber selbstverständlich.«

»Sie kannten Mrs. Witherspoon besser als jeder andere. Ist sie jemals damit fertig geworden, dass sie keine Kinder bekommen konnte? Ich meine, wirklich?«

Humphrey überlegte. »Sie hat sich irgendwann damit abgefunden.«

»Das meine ich nicht. Man kann sich mit vielen Dingen abfinden. Das ist aber nicht dasselbe, wie etwas vollkommen zu akzeptieren und dennoch glücklich zu sein. Auch ohne das, was man sich am meisten wünscht.«

»Wünschen Sie sich Kinder, Susan?«

Sofort stiegen ihr Tränen in die Augen. Sie konnte nichts tun, als zu nicken.

»Und Ihnen geht es wie meiner Esther?«

Wieder nickte sie nur.

»Es tut mir sehr leid, das wusste ich nicht.«

»Das weiß so gut wie niemand.«

»Aber Ihr Freund weiß es doch? Stuart?«

»Ja, der weiß es.«

»Und macht es ihm etwas aus?«

»Nein. Das sagt er jedenfalls. Er hat auch gesagt, dass wir dennoch ein Kind haben könnten, auf anderem Wege.«

»Na, worauf warten Sie dann noch?«

»Darauf, dass Stuart sich an seine Worte erinnert«, meinte sie bitter.

»Manchmal kommen einem im Leben Dinge dazwischen, und man vergisst sein Vorhaben. Dann braucht es jemanden, der einen daran erinnert«, sagte er und hörte sich dabei ziemlich weise an.

»Vielleicht, ja.«

Susan aß ihren Kuchen auf und ließ Humphrey dann ein bisschen von seiner Esther erzählen. Das tat gut, dabei konnte Susan so richtig abschalten. Sie erfuhr an diesem Nachmittag sogar etwas Neues über Mrs. Witherspoon, nämlich, dass sie und Humphrey nur zu gern durchs Haus getanzt waren. An jedem Samstagnachmittag hatten sie eine Tanzstunde veranstaltet, in der sie zu alten Evergreens von Frank Sinatra und Dean Martin getanzt hatten.

Susan fand es unglaublich traurig, dass dies der erste Samstag für Humphrey sein sollte, an dem er nicht mit seiner Esther tanzen durfte. Deshalb stand sie jetzt auf, ging zu dem alten Plattenspieler, legte Musik auf und hielt Humphrey eine Hand hin.

»Darf ich bitten?«, fragte sie und fürchtete für einen Moment, einen Fehler gemacht zu haben. Doch Humphrey lächelte und erhob sich. Er nahm ihre Hand und führte sie zu den Klängen von Sinatras *Fly Me to the Moon*, das auch auf der Hochzeit der beiden Alten gespielt worden war, durchs Wohnzimmer. Susan musste lachen. Sie hatte sich lange nicht so gut gefühlt. Wie schön es doch war, dass zwei verlorene Menschen einander auf diese Weise helfen konnten – manchmal benötigte man dazu nur einen Song.

KAPITEL 14

»Alter, was ist dein Problem?«, fragte Barry vorwurfsvoll, als er Stuart endlich an der Strippe hatte.

»Nette Begrüßung, Kumpel.«

»Sorry, aber ich versuche seit Ewigkeiten, dich zu erreichen. Ignorierst du meine Anrufe, oder bist du wirklich so beschäftigt?«

»Ich hab geschlafen, bin gerade erst aufgewacht.«

Barry sah auf die Uhr. »Es ist Viertel nach eins!« Die Mädchen und er hatten sogar schon Mittag gegessen.

»Wir haben letzte Nacht ziemlich lange gefeiert. Kannst du mir bitte mal sagen, was eigentlich los ist?«

»Weißt du das etwa nicht? Auf welchem Planeten lebst du denn? Auf dem Mich-kümmert-nichts-als-meine-Musik-und-heiße-junge-Groupies-Planeten?«

»Ah. Du hast mit Susan geredet.«

»Und ob ich das habe.«

»Und was hat sie dir erzählt?«

»Nicht viel. Du kennst doch Susan, sie würde nie schlecht über irgendwen reden. Aber ich habe doch so viel herausgehört, dass ich erkenne, was für ein Vollidiot du bist. Außerdem ist das ja auch gar nicht zu übersehen. Man muss sich nur deinen Instagram-Account angucken.« Erst gestern Abend hatte Stuart ein Foto von sich mit zwei heißen jungen Frauen reingestellt, deren Lippen jeweils an einer seiner Wangen klebten. Während Susan wahrscheinlich zu Hause gesessen und sich die Augen ausgeweint hatte. Er war so sauer auf seinen Kumpel.

»Nun mach aber mal halblang, Barry. Du weißt doch gar nicht, wie das ist, dieses Leben auf Tour. Es ist nämlich hammergeil, das sag ich dir.«

»Hammergeil? Wer bist du, und was hast du mit meinem besten Freund gemacht, Mann?«

»Ich bin immer noch derselbe, nur lebe ich endlich mein Leben. Meinen Erfolg. Weißt du eigentlich, wie cool es ist, wenn dich Hunderte Fans anhimmeln?«

Barry schüttelte den Kopf. »Nein, und ich will es auch nicht wissen. Alles, was ich weiß, ist, dass gestern eine todtraurige Susan nach Hause zurückgekehrt ist, deren Schultern so tief hängen, dass sie fast schon den Boden berühren.«

Stille. Dann: »Geht es ihr wirklich so schlecht?«

»Na, was denkst du denn?«

»Wir hatten einen Streit.«

»Das hat sie erwähnt.«

»Was hat sie noch erwähnt?«

Nun konnte Barry es doch nicht mehr zurückhalten, auch wenn er Susan eigentlich versprochen hatte, nichts zu sagen. »Dass es für sie die Hölle war, mit euch unterwegs zu sein. Mit zwei Bandmitgliedern, die jeden Abend mit anderen Frauen rummachen, und mit einem dritten, der ihr Freund ist und von dem sie nicht weiß, ob er nicht dasselbe tun würde, wenn sie nicht dabei wäre.«

»Das würde ich nie und nimmer, und das weiß Susan.«

»Anscheinend weiß sie es nicht.« Und er selbst war sich da auch nicht mehr so sicher.

»Sollte sie aber.«

Stuart wirkte eingeschnappt – war das sein Ernst?

»Stuart, ich sag dir jetzt was als dein Freund, ja? Susan ist das Beste, was dir im Leben je widerfahren ist, und wenn du sie nicht verlieren willst, solltest du endlich aufwachen.«

»Glaubst du, sie will Schluss machen?«

»Für mich sieht es so aus, als ob bereits Schluss wäre.«

»Nein, das ist es nicht. Ich meine, wir haben uns nicht getrennt, sondern nur gestritten. Und Susan wollte doch bloß wegen der Beerdigung nach Hause, oder?«

»Denkst du das wirklich?«

Wieder Stille. »Oh Mann, ich hab's wohl echt verkackt, was?«

»Oh ja, das hast du. Das Gute ist, es ist noch nicht zu spät. Das glaube ich zumindest. Und du solltest schnell versuchen zu retten, was noch zu retten ist.«

»Aber was kann ich tun? Sie glaubt mir ja nicht.«

»Als Erstes, dich bei ihr entschuldigen.«

»Eine einfache Entschuldigung am Telefon reicht wohl nicht aus, oder?«

»Ist das eine ernst gemeinte Frage?«

»Okay. Also persönlich. Hmmm …«

»Ich helf dir mal auf die Sprünge. Am Freitag ist Mrs. Witherspoons Beerdigung, Susan will da bestimmt nicht allein sein und würde sich freuen, dich an ihrer Seite zu haben.«

»Freitag … Da haben wir zwar keinen Gig, aber Samstag sind wir für einen Auftritt in Liverpool gebucht, glaub ich. Warte mal, ich schau kurz auf dem Plan nach … Ja, Montag ist das letzte Nordirland-Konzert, danach kommen nur noch Auftritte in Schottland und England.«

»Liverpool? Das ist perfekt! Du könntest doch für einen Tag herfahren. Mit dem Zug sind das gerade mal drei Stunden.«

Stuart stieß ein komisches Grunzen aus. »Alter, ich kann mich doch nicht einfach so in einen Zug setzen. Hast du vergessen, wer ich bin? Da wäre die Hölle los!«

Barry konnte nur wieder den Kopf schütteln. »Dann nimm dir einen Mietwagen«, schlug er vor und versuchte angestrengt, gelassen zu bleiben.

»Das wäre alles ganz schön stressig, Mann. Außerdem wollten wir am Freitag noch ein paar neue Songs proben …«

Barry hatte genug von den Ausreden. »Stuart! Du solltest dir wirklich überlegen, was dir wichtiger ist, deine Karriere oder Susan.«

Er legte auf, weil er Stuart nicht länger ertragen konnte. Susan hatte recht, er hatte sich um hundertachtzig Grad gewandelt. Wo war nur der bescheidene, liebenswerte Mann hin, den er so ins Herz geschlossen hatte? Den er für den Rest seines Lebens an Susans Seite gesehen hatte?

Und zudem war er auch traurig wegen ihrer Freundschaft. Wenn die irgendwann genauso im Sande verlaufen sollte wie die Beziehung zwischen Susan und Stuart, mit wem sollte er dann überhaupt noch abhängen, wenn Laurie ihm mal einen freien Abend gönnte? Mit Tobin konnte man gut ins Kino gehen, und mit Lauries Vater hatte er ein paarmal Golf gespielt, mit Gary konnte man über Bücher reden, aber davon hatte er nicht allzu viel Ahnung. Vielleicht war es an der Zeit herauszufinden, was man mit Gary noch anstellen konnte. Laurie wollte früh Feierabend machen und zusammen mit den Kindern Keira und Andy besuchen. Sie wollten zusammen irgendwas basteln, er hatte vergessen, was. Und danach Pizza essen. Also war das die Gelegenheit. Er fuhr in die Valerie Lane, brachte die Mädchen zu Laurie und sah dann bei Ruby's Antiques & Books rein, in der Hoffnung, dort Gary anzutreffen.

Ruby blickte auf. Barry stand ihr gegenüber und lächelte sie an.

»Hallo, Ruby.«

»Barry. Was machst du denn hier?« Sie biss sich auf die Zunge. »Entschuldige, ich wollte nicht unhöflich sein. Du schaust nur nicht allzu häufig bei mir rein.« Wenn sie ehrlich war, konnte sie sich nicht an das letzte Mal erinnern.

»Kein Problem, du hast ja recht. Eigentlich bin ich auf der Suche nach Gary.«

»Oh. Der ist mit meinem Dad losgegangen, um einen Goldfisch zu kaufen.«

Barry grinste. »Ist er jetzt auf dem Goldfisch-Trip?«

»Ja. Und ich bin sehr froh, dass er sich die Sache mit dem Pinguin abgeschminkt hat.«

Sie lachten beide.

»Was willst du denn von Gary, wenn ich fragen darf?«

»Ich wollte mich erkundigen, ob er Lust hat, heute Abend etwas mit mir zu unternehmen. Einen Actionfilm gucken oder irgendwo ein Bier trinken oder so.«

»Das finde ich aber nett. Warte, ich ruf ihn an.« Ruby griff nach ihrem Handy und wählte Garys Nummer, begrüßte ihn kurz und reichte das Telefon gleich weiter. Im Nu war etwas ausgemacht, und Barry gab ihr das Telefon zurück.

»Er will dich noch mal kurz sprechen.«

Ruby nickte. »Gary?«

»Schatz, wäre es okay, wenn ich nachher was mit Barry unternehme? Du sagst mir ja immer, ich soll ruhig auch mal etwas ohne dich machen, Männersachen.«

Sie lächelte. »Natürlich ist das okay.«

»Dann bringe ich deinen Dad und den Goldfisch eben nach Hause und gehe dann los, ja?«

Ruby sah auf die Uhr. »Du könntest meinen Dad auch hierherbringen. In zwei Stunden ist Ladenschluss, solange kann er hier im Laden warten. Dann kannst du gleich mit Barry losziehen. Er wartet sicher auf dich.« Sie sah Barry fragend an, der mithörte und nickte.

»Das wäre natürlich noch viel besser. Danke, Ruby.«

Sie hängten auf, und Ruby unterhielt sich ein wenig mit Barry, wobei sie erfuhr, dass er nicht nur eine Jungenmannschaft, sondern auch eine für Mädchen trainierte. Fußball war seine große Leidenschaft, das wusste sie, aber dass er beinahe für eine Profiliga gespielt hatte, war ihr bis dato noch nicht bewusst gewesen.

»Das war aber nichts für mich. Ich möchte Fußball

lieber als Hobby sehen und nicht als Job. Dann würde es mir bestimmt nicht mehr so viel Spaß machen. Außerdem verändern sich die Menschen, wenn sie anfangen, Erfolg zu haben und im Licht der Öffentlichkeit zu stehen.«

»Sprichst du von jemand Bestimmtem? Es klingt fast so.«

»Ja, wenn ich ehrlich sein soll, tue ich das. Es geht um einen Freund, der sich sehr verändert hat. Zum Negativen.«

»Auch ein Fußballer?«

»So was Ähnliches.«

»Oh. Ja, man sollte sich selbst immer treu bleiben, das ist am allerwichtigsten. Sieh dir Gary an! Er ist jetzt Bestsellerautor, und trotzdem schreibt er seine Manuskripte noch auf dem alten Laptop, den ich ihm vor vier Jahren gebraucht gekauft habe.«

»Unglaublich. Funktioniert der noch?«

»Er war schon zweimal in der Werkstatt, aber er läuft.«

»Gary ist wirklich bescheiden, oder?«

»Das ist er, und das liebe ich so an ihm.«

»Du hast Glück, Ruby, dass du ihm begegnet bist. Du hast nicht weniger als das verdient, das meine ich ernst.«

Sie war zutiefst gerührt. »Das ist wirklich lieb, dass du das sagst, Barry.« Sie hörte einen Kunden nach ihr rufen und musste sich leider von Barry abwenden.

»Führen Sie auch Bücher von Henry James?«, fragte die Dame um die fünfzig mit Hut.

»Ja, sicher. Kommen Sie, ich zeige Ihnen meine Auswahl. Es sind sogar Erstausgaben dabei.«

Ruby war sehr stolz auf ihr Sortiment. Als sie vor gut vier Jahren beschlossen hatte, sich künftig auf Bücher zu spezialisieren, hatte sie gerade mal ein Regal füllen können. Mittlerweise fanden sich in allen Ecken wunderschöne alte Ausgaben großartiger Schriftsteller, die für Ruby wie Kinder waren, die sie hegte und pflegte und nur in die besten Hände geben wollte. Sie freute sich immer, wenn ein Kunde dieselbe Leidenschaft für Bücher aufwies wie sie, und manchmal konnte sie sich stundenlang über ein bestimmtes Werk unterhalten. So wie erst am Tag zuvor, als sie mit einer älteren Kundin so lange vom Großen Gatsby und der Liebe zu seiner Daisy geschwärmt hatte, dass sie nicht einmal bemerkt hatte, dass längst Ladenschluss war.

Diese Frau war leider niemand, der Bücher so zu schätzen wusste wie Ruby. Sie meckerte über den viel zu hohen Preis und wurde schnippisch, sagte, dass sie dann doch lieber in eine gewöhnliche Buchhandlung gehen würde, und verließ den Laden ohne ein Lächeln und ohne ein Dankeschön.

»Leute gibt's«, sagte Barry.

»Ach, das sehe ich gelassen. Solche Menschen kommen zum Glück nicht allzu häufig in mein Geschäft, und wenn doch, dann tun sie mir eher leid, als dass ich böse auf sie wäre.«

»Sie tun dir leid?«

»Ja, natürlich. Wer Bücher nicht zu schätzen weiß, der verpasst doch wirklich etwas.«

Barry räusperte sich. »Wenn ich ehrlich sein soll, bin ich auch nicht so der große Leser.«

»Das macht doch nichts. Obwohl, du solltest Garys neues Buch lesen. Es ist wirklich gut, und das sage ich nicht nur, weil ich seine Freundin bin.«

»Das werde ich vielleicht mal machen.«

»Er würde sich sicher freuen.«

Barry nickte und wirkte erleichtert, als die Tür aufging und Gary mit Hugh erschien.

»Guck mal!«, sagte Hugh gleich und hielt Ruby seinen Goldfisch entgegen, der in einer Plastiktüte mit Wasser schwamm.

»Ja, toll, Dad. Habt ihr auch ein Aquarium gekauft, oder soll er in einem Glas leben?«

Gary schmunzelte. »Dein Dad hat zwar vorgeschlagen, dass er in der Badewanne wohnen könnte, aber ich habe ihn daran erinnert, dass wir dort doch duschen müssen.« Er deutete auf die große Tüte in seiner Hand und stellte diese ab. »Deshalb haben wir auch gleich ein neues Zuhause für den Kleinen mitgenommen, der übrigens einen ganz außergewöhnlichen Namen hat. Hugh? Möchtest du Ruby selbst verraten, wie du ihn genannt hast?«

Hugh nickte begeistert.

»Na, da bin ich aber gespannt. Sag's mir, Dad.«

»Er heißt Garfield.«

»Garfield? Wie die Katze aus dem Film?« Dann brauchten sie aber unbedingt auch noch einen Odie. Wäre doch viel schöner, wenn der Kleine einen Partner hätte.

»Genau. Ein guter Name, oder?«

»Mir gefällt er«, meldete sich Barry zu Wort. »So schön ironisch.«

Ihr Vater runzelte die Stirn, weil er die Ironie an der

Geschichte nicht verstand. Er hatte es nicht so mit Ironie.

»Na, Sie nennen einen Fisch nach einer Katze, das ist doch außergewöhnlich«, versuchte Barry es.

Noch immer war das zu hoch für ihren Vater. Er klärte Barry auf: »Sie sind beide orange.«

»Aaah!«, machte Barry, und Ruby konnte sehen, wie er versuchte, sich ein Lachen zu verkneifen.

»Okay, Dad, dann macht es euch mal gemütlich, du und Garfield. Setzt euch ruhig dort hinten in den Lesesessel. In anderthalb Stunden können wir Schluss machen.«

»Dann müssen wir uns aber beeilen und Garfield sein neues Zuhause herrichten.«

»Das machen wir. Viel Spaß euch beiden, ihr könnt jetzt gehen«, forderte Ruby die beiden Männer auf, die ein wenig unentschlossen aussahen.

Es würde Gary richtig guttun, mal einen Männerabend mit allem Drum und Dran zu machen. Er war sonst nämlich immer nur am Schreiben und verbrachte Zeit mit Hugh oder mit ihr. Manchmal war es einfach gesund, etwas mit Gleichgesinnten zu unternehmen. Und irgendwas würden Barry und er sicher gemeinsam haben, sie mussten nur herausfinden, was.

Die beiden machten sich auf, und Hugh erzählte in der nächsten Stunde allen Kunden von seinem neuen Goldfisch namens Garfield. Außerdem fragte er sie, ob sie Gewürzgurken so gern mochten wie er, und er erkundigte sich, ob sie wussten, wie das Loch in seine linke Socke gekommen war, er konnte es sich nämlich nicht erklären.

Ruby war einfach nur froh, als es sechs Uhr war und sie nach Hause gehen konnten. Natürlich hatte Hugh jetzt Appetit auf saure Gurken bekommen, und sie mussten einen Halt beim Supermarkt machen. Dort nahm Ruby sich auch gleich eine Flasche Wein und ein wohlriechendes Badeöl mit, denn heute war ihr nach einem ausgiebigen Bad, das hatte sie sich verdient. Vor allem wollte sie so ihr Revier markieren, damit Hugh gar nicht erst wieder auf die Idee kam, die riesige Wanne dem winzigen Goldfisch zu versprechen.

KAPITEL 15

Mary-Lou stand Agnes gegenüber, die sie kurz nach Ladenschluss dabei erwischt hatte, wie sie mit Einkaufstüten beladen in die Valerie Lane einbog. Sie war so lieb und nahm sich ein paar Minuten, um von ihren persönlichen Erfahrungen mit Mrs. Witherspoon zu berichten. So, wie es an diesem Samstag vor ihr schon all die anderen wunderbaren Bewohner der kleinen Straße getan hatten, in der Mary-Lou sich so wohlfühlte. Jeder Besuch war ein Erlebnis, nicht nur waren die Menschen hier unglaublich herzlich, und die Auswahl der Läden war großartig, man verließ die Valerie Lane eigentlich nie, ohne mindestens eine lustige, spannende oder erstaunliche Story gehört zu haben, über die man noch den ganzen restlichen Tag nachsinnen konnte.

»Wozu willst du das denn alles wissen?«, fragte Agnes nun. »Für deine Website?«

Mary-Lou nickte. Als sie am Morgen erfahren hatte, dass Mrs. Witherspoon von ihnen gegangen war, hatte sie gewusst, dass sie etwas ganz Besonderes für diese entzückende Dame machen wollte, die sie so an ihre Grandma erinnerte, die leider in der Schweiz wohnte und die sie nur einmal im Jahr sah. Zuerst hatte sie an eine Art Nachruf gedacht, doch dann war ihr klar geworden, dass das nicht ausreichen würde. Und das war ja das Gute am Internet, an einer eigenen Website: Man hatte allen Platz der Welt und konnte schreiben, so viel man wollte.

Vor gut drei Jahren hatte Mary-Lou, die eigentlich Buchbloggerin war, die Valerie Lane betreten. Auf Anhieb hatte es ihr hier so gut gefallen, dass sie fortan immer wieder in Laurie's Tea Corner anzutreffen war, wo sie einen guten Tee trank und einen Liebesroman las oder wo sie sich mit ihrem Laptop an einen Ecktisch setzte und eine Buchvorstellung oder Rezension schrieb. Irgendwann kam ihr dann die Idee, dass sie doch auch etwas über die Valerie Lane schreiben könnte. Es gab ihrer Meinung nach viel zu wenig Nachbarschaftliches über Oxford im Netz zu lesen. Überall ging es immer nur um die Universitäten und die Museen, aber das Zwischenmenschliche kam ihr dabei zu kurz. Sie wollte über die Valerie Lane berichten, die immerhin nicht ohne Grund zur »romantischsten Straße der Welt« gewählt worden war. Damit Menschen aus ganz Oxford hierherfanden, damit sie wussten, wo sie die beste Auswahl an Tee, die köstlichsten selbst kreierten Pralinen, die speziellste Buchhandlung, die fantastischsten Geschenke, die schönsten Blumen und die kuscheligste Wolle finden konnten. Und auch Touristen sollten die Valerie Lane als eine der sehenswertesten Attraktionen der Stadt besuchen. Ja, all das wollte Mary-Lou – nur wo sollte sie das tun? Ihr Buchblog war dafür nicht die passende Plattform, und deshalb entschied sie sich dafür, der Valerie Lane eine eigene Website zu widmen. Sie nannte sie schlicht »Valerie Lane – Die romantischste Straße der Welt« und gab alle möglichen Suchbegriffe an, damit auch wirklich jeder sie fand: Oxford, England, Romantik, Wolle, Wollladen, Tee, Teeladen, Pralinen, Chocolaterie, Bücher, Buchladen, Antiquariat, Präsente, Geschenkeladen, Blumen, Blumenladen, Freundschaft, Herzlichkeit, Freundlichkeit, Liebe, Heimkommen. Sie gestaltete die Seite so schön, wie sie konnte, zu jeder Jahreszeit bekam sie einen passenden Hintergrund. Erst letzte Woche hatte sie diesem ein helles Orange verpasst und als Umrandung rote Efeublätter gewählt, wie sie den Bogen in der Valerie Lane hinaufrankten.

Eigentlich hatte sie vorgehabt, als Nächstes Ruby zu interviewen und von ihr zu erfahren, welche berühmten Romane sie denn für die Herbstmonate empfehlen würde, aber dann war Mrs. Witherspoons Ableben dazwischengekommen, und sie hatte alles andere über Bord geworfen. Nun war sie den ganzen Tag in der Valerie Lane gewesen, um mit den Bewohnern über ihre liebe Freundin zu reden, um von ihnen zu hören, was sie an ihr besonders gemocht hatten und welche Erinnerungen sie mit ihr verbanden. Sie war dankbar, dass alle so begeistert mitmachten.

Das alles erzählte sie nun auch Agnes, die sie warm anlächelte.

»Eine schöne Idee, wirklich. Das hätte ihr gefallen.«

Mary-Lou dachte an den Beitrag über Valerie Bonham, den sie im letzten Jahr kurz vor Weihnachten veröffentlicht hatte. Damals hatte sie alle Anwohner zu ihr befragt, und sie hatten ihr verraten, was sie mit ihr verbanden. Dieser Beitrag war der bisher meist gelesene, und sie fragte sich, ob ihre Zeilen über Mrs. Witherspoon das vielleicht sogar übertreffen konnten.

Nachdem auch Agnes sie an ihren Gedanken hatte teilhaben lassen, beschloss Mary-Lou, dass sie genug Material hatte. Sie steckte ihre Notizen in die Tasche und verabschiedete sich von Agnes. Dann winkte sie Tobin zu, der gerade aus dem Blumenladen kam, und öffnete ihren Zopf, schüttelte das lange Haar aus und ließ es über die Schultern fallen. Sie sah sich noch einmal in der Valerie Lane um und machte sich entschlossen auf nach Hause. Es würde eine lange Nacht werden. Wie gut, dass sie sich bei Laurie und Keira mit Tee und Schokolade eingedeckt hatte.

Und es wurde eine sehr lange Nacht. Erst im Morgengrauen war Mary-Lou so zufrieden mit ihrem Geschriebenen, dass sie den Laptop ausmachen, die plüschigen Schildkrötenhausschuhe ausziehen und sich endlich schlafen legen konnte. Sie dachte noch einmal an Mrs. Witherspoon, die sie schon immer gerngehabt hatte, die sie aber nun in einem völlig anderen Licht sah. Mary-Lou hoffte sehr, dass ganz viele Leute den Bericht über sie lesen würden. Nicht, weil sie ihren Besucherrekord brechen wollte, nein, sondern weil einfach jeder erfahren musste, was für eine beeindruckende Frau Esther Witherspoon gewesen war.

Liebe Freunde der Valerie Lane,
heute melde ich mich mit diesem zuvor nicht geplanten Beitrag, weil etwas Unerwartetes und sehr Trauriges geschehen ist. Eine liebe Freundin ist von uns gegangen, und ich möchte euch allen von ihr erzählen.
Viele von euch kannten Esther Witherspoon, ihre herz-

liche Art und ihr zauberhaftes Lächeln. Sie war zweiundneunzig Jahre alt, als sie in der Nacht von Mittwoch auf Donnerstag friedlich einschlief, und hatte keine Schmerzen, wie uns ihr hinterbliebener Ehegatte Humphrey versichert. Sie hat nicht nur Humphrey in tiefer Trauer hinterlassen, sondern jeden von uns, der sie schätzte und liebte. Doch Mrs. Witherspoon, die eigentlich schon seit einer Weile, nämlich seit der Hochzeit mit Humphrey Graham im Jahre 2017, nicht mehr so hieß, aber doch von allen immer noch so genannt wurde, hat es gar nicht gemocht, wenn man eine Trauermiene aufsetzte. Und deshalb möchte ich, dass wir uns alle noch einmal mit einem Lächeln im Gesicht an sie erinnern, und gleichzeitig möchte ich allen, die nicht das Glück gehabt haben, ihr persönlich begegnet zu sein, die Gelegenheit geben, sie kennenzulernen …

Esther Jones wurde am 11. August 1929 in Mousehole, Cornwall, geboren. Als Tochter eines Krabbenfischers und einer Näherin wuchs sie zusammen mit fünf Brüdern und einer Schwester auf, die sie alle überlebte. Esther war auch das einzige Mitglied ihrer Familie, das Mousehole hinter sich ließ, um in die Stadt zu ziehen. Sie wollte einfach mehr aus ihrem Leben machen und beschloss schon früh, nach Oxford zu gehen, das sie aus einem ihrer Lieblingsbücher kannte. Furchtlos machte sie sich auf, denn sie hatte einen Traum, und der war, Hebamme zu werden. Sie liebte kleine Kinder über alles und hatte selbst vor, ein ganzes Dutzend zu bekommen.

Im Jahr 1947, Esther lebte zu der Zeit mit drei anderen Schwesternschülerinnen in einem Zimmer nahe dem

Krankenhaus, lernte sie in der kleinen Bäckerei, in der sie für ihre Freundinnen und sich das Frühstücksbrot besorgte, einen jungen Mann kennen, der sich dort ebenfalls sein Frühstück holte. Er lächelte sie an, und sie kamen ins Gespräch. Der junge Mann stellte sich als Randolph Witherspoon vor und erzählte Esther, dass er in einem Schuhladen arbeite, der sich ganz in der Nähe befand, in einer kleinen Straße namens Valerie Lane. Esther hatte noch nie von der Valerie Lane gehört, versprach aber, Randolph besuchen zu kommen. Keine zwei Wochen später, an ihrem freien Tag, löste sie ihr Versprechen ein. Zusammen mit ihrer Freundin Hilly machte sie sich auf in die Valerie Lane, wo es neben zwei Schuhläden nur noch ein einziges weiteres Geschäft gab: einen Antiquitätenladen. Sofort gefiel es ihr in dieser hübschen kopfsteingepflasterten Straße, und fortan stattete sie Randolph öfter einen Besuch ab.

Ein Jahr später heiratete Esther Randolph und nahm seinen Namen an. Die Witherspoons zogen zusammen in ein Zimmer über dem Schuhladen, das der Besitzer ihnen günstig vermietete, und warteten hoffnungsvoll darauf, bald freudiger Erwartung zu sein. Leider schwand diese Hoffnung mit jedem Jahr, und so traurig die beiden auch waren, mussten sie sich irgendwann eingestehen, dass die Babys, denen Esther auf die Welt half, die einzigen in ihrem Leben sein sollten.

Sie waren auch ohne Kinder glücklich. Nach fünf Jahren in dem kleinen Zimmer, in denen sie jeden Penny sparten, kauften sie sich ein Häuschen in der Nähe, das sie sich hübsch einrichteten und in dem sie zusammen alt werden wollten. Leider kam es nicht dazu, denn nur weitere neun Jahre später starb Randolph an Tuberkulose und ließ Esther verwitwet zurück. Sie blieb allein, und sie sehnte sich nach der Zeit in der Valerie Lane, die sie noch immer häufig besuchte, vor allem um Mathilda, die Besitzerin des Antiquitätenladens, zu sehen, die eine gute Freundin geworden war und sie in diesen schweren Zeiten tröstete. Mathilda bekam ein Mädchen, das sie Meryl nannte und dessen Patentante Esther wurde. Sie liebte sie abgöttisch. Und auch deren Tochter Ruby schloss sie vom Tag ihrer Geburt an ins Herz. Zu der Zeit war Esther selbst keine Hebamme mehr, sie hatte lange genug gearbeitet und sich ihren Ruhestand verdient. Allein lebte sie in ihrem Haus, das viel zu groß für sie war und in dem sie sich oft einsam fühlte. Nicht nur deshalb kam sie nun beinahe täglich in die Valerie Lane, die inzwischen von neuen Ladeninhaberinnen bevölkert wurde. In den vergangenen Jahrzehnten waren so viele Geschäfte geschlossen und neu eröffnet worden, nur der Antiquitätenladen war noch immer an Ort und Stelle. Bald aber gab es in der Valerie Lane einen Teeladen, in den Esther sich gerne setzte, um eine Tasse Tee und ein paar Plätzchen zu genießen und dabei mit der Ladeninhaberin Laurie ein Schwätzchen zu halten. Auch hatte eine Chocolaterie eröffnet, in die Esther des Öfteren reinschaute, denn die Betreiberin Keira ließ sie gern neue Kreationen probieren, um ihre Meinung zu hören. Sie ließ sich immer noch mehrmals in der Woche bei Meryl blicken, deren Tochter Ruby sich auf nach London machte, um zu studieren. Esther hoffte, sie würde ihr Glück finden in der großen Stadt, so wie sie selbst es vor vielen Jahren gefunden hatte. Leider machte ihr das Schicksal einen Strich durch die Rechnung. Die gute Meryl bekam Krebs und starb wenig später, weshalb Ruby nach Hause kommen musste, um das Familiengeschäft zu übernehmen. So traurig Esther auch über die Umstände war, war sie doch froh, dass der Antiquitätenladen einer blieb. So konnte sie weiterhin nach Löffeln Ausschau halten, die sie seit Jahren sammelte, im Grunde seit sie in den Fünfzigerjahren einen bei Mathilda ersteigert hatte. Einige neue Menschen zogen in die Valerie Lane, und neue Geschäfte eröffneten. Die Ladeninhaberinnen hatten eine alte Tradition der guten Valerie wiederaufgenommen und trafen sich an jedem Mittwochabend in Laurie's Tea Corner, um miteinander zu quatschen und Tee zu trinken. Esther war dabei, so oft es ihr Alter noch erlaubte, und freute sich die ganze Woche auf diesen einen Abend, an dem sie Gesellschaft hatte und unter Freunden war.

Die Zeit verging … So langsam verschwanden die Erinnerungen an Randolph, und sie konnte sich vorstellen, irgendwann einmal ihr Herz erneut zu verschenken. Doch ihr begegnete kein passender Mann, bis sie eines Tages in der Suppenküche auf Humphrey stieß, der ihr seine Scheibe Weißbrot überließ, das sie so gern aß. Der Valentinstag stand kurz bevor, und die beiden verabredeten sich – und sie wussten beide gleich, dass sie füreinander bestimmt waren. Noch im selben Sommer heirateten sie, und Humphrey zog bei Esther ein. Von nun an sollte ihr Haus nie wieder ein Ort der Einsamkeit sein, denn jetzt war es mit Liebe gefüllt.

In den viereinhalb Jahren, die Esther und Humphrey miteinander hatten, genossen sie jeden Tag, als wäre es ihr letzter. Sie blühten förmlich auf, spazierten gemeinsam durch die Valerie Lane und besuchten an den Mittwochabenden zusammen Laurie's Tea Corner. Sogar wenige Tage vor ihrem Tod saß Esther Witherspoon noch an Humphreys Seite auf der Bank am Ende der Straße und beobachtete das Treiben in der Valerie Lane. Und dort werden wir sie immer sitzen sehen, wenn wir unsere Augen schließen und an sie denken.

KAPITEL 16

Keira saß an ihrem Küchentisch und trank eine Tasse heiße Schokolade. Es war erst halb sieben Uhr morgens, und Thomas und Andy schliefen noch. Keira war aber schon seit einer Weile wach und grübelte vor sich hin. Mrs. Witherspoon hatte sich ihre Schokoladenkekse für die Trauerfeier gewünscht. Sie sollte sie zusammen mit den anderen Mädels backen. Aber wie viele würden sie backen müssen? Welche Mengen an Zutaten würde sie besorgen müssen? Und wann würden sie all das eigentlich erledigen? Für Montag hatten sie sich bei Phoebe zum Potpourri-Machen verabredet, am Mittwoch wollten sie sich unbedingt wie immer in der Tea Corner treffen und in Gedenken an Mrs. Witherspoon Tee trinken. Aber die Beerdigung war schon am Freitag! Das würde heißen, dass sie nur noch den Dienstag und den Donnerstag hätten, um Susans Blätterteigtaschen, Lauries Nudelsalat, Rubys Gemüsefrikadellen, Phoebes Selleriesalat und die Schokoplätzchen vorzubereiten. Ganz zu schweigen von der Stargazy Pie, die kein einfaches Gericht war. Sie hatte bereits ein Rezept aus dem Internet herausgesucht, und wieder einmal fragte sie sich, wie um alles in der Welt *das* nur Mrs. Witherspoons Leibspeise hatte sein können. Und dann fragte sie sich, ob sich überhaupt jemand finden würde, der von der Pie essen würde, immerhin schauten Fischschwänze aus ihr heraus und machten den Anblick nicht gerade appetitlich.

Da sie das Tablet gerade vor sich liegen hatte, öffnete sie wohl aus Gewohnheit die Valerie-Lane-Website. Gestern war Mary-Lou herumgegangen und hatte jeden zu Mrs. Witherspoon ausgefragt. Sie war gespannt, was dabei herausgekommen war, und tatsächlich – der Beitrag war bereits online.

Keira las die ersten Worte und musste sofort nach einem Taschentuch greifen. Schluchzend beendete sie den wundervollen Text, mit dem Mary-Lou sich selbst übertroffen hatte. Ja, nach diesen Zeilen und besonders nach dem berührenden letzten Satz würde wahrscheinlich jeder an Mrs. Witherspoon denken, wenn sein Blick auf die Bank in der Valerie Lane fiel. Und Mr. Spacey hatte doch sogar versprochen, dass er ein Schild mit ihrem Namen dort anbringen würde.

Keira scrollte weiter runter und kam zu den einzelnen Aussagen der Valerie-Lane-Bewohner, die Mary-Lou in wolkenähnliche Sprechblasen gesetzt hatte. Mit einem weinenden Auge und einem Lächeln im Gesicht las sie die Kommentare durch.

»Wenn ich an Mrs. Witherspoon denke, fällt mir als Erstes Kamillentee ein, den hat sie besonders gern getrunken. Und mein zweiter Gedanke gilt ihrer Fröhlichkeit, die sie immer begleitete, wohin sie auch ging. Sie wird mir schrecklich fehlen.« (Laurie Lohan, Inhaberin von Laurie's Tea Corner)

»Mrs. Witherspoon war einer dieser Menschen, die die Hoffnung niemals aufgaben, egal, wie schwer das Schicksal sie auch traf. Wir sollten uns alle ein Beispiel an ihr nehmen und viel positiver durchs Leben gehen. Mrs. Witherspoon hätte es sich gewünscht.« (Phoebe Carpenter, Inhaberin von Phoebe's Gift Shop)

»Niemals werde ich mein erstes Treffen mit der wunderbaren Dame vergessen, das bereits knapp zwanzig Jahre zurückliegt. Damals war ich neu in der Valerie Lane und hatte gerade meine Stelle als Verwalter der hiesigen Läden und Wohnungen angenommen. Ich kannte noch niemanden und war, ehrlich gesagt, mehr als nervös. Und dann kam Mrs. Witherspoon daher und schenkte mir ein Lächeln und sagte mir, ich brauchte mir keine Sorgen zu machen, denn ich sei in der zauberhaftesten Straße von ganz Oxford gelandet, wo jeder willkommen sei. Dieses Wort hat sie gebraucht, ›zauberhaft‹, und sie hatte damit vollkommen recht. Besser könnte man die Valerie Lane nicht beschreiben – und Mrs. Witherspoon auch nicht.« (Leopold Spacey, Verwalter der Valerie Lane)

Keira las ihre eigenen Worte, die Mary-Lou zusammengefasst hatte:

»Ich war noch nicht lange mit meinem heutigen Ehemann Thomas zusammen, als wir gemeinsam an Mrs. Witherspoons und Humphreys Hochzeit teilnahmen. Damals war mein Vertrauen in die wahre Liebe bedauerlicherweise ziemlich zerstört, doch an jenem Tag, als ich mit ansehen

durfte, wie diese zwei wunderbaren Menschen im hohen Alter sich so zuversichtlich und voller Hoffnung das Jawort gaben, begann ich selbst wieder an das ewige Glück zu glauben. Zwei Jahre später waren Mrs. Witherspoon und Humphrey Gäste auf meiner eigenen Hochzeit – ich bin dankbar, dass sie mir gezeigt haben, was wahre Liebe ist.« (Keira Buckley, Inhaberin von Keira's Chocolates)

Sie legte sich eine Hand aufs Herz. Wieder kam ihr Humphrey in den Sinn, der jetzt ganz allein war. Am Freitag würden sie sich alle ganz besonders um ihn kümmern müssen, der Tag würde sicher nicht einfach werden.

»Mrs. Witherspoon hat mir immer ein Lächeln auf die Lippen gezaubert. Sie hat Nelken in allen Farben geliebt, ich werde von nun an wohl immer an sie denken müssen, wenn ich einen Strauß Nelken binde. Mrs. Witherspoon gekannt zu haben war ein Geschenk, ich bin dankbar, es erhalten zu haben.« (Tobin Marks, Inhaber von Emily's Flowers)

»Ich kannte Mrs. Witherspoon nicht so lange wie die meisten anderen in der Valerie Lane, und doch hat sie mein Leben und das meiner Kinder sehr bereichert. Jedes Kind sollte mit einer guten und weisen Person wie Mrs. Witherspoon aufwachsen, das würde die Menschheit garantiert um einiges besser machen. Sie war meine stille Heldin.« (Charlotte Masterson, Angestellte in Susan's Wool Paradise)

»Ich weiß nicht, wie viele Schals ich im Laufe der Jahre für Mrs. Witherspoon gestrickt habe, ich weiß aber, dass sie sich über jeden einzelnen aufs Neue gefreut hat, als wäre es der schönste Schal, den sie jemals gesehen hatte. Es verging kein Tag im Herbst oder Winter, an dem sie sich keinen Schal um den Hals band. Mir werden ihre lachenden, strahlenden Augen fehlen, ihre Dankbarkeit und ihre Güte.« (Susan Holmes, Inhaberin von Susan's Wool Paradise und Bewohnerin der Valerie Lane)

»Ich kannte Mrs. Witherspoon, seit ich ein kleines Mädchen war. Sie war immer gern in der Valerie Lane. Eines Tages hat sie mir erzählt, dass sie selbst ein paar Jahre lang in dem Zimmer gewohnt hatte, das mein Kinderzimmer war. Es war unser Geheimnis, und ich fühlte mich richtig erwachsen, weil sie es mir anvertraut hatte. Ich denke, jetzt kann ich es wohl preisgeben, ich hoffe, damit wäre sie einverstanden. Auf jeden Fall fühle ich ihre Anwesenheit beinahe ununterbrochen und weiß, ein Teil von ihr wird immer in meinen vier Wänden bleiben.« (Agnes, Bewohnerin der Valerie Lane)

Keira musste lächeln. Als sie jetzt nämlich zum zweiten Mal las, dass ihre gute alte Freundin einmal in der Valerie Lane gewohnt hatte, ging ihr endlich ein Licht auf. Sie verstand nun, warum sie sich in der kleinen Straße so zu Hause gefühlt hatte. Merkwürdig nur, dass sie es nie erwähnt hatte, aber wahrscheinlich war es wirklich ein Geheimnis zwischen ihr und Agnes gewesen, und Geheimnisse verriet man nicht weiter.

Sie fragte sich, was die gute Mrs. Witherspoon ihnen wohl sonst noch alles verheimlicht hatte. Deshalb las sie schnell weiter, um es eventuell herauszufinden.

Als Nächstes kam Barbara zu Wort:

»Ich kann zu Mrs. Witherspoon nur eines sagen: Sie war der weiseste Mensch, den ich in meinem bisherigen Leben kennengelernt habe. Vor gut zehn Jahren, als ich mal wieder verzweifelte, weil ein Mann mich enttäuscht hatte, sagte sie mir, dass Männer nicht alles im Leben sind. Dass ich aufhören solle, nach der Liebe zu suchen, und mich dem Menschen widmen müsse, der meine Liebe mehr braucht als irgendjemand sonst auf der Welt – meiner Tochter. Ich befolgte ihren Rat und gab die Suche nach Mr. Right auf. Und keine fünf Jahre später machte ich eines Tages die Augen auf und sah, dass mein Mr. Right schon die ganze Zeit da gewesen war, hier in der Valerie Lane. Heute bin ich mit meinem Leopold glücklicher als je zuvor, wer weiß, bei wem ich gelandet wäre, hätte ich nicht auf Mrs. Witherspoon gehört.« (Barbara Spacey, Angestellte in Emily's Flowers und Phoebe's Gift Shop sowie ehemalige Bewohnerin der Valerie Lane)

»Mrs. Witherspoon war wohl der ehrlichste Mensch von allen. Ich glaube, sie konnte überhaupt keine Lüge über die Lippen bekommen, nicht einmal einen kleinen Schwindel. Immer wenn ich sie gefragt habe, wie ihr eine meiner neuen Teesorten schmeckt, hat sie mir ohne Erbarmen ihre Meinung gesagt, wenn auch immer mit ihrer Engelsstimme und einem Lächeln im Gesicht. Einmal

sagte sie: ›Das schmeckt ja nach Kuhweide.‹ Ich muss direkt lachen, wenn ich daran denke. Den Basilikum-Tee und die Kümmel-Thymian-Mischung habe ich deshalb aus dem Sortiment genommen.« (Barry Lohan, Teelieferant von Laurie's Tea Corner sowie Lauries Ehemann)

»Mrs. Witherspoon war wahrscheinlich die coolste zweiundneunzigjährige Frau auf der ganzen Welt. Manchmal haben wir uns über die Serie Gossip Girl unterhalten, von der sie alle Folgen gesehen hatte. Sie mochte Chuck am liebsten. :)« (Kimberly Roberts, Angestellte in Keira's Chocolates)

»Als ich vor vier Jahren nach Oxford kam, war mein Englisch ziemlich schlecht. Mrs. Witherspoon hat mir ein altes Oxford Dictionary geschenkt, das beinahe schon auseinanderfiel. Es war ihre Art zu sagen, dass sie mich gernhatte, und ich hatte sie genauso gern.« (André Laurent, Angestellter in Phoebe's Gift Shop)

»Mrs. Witherspoon war so eine gute Seele – sie wird uns allen sehr fehlen.« (Hannah, Angestellte in Laurie's Tea Corner)

»Wenn ich an Mrs. Witherspoon denke, denke ich an Herzlichkeit und Fröhlichkeit, an absolute Hingabe und Liebe für alles, was sie tat. Und sie hat so vieles getan! Nicht nur hat sie in ihrer Tätigkeit als Hebamme vielen Tausenden Kindern auf die Welt geholfen, sie hat auch uns alle hier in der Valerie Lane unglaublich bereichert.

Allein ihre Anwesenheit hätte genügt, doch schenkte sie uns auch immer wieder einen weisen Rat oder eine wundervolle Geschichte, die uns begeisterte. Mrs. Witherspoon hatte die besten Valerie-Geschichten auf Lager und teilte sie mit uns. Dafür bin ich dankbar. Mrs. Witherspoon war Teil meines Lebens seit dem Tag meiner Geburt, sie war eine gute Freundin meiner Grandma und dann meiner Mum. Es ist tröstlich zu wissen, dass sie jetzt alle drei wieder beisammen sind.« (Ruby Riley, Inhaberin von Ruby's Antiques & Books)

Keira lief eine Träne über die Wange. Ach, süße Ruby. Der nächste Kommentar kam von Gary, sie traute sich kaum, ihn zu lesen aus Angst, sie würde nur noch mehr weinen müssen.

»Mrs. Witherspoon war ein Engel auf Erden. Sie wusste so gut wie ich, wie es ist, mittellos zu sein und Hunger zu leiden. Dennoch hat sie mir immer, wenn sie mich gesehen hat, ein Zehn-Pence-Stück in die Hand gedrückt oder einen Keks abgegeben. Diese Gesten haben mir mehr bedeutet, als es ein Hundert-Pfund-Schein oder eine ganze Sahnetorte gekonnt hätten.« (Gary Matthews, ehemaliger »Bewohner« der Valerie Lane)

Und als Letztes waren Humphreys Worte zu lesen:

»Meine Esther war eine gute Seele, der beste Mensch, den ich kannte. Voller Dankbarkeit und Liebe ist sie durchs Leben gewandert. Ich werde sie immer in meinem

Herzen bewahren bis zu dem Tag, an dem ich sie wiedersehe.« (Humphrey Graham, Ehemann von Mrs. Witherspoon)

Keira musste sich nun tatsächlich erst mal die Tränen trocknen und die Nase schnäuzen. Sie atmete tief durch, bevor sie das Tablet ausschaltete.

All diese Kommentare waren so wundervoll, so herzzerreißend.

Natürlich fehlten noch einige von den Menschen, die sich zurzeit nicht oder überhaupt nicht mehr in der Valerie Lane aufhielten. Wie zum Beispiel ihre Mutter, Mary, die im letzten Jahr beschlossen hatte, endlich in den Ruhestand zu gehen, und zusammen mit Mr. Monroe nach Mallorca ausgewandert war. Dort hatten sie sich eine kleine Finca gekauft. Keira hatte fest vor, sie diesen Winter zu besuchen, wenn in England die düsteren, regnerischen Tage einkehrten.

Christines Kommentar fehlte ebenfalls und der von Donna, die einmal eine Eisdiele in der Valerie Lane betrieben hatte, außerdem der von Mrs. Kingston, fiel Keira auf. Sie war wohl gestern mal nicht in der Valerie Lane gewesen, bestimmt würde sie schwer enttäuscht sein, nicht befragt worden zu sein. Auch Mrs. Bronte, Sophie und andere liebe Stammkunden waren nicht dabei, und natürlich fehlte Orchid.

Orchid. Sie würde heute nach Hause kommen. Keira war richtig froh darüber, denn was sie jetzt alle am meisten brauchten, war Zusammenhalt.

Sie hörte jemanden nach ihr rufen: »Mama, Mama«,

und sie musste lächeln. So traurige Momente das Leben auch hatte, war es doch wunderbar und voller Glück. Sie erhob sich von dem Küchenstuhl und ging ins Nebenzimmer zu Andy, der in seinem Gitterbettchen stand und die Arme in die Höhe hielt, damit sie ihn hochhob.

»Mummy ist ja da, mein Kleiner.« Sie drückte ihn fest an sich und küsste sein weiches, wohlduftendes Haar.

Andy war ihr Ein und Alles. Er war das Beste, was ihr je passiert war nach all den Jahren, in denen sie sich ein Baby herbeigesehnt hatte. Sein Lächeln war das süßeste von allen, und eines Tages würde er damit sicher alle Mädchen umgarnen. Aber das war noch lange hin, Andy hatte ja noch sein ganzes Leben vor sich, und Keira war froh, dass er zumindest einen Teil davon in der Valerie Lane verbringen würde.

KAPITEL 17

Phoebe lief schon den ganzen Vormittag mit einem Lächeln im Gesicht herum. Da es ihr freier Tag war, hatte sie sich gleich am Morgen Emily und die Löffelsammlung geschnappt, die sie am Tag zuvor bei Humphrey abgeholt hatte, und war damit losgezogen, um herauszufinden, wie viel sie wert war. Da sie keine Ahnung hatte, wo man so etwas schätzen lassen konnte – und Ruby nicht fragen mochte, da es ihr trotz allem ein wenig unangenehm war, die Löffel gleich verkaufen zu wollen –, ging sie zuerst in ein Pfandhaus und zeigte dem Verkäufer die Löffel. Er betrachtete sie genauer, nahm sogar eine Lupe zur Hand und sagte ihr dann, er könne ihr sechshundert Pfund dafür geben.

Sechshundert Pfund! Allein das klang in Phoebes Ohren schon fantastisch. Allerdings hatte sie nicht vor, gleich dem Erstbesten Mrs. Witherspoons wertvolle Löffel zu überlassen. Denn die einzelnen Stücke hatten für die alte Dame ja neben dem finanziellen Wert vor allem einen großen emotionalen gehabt.

»Hm«, sagte sie, als sie aus dem Pfandhaus raus waren und wieder auf der Straße standen. »Was meinst du, Emily? Sollen wir doch mal Ruby anrufen? Die kann uns bestimmt weiterhelfen.«

Emily sah zu ihr auf und nickte begeistert. Phoebe wusste, dass sie nicht wegen der Löffel so euphorisch war, sondern weil sie ihr versprochen hatte, nach getaner Arbeit ein Eis essen zu gehen. Und natürlich gab es noch einen Grund zur Freude: Orchid kam heute nach Oxford! Emily hatte sie seit neun Monaten nicht gesehen, nur ab und zu mal per Skype, und sie sagte oft, dass Tante Orchid der coolste Mensch auf der Welt war. Das mochte wohl daran liegen, dass sie von ihr immer leckere Süßigkeiten aus Amerika geschickt bekam: rote Gummistangen namens Twizzlers, kleine saure Männchen namens Sour Patch Kids und Emilys über alles geliebtes Laffy Taffy.

Phoebe lächelte ihre Kleine an und holte ihr Handy aus der Tasche. Gesagt, getan. Im Nu hatte sie Ruby angerufen, die ihr den Tipp gab, zu einem Juwelier in der George Street zu gehen, der auch Gold und Silber ankaufte. Sie machten sich sofort auf den Weg dorthin, und Phoebe staunte nicht schlecht. Mit weit aufgerissenem Mund sah sie den älteren Herrn an, der hinter der Theke stand, einen Silberlöffel mit einem Efeublatt auf dem Griff begutachtete und ihr sagte, dass dieser einem seltenen Set angehörte, das aus den Dreißigerjahren des neunzehnten Jahrhunderts stammte. Und dass er ihr dafür siebenhundert Pfund geben könne.

»Ist das Ihr Ernst?«, brachte Phoebe verblüfft hervor und drückte Emilys Hand. Der Pfandleiher hatte ihr für alles gerade mal sechshundert geben wollen. Sie fragte sich, ob er wohl nicht gewusst hatte, um was für ein seltenes Stück es sich handelte, oder ob er sie an der Nase hatte herumführen wollen.

»Und ob das mein Ernst ist. Lassen Sie uns sehen, was wir noch Besonderes finden.«

Er begutachtete die Sammlung weiter, widmete sich jedem einzelnen Teil, als hätte er alle Zeit der Welt, durchblätterte zwischendurch die Seiten eines dicken Buches und legte nach und nach drei weitere Löffel beiseite.

»Und?«, fragte Phoebe. »Was hat es mit diesen drei Löffeln auf sich? Nun spannen Sie mich nicht so auf die Folter.« Sie war aufgeregt wie sonst was und wollte endlich hören, was er ihr zu sagen hatte.

Der Juwelier lächelte und sah sie über seine Brille hinweg an, die er sich tief auf die Nase geschoben hatte.

»Die Löffel sind alle sehr schön, diese dort«, er deutete auf die übrigen achtzehn, von denen einige Wappen trugen und andere hübsche Blumen oder Ornamente eingraviert hatten, »sind sicher im weiteren Sinne ebenfalls etwas Besonderes, aber die vier hier sind wirklich etwas wert. Sie sollen wissen, dass ich absolut ehrlich mit Ihnen bin.«

Phoebe nickte ungeduldig und sah kurz zu Emily, die sich auf einen Stuhl gesetzt hatte und mit ihrer Puppe redete. »Ruby Riley hat mir gesagt, dass ich Ihnen vertrauen kann.«

»Gut. Das können Sie. Und Sie können mit den Löffeln natürlich zu jedem anderen Juwelier gehen und sie dort anbieten, allerdings kann ich nicht leugnen, dass ich sie Ihnen selbst gern abnehmen würde.«

»Für wie viel?«, fragte sie frei heraus.

Er sah sie wieder an. Phoebe hatte das Gefühl, dass er

sich seine Freude nicht anmerken lassen wollte. Dann öffnete er den Mund und sagte: »Dreitausendfünfhundert für alle vier.«

Sie starrte ihn mit weit aufgerissenen Augen an. Ja, sie musste sich am Tresen festhalten, da sie das Gefühl hatte umzukippen.

»Dreitausendfünfhundert? Wollen Sie mich auf den Arm nehmen?«

Er lachte. »Nein, nein. Sehen Sie! Dieser Löffel mit der Tulpe am Griff stammt aus dem Hause Windsor. Er ist sehr alt.« Er schlug das Buch auf und deutete auf einen Löffel, der genauso aussah wie ihrer. »Allein dafür würde ich Ihnen schon zweitausend Pfund geben.«

»Du meine Güte. Okay, abgemacht!«

»Wollen Sie nicht erst noch eine zweite Meinung einholen?«, fragte er.

»Nein, alles gut. Ich bin mir sicher, dass Sie mich nicht belügen würden. Also, ist das ein Deal?«, wollte sie wissen.

Der Mann strahlte und hielt ihr die Hand hin.

Kurz bevor Phoebe einschlug, wurde ihr etwas klar. Die Löffelsammlung … sie hatte Mrs. Witherspoon gehört. Ob sie sich überhaupt bewusst gewesen war, dass sich darunter derart wertvolle Exemplare befanden? Hätte sie sie ihr dann trotzdem vermacht? Und stand nicht eigentlich Humphrey dieses Geld zu?

Sie kaute auf ihrer Lippe herum und überlegte, dann aber schlug sie ein. Was machte sie sich eigentlich für Gedanken? Mrs. Witherspoon hatte von ihrer Misere gewusst und hatte ihr aus genau diesem Grund die Löffelsammlung hinterlassen. Ihr musste klar gewesen sein, dass einige sehr wertvolle Stücke darunter waren. Erst dadurch ergab ihre Geste doch einen Sinn!

»Abgemacht«, sagte sie und schüttelte dem Juwelier die Hand. Sie überließ ihm die vier Löffel und steckte die anderen wieder ein. Dann nahm sie den Scheck über dreitausendfünfhundert Pfund entgegen, schwang sich das lange blonde Haar über die Schulter, nahm die Hand ihrer Tochter und verabschiedete sich von dem Mann, der ihr gerade den Tag, ja, den ganzen Monat gerettet hatte – endlich konnte sie ein paar unbezahlte Rechnungen begleichen. Sie öffnete die Tür, trat aus dem Laden und sagte: »So, Emily, jetzt kaufen wir beide uns ein riesiges Eis, das größte, das sie haben.«

»Juhu!«, rief Emily, und zusammen hüpften sie glücklich davon.

Orchid sah auf die Landebahn, auf der sie entlangrollten. Sie war wieder in England, zu Hause. Auch wenn sie L. A. beziehungsweise Venice Beach inzwischen lieben gelernt hatte, war es doch ein besonderes Gefühl, in ihre Geburtsstadt zurückzukehren.

Oxford fühlte sich anders an als Kalifornien. Schon allein daran zu denken bewirkte, dass sie sich wohlfühlte, dass ihr warm ums Herz wurde. Hier lebten ihre Familie und ihre engsten Freunde, hier war sie aufgewachsen, hiermit verband sie alles, was sie geprägt hatte. Ja, sie war glücklich, zurück zu sein.

Sie ging durch die Passkontrolle, holte ihren Koffer vom Gepäckband und machte sich auf die Suche nach

Phoebe. Die war nicht zu übersehen, denn sie hielt einen pinken Ballon in der einen Hand und ein Schild in der anderen, das besagte: *Beste Schwester der Welt*. Neben ihr stand Emily, die noch mehr Ballons hielt.

Lachend ging Orchid auf die beiden zu. Sie wäre ihnen entgegengelaufen, wenn sie nicht so ausgelaugt gewesen wäre.

»Entschuldigen Sie bitte, Miss, könnte es sein, dass ich damit gemeint bin?«, scherzte sie, und Phoebe schloss sie sogleich in die Arme.

Die kleine Emily stürzte sich ebenfalls auf sie und umarmte ihre Beine. »Tante Orchid!«

»Hilfe, ich kippe gleich um.« Orchid lachte und versuchte sich zu retten.

»Wir freuen uns so, dass du da bist, das musst du jetzt leider über dich ergehen lassen«, sagte Phoebe, ließ sie aber doch irgendwann los. »Wie war dein Flug?«

»Lang.« Sehr lang.

»Ich weiß.«

Ah ja?, hätte Orchid am liebsten gefragt, ließ es aber bleiben. Sie würde später in Ruhe mit Phoebe darüber reden, dass sie ihr Versprechen, sie in Kalifornien besuchen zu kommen, noch immer nicht eingelöst hatte.

»Lass dich ansehen. Wow, man erkennt ja schon richtig was.« Ihre Schwester betrachtete ihren Bauch.

»Ich bin ja auch im fünften Monat.«

»Ich kann mir dich einfach überhaupt nicht dick vorstellen. Du bist der schlankste Mensch, den ich kenne.«

»Hey. Dick werde ich auch im neunten Monat nicht sein, ich werde nur eine riesige Kugel vor mir hertragen.«

»Ja, natürlich.« Phoebe zwinkerte ihr zu.

»Und wie geht es meiner Lieblingsnichte?«, fragte Orchid Emily und betrachtete ihre Frisur. »Coole Haare.«

»Danke. Hat Mummy gemacht«, erwiderte Emily, die ihr lockiges Haar zu Pippi-Langstrumpf-Zöpfen geflochten trug.

»Warte kurz …« Orchid kramte in ihrer Handtasche und fischte eine rechteckige gelbe Packung Sour Patch Kids heraus.

»Danke!« Emily nahm sie an sich und umarmte Orchid erneut.

»Im Koffer hab ich noch viel mehr. Ich wollte aber nicht, dass du warten musst, bis wir zu Hause sind.«

»Und die Zahnarztrechnung übernimmst du dann auch gleich?«, erkundigte sich Phoebe.

»Was bist du denn für eine Spießerin geworden?« Orchid stupste Phoebe lachend an.

»War doch nur Spaß. Ich bin kein Spießer, ich bin die coolste Mutter der Welt. Noch. Wahrscheinlich wirst du mir den Titel bald abspenstig machen.«

»Phoebe«, sagte Orchid sanft und griff nach der Hand ihrer Schwester. »Niemand kann jemals so eine gute Mutter sein wie du.«

Phoebe bekam sofort feuchte Augen. »Meinst du das ernst?«

»Über so was würde ich niemals scherzen.«

»Danke.« Phoebe sah ehrlich gerührt aus.

Einen Moment lang sahen sie einander einfach nur an, dann sagte Orchid: »Ich brauche ein Klo, ich muss zurzeit ungefähr jede Stunde pinkeln.« Sie wusste, irgendwie ruinierte sie damit die Stimmung, aber sie musste wirklich dringend.

Phoebe lachte. »Alles klar, geh ruhig, wir warten auf dich.«

Orchid beeilte sich. Und als sie wenig später alle zusammen das Flughafengebäude verließen, nahm sie ihn wahr, diesen Duft, der nur in England auszumachen war. Vielleicht waren es bloß Erinnerungen, aber sie roch jedes Mal eine Mischung aus Regenschauern, Orchideen und dem Mandarinen-Käsekuchen ihrer Mutter. Sie atmete ihn tief ein und lächelte. Sie war zu Hause.

Zwanzig Minuten später saßen sie im Auto, und Phoebe erzählte Orchid ganz aufgeregt, was ihr widerfahren war. Sie berichtete von Mrs. Witherspoons Brief, von der Löffelsammlung und dem netten Juwelier. Von den dreitausendfünfhundert Pfund erzählte sie ihrer Schwester auch, ohne die Sache richtig durchdacht zu haben. Natürlich sah Orchid sie gleich besorgt an.

»Sag mal, wieso vermacht Mrs. Witherspoon ausgerechnet dir ihre wertvollen Löffel? Ich meine, ich gönne sie dir, aber das hat sie doch nicht ohne Grund gemacht, oder?«

Phoebe antwortete nicht, konzentrierte sich auf den Verkehr und überlegte, wie sie es Orchid erklären könnte.

Die ließ selbstverständlich nicht locker. »Nun sag schon, Phoebe.«

»Okay, okay.« Sie blickte kurz nach hinten und stellte erleichtert fest, dass Emily eingeschlafen war, dann gestand sie: »Lance und ich haben ein paar finanzielle

Probleme, von denen ich Mrs. Witherspoon wohl in einem deprimierenden Moment erzählt habe.«

»Finanzielle Probleme? Was meinst du damit? Läuft der Laden etwa nicht mehr?«

»Doch, doch, der läuft so gut wie eh und je.«

»Dann verstehe ich dich nicht. Habt ihr etwa Schulden gemacht?«

»Was denkst du denn, wie man ein Haus wie unseres kaufen kann, ohne welche zu machen? Wir haben sehr hohe monatliche Raten zu zahlen, und seit Lance seine Arbeit verloren hat ...«

»Lance hat seine Arbeit verloren? Wann ist denn das passiert?«, fragte ihre Schwester schockiert.

»Schon vor einer Weile. Es ist nicht so, dass er arbeitslos zu Hause sitzen würde, er ist bei einer Zeitarbeitsfirma angestellt. Bei diesen Gelegenheitsjobs verdient er aber einfach nicht dasselbe wie vorher. Und ich kann nur halbtags arbeiten wegen Emily und muss auch noch meine beiden Aushilfen entlohnen.«

»Oh Mann, ich wusste ja gar nicht, wie schlecht es um euch steht. Ich meine, das tut es, oder? Steckt ihr so richtig in der Klemme?«

»So schlimm ist es auch nicht. Wir haben nur eine kleine Krise. Aber jetzt, mit dem Geld von den Löffeln, können wir ein paar unbezahlte Rechnungen begleichen. Das ist schon mal eine große Erleichterung.«

»Deshalb bist du mich noch nicht besuchen gekommen, oder?«, meinte Orchid.

»Na ja ... So ein Flugticket ist teuer, und ich hätte ja gleich zwei kaufen müssen.«

»Warum hast du denn nichts gesagt, große Sis? Dafür sind Schwestern doch da! Ich hätte dir helfen können.«

»Wie denn? Hast du ein Vermögen, von dem ich nichts weiß?«

»Nein, aber immer ein offenes Ohr, ich dachte, das wüsstest du.«

»Das tue ich ja auch, ich wollte nur dein Glück nicht belasten.«

»Wie kann ich glücklich sein, wenn es dir so mies geht? Verdammt, Phoebe, weißt du eigentlich, wie sehr ich dich vermisse? Euch alle! Ich würde mich so freuen, wenn mich mal jemand besuchen käme. Wenn ich das alles geahnt hätte, dann hätte ich das Geld schon irgendwie zusammengekratzt und hätte euch Flugtickets gekauft. Wohnen könnt ihr doch bei uns.«

»Das ist wirklich lieb von dir. Ich kann aber doch den Laden nicht einfach schließen.«

»Warum denn nicht? Weißt du, in den vergangenen paar Jahren ist mir eines klar geworden: Man sollte sein Leben genießen. Man sollte das tun, was einen glücklich macht. Dann müssen deine Kunden halt mal eine Woche ohne dich auskommen. André und Barbara könnten den Gift Shop nur nachmittags öffnen. Ich bin mir sicher, da würde euch schon eine Lösung einfallen.« Orchid sah sie entschlossen an. »Ich werde kein Nein mehr akzeptieren. Du und Emily, und wenn Lance Lust hat, auch der, ihr werdet mich noch in diesem Jahr besuchen kommen.«

»Bist du dir sicher?« Phoebe wollte wirklich nicht, dass Orchid sich für sie in Unkosten stürzte.

»Hundertpro! Wir werden das Geld schon auftreiben.« Sie lachte. »Mrs. Witherspoon hat mir nicht zufällig auch irgendwas Wertvolles vermacht?«

Phoebe grinste. »Ich weiß nicht, was sie dir hinterlassen hat. Ich werde aber versuchen, die anderen Löffel, die ich heute leider nicht losgeworden bin, noch zu verkaufen. Sie sind nicht sehr viel wert, hat der Juwelier mir gesagt, aber ein bisschen was kommt vielleicht noch zusammen. Natürlich behalte ich einen oder zwei, ich möchte ja auch etwas zur Erinnerung haben. Und was dich angeht, solltest du Humphrey aufsuchen. Der hat Mrs. Witherspoons Brief. Den Abschnitt, den sie dir gewidmet hat, haben wir am Freitag nicht vorgelesen. Ich weiß also nicht, was sie dir noch sagen wollte.«

»Dann lass uns doch gleich heute Abend gemeinsam zu Humphrey fahren.«

»Gerne. Nachdem du dich ausgeruht hast. Und bei Mum und Dad und in der Valerie Lane müssen wir natürlich auch noch vorbeischauen.« Das hatte sie ihren Freundinnen versprochen.

Orchid nickte. »Ja, das machen wir auf jeden Fall. Ich freue mich unglaublich auf Laurie, Keira und die anderen. Allerdings habe ich, ehrlich gesagt, auch ein mulmiges Gefühl im Magen, wenn ich an die Valerie Lane und besonders an einen bestimmten Menschen denke«, gestand sie Phoebe.

»Sprichst du von Tobin?«, fragte sie nach.

Ihre Schwester nickte.

Phoebe konnte sich gut vorstellen, dass es nicht leicht werden würde, ihm gegenüberzutreten. Immerhin war

Tobin der Mann gewesen, der Orchid ein ganzes Jahr lang um den Verstand gebracht hatte. Er war der Mann gewesen, für den sie Patrick verlassen hatte. Sie hatte Tobin damals ganz schön wehgetan, als sie doch zu Patrick zurückgegangen und dann sogar mit ihm nach Amerika gezogen war. Allerdings hatte Phoebe angenommen, dass die beiden inzwischen darüber hinweg wären. Da waren doch keine Gefühle mehr, oder?

»Fahren wir jetzt erst mal zu dir, ich will mich ein bisschen schlafen legen«, sagte Orchid dann. »Es reicht auch, wenn wir morgen in die Valerie Lane gehen.«

»Ehrlich?« Es waren also doch noch Gefühle da! Nach all der Zeit …

Orchid nickte. »Also, erzähl! Was ist der Plan für die nächsten Tage?«

Phoebe nickte und lächelte. Sie würde ihre Schwester von den Gedanken an Tobin ablenken. Für so was war sie schließlich da, oder? »Morgen Abend treffen wir Mädels uns im Gift Shop und machen Potpourri. Am Mittwoch gehen wir natürlich zu Laurie in die Tea Corner. Freitag ist die Beerdigung und danach die Trauerfeier, was bedeutet, dass wir bis dahin noch die Valerie Lane schmücken und sämtliche Lieblingsgerichte von Mrs. Witherspoon kochen müssen, und zwar alle zusammen, das hat sie sich nämlich gewünscht.«

Orchid starrte Phoebe an. »*Sämtliche* Lieblingsgerichte? Sag bloß, wir müssen auch …«

»… eine Stargazy Pie backen?« Phoebe lachte. »Ganz genau. Freust du dich schon darauf?«

Orchid verzog das Gesicht. Sie musste wahrscheinlich

an Mrs. Witherspoons siebenundachtzigsten Geburtstag denken, an dem Laurie, Keira, Susan, Ruby und Orchid die alte Dame in ein Restaurant gebracht hatten, das dieses Gericht servierte. Sie alle hatten es total eklig gefunden, die Geschichte hatte sie ihrer Schwester mehr als einmal erzählt.

»Können wir ganz schnell über was anderes reden? Sonst muss ich dich bitten, gleich mal an den Straßenrand zu fahren.«

»Ach, Orchid. Schön, dass du zu Hause bist.« Phoebe lächelte sie glücklich an.

»Ja, das finde ich auch.«

KAPITEL 18

Orchid war zurück in Oxford. Die Neuigkeit machte schnell die Runde, und auch, dass sie am Montag der Valerie Lane einen Besuch abstatten würde.

Tobin war aufgeregt. Er wollte es nicht, wollte sich nicht auf Orchid freuen, und doch tat er es und konnte seine Gefühle nicht abstellen. Charlotte bemerkte anscheinend etwas und fragte ihn beim Frühstück, ob alles in Ordnung sei. Er beruhigte sie und sagte, er sei nur am Überlegen, wie man die Valerie Lane für die Trauerfeier am besten schmücken sollte und was er dafür alles einkaufen müsste. Immerhin hatte er sich freiwillig gemeldet, was die Blumen betraf.

Den ganzen Vormittag konnte er nicht aufhören, an Orchid zu denken. Als sie im Winter da gewesen war, war jede Begegnung mit ihr schwer gewesen. Er war ihr, wenn er ehrlich sein sollte, aus dem Weg gegangen, so gut es ging. Schließlich war er jetzt mit Charlotte zusammen, und sie hatte es verdient, dass seine ganze Aufmerksamkeit ihr galt und er nicht noch einer alten Liebe nachtrauerte, die von Anfang an zum Scheitern verurteilt gewesen war.

Mit Orchid und ihm war das so gewesen: Er hatte sich schon bei ihrer ersten Begegnung unsterblich in sie verliebt, sie aber hatte nie wirklich gewusst, was sie wollte. Ja, sie hatte auch für ihn Gefühle entwickelt, und eine Zeit lang hatte es ganz so ausgesehen, als hätte sie ihm ebenfalls ihr Herz schenken wollen. Nachdem sie sich auf einer Weihnachtsparty heimlich geküsst hatten, war aber alles nur noch komplizierter geworden, immerhin war sie damals schon mit Patrick zusammen gewesen. Tobin hatte sich selbst immer wieder gesagt, dass er sich Orchid aus dem Kopf schlagen sollte, dass er ja doch nie eine Chance bei ihr haben würde. Immerhin ging es hier um die wohl schönste, charmanteste, umwerfendste Frau, die er je gesehen hatte. Als dann aber plötzlich Schluss mit Patrick war, glaubte er für einen Moment sogar, sie hätte sich für ihn entschieden, und war hin und weg. Sie verbrachten ein paar wundervolle Tage zusammen, endlich durfte er sie so erleben wie in seinen Träumen, endlich war sie sein. Sie liebten sich, sie alberten viel herum, was er ganz besonders an ihr mochte, und er stellte sich bereits eine gemeinsame Zukunft mit ihr vor. Wie dumm das doch gewesen war, dachte er im Nachhinein. Denn Orchid gehörte zu Patrick, und er musste sich schweren Herzens eingestehen, dass er keine andere Wahl hatte, als sie ziehen zu lassen. Er war ganz froh, dass sie dann in die Staaten ging, so war es leichter für ihn, über sie hinwegzukommen. Auch wenn die erste Zeit die Hölle für ihn war. Und als dann auch noch Phoebe das Geschäft übernahm und alles so endgültig erschien, war es noch einmal ein Schlag ins Gesicht. Orchid war für immer fort, das musste er schweren Herzens akzeptieren. Erst Charlotte bewirkte, dass er sie vollends vergaß oder zumindest, dass er den

Traum von einer gemeinsamen Zukunft mit Orchid komplett aufgab. Ganz langsam verschwamm Orchid vor seinen Augen, und irgendwann zerplatzte ihre Anwesenheit in seinen Gedanken wie eine Luftblase. Von da an gab es nur noch Charlotte. Charlotte, die so anders war als Orchid mit ihrer lockeren, aufmüpfigen Art, die furchtlos durchs Leben ging. Charlotte hatte vieles durchgemacht, sie brauchte ihn und sehnte sich nach Zweisamkeit. Er hatte sein Bestes gegeben, um der Mann zu sein, den Charlotte verdiente. Bis Orchid wieder aufgetaucht war.

Mit dem ersten Schnee war auch Orchid da gewesen. Sie nach Weihnachten erneut vergessen zu müssen, war hart gewesen, und jetzt war sie verdammt noch mal schon wieder hier! Sie würden überdies viel Zeit zusammen verbringen müssen. Immerhin hatte Mrs. Witherspoon sich gewünscht, dass alle Ladenbesitzer zusammen ihre Lieblingsgerichte kochten. Und dann gab es ja noch die Beerdigung und die Trauerfeier … Moment mal! Ihm fiel erst jetzt auf, dass Mrs. Witherspoon überhaupt kein Gericht von ihm aufgelistet hatte. Sie hatte sich Susans Blätterteigtaschen, Lauries Nudelsalat, Rubys Gemüsefrikadellen, Phoebes Selleriesalat und Keiras Schokoladenkekse gewünscht – nebst der allseits beliebten Stargazy Pie. Aber sie hatte keines seiner berühmten Gerichte erwähnt – nicht, dass es solche gegeben hätte, denn er war im Kochen eine Niete. Aber nun begann er sich doch zu fragen, was es mit dem Kochgelage auf sich hatte … Im Grunde hatte Mrs. Witherspoon ihn überhaupt nicht erwähnt. Konnte er sich dann nicht ganz einfach davor drücken? Oder hatte Mrs. Witherspoon das etwa ganz bewusst so gedreht, weil sie damit gerechnet hatte, dass Orchid herkommen und ebenfalls dabei sein würde? Weil sie wusste, dass es für ihn schier unerträglich sein würde, sich in Orchids Nähe aufzuhalten?

Gute Mrs. Witherspoon ... Sie hatte anscheinend so viel mehr gewusst, als sie alle geahnt hatten.

Als Orchid um Punkt elf Uhr siebzehn die Valerie Lane betrat, bekam sie gleich feuchte Augen. Sie hatte diese Straße so vermisst. Durch ihre Tränen erkannte sie Barbara, die gerade vor dem Blumenladen einige Pflanzen neu arrangierte, Mr. Spacey, der eine der Straßenlampen reparierte, welcher anscheinend eine Scheibe herausgefallen war, und Keira, die gerade ihr Schaufenster dekorierte und sofort herausgerannt kam, als sie sie entdeckte.

»Orchid!«, rief sie und schloss sie in die Arme.

Barbara kam auch gleich herbei, drückte sie und fragte, wie es ihr ging. Ruby und Susan, die wohl von drinnen das Geschrei hörten, kamen ebenfalls auf die Straße gelaufen und begrüßten Orchid herzlich, und bald war die Valerie Lane von allen möglichen Anwohnern und Besuchern bevölkert, die Orchid willkommen heißen wollten und sie mit Fragen löcherten.

»Mir geht es gut«, antwortete sie allen. »Kalifornien ist wunderschön.« – »Ja, es stimmt. Ich bin schwanger, im fünften Monat schon.« – »Patrick muss leider arbeiten und konnte nicht mitkommen. Ich soll euch aber alle lieb grüßen.«

Als Orchid endlich zur Ruhe kam, sich bei Laurie auf

einen Stuhl setzte und eine Tasse Tee genießen konnte, war sie ein wenig erschöpft.

»Du siehst müde aus«, sagte Laurie.

»Das ist nur der Jetlag. Mir geht es bestens. Ehrlich. Aber jetzt erzählt doch mal, wie geht es euch? Was gibt es Neues zu berichten? Ich will alles hören.«

Laurie und Hannah und auch Susan, Barbara und Keira, die kurz Charlotte, Tobin und Kimberly die Läden hatten übernehmen lassen, erzählten, was es alles Neues gab.

»Hast du schon den Blogbeitrag zu Mrs. Witherspoons Ableben gelesen?«, fragte Barbara neugierig.

»Nein, noch nicht. Hat Mary-Lou etwas Besonderes gebracht?«

»Oh ja.« Keira nickte begeistert. »Sie hat nicht nur einen Nachruf geschrieben, in dem man ein paar ganz persönliche Dinge von Mrs. Witherspoon erfährt, sondern auch jeden in der Valerie Lane zu ihr befragt und die Antworten zusammengefasst.«

»Hört sich schön an. Werde ich mir nachher auf jeden Fall mal durchlesen.«

»Das solltest du«, sagte Hannah. »Es sind Sachen dabei, von denen keiner von uns eine Ahnung hatte. Oder wusstet ihr etwa, dass Mrs. Witherspoon mal in der Valerie Lane gewohnt hat?«

Alle schüttelten den Kopf.

»Einfach unglaublich, oder?«, fand Laurie. »Da kannten wir sie so lange, und sie hat uns so viele Geschichten erzählt, aber das hat sie nie preisgegeben.«

»Ich finde es überhaupt beeindruckend, in welcher

Verbindung sie zur Valerie Lane stand. Ich meine, sie hat hier ihren ersten Mann kennengelernt. Und sie war schon mit Mathilda befreundet, lange bevor Ruby überhaupt geboren wurde«, sagte Susan.

»Mathilda war Rubys Grandma, oder?«, fragte Orchid nach.

»Genau.«

»Okay, jetzt muss ich mir das doch gleich ansehen.« Orchid holte ihr Smartphone heraus und gab die Internetadresse der Valerie-Lane-Website ein. Wenig später liefen ihr die Tränen über die Wangen.

»Oh Gott, wie traurig«, schluchzte sie.

»Ich weiß.« Laurie legte ihr einen Arm um die Schulter.

»Sie wird mir so fehlen.«

Und das noch viel mehr nach dem Treffen vom Vorabend. Orchid und Phoebe hatten gemeinsam Humphrey besucht. Er hatte Orchid die Zeilen aus dem Brief vorgelesen, die für sie bestimmt waren.

Orchid: mein Sonnenschein. Zu dir kann ich eigentlich nur eins sagen: Immer wenn ich bedrückt war, musste ich nur in die Valerie Lane kommen und dich besuchen. Denn du vermagst es, mit deinem Lächeln den traurigsten aller Clowns aufzuheitern. Danke für deine Fröhlichkeit. Dir vermache ich natürlich meine Kette mit dem gelben Schmetterling, die du einmal als hübsch bezeichnet hast. Hab viel Spaß damit und denk an mich, wenn du sie trägst.

Orchid war zutiefst gerührt und nahm sich fest vor, die Kette am Freitag zu tragen. Die Beerdigung würde im

Kreis der Familie stattfinden, danach, ab vierzehn Uhr, würde eine fröhliche Trauerfeier in der Valerie Lane stattfinden, zu der jeder herzlich eingeladen war. Es würde Mrs. Witherspoons Leibspeisen geben und jeder sollte, auf Wunsch von Mrs. Witherspoon, in hellblauer Kleidung erscheinen.

»Hellblau. Ich weiß nicht mal, ob ich was in der Farbe eingepackt habe«, grübelte Orchid.

»Du kannst dir was von mir ausleihen«, bot Keira an. »Meine Sachen sollten dir passen, ich hab ja ein paar Kilo mehr drauf.«

»Du bist aber auch einen Kopf kleiner, meine Liebe. Danke für das Angebot, ich werde aber wohl besser noch shoppen gehen.«

»Oooh, da komme ich mit«, rief Laurie.

»Ich auch«, sagte Keira kopfnickend.

»Wann wollt ihr das denn noch alles machen?«, erkundigte sich Hannah. »Habt ihr nicht einiges vorzubereiten? Unter anderem merkwürdige Fischschwanzpasteten?« Sie verzog das Gesicht.

»Ach ja, stimmt. Und heute Abend wollen wir drüben bei Phoebe Potpourri machen«, fiel Keira ein.

»Da bin ich auch dabei«, sagte Orchid und erhob sich. »Wisst ihr was? Ich werde jetzt einfach allein shoppen gehen. Wir sehen uns alle heute Abend?«

»Ja, sicher. Bis später. Und viel Spaß!«, wünschte Laurie.

Keira, Susan und Barbara begleiteten Orchid bis vor die Tür und gingen dann zurück in ihre Läden.

»Rate mal, wer da ist!«, sagte Barbara, sobald sie den Blumenladen betreten hatte.

»Ich bin ja nicht blind. Und nicht schwerhörig«, erwiderte Tobin.

»Tatsächlich? Nun, das hatte ich angenommen, da du nicht nach draußen gekommen bist, um sie zu begrüßen.«

»Du weißt doch genau …«

»Ja, ich weiß. Ich finde aber auch, es ist an der Zeit, darüber hinwegzukommen.«

»Das bin ich doch längst.«

»Na, da bin ich mir aber nicht so sicher.«

»Könntest du dein süßes Kläppchen halten und dich wieder an die Arbeit machen?«, bat Tobin sie.

Barbara lachte. »Selbst wenn du mir sagst, dass ich die Klappe halten soll, bist du noch ein Charmeur. Sie hätte sich für dich entscheiden sollen.« Sie vernahm Tobins strengen Blick und sagte schnell: »Bin schon still, bin schon still.« Dann zupfte sie ein paar Blumen und ein wenig Grün aus den Eimern und band einen Strauß. Dabei entging ihr nicht, wie Tobin aus dem Fenster sah. Er tat ihr ehrlich leid, sie hatte es ernst gemeint, als sie gesagt hatte, Orchid hätte sich für ihn entscheiden sollen …

Am Abend trafen sich Orchid, Laurie, Keira, Ruby, Susan und Charlotte bei Phoebe im Gift Shop. Phoebe hatte schon alles vorbereitet. Schüsselchen mit hellblauen und dunkelblauen getrockneten Blüten, Beeren und Hölzern standen bereit, außerdem verschiedene Duftöle, Zellophantütchen und Bänder in verschiedenen Blautönen.

»Das sieht ja toll aus«, sagte Laurie.

»Der Meinung bin ich auch«, stimmte Susan zu.

»Also, dann erklär uns mal, wie wir das Potpourri nun zubereiten«, bat Keira.

»Das ist total einfach. Ihr nehmt euch eine von denen hier«, sie zeigte auf die metallenen Schalen, »und gebt von den Zutaten, die ihr am schönsten findet, jeweils eine kleine Schaufel voll hinein. Die mischt ihr dann und fügt ein paar Tropfen vom Duftöl eurer Wahl hinzu. Und schon kann alles ab in die Tüte.«

»Klingt echt einfach. Warum hab ich das nicht gemacht, als ich den Laden noch hatte?«, überlegte Orchid laut.

»Weil du damit beschäftigt warst, wunderschöne Kerzen herzustellen«, erwiderte Phoebe.

»Hast recht. Ich vermisse es, Kerzen herzustellen. Ich sollte das mal wieder tun. Ich könnte meine Kreationen ja vielleicht in Danas Laden oder sogar übers Internet verkaufen. Eine zweite Einnahmequelle wäre nicht schlecht, jetzt, wo das Baby auf dem Weg ist.«

Phoebe sah ihrer Schwester an, dass sie noch etwas anderes sagen wollte, es aber bleiben ließ. Ziemlich sicher ging es dabei um die Kosten für ihren und Emilys Flug. Und deshalb war sie natürlich sofort dabei.

»Eine tolle Idee! Das solltest du auf jeden Fall tun.«

»Man sollte sich seine Hobbys unbedingt bewahren«, fand Ruby, und alle stimmten ihr zu.

»Wollten Barbara und Agnes nicht auch kommen?«, fragte Keira.

»Ach ja, richtig. Die beiden haben abgesagt, weil sie

eine Katze kaufen wollen«, informierte Phoebe die anderen.

»Eine Katze?«

»Ja. Agnes wünscht sich schon seit Längerem eine. Eine Freundin von Barbara, deren Katze Junge bekommen hat, möchte welche abgeben, und da sind sie nun zusammen hingefahren.«

»Oh, wow, eine Katze haben wir noch nicht in der Valerie Lane. Kätzchen sind so niedlich«, fand Charlotte.

»Oh ja. Terry wird sich besonders freuen, sie zu jagen.« Susan lachte.

»Das würde Terry doch niemals tun, oder? Er ist doch so ein Lieber.« Laurie sah sie fragend an.

»Ich glaube, das liegt in der Natur jedes Hundes. Wenn er eine Katze sieht, muss er einfach hinter ihr herrennen.«

»Na, das kann ja was werden«, sagte Keira.

Sie begannen, das Potpourri zu mischen, und schon bald duftete es im Laden nach Vanille und nach Zitrone, nach Brombeere und nach Flieder.

»Das sieht so hübsch aus«, sagte Susan und hielt eines der fertigen Tütchen in die Höhe.

»Was sollen wir mit all dem Potpourri anstellen?«, fragte Laurie.

»Ich dachte mir, wir könnten es auf der Trauerfeier verteilen«, schlug Phoebe vor. »In Gedenken an Mrs. Witherspoon, als Gastgeschenk sozusagen. Es ist hellblau«, fügte sie hinzu, als ob die anderen es noch nicht wüssten.

»Eine schöne Idee«, rief Keira.

»Finde ich auch.« Charlotte nickte begeistert.

»Mädels, ich muss mal kurz auf ein nicht so fröhliches Thema zu sprechen kommen«, sagte Phoebe dann. »Wer wird denn am Freitag die Trauerrede halten?«

»Ich denke, dass Humphrey einen Pastor dafür engagiert hat. Vielleicht sagt auch er selbst ein paar Worte«, vermutete Susan.

»Ja, aber findet ihr nicht, dass auch wir, oder eine von uns, etwas zum Abschied sagen sollte?«

Sie sahen einander an, überlegten. Dann fragte Laurie: »Wer von euch schafft es denn überhaupt zur Beerdigung?«

Phoebe wusste, was Laurie meinte. Die Beisetzung fand vormittags statt, wo einige von ihnen noch allein im Laden standen. Kimberly zum Beispiel unterstützte Keira erst nachmittags, André war meist auch erst am Nachmittag zugegen, und Ruby stand manchmal den ganzen Tag lang allein in der Buchhandlung.

»Wisst ihr, ich habe mir darüber auch schon Gedanken gemacht«, sagte Susan. »Mrs. Witherspoon hat uns allen so viel bedeutet. Ich finde ja, wir könnten ruhig mal einen Vormittag lang unsere Läden schließen, aufgrund eines Trauerfalls. So könnten wir alle zur Beerdigung gehen.«

»Das ist eine schöne Idee«, meinte Ruby.

»Dann wäre die komplette Valerie Lane geschlossen? Alle Geschäfte? Das hatten wir noch nie«, überlegte Keira.

»Es wäre für Mrs. Witherspoon«, erinnerte Susan sie.

»Okay, ich bin dabei«, entschied Phoebe.

»Ich auch«, sagten Laurie, Ruby und Keira gleichzeitig.

Sie alle waren sich einig. Mrs. Witherspoon hatte einen würdigen Abgang verdient, und den wollten sie ihr ermöglichen.

»Wenn ihr nichts dagegen habt, würde ich gerne eine kleine Grabrede halten«, meldete Ruby sich zu Wort. Phoebe und die anderen starrten sie an. Ausgerechnet das schüchterne Nesthäkchen wollte sich vor allen Leuten hinstellen und ein paar letzte Worte zu Mrs. Witherspoon sagen?

»Ich glaube, niemand könnte das besser als du«, sagte Laurie gerührt und legte Ruby eine Hand auf den Arm.

Ruby lächelte zufrieden. Und Phoebe sah ihr an, dass sie schon ganz genau wusste, was sie sagen wollte.

KAPITEL 19

Charlotte saß am Küchentisch und aß ihr Müsli, als Jason verschlafen in die Küche schlurfte.

»Du bist spät dran«, stellte sie fest.

»Ich weiß«, brummte er, schob eine Hand unters Shirt und kratzte sich den Rücken. »Was gibt's zu essen?«

»Da du nicht eher aus dem Bett gekommen bist, reicht es gerade noch für ein paar Cornflakes, und selbst da musst du dich beeilen. Sieh mal auf die Uhr.«

Das tat Jason und grummelte erneut. »Oh Mann, ich hätte echt Bock auf ein paar Waffeln gehabt.«

»Das hättest du mir früher sagen müssen. Nun ja, wenn du früher …«

»Ist gut, Mum, ich hab's kapiert.« Er nahm sich die Schachtel Cornflakes vom Regal und schüttete sich welche in die Schüssel, die bereitstand, dabei ging die Hälfte daneben. Jason schimpfte ein bisschen vor sich hin, fegte alles mit den Händen auf und gab es ebenfalls in die Schüssel. »Ist Tobin nicht da? Warum hat er kein Frühstück gemacht?«

Tobin schlief inzwischen an mehreren Tagen in der Woche bei ihnen und bereitete oft ein köstliches Frühstück zu, wobei er nur zwei Sachen wirklich draufhatte: Toast mit Rührei und Waffeln, die die Kinder liebten.

»Der hat letzte Nacht bei sich zu Hause übernachtet«, gab Charlotte zur Antwort und lächelte Vanessa an, die bereits fertig zurechtgemacht aus dem Bad kam. Sie lächelte zurück, setzte sich zu ihnen an den Tisch und füllte sich ihre Schüssel voll Müsli. »Apropos letzte Nacht.« Charlottes Lächeln verwandelte sich in ein breites Grinsen. »Du bist ja ganz schön spät nach Hause gekommen. Erzähl doch mal, wie war euer Sechsmonatiges? Hat Nathalie sich über dein Geschenk gefreut?«

»Was hast du ihr geschenkt?«, wollte Vanessa wissen.

»Eine pinke Schminktasche mit Schwänen darauf«, erzählte Charlotte ihr.

»Oh, wie toll. Darüber hätte ich mich riesig gefreut.«

»Darf ich jetzt antworten oder nicht?«, fragte Jason.

»Aber natürlich«, erwiderte Charlotte.

Jasons Mundwinkel zogen sich nach oben, und er lächelte mehr, als er wohl beabsichtigte. Dann versuchte er gleich wieder, cool zu wirken. »Also, sie hat sich gefreut. Danke noch mal für deine Hilfe, Mum.«

»Gern geschehen, wozu sind Mütter denn da?«

»Um ein richtiges Frühstück zu machen?«

»Nun werde nicht frech und lenk vor allem nicht vom Thema ab. Was habt ihr denn so gemacht gestern?«

Jason schien zu überlegen, wie viel er preisgeben sollte, dann zuckte er die Schultern und erzählte: »Erst waren wir im Kino, und danach sind wir essen gegangen.«

»Wo denn?«, fragten Charlotte und Vanessa gleichzeitig.

»In dem Burger-Restaurant, wo wir schon mal waren. Nathalie liebt die Süßkartoffelpommes da.«

»Und wann bist du nach Hause gekommen?«, erkundigte sich Charlotte. Abgemacht war, dass er, wenn am nächsten Tag Schule war, spätestens um zehn zu Hause war. Am Wochenende durfte er auch mal ein, zwei Stunden länger weg sein.

»Gar nicht spät. Um kurz nach zehn.«

Hm, dachte Charlotte. Das konnte jetzt fünf nach zehn, aber auch fünf vor elf bedeuten in Jasons Sprache.

»Ehrlich«, sagte er. »Nathalie musste doch schon um halb zehn zu Hause sein. Ich hab sie gebracht und bin dann gleich hergekommen.«

»Du bist aber ein Gentleman«, neckte Vanessa ihn.

Jason öffnete gerade den Mund, wahrscheinlich, um seine Schwester zurückzunecken, als sein Blick auf die Uhr fiel.

»Scheiße!«, rief er, weil sein Bus bereits in zehn Minuten an der Ecke abfuhr. Er sprang auf und lief ins Bad.

Auch Vanessa stand nun auf, stellte ihre Schüssel und dazu die von Jason in die Spüle und sah ihre Mutter an. »Mum, alles gut?«

Charlotte blickte auf. »Aber natürlich. Was sollte denn sein?«

»Du wirkst seit gestern ein bisschen bedrückt. Und du bist voll früh schlafen gegangen.«

»Ich war nur müde, das war alles. Du brauchst dir keine Sorgen zu machen.«

»Ehrlich?«

Charlotte nickte, ließ sich von ihrer Tochter einen Kuss auf die Wange geben und hörte wenig später die Tür zuknallen. Ihre Kinder waren aus dem Haus, und sie saß noch immer über ihrem Müsli, das inzwischen ganz matschig war. Sie schüttete es weg und wusch das Geschirr ab, dann setzte sie sich wieder und seufzte. Sie hatte Vanessa belogen. Ihre Tochter hatte recht gehabt, sie war bedrückt. Sehr sogar. Und dazu gab es einen guten Grund: Orchid war zurück.

Sie hatte Tobins Blicke wahrgenommen, als seine Ex-Freundin am Tag zuvor in die Valerie Lane gekommen war. Als sie den anderen die tollen Klamotten gezeigt hatte, die sie sich neu gekauft hatte. Total fasziniert war er gewesen, und er hatte den Blick überhaupt nicht von ihr abwenden können. Genauso war das auch schon letztes Weihnachten gewesen. Als Charlotte Tobin damals darauf angesprochen hatte, hatte er ihr versichert, dass überhaupt nichts wäre und sie keinen Grund zur Sorge hätte. Charlotte hatte sich erst entspannen können, als Orchid wieder abgereist war, nach Kalifornien, das zum Glück sehr weit weg war.

Sie konnte es ja verstehen. Orchid war eine Erscheinung, sie war wunderschön und zog einen magisch an. Und obwohl sie nicht viel mehr wusste, als dass Tobin und sie für kurze Zeit zusammen gewesen waren, war ihr doch klar, dass er sie noch immer nicht ganz aus seinem Herzen verbannt hatte. Wahrscheinlich würde sie für immer dort verweilen, und Charlotte war sich nicht sicher, ob sie das länger ertragen konnte. Sie wusste ja, dass zwischen den beiden nichts mehr war und dass Tobin sie niemals betrügen würde, manchmal fragte sie sich aber, ob er vielleicht noch an Orchid dachte, wenn *sie* neben ihm lag, und ob das einem Betrug nicht fast schon gleichkam. Doch Tobin wollte nicht über Orchid reden, er wollte ihr, Charlotte, nichts von ihrer gemeinsamen Vergangenheit erzählen und beteuerte nur immer wieder, dass sie lediglich gute Freunde wären.

Charlotte musste zugeben, dass sie mehr als erleichtert gewesen war, als sie gesehen hatte, dass Orchid schwanger war. Bei ihrer schlanken Figur war die kleine Rundung schon gut sichtbar, und sie war sich ziemlich sicher, dass auch Tobin es erkannt hatte. Dennoch hatte sie die ganze Nacht wach gelegen und verzweifelt überlegt, wie sie nur herausfinden konnte, ob Tobin wirklich über Orchid hinweg war, besonders nachdem er ihr gesagt hatte, dass er am Abend nicht mit zu ihr kommen könne. Dabei hatte sie Phoebe's Gift Shop extra früh verlassen, nicht nur, weil Vanessa allein zu Hause gewesen war, sondern vor allem, um den Montagabend wie gewohnt an Tobins Seite zu verbringen. Anscheinend hatte er darauf aber keine Lust gehabt. Seine Ausrede hatte sie ihm zumindest nicht abgenommen.

»Wie soll ich nur gegen das umwerfendste Geschöpf auf Erden antreten?«, fragte sie in die Stille und wusste, dass sie bereits verloren hatte, sollte Tobin Orchid noch immer lieben.

Tobin stand an der Kasse im Coffee Shop und kaufte sich einen Latte Macchiato. Er konnte nicht aufhören, an Orchid zu denken. Sie war wieder da, und sie war schöner als je zuvor.

Ein wenig ernüchternd war es gewesen, als er ihren

Bauch bemerkt hatte, der sichtbar eine Schwangerschaft verkündete. Bald würde Patrick nun also auch noch ein Baby von ihr bekommen, als ob es nicht reichte, dass er sie schon zur Frau hatte.

Verdammt, er wollte doch gar nicht eifersüchtig sein. Er hatte sie damals immerhin gehen lassen und ihr gewünscht, dass sie glücklich würde. Und glücklich war sie, das war nicht zu übersehen. Sie strahlte sogar mehr als je zuvor, was Tobin freute, was ihm aber auch bewusst machte, dass ein anderer sie so glücklich machte und nicht er.

Er hätte sie lieben können, hätte ihr das geben können, was sie verdiente. Leider war das Schicksal nicht auf seiner Seite gewesen, und er wollte am Ende auch mit keiner Frau zusammen sein, die ihr Herz bereits einem anderen geschenkt hatte. Und doch war es so unglaublich schwer, sie zu vergessen. Vielleicht hätte er es geschafft, wenn er sie nie mehr gesehen hätte, aber sie kam nun mal immer wieder zurück in die Valerie Lane, und das machte die Sache nicht leichter.

Tobin liebte Charlotte, ja, das tat er wirklich. Und doch war es nicht dasselbe Gefühl, er spürte in Charlottes Gegenwart nicht dieses Herzflattern, und er wollte nicht alles hinter sich lassen, nur um mit ihr durchzubrennen und ein neues Leben zu beginnen.

Als Orchid ihn gestern Nachmittag umarmt hatte – ganz freundschaftlich –, hatte alles in ihm gebebt. Dass Charlotte direkt danebengestanden hatte, war ihm äußerst unangenehm gewesen. Er glaubte nämlich, dass sie sehr wohl wahrnahm, wie schnell und laut sein Herz pochte. Und deshalb war er abends nicht mit zu ihr gekommen, wie es eigentlich abgemacht gewesen war, denn montags war der Tag, an dem sie normalerweise gemeinsam kochten und sich einen Filmklassiker ansahen. Er hatte spontan Kopfschmerzen vorgetäuscht und Charlotte gesagt, er würde lieber nach Hause und früh ins Bett gehen. Ob sie ihm das abgenommen hatte, wusste er nicht.

»Das macht drei achtzig«, sagte die Kassiererin ziemlich laut und holte ihn aus seinen Gedanken. Ihr Blick sagte ihm, dass sie ihm den Preis bereits mehr als einmal genannt hatte.

»Oh, sorry«, entgegnete er und bezahlte schnell.

Draußen zwang er sich, tief durchzuatmen. Er durfte nicht zulassen, dass Orchid seine Beziehung mit Charlotte zerstörte. Oder besser gesagt, dass er sie wegen Orchid selbst zerstörte. Er war doch glücklich! Und Orchid würde ganz bald zurück nach Kalifornien gehen. Sie war wie einer dieser Vögel, die in den Süden flogen, wenn es ihnen zu kalt wurde, die aber regelmäßig zurückkehrten, um die Menschen mit ihrem Gesang zu erfreuen. Allerdings flogen sie danach auch immer wieder weg und ließen einen zurück, mit den Träumen und Gedanken an diese wundervolle Melodie, die einen nicht mehr losließ.

Wie konnte er sie nur aus seinen Gedanken verbannen? Und wie konnte er je aufhören, diese Melodie zu summen?

KAPITEL 20

»Habt einen schönen Tag, ihr Süßen!«, wünschte Laurie ihren kleinen Töchtern, als sie die beiden bei ihren Schwiegereltern abgab. Im Gegensatz zu Keira und Phoebe nämlich, die ihre Kinder jeden Tag in die Kita bringen und dafür noch teures Geld bezahlen mussten, hatten Laurie und Barry das Glück, dass seine Eltern Clara und Maddie absolut vergötterten. Besonders seine Mutter hätte nie und nimmer gestattet, dass irgendwelche fremden Menschen ihre Enkelkinder aufzogen, und so stand sie jeden Morgen von montags bis freitags um acht Uhr bereit, um sie entgegenzunehmen.

Die Mädchen liebten ihre Grandma, denn sie machte laut Clara den besten Pudding der Welt. Und ihren Grandpa liebten sie auch, denn er spielte Fangen und Verstecken mit ihnen, ohne müde zu werden, außerdem las er ihnen nur allzu gerne aus ihren Lieblingsbüchern vor, was vor allem Clara freute, die mit ihren bald vier Jahren bereits eine Liebe zu Büchern entwickelt hatte, die der von Ruby nahekam.

»Bye, Mummy!«, sagte Clara und drückte ihr einen Schmatzer auf den Mund.

Die kleine Maddie quengelte kurz und hielt Lauries Beine umklammert, ließ sich dann aber doch von ihrer

Grandma überzeugen, die ihr eine Schüssel Froot Loops versprach.

Froot Loops, das waren Orchids Lieblingsfrühstückscerealien, fiel Laurie wieder ein. Sie musste lächeln. Es war so schön, dass Orchid da war, dass sie alle wiedervereint waren. Susan war ebenfalls zurück, und auch wenn sie noch nicht die Zeit zum Reden gefunden hatten, so hatte Barry doch angedeutet, dass Susan nicht nur wegen Mrs. Witherspoon nach Hause gekommen war. Es herrschte Ärger im Paradies, das war nur allzu deutlich. Laurie nahm sich fest vor, sich Susan heute mal zu schnappen und unter vier Augen mit ihr zu reden. Die Arme, es war schon schlimm genug, dass sie wegen ihrer lieben alten Freundin trauerte, da musste sich doch nicht auch noch Liebeskummer daruntermischen.

»Barry holt die beiden gegen fünf ab, ja?«, sagte Laurie zu ihrer Schwiegermutter. »Ich habe mit meinen Freundinnen einiges für die Trauerfeier am Freitag vorzubereiten.«

»Aber natürlich. Ihr könnt die Mädchen auch wieder über Nacht hierlassen, wenn es euch zu viel wird.«

»Das wird nicht nötig sein, trotzdem danke. Grüß Ed von mir.«

»Das mache ich. Er ist nur kurz zur Autowäsche gefahren, wir haben nämlich vor, heute einen kleinen Ausflug mit den Mädchen zu machen.«

»Oh, wohin soll es denn gehen?«

»In den Streichelzoo. Ein nahe gelegener Bauernhof in Wheatley, wo sie Hühner füttern und mit Kaninchen schmusen können.«

»Hört sich toll an. Dann wünsche ich euch ganz viel Spaß! Bis morgen!«

»Bis morgen.«

Fünf Minuten später saß Laurie schon wieder in ihrem Beetle und fuhr ins Stadtzentrum, wo sie wie meistens auf einem Parkplatz in der Nähe des Flusses parkte, da zwischen zehn und achtzehn Uhr keine Autos in den Haupteinkaufsstraßen gestattet waren und alles zur Fußgängerzone erklärt wurde.

Auf dem Weg zur Valerie Lane sah Laurie sich um, und ihr wurde wieder einmal bewusst, wie glücklich sie sich schätzen konnte, in Oxford zu leben. Die Stadt strotzte nur so vor Idylle, vor gotischen Gebäuden und gemütlichen Gässchen, in denen sich niedliche Geschäfte angesammelt hatten, die durch ihre Auswahl an speziellen Waren und die Freundlichkeit der Eigentümer und Mitarbeiter überzeugten. Die Valerie Lane war nur eine dieser Straßen, und doch fand Laurie, sie war die schönste von allen.

Als sie in die Valerie Lane einbog, knickte ihr erhöhter Absatz ein wenig auf dem Kopfsteinpflaster um. Laurie aber fluchte nicht, sondern lachte nur, und dann verzogen sich ihre Mundwinkel noch weiter nach oben, als sie Agnes entdeckte, und zwar mit dem süßesten Geschöpf, das sie seit Langem gesehen hatte.

»Oh mein Gott, ist die niedlich!«, rief sie und betrachtete das Kätzchen, das sich in Agnes' überweitem Kuschelpullover zu verstecken versuchte.

»Ja, oder? Sie heißt Cookie, ich hab sie gestern adoptiert.«

»Cookie? Das wird Keira gefallen. Wir wollen übrigens

heute Abend welche backen, Schokokekse, aber ich denke nicht, dass du Zeit finden wirst?«

»Nein, das denke ich auch nicht. Ich muss mich ja um dieses kleine Etwas hier kümmern. Ehrlich gesagt habe ich mir die ganze Woche freigenommen, weil ich Cookie nicht allein lassen mag.«

»Das machst du ganz richtig. Die Kleine muss sich ja erst mal eingewöhnen. Wie alt ist sie denn?«

»Acht Wochen.«

»Sie ist entzückend.«

»Finde ich auch. Und weißt du was? Meine Mum hat auch gleich eine mitgenommen. Eigentlich wollte sie mich ja nur fahren.«

»Tatsächlich? Und wer kümmert sich um ihr Kätzchen? Hat sie sich etwa auch freigenommen?«

»Nein, nein. Mein Stiefvater wird das übernehmen.«

»Leopold Spacey, unser geschätzter Verwalter, will es wirklich schaffen, sich eine ganze Woche lang nicht in der Valerie Lane blicken zu lassen?«

»Nun, ich denke, ein paar Tage der Eingewöhnung reichen auch. Leo hat nämlich fest vor, am Freitag zur Beerdigung zu kommen und zur Feier danach natürlich sowieso.«

»Apropos Feier. Es passt ganz gut, dass du die Woche über frei hast. Du könntest uns ein wenig mit den Vorbereitungen helfen. Nur wenn du Lust hast, natürlich.«

»Aber klar, ich helfe gerne. Ich muss nur ab und zu hoch in die Wohnung, um nach der Kleinen zu sehen.«

»Das sollte sich einrichten lassen. Ich sag dir noch Bescheid, wobei wir dich brauchen, ja?«

»Okay. Ich will dann mal rauf, Cookie was zu fressen geben.«

»Ich wünsch euch einen schönen Tag, dir und Cookie«, sagte Laurie gerade noch, als sie Tobins Lieferwagen in die Straße einbiegen sahen. Die Tür öffnete sich, und Tobin ging nach hinten, um seine Ware auszuladen.

Lauries Kinnlade fiel herunter, als sie sah, was Tobin besorgt hatte. Sie blickte zu Agnes, und der ging es nicht anders. Denn Tobin hatte ausschließlich Blumen in Rosa eingekauft – Orchids Lieblingsfarbe.

»Hey, Tobin!«, rief Agnes, die nie ein Blatt vor den Mund nahm, zu ihm rüber. »Wozu all das Rosa?«

Laurie sah, wie Tobin errötete und etwas von »Die waren im Angebot« murmelte. Sie konnte nur den Kopf schütteln. Wohin sollte das nur führen? Und was würde Charlotte davon halten? Die Arme, sie hatte wirklich jemanden verdient, der nicht mehr seiner früheren Flamme nachtrauerte und dazu noch jedem zeigte, dass er das tat, indem er seinen ganzen Laden mit deren Lieblingsfarbe schmückte.

»Der spinnt total«, machte Agnes ihre Meinung deutlich.

»Jemand sollte ihn vielleicht mal kneifen und aus seinen Träumen erwecken«, schlug Laurie vor.

»Jemand sollte ihm ein Holzbrett vor den Kopf hauen, damit er aufwacht«, stand für Agnes fest.

Laurie musste trotz allem lachen, auch wenn sie wusste, dass das alles gar nicht lustig war und dass ziemlich sicher einige Herzen dabei waren, gebrochen zu werden.

Um Punkt halb elf kam Hannah durch die Tür und trat zum Dienst an. Laurie, die gerade Mrs. Kingston eine neue Beerenmischung probieren ließ und dabei den neuesten Tratsch erfuhr, entging Hannahs breites Lächeln nicht.

»Also, wenn ich mich nicht gänzlich täusche, würde ich annehmen, dass du Hals über Kopf verliebt bist«, sagte Laurie und grinste.

»Wie kommst du denn darauf?«, fragte Hannah, die fast ein wenig verlegen aussah. So kannte Laurie ihre Mitarbeiterin gar nicht. Hannah war wohl die gelassenste Person, die sie je getroffen hatte.

»Na, das ist doch nicht zu übersehen, so, wie du strahlst. Und? Wer ist die Glückliche, kenne ich sie?« Gespannt wartete sie auf eine Antwort.

Hannah starrte sie an, schnappte nach Luft, dann fiel sie ihr um den Hals. »Oh, Laurie! Danke!«

»Ja, aber wofür denn?« Laurie war verwirrt.

»Einfach so. Du wirst es bald erfahren, versprochen.«

»Na gut, dann warte ich geduldig. Könntest du kurz übernehmen? Ich will zu Susan rüber.«

»Ja, natürlich.«

Laurie verließ den Laden und sah durchs Fenster, wie Hannah eilig zum Telefonhörer griff. Sie war wohl die einzige Person auf der Welt, die noch kein Handy besaß. Handywellen zerstörten die natürliche Aura, war Hannah der Meinung, und vielleicht hatte sie damit ja sogar recht. Laurie hatte gerade leider andere Sorgen, es ging um Susan, und sie hatte ein richtig schlechtes Gewissen, dass sie sich nicht schon viel früher danach erkundigt hatte, wie sie sich fühlte.

Die Ladenglocke erklang, und Charlotte begrüßte sie. »Hallo, Laurie. Wie geht es dir?«

Sie sah müde aus, musste Laurie feststellen. Kein Wunder, wahrscheinlich fand die Arme zurzeit kaum Schlaf.

»Bestens, danke, und dir?«

»Gut«, antwortete sie, doch ihre Augen sagten etwas anderes.

»Ist Susan nicht da?«

»Doch, sie ist hinten und sortiert Wolle.«

»Darf ich durchgehen?«

»Klar.«

Laurie machte sich auf ins Hinterzimmer, das als Aufenthaltsraum und Lager fungierte.

»Susan? Ich bin's, Laurie. Wo steckst du denn?«, rief sie.

»Hier hinten, inmitten der Kartons!«, rief Susan zurück, und Laurie musste lachen.

»Was machst du denn da?«

»Ich sortiere Wolle.«

»Das hat Charlotte mir auch schon erzählt. Für mich sieht es aber eher danach aus, als wenn dich riesige Wollhaufen aufgefressen hätten.«

»So fühlt es sich auch an.« Susan lachte ebenfalls.

»Hast du einen Moment Zeit?«

»Wenn ich mich hier befreien kann, sicher. Was hast du auf dem Herzen?«

»Ich? Mir geht es vielmehr um dich. Wollen wir uns nach draußen setzen und reden?«

Susan sah sie entgeistert an. »Hat Barry dir etwa was verraten?«

»Oh. Nein. Wirklich nicht.« Aus Barry hatte sie zumindest keine Einzelheiten herausbekommen können. »Aber ich bin nicht dumm, Süße. Ich sehe doch, dass was los ist. Ich mache mir Sorgen.«

Susan seufzte. »Na gut, gehen wir nach draußen. Ein bisschen frische Luft tut sicher gut. Ist ganz schön staubig hier hinten.«

Sie sagten Charlotte Bescheid, riefen nach Terry, der angetrottet kam, und verließen den Laden. Am Ende der Straße setzten sie sich auf die Bank. Susan starrte auf den Bogen, der bei Orchids Weggang noch nicht da gewesen war.

»Wie die Dinge sich verändern …«, sagte sie.

»Das kannst du laut sagen. Erst gestern hat Maddie mich angelächelt, und mir ist bewusst geworden, wie viele Zähne sie schon hat.«

»Ich habe mir auch Kinder gewünscht«, erwiderte Susan bedrückt. »Ich hatte wirklich geglaubt, ich würde doch noch eine Mutter sein.« Susan hatte vor vielen Jahren eine schlimme Fehlgeburt gehabt und war unfruchtbar geworden, das hatte sie Laurie anvertraut. In diesem Augenblick wurde ihr erst wieder bewusst, wie viel mehr Susan die Beziehung zu Stuart bedeutete als nur schöne Zweisamkeit.

»Das kannst du doch immer noch, Süße. Irgendwann wirst du sicher Mutter sein.«

Susan stieß einen verzweifelten Laut aus. »Wann denn? Ich bin fast vierzig. Und Stuart … Stuart will anscheinend überhaupt kein Vater mehr sein.«

»Sag so was nicht.«

»Es ist leider so, Laurie. Er hat jetzt andere Prioritäten.«

»Wenn du vielleicht mal mit ihm reden würdest? Wenn du …«

»Ich hab's versucht, weißt du …«, unterbrach Susan sie und schüttelte verzweifelt den Kopf. »Ich glaube, es hat einfach keinen Sinn mehr. Ich glaube, es ist aus zwischen Stuart und mir.«

Da Laurie nicht wusste, was sie sagen sollte, blieb ihr nur ein »Das tut mir leid«.

»Danke.«

Susan sah noch immer zu dem Bogen, ihr lief eine Träne übers Gesicht.

Laurie reichte ihr ein Taschentuch. »Kann ich irgendwas für dich tun? Egal was.«

»Ach, weißt du, es kann niemand etwas tun. Stuart hätte etwas tun können, aber … Wie konnte ich nur annehmen, dass das Schicksal es doch noch gut mit mir meint? Wie konnte ich nur so dumm sein?«

»Das war nicht dumm, Susan. Wir alle haben doch unsere Wünsche, Hoffnungen …«

»Ich hätte es aber besser wissen müssen.«

»Ach, Susan.« Alles, was Laurie tun konnte, war, ihre Freundin in den Arm zu nehmen. Susan schmiegte sich an sie und ließ ihren Tränen freien Lauf. Und auch Terry kam herbei und legte seinen Kopf auf Susans Schoß.

»Ich hab dich lieb, Laurie«, sagte Susan irgendwann.

»Ich hab dich auch lieb. Alles wird gut, das verspreche ich dir.«

»Das liegt leider nicht in deiner Macht.«

Ja, das wusste Laurie. Und doch wollte sie nicht glauben, dass es das schon gewesen war zwischen Susan und Stuart. Die beiden gehörten doch zusammen. Sie waren füreinander bestimmt. Stuart hatte Songs für Susan geschrieben, eine größere Liebe hatte sie selten erlebt. Das konnte einfach noch nicht das Ende sein.

Nach Ladenschluss trafen sie sich alle bei Keira in der Chocolaterie. Sie freute sich richtig auf einen Abend voller Keksteig und Schokolade und natürlich auf ganz viel Klatsch und Tratsch.

»Jetzt müsst ihr mir aber unbedingt erzählen, was es alles Neues gibt in und um die Valerie Lane!«, forderte Orchid, während Keira die Zutaten vermengte.

Laurie lachte. »Haben wir das nicht gestern schon getan?«

»Das kann unmöglich schon alles gewesen sein. Ich war immerhin fast dreieinhalb Jahre weg.«

»Du warst letzten Winter hier«, erinnerte sie Ruby.

»Stimmt schon. Aber da war Patrick mit dabei, und da haben mich meine Eltern und Phoebe so unter Beschlag genommen, dass ich kaum Zeit für euch hatte.«

»Hey!«, schimpfte Phoebe, und Orchid legte einen Arm um sie und zog sie an sich.

»Wie geht es Patrick?«, erkundigte sich Keira und gab gleichzeitig Ruby ein Zeichen, dass sie jetzt die Schokoladenplättchen in die Schüssel schütten konnte.

»Dem geht's super. Er freut sich wie irre auf das Baby.«

»Wisst ihr denn schon, was es wird?«

»Leider noch nicht. Immer, wenn ich bei meiner Ärztin bin und Ultraschall gemacht wird, versteckt es das gewisse Etwas, das uns zeigen könnte, welches Geschlecht es hat.« Orchid wirkte auf einmal ein wenig melancholisch. »Ich hab schon mit Patrick drüber gesprochen. Wenn es ein Mädchen wird, werden wir es Esther nennen.«

Keira fasste sich ans Herz und machte dabei ihren hübschen pinken Pullover ganz mehlig.

»Oh mein Gott, wie schön«, entfuhr es Laurie.

»Das ist wirklich schön, und es hätte Mrs. Witherspoon gefallen«, fand auch Phoebe.

»Ja, das hätte es«, sagte Orchid. Dann wurde sie ernster. »Sagt mal, wo ist eigentlich Charlotte? Sie war gestern schon so komisch, und heute ist sie gar nicht dabei. Glaubt ihr, das liegt an mir? Hat sie was gegen mich?«

»Ach, Quatsch«, beschwichtigte Susan sie gleich, obwohl Keira sich sicher war, dass auch ihr schon Charlottes und vor allem Tobins merkwürdiges Verhalten aufgefallen war. Das war ja gar nicht zu übersehen!

»Bist du sicher? Was denkt ihr anderen darüber?«

»Wenn ich ehrlich sein soll«, begann Phoebe und knabberte auf ihrer Lippe herum, »würde ich sagen, deine Rückkehr hat Tobin irgendwie den Boden unter den Füßen weggezogen.«

Ruby errötete ein wenig, ihre Wangen passten jetzt perfekt zu ihrem dunkelroten Wollkleid. »Mir ist das auch aufgefallen. Habt ihr all das Rosa gesehen?«

Die anderen nickten.

»Welches Rosa? Was meinst du damit?« Orchid sah Ruby fragend an und griff in die Teigschüssel.

»Na, er hat so viele rosa Blumen besorgt. *Sehr viele.*«

»Sein ganzer Laden steht voll mit rosa Blumen«, stimmte Keira zu und nickte, um das Gesagte zu bekräftigen.

»Oje. Ehrlich? Meint ihr, ich sollte mal mit ihm reden?«

»Das solltest du unbedingt«, riet Laurie ihr.

»Na gut, dann werde ich ihn morgen abfangen. Jetzt wollen wir aber erst mal einen schönen Abend verbringen, ja? Der Teig ist übrigens genauso lecker, wie ich ihn in Erinnerung hatte.«

Keira schmunzelte. »Und wenn ich mich recht erinnere, habe ich schon beim letzten Mal, als wir zusammen Kekse gebacken haben, mit dir geschimpft, dass du nicht den ganzen Teig aufessen sollst, weil wir sonst nicht mehr genug für die Kekse übrig haben.«

»Da hat sie recht«, erinnerte sich auch Laurie.

»Lasst mich doch. Ich bin immerhin schwanger.«

»Na gut, ich drücke ein Auge zu.« Keira nahm erneut alle Zutaten – Mehl, Zucker, Milch, Margarine, Backpulver, Vanillin, Salz und Schokoplättchen – hervor und rührte in einer Schüssel neuen Teig an. »So, jetzt kannst du so viel davon naschen, wie du willst.«

Orchid küsste sie auf die Stirn. »Du bist ein richtig großer Schatz.«

»Ich weiß.« Keira kniff ein Auge zu.

»Apropos«, meldete Laurie sich zu Wort. »Habt ihr schon das süße Kätzchen von Agnes gesehen?«

»Nein, wieso? Was hat das denn mit dem Keksteig zu tun?«, wollte Phoebe wissen.

»Na, die Kleine heißt Cookie.«

»Oh, wie niedlich«, fand Ruby.

»Das ist mal ein guter Name«, sagte Keira und hatte gleich die Vision von Schokokeksen in Katzenform im Kopf. Vielleicht konnte sie irgendwo passende Ausstechförmchen auftreiben. Mit Kätzchen-Cookies würde sie Agnes bestimmt eine Freude machen.

»Ich hab sie heute Morgen gesehen, als ich mit Terry Gassi gegangen bin«, erzählte Susan. »Sie ist wirklich herzallerliebst.«

»Wir werden sie sicher alle bald kennenlernen. Nun erzählt mir aber endlich, was es Neues gibt. Ich bin so gespannt«, sagte Orchid.

»Okay. Hmmm … Weißt du schon, dass Sophie sich endlich von Archie getrennt hat?«, fragte Laurie.

»Nein, das wusste ich noch nicht! Oh, wow, ich kann nicht glauben, dass sie das Schwein endlich verlassen hat.«

So war es Keira auch gegangen. Keine von ihnen hätte nach all den Jahren noch damit gerechnet.

»Der Mistkerl hatte Affären ohne Ende, er hat es nicht anders verdient«, fand Susan.

Keira sah sie besorgt an. Sie fragte sich, ob Stuart sie wohl auch betrogen hatte. Ihr war Susans merkwürdiges Verhalten nicht entgangen. Seit sie zurück war, wirkte sie irgendwie abwesend, so, als wäre sie noch gar nicht wieder richtig in der Valerie Lane angekommen. So, als wäre sie mit ihren Gedanken ganz woanders.

»Und sonst?«, erkundigte sich Orchid.

»Garys neuer Roman ist seit dieser Woche draußen«, erzählte Laurie. »Ich hab ihn mir übrigens schon gekauft, nur zum Lesen bin ich leider noch nicht gekommen.«

»Ich hab ihn tatsächlich schon halb durch«, ließ Keira die anderen wissen. Sie hatte ihn sich vorbestellt und direkt am Montag, als sie vom Potpourri-Machen nach Hause gekommen war, auf ihrem Nachttisch vorgefunden, wo Thomas ihn hingelegt hatte. Natürlich hatte sie nicht widerstehen können und gleich angefangen zu lesen. »Ich finde ja, er übertrifft den ersten sogar noch. Ich brauche immer wieder Taschentücher, so traurig-schön ist er. Ihr solltet ihn alle unbedingt lesen.«

»Oh, toll«, sage Orchid. »Gary wird noch einer von den ganz Großen, was? Hoffentlich kommt dieser Roman auch wieder auf die Bestsellerliste.«

»Das wäre wirklich schön«, meinte Ruby.

»Was ist mit der Valerie Lane? Ist hier irgendwas Spannendes passiert?«, erkundigte sich Orchid.

Wow, sie hat aber Nachholbedarf, dachte Keira. Wahrscheinlich vermisste Orchid die Valerie Lane ganz schrecklich. Ihr würde es genauso gehen.

»Christine ist weggezogen, und wir haben jetzt eine neue Anwohnerin in unserer Straße«, erzählte Ruby, über deren Laden Marissa wohnte.

»Ooooh! Ist sie nett? Was macht sie so?«

»Sie ist sogar sehr nett. Arbeitet in einem Esoterikladen, in dem Hannah immer einkauft. Die hatte ihr auch von der leeren Wohnung erzählt.«

»Die beiden scheinen sich ziemlich gut zu verstehen, wenn ihr wisst, was ich meine«, sagte Phoebe grinsend.

»Ach, was, ehrlich?«, warf Ruby staunend ein. Sie hatte anscheinend – wie immer – keinen blassen Schimmer gehabt. Sie erfuhr viele Dinge erst, wenn alle anderen sie schon wussten, weil sie meistens ganz in ihrer eigenen Welt lebte. Keira war das mit Hannah und Marissa natürlich sofort klar gewesen.

»Oh ja, das Gefühl hatte ich auch, als ich die beiden neulich zusammen gesehen habe.« Susan nickte zustimmend. Sie hatte wohl schon so viele ihrer geliebten Soap Operas gesehen, dass sie immer gleich wusste, wenn sich zwischen zwei Menschen etwas anbahnte.

»Na, dann warten wir mal ab, ob die beiden sich demnächst outen. Ich würde es ihnen gönnen, sie passen gut zusammen«, fand Laurie.

Die anderen nickten zustimmend, und Orchid griff schon wieder nach dem Teig.

Keira konnte nur den Kopf schütteln und lachen. Am liebsten hätte sie Orchid nie wieder nach Amerika zurückgehen lassen.

KAPITEL 21

Am Mittwochmorgen konnten alle Follower der Valerie-Lane-Website einen Sonderbericht lesen:

Liebe Freunde,
am Dienstagabend beschloss ich, einen Spaziergang zu machen, denn was könnte es Schöneres geben, als einen Tag damit ausklingen zu lassen durch Oxfords historische Straßen zu schlendern? Gemütlichkeit und Stille, Geschichte und Erlebnisse sind Worte, die mir in den Sinn kommen, wenn ich an diese Straßen denke. Und eine ganz besondere Straße ist sowieso immer ein Erlebnis, egal zu welcher Jahres- oder Tageszeit – unsere allseits beliebte Valerie Lane.
Ich kann mich an kein einziges Mal erinnern, dass ich die Valerie Lane betreten hätte und nicht mit einem Lächeln auf dem Gesicht wieder gegangen wäre, denn dieser Ort strotzt nur so vor Harmonie und Freundlichkeit. Immer trifft man auf wunderbare Menschen, hört interessante Geschichten und erlebt wahre Gaumenfreuden in Laurie's Tea Corner oder Keira's Chocolates. Man entdeckt antike Kostbarkeiten in Ruby's Antiques & Books, darf sich in Emily's Flowers vom Duft zig verschiedener Blumen verführen lassen, und man erhascht auf jeden Fall immer

ein kleines, unbedingt notwendiges Mitbringsel in Phoebe's Gift Shop oder in Susan's Wool Paradise – denn der nächste Winter kommt bestimmt.
Am gestrigen Abend also schlenderte ich meine Lieblingsstraße entlang, den neuen Schal schon um den Hals gebunden, und durfte etwas Einzigartiges erleben: Die Valerie Lane, ja, die gesamte Gegend, duftete nach Plätzchen.
Nun ist es noch ein wenig hin bis Weihnachten, allerdings sollte man Kekse doch das ganze Jahr über backen dürfen, richtig? Und das Backen dieser ganz besonderen Kekse diente einem bestimmten Zweck, denn es handelte sich dabei um Keiras Schoko-Cookies – Mrs. Witherspoons Lieblingskekse. Und nun verrate ich euch ein Geheimnis: Wie ich aus zuverlässiger Quelle erfahren habe, hat die gute, kürzlich verstorbene Mrs. Witherspoon sich etwas Unerwartetes gewünscht, und zwar eine Feier, bei der wir alle gebührend von ihr Abschied nehmen. Doch diese Feier soll keine traurige werden, nein, im Gegenteil. Jeder, der kommt, soll Hellblau tragen, und zu essen geben soll es all ihre Lieblingsgerichte, die die Ladenbesitzerinnen der Valerie Lane in diesen Tagen zubereiten – mit viel Liebe, da bin ich mir sicher.
Ich bin gespannt, was uns neben Keira's Schokokeksen noch alles erwartet. Bis dahin werde ich aber den süßlichen Duft in der Nase haben. Falls ihr die Valerie Lane am Mittwoch besucht, schnuppert mal ganz bewusst, ich bin mir sicher, ihr könnt ihn auch noch riechen.
Und wenn ihr es ganz genau wissen und ebenfalls von unserer lieben Freundin Esther Witherspoon Abschied

nehmen wollt, dann erscheint am Freitag ab 14:00 Uhr in der Valerie Lane. Die hellblaue Kleidung und das Lächeln im Gesicht nicht vergessen! Ich freue mich auf euch, und ich bin mir sicher, Mrs. Witherspoon ebenso.
Eure Mary-Lou

Stuart saß in seinem Tourbus und hatte vor sich den Laptop stehen. Er hatte die Seite der Valerie Lane aufgerufen in der Hoffnung, etwa Neues von Susan zu erfahren. In dem Bericht über die verstorbene Mrs. Witherspoon war sie zu Wort gekommen, wie all ihre Freunde. Er wusste, dass ihre Worte nicht einmal ansatzweise ausdrückten, wie bekümmert sie war. Sie hatte die alte Dame sehr gerngehabt, das war ihm wohl bewusst. Da sie selbst außer Michael überhaupt keine Verwandten mehr hatte, hatte sie sich eine Ersatzfamilie gesucht. Laurie, Keira und die anderen Ladenbesitzerinnen waren wie Schwestern für sie, und Mrs. Witherspoon war wie eine Grandma gewesen.

Natürlich bekam er beim Lesen dieses neuen Berichts Lust auf Schokokekse, weshalb er sich auf die Suche nach welchen machte. Er öffnete sämtliche Türen und durchforstete die Schränke und Regale. Alles, was er fand, war eine Packung Cracker mit Cheddar-Geschmack. Nicht so gut wie Kekse, aber besser als gar nichts.

Wie gern hätte er jetzt tatsächlich einen von Keiras weltberühmten Schoko-Cookies gegessen. Für einen Moment wünschte er sich sogar in die Valerie Lane, und das nicht nur wegen der Kekse. Er vermisste Susan. Da war ganz schön viel schiefgelaufen zwischen ihnen, das war ihm bewusst. Nur fragte er sich, ob sie recht hatte und wirklich alles seine Schuld war. Hatte er sich so verändert?

Eigentlich war er doch immer noch der bodenständige Kerl von damals, oder? Im Gegensatz zu seinen Bandmitgliedern und besten Kumpels, Gunnar und Avery, die ihr Geld schneller ausgaben, als sie es verdienten, und die ständig irgendwelche heißen Mädels mit in den Bus oder in ihre Hotelzimmer brachten, war er doch ganz harmlos. Was tat er denn schon? Ein bisschen flirten. Susan musste doch verstehen, dass es ohne einfach nicht ging. Er brauchte seine weiblichen Fans. Nicht umsonst mussten die Mitglieder der Boygroups in den Neunzigern Verträge unterzeichnen, in denen sie angewiesen wurden, jede Art von persönlichen festen Beziehungen geheim zu halten. Welche Frau wollte schon einem Star nachreisen, seine Alben kaufen und ihm zujubeln, wenn sein Herz längst einer anderen gehörte?

Und das tat er. Stuart liebte Susan. Das hatte er von Anfang an getan. Schon als er sie damals zum ersten Mal in ihrem Laden gesehen hatte – er hatte zusammen mit Jason und Vanessa Charlotte an ihrem neuen Arbeitsplatz besuchen wollen –, war es um ihn geschehen. Es war Weihnachtszeit, und Susan strahlte vor Glück, als sie ein altes Weihnachtslied von Hanson sang, dieser Kleinjungengruppe aus den USA, die in den Neunzigerjahren beschlossen hatte, dass die Welt unbedingt ein Weihnachtsalbum von ihnen brauchte. Er musste gestehen, dass er das Album damals selbst besessen hatte. Ja, er hatte sogar ein bisschen so sein wollen wie Taylor, Zac und Isaac, richtig cool hatte er sie damals gefunden. Heute war er da anderer Meinung, zum Coolsein gehörte doch weitaus mehr. Das, was er und die Twentyniners hatten, das war cool, das war ein wahr gewordener Traum. Allerdings waren die Hanson-Brüder wenigstens echt, und er wusste nicht genau, ob seine eigene Band es auch noch war.

Er grübelte vor sich hin, aß die ganze Packung Cracker auf und trank ein alkoholfreies Bier. Am Abend würden sie ein Konzert geben, und Stuart hatte sich von Anfang an geschworen, immer nüchtern auf die Bühne zu gehen, um seine Fans nur ja nicht zu enttäuschen.

Das Handy klingelte. Und das Display zeigte Laurie an. Oh Mann …

Er ging ran, jedoch ohne etwas zu sagen.

»Stuart?«

»Ja, ich bin dran. Willst du mir jetzt auch so eine Predigt halten wie dein Mann vor ein paar Tagen?«, erkundigte er sich.

»Oh. Ich wusste nicht, dass er das getan hat. Eigentlich rufe ich nur an, um mich zu erkundigen, ob du am Freitag mit zur Beerdigung kommen wirst. Ich plane gerade die Fahrt dorthin und wie viele Autos wir brauchen.«

Er seufzte. Wenn er das nur wüsste.

»Stuart? Bist du noch dran? Ist die Verbindung schlecht? Hörst du mich?«

»Ich höre dich. Ich bin mir aber nicht sicher, was du mir eigentlich sagen willst. Du rufst doch nicht wirklich an, um zu fragen, ob ich bei irgendwem mitfahren will, oder?«

»Du hast mich ertappt. Okay, eigentlich rufe ich an,

um dich wissen zu lassen, dass Susan … dass sie dich braucht.«

»Tut sie das wirklich? Wie mir bei ihrem Weggang schien, hat sie keine große Lust mehr auf mich.«

»Was erzählst du denn da? Natürlich braucht sie dich. Mehr denn je.«

»Weil sie nicht allein zur Beerdigung gehen will?«

»Susan ist nicht allein. Sie hat uns. Nein, ich meine eher, sie braucht *dich*. Verstehst du? Den Freund, der sie aus ihrer Depression herausgeholt hat. Den, der ihr versprochen hat, dass sie doch noch Mutter werden würde …«

Oh Shit! Er hatte vergessen, dass Laurie ja als Einzige in der Valerie Lane von Susans Fehlgeburt und ihrer Unfruchtbarkeit wusste. Und verdammt, sie erinnerte ihn gerade an noch etwas, nämlich daran, dass er Susan ein Versprechen gegeben hatte. Dass auch er sich eine Familie gewünscht hatte … es doch eigentlich immer noch tat. Wie konnte ihm das alles nur so abhandengekommen sein?

»Sie braucht ihre große Liebe, mit der sie zusammen alt werden wollte«, fuhr Laurie fort.

Stuart konnte nichts erwidern. Weil Laurie recht hatte. Er war ein egoistisches Arschloch geworden und hatte Susan total im Stich gelassen. Sie hatte ihre Freunde, ihren Laden und sogar Terry für Wochen aufgegeben, nur um ihn zu begleiten. Um für ihn da zu sein. Wann war er das letzte Mal für Susan da gewesen? Wirklich?

»Ich leg jetzt auf, Stuart, okay? Ich glaube, du solltest über einiges nachdenken. Ich weiß, du liebst das Leben auf Tour, und wahrscheinlich kannst du dir nicht einfach freinehmen. Ich möchte dich aber noch um eine Sache bitten. Erinnere dich an Susans Geburtstagsfeier vor dreieinhalb Jahren. Ruf dir ihr Gesicht in Erinnerung, als du ihr vor allen Leuten deinen nur für sie geschriebenen Song vorgesungen hast, die Tränen in ihren Augen vor lauter Rührung. Und jetzt überleg mal: Ist dir dieser Anblick nicht viel mehr wert als all deine kreischenden Groupies, die dich in fünf Jahren schon wieder vergessen haben? Wo aber könntest du mit Susan in fünf Jahren sein?«

Er musste nicht lange überlegen.

»Warte, Laurie! Kannst du … kannst du mir helfen?«

Er sah Lauries Lächeln förmlich vor sich. »Aber natürlich«, antwortete sie.

Er nickte. Das war gut. Er war sich nämlich nicht sicher, ob er das allein wieder hinbiegen konnte.

KAPITEL 22

»Wem darf ich Tee einschenken?«, fragte Laurie und lächelte glücklich in die Runde.

Sie alle hatten sich wie jeden Mittwochabend in der Tea Corner versammelt, um Tee zu trinken, leckere selbst gemachte Pralinen von Keira zu essen und den neuesten Klatsch und Tratsch auszutauschen. Es war das erste Mal seit Langem, dass Orchid wieder dabei war, und es war das erste Mal, seit Mrs. Witherspoon die Valerie Lane für immer verlassen hatte.

Charlotte fühlte sich seltsam mit Orchid im selben Raum, dennoch hatte sie es sich nicht nehmen lassen, heute zu kommen. Die Mittwochstreffen bedeuteten ihr einfach zu viel, um auch nur eines davon versäumen zu wollen. Tobin hatte vorgeschlagen, für die Kinder zu kochen und die Nacht bei ihnen zu verbringen, sie hatte also den ganzen Abend für sich und konnte später sogar noch mit zu Laurie gehen, um mit den anderen zu kochen, wenn sie wollte. So richtig entspannen konnte sie allerdings nicht, denn immer wieder fragte sie sich, warum Tobin wohl diesen Vorschlag gemacht hatte. Weil er sonst selbst hätte dabei sein müssen?

Alle wollten Tee, und Laurie füllte ein, reichte Zucker, Agavensirup und Süßstoff herum und hörte gespannt zu, wie Orchid Barbara erzählte, was sie in den letzten dreieinhalb Jahren in Kalifornien gemacht hatte. Nun, zumindest hätte Barbara gern jede Einzelheit gewusst, dazu würden sie aber sicher eine ganze Woche lang hier sitzen.

»Erzähl doch mal! Ich kenne Venice Beach ja nur aus dem Fernsehen. Laufen die heißen Kerle da wirklich alle oben ohne herum und machen Fitnessübungen auf öffentlichen Plätzen?« Barbara sah so aus, als liefe ihr das Wasser schon beim Gedanken daran im Mund zusammen.

»Ganz so ist es nicht, aber man bekommt schon viel zu sehen in Venice.«

»Ja? Was denn zum Beispiel?«

»Männer mit Schlangen um den Hals, Feuerschlucker, Pantomimen, supertalentierte Musiker … Einmal bin ich stehen geblieben und habe einer Bohemian-Rockband zugehört und hätte das noch den ganzen Tag tun können, so gut hat mir ihre Musik gefallen. Ich habe mir dann auch gleich die CD gekauft und mich mit ihnen unterhalten, als sie eine Pause einlegten. Und ratet mal! Die Gruppe namens DenManTau kam aus Deutschland! Was ich nie gedacht hätte, da sie dieses amerikanische Feeling total ausstrahlten. Tja, in Venice stößt man halt immer wieder auf Überraschungen. Da ist jeder Tag ein kleines Abenteuer.«

Charlotte entging nicht Susans trauriger Blick, als Orchid die Musiker erwähnte. Sie betrachtete ihre Freundin genauer.

»Sag mal, Susan, wo wir gerade von Musikern sprechen. Wird Stuart es zur Beerdigung am Freitag schaffen?

Er könnte doch etwas auf der Gitarre spielen. *Amazing Grace* oder so«, schlug sie vor.

Susan sah, wenn möglich, nun noch trauriger aus, und Charlotte tat es sofort leid, überhaupt etwas gesagt zu haben.

»Ich glaube nicht, dass er es schaffen wird.«

»Oh, wie schade. Na, er ist jetzt ein Star, er hat sicher einen vollen Terminplan.«

»Ja. Nun erzähl aber weiter, Orchid«, sagte Susan, als wollte sie schnell vom Thema ablenken. »Beschreib uns doch mal dein Haus.«

»Ich habe euch doch Fotos gemailt.«

»Schon, ja. Aber darauf konnte man zum Beispiel nicht sehen, wie weit es vom Strand entfernt liegt.«

»Es sind keine hundert Meter. Wenn ich aufs Dach klettere, kann ich den Strand sogar sehen.«

»Warum solltest du aufs Dach klettern?«, fragte Keira lachend.

»Manchmal hab ich Lust dazu.«

»Ich hoffe, das tust du in deinem jetzigen Zustand nicht mehr?« Laurie sah sie streng an.

»Nein, nein, keine Sorge. Patrick hält mich von solchen Dingen ab.«

»Guter Mann.«

»Und wie geht es deinem Hund?«, erkundigte sich Ruby.

»Oh ja, genau, was macht Buster?«, wollte auch Susan wissen.

»Dem geht's super. Er ist ein richtiger Kuschelhund. Das Baby wird ihn lieben.«

Charlotte lächelte leicht und trank einen Schluck Tee. Sie musste an Vanessa denken, die noch immer todtraurig war, dass Terry nicht hatte bei ihnen bleiben können. Sie dachte ernsthaft über einen eigenen Hund nach. Mal sehen, was Tobin davon halten würde … Andererseits hatten sie gerade wohl Wichtigeres zu besprechen als die Anschaffung eines Hundes. Sie wollte noch ein paar Tage abwarten, wollte sichergehen, dass sie sich das alles nicht nur einbildete, aber wenn sich ihre Vermutung bestätigen sollte, dass Tobin noch immer Gefühle für Orchid hegte, dann wäre es für sie aus und vorbei. Es war genug, dass sie einmal jahrelang in einer unglücklichen Beziehung festgesteckt hatte.

»Sag, Charlotte, wo ist denn Tobin heute Abend?«, erkundigte sich Laurie, als könnte sie ihre Gedanken lesen.

»Der muss Inventur machen«, erzählte sie.

»Inventur?« Orchid lachte. »Zählt er jede Blume einzeln, oder wie?«

»Nein, es geht eher um die Blumentöpfe, die Deko-Schmetterlinge, die Rollen mit Papier und Klarsichtfolie und das Geschenkband«, klärte Barbara sie auf. »Einmal im Monat muss er nachsehen, was noch da ist, und eine neue Bestellung aufgeben.«

»Und das muss er unbedingt heute machen?«, fragte Laurie skeptisch.

»Ja, das muss er wohl«, verteidigte Charlotte ihn. »Das dauert aber gar nicht so lange. Den restlichen Abend will er mit Vanessa und Jason verbringen. Er will Waffeln für sie machen.«

»Zum Abendessen?«

»Ja, das hat er ihnen versprochen.« Weil er die letzten Morgen nicht anwesend gewesen war und sie sich schon beklagten. Das erwähnte sie ihren Freundinnen gegenüber natürlich nicht. »Vanessa und Jason lieben seine Waffeln. Er hat die coolsten Kreationen auf Lager, auch deftige.«

»Hört sich gut an«, sagte Keira.

»Hm, trotzdem. Die Inventur kann er doch auch morgen oder so machen und wenigstens noch ein Stündchen vorbeikommen«, fand Laurie.

»Ich geh mal schnell rüber und versuch ihn zu überreden«, beschloss Susan und erhob sich.

Charlotte sah sie die Tea Corner verlassen und schnurstracks über die Straße und zu Tobin in den Blumenladen marschieren. Sie glaubte nicht, dass Susan bei ihrer Rückkehr Tobin an ihrer Seite haben würde, aber sie wollte es sie wenigstens versuchen lassen.

»Susan. Was machst du denn hier? Seid ihr nicht drüben am Tratschen?«, fragte Tobin und grinste.

»Ohne dich macht es nur halb so viel Spaß«, ließ Susan ihn wissen.

»Komm mal her.« Tobin nahm sie fest in die Arme. »Schön, dass du wieder da bist.«

»Ja, das finde ich auch. Ich hab die Valerie Lane schrecklich vermisst.«

»Und jetzt vermisst du Stuart sicher ganz schrecklich, was?«

»Kein Kommentar«, sagte sie kleinlaut.

»Oh. Sorry, hab ich da einen wunden Punkt getroffen?«

Susan ging nicht darauf ein. »Eigentlich bin ich nur hier, um dich zu überreden, mit rüberzukommen.«

»Das möchte ich lieber nicht.«

»Und warum nicht?«

»Kein Kommentar«, wiederholte er Susans Worte.

»Alles klar. Dann sind wir uns ja einig.« Sie lächelte traurig. »Wir wollen nachher noch die Stargazy Pies für Freitag zubereiten. Ich hätte dich ja dazu eingeladen, aber ich habe gehört, du musst Waffeln für Vanessa und Jason machen?«

»Ja, leider. Obwohl ich wirklich gern dabei gewesen wäre.« Er zog eine Grimasse.

»Du bist so ein schlechter Lügner.« Susan gab Tobin einen kleinen Stups. »Und du willst wirklich nicht mit rüber in die Tea Corner kommen? Nur für ein halbes Stündchen?«, wagte sie einen letzten Versuch.

Tobin sah plötzlich ziemlich verzweifelt aus. »Ich kann einfach nicht. Ich hoffe, du verstehst das.«

»Das tue ich, Tobin. Ich weiß ja, was du für sie empfunden hast. Aber es ist eine Ewigkeit her, und du bist jetzt mit der bezauberndsten Frau zusammen, die man sich nur vorstellen kann. Und diese Frau sieht ehrlich gesagt gar nicht glücklich und sogar ziemlich besorgt aus. Komm mit mir mit, tu es Charlotte zuliebe.«

»Ich kann einfach in keinem Raum sein, in dem sich Charlotte und Orchid zusammen aufhalten. Ich weiß, das ist total bescheuert, aber ich will einfach nicht, dass Charlotte mir was ansieht. Du sagst ja selbst, sie ist schon besorgt. Ich will es nicht noch schlimmer machen.« Susan verstand Tobin nur zu gut. Sie verstand, dass er die Vergangenheit, dass er Orchid nicht loslassen konnte. Sie selbst hatte die Vergangenheit viel zu lange Besitz von sich ergreifen lassen. Aber gerade deshalb wollte sie nicht, dass Tobin ihre Fehler wiederholte.

»Irgendwann ist es Zeit, nach vorne zu blicken und die Vergangenheit hinter sich zu lassen, Tobin«, sagte sie deshalb behutsam.

»Ich weiß«, war alles, was Tobin antwortete.

»Gut.« Sie tätschelte seine Schulter. »Ich geh dann mal wieder rüber. Wir sehen uns morgen?«

»Wollen wir zusammen Mittag essen?«, fragte er. »Wie in alten Zeiten?«

»Sehr gerne.«

Susan trat wieder auf die Straße und winkte ihm noch einmal durchs Fenster zu. Dann war sie zurück bei ihren Freundinnen. Keira durchlöcherte Orchid gerade zum Thema Schokolade in den USA.

»Die meiste Schokolade hat dort eine ganz andere Konsistenz. Ich hab dir doch mal Hershey Kisses geschickt. Die waren nicht so cremig wie unsere Schokolade, oder?«

»Stimmt«, sagte Keira. »Trotzdem waren sie lecker.«

»Ich glaube, du findest jede Schokolade auf der Welt lecker, oder?«, neckte Laurie sie.

»Nein, ganz bestimmt nicht. Ich habe mal eine Reportage gesehen, wo sie Käfer und Raupen und so was in die Schokoladentafeln gegeben haben. Das war widerlich.«

Ruby verzog das Gesicht. »Kann ich mir vorstellen.«

Orchid erzählte noch ein bisschen was aus Venice,

L. A., und ihrem Job als Reiseleiterin, und dann verabschiedeten sich Charlotte, die nun doch zu ihren Kindern nach Hause wollte, und Barbara, die vorhatte, noch nach Agnes und ihrem neuen Kätzchen zu sehen.

»Also, Mädels, machen wir uns auf zu mir und backen wir Stargazy Pies?«, fragte Laurie, die von allen die größte Küche hatte.

»Seid ihr sicher, dass wir gleich mehrere backen sollen?«, fragte Keira.

»Ich glaube ja nicht, dass überhaupt jemand diese widerliche Pastete probieren möchte«, kam es natürlich gleich von Orchid.

»Doch, doch, das machen wir. Für Mrs. Witherspoon«, sagte Laurie bestimmt. »Und vielleicht sind sie ja voll der Renner, wer weiß?«

Susan konnte es sich nicht vorstellen. Sie sah auf die Uhr. Es war halb acht. »Wie lange werden wir brauchen? Bin ich um zehn zurück? Sonst gehe ich lieber jetzt mit Terry Gassi.« Sie hatte ihren Vierbeiner heute zu Hause gelassen.

»Ich denke, gegen spätestens halb elf solltest du zurück sein«, versprach Laurie.

»Dann ist gut. Also, Mädels, auf zu Laurie!«

Sie alle traten hinaus auf die Valerie Lane und fuhren dann gemeinsam in Lauries und Phoebes Autos zu Laurie. Susan fuhr bei Laurie mit, die, zu Hause angekommen, gleich alle Zutaten hervorholte. Sie machten sich daran, die Fische zu waschen, den Teig anzurühren, die Füllung herzustellen, Formen einzufetten und zuletzt die Pies, aus denen die Schwänze der Sardinen in die Luft guckten, in den Ofen zu schieben. Und das waren keine kleinen Sardinen, wie man sie aus der Dose kannte, sondern die größten, die Barry hatte auftreiben können, wie er stolz erzählte. Er war nämlich so nett gewesen, sie zu besorgen. Auch hatte er sich an diesem Abend um die Mädchen gekümmert, sie inzwischen ins Bett gebracht und seine Hilfe in der Küche angeboten. Susan entging nicht, wie er sie immer mal wieder mitleidig ansah. Sie fragte sich, ob er wohl inzwischen mit Stuart geredet hatte.

»Hat eigentlich irgendwer von Humphrey gehört?«, fragte Laurie, während sie einen Blick in den Ofen warf.

»Ich habe heute Morgen mit ihm telefoniert«, erzählte Susan. »Er schlägt sich tapfer.«

»Armer Humphrey. Freitag wird sicher richtig schwer für ihn, da müssen wir alle ganz besonders für ihn da sein«, meinte Keira.

»Das werden wir!«, verkündete Orchid. »Er wird sich keine Sekunde allein fühlen.«

Susan lächelte Orchid an. Ganz genau, dafür würden sie sorgen.

»Das riecht ja schon sehr lecker«, sagte Ruby irgendwann.

»Meinst du? Ich muss die ganze Zeit an die Fischschwänze denken. Sorry, aber ich kann da nichts Leckeres dran finden«, meinte Orchid.

»Und ich muss gerade daran denken, wie du an Mrs. Witherspoons Geburtstag im Restaurant dein Stück von der Pie in deiner Handtasche hast verschwinden lassen.« Laurie lachte laut los.

Phoebe machte große Augen. »Da hast du mir so oft

von diesem Restaurantbesuch erzählt, aber das hast du immer weggelassen, Orchid! Was machst du denn für Sachen? Ich hoffe, das hat keiner mitbekommen?«

»Oh doch!«, lachte Susan. »Und zwar Mrs. Witherspoon höchstpersönlich! Am Ende des Abends ist sie aufgestanden, hat uns allen für den wundervollen Geburtstag und die Geschenke gedankt und gefragt, ob aus Orchids Handtasche ein Fisch rausguckt.«

Phoebe schlug sich vor Lachen aufs Bein, und auch Barry lachte so sehr, dass er sich den Bauch halten musste.

»Du bist echt unmöglich«, schimpfte Phoebe mit ihrer kleinen Schwester.

»Ach, wieso denn? Es war ein unvergesslicher Abend, an den wir uns immer erinnern werden.«

»Ja, das werden wir«, war sich auch Keira sicher.

»Sie fehlt mir sehr«, sagte Ruby traurig.

»Sie fehlt uns allen«, stimmte Laurie mit ebenso trauriger Stimme zu. »Wollen wir nicht jeder ein Stück Stargazy Pie essen? Mrs. Witherspoon zuliebe?«

Alle gaben lautstark ihrem Missfallen Ausdruck.

»Also, das ginge dann doch etwas zu weit«, fand Orchid und strich sich über den Bauch. »Ich will mein Baby ja nicht vergiften.«

»Ich kann noch immer nicht glauben, dass du schwanger bist«, sagte Laurie fasziniert. »Wo du doch immer gesagt hast, du willst überhaupt keine Kinder.«

»Tja, wenn man den Richtigen findet und mit ihm eine gemeinsame Zukunft plant, ändern sich die Ansichten.«

Susan fühlte, wie tausend Tränen in ihr aufstiegen. Sie murmelte eine Entschuldigung und lief zur Toilette, wo sie sich einschloss, auf den Badewannenrand setzte und weinte. Die Szene war ihr allzu bekannt. Schon als Laurie zum ersten Mal schwanger gewesen war, hatte Susan das ganze Babygerede so mitgenommen, dass sie sich hatte zurückziehen müssen, um ihren Tränen freien Lauf zu lassen. Seitdem hatte sich vieles verändert, vor allem hatte sie geglaubt, nun doch noch ein Baby zu bekommen, irgendwie, irgendwann, durch Adoption oder durch ein Wunder. Und nun war auch dieser Traum dabei zu zerplatzen.

Sie riss sich zusammen, trocknete ihre Tränen und öffnete die Tür. Barry stand davor und schloss sie in eine sanfte Umarmung. Und Susan war einfach nur froh, so gute Freunde zu haben.

KAPITEL 23

»Und morgen schaust du wieder vorbei, ja?«, fragte Lisa Hurley ihre Tochter beim Abschied, bevor sie sie noch einmal fest drückte und ihr einen Schmatzer auf die Wange gab.

»Ja, Mum, das hab ich doch schon versprochen.«

»Du hast mir halt so gefehlt, ich würde dich am liebsten jede Sekunde bei mir haben.« Ja, vor allem, weil ihre Mutter im siebten Himmel war, da sie wieder Grandma werden würde, das war Orchid klar. Nicht selten erinnerte sie Phoebe daran, dass diese ihr schon vor Jahren ein zweites Baby versprochen hatte. Natürlich ahnte sie nichts von Phoebes und Lance' finanziellen Problemen und dass die der eigentliche Grund dafür waren, dass Phoebe eine zweite Schwangerschaft hinauszögerte. Orchid verstand gut, weshalb Phoebe sich davor hütete, ihren Eltern die Wahrheit zu sagen. Denn es war klar, dass vor allem ihre Mutter das Thema bei jedem ihrer Besuche ansprechen und von kaum etwas anderem mehr reden würde. Sie würde Phoebe gut gemeinte Ratschläge geben und ihr womöglich noch anbieten, ihnen mit einem Darlehen aus der Patsche zu helfen. All das wollte Lance aber nicht, hatte Phoebe ihr erzählt. Es war schlimm genug für ihn, dass er seine Familie nicht so versorgen konnte, wie er es gern wollte.

»Ich weiß, Mum. Ihr habt mir auch gefehlt«, sagte Orchid. »Und sobald die Trauerfeier für Mrs. Witherspoon vorüber ist, werde ich auch mehr Zeit für euch haben, ja? Ich habe den anderen Mädels aber versprochen, bei den Vorbereitungen zu helfen, Mrs. Witherspoon hat es sich so gewünscht.«

»Dass ihr alle zusammen den Löffel haltet beim Anrühren des Teiges?«, fragte ihre Mutter ein wenig gehässig.

Orchid schüttelte schmunzelnd den Kopf. Sie verstand sie ja. »Nein, dass wir alle beisammen sind und uns an gute alte Zeiten erinnern.«

»Jetzt tust du so, als ob ihr schon neunzig wärt.«

»Mum. Bitte. Mach es mir doch nicht so schwer.«

»Gut, gut. Aber du musst mir versprechen, dass du dir den Samstag ganz für mich freinimmst und wir dann was Schönes zusammen unternehmen, ja?«

»Das machen wir. Und den Sonntag. Da hat auch Phoebe ihren freien Tag, und wir können was zu dritt unternehmen. Einen Frauentag wie früher. Vielleicht ein bisschen Wellness, das würde mir guttun. Oh, warte! Lauries Vater besitzt doch einige Wellness-Oasen. Vielleicht bekommen wir da Rabatte. Ich hab das früher schon mal mit den Mädels gemacht, die bieten da eine unglaubliche Aromatherapie-Massage an und superleckere, gesunde Smoothies.«

»Das hört sich wunderbar an.«

»Ich erkundige mich bei Laurie und ruf dich heute Abend an, okay?«

Lisa nickte und ließ Orchid widerwillig gehen.

Orchid atmete aus. Puh, das war anstrengend. Ja, sie

war lange weg gewesen, aber sie konnte sich ja nicht zweiteilen. Und heute hatte sie eben ihren Freundinnen zugesagt, wieder zu helfen. Morgen war schon die Beerdigung, und sie hatten bisher erst die Schokokekse und die gruseligen Stargazy Pies fertig. Heute würden sie sich ranhalten müssen, um die übrigen Gerichte zuzubereiten. Alles, was Mrs. Witherspoon sich gewünscht hatte.

Mrs. Witherspoon hatte zwar in ihrem Brief keine von Orchids Spezialitäten erwähnt, aber das lag wahrscheinlich daran, dass sie nicht geglaubt hatte, dass Orchid extra anreisen würde. Wie hätte sie es nicht gekonnt?

Orchid hatte also beschlossen, trotzdem etwas beizusteuern, und zwar ihre beliebten Zitronen-Cupcakes. Die hatte Mrs. Witherspoon ebenfalls sehr gemocht, als Orchid sie einmal an einem Mittwochabend anlässlich ihres Geburtstags mitgebracht hatte. Und wenn sie heute keine Zeit mehr dafür fänden, würde sie sie halt morgen früh noch backen.

Bevor sie zu Phoebe fuhr, wo sie sich heute alle treffen wollten, um den Selleriesalat, den Nudelsalat, die Blätterteigtaschen und die Gemüsefrikadellen zuzubereiten, machte sie einen Abstecher in die Valerie Lane. Sie musste dringend etwas erledigen.

Orchid entdeckte Tobin, der in seiner Ladentür stand. Als er sie sah, verschwand er schnell in seinem Geschäft.

Sie folgte ihm, betrat den Blumenladen und vergewisserte sich, dass kein Kunde da war. Dann drehte sie das Schild um, das in der Tür hing und nun statt »Geöffnet« »Geschlossen« anzeigte.

»Orchid«, war alles, was Tobin sagte.

»Wir müssen reden.«

»Okay …«

Sie sah ihrem Exfreund in die Augen. »Wie geht es dir, Tobin?«

»Das weiß ich nicht so genau. Wie geht es dir denn?«

»Mir geht es bestens.«

»Bist du glücklich?«

»Sehr sogar. Bist du es auch?« Fragend sah sie ihn an.

Und dann platzte es aus ihm heraus. »Ich kann nicht aufhören, an dich zu denken, Orchid.«

»Das liegt nur daran, dass ich hier bin. Das weckt alte Erinnerungen. Nächste Woche fliege ich wieder, und dann ist alles so, als wäre nie was gewesen«, versicherte sie ihm.

Doch Tobin schüttelte den Kopf. »Nein, es liegt nicht daran, dass du zurück bist. Ich muss *immer* an dich denken, ich kann dich einfach nicht vergessen.«

»Oh, Tobin … Du bist doch jetzt mit Charlotte zusammen, oder?«

»Ja. Trotzdem kann ich an meinen Gefühlen nichts ändern.«

»So ging es mir auch mal, erinnerst du dich? Ich stand zwischen zwei Männern, mitten im Chaos meiner Gefühle.«

»Ja, ich erinnere mich gut.« Schließlich war er einer dieser beiden gewesen.

»Und wofür habe ich mich damals entschieden?«, fragte sie.

»Für den anderen.« Tobin wirkte immer noch sehr traurig darüber. Er senkte den Blick.

»Ich habe mich für das entschieden, was richtig für mich war«, sagte sie. »Für das, was real war. Verstehst du denn nicht? Manchmal jagen wir einer Fantasie nach, einem Traum, der niemals in Erfüllung gehen kann. Dabei übersehen wir das, was wir bereits haben: das Gute in unserem Leben. Die Stabilität. Das wahre Glück. Die Realität.«

Tobin lächelte traurig. »Du bist wirklich erwachsen geworden.«

»Manchmal bin ich selbst erschrocken darüber.« Sie grinste.

»Wie weit bist du?«, fragte er und deutete auf ihren Bauch.

»Im fünften Monat.«

»Ich gratuliere.«

»Danke.« Sie sah ihm nun direkt in die Augen. »Tobin ... Bitte hör auf, alten Zeiten nachzutrauern«, bat sie ihn inständig, denn für sie war es auch nicht leicht zu wissen, dass er sie noch immer liebte oder zumindest glaubte, dies zu tun. Außerdem tat Charlotte ihr leid, das hatte sie nicht verdient.

»Ich versuch's ja. Und doch fühlt es sich einfach gut an, daran zurückzudenken. Es fühlt sich so richtig an, du und ich ...«

Orchid fasste einen Entschluss. Ohne Vorwarnung lehnte sie sich vor und küsste Tobin, küsste ihn so, wie sie es damals getan hatte, als sie ihn ebenfalls geliebt hatte.

Tobin starrte sie verdutzt an.

»Hat sich das jetzt wirklich richtig angefühlt?«, fragte sie.

Tobin sagte gar nichts. Er war noch immer sprachlos und schien verwirrt.

»Du bedeutest mir so viel, Tobin, und du wirst immer einen besonderen Platz in meinem Herzen einnehmen. Aber mehr als Freundschaft kann ich dir nicht geben. Ich hoffe, du erkennst endlich, was du wirklich hast, und ich hoffe, du kannst es als dein Schicksal annehmen.«

Mit diesen Worten verließ sie Emily's Flowers und die Valerie Lane. Ganz die Wahrheit hatte sie Tobin nicht gesagt, denn sie empfand ebenfalls ein bisschen mehr als nur Freundschaft für ihn. Das musste er aber nicht wissen, und auch nicht, dass der Kuss ihr Schmetterlinge im Bauch bereitet hatte. Genau wie damals …

KAPITEL 24

»Was kann ich tun?«, fragte Ruby und wischte sich die Hände am Geschirrhandtuch ab. Sie hatte gerade die Gemüsefrikadellen fertig gebraten und sie zum Abkühlen auf einen großen Teller gegeben. Die ganze Küche duftete köstlich danach, und am liebsten hätte Laurie jetzt schon davon probiert, doch sie musste sich genauso wie die anderen zusammenreißen, denn sonst würde für morgen nicht genug übrig sein. Es reichte, dass Orchid schon die ganze Zeit von allem naschte, natürlich mochte bei ihr aber keiner schimpfen. Immerhin wusste fast jede von ihnen, welch enormen Appetit man verspüren konnte, wenn man schwanger war.

Laurie sah immer wieder zu Susan hinüber, die mit der Füllung für ihre Blätterteigtaschen beschäftigt war. Susan, die Arme, sie kannte Schwangerschaftsgelüste wohl ebenfalls. Wie sehr hoffte Laurie, dass ihre Freundin endlich auch in den Genuss von schlaflosen Nächten, vollgesabberten Pullovern, von Karottenbrei im Haar und vollen Windeln kommen würde. Wie sehr hoffte sie, dass Stuart nun wirklich aufgewacht war und sein Versprechen an Susan doch noch halten würde. Es sah zwar alles danach aus, nach dem zu urteilen, was er ihr gestern gesagt hatte, aber mit den Männern war das leider so eine Sache … Barry hatte ihr schon vor Wochen versprochen, den kaputten Mülleimerschwingdeckel zu reparieren, und es bis jetzt noch nicht getan. Laurie hätte am liebsten längst einen komplett neuen Mülleimer gekauft, das hatte sie zumindest bis vor wenigen Sekunden noch gedacht. Bei Susans Anblick nun aber fand sie, dass es manchmal doch auch schön und richtig war, die Dinge zu flicken. Sie hoffte so, dass die Beziehung zwischen ihr und Stuart noch zu flicken war.

Sie schüttelte den Kopf über sich selbst. Einen Mülleimerdeckel konnte man doch wohl kaum mit einer Beziehung vergleichen.

»Du kannst die Zwiebeln für die Spinatfüllung schneiden«, schlug Susan nun Ruby vor.

»Oh, danke. Die beste Aufgabe von allen.« Ruby zog eine Grimasse.

»Du hast gefragt.« Susan grinste sie an.

»Na gut, dann her mit den Zwiebeln. Laurie, hast du zufällig eine Taucherbrille da?«, wandte sie sich an sie.

Laurie musste lachen. »Nein, sorry, nicht, dass ich wüsste. Ich atme immer durch den Mund beim Zwiebelschneiden. Probier das mal aus, das hilft.«

Ruby versuchte es und musste doch weinen ohne Ende. Die Tränen wollten gar nicht versiegen, und die anderen hatten schon Sorge, dass sie sich noch in den Finger schnitt, weil sie fast nichts mehr sehen konnte.

»Gib mal her.« Susan nahm ihr Zwiebel und Messer ab, und Laurie reichte ihr ein Taschentuch.

»Ich weiß, warum sie eigentlich so weinen muss«, verkündete Orchid. »Nämlich, weil sie an die ekligen Stargazy Pies denkt.«

Sie alle rümpften die Nasen bei dem Gedanken an die Pies. Ganze vier Stück hatten sie am Abend zuvor zubereitet, obwohl sie sich noch immer nicht sicher waren, ob sich überhaupt jemand finden ließe, der davon kostete.

»Ja, da ist mir auch gleich wieder zum Weinen«, meinte Keira.

»Mir ist eher zum Kotzen.« Orchid verzog das Gesicht. »Entschuldigt meine Ausdrucksweise.«

Phoebe sah ihre Schwester eindringlich an. »Du musst dir das unbedingt abgewöhnen. Schon in wenigen Monaten musst du ein Vorbild sein, kleine Sis. Dein Kind wird alles, was es in den ersten Lebensjahren lernt, hauptsächlich von dir beigebracht bekommen. Du willst doch sicher nicht, dass deine kleine Tochter oder dein kleiner Sohn zu den anderen Kindern auf dem Spielplatz so etwas sagt, oder? Oder im Kindergarten. Stell dir nur vor, du wirst von der Erzieherin einbestellt, weil dein Kind ganz schlimme Ausdrücke verwendet hat. Und dann wirst du gefragt, woher es denn nur solche Worte kennt. Das wäre mehr als peinlich, oder?«

»Oh, die Kleinen schnappen wirklich alles auf«, pflichtete Laurie ihr bei. »Auch wenn man noch so vorsichtig ist. Neulich fragte mich meine Schwiegermutter, woher Clara nur den Ausdruck Schmarotzer hat.«

Keira lachte. »Schmarotzer? Und? Woher hat sie ihn?«

»Na, von Barry und mir, als wir uns neulich Abend über seinen Bruder unterhielten, der ihn ständig wegen Geld anpumpt. Man muss echt aufpassen, was man in Gegenwart der Kinder sagt.«

»Aber wusste Clara überhaupt, was das Wort bedeutet?«, wollte Ruby wissen. »In welchem Zusammenhang hat sie es denn gebraucht?«

»Das ist ja das Witzige! Sie hat natürlich nicht den leisesten Schimmer, was es bedeutet.« Laurie musste lachen. »Als ihr Grandpa ihr neulich einen halben Apfel reichte, antwortete sie darauf mit: ›Danke, du alter Schmarotzer.‹«

Alle prusteten los.

»Das hätte Mrs. Witherspoon gefallen«, war Phoebe sich sicher. »Sie hat diese kleinen Anekdoten über unsere Kids geliebt.«

»Ja, das hat sie.«

»Sie selbst hatte aber immer die besten Geschichten auf Lager«, erinnerte Susan die anderen. »Wisst ihr noch, als sie uns erzählt hat, wie sie Fünflingen auf die Welt geholfen hat?«

»Oh ja. Und die Eltern haben sie nach den Beatles benannt.«

»Dumm nur, dass es bloß vier und nicht fünf Beatles gab«, sagte Laurie.

»Ach, ich finde, mit Starr haben sie eine gute Lösung gefunden.« Orchid lachte.

Phoebe musste schmunzeln. »Stellt euch nur mal vor, wie die Mutter nach den Kindern ruft. Paul, George, John, Ringo, Starr – Essen ist fertig!«

»Vielleicht hätten sie sie doch lieber nach Take That benennen sollen«, meinte Orchid. »Die waren zu fünft.«

»Ich glaube, das war in den Sechzigern. Da waren die meisten der Take-That-Mitglieder noch nicht mal geboren, oder?«, fragte Keira.

»Da könntest du recht haben. Und unsere gute Mrs.

Witherspoon war da bereits verheiratet und seit Jahren Hebamme. Unvorstellbar, was für ein langes Leben sie hatte.«

»Ja, das denke ich in den letzten Tagen auch oft«, sagte Ruby. »Glaubt ihr denn, sie hatte ein erfülltes Leben? Ich meine, sie war so arm wie eine Kirchenmaus, oder? Und sie hat ihren ersten Mann so früh verloren.«

»Und sie konnte keine Kinder bekommen«, erinnerte sich Phoebe. »Obwohl sie sich so sehr welche gewünscht hat.«

Laurie sah wieder zu Susan. Wie es wohl in ihr aussehen mochte, wenn die anderen über solche Dinge sprachen? Sie wussten ja nichts von ihrer Situation, sonst wären sie sicher einfühlsamer gewesen.

»Ich bin mir sicher, sie hatte ein sehr erfülltes Leben«, sagte sie schnell. »Sie hatte doch uns. Und ihren Humphrey. Außerdem war sie so leicht glücklich zu machen. Manchmal hat schon eine Tasse Tee gereicht.«

»Oder eine Praline«, meinte Keira. »Hin und wieder hab ich so getan, als wenn ich gerade eine neue Sorte kreiert hätte, nur um sie probieren zu lassen. Sie hat sich die teuren Trüffeln nämlich nie leisten können.«

»Aber als sie dann Humphrey hatte, hat sie jede Woche ihre Lieblingspralinen von ihm bekommen«, schwärmte Ruby. »Er ist so ein Schatz. Letzten Monat erst, zu ihrem Geburtstag, hat er sich bei mir erkundigt, ob ich noch auf Flohmärkte gehe. Und ob ich einen besonders schönen Löffel für sie mitbringen könnte. Dann hat er mir zehn Pfund in die Hand gedrückt.«

»Und? Hast du einen gefunden?«, erkundigte sich Susan.

Ruby nickte. »Ja. Sie hat ihn uns allen gezeigt, erinnert ihr euch nicht? Sie hat ihn ganz stolz mit in die Valerie Lane gebracht.«

»Da war ich wohl schon abgereist«, erwiderte Susan, was aber total unterging, weil Phoebe gleichzeitig ihre Stimme erhob.

»Oh Gott, jetzt habe ich ein ganz schlechtes Gewissen! Sie hat mir doch ihre Löffel vermacht, und ich habe sogar schon welche davon verkauft.« Sie blickte die anderen sichtlich besorgt an. »Ich glaube, ich muss euch was erklären. Lance und ich haben zurzeit ...«

»Du musst uns nichts erklären«, meinte Keira sofort. »Mrs. Witherspoon wird ihre Gründe gehabt haben, dir ihre Sammlung zu hinterlassen. Es ist schon in Ordnung so, mach dir keine Gedanken.«

»Ach, ihr seid so lieb. Ich werde aber ein paar ganz besonders schöne Exemplare aufbewahren und in Ehren halten. Wie sah denn der Löffel, den sie von Humphrey zum Geburtstag bekommen hat, noch mal aus?«, fragte sie Ruby.

»Er hatte einen Stiel in Herzform«, beschrieb Ruby ihn.

»Ach, wie konnte ich das vergessen? Ich werde gleich nachher danach suchen.«

»Oh, verdammt, mein Finger!«, rief Keira, die beim Schneiden der Selleriestangen anscheinend das Gemüse verfehlt hatte.

»Uuuhhh!«, machte Phoebe und reichte ihr sofort ein paar Stücke Küchenpapier.

»Nein, halte den Finger unter kaltes Wasser«, sagte

Laurie. »Schnell!« Sie drehte den Hahn auf und führte ihre beste Freundin zum Spülbecken. »Tut es sehr weh?«

»Ich werde es überleben.« Keira biss wortwörtlich die Zähne zusammen. »Wer übernimmt das Sellerieschneiden für mich?«

»Das mache ich«, sagte Ruby und nahm sich der grünen Stangen an.

»Wisst ihr, was Mrs. Witherspoon jetzt gesagt hätte?«, fragte Laurie. »Sie hätte gesagt, dass zu viele Köche in der Küche den Brei verderben.«

»Ja, genau das hätte sie gesagt«, stimmte Susan ihr zu. »Und doch hat sie sich gewünscht, dass wir alle zusammen kochen.«

Phoebe klebte Keira ein Pflaster auf die Wunde, das sie im Nu irgendwo hervorgeholt hatte. Es war mit Schmetterlingen bedruckt. »Ich glaube, es ging ihr gar nicht darum, dass das Essen besonders lecker wird. Sie wollte uns einfach nur alle beisammenhaben.«

Orchid zog Phoebe an sich. »Ich bin so froh, hier bei euch zu sein.«

»Wir sind auch froh, dass du da bist. Schade, dass du sie nicht noch ein letztes Mal gesehen hast«, sagte Phoebe bedauernd.

»Wisst ihr, ich werde sie immer so in Erinnerung behalten, wie sie eben war. Mit ihren total zerzausten schlohweißen Haaren.«

»Mit ihrem entzückenden, faltigen Lächeln«, fügte Keira hinzu.

»Und mit ihrem immer dankbaren Blick«, schloss Ruby.

»Sie wird mir so fehlen«, sagte Laurie.

»Sie wird uns allen fehlen«, stimmte Susan zu.

»Ich hoffe so, dass die Feier morgen genau so wird, wie sie es sich vorgestellt hat«, sagte Ruby.

»Wir geben unser Bestes, genau wie immer«, erwiderte Phoebe. »Mehr können wir wohl nicht tun.«

»Ich denke, das können wir doch«, war Laurie sich sicher. »Dieses eine Mal sollten wir noch mehr geben. Wir sollten den morgigen Tag so schön gestalten, dass er nicht nur unserer guten alten Freundin gefallen hätte, sondern dass jeder, der kommt, ihn für immer in Erinnerung behalten wird. So wie Mrs. Witherspoon.«

Alle nickten zustimmend. »Wir werden Mrs. Witherspoon stolz machen«, sagte Susan.

»Oh nein, mir fällt gerade etwas ein«, rief Keira. »Wir haben gar keine Musik für morgen. Ted Monroe, der so schön auf seinem Leierkasten hätte spielen können, ist mit meiner Mutter auf Mallorca. Und Stuart ist auch nicht da.«

»Ja, das ist wirklich schade«, pflichtete Phoebe ihr bei. »Und ich gebe dir recht. Musik darf auf keinen Fall fehlen.« Sie drehte sich mit der Karotte in der Hand, die sie gerade dabei war zu raspeln, zu Susan. »Glaubst du, dass Stuart es doch noch irgendwie schafft, morgen zu kommen und für die musikalische Begleitung zu sorgen?«

»Leider nicht. Er hat viel um die Ohren, weißt du?«, sagte Susan, und allein Laurie wusste, wie schwer ihr dieser Satz fallen musste.

»Das ist wirklich schade. Und nun?« Phoebe sah in die Runde.

»Wir müssen wohl selbst für Musik sorgen«, überlegte Laurie.

»Was haltet ihr von einem DJ? Ich könnte Kimberly fragen, die macht das total gut mit dem Auflegen. Wenn wir ein paar Lautsprecher in der Valerie Lane aufstellen würden und sie Mrs. Witherspoons Lieblingslieder abspielen würde, könnte das funktionieren, oder?«, schlug Keira ganz begeistert vor.

»Eine super Idee. Ruf sie am besten gleich an!«, bat Ruby.

Gesagt, getan. Zwei Minuten später hatte Keira mit ihrer Aushilfe gesprochen, und die hatte sofort eingewilligt, glücklich, auch einen Beitrag leisten zu können.

»Puh, das haben wir gut gelöst«, meinte Phoebe. »Übrigens habe ich André gebeten, morgen zusammen mit Hannah und Agnes bei den Vorbereitungen zu helfen.«

Sie hatten nun endgültig beschlossen, ihre Geschäfte vormittags zu schließen, damit sie alle gemeinsam auf den Friedhof gehen konnten. Laurie hatte zuerst darüber nachgedacht, Hannah doch die Tea Corner öffnen zu lassen, dann jedoch entschieden, dass sie lieber schon das Büfett aufbauen sollte. Zusammen mit Agnes, die sich sofort dazu bereiterklärt hatte. Auch würden sie die Valerie Lane gebührend schmücken – sie hatten sich etwas ganz Wundervolles einfallen lassen.

»Kommen Hannah und Agnes nicht mit zur Beerdigung?«, fragte Orchid erstaunt.

Laurie schüttelte den Kopf. »Agnes will ihr Kätzchen nicht allein lassen. Und Hannah sagt, sie nimmt auf ihre eigene Weise Abschied von Mrs. Witherspoon.« Sie lachte. »Wahrscheinlich hält sie gerade eine Séance mit ihr oder so.«

»Oh Gott, glaubt ihr wirklich, sie kann Kontakt zu den Geistern Verstorbener aufnehmen?«, fragte Ruby zaghaft.

Laurie zuckte die Schultern. Sie konnte sich denken, wie gern Ruby Kontakt mit ihrer verstorbenen Mutter hätte. »Ich weiß es wirklich nicht. Sprich doch am besten mal selbst mit Hannah.«

»Was Mrs. Witherspoon wohl über uns sagen würde, wenn man ihren Geist befragt?«, überlegte Keira.

»Ich glaube, sie hätte nur Gutes über jeden Einzelnen von uns zu sagen. Außer natürlich über meine Schwester, die ihre köstliche Leibspeise, nämlich die von ihr über alles geliebte Stargazy Pie, einfach in ihrer Handtasche hat verschwinden lassen«, sagte Phoebe dramatisch und lachte dann.

Alle lachten mit.

»Haha«, machte Orchid. »Sehr lustig. Ich denke aber schon, dass ich es wiedergutmachen kann, indem ich meine Tochter nach ihr benenne.«

»Und wenn du nun einen Sohn bekommst?«, fragte Laurie.

»Dann musst du ihn Humphrey nennen«, antwortete Keira für sie.

»Oder Paul George John Ringo Starr«, lachte Phoebe.

Wieder grölten alle los, sodass Lance in die Küche kam und nach dem Rechten sah.

»Was ist denn hier bei euch los?«, fragte er schmunzelnd.

Phoebe ging zu ihm und ließ sich von ihm in den Arm nehmen. »Wir gedenken nur unserer alten Freundin, die uns jetzt schon schrecklich fehlt.«

»Das kann ich mir vorstellen. Ich glaube, jeder, der sie kannte, hatte sie gern. Wisst ihr, was sie einmal zu mir gesagt hat?« Alle sahen ihn erwartungsvoll an. »Sie meinte, ich erinnere sie an Will Smith!«

»Sag ich doch auch immer!«, rief Orchid freudig aus. Laurie wusste, dass Susan und Orchid sich schon öfter darüber gestritten hatten, wem Lance nun ähnlicher sah – Will Smith oder Denzel Washington.

»Ich bin eher verwundert darüber, dass Mrs. Witherspoon Will Smith überhaupt kannte«, sagte Laurie. »Ich habe mich neulich mit Mrs. Kingston über heiße Typen unterhalten, und sie kannte nicht mal Liam Gallagher, und der ist Brite und öfter mal in den Schlagzeilen. Dabei ist Mrs. Kingston weitaus jünger als Mrs. Witherspoon. Übrigens steht sie auf Paul Anka«, informierte sie die anderen und runzelte die Stirn.

»Mrs. Witherspoon war da anders«, meinte Keira. »Mit Kimberly hat sie sich oft über moderne Fernsehserien unterhalten. Sie hatte anscheinend eine Vorliebe für *Gossip Girl*, *Riverdale* und *Pretty Little Liars*.«

»Nein, ehrlich?« Phoebe staunte.

»Im Herzen ist sie eben jung geblieben«, stand für Laurie fest.

»Wenn man nicht viel hat außer dem Fernseher, dann kennt man eben aktuelle Serien und Stars wie Will Smith«, sagte Susan. »Und ja, ich gebe mich geschlagen. Wenn sogar unsere gute alte Mrs. Witherspoon fand, dass Lance Will Smith ähnelt, sage ich kein Wort mehr.« Sie zwinkerte Orchid zu.

»Ich finde auch, sie hatte recht damit«, meinte Lance

stolz und schnappte sich eine von Rubys Gemüsefrikadellen.

»Hey!« Alle Hände klatschten gleichzeitig auf seine, um ihn davon abzuhalten, doch die Frikadelle war schon in seinem Mund.

»Hättet ihr das auch mit dem echten Will Smith gemacht?«, fragte Lance beleidigt.

»Nein, aber du bist nun mal nicht der echte, mein Schatz.« Phoebe gab ihm einen Kuss. »Und nun verschwinde aus der Küche.«

»Bin ja schon weg«, gab er sich geschlagen. »Morgen werde ich mich aber über eure Leckereien hermachen, darauf solltet ihr gefasst sein.«

»Morgen darfst du das ja auch. Dafür sind sie schließlich gedacht«, erwiderte Ruby.

»Sagt mal, wo ist eigentlich Tobin? Sonst ist der doch auch immer mit von der Partie. Wäre cool, wenn wenigstens ein Mann hier wäre, mit dem ich mich unterhalten könnte. Und ein Bier trinken.«

»Der konnte heute leider nicht«, sagte Phoebe und schielte dabei zu Orchid. Sie dachte wohl dasselbe wie Laurie: Die Waffeln waren genauso wie die Inventur nur eine Ausrede gewesen.

»Aaah, ich verstehe.« Schnell machte Lance sich aus dem Staub, weil er anscheinend wusste, dass er mit seiner Frage in ein Wespennest gestochen hatte und dass die Mädels nun sicher endlos über dieses Thema reden würden.

Genau das taten sie auch.

»Sagt mal, wieso genau hat Tobin für heute abgesagt? Die letzten Tage waren es die Inventur, Waffeln backen,

Müdigkeit und ein Notfall in der Familie.« Keira sah die anderen ratlos an.

»Er hat gesagt, dass er noch so viel vorzubereiten hat für die Feier morgen. Was die Blumen angeht«, erzählte Susan.

»Das könnte sogar mal stimmen«, meinte Laurie.

»Es ist aber schon schade, dass er bei all diesen wichtigen Dingen nicht dabei ist, oder?«, fragte Ruby. »Mrs. Witherspoon hat sich ja gewünscht, dass alle Ladeninhaber mitmachen, und da gehört er doch dazu.« Ein wenig vorwurfsvoll sah das stille Nesthäkchen zu Orchid.

Die hob entschuldigend die Schultern. »Ich hab's versucht. Ich war bei ihm und habe mit ihm geredet. Mehr kann ich nicht tun.«

»Du warst bei ihm?«, fragte Phoebe überrascht. »Davon hast du ja gar nichts erzählt. Wie ist es gelaufen?«

»Er ist nicht hier, das sagt wohl alles, oder?«, antwortete Orchid.

»Morgen wird er dabei sein, das hat er fest versprochen«, beschwichtigte Laurie die anderen. Sie konnte Tobin trotz allem gut verstehen. Die Liebe tat manchmal Dinge mit einem, die man nicht kontrollieren konnte.

»Genau. Und das ist die Hauptsache«, sagte Susan.

»Morgen wird sicher hart werden«, vermutete Keira. »Ich mag noch gar nicht daran denken.«

»Ich auch nicht«, stimmte Phoebe ihr zu.

»Aber auch das werden wir schaffen – gemeinsam«, wusste Laurie.

Alle Freundinnen nickten, und Laurie dachte an die eine von ihnen, die sich auf den Weg gemacht hatte, diese Welt zu verlassen. Es war einfach nicht dasselbe ohne sie.

Spontan war eine düstere Wolke über die lustige Runde gekommen. Es herrschte Stille. Ruby schüttete die Selleriestücke in die Schüssel und Orchid die Kartoffelwürfel, Phoebe gab die Karotten dazu und öffnete nun eine Dose Mais. Susan sah nach ihren Blätterteigtaschen und holte sie aus dem Ofen. Laurie rührte die Zutaten für ihre Nudelsalatsauce zusammen, und Keira, die wegen ihrer Verletzung leicht gehandicapt war, reichte ihr Salz und Pfeffer. Niemand sagte ein Wort, bis eine von ihnen die traurige Stimmung beiseitezuschieben wusste.

»*Fairytales can come true …*«, begann Orchid plötzlich zu singen und zauberte den anderen ein Lächeln aufs Gesicht.

»*… it can happen to you …*«, fuhr Ruby fort.

Und alle stimmten ein: »*… if you're young at heart.*«

Und so stand Laurie mit ihren fünf Freundinnen in der Küche und sang gemeinsam mit ihnen Mrs. Witherspoons Lieblingslied. Das Lied, zu dem sie vor nur vier Jahren an der Seite von Humphrey den Altar entlanggeschritten war. Das Lied, bei dem er ihr zuvor den Antrag gemacht hatte. Das Lied, das sie alle auf ewig mit ihrer guten alten Freundin verbinden würden, da war Laurie sich sicher.

Morgen würden sie einen schweren Weg gehen müssen, Laurie mochte gar nicht daran denken. Doch heute Abend, in diesem Moment, waren sie fröhlich. Fröhlich für Mrs. Witherspoon, und fast hatte sie das Gefühl, als stünde sie bei ihnen und lächelte.

KAPITEL 25

Ruby stand zwischen Susan und Gary am Grab, sie trug ein schlichtes schwarzes Kleid und dazu schwarze Stiefel. Sie wusste, dass Mrs. Witherspoon sich hellblaue Kleidung gewünscht hatte, aber sie hatte es nicht über sich bringen können, auf dem Friedhof in solch einer fröhlichen Farbe zu erscheinen. Sie hatte etwas Hellblaues in der Tasche und würde sich noch vor der Feier in der Valerie Lane umziehen. Allerdings steckte schon jetzt ein hellblauer Schmetterling in ihrem Haar, der fast so aussah, als wollte er gleich davonfliegen. Sie tupfte sich die Tränen ab, putzte sich so geräuschlos wie möglich die Nase und versuchte, die Fassung zu bewahren und zu lächeln, so, wie Nat King Cole zu Beginn der Zeremonie gesungen hatte in seinem wundervollen Song *Smile*. Lächele, auch wenn du traurig bist. Ja, das wollte sie tun, für Mrs. Witherspoon, denn die liebe alte Dame hätte nicht gewollt, dass sie bittere Tränen vergoss. Und so lächelte sie durch ihre Tränen, während zuerst der Pastor und dann der gute Humphrey von ihr erzählten. Diesmal war Humphrey tapfer, und seine Stimme ließ ihn nicht im Stich wie beim Lesen des Briefes vor einer Woche. Natürlich hatte er sich noch längst nicht damit abgefunden, dass seine große Liebe von ihm gegangen war, das war Ruby klar, doch er hatte sich ihren Wunsch offensichtlich zu Herzen genommen und ging so fröhlich durch den Tag, wie es ihm möglich war. Jetzt ließ er sie alle an seinen Erinnerungen teilhaben und erzählte mit glänzendem Blick von seiner Liebsten, wobei Ruby sie ganz deutlich vor Augen hatte und einfach nur froh war, sie gekannt zu haben.

»Ich weiß nicht, wie mein Lebensabend ausgesehen hätte ohne diese wunderbare Frau, meinen Engel, der mich noch einmal zum Leben erweckt hat, der mir gezeigt hat, dass die Liebe kein Alter kennt. Esther, wo immer du jetzt bist, ich möchte dir Danke sagen. Danke für die schönsten Jahre meines Lebens. Danke dafür, dass du mich alten Kauz geliebt hast, mit all meinen Macken und Gebrechen. Danke für jede Tasse Kaffee am Morgen und jeden Gutenachtkuss am Abend. Danke für deine letzten Worte, die mir Trost schenken, bis wir uns wiedersehen«, schloss Humphrey seine Rede. Er sah zum Himmel auf und lächelte.

Nun war es doch um sie geschehen. Um sie alle. Es gab keinen, dem nicht die Tränen übers Gesicht liefen.

Humphrey kam zurück zu den anderen und stellte sich wie zuvor zwischen seine Tochter Monica und Laurie. Die tätschelte seine Hand und sagte: »Das war wunderschön.«

Susan hingegen griff nach Rubys Hand und fragte: »Schaffst du das jetzt wirklich?«

Ruby nickte, schnupfte sich noch einmal die Nase, steckte das Taschentuch weg und stellte sich neben den Sarg, der mit weißen, gelben und rosa Nelken geschmückt war.

»Ich würde gerne auch noch ein paar Worte sagen …«,

begann sie tapfer und versprach sich selbst, während der nächsten Minuten nicht zu weinen. »… im Namen von uns allen, den Ladeninhabern und Bewohnern der Valerie Lane.« Noch einmal atmete sie tief durch und sah dann auf einen Punkt in der Ferne, weil sie Angst hatte, ein Blick in die traurigen Gesichter ihrer Freunde könnte sie aus der Fassung bringen. »Ich kannte Esther Witherspoon mein ganzes Leben lang. Meine früheste Erinnerung mit ihr muss gut zwanzig Jahre zurückliegen. Ich spielte draußen in der Valerie Lane, während meine Mutter drinnen in ihrem Antiquitätenladen irgendetwas Altes abstaubte, restaurierte oder aufstellte. Ich lief einem Schmetterling hinterher, als ich stolperte und hinfiel. Da saß ich nun auf dem Boden, betrachtete mein aufgeschürftes Knie und weinte. Mrs. Witherspoon kam die Straße entlangspaziert und hockte sich neben mich, als sie mich entdeckte. Sie fragte, warum ich so weine, ob meine Verletzung sehr wehtue, ob sie meine Mutter holen solle. Doch ich antwortete ihr, dass ich gar nicht deswegen weinte, sondern weil mein Freund, der Schmetterling, fort sei. Sie lächelte ihr entzückendes Lächeln und sagte: ›Ach, süße Ruby, du wirst es eines Tages weit bringen.‹ Damals verstand ich es nicht und dachte, sie würde vielleicht meinen, dass ich eines Tages berühmt werden würde wie Judy Garland, die die Hauptrolle in meinem Lieblingsfilm *Der Zauberer von Oz* spielte. Ich sah Mrs. Witherspoon nach, die nun zu meiner Mutter in den Laden ging, und stellte mir vor, wie ich auch in einem Haus durch die Lüfte flog. Vielleicht würde ich unterwegs meinen Schmetterling wiederfinden.« Ruby machte eine

Pause und lächelte süß. »Erst viel später verstand ich, was sie wirklich meinte. Und ja, sie hatte recht, ich habe es weit gebracht. Denn ich bin noch immer ein Teil der Valerie Lane. Ich könnte mir nichts Schöneres wünschen als meinen eigenen Laden, meine lieben Freunde und all die unvergesslichen Momente, die ich im Laufe der Jahre gesammelt habe. Viele davon beinhalten Mrs. Witherspoon. Ich weiß, dass es uns allen so geht.« Sie vollführte eine Geste, die Laurie, Barry, Orchid, Phoebe, Susan, Keira, Thomas, Tobin, Charlotte, Vanessa, Gary, Barbara und Mr. Spacey mit einschloss, und sie alle nickten und lächelten. »Wir sind so dankbar, diese wundervolle Frau gekannt zu haben. Immer, wenn wir von nun an alte Evergreens hören, Kamillentee trinken oder irgendwo eine Stargazy Pie sehen, werden wir an sie denken. Sie wird für immer in unseren Herzen sein.«

Ruby legte eine Hand auf den Sarg und ließ nun endlich zu, dass eine Träne aus ihrem Auge trat und über ihre Wange lief. Sie fiel hinab und landete auf dem hellen Holz, direkt neben einer von Mrs. Witherspoons Lieblingsblumen. Und als würde sie ihn direkt vom Himmel schicken, flog in diesem Moment ein gelber Schmetterling herbei und setzte sich auf ihre letzte Ruhestätte.

Sprachlos und ehrfürchtig starrte Ruby ihn an. Sie fragte sich, ob sie die Einzige war, die ihn sah, oder ob sie ihn sich nur einbildete. Doch als sie einen Blick zu den anderen warf, wusste sie, dass es keine Halluzination war. Es war ein Zeichen, das ihre liebe Freundin ihnen geschickt hatte. Zumindest wollte Ruby das glauben, oh, sie wollte es so sehr glauben.

Eine Stunde später hatte die Traurigkeit nachgelassen, und auch noch der Letzte von ihnen versuchte, Mrs. Witherspoons Herzenswunsch zu erfüllen und fröhlich zu sein an diesem Tag, der doch eigentlich gar kein fröhlicher war. Andererseits waren sie alle zusammen, sogar Orchid und Susan waren zurück, und das allein war doch schon ein Grund zur Freude. Außerdem war es ein Geschenk, Mrs. Witherspoon gekannt zu haben, und das durfte auf jeden Fall gefeiert werden.

Jeder, der an diesem Tag in die Valerie Lane kam, staunte erst einmal. Denn was Keira und die anderen sich ausgedacht hatten, übertraf alle Vorstellungen. Sie hatten nämlich hellblaue Luftballons aufgehängt, so viele, dass man denken konnte, die Valerie Lane fliege gleich davon. Dazu kamen die wunderschönen bunten Blumen, mit denen Tobin die gesamte Straße dekoriert hatte. Keira war sich sicher, dass dieser Anblick ihrer lieben alten Freundin gefallen hätte.

»Das Büfett ist eröffnet!«, rief Hannah dann und verteilte hellblaue Pappteller. Sie und Agnes hatten das Essen liebevoll aufgestellt und den Tisch mit hellblauen und weißen Deko-Sternen verziert.

»Ich weiß gar nicht, was ich sagen soll.« Humphrey kam auf Keira und Laurie zu und strahlte sie an. »Das habt ihr ganz fabelhaft hinbekommen. Ich danke euch vielmals.«

»Das haben wir gerne gemacht«, antwortete Laurie, und auch Keira nickte und lächelte ihn warm an.

»Sie waren sehr tapfer heute, und Ihre Rede war wirklich außergewöhnlich schön. Ich glaube, jede Frau auf der Welt wünscht sich, nur einmal im Leben so geliebt zu werden.«

Humphrey war sichtlich gerührt, ließ sich dann aber von Hannah einen Teller in die Hand drücken und machte sich auf, um sich die Lieblingsgerichte seiner Frau aufzufüllen.

André, der sich bereit erklärt hatte, Emily und Andy aus der Tagesbetreuung abzuholen, überreichte Keira ihren Sohn, den sie natürlich auch in Hellblau gekleidet hatte.

Sie nahm ihn auf den Arm und drückte ihn fest. »Na, mein Kleiner. Möchtest du auch etwas von Lauries leckerem Nudelsalat?«

»Nein!«, sagte er und zeigte mit dem Finger auf Orchids Cupcakes. Sie hatte sie noch spät am Abend gebacken, um auch etwas beizusteuern, hatte sie Keira erzählt.

»Später vielleicht. Erst mal Nudeln, ja?«

»Sei doch nicht so ein Spaßverderber«, sagte Orchid, die es mitbekommen hatte. »Mrs. Witherspoon war es schließlich auch nicht.«

Keira sah Orchid streng an, doch dann dachte sie an die alte Dame. Die hätte kein Drama um einen Cupcake gemacht, da hatte Orchid recht. Also nahm sie einen und gab ihn Andy, der sich begeistert darüber hermachte.

Sie sah zu Susan, die bei Ruby und Gary stand und gerade in den höchsten Tönen von seinem neuen Roman schwärmte, den sie letzte Nacht ausgelesen hatte, wie sie erzählte. Keira stellte sich mit Andy dazu.

»Ich glaube, ich habe noch nie so ein gutes Buch gelesen«, sagte sie ehrlich, was Gary sofort erröten ließ.

»Danke«, sagte er bescheiden, während Ruby ihm stolz einen Arm um die Hüfte legte und ihn an sich zog.

Keira lächelte. Ihr entging nicht, wie Mary-Lou die Valerie Lane auf und ab spazierte und dabei Fotos und Notizen machte, mit denen sie sicherlich wieder einen wundervollen Beitrag zaubern würde. Dann übergab sie Andy an Thomas und ging zurück zum Büfett, um sich auch einen Teller zu füllen. Marissa kam ebenfalls herbei, und Keira grüßte sie.

»Schön, dass du da bist«, hörte sie Hannah zu Marissa sagen. »Magst du etwas von dem Couscous-Salat? Den habe ich mitgebracht.«

»Gerne.« Marissa lächelte ihr zu, nahm den Teller entgegen, den sie ihr reichte, kam dann aber um den Tisch herum. »Wie war die Beerdigung? Haben die anderen was erzählt?«

»Sie war offenbar sehr schön. Es hat Mrs. Witherspoon gefallen«, sagte sie, als wüsste sie genau, dass die Gute anwesend gewesen war.

Marissa nickte ebenso selbstverständlich. »Sag mal, sind André und Kimberly ein Paar? Das wusste ich noch gar nicht.«

»Oh ja. Die beiden sind schwer verliebt.«

»So wie wir?«

Keira fühlte sich plötzlich fehl am Platz, so, als belauschte sie etwas viel zu Intimes. Gerade wollte sie schon mit ihrem halb vollen Teller weggehen, als sie aus den Augenwinkeln wahrnahm, wie Hannah und Marissa sich küssten.

Ah, dann durfte es wohl jetzt die ganze Welt erfahren. Warum denn auch nicht? Keira hielt gar nichts davon, Gefühle zu verstecken. Wenn man jemanden liebte, sollte man es doch auch zeigen dürfen.

»Oooh!«, kam es sogleich von Orchid, die weniger feinfühlig war. »Na, ihr seid aber heute besonders fröhlich.« Sie grinste frech.

Auch Laurie lächelte Hannah und Marissa an. »Ich hatte ja schon länger so einen Verdacht. Ich freue mich, dass er sich bestätigt, ich finde nämlich, ihr beide passt ganz super zusammen.«

Hannah und Marissa strahlten um die Wette, während Phoebe Barbara und Mrs. Kingston ihr Selleriesalat-Rezept verriet und Agnes ihr Kätzchen herumzeigte.

»Deine Cookie ist ja so süß«, sagte Sophie und streichelte das Tier sachte, als plötzlich Geschrei vom anderen Ende der Straße ertönte.

Alle sahen in Richtung Kirschbaum, wo sich ein paar der Männer aufgestellt hatten und irgendwem irgendwas zuriefen. Phoebe hielt inne, wandte sich von den beiden Tratschtanten ab und begann zu lachen. Auch Keira sah genauer hin. Nur um zu entdecken, dass Barry und Thomas eine Art Wettrennen veranstalteten – mit ihren Kindern!

»Laurie!«, rief sie ihrer Freundin zu, die keine zwei Meter von ihr entfernt stand und von Mary-Lou in Beschlag genommen wurde.

Laurie blickte fragend auf und sah dann in die Richtung, in die Keira deutete. Als auch sie realisierte, was dort vor sich ging, nahm sie Keiras Hand, und zusammen liefen sie zum Ort des Geschehens.

»Was zum Teufel macht ihr da?«, fragte Laurie Barry, der Maddie anfeuerte.

»Die Kleinen laufen um die Wette, siehst du doch. Los, Maddie! Komm zu Daddy, du schaffst das!«

Laurie sah ihren Mann ungläubig an, und Keira war ebenso baff. Sie konnte nur den Kopf schütteln.

»Los, Andy! Noch ein bisschen schneller!«, rief Thomas ihrem Sohn entgegen. »Du bekommst auch noch einen Cupcake!«

»Jetzt reicht's aber!«, sagte Keira empört, fast im selben Moment, in dem Lance, der gerade zu ihnen gestoßen war, begeistert rief: »Ich wette auf Andy! Zehn Mäuse auf den Jungen!«

»Ich setze zwanzig auf Maddie!«, rief Mr. Spacey.

»Ihr habt sie doch nicht mehr alle.« Jetzt war auch Phoebe zu ihnen getreten und lachte. »Sieh dir an, was die Männer hier veranstalten, Orchid. Ich hoffe, dein Patrick geht ein bisschen besser mit eurem Kind um.«

Orchid grinste. »Ich setze auf Maddie! Los, Kleine, Frauenpower!«

Maddie gewann haushoch, was daran liegen mochte, dass sie drei Monate älter als Andy und schon ein bisschen schneller war. Alle jubelten und klatschten, Geldscheine wechselten ihren Besitzer, und alle umarmten sich glücklich. Mary-Lou hielt natürlich alles mit ihrer Kamera fest. Barry küsste Laurie überschwänglich, und Thomas, der jetzt Andy auf dem Arm hielt, zog Keira an sich.

Susan, die zusammen mit Humphrey auf der Bank gesessen und ihm Gesellschaft geleistet hatte, lächelte traurig und beschloss, dass es Zeit war zu gehen.

So schön der Anblick all der zufriedenen Menschen auch war, spürte sie doch einen Schmerz in der Herzgegend, der ihr sagte, dass sie eine Weile allein sein musste. Und so nahm sie Terry an die Leine und ging mit ihm spazieren. Sie liefen ein bisschen durch die Straßen, Susan betrachtete die wohlbekannten Gebäude und atmete den typischen Duft ein, der sie schon ihr ganzes Leben begleitete. Oxford – ihre Stadt, ihr Zuhause. Sie hatte es so vermisst und war trotz allem Kummer froh, wieder hier zu sein.

Als sie sich wieder der Valerie Lane näherte, kamen Kimberly und André ihr entgegen. »Da sucht dich jemand«, sagte Kimberly augenzwinkernd.

Susan bedankte sich und musste schmunzeln. Das konnte doch nur Mrs. Kingston sein, die endlich das Rezept für ihre Blätterteigtaschen herausfinden wollte. Sie hatte diesmal die eine Hälfte mit Spinat und die andere mit Lachs gemacht. Welches Rezept die Gute wohl wollte? Wahrscheinlich beide, dachte Susan und betrat die Valerie Lane, ihre Lieblingsstraße auf der ganzen weiten Welt.

Sofort spürte sie, dass etwas anders war. Es war ganz still. Laurie nahm ihr Terrys Leine aus der Hand und schubste sie ein wenig voran. Alle blickten sie an. Das Blätterteigtaschen-Rezept konnte unmöglich solch eine Spannung hervorrufen, dachte sie noch, und dann erklang plötzlich eine Melodie.

Noch bevor sie ihn sah, schossen ihr Tränen in die Augen. Sie ging durch die Menge, die ihr einen Weg öffnete. Da saß er, Stuart, auf einem Stuhl in der Mitte der Valerie Lane, auf dem Schoß seine Gitarre. Und er spielte ihren Song. Den Song, den er vor so langer Zeit nur für sie geschrieben hatte. Er spielte, und er sang, und er traf sie mitten ins Herz.

Sie wusste nicht, warum er hier war, was er ihr sagen wollte oder wie lange er bleiben würde. All das war auch gar nicht wichtig. Es zählte einzig und allein, dass er gekommen war. Für sie. An diesem schweren Tag. Er hatte sie nicht allein gelassen, er war da.

Als der Song vorbei war, klatschten alle und sahen erwartungsvoll von Stuart zu Susan und wieder zurück. Stuart tat etwas völlig Verrücktes, mit dem Susan niemals gerechnet hätte. Er legte nämlich seine Gitarre ab, stellte sich auf den Stuhl und blickte auf sie hinunter.

»Susan«, sagte er, und ihr Herz schlug im Zehntelsekundentakt.

»Du bist hier«, war alles, was sie sagen konnte.

»Ich bin hier«, bestätigte er. »Ich bin deinetwegen hier. Weil ich dir etwas sagen muss, und das kann ich nur persönlich tun.«

Inzwischen hatte sich wirklich jeder Anwesende um sie beide versammelt und schien gespannt, was kommen würde. Susan war es am allermeisten.

Stuart atmete tief durch. »Zuerst einmal möchte ich sagen, dass es mir schrecklich leidtut. Alles. Du weißt, wovon ich spreche. Leider brauchte es ein paar gute Freunde, um aufzuwachen und zu erkennen, was für ein Vollidiot ich doch war.« Er sah zu Barry, dann zu Laurie. Susan hatte keine Zeit, sich zu fragen, was die beiden wohl getan hatten, denn Stuart fuhr schon fort. »Das Schlimmste von allem ist, dass ich meine Versprechen gebrochen habe. Ich habe dir gesagt, dass ich mein Bestes geben würde, damit dein größter Traum doch noch wahr wird, und dann kamen so viele Dinge dazwischen, die all das ganz weit nach hinten gedrängt haben. Was niemals hätte passieren dürfen, denn du warst und bist mir doch am allerwichtigsten. Susan. Es tut mir leid. Ehrlich. Ich hoffe, du kannst mir verzeihen. Ich muss diese Tour noch zu Ende bringen, aber dann, und das verspreche ich dir hoch und heilig vor allen hier Anwesenden, werde ich ganz für dich da sein. Dann werde ich in Oxford bleiben, wo ich hingehöre.«

»Aber du liebst es, unterwegs zu sein. Die großen Bühnen, das Adrenalin …«, wandte sie ein.

»Dich liebe ich mehr.« Er sah ihr nun intensiv in die Augen. »Ich bin mir sicher, ich kann wieder lernen, auch kleine Bühnen zu schätzen. Ich möchte wirklich zu meinen Wurzeln zurückfinden und Musik aus den richtigen Gründen machen. Weil sie mir immer so viel mehr bedeutet hat … Weil *du* mir so viel mehr bedeutest. Ich werde mein Versprechen halten, Susan. Gemeinsam schaffen wir das, was wir uns vorgenommen haben. Gemeinsam sind wir stark. Wenn du das noch willst.« Er sprang vom Stuhl, ging auf sie zu und kniete vor ihr nieder. »Susan Carol Holmes, willst du mich heiraten?«

Susan starrte Stuart sprachlos an. Konnte das wirklich wahr sein, oder träumte sie nur? Als sie merkte, dass alle sie in gespannter Erwartung anblickten, besonders natürlich Stuart, nickte sie überschwänglich.

»Ja!«, rief sie. »Ja, ich will.«

Alle klatschten, diesmal noch viel lauter als bei Maddies Sieg. Es wurde gejubelt und gepfiffen, Terry kläffte aufgeregt, Mary-Lou fotografierte, alle freuten und umarmten sich. Susan und Stuart wurden beglückwünscht, und dann legte Kimberly ein paar Evergreens auf, die Mrs. Witherspoon gefallen hätten. Ja, der Tag war ganz nach ihrem Geschmack. Wenn dies keine fröhliche Feier war, was dann?

Es wurde noch lange gefeiert. Irgendwann warf Orchid einen Blick aufs Büfett und musste feststellen, dass kaum jemand von der Stargazy Pie gegessen hatte. Also fasste sie einen Entschluss. Sie trommelte ihre Freundinnen zusammen und verkündete: »Ich werde jetzt etwas von dieser ekligen Pie essen. Für Mrs. Witherspoon.« Sie schaufelte sich ein Stück auf einen Teller. »Wer ist dabei?« Sie sah in die Runde.

Als Erste meldete sich Ruby. »Ich mache mit.«

Auch Laurie sagte: »Ich habe das doch von Anfang an vorgeschlagen. Ich bin auf jeden Fall dabei.«

»Ich auch«, sagte Keira.

»Humphrey?« Orchid hielt ihm einen Teller hin.

»Aber gerne!«, sagte er lachend.

Und auch Charlotte, Tobin und Phoebe nahmen einen Teller entgegen.

»Auf Mrs. Witherspoon!«, sagte Orchid und hielt ihren Teller in die Höhe.

Die anderen taten es ihr gleich. »Auf Mrs. Witherspoon!«

Und so stießen sie statt mit Sekt mit einem Stück stinkender Stargazy Pie an. Sie verzogen zwar alle das Gesicht, doch sie zogen es durch – für Mrs. Witherspoon, die sicher vom Himmel auf sie hinabsah und sich ins Fäustchen lachte.

Als die Menge sich wieder verteilte, stellte sich Tobin zu Orchid.

»Danke, Orchid«, sagte er.

Sie blickte ihn nur kurz an und sah dann weiter Clara dabei zu, wie sie mit dem Kätzchen spielte. Sie wirkte fast ein wenig verlegen. »Wofür dankst du mir denn?«, erkundigte sie sich schließlich.

»Dafür, dass du mir deutlich gemacht hast, dass es sich eben ganz und gar nicht richtig anfühlt. Vielleicht brauchte ich genau das, um zu erkennen, was ich mit Charlotte habe.«

Jetzt wandte Orchid sich ihm zu und lächelte zufrieden. »Das freut mich für dich, Tobin. Für euch. Und nun lass sie nicht länger warten.«

Tobin nickte, umarmte Orchid leicht und ging dann zu Charlotte, die auf dem gelben Stuhl vor Susan's Wool Paradise saß.

»Hey«, sagte sie.

»Hey«, sagte auch er. »Willst du tanzen?«

Sie stand auf und nickte. »Okay.«

Sie begaben sich zu den anderen tanzenden Paaren und bewegten sich langsam zu *The Way You Look Tonight*. Charlotte schmiegte sich an ihn.

»Tobin, ich habe Angst um unsere Beziehung«, sagte sie auf einmal.

»Das musst du nicht«, versicherte er ihr.

»Und was ist mit Orchid?«

Er nahm ein paar Zentimeter Abstand und sah Charlotte tief in die Augen. »Ich liebe nur dich, Charlotte, das kannst du mir glauben.«

»Gut«, erwiderte sie erleichtert. »Das ist gut. Wir bekommen nämlich ein Baby.«

Tobin sah sie mit großen Augen an. »Du bist schwanger?«

»In der fünften Woche«, bestätigte sie. Noch bevor sie allerdings so etwas sagen konnte wie, dass sie es lieber für sich behalten sollten, rief Tobin schon in die Gegend: »Ich werde Vater! Hört, hört, ich werde Vater!« Er hob Charlotte hoch und drehte sich mit ihr im Kreis.

Charlotte lachte und sah sehr glücklich aus, das konnte Orchid sogar aus der Entfernung sehen. Sie setzte sich auf die Bank unter dem Kirschbaum, denn der Tag hatte sie ganz schön geschafft. Sie war froh, sich eine Weile einfach nur ausruhen und die anderen beobachten zu können. André stand bei Kimberly, die immer noch Musik auflegte und ihren Job wirklich gut machte. Hannah und Marissa tanzten miteinander und wirkten ganz selig. Maddie war auf Barrys Arm eingeschlafen und sah aus wie ein kleiner Engel. Keira stellte Sophie einige junge Single-Herren der Nachbarschaft vor. Mrs. Kingston tratschte so laut über dies und das, dass Orchid nur belustigt den

Kopf schütteln konnte. Susan und Stuart saßen verliebt auf den Stufen des Wool Paradise und schienen in ihrer eigenen Welt zu sein. Und Humphrey hatte nicht weit von Orchid entfernt auf einem Stuhl Platz genommen und erzählte Clara von seiner Zeit als Pilot. Orchid sah, wie Laurie an ihn herantrat und ihm eine Hand auf die Schulter legte. Er tätschelte sie dankbar und erzählte immer weiter.

Ihr Baby klopfte sachte und machte sich bemerkbar. Wie es sie freute, dass Charlotte und Tobin nun auch eins bekamen. Sie musste lächeln. Ja, es war alles genau so, wie es sein sollte. Und falls ihres nun doch kein Mädchen werden würde, könnte vielleicht Charlotte ihr Baby Esther nennen.

Es wurde spät. Als Humphrey sich gegen halb elf verabschiedete, umarmte Laurie ihn sanft und fragte, ob sie ihn nach Hause bringen solle.

»Das ist nicht nötig. Ich mache gerne noch einen kleinen Spaziergang.« Das brauchte er nach diesem langen, schweren, aber dennoch schönen Tag.

»An der frischen Luft«, sagte Laurie und lächelte ihm zu.

Er lächelte zurück. »Genau. Danke für alles, Laurie. Und auch ihr anderen. Ich danke euch von Herzen, dass ihr diesen Tag so besonders gemacht habt.«

Auch Ruby, Keira, Orchid, Phoebe und Susan umarmten ihn nun zum Abschied und wünschten ihm alles Gute.

Er lächelte noch einmal, drehte sich um und ging davon. Er musste gestehen, dass es ihn traurig machte, die Valerie Lane zu verlassen. Er wusste nicht, wann er das nächste Mal herkommen würde. Er wusste überhaupt nicht, wie die Zukunft für ihn aussehen sollte.

»Humphrey?«, hörte er jemanden rufen.

Er blieb stehen und blickte sich noch einmal um.

Es war Laurie. Erwartungsvoll sah sie ihn an. »Ich hoffe, wir sehen Sie am Mittwoch?«

Nun lächelte er breit und nickte. »Ich bringe die Kekse mit«, rief er zurück und ging dankbar davon. Für einen kurzen Moment hatte er geglaubt, er wäre ohne seine Esther nicht mehr willkommen in der Valerie Lane, doch Laurie hatte ihm seine Sorgen genommen. Esther hatte recht gehabt, diese Frauen waren etwas Besonderes, großherzig und gütig, für alle und jeden da. Heute waren sie für ihn da gewesen, auf eine Art, wie er sie niemals erwartet hatte. Er wusste, heute Nacht würde er endlich einmal wieder gut schlafen können. Er würde von seiner Liebsten träumen, und im Traum würde sie ihm zulächeln.

Und morgen und von da an jeden Tag würde er sich auf das nächste Mittwochstreffen in der Valerie Lane freuen. Wo er willkommen war, wo er geschätzt wurde. Und wo man sich von nun an vielleicht nicht nur Geschichten über die gute Valerie, sondern auch welche über seine Esther erzählen würde. Er war sich sicher, das würde ihr gefallen, ja, wahrscheinlich würde sie in die Hände klatschen vor Entzücken, so, wie sie es immer getan hatte, wenn sie etwas freute. Fast glaubte er, das Klatschen zu hören …

KAPITEL 26

Eine Woche später …

»Ihr müsst mich alle besuchen kommen, das müsst ihr mir versprechen«, sagte Orchid und sah ihre Freundinnen eine nach der anderen an.

»Das werden wir«, versicherte Keira ihr.

»Das habt ihr mir aber auch schon bei meinem letzten Besuch gesagt, und bis heute ist keine von euch bei mir in Kalifornien gewesen.«

Phoebe bekam schon wieder ein schlechtes Gewissen. Aber ihre Schwester und sie hatten abgemacht, dass sie beide von nun an jeden übrigen Penny beziehungsweise Cent beiseitelegen und Phoebe zusammen mit Lance und Emily gleich im neuen Jahr nach Venice kommen würde. Damit sie Orchid bei der Geburt beistehen konnte.

Sie standen am Flughafen, wo Orchid bereits ihren Koffer aufgegeben hatte. Ihr Flieger würde in einer knappen Stunde starten, und sie musste so langsam durch die Sicherheitskontrolle. Doch keiner mochte sich von ihr trennen.

»Kalifornien klingt eigentlich ziemlich gut als Ziel für eine Hochzeitsreise«, überlegte Susan.

»Das finde ich auch.« Orchid strahlte.

Phoebe dachte an Stuarts Auftritt in der Valerie Lane

zurück. Er war so romantisch gewesen. Bald würde Susan wirklich heiraten. Sobald die Tour vorbei war, wollten sie ein Datum aussuchen, hatte ihre Freundin ihr glücklich erzählt.

»Du und Stuart werdet aber nicht einfach heimlich durchbrennen und in Vegas heiraten, oder?«, fragte Phoebe. »Bei eurer Hochzeit möchte ich nämlich gerne dabei sein.«

»Das wirst du auf jeden Fall. Wir haben nämlich vor, in England zu heiraten. Und dann …« Susan sah plötzlich aus, als hätte sie etwas Wichtiges zu verkünden. »… dann wollen wir es endlich in Angriff nehmen und ein Kind adoptieren. Vielleicht werde ich auf diese Weise ja doch noch Mutter.«

Alle sahen sie an, verwirrt, fragend. Phoebe brauchte auch einen Moment, doch dann dämmerte es ihr.

»Oh, Susan. Das wussten wir nicht«, sagte Ruby und berührte liebevoll Susans Arm.

»Das konntet ihr nicht, ich habe in all den Jahren so gut wie niemandem davon erzählt. Jetzt möchte ich aber kein Geheimnis mehr daraus machen, dass ich keine Kinder kriegen kann. Jetzt möchte ich der Zukunft positiv entgegenblicken.«

»Das finde ich ganz toll, Susan«, sagte Phoebe und schenkte ihr einen warmen Blick. Sie war sich sicher, Susan würde eine fantastische Mutter werden, so liebevoll, wie sie allein schon mit Terry umging.

Orchid umarmte Susan besonders fest und wünschte ihr viel Glück. »Ich muss jetzt wirklich los. Danke noch mal für die Geschenke, ihr Lieben.«

Laurie, die sie mit Tee versorgt hatte, sagte noch einmal: »Und bitte informiere mich über die neuesten Tee-Trends da drüben im hippen Kalifornien.«

»Das werde ich machen. Vielleicht kann ich ja sogar selbst Tee anbieten in meinem eigenen Onlineshop, den ich vorhabe einzurichten. Hauptsächlich aber werde ich selbst gemachte Kerzen im Sortiment haben. Mir ist nämlich klar geworden, wie sehr ich es vermisse, welche herzustellen.«

»Du könntest auch Potpourri anbieten«, sagte Phoebe.

»Mal sehen. Auf jeden Fall freue ich mich auf alles, was kommt.« Orchid lächelte. »Ihr werdet mir so fehlen.« Sie umarmte jede von ihnen erneut, Phoebe, die zum Schluss kam, wollte sie überhaupt nicht loslassen. »Und dich sehe ich schon ganz bald, ja?«

Phoebe nickte. Sie konnte es kaum erwarten und hoffte, dass Orchid ihnen dann wenigstens noch eine private Sightseeingtour geben konnte, bevor das Baby kam.

»Pass auf dich auf, kleine Sis.«

»Das werde ich. Ich hab euch schrecklich lieb.«

»Wir dich auch«, sagten alle.

»Vergiss uns nicht«, fügte Laurie hinzu.

»Wie könnte ich? Ihr seid die besten Freundinnen, die man sich nur wünschen kann«, sagte Orchid, lächelte mit Tränen in den Augen und winkte noch einmal, bevor sie den Gang entlanglief. Sie alle winkten ihr nach und sahen ihr hinterher, bis sie um die Ecke bog.

Keira seufzte. »Na dann … Gehen wir nach Hause.«

»Nach Hause?«, fragte Susan. »Es ist erst Mittag, wir müssen doch noch arbeiten.«

Lächelnd nickte Keira. »Ganz genau.«

Sie hielt Susan und Laurie einen Arm hin, die sich bei ihr einhakten, während Phoebe und Ruby sich an Susan und Laurie hängten. Und zusammen machten sie sich auf in die Valerie Lane, die schönste Straße der Welt, ihr Zuhause.

MRS. WITHERSPOONS LEIBSPEISEN

LAURIES NUDELSALAT

Zutaten für 6 Personen

- 500 g Farfalle
- 10 Cornichons
- 50 g schwarze entsteinte Oliven
- ½ rote Paprika
- 100 g Maiskörner (Dose)
- 400 g Naturjoghurt
- 200 g Mayonnaise
- 3 EL Gurkenwasser
- ½ TL Salz
- Pfeffer und Paprikapulver zum Abschmecken
- Basilikumblätter

Die Farfalle in Salzwasser al dente kochen, abschrecken und abtropfen lassen und in eine große Schüssel geben. Die in Scheiben geschnittenen Cornichons und Oliven, die klein gewürfelte Paprika und die Maiskörner hinzufügen. Den Joghurt, die Mayonnaise sowie das Gurkenwasser aus dem Cornichons-Glas verrühren, die Gewürze nach Belieben hinzufügen und unter die Nudel-Gemüse-Mischung mengen. Mit Basilikumblättern dekorieren.

RUBYS GEMÜSEFRIKADELLEN

Zutaten für 12 Frikadellen

- 250 g Kartoffeln
- 2 mittelgroße Karotten
- 1 kleine Zucchini
- 1 rote Paprika
- 1 grüne Paprika
- 50 g Mais
- 2 EL Sonnenblumenkerne
- 50 g Mehl
- 3 Eigelb
- ½ TL Salz
- ¼ TL Paprikapulver (edelsüß)
- ¼ TL Currypulver
- 1 Prise Pfeffer
- Sonnenblumenöl

Die Kartoffeln und Karotten schälen und klein raspeln. Die Zucchini schälen, aushöhlen und ebenfalls raspeln. Die beiden Paprika in sehr kleine Würfel schneiden. Alles in eine Schüssel geben. Den Mais hinzufügen. Die Sonnenblumenkerne in einer beschichteten Pfanne ohne Zugabe von Öl rösten und untermischen. Mehl, Eigelb und Gewürze unterrühren. Das Sonnenblumenöl in eine Pfanne geben und heiß werden lassen. Die Masse zu 12 gleich großen Frikadellen formen und goldgelb braten.

SUSANS BLÄTTERTEIGTASCHEN

Zutaten für 12 Blätterteigtaschen

- 2 Rollen Blätterteig (ofenfertig)
- 200 g frischer Spinat
- 2 Schalotten
- Olivenöl
- 1 Knoblauchzehe
- Salz, Pfeffer, Muskat nach Belieben
- 50 g Frischkäse

Den Blätterteig aufrollen und in 12 gleich große Rechtecke schneiden. Die Spinatblätter etwa 5 Minuten in einem Topf mit heißem Wasser blanchieren, abgießen und abtropfen lassen. Die Schalotten fein würfeln und in Olivenöl leicht anbraten. Die Knoblauchzehe fein hacken und hinzugeben; anbraten, bis alles goldgelb ist. Den Spinat in die Pfanne geben und kurz mitschmoren. Mit den Gewürzen abschmecken. Die Pfanne vom Herd nehmen, den Spinat in eine Schüssel geben und abkühlen lassen. Den Frischkäse unterrühren. Die Masse löffelweise auf die Blätterteigstücke verteilen. Jeweils ein Ende zuklappen und die Seiten der Taschen mit einer Gabel zudrücken. Den Backofen vorheizen. Die 12 Blätterteigtaschen auf ein mit Backpapier belegtes Blech legen und bei 200 Grad Ober-/Unterhitze etwa 20 Minuten backen.

PHOEBES SELLERIESALAT

Zutaten für 6 Personen

- 1 Staude Sellerie
- 2 große Kartoffeln
- 1 kleine Karotte
- 5 Radieschen
- ½ Salatgurke
- 50 ml Olivenöl
- 4 EL weißer Balsamicoessig
- 50 ml Apfelsaft
- 1 EL Senf
- Salz, Pfeffer

Die Selleriestangen waschen und 3 Minuten in kochendem Wasser blanchieren. In Scheiben schneiden und in eine Schüssel geben. Die geschälten Kartoffeln 20 Minuten kochen, in kleine Würfel schneiden und hinzugeben. Die geschälte Karotte und die gewaschenen Radieschen raspeln, die Salatgurke schälen, aushöhlen und in kleine Würfel schneiden. Alles hinzugeben und vermengen. In einer Rührschüssel das Olivenöl, den Balsamicoessig, den Apfelsaft und den Senf verrühren, mit Salz und Pfeffer abschmecken. Das Dressing unter das Sellerie-Gemüse heben und alles mindestens 2 Stunden ziehen lassen.

KEIRAS SCHOKOLADENKEKSE

Zutaten für etwa 30 Stück

- 250 g Mehl
- 120 g Zucker
- 20 g Vanillezucker
- 1 Päckchen Backpulver
- 1 Prise Salz
- 5 EL Milch
- 150 g Butter oder Margarine
- 100 g Schokoladenplättchen

Mehl, Zucker, Vanillezucker, Backpulver, Salz und Milch in eine Schüssel geben. Die Butter in der Mikrowelle schmelzen und hinzugeben. Alles gut verrühren. Zum Schluss die Schokoplättchen unter die warme Masse rühren, bis sie ein wenig schmelzen und ein Marmormuster ergeben. Den Teig mit den Händen zu kirschgroßen Kugeln rollen, auf ein mit Backpapier ausgelegtes Blech legen und ein wenig plattdrücken. Bei 150 Grad (Ober-/Unterhitze) je nach gewünschter Knusprigkeit 15–20 Minuten backen.

Hinweis von Keira: Für eine vegane Variante Pflanzenmargarine und Mandel- oder Hafermilch verwenden. Die meisten Schokoladenplättchen zum Backen sind übrigens von Natur aus vegan.

BONUS-KAPITEL

Einige Jahre zuvor …

Orchid stand in ihrem Laden und sah sich um. Das Lächeln auf ihren Lippen wollte gar nicht verschwinden. Immer wieder drehte sie sich im Kreis und betrachtete dieses Geschäft mit seinem fabelhaften Angebot, das nun ihres war.

Wie lange schon war es ihr Traum gewesen, etwas Eigenes aufzuziehen? Sie hatte nur nicht richtig fassen können, was es sein könnte. Als sie jedoch einige Wochen zuvor mit ihrer Schwester Phoebe in diese entzückende kleine Straße, die Valerie Lane, gekommen war, von der Phoebe ihr schon des Öfteren erzählt hatte, war es plötzlich sonnenklar gewesen. Die Ladenräume standen leer, ein Schild mit einer Telefonnummer hing an der Tür, sie hatte sie aufgeschrieben, dort angerufen, und der Verwalter Mr. Spacey hatte ihr gleich für den nächsten Tag einen Besichtigungstermin angeboten. Und da war es um sie geschehen: Sie hatte sich auf den ersten Blick verliebt. Hatte eine Vision gehabt, was man alles aus diesen leeren Räumen machen könnte. Hatte den Vertrag unterschrieben, ohne groß nachzudenken, welche Verantwortung es mit sich brachte, und hatte angefangen, das Internet nach Dingen zu durchforsten, die sie in ihrem kleinen Geschenkeladen anbieten wollte.

Tag für Tag war sie hergekommen, hatte den Laden zuerst gestrichen – in Gelb und Rosa – hatte mit Patricks Hilfe Regale gekauft und aufgebaut, hatte jede Menge toller Dinge bestellt und sie eingeräumt, und zu guter Letzt eine dieser Ladenglocken besorgt, die eine Melodie erklingen lassen, wenn sich die Tür öffnet. Sie entschied sich für den Song *Here Comes the Sun* von den Beatles, weil es der fröhlichste Song war, der ihr einfiel. Und sie konnte es kaum erwarten, dass er erklang, wenn der allererste Kunde den Laden betrat.

Noch vor der Eröffnung kamen allerdings die anderen Ladeninhaberinnen der Valerie Lane vorbei. Laurie aus dem Teeladen, Keira aus der Chocolaterie, Susan aus dem Wollparadies, Ruby aus dem Trödelladen von gegenüber und Donna aus der Eisdiele nebenan. Sie hießen sie willkommen, brachten Leckereien mit und luden sie zu ihren Mittwochabendtreffen ein, die stets in Laurie's Tea Corner stattfanden. Und noch ehe sie ihren ersten Artikel verkauft hatte, hatte Orchid eine Handvoll Freundinnen gefunden und war sich sicher, dass die Entscheidung, einen Laden in dieser zauberhaften kleinen Straße zu eröffnen, die beste ihres Lebens gewesen war.

»Die romantischste Straße der Welt« wurde die Valerie Lane auch genannt, und manchmal fragte Orchid sich, wie viele Liebende hier wohl schon zusammengefunden hatten. Sie dachte an Patrick, der versprochen hatte, sie nach Feierabend abzuholen und in ihr Lieblingsrestaurant auszuführen. Sie war wirklich froh, ihn zu haben, er hatte sie in den stressigen letzten Wochen ganz wunderbar unterstützt. Hatte ihr am vergangenen Samstag bei der Eröffnungsfeier geholfen und etliche rosa Luftballons aufgeblasen, die sie an die Kinder der Gegend verteilt hatte. Der Tag war ein voller Erfolg gewesen, sie hatte es kaum erwarten können, von nun an jeden Tag in ihrem Laden zu stehen, den sie schlicht Orchid's Gift Shop genannt hatte, um sich den anderen Lädchen der Straße anzupassen.

Sie drehte sich nun um, als die Melodie der Beatles erklang, und musste lächeln. Eine ältere Dame betrat das Geschäft. Sie konnte sich gut an sie erinnern, da sie auch schon am Samstag vorbeigeschaut und sie um einen der rosa Luftballons gebeten hatte. Sie hatte die alte Dame, die sich als Mrs. Witherspoon vorgestellt hatte, gefragt, ob der für ihr Enkelkind sein sollte, doch sie hatte sie nur angegrinst und erwidert: »Nein. Der ist für mich. Luftballons hab ich schon immer gern gemocht.«

»Guten Morgen, Mrs. Witherspoon«, begrüßte Orchid sie nun und war froh, dass sie schon immer so ein gutes Namensgedächtnis gehabt hatte.

»Guten Morgen«, sagte die alte Dame, die heute eine dünne Sommerjacke trug, die einen langen Riss am Rücken hatte. Orchid fragte sich, ob sie es denn nicht bemerkt hatte oder ob es ihr schlicht egal war. Oder ob sie sich einfach keine neue Jacke leisten konnte.

»Wie geht es Ihnen heute?«, erkundigte sie sich.

»Mir geht es ganz wunderbar, danke. Und Ihnen? Haben Sie sich eingelebt?«

»Oh ja, das hab ich. Mir gefällt es wirklich sehr gut in der Valerie Lane.«

»Da geht es Ihnen wie mir. Seit gut fünfzig Jahren komme ich immer wieder gerne in diese einzigartige kleine Straße.«

»Oh, wow. Das ist lange.« Sie schenkte ihrer Kundin ein Lächeln. »Darf ich Ihnen behilflich sein? Suchen Sie nach etwas Bestimmtem oder wollen Sie sich nur mal umsehen?«

»Ehrlich gesagt bin ich auf der Suche nach einer Kerze. Eine von diesen, die schön duften. Die zünde ich mir gerne abends an, wenn es dunkel wird. Dann ist es so schön heimelig.«

»Das klingt toll. Und dazu eine gute Tasse Tee.«

»Kamillentee.« Mrs. Witherspoon sah ganz verzückt aus.

Den mochte Orchid nun nicht so gerne, doch sie lächelte trotzdem. »Der perfekte Abend. Okay, dann lassen Sie uns mal sehen, was wir da haben.« Sie ging zu dem Regal mit den Duftkerzen hinüber und nahm eine in die Hand. Sie war in eine rosa Keramikform gegossen und war wirklich hübsch. »Schauen Sie mal, diese hier. Die riecht nach Rosen.« Sie hielt sie Mrs. Witherspoon näher ans Gesicht und die roch daran.

»Die duftet wirklich toll, ist aber sicher sehr teuer, oder?«

Orchid sah auf das Preisschild, das sie darunter geklebt hatte. Alle Preise kannte sie nämlich noch nicht auswendig.

»Acht Pfund, neunzig«, sagte sie.

Mrs. Witherspoon verzog das Gesicht. »Etwas Preisgünstigeres haben Sie nicht?«

Und da konnte sie es in ihren Augen erkennen und

verstand endlich, wie arm die alte Dame wirklich war. Sofort überkam sie ein Schwall aus Mitleid.

»Warten Sie, ich sehe mal nach«, sagte sie und griff nach einer Kerze im Glas mit einem Duft namens »Cosy Home«. Sie sah auf das Preisschild, das neun, neunzig anzeigte und sagte: »Die ist im Angebot, sie kostet nur fünf Dollar. Wäre die was für sie?«

Sie ließ Mrs. Witherspoon riechen, und die nickte glücklich.

Orchid stellte sich hinter die Kasse, kratzte das Preisschild ab und wickelte das Glas in Papier ein. Sie kassierte ab und konnte den Blick nicht von den Augen der freundlichen alten Dame abwenden, die traurig und fröhlich zugleich wirkten.

»Oh, Moment, ich hab noch was für Sie«, sagte sie und eilte ins Hinterzimmer. Dort suchte sie nach den Yankee-Candle-Teelichtern und nahm ein paar aus der Packung. Sie brachte sie zu Mrs. Witherspoon und sagte: »Die sind ein Geschenk, zur Neueröffnung. Sie duften nach Apfel.«

»Oh. Ich liebe Äpfel. Manchmal gebe ich welche in meinen Kamillentee. Das müssen Sie unbedingt ausprobieren.«

»Das mache ich bestimmt irgendwann mal«, sagte sie und packte alles in eine kleine Papiertüte, die sie Mrs. Witherspoon reichte. »Viel Spaß damit.«

»Vielen lieben Dank. Sie sind ein Engel.«

Orchid merkte, wie sie errötete. Ein Engel war sie nun wirklich nicht. Sie musste an all die Männer denken, die sie getroffen hatte, bevor Patrick in ihrem Leben aufgetaucht war.

»Sehen wir uns heute Abend bei Laurie?«, fragte sie.

»Aber sicher. Es ist doch Mittwoch«, entgegnete Mrs. Witherspoon mit einem breiten Lächeln und verließ den Laden. Wieder erklangen die Beatles, und Orchid fragte sich, ob die Melodie ihr wohl irgendwann auf den Geist gehen würde.

»Nein«, sagte sie zu sich selbst und lachte. Sie trat ans Fenster und sah Mrs. Witherspoon nach, die die Straße langsam entlangschlenderte.

Dann nahm sie ihr Smartphone in die Hand und rief Laurie aus den Teeladen an.

»Hallo, Orchid. Wie geht es dir?«, hörte sie sogleich Lauries Stimme.

»Hi, Laurie. Mir geht es gut. Ich wollte nur fragen, ob ich heute Abend irgendwas mitbringen soll.«

»Kekse und Kuchen sind immer willkommen. Mit Tee versorge ich euch natürlich.«

»Ich hätte da einen Vorschlag. Wie wäre es denn heute mit Kamille-Apfeltee? Das ist der Lieblingstee von Mrs. Witherspoon.«

Sie konnte Laurie quasi lächeln sehen. »Das ist eine sehr schöne Idee«, sagte sie.

Und nachdem sie längst aufgelegt hatten, sah Orchid noch immer aus dem Fenster und wusste, dass sie hier einen Ort gefunden hatte, der so viel mehr war als nur eine kleine Ladenstraße in Oxford. Hier wurden Freundschaft und Herzlichkeit noch großgeschrieben. Und sie wusste, sie würde ihrer Schwester auf ewig dankbar sein, sie hierhergebracht zu haben – in die romantischste Straße der Welt, die so war wie keine zweite.

BONUS-REZEPTE

ORCHIDS EASY-ENERGYRIEGEL

Zutaten für 20 Riegel

- 200 g Haferflocken
- 200 g Mandeln
- 100 g Walnüsse
- 100 g Haselnüsse
- 200 g getrocknete Feigen
- 2 TL Vanillezucker
- 120 g Agavensirup
- 3 EL Apfelmus
- 3 EL Mandelmus

Die Nüsse in einem Universalzerkleinerer grob zerkleinern, sodass sie noch stückig sind. Die Feigen mit dem Messer in kleine Stücke schneiden. Alle Zutaten in eine Schüssel geben und gut miteinander vermengen, dann die Masse in eine mit Backpapier ausgelegte rechteckige Backform geben. Ein Blatt Backpapier drüberlegen und mit den Händen fest andrücken, das obere Backpapier entfernen. Im Ofen bei 150 Grad ca. 20–25 Minuten backen. Abkühlen lassen, aus der Form nehmen und in Riegel oder Quadrate schneiden. In einer gut verschlossenen Dose halten die Energyriegel gut zwei Wochen.

MRS. WITHERSPOONS LIEBLINGSTEE

Zutaten für ein Glas Tee

- ¼ Apfel
- 1 TL loser Kamillentee
- 1 TL brauner Zucker
- 1 Apfelscheibe

200 ml Wasser und den geschälten und kleingeschnittenen Viertelapfel in einen kleinen Topf geben und aufkochen, vom Herd nehmen. Den braunen Zucker hinzufügen und umrühren. Den losen Kamillentee in ein Tee-Ei oder einen Teebeutel geben und in den Topf legen. Fünf Minuten ziehen lassen. Durch ein Sieb in ein Teeglas füllen, mit einer Apfelscheibe garnieren und genießen.